NAJLEPSZE
AMERYKAŃSKIE
OPOWIADANIA
KRYMINALNE

Tego autora

Jack Reacher

POZIOM ŚMIERCI

UPROWADZONY

WRÓG BEZ TWARZY

PODEJRZANY

ECHO W PŁOMIENIACH

W TAJNEJ SŁUŻBIE

SIŁA PERSWAZJI

NIEPRZYJACIEL

JEDNYM STRZAŁEM
wydanie specjalne z opowiadaniem „Nowa tożsamość Jamesa Penneya"

BEZ LITOŚCI

ELITA ZABÓJCÓW

NIC DO STRACENIA

JUTRO MOŻESZ ZNIKNĄĆ

61 GODZIN

CZASAMI WARTO UMRZEĆ

OSTATNIA SPRAWA
wydanie specjalne z opowiadaniem „Drugi syn"

POSZUKIWANY

NIGDY NIE WRACAJ

SPRAWA OSOBISTA

ZMUŚ MNIE

STO MILIONÓW DOLARÓW

ADRES NIEZNANY

NOCNA RUNDA

oraz

NAJLEPSZE AMERYKAŃSKIE OPOWIADANIA KRYMINALNE 2010
(współautor)

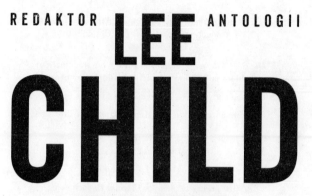

REDAKTOR ANTOLOGII

LEE CHILD

NAJLEPSZE AMERYKAŃSKIE OPOWIADANIA KRYMINALNE

Redaktor serii: Otto Penzler

Z angielskiego przełożył
JAN KABAT

ALBATROS

Tytuł oryginału:
THE BEST AMERICAN MYSTERY STORIES 2010

Copyright © Houghton Mifflin Harcourt Publishing Company 2010
Introduction copyright © Lee Child 2010
All rights reserved

The Best American Mystery Stories™ is a trademark of
Houghton Mifflin Harcourt Publishing Company

Polish edition copyright © Wydawnictwo Albatros Sp. z o.o. 2017

Polish translation copyright © Jan Kabat 2014

Redakcja: Ewa Pawłowska

Zdjęcie na okładce: UbjsP/Shutterstock

Projekt graficzny okładki: Mariusz Banachowicz

Skład: Laguna

ISBN 978-83-8125-384-0
Książka dostępna także jako e-book

Dystrybutor
Firma Księgarska Olesiejuk sp. z o.o.
Poznańska 91, 05-850 Ożarów Mazowiecki
tel. (22) 721 30 00, faks (22) 721 30 01
www.olesiejuk.pl

fk

Wydawca
Wydawnictwo Albatros Sp. z o.o.
Hlonda 2A/25, 02-972 Warszawa
www.wydawnictwoalbatros.com
Facebook.com/WydawnictwoAlbatros | Instagram.com/wydawnictwoalbatros

2018. Wydanie II
Druk: Abedik S.A., Poznań

Książkę wydrukowano na papierze Ecco Book Cream 60 g, vol. 2.0
z oferty Antalis Poland

antalis™
Just ask Antalis

Spis treści

Przedmowa

Co roku, kiedy zasiadam do napisania słowa wstępnego do nowego wydania *Najlepszych amerykańskich opowiadań kryminalnych*, przychodzą mi do głowy dwie rzeczy. Po pierwsze: czy mogę napisać o czymś, o czym nie napisałem przy okazji poprzednich edycji? Po drugie: czy ktoś to w ogóle czyta, czy też (postępując mądrze) przechodzi od razu do opowiadań?

No cóż, na wypadek gdyby ta książka wpadła w ręce niezorientowanego czytelnika, oto kilka uwag, o których należy pamiętać.

- Kryminał to bardzo szeroki gatunek literacki, obejmujący każdą opowieść, w której przestępstwo (zazwyczaj morderstwo) albo groźba przestępstwa (tworząca suspens) stanowią główny wątek fabuły albo temat. Opowiadania detektywistyczne to jeden z podgatunków, podobnie jak wydarzenia opowiadane z punktu widzenia przestępcy, powieści suspensu (nieuchronne zło, którego sprawcą jest człowiek), powieści szpiegowskie (przestępstwa wobec państwa, których skutkiem jest więcej ofiar niż w przypadku pojedynczego morderstwa), a także literatura opisująca procedury policyjne, czerpiąca z historii, opierająca się na humorze, zagadkach, działaniach samotnego detektywa, określana jako *noir*, i tak dalej.

- Jeśli ktoś spodziewa się tutaj głównie opowiadań detektywistycznych, to będzie zawiedziony. Już prawie nikt nie pisze wybitnych historii, opartych wyłącznie na dedukcji; obserwacja ukrytych tropów i wskazówek, które wykorzystuje genialny detektyw, odeszła do lamusa. Głównym elementem współczesnych opowiadań detektywistycznych jest w większości przypadek, łut szczęścia albo intuicja detektywa (tajniaka, funkcjonariusza policji albo amatora, który może się oderwać od codziennych zajęć – gotowania, uprawiania ogródka, szydełkowania, pisania, strzyżenia czy też zakupów).
- Współczesna literatura kryminalna skupia się głównie na odpowiedzi na pytanie „dlaczego" zamiast „jak" lub „kto". Tym samym większość historii opiera się na analizie psychologicznej – dokonywanej przez detektywa, samego czytelnika czy też bohatera opowieści.
- Granica między literaturą kryminalną a klasyczną zatarła się niemal całkowicie. Tacy autorzy kryminałów, jak Elmore Leonard, Robert B. Parker, Dennis Lehane, George Pelecanos, James Ellroy i inni z pewnością tworzą dzieła literackie. Tacy wybitni pisarze, jak Joyce Carol Oates, Michael Chabon, Paul Auster, Jonathan Lethem, Salman Rushdie i inni mają w swoim dorobku również opowiadania oraz powieści detektywistyczne i kryminalne.
- Niniejszy zbiór obejmuje najlepsze opowiadania kryminalne opublikowane w roku 2009. Czytelnik może je nazwać kryminalnymi, detektywistycznymi czy po prostu określić je jako klasyczną prozę, i za każdym razem będzie miał rację. Celem tego wydania, jak każdego z poprzednich (a jest to czternasta edycja) było zebranie najlepszych historii kryminalnych roku; sądzę, że się nam to udało – kolejny raz.

Piszę tu w liczbie mnogiej, mając na myśli moją koleżankę po fachu, Michele Slung, która czyta co roku tysiące opowiadań, by wyszukać te najbardziej wartościowe; Nata Sobela, najlepszego agenta literackiego na świecie, który dzięki bezbłędnemu wyczuciu i smakowi literackiemu potrafił wskazać dziesiątki pierwszorzędnych utworów spośród zarekomendowanych; licznych redaktorów magazynów literackich, którzy przedłużają mi subskrypcję i niejednokrotnie wskazują rzeczy godne uwagi; i oczywiście Lee Childa. Jest powodem do zdumienia i jednocześnie wdzięczności, że Child, autor licznych bestsellerów w Stanach Zjednoczonych, Anglii i Bóg wie, gdzie jeszcze, pomimo licznych zajęć i obowiązków zgodził się przeczytać pięćdziesiąt opowiadań, które wybrałem w tym roku jako najlepsze (lub które podobały mi się najbardziej), i dokonał ściślejszej selekcji, wskazując dwadzieścia najwybitniejszych. Nie wspominając już o napisaniu doskonałego i oryginalnego wstępu.

Do sukcesu tej serii przyczynili się także w sposób niezwykle ważny, choć nie bezpośrednio, poprzedni wspaniali redaktorzy, którzy poświęcili tyle uwagi i czasu tym corocznym edycjom: nieżyjący już Robert B. Parker, Sue Grafton, Evan Hunter (Ed McBain), Donald E. Westlake, Lawrence Block, James Ellroy, Michael Connelly, Nelson DeMille, Joyce Carol Oates, Scott Turow, Carl Hiaasen, George Pelecanos i Jeffery Deaver.

Ponieważ oddaję się niemal obsesyjnym poszukiwaniom i lekturze każdego opowiadania kryminalnego, jakie opublikowano, prześladuje mnie paranoiczny lęk, że mogę przeoczyć jakąś wartościową rzecz, jeśli więc jesteś autorem, redaktorem lub wydawcą albo natrafiłeś na coś godnego uwagi, przyślij mi książkę, magazyn, a nawet pojedyncze kartki z tekstem na adres: The Mysterious Bookshop, 58 Warren Street, New York, NY 10007. Jeśli dany utwór ukazał się najpierw w wersji elektronicznej, należy przesłać wydruk. Koniecznie dołącz informacje pozwalające skontaktować się z autorem. Materiały dotąd niepublikowane nie będą ze zrozumiałych względów brane pod uwagę. I żadne nie będą zwracane. Jeśli nie masz zaufania do poczty, dołącz do korespondencji zaadresowaną i opatrzoną stemplem kartę.

Opowiadanie musi być napisane przez amerykańskiego albo kanadyjskiego autora i opublikowane w Stanach Zjednoczonych lub Kanadzie w roku kalendarzowym 2010. Im wcześniej je otrzymam, tym chętniej je rozpatrzę. Z powodów znanych jedynie tumanom (bez obrazy), którzy czekają do Bożego Narodzenia z przesłaniem opowiadania opublikowanego minionej wiosny, co zdarza się każdego roku, zgrzytając zębami, czytam stosy opowiadań, podczas gdy moja żona i przyjaciele przystrajają choinkę i cieszą się świętami. Jeśli zamierzasz tak zrobić, to byłoby dobrze, żebyś dostarczył mi coś naprawdę dobrego, bo przystąpię do lektury z wściekłością, nad którą ledwie panuję. W związku z napiętym planem wydawniczym ostateczny termin nadsyłania prac upływa 31 grudnia. Jeśli twoje opowiadanie trafi do mnie dwadzieścia cztery godziny później, nie będę go czytał. Naprawdę.

O.P.

Wprowadzenie

Wydaje się, że wszyscy wiedzą, czym jest opowiadanie, ale teoretyczna dyskusja dotycząca tego gatunku jest dość ograniczona. Definicja, daleka od jednoznaczności, wywodzi się z dwóch źródeł: pierwszym jest Edgar Allan Poe, który powiedział, że traktuje powieść podejrzliwie i woli coś, co można przeczytać za jednym razem; drugim jest Mark Twain, który oświadczył – mając na myśli list, nie powieść – *Przepraszam, że jest tak długi; nie miałem czasu go skrócić.*

Niektórzy przypisują ten drugi cytat Pascalowi, ale jest bardzo prawdopodobne, że zdanie to padło właśnie z ust Twaina, autora licznych powiedzonek. Tak czy inaczej, sens w obu przypadkach jest oczywisty i sprzeczny z tym, co automatycznie się nasuwa: nadanie historii krótkiej formy wymaga więcej czasu i wysiłku niż jej rozwinięcie w dłuższą opowieść. W świetle stworzonej przez Poego koncepcji „jednego razu", opowiadanie upodabnia się do wypieszczonego klejnotu, którym koneser potrafi się zachwycać, tak jak smakosz zachwyca się doskonałym winem albo wyrafinowanym daniem.

Nie jestem tego taki pewien.

Kwestionując na początek Poego: jego słowa są pełne interesowności. Żadna forma literacka nie odznacza się wyższością nad jakąkolwiek inną formą. Wszyscy pisarze miotają się w głębi duszy. Wszyscy próbujemy zarobić na chleb powszedni i stworzyć coś, co się sprzeda. Niepodważalna według Poego koncepcja „utworu na jeden raz" była podyktowana wymogami ówczesnego rynku wydawniczego. Poe starał się odpędzić widmo głodu, pisząc dla periodyków, których za jego życia było mnóstwo i których liczba bezustannie rosła. Wierzcie mi, gdyby mógł sprzedawać tysiącstronicowe powieści, robiłby to i dzisiaj byłby znany jako ktoś, kto głosi ich wyższość nad krótkimi formami. Jednak rynek potrzebował niewielkich kawałków literatury, więc Poe je dostarczał. Charles Dickens jechał na tym samym wozie, ale on po prostu dzielił swoje (tysiącstronicowe) powieści na mniejsze kawałki, które drukowano w odcinkach, ku wielkiemu zachwytowi czytelników, głównie dlatego że chcieli się dowiedzieć, co będzie dalej. Artur Conan Doyle plasuje się gdzieś pośrodku; kanon pod hasłem Sherlock Holmes to z pewnością seria opowiadań, ale *Sherlock Holmes* to także jedna, niepodzielna całość, uwielbiana i wzbudzająca zachwyt swoim całokształtem, nie zaś epizodycznym charakterem, jakby rzecz istniała pod postacią gigantycznej powieści, niezależnie od swej chaotycznej historii wydawniczej.

I teraz, by zakwestionować założenie kryjące się w słowach Twaina: gwarantuję z całym przekonaniem, że żadne opowiadanie w niniejszej antologii nie zabrało autorowi więcej czasu niż jego powieści. Nawet w przybliżeniu. A jednak każde zdanie jest starannie opracowane i wygładzone; tak, każde z opowiadań było czytane i poprawiane, ponownie czytane i poprawiane – ale tak też się dzieje z każdym zdaniem i rozdziałem w powieści, które są znacznie dłuższe od opowiadań; wysiłek w obu wypadkach jest proporcjonalny i porównywalny.

A zatem, czy opowiadania w tym zbiorze nie są cudownie wypieszczonymi klejnotami, którymi koneser może się cieszyć jak wykwintnym posiłkiem czy winem? No cóż, owszem, jednak nie z powodów, które są uważane za pewnik.

Opowiadania pozwalają na odrobinę swobody. Prezentowani tu autorzy, jako powieściopisarze, są w pewnym stopniu ograniczeni w tym, co piszą; chodzi zarówno o względy ekonomiczne, jak i oczekiwania. Jednak na współczesnym rynku wydawniczym opowiadania nie są obarczone ryzykiem finansowym, nie podlegają też ograniczeniom, jakie narzucają oczekiwania czytelników. Tak więc autorzy mogą pisać o różnych rzeczach i, co więcej, mogą to robić na różne sposoby.

Powieści są plecione na wzór naszyjników, z długiej sekwencji pomysłów, które łączą się z sobą niczym klejnoty i węzły; opowiadania mogą zawierać tylko jedną myśl. Powieści muszą brać za cel całe spektrum poruszanych zagadnień; opowiadania mogą się ograniczyć do szybko zadawanych ciosów, a główna myśl może być jedynie zasugerowana (jak w słynnym pięciowyrazowym opowiadaniu Ernesta Hemingwaya: *Na sprzedaż. Dziecięce buty. Nienoszone*). Do pewnego stopnia znikomość głównego tematu – czy skąpa wiedza na jego temat – staje się cnotą. Byłem kiedyś w luksusowym butiku na Madison Avenue w Nowym Jorku. Sprzedawano tam pióra, notatniki i temu podobne rzeczy. Jakaś kobieta poprosiła, żeby pokazano jej kilka filofaxów – niewielkich skórzanych kołonotatników. Pokazano jej dwa. Zadzwoniła ze swojej komórki i oznajmiła: „Mają niebieskie i zielone". Wysłuchała odpowiedzi i oznajmiła: „Wcale nie jestem pasywnie agresywna!".

No cóż, niemożliwe, by ten podsłuchany incydent mógł zainspirować kogoś do napisania powieści. Za mało materiału. Ale mógłby zainspirować do opowiadania. Każdy pisarz ma w głowie szufladę z etykietką „Wspaniałe pomysły, których nie mogę wykorzystać w powieści". Można jednak wykorzystać je w opowiadaniach.

Podobnie każdy pisarz ma w głowie szufladę z etykietką „Wielkie głosy, których nie mogę…" i „Wielkie postaci, których nie mogę…", i „Wielkie scenariusze, których nie mogę…", i tak dalej. Pisarze specjalizujący się w gatunku *noir* mogą odczuć w pewnym momencie pokusę, by spróbować czegoś weselszego, a ci od książek dla dorastających dzieci mogą zatęsknić za czymś dozwolonym od lat osiemnastu albo obwarowanym jeszcze ostrzejszymi restrykcjami. Rynek opowiadań pozwala rozwinąć te skrzydła. Często rezultatem jest wyczuwalne między wierszami wrażenie świeżości, entuzjazmu, nowatorstwa i radości ze strony autora. Wy także odniesiecie to wrażenie i być może pozwoli nam ono pełniej, lepiej zrozumieć, czym jest opowiadanie – w dzisiejszej kulturze przynajmniej: obcowaniem z prawdziwym mistrzostwem, jak w baseballu… długi męczący sezon dobiega końca i wszyscy czekają na celny rzut.

Gary Alexander

Charlie i piraci

Z „Alfred Hitchcock's Mystery Magazine"

Imię jego: Juan Gama. Pod takim mianem występuje. Nie jest Latynosem, ale jego skóra ma śniady odcień dzięki syryjskiej krwi ze strony matki. Ujdzie, w każdym razie jeśli chodzi o tego wścibskiego *gringo*, który zwie się Charlie i siedzi przy sąsiednim stoliku.

– Historia Campeche jest niezwykła – mówi Charlie Peashooter, obok słodkiej bułeczki i soku pomarańczowego leży otwarty przewodnik. – Jedyne prócz kolumbijskiej Cartageny miasto w obu Amerykach otoczone murem, który miał odstraszać piratów. Z pewnością wie pan o tym, *seňor*. Przepraszam, jeśli nudzę.

Juan uśmiecha się blado i przytakuje głową, starając się udawać, że angielski to dla niego obcy język. Siedzą w La Parroquia, kawiarence pod gołym niebem przy Calle 55. Jajka i kawa na śniadanie to domowa rutyna, do której przywykł. Wie, że rutyna i schematyczne zachowania mogą być niebezpieczne, ale sześć miesięcy w Campeche przytępiły jego czujność.

Leżące na półwyspie Jukatan nad Zatoką Meksykańską Campeche odpowiada wielkością Tacomie i Shreveport. Jest tropikalne i malownicze, poza tym mało kto je odwiedza. Juan Gama przypuszcza, że zwykle przebywa tu około pięciuset przyjezdnych, w tym różnej maści europejscy *gringos*.

Gdyby doszli do wniosku, że uciekł na południe od granicy, to przeszukiwaliby gorące miejsca w rodzaju Acapulco czy Cancún, gdzie można zaszaleć w większym stylu.

Juan Gama skończył właśnie dwadzieścia cztery lata. Choć jest ubrany tylko w podkoszulek i szorty, udaje mu się zachować nieco niechlujny wygląd. Jego okulary w drucianych oprawkach są brudne, a kręcone czarne włosy rozczochrane. Jest chudy i odrobinę niezgrabny, utył też około siedmiu kilogramów, głównie w pasie. Od lat nie czuł się tak rozluźniony.

– Pirat – powtarza i udaje, że to słowo sprawia mu trudności.

– Zgadza się – potwierdza Charlie, zaglądając do przewodnika. – Proszę posłuchać: angielscy, holenderscy i francuscy piraci plądrowali regularnie Campeche od chwili jego założenia w szesnastym wieku. Dziewiątego lutego tysiąc sześćset sześćdziesiątego trzeciego roku połączyli swe siły i zabili wszystkich mężczyzn, kobiety i dzieci. Po tej napaści kolonialne władze hiszpańskie postanowiły otoczyć miasto murem. Zamiar ten zrealizowano w ciągu następnego półwiecza i wyeliminowano zagrożenie. Od tej pory każdy atak piracki był odpierany.

Nie wszystkie kobiety zostały zamordowane, w każdym razie jeśli wierzyć Teresie, dziewczynie Juana, która ma bzika na punkcie tego tematu. Teresa po prostu wie, że pewna jej antenatka przeżyła – piękność, którą zniewolił kapitan piratów. Prześladuje ją wewnętrzny konflikt z powodu pirackiej krwi, która płynie w jej żyłach, i tego, co uczyniono z jej przodkami.

Juan nadal kiwa głową, uśmiechając się przy tym.

Charlie zainicjował rozmowę i się przedstawił. Jest starszy od Juana o dziesięć lat. Szczupły, muskularny i opalony, w eleganckich spodniach i pulowerze, ma proste i białe zęby. Przedziałek we włosach jest równiutki niczym promień lasera. Miła powierzchowność świadcząca o prywatnej edukacji, choć nos wydaje się zbyt długi, a bruzdy nosowe zbyt wyraźne, by człowiek ten mógł uchodzić za hollywoodzkiego przystojniaka. Uśmiecha się często, a niebieskie oczy unikają bezpośredniego kontaktu. Mówi barytonem o doskonałej dykcji i pachnie wodą kolońską.

Charlie emanuje niewymuszoną sympatią. Traktuje Juana jak gospodarz popularnego programu telewizyjnego swojego gościa.

– Tak. Bardzo ciężkie czasy – mówi Juan, znów skupiając się na jajkach.

– W rzeczy samej. Definicja piractwa jest obecnie odmienna i bardziej złożona. Jeden ze słowników określa ją jako bezprawne wykorzystanie czyjegoś wynalazku, dzieła albo koncepcji. Odnosi się to głównie do kwestii naruszania praw autorskich. Te firmy produkujące oprogramowanie dosłownie szaleją, prawda? Oczywiście, sens pojęcia „piractwo" jest jeszcze szerszy. Dotyczy na przykład metodycznej manipulacji przy grach losowych na terenie trzech stanów. Manipulacji wartej dwa miliony dolarów.

Juan Gama wypuszcza z dłoni widelec i podnosi wzrok.

Charlie Peashooter uśmiecha się zniewalająco.

– Sądziłeś, Juanie, że przyślą jakiegoś osiłka, który połamie ci palce?

Juanowi Gamie dosłownie odebrało mowę.

– Spokojnie. Tak robiło się kiedyś, za dawnych czasów. Proszę, dokończ swój posiłek. Potem pogadamy.

• • •

– Jestem konsultantem – wyjaśnia Charlie, kiedy spacerują *malecon*, czyli bulwarem biegnącym wzdłuż Zatoki Meksykańskiej. – Zrozum to, Juanie. Przysłano mnie tu w celu negocjacji, rozwiązania tego problemu. Jestem rozsądnym człowiekiem, a moi zleceniodawcy to rozsądni ludzie. Ot i wszystko.

Idą pod gorącym bezchmurnym niebem. Woda ma wyrazisty odcień stłumionej zieleni, niczym oranżada z limonki.

– Jak mnie znalazłeś?

– Będę mówił do ciebie „Juan", jeśli nie masz nic przeciwko temu.

– Nie mam.

– Wyszkoliłeś brygadę facetów potrafiących liczyć karty, i to na skalę dotąd nieznaną. Szliście jak burza i zgarnialiście pieniądze, zanim kasyna zdążyły sobie uświadomić, co się stało. To byli twoi kumple z korporacji studenckiej, starzy przyjaciele z lat szkolnych?

– Nie. Chłopaki z akademika, niektórzy wciąż się uczą – mówi Juan.

– Wynagrodzenie?

– Pięćdziesiąt procent minus koszty przelotu, wyżywienia i hotelu.

– Zarobić i zwiać, że się tak wyrażę. Istny blitzkrieg. Szkoliłeś ich i wymieniałeś tak szybko, że znikali, zanim ktokolwiek zdążył puścić w obieg ich zdjęcia. Twój system był druzgocąco prosty i skuteczny. Krupierzy od blackjacka, którzy widzieli już wszystko, jak im się zdawało, ani razu się nie połapali. *Chapeau bas*, szanowny panie.

– Hm, dzięki. Ale jak mnie znaleźliście?

– Wszystko zależy od zasobów, jakimi się dysponuje. Każdy się złożył i główkował. Ustalenie twojego miejsca pobytu było prawdziwym wyzwaniem.

– Liczenie kart nie jest przestępstwem, sam wiesz. Jeśli ktoś się orientuje, jakie karty zostały w podajniku, to szanse przechodzą z kasyna na gracza. To wszystko.

– Kwestia etyki.

Juan Gama wybucha głośnym śmiechem.

– Och, przyznaję, że to hipokryzja, ale tak już jest – zapewnia Charlie. – Tak czy owak, moi zleceniodawcy chcą odzyskać swoje pieniądze.

Juan jest bliski zwymiotowania posiłku. Przystaje i bierze głęboki wdech.

Charlie kładzie mu dłoń na ramieniu i uśmiecha się przyjaźnie.

– Juanie, proszę, spróbuj się odprężyć. Wszystko będzie dobrze. Gangsterzy pokroju Bugsy'ego, Moe Greena czy Williego Szpikulca już od dziesiątków lat nie robią w tym interesie.

Juan wzdryga się w duchu.

– Chodzi ci o negocjacje?

– Właśnie. Ludzie, którzy prowadzą w dzisiejszych czasach kasyna, wywodzą się z dużych korporacji. Są pokłosiem konglomeratów rozrywki i hierarchii plemiennej. Rozumieją, że przetrącone kolana nie wpływają dodatnio na bilans. Pojmują znaczenie kompromisu i decyzji biznesowych.

Juan kiwa ponuro głową.

– Podział pół na pół zapewnił ci około miliona dolców. Wygląda na to, że żyjesz konserwatywnie. Z drugiej strony nie oczekujemy, że odłożyłeś wszystko co do grosza.

– Zgadza się.

– Odliczamy to, co zapłaciłeś tym swoim chłopakom. Jestem upoważniony pozostawić ci dziesięć procent. Na czysto. Oddasz nam dziewięćdziesiąt procent z miliona, a resztę sobie zatrzymasz. Tutaj to oznacza, że jesteś ustawiony na całe życie. Traktują to oszustwo jako czesne za naukę, której im udzieliłeś. Co ty na to, koleś?

– Hm. Tak. Okay.

– Kiedy?

Juan wpatruje się w wodę oceanu.

– No cóż, nie trzymam tej forsy w walizce pod łóżkiem.

Charlie parska śmiechem.

– Aha. Zagraniczne banki?

– Wielki Kajman – improwizuje Juan.

– Specjalizowałeś się w statystyce, zanim porzuciłeś uczelnię bez dyplomu, Juanie. Genialny, choć niezaangażowany student. Cieszę się, że to właśnie ja przywracam spokój i poczucie stabilności twojemu życiu.

– Doceniam to, Charlie.

– Jak myślisz? Kiedy?

– Może jutro.

– Powiedzmy, że jutro, i to definitywnie. Dzięki cudom elektroniki możemy dokonać transakcji z prędkością światła. Potrzeba jedynie dobrej woli. Podczas śniadania w La Parroquia. Ja stawiam. – Charlie wręcza mu karteczkę. – Numer konta. Mówisz, że sprawa jest załatwiona. Ja dzwonię i uzyskuję potwierdzenie. A potem żyjesz długo i szczęśliwie.

– Okay.

Charlie wskazuje wodę.

– Dzisiaj jest dziewiąty lutego. Cóż za zbieg okoliczności.

– Hm?

– Rocznica masakry, totalnej grabieży. – Charlie zatacza ręką łuk w stronę lądu, ku bramie, czyli kamiennemu monolitowi wzniesionemu przez człowieka. Mur po tej stronie dawno już zniknął. Stoją na ziemi, którą naniesiono w latach pięćdziesiątych. – Znajdujemy się na poziomie morza. Przed wzniesieniem fortyfikacji piraci przybijali po prostu do brzegu i wkraczali na ląd. Tragedia, tragedia, tragedia.

Juan myśli o piratach Teresy. Opowieść Charliego musi zawierać jakiś morał, ale nie pyta, co to takiego.

– Juan Gama to hiszpański odpowiednik Johna Doe, innymi słowy przeciętnego zjadacza chleba – ciągnie Charlie. – Naiwnie proste, ale ma w sobie coś sympatycznego i figlarnego.

Juan nie znajduje słów, patrzy tylko na swoje stopy.

– Niestety, żyjemy w dorosłym świecie, Juanie – dodaje Charlie.

• • •

Charlie siedzi na brzegu łóżka. Jest wczesny wieczór, a on obserwuje ciemniejący horyzont i morze, coraz żywotniejsze. Charlie znajduje się na poziomie czwartego piętra, być może bezpośrednio nad miejscem, w którym piraci odwalali swoją robotę. Ten hotel cieszył się popularnością podczas spekulacyjnego boomu naftowego na przełomie lat siedemdziesiątych i osiemdziesiątych. Teraz jest nadgryziony zębem czasu, niezupełnie czysty i prawie pusty.

Charlie nie ma nic przeciwko temu. Nie przepada za ludźmi i lubi się cieszyć swoją prywatnością.

Składa automatycznego colta .25, rozkłada i powtarza wszystko od nowa do chwili, aż każda ruchoma część broni pokryta jest cieniutką warstwą smaru. Ściera jej nadmiar i podziwia ten mechaniczny wytwór ludzkiej wyobraźni, który pasuje doskonale do jego dłoni.

Przeszmuglowanie broni nie stanowiło najmniejszego kłopotu. *No problema.* Klienci Charliego przewieźli go do Monterrey na pokładzie prywatnego odrzutowca. Tutaj przybył czarterem.

Podchodzi do okna i podnosi nabój ku gasnącemu światłu. W domowym warsztacie Charlie wydrąża fabryczną amunicję, aż ołowiane ścianki stają się niemal przezroczyste.

Nikt nie potrafi działać z tak bliska jak ja, myśli z dumą. Nikt. I Charlie ma rację. Sympatia, jaką budzi, pozwala mu załatwiać sprawę z bliska. Wszyscy lubią Charliego. Nawet najbardziej podejrzliwa ofiara nie ma zwykle pojęcia, co ją czeka.

Zimna stal przy uchu. Natychmiastowa świadomość zdrady. Jeden strzał o niskiej prędkości pocisku, niewiele głośniejszy od klapsa, kanał słuchowy jako naturalny tłumik. Bulgot dobywający się z ust, gałki oczne uciekające w górę niczym rolety, potem nicość. Nie ma bałaganu, nie ma sprzątania.

Specjaliści medycyny sądowej, którzy usuwali pociski z papkowatych mózgów jego ofiar, twierdzą, że kule przypominają pająki. Jest to jedyny pewniak w legendzie Charliego Peashootera, który posługuje się damską bronią i nigdy nie chybia.

Charlie wsuwa colta do kabury, zahipnotyzowany spektakularnym pokazem światła, wyjącego wiatru i zacinającego niemal poziomo deszczu. Drzewa palmowe wyginają się jak łuki, a na powierzchni hotelowego basenu widać białe grzywacze. Nigdy wcześniej nie był w tropikach i teraz jest zdumiony. Wydaje się, że pogoda zmienia się tak szybko, jak podają to w telewizji, gdzie gadające i starannie ufryzowane głowy komentują zdjęcia satelitarne.

Niepokoi go to zadanie dotyczące Juana Gamy. Jego zleceniodawcy wysłali go natychmiast, gdy tylko zlokalizowali Juana i zorientowali się w jego śniadaniowych nawykach. Charlie nie ma zielonego pojęcia, jaki jest adres Juana, choć zdołano ustalić, że mieszka niedaleko z kobietą o imieniu Teresa i jej bratem Perezem.

Juan to kapryśny młody człowiek, któremu brakuje wdzięku. Sprawia jednak wrażenie rozsądnego. Powinien pojawić się jutro. Kiedy już poda magiczny numer konta, a transakcja zostanie przeprowadzona, on, Charlie, zwabi go w jakieś odludne miejsce i załatwi sprawę do końca. Bądź co bądź, nie chodzi wyłącznie o pieniądze. Chodzi też o zasady. Żelazne zasady.

Charlie gasi światło. Kłaść się z kurami. To jego dewiza.

Wpatruje się w upstrzony przez muchy sufit i znów nie może się nadziwić, że jego zleceniodawcy często przedkładają zemstę nad finansową rekompensatę. Nie może tego zrozumieć, tak jak nie może zrozumieć seryjnych zabójców. Nigdy ich nie pojmował. Dlaczego nie zabijać dla zabawy i jednocześnie zysku?

Ziewa i dochodzi do wniosku, że są ludzie i ludziska.

● ● ●

Juan Gama wpatruje się w sufit, który nie jest upstrzony przez muchy. Teresa to niezwykle sumienna gospodyni.

– Masz jakieś kłopoty?

– Dlaczego pytasz?

– Chodzi o to, jak się zachowywałeś, kiedy wróciłeś po śniadaniu. – Teresa się waha. – I o to, jak zachowujesz się teraz, jak mnie tuliłeś, kiedy już przestaliśmy się kochać. Nigdy wcześniej mnie tak nie tuliłeś.

Teresa jest starsza od Juana. To serdeczna, namiętna kobieta z lśniącymi czarnymi włosami i ufnymi oczami. Ma obfite biodra i sięga mu wzrostem do ramion. Pracuje jako agentka biura podróży w hotelach. Juan poznał ją podczas jednodniowej wycieczki do majańskich ruin w Edzna. Juan wyróżniał się w grupie francuskich turystów.

Potem zabrał ją na kolację. Jedli smażonego granika i pili wino. Potem znowu pili i trzymali się za ręce. Teresa powiedziała mu, że sprawia wrażenie zagubionego. Już nie, odparł.

Teresa wzięła Juana do swojego domu w starym mieście otoczonym murem. Od tej pory tam mieszka, pospołu z jej bezużytecznym bratem Perezem, który jest w jego wieku. Teresa jest dla Juana kochanką, matką i najlepszym przyjacielem. Wszystkim tym i czymś więcej.

Otoczone murem miasto znajduje się w samym środku urbanistycznej odnowy. Po obu stronach wąskich uliczek wykładanych gładkimi białymi kamieniami biegną rzędy parterowych i jednopiętrowych domów o ozdobnych drzwiach, kutych w żelazie balkonach i pastelowych tynkach. Te, które nie zostały jeszcze doprowadzone do ładu, są w trakcie remontu; z chwiejnych bambusowych rusztowań zwieszają się wiadra z farbą. Miasto pokrywa się każdym kolorem, z wyjątkiem lukrecji.

Dom Teresy jest mandarynkowy. Jej frontowy pokój to minimuzeum. Jako osoba wywodząca się z prastarej miejscowej rodziny – niektórzy z jej przodków walczyli z piratami, jak twierdzi – ma ich pradawne portrety, a także wizerunki złych osobników pokroju Pete'a Kuternogi i Czarnobrodego. Przechowuje starą broń – w rzeźbionym kredensie i na ścianie – pistolet skałkowy, kulę armatnią, garłacz i kuszę.

Powiew sztormu wprawia w drżenie drewniane żaluzje, które stukają jak pałeczki perkusyjne. Juan wstaje z łóżka i opuszcza żaluzje.

– Czułam, że przed czymś uciekasz, ale nie chcesz mi się zwierzyć.

Leży na boku, obrócona do niego plecami.

– Nie chcę cię niczym obarczać – zapewnia, nie do końca kłamiąc.

– Możesz, Juanie.

– Wszystko będzie dobrze.

– Twoje imię i nazwisko. Juan Gama. Wiem, że nie są prawdziwe.

– Chciałabyś poznać moje prawdziwe...

– Nie. Chcę cię znać takim, jaki jesteś.

Juan Gama – John Doe, myśli. Musiał stracić rozum. Całkowity idiotyzm. No, ale zawsze traktował życie jak grę.

Jest pewien, że ona śpi, kiedy słyszy jej pytanie:

– Widziałeś dziś Pereza?

– Nie – kłamie.

– Nie słyszałam, żeby wrócił. Ten okropny sztorm, *El Norte*. Mam nadzieję, że go nie dopadł.

Zimne wiatry północne, które czasem się pojawiają, miejscowi nazywają *El Norte*.

– Nic mu nie będzie. To duży chłopak.

– Nie jest dużym chłopakiem, Juanie. To dziecko.

Juan udaje, że zasypia.

– Czasem przypominasz mi Pereza, Juanie.

Juan nie zasypia. Nie potrafi zmrużyć oka. Wie, że choć Charlie wydaje się porządnym gościem, to jednak jego dobroć ma swoje granice.

Gdybym tylko miał pieniądze, które mógłbym mu dać, ubolewa w duchu.

∙ ∙ ∙

Charlie Peashooter popija kawę w La Parroquia; już dawno minęła pora, kiedy Juan Gama je śniadanie. Charlie jest rozczarowany, ale nie zaskoczony. Trudno mu sobie wyobrazić, by chciwość przyćmiewała komuś instynkt samozachowawczy, ale taka jest ludzka natura.

Sztorm trochę zelżał. Nie przyprawia już oczu o łzy i nie wzbija małych tsunami w kałużach brudnej wody. Nie jest to idealna pogoda na lot. Jednakże nie ma tego złego. Charlie słyszy, jak taksówkarz przy sąsiednim stoliku skarży się kelnerowi, że żaden samolot nie może wylądować na lotnisku z powodu bocznych wiatrów i wody na pasie startowym.

Lotnisko, myśli Charlie. Zdaje się na wyczucie i pyta kelnera, gdzie jest Juan, i dowiaduje się od mężczyzny, że Juan powiedział, iż wylatuje dziś rano z miasta na krótką wycieczkę.

• • •

Perez patrzy przez pokrytą strugami wody szybę. Samolot na pasie nabiera szybkości, jego koła wzbijają pióropusze wody. Unosi się bez trudu nad ziemią. Maszyna Pereza mogłaby wznieść się z taką samą łatwością, żeby zabrać go podczas lotu powrotnego do miasta Meksyk, ale nie ma jej tutaj. Można w takich warunkach wystartować, ale nie wylądować, została więc zawrócona.

Perez nie rozumie latania – jak podczas złej pogody samolot może wzbić się w górę, ale nie może wylądować. Zamawia w barze jeszcze jedną whisky. Taki już jego pech, że *El Norte* szaleje od trzech dni. Chwilami czuje się tak, jakby nad głową wisiała mu wielka czarna chmura.

Gringo, chłopak jego siostry, od którego nigdy nie dostał nawet peso, wręczył mu bilet na samolot i pieniądze na jedzenie, bary i pokój hotelowy, który zarezerwował w Meksyku. *Gringo* powiedział, że interes, który miał tam załatwić, został odwołany, po co więc zmarnować taką okazję?

Gringo nie miał żadnych interesów, o których Perez by wiedział, i nie ruszył się z domu od czasu, kiedy wlazł Teresie do łóżka, ale Perez się z nim nie spierał.

Perez pije i się uśmiecha. Podejrzewa, że za tym wszystkim stoi Teresa, która chce, żeby brat usunął się na kilka dni, by mogła pobyć sama z *gringo* i wyciągnąć od niego propozycję małżeństwa. Choć Juan nie jest kimś szczególnie atrakcyjnym jak na *Anglo*, Teresa zdaje się go lubić bardziej niż on ją.

Jeśli chodzi o to, czy Juan zostanie, czy też nie, Perez nie ma ustalonej opinii. Facet jest bogaty jak każdy *gringo*, ale do chwili tego prezentu pod postacią wycieczki nie pojawiły się żadne pieniądze. Dom należy również do Pereza, a Teresa jest pracowita. Przez brak szczęścia i złych szefów Perez nie potrafił się utrzymać w żadnej robocie, ale dzięki siostrze na stole zawsze jest fasola i tortille.

– Będzie tak lać przez czterdzieści dni i nocy, jak w czasie potopu? Jeśli zobaczysz łódź ze zwierzętami, zwiewaj na wzgórza.

Perez śmieje się z tego oklepanego dowcipu, który padł z ust stojącego obok *gringo*. Facet posługuje się łamanym hiszpańskim.

– Cholerny pech – ciągnie *gringo*. – Na lotnisku w Meksyku czeka na mnie moja dziewczyna.

– Człowieku, nie musisz mówić mi o pechu – zapewnia Perez.

– Spędziłem dwa tygodnie w Campeche. Doradztwo. Cholernie tęsknimy do siebie. Jeśli rozumiesz, o co mi chodzi.

Perez rozumie. Tamten się uśmiecha szeroko i mruga. Jest tak uprzedzająco grzeczny i odznacza się głosem o tak doskonałym brzmieniu, że powinien być prezenterem w amerykańskiej telewizji.

– Współczuję, stary. Jadę tam na urlop. Jeśli ma się pieniądze, to wszędzie się można zabawić.

Gringo wzdycha.

– Kiepsko z naszym samolotem. A ma nas odwiedzić siostra mojej dziewczyny. Jest w twoim wieku. Diabelnie gorąca.

Perez patrzy na niego.

Gringo unosi dłonie i zakreśla w powietrzu kształt klepsydry. Perez znów skupia uwagę na samolotach, które kołują na pasie startowym i rozbryzgują wodę. Ostatnio handlował na ulicy drewnianymi replikami statków pirackich, których nie chciał kupić żaden turysta. A teraz, kiedy wreszcie ma w portfelu plik pesos, los pozbawia go przyjemności.

Gringo strzela palcami.

– Mam pomysł. Podobno w Méridzie się przejaśnia. Jestem pewien, że startują stamtąd jakieś samoloty. Daleko to?

Mérida, stolica stanu Jukatan, leży w odległości trzech godzin jazdy samochodem, prosta droga, wyjaśnia Perez i dodaje:

– Z powodu pogody może to potrwać trochę dłużej, choć niewiele.

– Mam samochód, ale nie wiem, jak tam dojechać.

– Ja wiem – zapewnia Perez.

– Wyświadczyłbyś mi przysługę, uwalniając mnie od siostrzyczki. Wyglądasz na człowieka, który potrafi to załatwić.

Kolejny uśmiech i mrugnięcie. Jest miłym, przyjacielskim gościem, poza tym łączy ich wspólny problem.

– Dlaczego nie? – mówi Perez. – Co mam do stracenia?

• • •

Następny dzień, niedziela, jest jasny w przeciwieństwie do chłodnego i posępnego nastroju Juana. Teresa proponuje, żeby wzięli jedzenie i coś do picia i poszli na główny plac. Będzie koncert i wielki tłum. Popatrzą sobie na ludzi i posłuchają muzyki.

– Prześladują cię demony, które masz w głowie, a ja martwię się o Pereza. Zapomnijmy o tym – mówi.

Juan wzrusza ramionami.

– Poznał jakąś kobietę. To wszystko.

– Spakował wczoraj rzeczy i nie powiedział mi ani słowa.

– Jest dorosły, Tereso.

– Tylko według metryki, Juanie.

Juan puszcza to mimo uszu. Proponuje, żeby kupić jedzenie i drinki na straganach, ale oszczędna Teresa pakuje chleb, ser i napoje. Od placu dzieli ich osiem przecznic; Juan niesie koszyk, drugą ręką ściska jej dłoń. Ponieważ to koniec ich związku, chwila wydaje się słodko-gorzka.

Juan jest przekonany, że Perez przebywa obecnie w mieście Meksyk, że je, pije i używa sobie na całego. I wie, że wystawiając Charliego do wiatru, naraża się na poważne reperkusje. Juan wyobraża sobie, jak Charlie udaje się na lotnisko i wyciąga odpowiednie informacje od jego pracowników. Informacje dotyczące planu podróży Juana Gamy.

Gdyby Charlie wiedział, gdzie mieszka, to zjawiłby się u Teresy, nie w knajpie. Juan oblicza, że ma jeden dzień, by uciec. Dzisiaj.

Siedząc na ławce, patrzy na ludzi i kapelę. Nie widzi i nie słyszy niczego. Jego myśli wędrują ku ruletce, najczystszej z gier w kasynie.

Samo koło, bogato inkrustowane drewnem, wirujące na precyzyjnych łożyskach, jest tworem piękna. Czy to w ruchu, czy w spoczynku, potrafi hipnotyzować. Od gracza nie wymaga się jakiegokolwiek uczestnictwa. Kładzie się na planszy pieniądze, a krupier je zgarnia.

Juan Gama, specjalista od statystyki z matematycznym umysłem; kto jak kto, ale on powinien odznaczać się rozsądkiem. Nie potrafił się powstrzymać, tak jak człowiek uzależniony od heroiny nie potrafi się powstrzymać przed wbiciem igły w żyłę. Na podobieństwo jednego z tych zdegenerowanych hazardzistów tracił swoje zyski z liczenia kart równie szybko, jak się pojawiały.

Ma dość pieniędzy, by przeżyć następny rok. A potem co? Będzie się o to martwił po upływie dwunastu miesięcy. Dzisiaj problem stanowi Charlie.

Wyrozumiały Charlie... Czy okazałby współczucie, gdyby Juan zdołał go przekonać, że stracił mnóstwo pieniędzy, grając w ruletkę? Jak brzmi to powiedzonko? Jesteś tylko chwilowym właścicielem zasobów kasyna? Czy Charlie przekazałby swoim szefom, że mimo wszystko odzyskali swoje pieniądze, bo wróciły do nich?

Jasne, czemu nie. Cuda się zdarzają.

– Dobrze się czujesz? – pyta Teresa.

– Co?

– Nie chcesz ze mną rozmawiać. Jakbyś był w transie.

– Przepraszam.

Teresa wstaje z miejsca.

– Ponieważ nie bawisz się dobrze, ja też nie potrafię. Zresztą i tak chcę sprawdzić, czy Perez jest w domu.

Dlaczego nie? – myśli Juan, podnosząc się wolno z ławki. Obejmuje Teresę i ruszając niespiesznie, zaczyna opowiadać jej o wszystkim.

• • •

Charlie Peashooter jest pod wrażeniem. To małe mieszkanie sprawia wrażenie niezwykle schludnego, a salon to antykwariat pełen militariów, nie wspominając już o galerii łotrzyków: piraci i kolonialni bogacze na portretach. Widać dotyk kobiecej dłoni – serwetki i woń świeczek. Wystrój jest zapewne dziełem siostry tego pechowego chłopaka z problemem alkoholowym.

Żeby dostać się do terminalu, Charlie kupił bilet do Cancún. Kiedy nie zauważył nigdzie Juana, wysnuł logiczny wniosek, że facet posłużył się kimś w swoim planie, obliczonym na zmylenie przeciwnika. Kolejny element logiki: po co Juan miałby się wypaplać przed kelnerem, jeśli chciał zwiać z miasta? Wystarczyło dać w łapę pracownikowi biura i dowiedzieć się, że człowiek o imieniu Perez też nabył bilet. I zidentyfikować go.

Niewykluczone, że nieuczciwe zyski Juana Gamy nie znajdują się na jakimś zagranicznym koncie, myśli Charlie. Może Juan jest staroświecki i chowa wszystko w materacu. Domysł okazuje się słuszny. W pudełku na buty, w małym schowku za garderobą, być może nieznanym nawet pani domu, znajduje się drugie pudełko z piętnastoma tysiącami w zielonych i pesos.

Juan podsuwa mu drobną sumkę. Będą jednak musieli uciąć sobie pogawędkę o tym koncie na Wielkim Kajmanie.

Charlie wygląda przez szczelinę w zasłonach. I oto jest ten śmierdziel, wraca do domu z pikniku. Jego uroczo pulchna dama ma zaczerwienione oczy i ściska jak skarb chusteczkę. Charlie cofa się w mrok.

• • •

– Jak mogłeś zrobić Perezowi coś takiego? – pyta nie po raz pierwszy pociągająca nosem Teresa. – Wystawić go na wabia?

– Hej, świetnie się teraz bawi – zapewnia Juan. – Charlie szuka mnie, nie Pereza. Nic mu się nie stanie.

– Już coś się stało. Czuję to. Jak mogłeś mnie przez tyle miesięcy oszukiwać?

– Nie oszukiwałem. Tylko, hm, nie mówiłem ci wszystkiego. Ale zamierzałem to wkrótce zrobić.

– Kłamiesz. Kiedy wyjeżdżasz?

– Bezzwłocznie. Wrócę, jak tylko będę mógł. Obiecuję.

– Kłamiesz. Co to za zapach?

Są już w środku. Juan ma właśnie zamknąć drzwi, kiedy zastyga bez ruchu. On też to wyczuwa.

– Męskie perfumy. Nigdy ich nie używałeś.

– Ja używam. – Charlie wyłania się z cienia. – Proszę mi wybaczyć. Drzwi były otwarte.

– Kłamiesz – oświadcza Teresa, cofając się w stronę Juana. Juan staje przed nią, chroniąc ją swoim ciałem.

– Posłuchaj, Charlie, potrzebuję jeszcze kilku dni.

Charlie wzdycha i robi współczującą minę.

– Juanie, Juanie, Juanie. Trzeba się było zdobyć na szczerość. Zawiodłem się na tobie. Doszlibyśmy do porozumienia.

Juan zwiesza głowę.

– Gdzie jest mój brat? – pyta Teresa.

– Młody obiecujący człowiek. Mogę się założyć, że hula sobie w Meksyku. Och, przepraszam, siostro – odpowiada Charlie, mrugając przy tym porozumiewawczo.

– Kłamiesz. On też. Obaj kłamiecie.

Charlie patrzy na Juana wzrokiem pełnym rozbawienia.

– No cóż, wiem, skąd pochodzi określenie „meksykańska złośnica", szczęściarzu. No dobra, Juanie, jak wygląda nasza sytuacja?

– Jeszcze jeden dzień, Charlie. Jest problem z numerami kont...

– Przestań go okłamywać, to może on przestanie okłamywać mnie.

– Słucham? – zwraca się do niej Charlie.

Teresa patrzy na niego, wpatruje się w jego martwe, serdeczne oczy. Wie, że to się nie skończy dobrze.

– Nie ma żadnych pieniędzy oprócz tych, które chowa w moim domu, i myśli, że o tym nie wiem. Powiedz mi, gdzie jest mój brat, a będziesz mógł wziąć tę forsę i pójść sobie.

– Nie ma pieniędzy? – zwraca się do Juana Charlie. – Muszą być.

– Są. Naprawdę są, Charlie.

Juan wymawia słowo „naprawdę" jak sprzedawcy samochodów w telewizyjnych reklamach. Charlie uświadamia sobie teraz, że nie ma żadnych pieniędzy. Przykry fakt, owszem, ale rozwiązanie tej sytuacji się nie zmieni.

Przysuwa się do Juana, klepie go po ramieniu i mówi:

– Pieniądze. Skoro tak twierdzisz. Doskonale. Do diabła, wystarczy znaleźć telefon i wyjaśnić wszystko. Miejmy to już z głowy, okay?

Juan stoi jak przykuty do miejsca.

Charlie obdarza go ujmującym uśmiechem, a potem daje kuksańca, który jest dość bolesnym kuksańcem.

– Chodź, ważniaku, jeden telefon wszystko załatwi.

– Nie – mówi chrapliwym szeptem Teresa.

Ale nie stoi już tam, gdzie poprzednio, za plecami Juana. Przesunęła się w cień. Może ją też będzie musiał załatwić. Trzy zlecenia za cenę jednego. Życie jest jednak niesprawiedliwe.

Zdążył już niemal wypchnąć Juana na zewnątrz. Trzymając mocno za nadgarstek swoją ofiarę, Charlie się odwraca. Mruga, przyzwyczajając wzrok do mroku, i spogląda z tym swoim uśmiechem na Teresę. Zerka na ścianę pełną pirackich pamiątek. Czegoś tam brakuje.

Sięga do kieszeni, doznając olśnienia i wiedząc, co to takiego. Sięga za późno. W chwili gdy dobywa pistoletu, bełt przeszywa mu krtań.

– Raz już przegnaliśmy takich jak ty. Możemy zrobić to ponownie – oświadcza Teresa.

Nie mówi do Charliego Peashootera, który leży na podłodze i jej nie słyszy. Mówi do Juana, który wypada za drzwi i rzuca się do ucieczki, podczas gdy ona znów ładuje kuszę.

R.A. Allen

Szmaragdowe wybrzeże

Z „The Literary Review"

Nie wyczuwało się wiatru. Niebieskozielona powierzchnia zatoki była całkowicie płaska, a nad nią zwieszały się opary – zanikająca pozostałość porannej mgły. Apatyczne fale obmywały z pluskiem linię przypływu. Waitron zapalił papierosa, opierając się niedbale o drewnianą balustradę, która otaczała taras Joe's Crab Trap. Chwila porannego zastoju: barmani przygotowywali sałatki owocowe z myślą o wczesnym wieczorze, pomocnicy kelnera zamiatali z desek zapiaszczone frytki, personel restauracji oddawał się kieratowi ubocznych zajęć, za które nikt mu nie płacił, ale których wymagało oszczędne szefostwo; nikt nie miał zamiaru zatrudniać ludzi do pucowania luster, odkurzania stolarki, polerowania stali i czego tam jeszcze.

Z powodu mgiełki blask słońca był rozproszony i wszędobylski. Waitron czuł, jak drażni mu siatkówki oczu nawet w cieniu zadaszenia. Mgiełka tłumiła też odgłosy plaży: pisk dzieci, głuche uderzenia piłki siatkowej, strzępy muzyki, przeraźliwe krzyki mew. Przesuwał wzrokiem wzdłuż wybrzeża, ze wschodu na zachód, tak daleko, jak pozwalał mu na to wzrok. Ile kobiet mógł dostrzec między znikającymi biegunami w polu jego widzenia? Trzysta? Ponad pięćset? Z pewnością mniej, niż było ich w sierpniu.

Narastała w nim potrzeba, buzująca niczym para – potrzeba seksu-plus. Seks-plus stanowił spełnienie, o którym, jak doskonale wiedział, nigdy nie marzą przeciętni mężczyźni; on jednak czerpał z niego niebywałą satysfakcję. Miała jednak swoją cenę, a była nią sama potrzeba – chęć – która przypominała jednocześnie głód, łaknienie wody i pragnienie narkotyku. Nadszedł czas, by zaznaczyć to terytorium i ruszyć dalej. Tego wieczoru kończył się jego turnus, on sam zaś miał się spakować i ruszyć za kilka dni do Kolorado, ponownie znikając w ruchomym świecie sezonowych kelnerów. Pora była odpowiednia, jak korzystna dla niego koniunkcja planet. Musiał znaleźć tę odpowiednią kobietę. Musiał spróbować jeszcze tej nocy.

– Robert? – Nie kto inny, tylko Holcomb, szef dziennej zmiany; jedyny, który zwracał się do niego po imieniu, tym prawdziwym. Stał w drzwiach, z rękami na biodrach. – Mógłbyś w miarę szybko odkurzyć wentylatory?

Był to jeden z ubocznych obowiązków Waitrona, co zawdzięczał swojemu wysokiemu wzrostowi. Przez sekundę czy dwie patrzył na Holcomba zimnym wzrokiem.

– Jak skończę palić – odparł, strząsając popiół na deski tarasu.

Holcomb wszedł z powrotem do restauracji. Nie mógł nic więcej powiedzieć i obaj doskonale o tym wiedzieli – sezon dobiegł końca. Waitron ponownie skupił uwagę na plaży. Ile dziewcząt w wieku od dwunastu do dwudziestu czterech lat? Ile z odpowiednimi włosami? Z odpowiednim ciałem?

W jego zamyślenie wdarł się stukot – jakiś człowiek wymieniał gonty na dachu głównego budynku restauracji. Waitron obserwował go obojętnie. Dekarz zaliczał się do typu budowlańców, od których jeszcze kilka sezonów wcześniej roiło się w Destin. Niechlujne włosy i broda, półnagi i opalony na nieprawdopodobny brąz, jeden z niezliczonego motłochu przyciąganego z rolniczych rejonów południowego wschodu przez boom budowlany na szmaragdowym wybrzeżu kalifornijskiej enklawy. Średniej postury, małpiej budowy ciała, same ścięgna i żyły. Pas z narzędziami na dżinsach z obciętymi nogawkami i para brudnych tenisówek. W oczach Waitrona był doskonałym okazem swojej klasy: biedak z Georgii albo północnej Florydy, wywodzący się z tak zwanej białej hołoty, której życie obracało się wokół niewymagającej pełnych kwalifikacji pracy, taniego piwa i awantur na osiedlu przyczep mieszkalnych. Na górze musi być ze czterdzieści pięć stopni, myśli Waitron. Jak on to wytrzymuje?

Jakby wyczuwając czyjś wzrok, dekarz przerwał pracę i przykucnął na łagodnie nachylonej powierzchni dachu, wsparłszy nadgarstki na kolanach. W dłoni kołysał mu się młotek. Popatrzył na Waitrona. Miał na lewym mięśniu trójgłowym prymitywny tatuaż: oko. Waitron poczuł, jak gdzieś z zakamarków pamięci napływa ostrzeżenie. Dekarz wciąż wlepiał w niego spojrzenie bladych oczu osadzonych w jastrzębiej twarzy. Waitron odwrócił wzrok.

* * *

Oakley chodził tam i z powrotem po balkonie, ulegając ponuremu nastrojowi, który go ogarnął.

– Nazywają nas hołotą z przyczep mieszkalnych – oznajmił. – A ponieważ świat przypiął nam taką łatkę, jesteśmy skazani na zwierzęcą egzystencję.

– Tak sobie myślę, że wynika to z naszego urodzenia – odparł łagodnie Sparrow. – Osobiście nie czuję się jak hołota.

Od piątej rano wbijał gwoździe w koszmarnym upale. Teraz, kiedy już wziął prysznic i przebrał się w czyste rzeczy, chciał się tylko zrelaksować przy piwie, podczas gdy słońce zachodziło nad piękną zatoką w dole.

– Czytałeś Hobbesa, kiedy siedziałeś w Fountain?

– Tak, czytałem *Lewiatana*. I egzemplarz *Wojny peloponeskiej*, który mi przysłałeś. Czytałem mnóstwo. Nic się nie zmienia: odwalasz robotę po czterdzieści centów za godzinę, ćwiczysz na siłowni, idziesz żreć, kiedy ci każą, i śpisz, kiedy gaszą światło. Pozostaje cholernie dużo czasu na naukę.

– Nie odstawiasz komunistycznej propagandy, co? – za-
żartował Sparrow.

– Nie. Mówię tylko, że...

Oakley wyszedł trzy tygodnie wcześniej. Nieszczęsna fa-
scynacja sklepem jubilerskim w Dothan kosztowała go dwa
lata i dziesięć miesięcy.

Sparrow i Oakley byli przyjaciółmi od czasu szkoły podstawowej na bezimiennym, palonym słońcem osiedlu, gdzieś
na peryferiach Mary Esther na Florydzie – miasteczka z cią-
giem sklepów, zawdzięczającemu swe istnienie pobliskiej bazie lotniczej. Przeżywali wspólnie zarówno chwile radości,
jak i smutku i nieśli sobie nawzajem pomoc w więzieniu i na
wolności.

Siedzieli teraz na balkonie sypialni Oakleya na pierwszym
piętrze starego motelu Spindrift, reliktu z lat pięćdziesiątych,
teraz opuszczonego – czerwcowy huragan naruszył palowa-
nie, co zagrażało stabilności zachodniego skrzydła. Na jego
miejscu, za rok o tej samej porze, miał stanąć pastelowy wie-
żowiec, który można było sobie obejrzeć na billboardzie.
Oakley mieszkał tu po kryjomu dzięki dobroci faceta o ksy-
wie Two-Eleven, zatrudnionemu niegdyś w motelu w charakterze złotej rączki, obecnie tymczasowego stróża, a także ich
starego kumpla z więzienia. Dla faceta nie było z tym żadnego problemu, bo zakładał, że deweloper i tak go zwolni, kiedy
przyśle buldożery – co mogło nastąpić lada dzień.

Dzięki ukrytemu pod piaskiem sześćdziesięciometrowe-
mu kablowi Oakley kradł prąd od nieobecnych właścicieli
sąsiedniego apartamentu; wystarczało na lodówkę, grzejnik
o pojemności pięćdziesięciu pięciu litrów i kilka żarówek.
Nie było klimatyzacji, ale pod koniec września upał tak
bardzo nie dokuczał, żeby nie dało się spać – mniej więcej.
Źródłem pieniędzy na podstawowe potrzeby były dzienne
wyprawy w charakterze pomocnika na wyczarterowanych ło-
dziach, które wypływały z East Pass, sprzedaż wędkarskich
haczyków turystom, obrabianie ich połowów, szorowanie

pokładów i nadburcia, dostarczanie lodu na łodzie – krótko mówiąc, poślednie roboty nadbrzeżnego wyrobnika. Jednak Oakley, który nie lubił, by nim dyrygowano, i którego drażnił władczy styl kapitanów, zyskiwał na przystani reputację malkontenta. Drugie źródło jego dochodu stanowiły „prace dorywcze", jak wyjaśnił Sparrowi.

Patrzyli, jak jakaś para młodych ludzi zbliża się do krawędzi wody i rozkłada na kocu. W przekonaniu Sparrowa dziewczyna ożywiała nudny krajobraz plaży. Robiła wrażenie – płowowłosa blondynka poniżej dwudziestki. Wbrew przepisom ustanowionym przez miejscowych strażników porządku społecznego miała na sobie wyjątkowo skąpe bikini – koralowe w odcieniu, parodia stroju plażowego. Sparrow poczuł dreszcz.

– Pieprzyłeś od czasu, jak cię zwolnili?

– Spotkałem się ze dwa razy z Amber, kiedy ten zastępca szeryfa, z którym się związała, miał służbę, ale dziewczyna zaczyna się robić oporna.

Sparrow przypomniał sobie gorącą i wyniosłą Amber. Parsknął ironicznym śmiechem.

Oakley przyglądał się jeszcze przez chwilę dziewczynie w skąpym stroju, potem odwrócił wzrok, jakby ten widok sprawiał mu ból.

– Męczy mnie brak forsy, bracie. Potrzebuję szmalu. Bez pieniędzy nie możesz być tym, kim chcesz. Krótko mówiąc: muszę odszukać Davy'ego Redstone'a.

– Tego pasera?

– Tak. Wisi mi trzy tysiące dolców za towar z lombardu, do którego się włamałem, zanim mnie przymknęli. Słyszałem, że facet przesiaduje w barze na północ od Bridge trzysta trzydzieści jeden, w tej kiepskiej knajpie. Wiesz, Oko Sowy. Chcę, żebyś ze mną poszedł. Żebyś mnie osłaniał.

– To było cztery lata temu. Redstone wypnie się na ciebie.

– Przypomnę mu, że dług to dług. Jak zacznie mi wciskać kit, to mu dołożę.

Sparrow skinął głową. Nie miał żadnych wątpliwości, że *violencia* jest prawdopodobna, może nawet nieunikniona. Pomijając staż więzienny, Oakley odznaczał się siłą i sprawnością, które służyły jego wybuchowej naturze. Jeden problem: Redstone nie ruszał się nigdzie bez swoich ludzi. Gdyby doszło do rozróby, mieliby do czynienia z przewagą.

– Będzie ze swoimi gośćmi – zauważył Sparrow.

– Nie mam wyboru.

– Jestem z tobą, bracie.

„Osłaniać" – oznaczało w ich przypadku prośbę o wsparcie, niezaprzeczalną i niepodważalną. A odpowiedź Sparrowa była szczera jak czyste złoto, szczera w obliczu uwięzienia, szczera w obliczu poważnej kontuzji, szczera w obliczu śmierci. Obowiązek wynikający z przymierza, które się wykuło w dawnych trudnych czasach.

Obowiązek. Kiedyś Sparrow przyjąłby zapowiedź brutalnej konfrontacji z niekłamaną radością. Ale w marcu skończył trzydzieści trzy lata. Czytał gdzieś, że ten wiek to punkt zwrotny w życiu nawet najtwardszych ludzi: uświadamiali sobie nagle, że czas płynie. On też sobie to uświadamiał, jakby nad głową bił mu wielki dzwon. Dopuszczał się przeróżnych przestępstw i wykroczeń od dwunastego roku życia – większość wiązała się z kradzieżami, niekiedy brutalnymi i w większości dokonywanymi z pomocą Oakleya. Jednak podczas ostatniej nieudanej roboty Oakley siedział za kratkami. Sparrow zmówił się z fałszerzem działającym w Atlancie – dawnym kumplem z więzienia – i przez dwa miesiące rozprowadzał lewe dwudziestki na Karaibach. Federalni czekali na niego przy bramce lotniska międzynarodowego w Miami. Na sześciu policyjnych nagraniach odgrywał gwiazdę – własnego świadka oskarżenia.

Władze skonfiskowały wszystko, co tylko mogły znaleźć. A to, czego nie mogły znaleźć, zabrał adwokat. Sparrow dostał trzydzieści miesięcy i odsiedział wszystko co do dnia w więzieniu federalnym w Mariannie, nie mogąc liczyć na przedterminowe zwolnienie za dobre sprawowanie. Nie chodziło o to, że nie mógł wytrzymać. Po prostu w pudle człowiek miał świadomość, że system prawny zżera mu przyszłość. Tuż po zwolnieniu poznał Marlene, w której się zakochał i do której się wprowadził. Była urzędniczką w biurze poręczyciela w Fort Walton. Miała czteroletnią córeczkę, która uwielbiała go z niewiadomego powodu. Doszedł więc do wniosku: to bez znaczenia, czy do końca życia będzie dekarzem, kopaczem rowów albo pomywaczem – nie zamierzał więcej iść za kratki. Czuł się zobowiązany wobec Marlene. A co do małej Jonquil, to chciał być dla niej ojcem, którego nigdy nie znała. Czy Oakley by to zrozumiał? Sparrow miał co do tego wątpliwości. W tej chwili chciał być tylko w domu i oglądać telewizję. Lecz Marlene wyjechała do Waycross odwiedzić matkę, co tłumaczyło, dlaczego on siedział teraz z Oakleyem. Miał głęboką nadzieję, że nie znajdą Redstone'a.

– Kiedy chcesz do niego iść? – spytał.

– Od razu.

– Skończyła mi się benzyna.

– Weźmiemy mój samochód.

– Kiedy załatwiłeś sobie wóz?

– Parę dni temu. Stoi na parkingu pod Hampton. Tutaj mógłby przyciągnąć uwagę. Weź resztę piwa. Idziemy.

Sparrow obrzucił plażę ostatnim tęsknym spojrzeniem. Wzmagał się wiatr.

Hampton Inn znajdowało się w odległości dwóch przecznic na wschód, przy Scenic 98 – stanowiącej niegdyś część autostrady 98, skąd rozciągał się widok na plażę – i dwie przecznice na północ. Z Hampton nie można było zobaczyć zatoki. Okolica przyciągała niezbyt zamożnych ludzi – głównie dzieciaki albo rodziny robotników, którzy oszczędzali, żeby zapewnić pociechom kilka dni nad morzem. Siedząc na dachach, Sparrow ich widział: mamę, tatę i przychówek. Szli gęsiego – poważni jak żałobnicy – wzdłuż wysypanego żwirem pobocza z dostępem do plaży, w sandałach i strojach

kąpielowych, obładowani ręcznikami, lodówkami przenośny-
mi, materacami, parasolami i innymi klamotami.

Okazało się, że wóz Oakleya to stary model Forda Tau-
rusa. Sparrow wsiadł do samochodu i przyjrzał się uważnie
wnętrzu.

– Zwędziłeś wóz z wypożyczalni – zauważył, oglądając
kolumnę kierownicy.

– Tak, ale tablice są świeże.

– Jezu.

Oakley uśmiechnął się szeroko.

– Nie martw się, bracie. Będę jechał zgodnie z przepisami.

• • •

– Witajcie, będę dziś wieczorem was obsługiwał – oznajmił, co stanowiło jego ulubiony zwrot i przełamywało pierwsze lody, wywołując na ustach gości uśmiech. – Czy mogę na
początek zaproponować koktajl?

Przy stoliku siedziały dwie pary po czterdziestce i nasto-
letnia dziewczynka – córka jednej z nich, jak przypuszczał.
Dorośli chcieli koktajle. Kiedy się zastanawiali nad wyborem,
Waitron przyglądał się z uwagą dziewczynce. Miała niewła-
ściwe włosy – zbyt długie, zbyt jasne.

Odchodząc z zamówieniem na drinki, zauważył przy barze samotną dziewczynę. Była odpowiednia: drobnej budowy
ciała, ciemne włosy do ramion, dwadzieścia kilka lat. Twarz
też wydawała się w porządku – nieco gorsza wersja Drew
Barrymore. Okulary stanowiły dodatkowy atut. Zjawiając się
tutaj z tymi rozpuszczonymi włosami, prosiła się o seks-plus.

Stolik, który obsługiwał, był już ostatnim w czasie tej
zmiany. Gdyby dziewczyna przy barze została do końca, sta-
nowiłoby to kolejny znak.

Przypominała mu numer cztery, który rozkładał się już od
jakichś dwóch lat w dole znajdującym się na zalesionym terenie około pięćdziesięciu metrów od pobocza autostrady 7,
parę kilometrów za Norwalk w Connecticut. Jak w wypadku
pozostałych, zapamiętał dokładnie współrzędne jej miejsca

spoczynku: karta przetargowa, dzięki której mógł uniknąć celi śmierci, gdyby go złapali.

Słońce zaszło. Goście przy jego stoliku zrezygnowali z deseru, ale jedna z kobiet ku jego irytacji miała ochotę na kawę. Zerknął na dziewczynę przy barze. Właśnie zamówiła kolejną margaritę. Szczęście wciąż mu dopisywało.

Waitron uporał się z kasą, a potem przestępował z nogi na nogę przy stanowisku kelnerów, zawijając sztućce w serwetki i obserwując dziewczynę. W końcu dopiła drinka, zapłaciła i wyszła, ale nie od strony parkingu przy trasie 98, tylko od strony schodów prowadzących na plażę. Doskonale. Waitron poczuł, jak rozdymają mu się nozdrza, a płuca niemal rozrywa przyspieszony oddech. Policzył do dziesięciu, po czym wyszedł frontowymi drzwiami. Pobiegł przez parking do samochodu, z którego zabrał torbę z potrzebnymi rzeczami, a następnie obszedł z boku budynek restauracji i ruszył ku plaży. Jej białe szorty ułatwiały śledzenie, kiedy zmierzała na wschód, stąpając boso po mokrym piasku, tuż przy linii wody.

• • •

Oakley wciskał gaz do dechy w drodze powrotnej przez zatokę Choctawhatchee; strzałka szybkościomierza dochodziła do 170. Taurus szarpał jak wiertarka pneumatyczna, ponieważ w trakcie pospiesznej ucieczki z Oka Sowy zahaczyli o zaparkowaną półciężarówkę i teraz przód wozu utracił geometrię.

– Bryka się rozpada – zauważył Sparrow, trzymając się podłokietnika przy drzwiach.

– Musimy zjechać z tego mostu – powiedział Oakley. – Jeśli wezwali gliny, może być kiepsko.

Sparrow sądził, że jego modlitwy zostały wysłuchane, kiedy weszli do knajpy i nie zastali pasera. Posiedzieli przez chwilę przy barze, chcąc wyciągnąć od małomównego barmana, gdzie jest Redstone, udawali poza tym, że zajmują się własnymi sprawami.

Wieczór przeszedł w noc. Oko Sowy było speluną i odznaczało się wybuchową atmosferą, jak wszystkie inne speluny, ale wszystko przebiegało spokojnie, dopóki jakaś dziewczyna z tapirowanymi włosami i o nerwowych ruchach nie podeszła do nich i nie zaczęła się interesować Oakleyem i jego tatuażem w kształcie koniczyny, jakby był to jakiś sygnał przesłany jej przez kosmitów.

Potem wszystko toczy się szybko: pojawia się durny chłopak dziewczyny.

Oakley wali chłopaka na odlew i wybija mu oko kuflem od piwa.

Znikąd materializują się kumple chłopaka.

Przedarli się do drzwi – Sparrow wywijając stołkiem barowym, a Oakley wymachując składanym nożem, który nosił przy pasku od dżinsów.

Taurus dotarł do grobli na końcu mostu. Sekundę później musieli wykonać gwałtowny skręt, żeby ominąć SUV-a, który wyjeżdżał z mekki turystów zwanej 3-Thirty-A.

Sparrow syknął przez zęby.

– Zwolnij trochę.

Oakley zmniejszył odrobinę szybkość.

– Dziewięćdziesiątkaósemka jest tylko półtora kilometra dalej. Jak tam dojedziemy, będzie okay.

Sparrow nie był tego taki pewien. Jeden reflektor, który ocalał, świecił pod nieprawdopodobnym kątem, ciągnęli też za sobą smugę dymu jak samolot opylający pola.

– Musimy pozbyć się tego wozu, i to jak najszybciej – zauważył.

– Gdzie jest ten cholerny Redstone? – zastanawiał się Oakley.

Dotarli do autostrady 98 i ruszyli na wschód; ruch był niewielki. Gdy znaleźli się na wschód od Sandestin, minęli radiowóz drogówki z Florydy, który jechał przeciwległym pasem. Policjant szarpnął ostro głową w ich stronę. Sparrow się odwrócił i zobaczył, że gliniarz włączył światła alarmowe na dachu swojego samochodu.

– Mamy towarzystwo – oznajmił.

Oakley skręcił przy następnym nawrocie, gdy w ich lusterku pojawił się radiowóz, w odległości około pół kilometra.
Sparrow, posługując się rękawem koszuli, zaczął wycierać
podłokietnik i wszystko, czego mógł w czasie jazdy dotknąć.

– Cholera – powiedział Oakley i zatrzymał się na pasie
awaryjnym. – Żegnaj, fordzie.

Ruszyli biegiem po trawiastym nasypie i przeskoczyli
przez niskie zasieki z drutu kolczastego. Niebawem pochłonął
ich gęsty sosnowy las. Przedzierali się przez gąszcz, podczas
gdy gałęzie chłostały ich po twarzach, a długa trawa pętała
stopy. Autostrada, pulsująca czerwono-niebieskim światłem
i rozbrzmiewająca echem skrzeczącego radia, nikła gdzieś
w dali. Ostre liście palm sabalowych przebijały materiał dżinsów. Wysoko w górze, na tle dyniowatego księżyca, malowa-
ły się rozcapierzone sylwetki drzew.

Przewrócili się jednocześnie przez zwalony pień.

– Co to za miejsce? – wydyszał Oakley.

– Topsail Hill Park. Rezerwat przyrody – wyjaśnił Sparrow. – Jeśli uda się nam przedrzeć przez tę gęstwinę, to wyjdziemy na bezludną plażę.

– Skąd wiesz?

– Kładłem tu w kwietniu dach na biurze i pawilonach.
Podczas przerwy na lunch czytywałem broszury reklamowe.
Wiatr napływa od zatoki. Musimy mieć go od przodu.

Piaszczyste podłoże zrobiło się w pewnym momencie
grząskie i obaj nagle znaleźli się w rogożach sięgających piersi, po pas w wodzie. Wycofali się; liście lilii czepiały się ich
jak natłuszczone bandaże.

– Co teraz? – spytał Oakley.

– Natknęliśmy się na Jezioro Morrisa. Jeśli pójdziemy
w lewo, to dotrzemy do mokradeł pływowych, skąd woda
spływa do zatoki. Tamtędy dojdziemy do plaży.

Dwadzieścia minut później znaleźli ujście jeziora; ruszyli
po omacku wzdłuż jego brzegu, czasem drogę oświetlały im
błyski gromów. Gdzieś nad zatoką czaiła się burza.

– Rany! Cholera! – zawołał Oakley. – Coś ugryzło mnie
w nogę.

– Widziałeś, co to takiego?

– Za ciemno. W tych twoich broszurach pisali coś o wę-
żach?

– Tak, są tu mokasyny błotne i grzechotniki, ale też sporo
niejadowitych.

Słyszeli teraz uderzające fale. Kilka minut później zarośla
ustąpiły wysokiej na jakieś siedem metrów wydmie zwień-
czonej morską trawą. Środek tego piaszczystego wypiętrzenia
przecinał strumień zabarwionej taniną wody, która tworzyła
ujście i płynęła przez plażę do zatoki. Wspięli się na wydmę.
Błysk piorunów i zmienne światło księżyca pozwalało im widzieć plażę w dole. Bezustanny, gnany sztormem wiatr pchał
ku wybrzeżom fale z metronomiczną monotonią; słona mgiełka szczypała ich twarze. Oakley próbował podwinąć nogawkę
dżinsów, żeby obejrzeć ranę, ale miał zbyt spuchniętą łydkę.

– To na pewno był wąż – powiedział. – Noga mi sztyw-
nieje.

– Musimy dojść do Sandestin, to jakieś trzy kilometry
wzdłuż tej plaży. Jest tam szpital. Zaprowadzę cię na ura-
zówkę.

Brnąc po miękkim piasku wydmy, uświadomili sobie szybko, że najlepiej będzie iść po twardszym podłożu plaży. Zsu-
nęli się na dół. Czuli smak ozonowego oddechu burzy. Napły-
wające chmury zakryły księżyc.

Posuwali się wzdłuż podnóża wydmy, zmierzając z uporem
na zachód, ku światłom wieżowców na osiedlach Sandestin.
Wiatr drapał ich twarze jak szlifierka, a błyskawice przeskaki-
wały między chmurami albo uderzały w wodę na horyzoncie.

– Mówiłeś chyba, że plaża jest bezludna – przypomniał
Oakley, wskazując ku krawędzi brzegu.

Kolejny błysk pioruna dobył z mroku dwie postaci w ak-
cie kopulacji – mężczyzna brał kobietę od tyłu. Byli obróceni
twarzami do morza. W blasku gromu naga skóra wydawała
się trupio blada.

– Cholera – mruknął Oakley. – Zupełnie jak Burt Lancaster i Deborah jak jej tam na plaży w *Stąd do wieczności*.

Zrobiło się ciemno.

Kolejny błysk.

– Coś tu nie gra – zauważył Sparrow.

– Masz rację. Sprawdźmy.

Podeszli bliżej, odgłos ich kroków był tłumiony przez huk żywiołów. Mężczyzna zawiązał coś na szyi kobiety – sznur albo pasek – a jej ręce przy każdym pchnięciu majtały się bezwładnie jak u szmacianej lalki. Głosem dostatecznie donośnym, by było go słychać na tle uderzających fal, Oakley powiedział:

– No, no, pieprzony gwałciciel. W pierdlu był sposób na takich pojebańców. Wsadzało im się kutasa w żałosną dupę.

Był chudy i wysoki niczym koszykarz. Odskoczył jak oparzony od dziewczyny, która runęła twarzą w piasek. Sparrow zauważył, że ma posiekane plecy.

Facet podciągnął spodnie i rzucił się w stronę jakiegoś metalicznego przedmiotu, który sterczał z piasku – noża myśliwskiego, jak się okazało.

– Ma kosę! – krzyknął ostrzegawczo Sparrow, kiedy mężczyzna zatoczył w powietrzu łuk trzydziestocentymetrowym ostrzem, zamierzając się w twarz Oakleya.

Zaczęli go zachodzić z obu stron, jak ofiarę na spacerniaku. Sparrow usłyszał trzask – nóż Oakleya. Facet znów przypuścił pozorowany atak na Oakleya, który upadł do tyłu na piasek. Sparrow chwycił mężczyznę za łokieć, powstrzymując go przed zadaniem ciosu. Tamten obrócił się błyskawicznie w jego stronę, ale Sparrow cisnął mu w twarz garść piachu.

Mężczyzna wydał z głębi krtani zduszony dźwięk i zatoczył się do tyłu, trąc sobie oczy. Oakley zdążył się już podnieść.

– Masz, pojebańcu – rzucił, wbijając ostrze swojego noża w brzuch faceta, a potem uchylając się przed odruchowym cięciem wielkiego ostrza.

Wykorzystując chwilowe oślepienie przeciwnika, Oakley uderzał go raz za razem, ciął i dźgał; szybki cios w przedramię, potem jeszcze jeden, który miał dosięgnąć krocza, ale trafił w udo. Sparrow próbował zaatakować kolana mężczyzny, żeby zwalić go z nóg, lecz albo chybiał, albo trafiał gdzieś z boku.

Oakley uderzał wielokrotnie, ale rany zadane sześciocentymetrowym ostrzem w tułów człowieka, którego krwiobieg wrze od adrenaliny, są prawie bezbolesne, nie spowodują natychmiastowej śmierci.

Wirowali w makabrycznym tańcu na krawędzi wody, otoczeni nieprzeniknioną ciemnością przerywaną chwilami oślepiającym blaskiem błyskawicy. W końcu Oakley zdołał wbić przeciwnikowi ostrze noża w dolną część klatki piersiowej do samego końca; facet sapnął z bólu. Sparrow zwalił go wreszcie z nóg, ale tamten, padając, ciął na ślepo swoim wielkim nożem i przejechał Oakleyowi po brzuchu, gdy ten naparł do przodu. Kiedy mężczyzna spróbował się podnieść, Sparrow kopnął go w skroń, a potem poniżej ucha. Facet nie trzymał już noża tak mocno jak wcześniej. Sparrow wyrwał mu go z dłoni i zaciskając przedramię na gardle przeciwnika, wpakował ostrze w jego splot słoneczny. Poczuł na twarzy gejzer krwi. Tamten podrygiwał przez pięć sekund jak podczas orgazmu, w końcu uległ wstrząsowi. Dwadzieścia sekund później był martwy.

Oakley leżał na plecach, przód koszuli miał przesiąknięty krwią. Sparrow pochylił się nad nim.

– Hej, bracie! Wszystko okay?

Oakley miał wywrócone oczy.

– Między rzeką a urwiskiem... pełzały węże – wymamrotał.

Sparrow potrząsnął przyjacielem.

– Co? Co to znaczy?

Próbował robić mu sztuczne oddychanie, ale Oakley dalej bełkotał bez sensu. Sparrow podszedł do nagiej dziewczyny i przewrócił ją na plecy. Była bardziej bezwładna niż filetowany kapłon. Spryskał ją morską wodą; dziewczyna wydała słaby dźwięk. Żyła – przynajmniej w tej chwili.

W głębi plaży, daleko, zobaczył zbliżające się światła samochodu. Oczyścił garścią piasku rękojeść noża myśliwskiego, który sterczał z piersi mężczyzny, a potem, by zatrzeć ślady, ruszył biegiem wzdłuż linii wody, z powrotem w stronę naturalnego zagłębienia uczynionego przez ujście jeziora; brnął przez jego ciemne wody, aż dotarł z powrotem do bezpiecznego schronienia pośród sosen.

Niebawem ciemność nad linią brzegu rozjarzyła się strumieniami i błyskami świateł – czerwonych, żółtych, niebieskich i niebieskobiałych. Sparrow dostrzegł helikopter, a po chwili myszkujący blask szperacza, gniewny palec ziemskiego boga. Wczołgał się pod ostrokrzew. Zaczęło padać.

• • •

Spędził piątkową noc w rezerwacie. Deszcz lał oślepiającymi strugami albo mżył. Kiedy mżył, Sparrow przedzierał się przez zarośla; w końcu, przerażony myślą, że wlezie w ciemności na aligatora albo węża, przycupnął w gęstwinie dzwonków.

Sobota rozkwitła upałem, a słońce z odległości stu pięćdziesięciu milionów kilometrów tłukło go bezlitośnie jak dzieciaka. Zasnął z wyczerpania w słabym cieniu karłowatego dębu, ale obudził się godzinę później w panice, o którą przyprawiały go palące ukąszenia na całym ciele. Mrówki! Oblazły go od stóp do głów i gryzły w twarz, czuł je nawet w kroku; ich żuchwy przywierały do zaschniętej krwi jego niezliczonych skaleczeń i zadrapań. Rzucił się przez zarośla w stronę czarnych głębi jeziora – pieprzyć aligatory i węże – skoczył do wody. Do końca dnia przesiedział wśród krzewów, pod osłoną jakiejś wydmy. Nikt się po niego nie zjawił.

Już dobrze po zmroku wylazł ze swojej kryjówki – wygłodniały, odwodniony, pokryty błotem, pogryziony przez robactwo i schłostany przez sumak – by pokonać piętnaście kilometrów plażą i dojść do Destin. Postanowił, że jeśli natknie się na późnych spacerowiczów albo dzieciaki poszukujące krabów, to zanurzy się po brodę w morzu i zaczeka, aż znikną.

Około trzeciej nad ranem, w niedzielę, Sparrow dotarł do swojego wozu.

• • •

W wieczornych wiadomościach podali, że Oakley jest w śpiączce i przebywa na oddziale intensywnej opieki medycznej, i że pewien kelner, zidentyfikowany jako Robert taki czy inny, nie żyje (krzyżyk na drogę!), i że dziewczyna – prawdopodobnie ofiara brutalnego ataku – jest w ciężkim stanie, jednak niezagrażającym życiu; oczekiwano, że dojdzie do siebie, lecz nie będzie pamiętała niczego, co się wydarzyło. Nie wspomniano o czwartym uczestniku zajścia, Sparrow jednak wiedział, że policja nie ujawnia zwykle wszystkich informacji.

Zdawał sobie sprawę, że przyjdą po niego albo i nie. Że Oakley przeżyje albo umrze. Potrafił zaakceptować fakt, że życie nie zawsze układa się tak, jakby tego pragnął.

Około dziewiątej usłyszał, jak ktoś zatrzaskuje drzwi samochodu, a potem dotarł do niego odgłos kroków na żelaznych schodkach, które prowadziły z betonowego podjazdu do drzwi ich przyczepy mieszkalnej. Marlene i mała Jonquil wróciły z Waycross. Sparrow, pokryty grubą warstwą maści i kremu z hydrocortisonem, leżał w bokserkach na kanapie. Marlene wypuściła z dłoni walizkę na jego widok.

– John! – zawołała – Co ci się stało?!

– Nic.

Spytała z wahaniem:

– Wszystko w porządku?

– Tak.

Jonquil podeszła do matki i przywarła do jej nogi.

– Czy tata John jest ranny, mamo?

– Nie, kochanie, nic mu nie jest. Odnieś rzeczy do swojego pokoju. Mama przygotuje ci kolację, jak tylko się rozpakuje. – Pchnęła córkę w głąb przyczepy. – Chcesz jeszcze piwa, John?

– Tak.

– Wszystko w porządku? Na pewno?

– Tak, na pewno.

– Dobrze – odparła i ruszyła w stronę kuchni.

Sparrow oglądał telewizję, ale nie przejmował się zbytnio. Wiedział, że Marlene nie będzie o to więcej pytała. Tak to już było między nimi – ludźmi ich pokroju.

Doug Allyn

Wcześniejsza Gwiazdka

Z „Ellery Queen's Mystery Magazine"

Jared obudził się gwałtownie na dźwięk śmiechu. Zoba-czył na ekranie małego telewizora przy łóżku, jak Jay Leno rechoce pospołu z jakąś nierozgarniętą celebrytką o blond włosach. Usiadł powoli, oszołomiony i zamroczony. Za dużo brandy, za dużo seksu. Wymacał pilota, wyłączył ja-zgoczący metalicznie odbiornik i rozejrzał się, próbując oprzytomnieć.

Sypialnia. Nie jego. Obok leżała w niedbałej pozie Sun-ny Lockhart; była naga i pochrapywała cicho, jej platynowe włosy przedstawiały koszmarny widok. W wieku pięćdziesię-ciu jeden lat miała kurze łapki w kącikach oczu i zmarszczki wokół ust, ale też piersi rozmiaru D, poza tym kochała się jak stuknięta nastolatka. Nawet lepiej.

Gratyfikacja pod postacią seksu. Najpilniej strzeżony se-kret prawniczej profesji. Po wygraniu sprawy, gdy chodziło o naprawdę duże pieniądze, klienci reagowali uniesieniem i podnieceniem, okazując wdzięczność swemu dobroczyńcy. Dzięki umiejętnościom Jareda Sunny Lockhart była kobietą ustawioną finansowo na całe życie, wolną i niezależną. Nie-stety była po pięćdziesiątce. Za stara jak na jego gust o dobre kilkanaście lat. Poza tym musiał być punktualnie o dziewiątej w biurze, gdzie umówił się z klientem.

Cholera. Czas się zbierać.

Tłumiąc jęk, wyśliznął się cicho ze skołtunionego łóżka Sunny i zaczął zbierać rozrzucone ubranie.

• • •

Pędząc w drobniutkich płatkach śniegu nadbrzeżną szosą swoim mercedesem SL 500, Jared skakał po stacjach, wsłuchany w urywki piosenek, które milkły po krótkiej chwili. Głównie kolędy albo muzyka country. Wreszcie natrafił na coś, co mu się podobało. *Back In Black* zespołu AC/DC. Pogłośnił, a potem uderzał o kierownicę w rytm melodii, czerpiąc energię z muzyki.

Uśmiechał się bezwiednie i zastanawiał, czy zdoła się gdzieś wyrwać w weekend razem z Sunny. Na samą myśl robiło mu się gorąco i nieswojo.

Nie zwrócił uwagi na zardzewiałego pick-upa, który telepał się boczną drogą z lewej strony. Zrobił to dopiero wtedy, gdy półciężarówka nie zwolniła przed znakiem stopu. Ten stuknięty drań przyspieszył, pędząc wprost na niego!

Jared wcisnął z całej siły hamulec i skręcił gwałtownie na pobocze, próbując uniknąć zderzenia. Wiedział doskonale, że jest za późno!

Pick-up przemknął przez skrzyżowanie z prędkością ponad stu dwudziestu kilometrów na godzinę, przeciął linię rozdzielającą pasy ruchu i skręcił w ostatniej sekundzie, po czym walnął bokiem w niewielki sportowy wóz, spychając go z szosy.

Poduszki powietrzne i przednia szyba eksplodowały jednocześnie, pogrążając Jareda w koszmarnym świecie bieli; mercedes przebił masywną zaspę śniegu naniesionego przez wiatr, po czym runął w dół stromego nasypu, maską do przodu.

Zmagając się z objęciami poduszki powietrznej, Jared ściskał kierownicę i próbował za wszelką cenę zachować panowanie nad samochodem, który pędził niczym szalony narciarz. Udało mu się ominąć jedno drzewo, o drugie się niemal otarł. Sądził przez ułamek sekundy, że zdoła wyjść z tego cało – jednak tylny błotnik zahaczył o strzelistą sosnę i wozem obróciło. Nie poddając się już jakiejkolwiek kontroli, wóz zaczął koziołkować w dół zbocza. Odbijając się od pni jak piłka, mercedes zamieniał się w kupę złomu. Szyby eksplodowały do środka, zasypując Jareda deszczem szklanych drobinek. Przez jedną przerażającą chwilę sądził, że samochód wystrzeli w powietrze, ale potem, ze straszliwą siłą, rąbnął przodem o dno wąwozu.

Jared poczuł w kręgosłupie rozpaloną do białości błyskawicę bólu; jego oddech zamienił się w krzyk, a ciało zastygło bez ruchu. Bał się westchnąć czy chociażby mrugnąć, by nie wywołać ponownie tego straszliwego cierpienia.

Chryste. Nie czuł nóg. Nie miał pojęcia, co z nimi jest, ale wiedział, że sprawa jest poważna. Całkowite odrętwienie oznaczało, że być może złamał sobie kręgosłup albo...

– Proszę pana? – Przez mgłę przerażenia, która otaczała Jareda, przedarł się jakiś głos. – Słyszy mnie pan?

– Tak! – sapnął Jared.

– Hej, widziałem wszystko. Ten stuknięty sukinsyn nawet nie zwolnił. Nic się panu nie stało?

– Ja... nie mogę się ruszyć – wydusił z siebie Jared. – Chyba mam uszkodzony kręgosłup. Niech pan zadzwoni pod dziewięćset jedenaście.

– Już to zrobiłem. Proszę zaczekać, mam w samochodzie apteczkę.

Nie chcąc ryzykować i obracać głowy, Jared tylko chwilami widział w rozbitym lusterku wstecznym niewyraźną postać, która schodziła ostrożnie po stromym zaśnieżonym zboczu, niosąc czerwony plastikowy pojemnik. Mężczyzna dwa razy pośliznął się w koleinach pozostawionych przez mercedesa, ale odzyskiwał jakoś równowagę i dalej parł do przodu.

Kiedy podszedł bliżej, w popękanym lusterku ukazały się oderwane fragmenty jego postaci, monstrualnej i jakby nie z tej ziemi... potem zniknął na dobre.

– Jest pan tam? – wysapał Jared, zaciskając zęby. Każde słowo wywoływało falę bezlitosnego bólu.

– Już blisko. Niech się pan nie rusza.

Głos dochodził gdzieś zza wraku. Jared nie mógł w żaden sposób dostrzec mężczyzny.

– Jared Bannan, ten prawnik od nieruchomości, tak? – spytał tamten.

– Znamy się?

Brak odpowiedzi. Po chwili Jared znów dostrzegł w lusterku poskręcaną i rozczłonkowaną postać. Mężczyzna wspinał się z powrotem po zboczu.

– Hej… dokąd pan idzie? Potrzebuję pomocy!

– Nie mogę ryzykować. – Postać kontynuowała wędrówkę w górę, nawet się nie odwracając. – Bak w pańskim wozie jest uszkodzony. Nie czuje pan? Samochód może w każdej chwili eksplodować jak bomba.

– Ale… – Jared się zakrztusił. Mój Boże. Facet miał rację! Nozdrza wypełniała mu woń benzyny, utrudniając oddychanie. – Zaczekaj! Wracaj tu, sukinsynu! Nie zostawiaj mnie! Mam pieniądze! Zapłacę ci!

Na wzmiankę o pieniądzach mężczyzna przystanął i się odwrócił. Ale Jared nie mógł dostrzec jego twarzy ukrytej w cieniu drzew.

– No, chwała Bogu – oznajmił z ulgą Jared. – Dam ci dziesięć tysięcy dolarów. W gotówce. Wyciągnij mnie tylko z samochodu i…

– Dziesięć patoli? Tylko tyle jesteś wart?

– Nie! To znaczy… słuchaj, dam ci, co zechcesz…

Błysk światła ukazał na ułamek sekundy twarz mężczyzny. Bez wątpienia znajomą. Był to ktoś, kogo Jared kiedyś poznał albo… Nagle w jego głowie pojawiła się mrożąca krew w żyłach myśl.

Ten błysk pochodził od płomienia. Mężczyzna zapalił papierosa.

– O Jezu – wymamrotał Jared i oblizał wargi. – Co robisz? Zaczekaj, błagam!

– Jezu? – spytał tamten ironicznie i zaciągnął się głęboko. – Czekaj? Błagam? Tylko na to cię stać? Sądziłem, że tacy krętacze mają gadane.

Jared nie odpowiedział. Nie mógł. Przyglądał się z rosnącym przerażeniem, jak palacz strzepuje popiół z papierosa, którego czubek rozżarza się czerwienią, a potem rzuca go wysoko w górę; jak papieros zatacza w ciemności łuk, ciągnąc za sobą mały snop iskierek.

Jared krzyknął, co przyprawiło jego kręgosłup o nowy paroksyzm bólu, ale nie dbał o to. Nie mógł przestać krzyczeć, tak jak nie mógł powstrzymać lotu małej pochodni.

• • •

Pozostawiwszy nieoznakowany radiowóz przy autostradzie, Doyle Stark pokonał pieszo ostatnie sto metrów pobocza, dzielące go od miejsca wypadku. Poważnego wypadku według standardów tej północnej części kraju. Na jednym pasie stał w poprzek wóz gaśniczy, blokując drogę. Umundurowani zastępcy szeryfa, Hurst i Van Duzen, kierowali ruchem, stojąc na przeciwległym poboczu. Van Duzen zasalutował pospiesznie Doyle'owi, który wycelował w niego palec.

Od obu zderzaków wozu gaśniczego aż do kijków wbitych w zaspy śnieżne na krawędzi szosy ciągnęły się żółte policyjne taśmy, broniąc dostępu do wielkiej szczeliny w śnieżnym nasypie; przechodziły przez jego wierzchołek i znikały gdzieś w dole.

Detektyw Zina Redfern kucała z tyłu wozu strażackiego i ogrzewała sobie przy rurze wydechowej dłonie w rękawicach. Była jak zwykle ubrana na czarno, na modłę Johnny'ego Casha: czarna nylonowa kurtka z napisem *Policja*, golf, dżinsy i wełniana czapka naciągnięta na uszy. Kobieta traktowała określenie „funkcjonariusz po cywilnemu" dosłownie. Nawet jej wojskowe buty o stalowych czubkach były oryginalne. Przy prawej kostce nosiła nóż bojowy.

– Sierżancie Stark. – Kiwnęła mu głową, prostując się na

całą wysokość swoich stu sześćdziesięciu centymetrów wzrostu. – Rany, co ci się stało?

Doyle, wysoki i dobrze zbudowany mężczyzna o piaskowych włosach i szarych oczach, miał nad lewą brwią opatrunek.

– Sędziowałem mecz młodzieżowej ligi hokeja – wyjaśnił. – Dziesięciolatki oglądają w telewizji za dużo sportu. Co jest?

– Samochód przebił się przez nasyp, spadł na sam dół i spłonął do szczętu. To, co zostało z kierowcy, wciąż znajduje się w środku. Poza tym nie mam pojęcia. Chcę, żebyś rzucił na to świeżym okiem.

– Jasne. – Doyle skinął głową, świadomy tonu jej głosu.

Zina pracowała przez cztery lata we Flint, zanim przeniesiono ją na północ, do Valhalli. Była doświadczonym detektywem i jeśli coś nie dawało jej tu spokoju...

Obracał się powoli, chłonąc wzrokiem miejsce wypadku, podczas gdy po przeciwległym pasie posuwał się z wolna strumień samochodów. Gapie o szeroko otwartych oczach, zadający sobie pytanie, co się stało. Doyle wiedział, co czują.

Pośrodku jezdni spotykały się dwa szerokie i czarne ślady poślizgu, a potem skręcały pod nieprawdopodobnym kątem w stronę wyrwy w zaspie na poboczu.

– Kto to zgłosił?

– Jakiś kierowca ciężarówki zauważył wrak, kiedy wjeżdżał na wzniesienie, to było około dziesiątej rano. Mieliśmy cholerne szczęście. Ten samochód jest niewidoczny od strony szosy. Gdyby w nocy spadło trochę więcej śniegu, ten biedny facet mógłby leżeć tam do wiosny. Zaznaczyłam ślady znajdujące się obok tych, które zostawiły opony – powiedziała, prowadząc go w stronę ledwie widocznej wydeptanej ścieżki, która wspinała się na śnieżne obwałowanie. – Odciski stóp, które... no cóż, sam zobacz.

Doyle wspiął się na szczyt wydmy, przystanął i spojrzał na pobojowisko w dole. Po zboczu biegł postrzępiony i nierówny szlak zgniecionego śniegu i odrapanych drzew, sięgając spalonego wraku na dnie wąwozu. Czarnego szkieletu, który niegdyś był kosztownym dziełem niemieckiej sztuki inżynierskiej.

Szczątki mercedesa otaczał krąg poczerniałej zrytej ziemi i brei; cały ten koszmar łagodniał za cieniutką zasłoną rzadkiego śniegu.

Joni Javitz, jedyna specjalistka od kryminalistyki w wydziale, garbiła się obok wraku, robiąc sumiennie zdjęcia. Nawet z tej odległości Doyle widział rozwarte usta i obnażone zęby w niemym krzyku – ostatnim grymasie ofiary ognia. Spod poczerniałej skóry wyzierała gdzieniegdzie czaszka...

Do diabła. Nienawidził tego. Koszmarnej ostateczności i paskudnego smrodu, który przywierał potem przez wiele dni do ubrania. W Detroit gliniarze nazywali takie ofiary grzankami. Tutaj jednak, na północy, nikt z ludzi Doyle'a nie żartował na ten temat. Nie ma nic śmiesznego w takiej śmierci. Nigdy.

Schodząc ostrożnie na dół, Doyle zauważył nierówne ślady butów w śniegu, tuż obok kolein pozostawionych przez mercedesa.

– Kierowca ciężarówki dotarł do wraku?

– Nie zatrzymał się – wyjaśniła Zina. – Zauważył samochód i trochę dymu. Nie był pewien, co to takiego, ale pomyślał, że ktoś powinien to obejrzeć.

– Wciąż się dymiło? O dziesiątej rano? Domyślasz się, kiedy do tego doszło, Joni?

– Przypuszczam, że około północy, szefie, plus minus godzina – odparła Javitz, nawet się nie odwracając. Wysoka i wiotka jak trzcina, musiała się wykręcić jak znak zapytania, by zrobić zdjęcie wnętrza wozu. – Karoseria i ciało są chłodne w dotyku, ale wciąż o kilka stopni cieplejsze niż temperatura otoczenia. Technicy z policji stanowej w Gaylord już tu jadą. Powinni się zjawić lada chwila.

– Okay... – powiedział w zamyśleniu Doyle, obracając się powoli i przyglądając otoczeniu. – Mamy tu ważniaka w sportowym mercedesie, który zjeżdża o północy z szosy, rozbija się i płonie. Nie chciałbym się znaleźć na jego miejscu. A może jej?

– Jego. I to zdecydowanie – zapewniła Joni.

– Doskonale. Jego. No dobra, dlaczego właściwie tu jestem, skoro mam wolne?

Joni odsunęła się bez słowa od wraku, odsłaniając zwęglone zwłoki i głębokie wgniecenie w drzwiach po stronie kierowcy.

– Rany – rzucił cicho Doyle, po czym przykucnął, by dokładniej przyjrzeć się uszkodzeniu karoserii. – Metal o metal. Ślady czerwonego lakieru. Nie ma mowy, żeby spowodowało to uderzenie w drzewo. Co wyjaśnia obecność tych drugich śladów hamowania na jezdni. Ktoś zepchnął tego biednego sukinsyna z drogi...

Urwał nagle, przyglądając się z uwagą maleńkiemu kręgowi ciemnoczerwonych kropelek, rozrzuconych obok tylnego zderzaka; przypominały krew.

– Plastik? – spytał. – Możliwe, że z tylnych świateł?

– Nie, tylne światła to poliwęglan – wyjaśniła Joni. – A te drobinki to zdecydowanie polipropylen, prawdopodobnie z plastikowego pojemnika na benzynę. Małego, kilka litrów. Wystarczy do piły łańcuchowej albo kosiarki. Pojemnik stał bez wątpienia na ziemi obok pojazdu. Zebrałam już trochę osadu do badań, które pozwolą ustalić rodzaj środka zapalającego.

– Nie widziałem żadnych śladów drugiego wozu, pojawiają się dopiero na ostatnim odcinku, tuż przed uderzeniem mercedesa – oznajmił Doyle. – Sądząc po wgłębieniu w karoserii, oba samochody musiały jechać bardzo szybko. A więc wóz numer dwa przejeżdża znak stopu z dużą prędkością, uderza mercedesa w sam środek, dostatecznie mocno, by zepchnąć go poza zaspę...

– Kierowca miał cholerne szczęście. Też mógł wylądować w wąwozie – zauważyła Zina.

– Może to nie było szczęście – odparł Doyle, spoglądając ku autostradzie. – Gdyby nie rąbnął mercedesa, sam z pewnością przebiłby się przez nasyp. Poza tym nie ma tu w nocy dużego ruchu. Więc albo nie dostrzegł znaku stopu, bo zasnął, albo był pijany, nieważne, a facet w mercedesie miał pecha – prawdopodobieństwo jeden do miliona – że pojawił się akurat w tym miejscu, albo...

– Ten drugi całkowicie panował nad sytuacją. – Zina skinęła głową, podążając za wzrokiem Doyle'a i spoglądając w górę zbocza. – Myślisz, że walnął go celowo?

– Wiesz co, wejdź na górę i sprawdź, czy na śniegu, który pokrywa tę boczną drogę, nie ma śladów opon i plam od spalin. Krótko mówić, czy wóz numer dwa nie stał tam dłuższy czas, czekając na mercedesa.

– Jezu – oznajmiła cicho Joni. – Naprawdę uważasz, że ktoś stuknął tego biednego sukinsyna specjalnie? A potem zszedł tu na dół z kanistrem i go podpalił?

– Mnie się też to nie podoba, ale pasuje – oświadczył ponuro Doyle. – Udało ci się go zidentyfikować?

– Samochód jest zarejestrowany na Jareda i Lauren Bannanów. Miejscowy adres.

– Jared Bannan? – powtórzył jak echo Doyle, wyraźnie zaskoczony. – Cholera, znałem tego faceta. Grałem z nim w squasha.

– Przyjaciel?

– Nie, po prostu gość, którego spotkałem kilka razy. Prawnik, przeniósł się tu z południa, zajmował się głównie nieruchomościami.

– Dziany adwokat? – spytała Zina. – Powinnam odwołać techników?

• • •

Drzwi sali szkolnej były uchylone. Doyle chciał zapukać, ale się zawahał, zdziwiony niezmąconą ciszą panującą w pomieszczeniu. Kierowany ciekawością, zajrzał do środka. Jakaś wysoka, elegancka kobieta o krótkich chłopięcych włosach ciemnego koloru zwracała się do uczniów. Bezgłośnie. Jej wargi się poruszały, palce obu dłoni wykonywały szybkie ruchy, prowadząc ożywioną dyskusję z kilkunastoma skupionymi uczniami, którzy odpowiadali równie biegle w języku migowym; ich usta naśladowały mowę, ale nie dobywał się z nich żaden dźwięk.

Przypominało to szermierczy pojedynek na olimpiadzie – srebrzyste mignięcia, zbyt szybkie, by można było za nimi nadążyć wzrokiem.

Kobieta spojrzała w stronę drzwi, marszcząc czoło.

– O co chodzi?

– Przepraszam, że przeszkadzamy. Doktor Bannan? Musi nam pani poświęcić kilka minut.

– Prowadzę właśnie zajęcia.

– To naprawdę ważne.

• • •

– Mój Boże – powiedziała cicho Lauren. – Jesteście pewni, że to Jared?

– Identyfikacja nie została jeszcze zakończona, ale ten człowiek miał przy sobie dokumenty pani męża i jechał jego samochodem.

– Jared nosił na prawej dłoni pamiątkowy sygnet Uniwersytetu Michigan – podsunęła. – Czy kierowca…

Doyle skinął głową. Siedzieli w gabinecie doktor Bannan, maleńkim i po spartańsku urządzonym pokoiku o wymiarach trzy na trzy metry, w Blair Center, okręgowej szkole z rozszerzonym programem dla uczniów specjalnej troski. Na trzech ścianach półki z książkami po sam sufit, na czwartej dyplomy doktor Bannan, starannie rozmieszczone. Żadnych zdjęć, jak zauważył Doyle.

– Nie znalazłam obrączki – powiedziała Zina. – Nosił ją na co dzień?

– Byliśmy w separacji – wyjaśniła Lauren. – Boże. Wciąż nie mogę w to uwierzyć.

– Wszystko w porządku, pani Bannan? – spytał Doyle. – Może przynieść pani szklankę wody czy coś innego?

– Nie, jestem tylko… poruszona. Wiadomo, co się stało?

– Samochód pani męża został prawdopodobnie zepchnięty z nadbrzeżnej autostrady, kilka kilometrów za miastem. Sprawca uciekł z miejsca wypadku. Wóz Jareda stoczył się po stromym zboczu, prawdopodobnie zeszłej nocy. Może było to około północy. Zgon stwierdzono na miejscu. Bardzo nam przykro.

Lauren zacisnęła usta; widać było, że stara się panować nad emocjami. Elegancka kobieta, pomyślał Doyle. Wiotka niczym topola, ciemne włosy, cera nieskazitelna jak u porcelanowej lalki.

Jednak ani śladu kruchości. Przyjęła wiadomość o śmierci męża jak bokser, który otrzymuje silny cios i chwieje się na nogach. I nie daje niczego po sobie poznać.

Po chwili wzięła głęboki wdech i wygładziła starannie żakiet.

– Powiedział pan, że ktoś zepchnął Jareda z drogi. Co się stało z drugim kierowcą?

– Jeszcze nie wiemy. Jak pani sądzi, dlaczego mąż znalazł się zeszłej nocy na tej autostradzie?

– Nie mam pojęcia. Rozstaliśmy się w zeszłym roku. Pomijając rozmowy w obecności naszych adwokatów, rzadko go widywałam. Dlaczego pan pyta?

Zina spojrzała na Doyle'a. Skinął głową.

– Sądząc po śladach poślizgu, można zakładać, że kolizja nie była przypadkowa, doktor Bannan – wyjaśniła. – Zna pani kogoś, kto chciałby zaszkodzić mężowi?

– Zaraz, zaraz, nie tak szybko. – Lauren podniosła rękę. – Mam rozumieć, że ktoś rozmyślnie uderzył w samochód Jareda?

– Nie możemy potwierdzić tego z całą pewnością – zastrzegł Doyle. – Jednak pewne fakty na to wskazują. W tej chwili bierzemy pod uwagę możliwość zabójstwa.

– Tak dla ścisłości, zechce nam pani powiedzieć, gdzie przebywała pani zeszłej nocy? – spytała Zina.

Lauren spojrzała na nią ostro.

– Byłam cały wieczór w domu. Sama. Co pani sugeruje?

– Nic – wtrącił Doyle. – To rutynowe pytania. Proszę nas nie traktować jak wrogów.

Lauren patrzyła przez chwilę gdzieś obok.

– W porządku. Jeśli chcecie coś jeszcze wiedzieć, załatwmy to od razu.

– Powiedziała pani, że rozstaliście się w zeszłym roku – przypomniała Zina. – Wystąpiliście o rozwód?

– Wspólnie, po separacji. Wiosną. To chyba było w marcu.

– Mieliście dzieci?

Lauren się zawahała.

– Nie. Nie mieliśmy.

– Wobec tego proszę mi coś wyjaśnić, pani Bannan. Jeśli nie ma dzieci, to rozwód bez orzekania o winie można uzyskać w ciągu sześćdziesięciu dni. Wiem o tym z doświadczenia. Pani mąż sprawiał trudności?

– Chodziło wyłącznie o podział majątku. Jared zarabiał znacznie więcej ode mnie, uważał więc, że należy mu się więcej. Wciąż wysuwał nowe żądania.

– W Michigan obowiązuje zasada równego podziału majątku małżonków – oświadczył Doyle. – Żona jest uprawniona do otrzymania jego połowy, bez względu na to, kto ile zarabia.

– Mój mąż to prawnik, sierżancie, choć zajmował się głównie nieruchomościami. Nie chciałam walczyć z nim w sądzie ze względu na koszty. Do ostatniego spotkania doszło w zeszły wtorek. Złożył mi propozycję, a ja ją przyjęłam.

– Ale nie była pani z tego powodu zadowolona? – domyśliła się Zina.

– Rozwód rzadko jest powodem do zadowolenia.

– Mieszkaliście tu od niedawna – zauważył Doyle. – Kiedy się przenieśliście na północ?

– Ponad dwa lata temu.

– Dlaczego? To znaczy jaki był powód przeprowadzki?

– Powód? – spytała Lauren, mrugając. Nie odpowiedziała jednak.

Celne trafienie, pomyślała Zina, ale nie miała pojęcia dlaczego.

– Znałem przelotnie pani męża – oznajmił Doyle, przerywając niezręczną ciszę. – Grałem z nim kilka razy w squasha.

– I? – spytała Lauren z dziwnym uśmiechem.

– Co „i"? Dlaczego się pani uśmiecha?

– Jared jak nikt uwielbiał współzawodnictwo. Wygrał z panem, sierżancie?

– Owszem, jeśli mam być szczery. Dwukrotnie.

– Oszukiwał?

– Nie musiał. Był szybszy ode mnie. Dlaczego pani pyta?

– Jared nie potrafił przegrywać. Raz pokonałam go w tenisa, a on rozwalił rakietę w drzazgi, i to na oczach setki widzów. Tydzień później wniosłam o rozwód.

– Z powodu meczu tenisowego? – spytała Zina, unosząc brwi.

– To był dziecięcy popis, a ja sobie uświadomiłam, że Jared nigdy nie dorośnie. I byłam zmęczona czekaniem. Chciałam się uwolnić.

– I teraz jest pani wolna – zauważyła Zina. – Czy wypadek wpłynie na waszą ugodę?

– Nie mam pojęcia. Pieniądze zawsze znaczyły dla Jareda więcej niż dla mnie.

– Pieniądze nie mają znaczenia? – zdziwiła się Zina.

– Kupowałam sobie wolność, pani detektyw. Ile jest warta? Możemy już skończyć? Mam za pięć minut zajęcia.

– Może zechce pani załatwić coś w związku ze śmiercią męża – podsunął Doyle. – Zrobić sobie wolne.

– Praca z kalekimi dziećmi uczy pokory, sierżancie – odparła Lauren. – Pozwala spojrzeć na własne problemy z odpowiedniej perspektywy. Nie chcę siedzieć i rozpaczać. To ostatnia rzecz, jaka mi przychodzi do głowy.

– Rzeczywiście, nie wygląda pani na kogoś takiego – przyznała Zina. – Proszę mi wybaczyć to, co powiem, ale przyjęła pani tę wiadomość raczej spokojnie.

– Borykam się codziennie z jakimiś problemami, pani detektyw. Zajmuję się dziećmi, które nigdy nie usłyszą muzyki albo głosu swoich matek, dziećmi molestowanymi przez rodziców. W zeszłym tygodniu musiałam powiedzieć ośmioletniej dziewczynce, że jej chemioterapia zawiodła i że prawdopodobnie nie doczeka następnej Gwiazdki. Więc to, co od was usłyszałam, jest trudne do zaakceptowania, ale... – Lauren wzruszyła nieznacznie ramionami.

– Ta historia z dziewczynką była znacznie trudniejsza – przyznała Zina, podziwiając wbrew sobie tę kobietę.

– A jednak słońce też wschodzi – oznajmiła zdecydowanym tonem Lauren. – Każdego ranka, bez względu na cokolwiek. Skończyliśmy?

– Jeszcze tylko kilka pytań – zapewnił ją Doyle. – Pani mąż dopuścił się wielu wykroczeń drogowych, związanych głównie z przekraczaniem dozwolonej prędkości. Był nieostrożnym kierowcą?

– Jared nigdy nikogo nie potrącił, miał wspaniały refleks. Ale każdą podróż traktował jak wyścig Le Mans. Nienawidziłam tego przeklętego samochodu.

– Wdawał się w sprzeczki z innymi kierowcami?

– Czy zdradzał agresję na drodze? Jego sposób prowadzenia często wkurzał ludzi, ale Jared rzadko się zatrzymywał, żeby się kłócić. Wolał zostawiać ich daleko w tyle. To go bawiło.

– Co każe nam powrócić do głównego pytania – oznajmił Doyle. – Czy przychodzi pani do głowy ktoś, kto mógłby życzyć źle pani mężowi?

Lauren wahała się ułamek sekundy. I znów celne trafienie, pomyślała Zina, ale nie tak mocne jak poprzednie.

– Nikt – odparła z namysłem Lauren. – Jared był czarującym facetem, dopóki się z nim nie grało w tenisa albo nie miało się z nim do czynienia na sali sądowej. Jeśli miał jakieś kłopoty z klientami, to dowiecie się więcej w jego biurze. Pracował w kancelarii Lehman i Greene. Znajduje się w śródmieściu.

– A pani? – spytał Doyle. – Mercedes jest zarejestrowany na was oboje, jest więc co najmniej prawdopodobne, że to nie Jared był domniemanym celem ataku. Miała pani ostatnio jakieś problemy? Groźby, nękanie, coś w tym rodzaju?

– Nie.

– A uczniowie? – spytała Zina. – Zajmuje się pani nie tylko ludźmi niesłyszącymi, ale także upośledzonymi umysłowo. Czy niektórzy z nich przejawiają skłonności agresywne? Może są przesadnie uczuciowi? Dużo się pisze o związkach między nauczycielami i uczniami.

Lauren patrzyła przez chwilę Zinie w oczy, stukając paznokciem w biurko.

– Naprawdę jesteście nieźli – oznajmiła nagle. – Zazwyczaj to facet odgrywa „złego policjanta", a kobieta współczującą siostrę. Odwrócenie tych ról jest bardzo skuteczne.

– Dzięki – odparła Zina. – Ale nie odpowiedziała pani na moje pytanie.

– Domyśla się pani zapewne, że niektórzy z moich uczniów mają problemy behawioralne, które nie pozwalają im uczęszczać do normalnych szkół. Jednak żaden z nich nie miałby najmniejszego powodu skrzywdzić Jareda. Albo mnie. A teraz, jeśli można, chciałabym zostać sama. Za chwilę mam zajęcia.

– Oczywiście – powiedział Doyle, wstając. – Przepraszam za pytania, które pani zadaliśmy. I przykro nam z powodu śmierci pani męża, doktor Bannan. – Wręczył jej swoją wizytówkę. – Jeśli coś sobie pani przypomni, proszę do mnie zadzwonić. O każdej porze dnia i nocy.

Zina zawahała się w drzwiach. Lauren uniosła brwi.

– Coś jeszcze, pani detektyw?

– Ta dziewczynka, o której pani mówiła… Jak zareagowała na wiadomość o nawrocie choroby?

– Spytała ojca, czy mogą obchodzić Boże Narodzenie trochę wcześniej. Chciała oddać swoje zabawki przyjaciołom.

– Dobry Boże – odparła cicho Zina. – Jak sobie pani z tym radzi? Mówić dzieciom takie rzeczy…

– Niektóre dni przypominają selekcję pasażerów na *Titanicu* – przyznała Lauren, wzdychając głęboko. – Staram się chronić dzieci w miarę możności. I zdruzgotane kobiety. O piątej idę do domu, wypijam brandy i kładę się do łóżka z dobrą książką.

– A nazajutrz słońce znów wschodzi – dokończyła Zina. – Każdego ranka. Bez względu na cokolwiek.

• • •

Kiedy wyszli na korytarz, Doyle spojrzał na Zinę.

– I co?

– Nienawidzę mówić żonom o śmierci mężów. Łzy, rozpacz. Czujesz się tak, jakby ci rozdzierało cholerne serce.

– Ta pani nawykła do złych wiadomości.

– I jest mistrzynią uników. Powtarzała nasze pytania, żeby zyskać na czasie i zastanowić się nad odpowiedzią. Albo nie udzielała jej w ogóle.

– Ma dyplom z psychologii i pedagogiki specjalnej. Jest w tym prawdopodobnie lepsza od nas. Coś jeszcze?

– Tak. Nosi drogie ubrania, ale niezbyt modne i stylowe. Jest przystojna, ale ubiera się jak staroświecka nauczycielka.

– Bo jest nią na dobrą sprawę. O co chodzi, zamieniamy się w policję odzieżową?

– Nie, jesteśmy prawdziwą policją, sierżancie. Chodzi mi tylko o to, że coś tu nie gra. Jeśli wiadomość o upieczonym mężu nie robi na kimś wrażenia, to co może tego kogoś ruszyć?

– Uważasz, że jest w to zamieszana?

– Później o tym pogadamy. Kto następny?

– Powiedziała, że możemy się czegoś dowiedzieć od ludzi w kancelarii prawniczej Bannana.

– Jezu, znowu prawnicy. – Zina jęknęła. – Wolałabym czyścić sobie zęby drutem kolczastym.

• • •

Biura kancelarii prawniczej Lehman, Barksdale i Greene zajmowały ostatnie piętro wiekowego budynku Montgomery Ward w centrum Valhalli. Nazywa się je teraz Starym Miastem. Historycznym sercem niegdysiejszej osady.

Nowe sklepy, Wal-Mart, Home Depot i inne znajdują się obecnie poza granicami miasta; ciągną się wzdłuż brzegu jeziora Michigan jak awangarda boomu, który napędzają nowe pieniądze i nowi ludzie – emigranci spod znaku high-tech z Detroit albo Seattle, napływający stadnie na północ, żeby uciec od dawnego życia. Na ogół bezskutecznie.

Jednak Stare Miasto jest w znacznym stopniu takie samo jak przed drugą wojną światową: chodniki i ulice wykładane cegłą, urokliwe latarnie o kolistych kloszach. Dziewiętnastowieczne budynki odtworzone pieczołowicie na wiktoriańską modłę, żeliwne elewacje, wystawy sklepowe migoczące ozdobami świątecznymi, dźwięki kolęd wirujące w zimowym powietrzu. Boże Narodzenie w Valhalli.

Ulica Harbor Drive zapewnia wspaniały widok na port i jezioro – białe kry dryfują po ciemnych wodach aż po horyzont i setki kilometrów dalej.

Tylko nieliczni mieszkańcy chcą go podziwiać, ale dwoje policjantów przystanęło na chwilę, by chłonąć ten obraz. Wcześniej pracowali w betonowych kanionach południowego Michigan, Doyle w Detroit, Zee we Flint, nim wrócili na starą północ. Nie co dzień człowiek widzi takie piękno.

Całkowicie odnowione podczas niedawnego boomu nieruchomości, biura Lehmana i Greene'a miały teraz status elitarnych – ultranowoczesny labirynt szklano-dębowych pomieszczeń z wykładziną w kolorze écru. Skandynawskie meble w poczekalni, na ścianach oryginalne dzieła sztuki. Doyle pokazał odznakę recepcjonistce, która zadzwoniła do

Martina Lehmana juniora, prosząc, by zszedł do holu. Był po trzydziestce i nosił długie blond włosy, które zaczynały przedwcześnie rzednąć. Swobodny strój: koszula bez marynarki i krawata, zwykłe spodnie, pantofle bez skarpet. Korporacyjny szyk spod znaku New Age.

– W czym mogę pomóc, detektywie?

– Sierżancie, gwoli ścisłości. Rozumiem, że Jared Bannan pracuje tutaj?

– Tak, to jeden z naszych wspólników. Nie zjawił się jednak dziś rano w sądzie. Jakiś problem?

– Może będzie lepiej, jeśli porozmawiamy w pańskim gabinecie, panie Lehman. Zaczekaj tu, Redfern. Zawołam cię, jeśli będziesz potrzebna.

– Najpierw każesz mi się spieszyć, a teraz czekać. – Zina westchnęła, opierając się o kontuar recepcji, podczas gdy Doyle i Lehman zniknęli w głębi korytarza. – Jest tu gdzieś automat z kawą?

– Za rogiem korytarza, chętnie…

– Proszę nie wstawać – przerwała jej Zina. – Ma pani robotę, a ja jestem chwilowo wolna. Pani też się napije?

– Jeśli to żaden kłopot… – odparła recepcjonistka.

– Ja stawiam. – Zina mrugnęła porozumiewawczo. – Pracujące dziewczyny powinny trzymać sztamę, prawda?

* * *

– Jared nie żyje? Dobry Boże – powiedział Lehman, sadowiąc się w skórzanym fotelu za antycznym biurkiem. – Graliśmy w golfa zeszłej soboty. Nie mogę… – Dostrzegł spojrzenie Doyle'a i oznajmił odruchowo: – Polecieliśmy do Flint, jest tam kryte pole golfowe. Jared miał w sobie tyle energii… Był pod wpływem alkoholu?

– A dużo pił?

– Nie bardzo. Uwielbiał jednak balować i… wie pan, próbuję to sobie jakoś wytłumaczyć.

– Nie pan jeden, panie Lehman. Pański wspólnik zginął

w wypadku, który mógł być spowodowany celowo. Kierowca zbiegł z miejsca zdarzenia. Czym się u was zajmował Bannan?

– Głównie zagadnieniami majątkowymi. Był w tym dobry. Negocjował umowy, czuwał nad kwestiami finansowymi, rozwiązywał problemy prawne. Jeden z najlepszych w całym stanie. Mieliśmy szczęście, że pracował dla nas.

– Ale ponieważ w tego rodzaju interesach zawsze ktoś jest niezadowolony…

– Wie pan doskonale, sierżancie, że nie mogę rozmawiać o sprawach, które prowadził Jared. Zasada poufności obowiązująca adwokata i jego klienta.

– Nie pytam o szczegóły.

– Mimo wszystko nasza kancelaria znana jest z dyskrecji…

– Niech pan posłucha, panie Lehman! Ktoś zepchnął samochód pańskiego kumpla do głębokiego wąwozu, gdzie nieszczęśnik spłonął żywcem. Rozumie pan?

– Mój Boże – mruknął Lehman, pocierając powieki opuszkami palców.

– Nie proszę o naruszenie zasad, ale przydałoby się kilka informacji na temat problematycznych spraw albo klientów, którzy mogliby mieć coś wspólnego ze śmiercią Jareda.

– To nie takie proste. Jared specjalizował się wyłącznie w trudnych przypadkach.

– Co pan rozumie przez „trudne"?

– Sporne kwestie własności, przejęcia nieruchomości przez banki albo podział majątku w wyniku rozwodu. Jared uwielbiał konfrontację. Tak długo naciskał stronę przeciwną, aż pękała, potem wnosił o zakaz zbliżania się do swojego klienta albo domagał się odszkodowania; ogólnie rzecz biorąc, utrudniał stronie przeciwnej życie, dopóki nie poszła na ugodę.

– Więc co? Był pańskim facetem od brudnej roboty?

– Najlepszym, jakiego spotkałem – przyznał Lehman. –

Na ścianie jego gabinetu widniało hasło: „Nie chcę przegrywać". I rzadko przegrywał.

– Taka postawa mogła przysparzać mu wrogów.

– I zapewniała mnóstwo pieniędzy. Prawo majątkowe to twarda gra, a Jared był facetem, którego chętnie widziałby pan w swojej drużynie. Choć człowiek w głębi duszy trochę się go bał.

– Pan też?

– Nie miałem powodu, byliśmy kolegami. Ale w sądzie czy podczas negocjacji potrafił się zachowywać jak prawdziwy twardziel. Cienia litości.

– Rozumiem – powiedział Doyle. – Może wymienić pan na poczekaniu wyjątkowo niezadowolonych klientów?

– Największym pechowcem był bez wątpienia Butch Lockhart – odparł Lehman, splatając dłonie.

– Ten diler Cadillaca? Ten, który grał w drugiej linii Lionsów?

– Ten sam. Jared reprezentował jego byłą żonę, Sunny; chodziło o podział majątku po rozwodzie. Znalazł w umowie przedmałżeńskiej jakiś drobny błąd i doprowadził do jej unieważnienia. Sunny dostała połowę wszystkiego. Czternaście milionów za sześć lat związku.

– Rany. Domyślam się, że Butch nie był z tego powodu szczęśliwy.

– Zagroził – cytuję – że „urwie Jaredowi łeb i wsadzi mu go w tyłek". Tak się wyraził podczas oficjalnego spotkania stron. I wyglądał na takiego, który nie żartuje. Oczywiście Jared nagrał tę awanturę na wideo. Adwokaci Butcha jeszcze tego samego dnia przystali na ugodę. Ale to nie wszystko. Jared i Sunny Lockhart...

– Uczcili zwycięstwo?

– Jared posuwał klientki. Traktował to niemal jak rytuał. – Lehman westchnął. – A Sunny mieszka w Brookside. Niewykluczone, że Jared wracał wczoraj właśnie od niej.

– Butch Lockhart wiedział o ich związku?

– Tak mi się wydaje. Jared i Sunny nie kryli się z tym za bardzo.

– Dobra – powiedział Dyle. – Kto jeszcze?

– Ostatnio załatwiał ugodę dotyczącą rodziny Fergusonów. Trzej synowie chcieli sprzedać rodzinną farmę, ojciec był przeciwny. Jared sprawił, że stary został uznany za niekompetentnego w prawniczym rozumieniu tego słowa. Pan Ferguson zagroził w sądzie, że go zabije, co rozstrzygnęło sprawę. Osobiście uważam, że ten człowiek mówił jak najbardziej szczerze.

– Przyjrzymy się temu. Inne historie?

Lehman zawahał się, rozmyślając.

– Jared zajmował się pewną sprawą rozwodową, w przyszłym tygodniu miały się odbyć ostatnie przesłuchania. Emil i Rosie Reiser. Mają warsztat szkutniczy w Point Lucien.

– Na czym polega problem?

– Nieporozumienia dotyczą… zamknięcia interesu. Emil Reiser kupił warsztat dziesięć lat temu, rozbudował go, ożenił się z miejscową dziewczyną. Rozstają się i ustalają podział majątku, ale ich córka jest bardzo chora. Emil chce z tym poczekać, ale Jared ma kupca, któremu się spieszy. Żona chce pieniędzy od razu. Jared obiecał, że to załatwi.

– Jak?

– Przykro mi, ale to tajemnica zawodowa.

– Zechce mi pan mimo wszystko coś powiedzieć, mecenasie?

– Zna pan zasady, sierżancie. Już i tak powiedziałem panu więcej, niż powinienem.

– Zgoda. Na liście są Lockhart, Ferguson i Reiser. Kto jeszcze?

– Ci są najważniejsi. Przejrzę dokumentację Jareda i zaznaczę sprawy, które mogą pana zainteresować.

– A co z żoną Bannana? Powiedziała, że się rozwodzą. Polubownie?

– Żaden rozwód nie jest polubowny, ale oboje są profesjonalistami. Rozmowy toczyły się w chłodnej, ale spokojnej atmosferze. Zajmuję się... to znaczy zajmowałem się dokumentami w ich sprawie.

– W imieniu obu stron? – spytał zdziwiony Doyle. – To chyba nietypowe?

– Chodziło tylko o warunki porozumienia, ustalili je w trakcie spotkań, które prowadziłem w charakterze arbitra. Załatwiliśmy wszystko w zeszłym tygodniu.

– Ku obopólnej satysfakcji?

– Jared był bez wątpienia zadowolony. Jeśli chodzi o Lauren, to trudno powiedzieć. Przyjaźniłem się z Jaredem od czasu studiów. Mógłbym zdradzić panu smakowite szczegóły dotyczące każdej dziewczyny, jaką miał, łącznie z Sunny Lockhart. Ale o jego żonie nie potrafię powiedzieć dosłownie nic. Wiem jednak, że kilka lat temu mieli... poważny problem.

– Jaki problem?

– Naprawdę nie wiem, ale Jared prowadził praktykę na południu stanu, szło mu bardzo dobrze. To nie my wystąpiliśmy z propozycją zatrudnienia. Sam do mnie zadzwonił, ni stąd, ni zowąd. Powiedział, że chce zacząć od początku.

– Próbował ratować małżeństwo?

– Jared nigdy nie traktował małżeństwa aż tak poważnie.

– A jak poważnie traktowała je jego żona? Powinniśmy się temu przyjrzeć? Może miała jakiegoś faceta?

– Nie pomogę panu, sierżancie. Jak już wspomniałem, nie znam tej pani zbyt dobrze. Byłem zaskoczony, kiedy ją poznałem. Jest przystojna, ale nie w typie Jareda. Lubił kobiety gorące, energiczne blondynki. Lauren była przeciwieństwem tego typu. Chłodna, inteligentna i bardzo skryta. Widywałem ją częściej podczas tych spotkań rozwodowych niż wtedy, gdy... słodki Jezu.

– O co chodzi?

– Ich ugoda nie została sfinalizowana. – Lehman zmarszczył brwi. – Ustaliliśmy szczegóły, ale nic nie zostało podpisane, nie ma żadnych świadków.

– A więc? W czym problem?

– Ugoda jest nieważna. Wszystko, nawet to, na co się Jared zgodził. W takiej sytuacji Lauren wciąż jest jego żoną i jedyną spadkobierczynią. Dziedziczy wszystko.

– O jakiej sumie mówimy?

– Naprawdę nie powinienem...

– W przybliżeniu. Proszę...

– Dobrze. Majątek i inwestycje to... z grubsza dwa i pół miliona. Jared miał też wysoką polisę na życie. Całość oceniałbym w okolicach pięciu milionów.

– To bardzo atrakcyjne okolice – zauważył Doyle i gwizdnął.

– Obawiam się, że to wszystko, co mogę panu chwilowo powiedzieć – oświadczył Lehman, wstając z fotela. – Jeszcze dziś prześlę panu faksem informacje na temat klientów, którzy mogliby sprawiać problemy.

– Będę wdzięczny, mecenasie. A jeśli chodzi o śmierć Bannana w wyniku możliwego zabójstwa... sprawa pozostaje między nami.

– Boże. Nie chcę nawet o tym myśleć, a co dopiero mówić komukolwiek.

– Dziękuję, że zechciał mi pan poświęcić swój czas, panie Lehman. Przykro mi z powodu pańskiego wspólnika.

– Mnie też, sierżancie – zapewnił Lehman, ściskając policjantowi dłoń. – Mnie też.

• • •

Zina czekała na Doyle'a przed wejściem do budynku.

– Czego się dowiedziałeś? – spytała, kiedy ruszyli w stronę samochodu.

– Sporo. Bannan miał romans z Sunny Lockhart i połową swoich klientek, grożono mu co najmniej dwukrotnie, a wdowa ma odziedziczyć po nim pięć milionów. A jak tobie poszło z recepcjonistką?

– Mniej więcej to samo. Bannan jej nie pieprzył, ale miał na to ochotę. Był bezwzględnym negocjatorem, który uwielbia wykańczać przeciwnika. Wdał się też w pyskówkę ze swoim wspólnikiem. To było w zeszłym tygodniu.

– Z Lehmanem? O co poszło?

– Recepcjonistka nie potrafiła powiedzieć; te oszklone gabinety sprawiają wrażenie otwartych, ale są dźwiękoszczelne. Reiserowie właśnie wyszli, a na spotkanie czekała pani Bannan. Kłótnia mogła dotyczyć małżeństwa albo jego żony.

– Albo czegoś zupełnie innego.

– Bez względu na to, o co poszło, obaj darli się tak, że szyby się trzęsły, jak twierdziła.

– Najwidoczniej nie dość głośno. Co jeszcze?

– Klienci Bannana kochali go, w każdym tego słowa znaczeniu, zwłaszcza panie. Jest mi trochę smutno, że nigdy do mnie nie zadzwonił.

– Nienawidzisz prawników.

– Tylko tych od rozwodów. Co dalej?

– Zajmiemy się Lockhartami, ale osobno, zanim zdążą ustalić wspólną wersję. Ja oczaruję Sunny, ty olśnisz Butcha.

– A nie mogę dać mu popalić? – spytała Zina. – Lionsi dołowali, kiedy grał dla nich.

. . .

– Żartuje pani? – Butch Lockhart uśmiechnął się szeroko, nie próbując nawet ukryć zadowolenia. – Ten wygadany sukinsyn nie żyje? Na pewno?

– Obawiam się, że tak – odparła Zina, obserwując z uwagą rozmówcę.

Siedzieli w biurze Lockharta, szklanej klatce nad salonem; widać było stamtąd długi jak boisko szereg lśniących cadillaców. Lockhart wydawał się jeszcze większy niż w dniach kariery sportowej; przybyło mu ze dwadzieścia pięć kilogramów. Istny potwór w szytym na miarę garniturze. Przyciemnione okulary, ciemne włosy. Uśmiech zbyt doskonały, by uznać go za szczery.

– Jaki samochód prowadził? – spytał Lockhart.

– Sportowego mercedesa.

– No, coraz lepiej. Przemądrzały japiszon ginie w szwabskim wozie. Gdyby jechał cadillakiem, to pewnie by przeżył.

– Szczerze mówiąc, uważamy, że to nie był wypadek, panie Lockhart. Bannan został uderzony przez innego kierowcę, który uciekł z miejsca zdarzenia. Zechciałby pan powiedzieć, gdzie był zeszłej nocy między dziesiątą a północą?

Lockhart gapił się na nią, mrugając, podczas gdy pytanie policjantki przenikało z wolna do jego durnej łepetyny.

– Zaraz, jedną chwilę, maleńka. Dlaczego akurat mnie pani o to pyta? Co u diabła? Myśli pani, że to ja go zabiłem?

– Mimo wszystko wysuwał pan groźby pod jego adresem, i to przy świadkach. Mówił pan, że rozwali mu głowę…

– Może bym to zrobił, gdybym spotkał go w barze po paru głębszych. Ale nie spotkałem. I gdybym chciał go zabić, nie potrzebowałbym do tego samochodu. Wystarczy, że musiałem wysłuchiwać bzdur od tego śmiecia, kiedy jeszcze żył, i niech mnie diabli, jeśli będę musiał ich wysłuchiwać, kiedy się upiekł jak grzanka. Zwłaszcza od jakiejś Meksykanki z zadupia. Niech się pani wynosi z mojego biura!

– Nie jestem Latynoską, tak przy okazji. Jestem rodowitą Amerykanką – odparła Zina, wstając z miejsca. – Pochodzę z indiańskiego szczepu Anisznabegów. Nie musi pan odpowiadać na jakiekolwiek pytania bez obecności adwokata. Żaden problem. Będę szczęśliwa, mogąc uwolnić pana od podejrzeń w inny sposób. Ile ma pan czerwonych cadillaców na składzie?

– Czerwonych? O czym pani gada?

– Pojazd, który uderzył w samochód pana Bannana, pozostawił na drzwiach ślady czerwonego lakieru. Mogę pobrać jego próbki z każdego czerwonego wozu, który tu stoi, a następnie przesłać do laboratorium w Lansing, gdzie poddadzą je stosownym badaniom. Jestem pewna, że pracownicy pańskiego warsztatu usuną zadrapania bez śladu.

– Usuną? – powtórzył jak echo Butch, podnosząc się z miejsca i górując nad rozmówczynią. – Posłuchaj, mała Meksykanko…

Urwał gwałtownie, wpatrując się szeroko otwartymi oczami w lśniące ostrze noża, który Zina wyciągnęła z cholewy buta.

– Widzę dwa czerwone cadillaki w pańskim salonie – ciągnęła chłodnym tonem. – Wychodząc stąd, zeskrobię trochę lakieru z karoserii. Chyba że okaże się pan miłym gościem, w oo niezachwianie wierzę, i powie mi, do diabła, gdzie pan przebywał zeszłej nocy, panie Lockhart. Proszę.

· · ·

– Posuwał swoją nową dziewczynę. – Zina westchnęła, siadając przy swoim biurku. – Cheerleaderkę ze szkoły średniej. Ni mniej, ni więcej.

Siedzieli w Centrum Służb Porządku Publicznego imienia Mackiego – w przypominającym bunkier budynku z brązowej cegły tuż za granicami Valhalli. Nazwano go na cześć policjanta zabitego podczas rutynowej kontroli drogowej przez psychopatę.

„Dom", sprawujący pieczę nad terenem obejmującym pięć okręgów, mieści komendę policji w Valhalli, biuro szeryfa i połączony wydział śledczy. Współpraca układa się dobrze. Na ogół.

– Ile lat ma dziewczyna?

– Osiemnaście. Pełnoletnia, ale ledwie, ledwie. Potwierdziła wersję Lockharta. Zasugerowałam grzecznie, żeby spróbowała się umawiać z chłopakami w swoim wieku. Odparła, że mogę wsadzić tę radę do bagażnika jej nowiutkiego cadillaca escalade. Trzyletni najem, opłacony z góry.

– Ona ma osiemnaście lat, a on miał ile? Czterdzieści?

– Mężczyźni to palanty. Może przerzucę się na dziewczyny. Co wyciągnąłeś z byłej Lockharta?

– Bannan był z nią ostatniej nocy. Zjedli późną kolację, a następnie cieszyli się swoim towarzystwem. Potem zasnęła. Przypuszcza, że wyszedł od niej po jedenastej. Nie ma alibi, ale też żadnego motywu. Stała się dzięki niemu bogata i kochała się w tym gościu.

– Albo miała akurat chcicę – zauważyła Zee. – Jeśli odpuścimy sobie Lockhartów, to kto zostaje?

– Stary Ferguson, którego uznano za niekompetentnego, nie może być szczęśliwy. I Reiserowie, którzy nie zdołali się dogadać. Plus prawie każdy, kogo Jared Bannan kiedykolwiek spotkał na swojej drodze. Ten facet uwielbiał wkurzać ludzi.

– Zapominasz o wdowie. Pięć milionów to cholernie dobry motyw, Doyle, poza tym nie odpowiedziała na niektóre z naszych pytań.

– Lehman powiedział, że ich małżeństwo było dość chłodne. Co o niej myślisz?

– To samo co ty. Jest bystra, ma wspaniałe nogi i będzie miała na koncie pięć milionów. Może naprawdę przerzucę się na dziewczyny. Chcesz, żebym ją przesłuchała, kiedy ty będziesz się zajmował Fergusonem?

– Nie, spróbujmy najpierw z Reiserami. Zamykają ten swój warsztat szkutniczy za godzinę.

• • •

Warsztat w Lone Pine znajdował się na samym końcu Point Lucien, półwyspu wrzynającego się w Grand Traverse Bay. Prowadziła tam wąska dwupasmowa droga asfaltowa.

– Mało tu zabudowań – zauważyła Zina. – Pewnie zostało niewiele prywatnych przystani.

– Co sprawi, że sprzedaż przyniesie Reiserom kupę forsy – oznajmił Doyle, skręcając na niewielki parking.

Siedzieli przez chwilę przy wyłączonym silniku, wsłuchując się w samotny plusk fal i krzyki mew.

Sam warsztat szkutniczy nie prezentował się okazale – chata, szopa pełna schnącego drewna i długi hangar otoczony pomostem sięgającym samej wody, wzniesiony z grubo ciosanych bali z pobliskiego lasu.

Na końcu pomostu, skulona w wiklinowym fotelu, siedziała dziewczynka z wędką w dłoni; u jej stóp przycupnął wiekowy labrador. Pies podniósł łeb, warcząc ostrzegawczo na widok dwojga funkcjonariuszy.

– Cicho, Smokey – zwróciła się dziewczynka do psa. – Taaato! Policja. Znowu narozrabiałeś?

Jej figlarny uśmiech przerodził się w atak kaszlu. Miała na sobie grubą kurtkę z kapturem, choć temperatura w tym miejscu była o kilka stopni wyższa niż na wzgórzach w głębi lądu. Efekt bliskości jeziora. Na głowie nosiła turban, który chronił przed chłodem i zakrywał łysinę.

– Mogę coś dla was zrobić? – spytał Emil Reiser, wychodząc im na spotkanie. Był niedźwiedziowatym mężczyzną, ubranym z myślą o fizycznej robocie: flanelowa koszula w czerwono-czarną kratę, dżinsy i skórzane buty do kostek. Nie golił się od dawna, a długie włosy koloru soli z pieprzem opadały mu na ramiona. Nie miał koniuszków przy dwóch palcach lewej dłoni.

– Nie przejmujcie się psem, na ogół jest niegroźny. Zjawiliście się w interesach czy dla przyjemności?

– W interesach, panie Reiser.

– Tak? Chcecie kupić jakąś łódź? Bo to jedyny interes, jakim się zajmuję.

– Prawdę mówiąc, chodzi o adwokata pańskiej żony, Jareda Bannana.

– Do diabła, co ten sukinsyn... – urwał, zerkając na córkę, która przyglądała im się z uwagą. Wydał jej szybko polecenie w języku migowym i dziewczyna się odwróciła.

– Jest niedosłysząca? – spytał Doyle.

– Między innymi. – Reiser westchnął. – Lepiej pogadajmy w środku. Ten dzieciak, jeśli chce, potrafi podsłuchiwać z odległości pięćdziesięciu metrów.

Warsztat Reisera przypominał miejsce z innej epoki. W długim pomieszczeniu, na kozłach, spoczywały cztery drewniane kadłuby, różniące się stopniem obróbki. W powietrzu unosił się zapach pyłu drzewnego, trocin i szelaku. Nigdzie nie było widać narzędzi. Pomijając gołe żarówki zwisające z belek stropowych, warsztat mógłby pochodzić z poprzedniego wieku. Albo z jeszcze wcześniejszych czasów.

Zina przechadzała się między łodziami, głaszcząc ich kadłuby.

– Piękne – mruknęła. Zatrzymała się przed stojakiem na

karabiny. Umieszczono na nim ze dwanaście sztuk broni długogolufowej: springfieldy i remingtony z celownikami optycznymi, a także dwa winchestery 94 z kabłąkiem zamka typu *lever-action*. – Spodziewa się pan wojny, panie Reiser?

– To broń myśliwska, panienko.

– Na co pan poluje?

– Już nie poluję. Buduję łodzie. I proszę tu nie spacerować. W warsztatach bywa niebezpiecznie.

– Dlatego stracił pan koniuszki palców? – spytała Zina, podchodząc do obu mężczyzn.

– Palców? – Reiser spojrzał na nie, jakby zdziwiony własnym kalectwem. – Tak. Piła taśmowa. Dwa lata temu.

– Musiało boleć – zauważył Doyle.

– W porównaniu z czym? – odwarknął Reiser. – Pańskie oko też nie wygląda najlepiej. Możemy załatwić sprawę? Mam robotę.

– Rozumiem, że nie przepadał pan za Jaredem Bannanem? – powiedział na początek Doyle.

– Rozwodzimy się, ja i moja żona. Mieliśmy w ostatnich latach tyle kłopotów, że każdemu by się odechciało. Nie mam do Rosie pretensji, że zabierze połowę wszystkiego, choć ostatnio więcej piła, niż pracowała. Kiedy to się skończy, sam pewnie będę chlał przez miesiąc.

– Co się skończy?

– Nasza córka umiera – odparł bez ogródek Reiser. – Rak. Można by pomyśleć, że wrodzona głuchota jest wystarczającym nieszczęściem dla każdego dzieciaka, ale... – Urwał, przełykając z trudem ślinę.

– Przykro mi – powiedział Doyle. – Naprawdę.

– Nic się nie da zrobić – wyjaśnił posępnie Reiser. – Wszystko, o co prosiłem Bannana, to tylko kilka miesięcy zwłoki, żeby Jeanie mogła zostać w domu aż do... samego końca. Rosie nie miała nic przeciwko temu, ale Bannan powiedział, że znalazł nadzianego kupca, który nie chce czekać. Potem swoje dwa grosze dorzucił zapijaczony chłopak Rosie. Gdyby Marty Lehman nie załagodził sprawy, to oboje stłukłbym na kwaśne jabłko. Ale nigdy ich nie tknąłem. Jeśli Bannan tak twierdzi, to kłamie.

– Pan Bannan niczego nie twierdzi – odrzekł łagodnie Doyle, przyglądając się twarzy Reisera. – Nie żyje. Jego wóz został zeszłej nocy zepchnięty z drogi.

– Jezu – mruknął Reiser, odsuwając okaleczonymi palcami gęste włosy sprzed twarzy. – Słuchajcie, nie przepadałem za facetem, ale nie miałem powodu mu szkodzić.

– Nawet po to, żeby zyskać trochę czasu, którego pan potrzebował? – spytała Zina.

– Już to ustaliliśmy. Moja żona może wam powiedzieć.

– Gdzie jest?

– Mieszka w Lakefront Inn, w mieście. Na mój koszt. Ze swoim naćpanym chłopakiem, nazywa się Mal La Roche.

– Znamy go. – Doyle skinął głową. – Gdzie pan był zeszłej nocy, jeśli mogę spytać?

– Tutaj, z Jeanie. A gdzie miałbym być? Możecie ją spytać, jeśli chcecie, tylko nie denerwujcie jej, okay? I bez tego jest jej ciężko.

– Wierzymy panu na słowo, panie Reiser. Nie ma potrzeby niepokoić dziewczynki. Dzięki, że zechciał nam pan poświęcić trochę czasu. I bardzo nam przykro z powodu kłopotów.

• • •

Zina wykręciła szyję i obrzuciła przystań długim spojrzeniem, kiedy odjeżdżali. Reiser stał nad wodą, za plecami córki, trzymając dłoń na jej ramieniu. Rozmawiał z ożywieniem przez telefon.

– „Wierzymy panu na słowo"? – powtórzyła Zina, obracając się w stronę Doyle'a.

– Dzieciak jest chory i pewnie kładzie się wcześnie spać, poza tym niedosłyszy. Skąd dziewczynka miałaby wiedzieć, że Reiser wyszedł z domu? Co w ogóle o nim myślisz?

– Nerwowy facet z mnóstwem kłopotów. Biorąc pod uwagę jego stan umysłowy, nie chciałabym mieć z nim w tej chwili do czynienia. Myślisz, że jego córka to ta sama dziew-

czynka, o której wspominała doktor Bannan? Ta, która chciała wcześniejszej Gwiazdki?

– Jest głucha, a Blair Center to jedyna szkoła dla uczniów
specjalnej troski. Sprawdzisz to, kiedy wrócimy. Tymczasem
pogadamy z żoną Reisera i potwierdzimy jego opowieść.

– Albo i nie – oznajmiła Zina.

* * *

– Rosie nie chce z wami rozmawiać – powiedział zdecydowanie Mal La Roche, stojąc w drzwiach pokoju motelo-
wego i krzyżując umięśnione ramiona. Kudłaty i nieogolony
Mal był uosobieniem wiejskiego osiłka albo nieokrzesanego
odludka z lasu; przypominał osobników, którzy żyją z ziemi,
choć obecnie, zamiast zakładać wnyki, uprawiali marihuanę
albo pichcili amfetaminę. Mal miał dwóch braci i kilkunastu
kuzynów, jeszcze bardziej nieokrzesanych niż on sam. Każdy
gliniarz na północ od Midland znał ich z imienia.

– To nie jest zatrzymanie, tylko śledztwo w sprawie morderstwa – wyjaśnił Doyle. – Chcemy zadać twojej pani kilka
pytań, potem znikniemy.

– Albo możemy cię przymknąć za speed – dodała Zina. –
Wyglądasz na pobudzonego, Mal. Znowu ćpałeś własny towar?

– Ja nic…

– W porządku, Mal, pogadam z nimi. – Rosie Reiser prze-
cisnęła się obok niego. Z tlenionymi blond włosami i zaczer-
wienioną twarzą, ubrana w wypłowiały szlafrok, wyglądała
na wyczerpaną i przegraną. I podpitą. – Pomówimy tutaj,
w pokoju jest bałagan. Chodzi o pana Bannana?

– Pani mąż dzwonił? – domyślił się Doyle.

– Wspomniał, że możecie tu zajrzeć – przyznała Rosie.

– Powiedział także, co ma pani mówić?

– Nie jest mi do tego potrzebny! – zapewniła z urazą. –
Jestem tutaj, no nie?

– Owszem – odparła Zina i popatrzyła znacząco na ob-
skurną klitkę. – Choć trudno mi sobie wyobrazić dlaczego.
Pani córka…

– Jest tam, gdzie powinna być! Ze swoim ojcem, nad cholernym jeziorem. Jego mała księżniczka. Zawsze chodziło tylko o nią! Tak było od chwili, kiedy się urodziła. Ja się nie liczyłam.

– Okay, a pani? – spytała zimno Zina. – Ta nora to odpowiednie miejsce?

– Zadawajcie te swoje pytania i jazda stąd! – wtrącił Mal. – Nie potrzeba nam wykładów.

– Na czym polegał spór między pani mężem a Jaredem Bannanem? – spytał Doyle.

– Wszystko zostało dogadane.

– Nie pytałem o to, czy wszystko zostało dogadane, tylko o co poszło?

– No… – Rosie zamrugała, próbując skupić myśli pomimo alkoholowego zamroczenia. – Nie wiem. Coś o… Emil chciał zaczekać, aż Jeanie… wiecie.

– Umrze – podsunęła chłodno Zina. – I Bannan miał z tym problem?

– Znalazł jakiegoś nadzianego kupca, ale ten chciał od razu nabyć teren – wtrącił Mal. – Ale teraz sprawa jest już załatwiona. Jared i Emil się dogadali.

– Jak? – spytał Doyle.

– Nie znam szczegółów.

– Kim był ten nabywca?

– Nie mamy pojęcia! – warknęła Rosie. – Wiem tylko, że doszło do ugody.

– Bo pani mąż tak powiedział?

– Pieprzyć to, nie muszę z wami rozmawiać. Chcecie mnie aresztować, to proszę bardzo.

– Dlaczego mielibyśmy panią aresztować? – zdziwił się Doyle.

– Tym się właśnie zajmujecie, no nie? Więc bierzcie się do roboty albo jazda stąd.

Wyciągnęła nadgarstki, dając mu do zrozumienia, że może ją zakuć w kajdanki.

– Przepraszamy za kłopot, szanowna pani. – Doyle westchnął. – Miłego dnia.

Zina ruszyła za nim do samochodu, potem się jednak odwróciła.

– Pani Reiser? To nie moja sprawa, ale strata dziecka musi być niewiarygodnie ciężka. Może zechciałaby pani poczekać trochę, zanim zrezygnuje pani z małżeństwa dla faceta pokroju Mala La Roche'a.

– Hej – rzucił Mal. – Nie może...

– Zamknij się, Mal, bo skopię ci tyłek. Pani Reiser...

– Zabieraj się stąd, Pocahontas – nakazała Rosie, szukając oparcia na ramieniu Mala. – Mal zapewnia mi przynajmniej dobrą zabawę. To, że Emil nie ma nic z życia, nie znaczy, że muszę odstawiać cholerną pustelniczkę.

– Chyba nie. – Zina wzruszyła ramionami. – Ma pani rację. Znalazła pani odpowiednie dla siebie miejsce.

● ● ●

– To ta sama dziewczynka – powiedziała Zina, odkładając słuchawkę. – Jeanie Reiser jest na liście uczniów Blair Center. Albo była. Dzieciak specjalnej troski, niedosłysząca. Zabrano ją ze szkoły kilka tygodni temu z powodów zdrowotnych.

Siedzieli w swoim biurze.

– Co oznacza, że doktor Bannan zna Emila Reisera – oznajmił w zamyśleniu Doyle. – Ciekawe.

– Ciekawe? W jakim sensie? – Zina parsknęła. – Jak w *Nieznajomych z pociągu*? On zabija jej męża... a kogo ona zabija? Mala La Roche'a? Poza tym żadne z nich nie ma alibi.

– Może nie są tak cwani jak ci faceci na filmie.

– Tak, to pasuje do pani doktor jak cholera. Tępa jak but z lewej nogi.

– Nie o to mi...

– Cieszę się, że was złapałem – przerwał im kapitan Kazmarek, wsuwając głowę do pokoju. Pięćdziesięcioletni i wyjątkowo sprawny „Cash" Kazmarek szefował wydziałowi śledczemu. Sympatyczny i przyjazny, był twardym policjantem o dwudziestopięcioletnim stażu. – Dostałem telefon z biura szeryfa w Gaylord. Mają wasz samochód. Czerwony pick-up marki Ford, błotnik po stronie pasażera wgnieciony, kradzież zgłoszono wczoraj. Znaleziony godzinę temu, stał na parkingu pod supermarketem Wal-Mart. Co ci się stało w oko, u licha?

– Grałem w hokeja – wyjaśnił Doyle. – Kamery coś zarejestrowały?

– Nie. Kierowca porzucił wóz za dostawczym vanem, żeby go nie było widać. Nawet śladu odcisków palców. Żadnych. Wytarty do czysta, jak nam przekazano.

– Zawodowiec? – spytała Zina.

– Niewykluczone – odparł Kazmarek, siadając za biurkiem Doyle'a. – Albo może jakiś zachlany szczeniak, który miał więcej szczęścia niż rozumu. Co z waszym śledztwem?

– Mamy podejrzanych, ale lista jest dość długa – wyjaśnił Doyle. – Bannan lubił przysparzać sobie wrogów, to była jego specjalność. A o co chodzi?

– Prawdę mówiąc, pojawiła się kwestia spornych interesów. Chcę, żebyście jedno nazwisko przesunęli na sam koniec tej waszej listy.

– Niech zgadnę – powiedziała Zina. – Doktor Lauren Bannan?

– Lauren? – spytał Kazmarek, wyraźnie zdziwiony. – Jest podejrzana?

– Żona jest zawsze podejrzana. O co chodzi, znasz ją?

– Poznaliśmy się kiedyś. Korzystaliśmy z jej usług.

– To żart? Komu udzielała fachowych porad?

– Nie twoja sprawa, detektywie. I nie chodzi o Lauren. Wiem z wiarygodnych źródeł, że Emil Reiser ma na tamtą noc żelazne alibi.

– Jakie alibi? – spytał Doyle. – Twierdził, że siedział w domu z chorym dzieciakiem. Nie ma tego jak zweryfikować.

– Uznaj to za zweryfikowane – poradził Cash, wstając zza biurka. – Jeśli o nas chodzi, pan Reiser był na balu policyjnym i tańczył walca z J. Edgarem Hooverem ubranym w czerwoną sukienkę.

– Z Hooverem? – powtórzyła jak echo Zina. – To znaczy, że federalni chcą, żebyśmy zostawili go w spokoju?

– Nie wspomniałem o federalnych, ponieważ prosił mnie o to pewien zarozumiały agent FBI w Lansing – odparł łagodnie Cash. – Ta wzmianka o Hooverze to była freudowska pomyłka. Zapomnijcie, że ją popełniłem. Jasne?

– Jak słońce. Czy to oznacza, że Reiser jest absolutnie nietykalny, kapitanie?

– Skąd, to śledztwo w sprawie morderstwa, nie wykroczenia drogowego. Upewnijcie się, że zbadaliście wszelkie tropy, zanim znów zaczniecie się przyglądać Reiserowi. I jeśli znajdziecie przeciwko niemu twarde dowody, chcę im się przyjrzeć, zanim je oficjalnie przedstawicie. Jakieś pytania?

– Ty jesteś szefem. – Doyle wzruszył ramionami. – Co z panią Bannan?

– Byłbym zaskoczony, gdyby Lauren miała w tym swój udział – wyznał Kazmarek, przystając w drzwiach. – Ale kiepsko oceniam ludzi. Dlatego zatrudniłem was oboje, prawda?

Zina i Doyle patrzyli na siebie przez chwilę po wyjściu kapitana.

– Federalni – oznajmił w końcu Doyle.

– Niemożliwe, żeby Reiser był informatorem FBI – powiedziała stanowczo Zina. – Ten jego warsztat jest w samym środku głuszy, a on siedzi tam od lat.

– Pozostaje program ochrony świadków – zgodził się Doyle.

– A więc Reiserowi należy całkowicie odpuścić, bo kiedyś tam zeznawał dla FBI?

– Nie ma mowy. Na dobrą sprawę interesuje nas jeszcze bardziej. Ale ponieważ jest teraz oficjalnie na samym dole listy, przekonajmy się, jak szybko uda się nam do niego dotrzeć. Ferguson to jedyny podejrzany, którego jeszcze nie przesłuchiwaliśmy. Może przyjrzymy się też Malowi La Roche, tak dla zasady…

– Już po raz drugi to zrobiłeś – zauważyła Zina.

– Co zrobiłem?

– Wykluczyłeś cwaną doktorkę, Doyle. Miała pięć milionów powodów, żeby się pozbyć męża, jest związana z Reiserem i zdecydowanie unikała odpowiedzi na niektóre z naszych pytań. A może tego nie dostrzegłeś? Bo jesteś facetem, a doktorka nie.

– Bzdury – parsknął Doyle. – Nie jestem…

Urwał, napotykając niewzruszone spojrzenie Zee i uświadamiając sobie, że być może w tym, co powiedziała, jest ziarenko prawdy. Jak zwykle.

– Okay. – Skinął głową. – A tak poważnie… naprawdę sądzisz, że zabiła męża? Albo kazała zabić?

– Nie wiem. Ty też nie wiesz. Ale z pewnością coś ukrywała. Może ma to jakiś związek ze śmiercią jej męża, może nie, ale jeśli skreślamy nazwiska z naszej listy, to myślę, że powinnam przesłuchać ją jeszcze raz. Sama tym razem. Porozmawiać z nią jak kobieta z kobietą. Chyba że masz coś przeciwko temu, sierżancie?

Doyle spojrzał na nią, szukając w jej twarzy jakiejś ironii. Byli partnerami od czasu, kiedy Zina przeniosła się na północ. Prawie cztery lata. A on wciąż nie wiedział, jak działa jej umysł. Czy też umysł jakiejkolwiek innej kobiety, jeśli już o tym mowa.

– Do diabła, rób, co chcesz. Spotkanie z psychoanalitykiem może ci wyjść na dobre. Tylko uważaj, żebyś się nie zaangażowała uczuciowo.

– Nie bój się. Nie chcę spłonąć żywcem we własnym samochodzie.

• • •

Lauren Bannan odkładała tę rozmowę najdłużej, jak się dało. Zamierzała załatwić to po lunchu, ale skończyło się na tym, że pracowała do późnego popołudnia.

Przyrzekła więc sobie, że będzie to jej ostatni telefon tego dnia. Potem znów zapomniała. Tak jakby.

Kiedy jednak weszła do kuchni niewielkiego domku nad jeziorem, który wynajmowała od czasu separacji, uświadomiła sobie, że nie może już tego dłużej odkładać. I podobnie jak większość rzeczy, których człowiek się boi, nie okazało się to aż takie trudne.

Matka Jareda Bannana, obecnie prawie osiemdziesięcioletnia, przebywała od dawna w domu opieki w Miami. I była przyzwyczajona do złych wiadomości. Tam gdzie mieszkała, był to chleb powszedni.

– Nie rób wielkiego zamieszania z pogrzebem, Lauren – oznajmiła drżącym starczo głosem. – Jared miał w nosie religię, a ja nie przyjadę. Przykro mi, ale nie czuję się na siłach. Załatw to tak, jak uważasz za stosowne, i prześlij mi jego prochy. Jared może stać na kominku, obok swojego ojca. I tak się niedługo z nimi spotkam. Jak się trzymasz, moja droga?

Lauren zaczęła płakać. Łzy spływały po jej policzkach, gdy słuchała słów pociechy ze strony starszej pani, którą ledwie znała. I której nigdy więcej miała nie zobaczyć.

– W porządku, mamo – skłamała. – Trzymam się.

Potem umyła sobie twarz, zaparzyła mocnej irlandzkiej kawy i usiadła przy kuchennym stole, żeby przejrzeć w książce telefonicznej oferty domów pogrzebowych.

Odezwał się dzwonek przy drzwiach. Lauren podreptała na bosaka do drzwi i przywarła okiem do wizjera, niemal pewna, że to Marty Lehman. Wspomniał, że gdyby się chciała wypłakać na jego ramieniu…

Ale to nie był on.

– Detektyw Redfern – oznajmiła Lauren, otwierając szeroko drzwi. – Czym mogę służyć najlepszej policjantce w Valhalli?

– Przepraszam, że panią tak nachodzę, doktor Bannan, ale pojawiło się kilka spraw. Poświęci mi pani minutkę?

– Prawdę mówiąc, zjawiła się pani w samą porę. Muszę wybrać jakiś zakład pogrzebowy. Może mi pani coś polecić?

– McGuinn, w śródmieściu. Obsługuje pogrzeby w naszym wydziale. – Zina ruszyła za Lauren przez salon do kuchni, rozglądając się po niewielkim wnętrzu. Było praktycznie puste i nagie. Widywała już opuszczone domy, które sprawiały bardziej przyjazne wrażenie. – Uroczy wystrój.

– Wciąż trzymam nierozpakowane pudła w garażu – przyznała Lauren. – Wybrałam ten dom ze względu na widok. Taras na tyłach wychodzi na jezioro. Proszę usiąść. Właśnie zaparzyłam irlandzkiej kawy. Napije się pani?

– Chętnie. – Zina usiadła przy stole. – Ale to nie jest towarzyska wizyta.

– Świetnie – oznajmiła Lauren, postawiła przed Ziną parujący kubek i zajęła miejsce naprzeciwko. – Nie wiedziałabym, jak poradzić sobie z towarzyską wizytą. Nasi znajomi wywodzili się głównie z grona współpracowników Jareda. O co chodzi, pani detektyw?

– Na pewno może pani rozmawiać? Wydaje się pani trochę... rozkojarzona.

– Nie jest to dzień, który będę z radością wspominać, ale proszę się nie obawiać. Nie jestem z porcelany. Niech pani przejdzie do sedna sprawy.

– Doskonale. Mamy do czynienia z paskudnym morderstwem, a pani chrzani nam śledztwo.

– W jaki sposób?

– Kłamiąc albo ukrywając istotne informacje.

– No, no – mruknęła Lauren, popijając kawę. – Nie owija pani w bawełnę.

– Nie jest pani z porcelany.

– Nie, nie jestem – przyznała Lauren i westchnęła głęboko. – Jestem pedagogiem specjalnym i terapeutką. Mam licencję stanową, a prawo federalne zakazuje mi ujawniania informacji uzyskanych w trakcie wykonywania pracy. Komukolwiek.

– Mam rozumieć, że wie pani, kto zabił jej męża?

– Nie. Absolutnie nie.

– Ale coś pani wie.

– Nic, co wiązałoby się bezpośrednio ze śmiercią Jareda. I nic, o czym mogłabym z panią rozmawiać w jakiejkolwiek sprawie.

– Zejdźmy na ziemię, pani doktor. Mnóstwo dowodów wskazuje na panią. Jeśli spróbuje nas pani zwodzić, to skończy się na tym, że wpakuje się pani w tarapaty, które mogą pani zniszczyć życie, bez względu na winę.

– Pomogę wam w miarę możliwości.

Zina odchyliła się na krześle i popijając kawę, wpatrywała się bez zmrużenia oka w twarz Lauren.

– W porządku. Zacznijmy od najważniejszego. Podczas naszej pierwszej rozmowy Doyle spytał panią o powody tej przeprowadzki na północ. Wykręciła się pani od odpowiedzi. Dlaczego?

Lauren patrzyła przez chwilę gdzieś obok, potem spojrzała Zinie prosto w oczy.

– Ja i Jared chcieliśmy zacząć wszystko od nowa po śmierci naszego syna – wyjaśniła bezbarwnym głosem. – Jared junior urodził się z wrodzoną wadą serca. Przeżył pięć miesięcy. Mieliśmy nadzieję, że zmiana miejsca nam pomoże. Nie pomogła.

– Przykro mi.

– To było cztery lata temu. Zostałam terapeutką nie dlatego, że jestem dobrą osobą, która pragnie pomagać innym, pani detektyw. Zrobiłam to, żeby ocalić siebie.

– I jak pani idzie?

– Powoli. Następne pytanie?

– Zasadnicze. Kiedy Doyle spytał, kto miałby powód zaszkodzić pani mężowi, wyraźnie się pani zawahała.

– Zawahałam się?

– Znowu to pani zrobiła. Chroni pani kogoś?

– Przykro mi – odparła Lauren, kręcąc z wolna głową. – Nie mogę.

– Nie może pani?! Nie chce mi się wprost wierzyć, że osłania pani zabójcę z powodu jakichś cholernych względów formalnych. Niech pani poda nazwisko! Do diabła, chociażby inicjały!

– Powiedziałam pani. Nie mogę.

– Jezu Chryste! – rzuciła Zina, wstając z miejsca i nachylając się groźnie nad stołem. – Kiedy pracowałam we Flint, miałam do czynienia ze zorganizowaną przestępczością. Po wschodniej stronie miasta. Spotykałam twardych drani, ale nikogo tak zimnego jak pani. Facet, którego pani osłania, zamordował być może pani męża!

– Będzie lepiej, jeśli już sobie pani pójdzie.

– Owszem, będzie lepiej, bo kusi mnie, żeby pani dołożyć. Ale ostrzegam, jeśli ktoś oberwie dlatego, że nie chce nam pani nic powiedzieć, to klnę się na Boga, spalę panią żywcem!

. . .

Doyle siedział przy swoim biurku, kiedy do pokoju wpadła Zina.

– Wie coś na pewno, ale nie chce powiedzieć – oznajmiła, siadając ciężko, wciąż wzburzona. – A ty czego się dowiedziałeś?

– Więcej niżbym chciał – odparł Doyle w roztargnieniu.

– O kim? O Fergusonie?

– Stary spędził ostatni tydzień w stanowym szpitalu psychiatrycznym. Obserwacja siedem dni w tygodniu, dwadzieścia cztery godziny na dobę. Całkowicie czysty. Więc sprawdziłem Reisera w policyjnej bazie danych.

– Cash kazał nam go odstawić.

– Nie wpisałem jego nazwiska, podałem tylko ogólny rysopis i te brakujące palce. Otrzymałem kilka możliwych wyników, ale zaliczyłem jedno duże trafienie. Sprawa, którą zresztą pamiętam, sprzed dwunastu lat w Ohio. Byłem wtedy młodym gliniarzem w Detroit. Płatny zabójca z Toledo nazywany Japońcem wydał policji rodzinny gang Volcheków i rozbił siatkę handlarzy narkotyków. W odwecie załatwili mu żonę i dzieciaki.

– Nikt w naszej sprawie nie jest Japończykiem.

– Ten płatny zabójca też nim nie był. Miał takie przezwisko, bo brakowało mu palców. Gangsterzy z japońskiej jakuzy obcinają sobie koniuszki palców. Kwestia honoru.

– Do diabła, Doyle, połowa moich krewnych na zapyziałej

prowincji ma poobcinane palce, bo ciągle wymachują piłami, żeby zarobić na życie. Nie znaczy to jednak, że są płatnymi zabójcami.

– To nie wszystko. Po rozprawie Japoniec zniknął. Żadnej wzmianki o wyroku, ani słowa o miejscu pobytu. Nic, absolutne zero.

– Myślisz, że federalni załatwili mu program ochrony świadków?

– Prawdopodobnie – odparł Doyle. – Załóżmy, że masz świadka, na którego jest wyrok. Możesz dać mu nową tożsamość, nawet załatwić operację plastyczną, ale palce mu nie odrosną...

– Umieścili go na zadupiu, gdzie nikt nie zwraca uwagi na obcięte palce – dokończyła Zina. – Myślisz, że Reiser to nasz Japoniec?

– Nie widzę innego powodu, dla którego jakiś szkutnik miałby tańczyć z J. Edgarem Hooverem.

– A córka tego zabójcy uczęszcza do szkoły pani Bannan, więc niemal na pewno się znają. Myślisz, że wie, kim on jest?

– Wiem, że dużo ostatnio rozmawiali – powiedział Doyle. – Sprawdziłem lokalne połączenia z jej telefonu. Dzwoni od czasu do czasu do rodziców swoich uczniów, pewnie po to, żeby pomówić o problemach albo postępach, ale w ciągu kilku ostatnich miesięcy gadała z Emilem Reiserem kilka razy w tygodniu.

– Jego córka umiera.

– A pani doktor, jako jej nauczycielka, przejawiała troskę – dodał Doyle. – Ale zwykle rozmawiali w czasie godzin pracy. Ona dzwoniła do warsztatu, on dzwonił do szkoły. Z wyjątkiem zeszłego wtorku. Zadzwoniła do niego o dwudziestej drugiej. A dwa dni później...

– Ktoś załatwił jej męża. – Zina gwizdnęła. – Coś takiego. Ale czy możemy pójść tym tropem? Cash powiedział, żebyśmy odpuścili sobie Reisera, dopóki nie będziemy mieć twardych dowodów. Wszystko, czym dysponujemy, to prawdopodobny związek między panią doktor a domniemanym płatnym zabójcą. I gwarantuję, że nic nie powie. To cholernie twarda baba.

– Cash kazał nam sobie odpuścić Reisera, ale nie wspomniał słowem o pani Reiser.

– Rosie była już po południu podchmielona – zauważyła Zina. – Ale teraz jest pewnie kompletnie zalana i chce się przed kimś wypłakać.

Ale Rosie nie było w Lakefront Inn. Jej chłopak powiedział im, że wezwano ją do szpitala. Godzinę wcześniej karetka przywiozła księżniczkę Jeanie.

Dziewczynka zmarła w drodze.

* * *

Znaleźli Rosie Reiser w poczekalni izby przyjęć, samą i oszołomioną, włosy miała w nieładzie, na policzkach rozmazany tusz do rzęs; przypominało to łzy mima. Jej oczy były puste niczym opuszczony dom.

– Pani Reiser – powiedziała Zina, klękając obok krzesła, na którym siedziała Rosie. – Bardzo nam przykro z powodu tej straty. Może nam pani powiedzieć, co się właściwie stało?

– Emil zadzwonił. Powiedział, że Jeanie zmarła. Łowiła ryby na pomoście, uwielbiała świeże powietrze… ale upuściła wędkę. I kiedy Emil sprawdził, co jest… – Rosie westchnęła urywanie. – Wezwał karetkę, przywieźli ją tutaj. Pozwolili mi ją zobaczyć, zanim zabrali ją na dół.

– Gdzie jest teraz pani mąż? – spytał Doyle.

– Uciekł. Wiedział, że kiedy Jeanie umrze, to ta doktorka go wyda. Zorientował się, że po niego przyjdziecie.

– To znaczy, że doktor Bannan wie, kim on jest?

– Do diabła, to ona go ostrzegła! Ta suka prawie kazała mnie zabić.

– O czym ostrzegła, pani Reiser? Co się stało?

– Zbliżał się termin ostatniej rozprawy, Jared miał kupca na warsztat, mogliśmy wziąć forsę i odejść. Ale Emil zwlekał, chciał czekać ze względu na Jeanie. Pożarli się o to z Jaredem. Kiedy Emil wyszedł wściekły, powiedziałam Jaredowi o tym, że Emil jest w programie ochrony świadków, że się tu ukrywa. Jared zamierzał ujawnić to w sądzie, chodziło mu o to, żeby Emil musiał uciekać. W ten sposób dostałabym wszystko, nie tylko połowę.

– Sprytny plan – zauważyła Zina obojętnym tonem.

– Marty Lehman uważał inaczej. Spierał się o to z Jaredem. Twierdził, że Jared jako prawnik nie powinien sypać Emila. Jared powiedział mu, żeby się pieprzył. Myślałam, że wygraliśmy. I wtedy doktorka dała Emilowi cynk, co się szykuje, a on załatwił Jareda. Powiedziała, że jeśli pisnę słówko, to Emil załatwi tak samo mnie i Mala.

– Jak doktor Bannan dowiedziała się o Emilu? – spytał Doyle. – Są uczuciowo związani?

– Związani? – powtórzyła Rosie, nie rozumiejąc.

– Czy są kochankami, pani Reiser? Przyjaźnią się?

– Do diabła, Emil nie ma przyjaciół. Musieliśmy żyć jak cholerni pustelnicy.

Zaczęła płakać, jej ciałem wstrząsały rozpaczliwe łkania.

– Pani Reiser, czy wie pani, dokąd Emil mógł uciec? – spytała zdecydowanym tonem Zina.

– Był przy Jeanie, kiedy zabierali ją na dół. Nie chciał, żeby była sama w takim miejscu.

– Jakim miejscu… chodzi o kostnicę? Doyle, kostnica jest w piwnicy. Reiser wciąż przebywa na terenie szpitala!

• • •

Nie było go jednak. Znaleźli pracownika, który siedział półprzytomny na podłodze, z głowy ciekła mu krew. Powiedział, że Reiser uderzył go kolbą broni. I że zabrał z sobą ciało córki.

• • •

Pędzili na pełnym gazie przez miasto z włączoną syreną i światłami alarmowymi; Doyle prowadził, Zina trzymała się uchwytu przy desce rozdzielczej.

Skręcając w drogę prowadzącą w stronę Port Lucien, nie

zwolnił, ale wyłączył syrenę. Nie miało to znaczenia. Wiedzieli, że Reiser na nich czeka.

– Podsłuchiwała – oświadczyła znienacka Zina.

– Co?

– Kiedy byliśmy tam wcześniej, dziewczynka łowiła ryby. Emil dał jej znak, żeby się odwróciła. Powiedział, że umie podsłuchiwać z odległości pięćdziesięciu metrów. Ale była głucha.

– To znaczy, że potrafiła czytać z ruchu warg.

– Zgadza się. A gdzie dzieciak mógł się tego nauczyć?

Doyle zaryzykował i zerknął na Zinę, potem znów skupił uwagę na drodze.

– W szkole. – Skinął głową. – Doktor Bannan uczy niedosłyszące dzieci, poza tym siedziała w recepcji, kiedy jej mąż i Lehman kłócili się o Reisera.

– W gabinecie o szklanych ścianach – dokończyła Zee. – Sekretarka nie mogła ich słyszeć, ale Lauren zrozumiała z grubsza, o co chodzi. I ostrzegła Reisera.

– I Reiser zabił jej męża, żeby... Słodki Jezu! – krzyknął nagle Doyle. – Co to, u licha?

Niebo płonęło czerwienią, a wśród drzew tańczyły cienie, kiedy Doyle skręcił gwałtownie w stronę parkingu przy Lone Pine.

Warsztat szkutniczy stał w płomieniach – huczące, trzaskające piekło podsycane przez stosy wyschniętego drewna. W zimowe niebo wystrzelał czarny dym i iskry. Stojąc na tle tej pożogi, Emil Reiser patrzył spokojnie, jak ogień pochłania lata jego pracy. I jego córkę. Jego całe życie.

Doyle i Zina wysiedli z wozu, a wtedy się do nich odwrócił; ubranie miał przyczernione sadzą, włosy dziko rozczochrane. W ręku trzymał karabin myśliwski.

Doyle wyjął ostrożnie broń, ale nie podniósł jej, tylko trzymał przy boku.

– Bylibyśmy wdzięczni, panie Reiser, gdyby odłożył pan karabin i stanął z boku.

– Nic z tego, Stark. Dajcie mi tylko kilka minut. Jeanie

chciała, żeby rozsypać jej prochy w tym miejscu. Mam ostatnią okazję to zrobić. Niech się to wszystko jeszcze dopali, potem załatwimy resztę.

– Jaką resztę? – spytała Zina.

– Wiecie, kim jestem, no nie? I co zrobiłem.

– Zabił pan Jareda Bannana? – spytał Doyle.

– Wyświadczyłem światu wielką przysługę. Prosiłem tylko o jeszcze jeden miesiąc. O mniej, jak się okazało. Zamierzał zniszczyć tę resztkę czasu, jaka jeszcze pozostała Jeanie. Żeby wycisnąć z interesu parę dolarów więcej. Jeśli ktoś zasłużył na to, co go spotkało, to z pewnością ten sukinsyn.

– Jego żona miała w tym swój udział?

– Jaki udział? – spytał Reiser, spoglądając nieobecnym wzrokiem na ogień, jakby chciał ocenić jego postępy.

– Wiedziała, że chce pan zabić jej męża? – naciskał Doyle.

– Zadzwoniła do mnie i ostrzegła, że facet zamierza mnie wsypać. Powiedzcie jej, że jestem wdzięczny.

– Sam pan może jej to powiedzieć.

– Nie – odparł Reiser. – Za późno. Ogień już przygasa. Zajmijmy się resztą.

– Proszę, niech się pan zachowuje rozsądnie – poprosiła cicho Zina. – Myśli pan, że córka by tego chciała?

– Jeanie chciała tylko wcześniejszej Gwiazdki. I nawet tego nie dostała. Może tam, dokąd trafiła, jest wcześniejsza Gwiazdka. Do diabła, może jest tam Gwiazdka każdego cholernego dnia. Przekonamy się.

Zina i Doyle wymienili szybkie spojrzenie. Dostrzegli pustkę w oczach Reisera. I wiedzieli, co ona oznacza.

– Niech pan da spokój, panie Reiser – powiedziała Zee, wyciągając pistolet. – Proszę, niech pan tego nie robi.

– Zabawne, Bannan powiedział to samo. Nie rób tego. Proszę. Coś w tym rodzaju. Nie pomogło mu. – Reiser wprowadził ładunek do komory karabinu. – Teraz to od was zależy. Możecie mnie tam wysłać. Albo wybrać się razem ze mną.

I uniósł karabin.

Doyle strzelił pierwszy; Reiser wykonał pół obrotu, a potem wszyscy troje strzelali jak szaleni, podczas gdy warsztat palił się dziko w tle, płomienie i dym wiły się ku górze, zakrywając gwiazdy zimowego nieba. Stos pogrzebowy godny księżniczki.

• • •

– Myślisz, że naprawdę próbował nas zabić? – spytała Zina, wsuwając palec w rozdarcie na ramieniu policyjnej kurtki z czarnego nylonu; była to jedyna szkoda, jaką ponieśli w trakcie tej strzelaniny ze skutkiem śmiertelnym.

– Chyba było mu wszystko jedno. Ale na pewno nie pozostawił nam wyboru.

Siedzieli w samochodzie, pędząc przez miasto na sygnale. Tlący się warsztat pozostawili strażakom i technikom policyjnym. I koronerowi.

– Dokąd ci tak spieszno? – spytała, choć wiedziała doskonale.

– Czas załatwić sprawę, jak się wyraził. Masz coś przeciwko temu?

– Nie. Uprzedziłam panią doktor, że jeśli ktoś jeszcze zginie, to się do niej dobierzemy.

– No to w porządku.

• • •

Było po północy, kiedy zatrzymali się gwałtownie na podjeździe pod domem Lauren Bannan. Doyle nie wyłączył świateł. Chciał, żeby sąsiedzi wiedzieli. Załomotał do drzwi. Nikt im nie otworzył.

– Jestem tutaj! – zawołała Lauren.

Obeszli dom i zobaczyli ją na tarasie. Stała przy balustradzie w czarnych spodniach i golfie, spoglądając w stronę jeziora. Jak okiem sięgnąć, na czarnych wodach unosiły się płaty lodu niczym duchy.

– Reiser nie żyje – oświadczył beznamiętnie Doyle. – Jego córka także.

Lauren skinęła głową, przyjmując te słowa do wiadomości bez jakichkolwiek emocji.

– Czy Jeanie odeszła spokojnie?

– Chyba tak – odparł, zaskoczony tym pytaniem. – Umarła w swoim wiklinowym fotelu, na pomoście.

– To dobrze. Mogło być znacznie gorzej, zważywszy na rodzaj nowotworu. A poza tym?

– Emil Reiser zabił pani męża, pani Bannan. Przyznał się do tego. Zanim byliśmy zmuszeni go zastrzelić.

– Przykro mi, że do tego doszło.

– Nie musiało dojść! Mogła pani temu zapobiec! Ostrzec nas. Tak jak ostrzegła pani jego. Wiedziała pani, co zamierza zrobić.

– Nie, nie wiedziałam. Myślałam, że... wywrze tylko nacisk na Jareda, że zawiadomi agentów federalnych albo...

– Ale z pewnością wiedziała pani po fakcie, co się stało! I mimo to nic nam pani nie powiedziała.

– Nie mogłam.

– Z powodu jakichś cholernych przepisów?

– Nie, nie z powodu prawa. Złamałabym prawo. Może powinnam. Ale nie byłam odpowiedzialna przed panem, sierżancie, ani nawet przed mężem.

– Selekcja rannych – zauważyła Zina cicho, domyślając się, o co chodzi. – Powiedziała nam to pani pierwszego dnia. Było zbyt późno, żeby uratować pani męża. Albo Reisera. Chroniła pani dziecko.

– Matka Jeanie to beznadziejna alkoholiczka, która pławi się w żalu nad sobą i jest związana z brutalnym mężczyzną. Gdybym powiedziała wam o ojcu Jeanie, dziewczynka spędziłaby ostatnie dni w domu zastępczym, pośród obcych ludzi, albo może nawet w sądzie. Pozostało jej tak mało czasu, a już przecież musiała się zmagać z czymś strasznym. Nie mogłam jej tego zrobić.

– Ale wiedziała pani, że Reiser to morderca! – rzucił wściekle Doyle.

– Nie wiedziałam, szczerze mówiąc, w każdym razie nie

byłam pewna. Ale nie miało to znaczenia. Widzieliście ich razem. Uwielbiała go. A on traktował ją jak...

– Księżniczkę – dokończyła Zina.

– Co? – Doyle zwrócił się do niej gniewnie. – Chyba nie wierzysz w te bzdury?

Zina nie odpowiedziała. Nie musiała.

– Przyszliście mnie aresztować? – spytała Lauren.

Doyle popatrzył na swoją partnerkę, potem na Lauren, potem znowu na Zinę.

– Twoja decyzja – oświadczyła.

– Nie – odparł. – W każdym razie nie dzisiaj. Ale to nie koniec, szanowna pani. Będzie pani musiała odpowiedzieć na mnóstwo pytań, zanim ta sprawa się skończy.

– Bardzo mi przykro, że doszło do tego wszystkiego, sierżancie. Że byliście zmuszeni tak postąpić. Mam nadzieję, że mi wierzycie.

– Nie wiem, w co mam wierzyć – odparł Doyle gniewnie. – Chodźmy, Zee.

Potem siedział w samochodzie za kierownicą; nie uruchomił silnika, tylko spoglądał w śnieżną ciemność.

– Wiem, co cię gryzie – oznajmiła cicho Zina.

– Co takiego?

– Cholerny zbieg okoliczności. Ostrzeżenie Reisera, ze względu na jego córkę, sprawiło przypadkowo, że pani doktor stała się bardzo bogatą kobietą.

– Myślisz, że byłaby zdolna do czegoś takiego?

– Wiem, że jest cholernie bystra, Doyle. Świadczą o tym te jej dyplomy. I jest opanowana, niemal do granic arogancji. Czy byłaby więc zdolna do czegoś takiego? Jasne. Ale stojąc przed takim wyborem, nie wiem, co bym zrobiła na jej miejscu.

– Ja też nie – przyznał Doyle. – Szkoda tylko, że...

– Co?

– Szkoda, że ta dziewczynka nie doczekała wcześniejszej Gwiazdki, to wszystko.

– Do diabła, może doczekała – oznajmiła Zina. – Może jej ojciec miał rację. Może tam, gdzie teraz przebywa, Gwiazdka

jest każdego dnia. Włącz cholerny silnik, Doyle, nim zamarz-
niemy na śmierć.

Doyle skinął głową, przekręcił kluczyk w stacyjce forda,
wrzucił bieg.

– Co dalej?

– Mój dziadek Gesh powiedział mi kiedyś, że zabił mnóstwo jeleni, każdego jednym celnym strzałem – odparła. –
Prosto w serce. Ale czasem taki kozioł biegnie dalej, ze sto
metrów albo i więcej. Nie uświadamia sobie, że oberwał, kapujesz? Prosto w serce.

– Nie rozumiem, o co ci chodzi – wyznał Doyle.

– Wiem. – Zina się uśmiechnęła, potrząsając głową. – Tak
tylko mówię.

Mary Stewart Atwell

Maynard

Z „Alaska Quarterly Review"

Porzucenie Maynarda było decyzją podjętą pod wpływem chwili. Kluczyki tkwiły w stacyjce, moja walizka znajdowała się w bagażniku, a on wszedł na chwilę do domu, żeby się upewnić, że wyłączył piecyk. Co miałam robić? Czekać, aż wróci, bym mogła powiedzieć po raz setny: „Proszę, Maynard, nie chcę jechać do Memphis"? Nadarzyła się okazja, więc z niej skorzystałam. Figurka tancerki hula na desce rozdzielczej sprawiała wrażenie dziwnie nieruchomej, więc ją trąciłam, zanim ruszyłam z miejsca.

Liczyłam na to, że nie od razu zrozumie, że odjechałam. Martwiłby się, że niewłaściwie zinterpretował sytuację. Czy można sobie wyobrazić coś bardziej krępującego niż policjantów podjeżdżających pod dom w chwili, gdy wróciłabym ze sklepu, w którym kupowałam chrupki serowe na podróż? Theresa z pewnością by go namawiała, żeby zgłosił kradzież samochodu, ale nawet wtedy starałaby się negocjować – przekonywać policjantów, żeby nie byli dla mnie zbyt nieuprzejmi. Wziąwszy wszystko pod uwagę, minęłoby co najmniej półtora dnia, nim wyruszyliby w pościg.

Problem polegał na tym, że miałam za mało benzyny. Chciałam jechać na Florydę, ale kiedy spojrzałam na mapę i zerknęłam na wskaźnik poziomu paliwa i zobaczyłam, że strzałka zatrzymała się na trzech czwartych, postanowiłam odwiedzić swojego kuzyna Stanleya w Karolinie Północnej. Rok wcześniej dostałam od niego kartkę, którą zachowałam, bo była to jedyna pocztówka, jaką kiedykolwiek ktoś mi przysłał. Widniał na niej niedźwiedź trzymający rybę, a pod spodem podpis: „Udane łowy w Karolinie Północnej". Z tego co Stanley pisał na odwrocie, wynikało, że w tym mieście można wejść do urzędu pocztowego, poprosić o pomoc i ktoś nakreśli niewielką mapę na odwrocie listu gończego, ale kiedy tak zrobiłam, pracownik poczty oznajmił:

– Nie może tam pani stąd dojechać.

– To najgłupsza rzecz, jaką kiedykolwiek usłyszałam – odparłam. – Wszędzie można dojechać, z każdego miejsca.

– Ale nie cadillakiem – zastrzegł. Miał niewielki rudy wąsik, który błysnął, kiedy mężczyzna podniósł wzrok na dźwięk dzwonka przy drzwiach. – On pani powie.

Zniknął gdzieś na zapleczu, zostawiając mnie w towarzystwie Mila. Ten się uśmiechnął, a ja odczułam zadowolenie, że mam mały pistolet, który Maynard dał mi w prezencie na osiemnaste urodziny; trzymałam go pod podszewką torebki.

• • •

Nie wiedziałam tego jeszcze, ale Milo nie był tak naprawdę groźny.

– Jak długo zamierzasz tu zostać? – spytał, kiedy cadillac wspinał się z trudem na wzniesienie, które zdawało się nie mieć szczytu.

– Nie wiem – odparłam. – W każdym razie wyjadę przed nastaniem zimy. Zawsze chciałam pojechać na Florydę, ale mąż powiedział, że to za drogo.

– Masz męża?

– No cóż – odparłam. – To nie jest właściwie mój mąż.

Milo się roześmiał. Byłam zaskoczona, że nie chce mówić o dziecku. Wszyscy zawsze chcieli o nim mówić. Przez ostatni miesiąc Maynard i Theresa nigdzie mnie nie wypuszczali, nawet na spacer, jakbym nie wiedziała lepiej niż inni, kiedy mogę się spodziewać rozwiązania. Milo zatrzymał samochód i zanim zdążyłam się zorientować, pospieszył mi z pomocą, i to tak łagodnie, jakby miał do czynienia ze starszą panią. Był o wiele większy od Maynarda. Musiałam bezustannie odchylać głowę, żeby na niego patrzeć.

– Możesz wyświadczyć mi jeszcze jedną przysługę? – spytałam. – Muszę na jakiś czas odstawić gdzieś samochód.

• • •

– Przykro mi, po prostu nie mogę – powiedział Stanley. Wyglądał znacznie gorzej niż ostatnim razem, kiedy go widziałam. Stracił prawie wszystkie zęby i bezustannie ocierał dłonie o obrus. – Nie mogę się zająć dzieckiem. Mogę ci jednak dać trochę pieniędzy, niewiele, ale trochę. Wystarczy, żeby pojechać na Florydę, jak sądzę. Tam właśnie chciałaś jechać, prawda?

– Dobrze cię widzieć, Stanley – zwróciłam się do niego, a on na chwilę przestał wycierać dłonie o obrus i spojrzał na mnie. – To miły dom.

Powiedziałam tak, i to szczerze. Było tu przytulnie. Dopóki człowiek nie słyszał, jak Stanley mówi o Piotrze, Łukaszu i Janie, i nie uświadamiał sobie, że to nie są po prostu jego przyjaciele, to sądził, że ma do czynienia z jak najbardziej normalną osobą.

– Opowiedz mi o Milu – poprosiłam.

– Och nie – odparł Stanley, kręcąc głową. – Nie wiem, czy czułbym się gorzej, zapoznając ciebie z nim, czy jego z tobą.

Ale kiedy Milo zjawił się tego samego wieczoru, zorientowałam się, ze Stanley stara się zostawić nas samych. Staliśmy na ganku, widząc dolinę i dym, który unosił się jak nad kuchennym paleniskiem.

Wlepiałam wzrok w splątane gałęzie, które Milo nazywał piekłem wawrzynów. Dym buchał z samego środka, wijąc się niczym pozostałość zagaszonej świeczki. Milo najpierw opróżnił zbiornik cadillaca, żeby nie doszło do eksplozji.

– Kiedy się przestanie palić? – spytałam.

– Najprawdopodobniej jutro. – Położył mi na ramieniu mocną, uspokajającą dłoń. Pomyślałam, że wygląda na zmartwionego, ale miał brodę, więc trudno się było zorientować w wyrazie jego twarzy. – Nikt nie widzi doliny z tego miejsca. Nikt z wyjątkiem mnie i Stanleya. I ludzi z agencji antynarkotykowej.

Obróciłam się ku niemu, składając dłonie u dołu brzucha i patrząc szeroko otwartymi oczami. Ćwiczyłam tę pozę długi czas, jeszcze nim poznałam Maynarda.

– Kim jesteś? – spytałam. – Co tu robisz?

– Najpierw opowiedz mi o sobie – zaproponował Milo.

– Nie ma o czym mówić – odparłam.

Nie uwierzył mi jednak i kiedy wrócił nazajutrz, zrozumiałam, że muszę mu zdradzić przynajmniej część prawdy. Niektórych mężczyzn by nie obchodziło, skąd pochodzisz, ale Milo nie był jednym z nich.

– Mieszkałam z Maynardem i jego siostrą – wyjaśniłam. – Byli dla mnie mili, jak mi się zdaje, ale można się zmęczyć ludźmi, którzy są cały czas mili. W każdym razie nie chodziło w ogóle o mnie; jakby byli mili za moim pośrednictwem dla dziecka. A potem Maynard doszedł do wniosku, że za często wychodzę i że muszę zostać w specjalnym szpitalu w Memphis, dopóki nie urodzę, a ja nie lubię szpitali, więc odeszłam.

– Więc to nie jest dziecko Maynarda? – spytał Milo.

– Żartujesz? – odpowiedziałam pytaniem, bo wydało mi się to bardzo śmieszne. Potem jednak przypomniałam sobie, że Milo nie zna Maynarda. – Spotkałam go na dworcu autobusowym. Kręcił się tam, szukając dziewczyn takich jak ja. Wiem, że brzmi to dziwnie, ale chodzi o to, że był zbyt nieśmiały, by poznawać ludzi w normalny sposób. A ja potrzebowałam miejsca, w którym mogłabym się zatrzymać, więc korzyść była obopólna.

– I w tym czasie przebywały tam także inne dziewczyny?

– Och nie – odparłam. – Odeszły, zanim tam się w ogóle zjawiłam. Twoja kolej – oznajmiłam, trącając go w ramię.

Leżał na plecach na łóżku Stanleya. Ten był w swoim laboratorium i przez okno docierała do nas słodka woń chemikaliów. Milo się odwrócił i położył dłoń na moim brzuchu.

– Nie martwisz się, że Maynard zacznie cię szukać? – spytał.

– Och, znajdzie mnie – zapewniłam. – Miałam nadzieję dotrzeć na Florydę, bo kosztowałoby ich więcej, żeby mnie tam odszukać, ale to nie ma tak naprawdę znaczenia. Wrócę pewnego dnia do domu, a on będzie stał na podwórzu z Theresą. To jego siostra – dodałam, bo nie mogłam sobie przypomnieć, czy mu o tym mówiłam. – Na pierwszy rzut oka są podobni, ale kiedy się ich bliżej pozna, człowiek sobie uświadamia, że mają tylko zbliżony kształt twarzy. Myślę, że byłby skłonny pozwolić mi odejść, ale Theresa by do tego nie dopuściła. Powiedziałaby, że wydali na mnie zbyt dużo pieniędzy.

Milo leżał, trzymając dłoń na moim brzuchu, tak nieruchomo, jakby nasłuchiwał nadjeżdżającego pociągu. Był bardzo ponury i smutny, a ja wiedziałam, że przytrafiło mu się kiedyś coś złego. Uciekł do najbardziej samotnego miejsca, jakie mógł sobie wyobrazić, na zapomniany przez Boga szczyt góry, gdzie jego jedynym sąsiadem był szalony człowiek, który gadał ze świętym Piotrem, jakby ten znajdował się w pokoju, ale problem polegał na tym, że trzeba było go szukać i znaleźć, nawet tutaj. Ja stanowiłam ten problem, i to nie po raz pierwszy.

– Wchodzisz więc na podwórze, a tam stoją Maynard i Theresa – powiedział. – I co wtedy robisz?

– Myślałam, że może im się spodoba, jak tak będą leżeć tam w dole, w samochodzie – odparłam.

Dłoń Mila znieruchomiała na moim pępku i przez sekundę wydawało mi się, że będę miała wkrótce dziecko, wbrew swojej woli. Do tej chwili przypuszczałam, że się rozumiemy. Leżał przez chwilę w milczeniu, potem zerwał się i ubrał w kuchni.

Sama nie byłam pewna tego, co zrobiłam. Jest czas, by mówić takie rzeczy, tak jak jest czas, by mówić: „Kocham cię", a wcześniej byłam przekonana, że wiem, kiedy nadchodzi odpowiedni moment.

– Żartowałam tylko! – zawołałam.

Zobaczyłam, jak jego cień zadrgał w drzwiach, a potem nakłoniłam go, by wrócił do łóżka.

• • •

Uświadomiłam sobie, że Biblia nie daje człowiekowi dostatecznie precyzyjnych informacji. Umieszczenie dziecka w koszyku było pomysłem Stanleya – miał wizję, ale kazał mi obmyślić, jak zrobić koszyk z sitowia, cokolwiek to jest, i oblepić go mułem i smołą. Zastanawiałam się, czy nie pojechać do biblioteki, żeby sprawdzić w komputerze, czy znajdę tam jakiś rysunek albo coś w tym rodzaju, ale słyszałam, że sprawdzają to, czego się szukało.

Nie będę kłamać: miałam przez chwilę nadzieję, że Milo pomoże mi z dzieckiem. Myślę, że gdyby Maynard zobaczył mnie z takim człowiekiem, toby się odwrócił i od razu wrócił do domu. Albo może bylibyśmy już na Florydzie, może nie nad samą wodą, bo byłoby to za drogie, ale dostatecznie blisko, żeby słuchać nocami wiatru w drzewach. Tak myślałam z początku, ale przekonałam się bardzo szybko, że Milo nie chce mieć z dzieckiem nic wspólnego. Czasem, nocą, wychodziłam na urwisko, stawałam na jego krawędzi i się zastanawiałam, co by się stało z moim ciałem, gdybym rzuciła się w dół – wprost w piekło wawrzynów – spoczęła między porozrywanymi opakowaniami po sudafedzie, obok wraku cadillaca należącego do Maynarda.

Stanley był na tyle trzeźwy przez cały dzień, że mógł mi pomóc przy dziecku; przeciął pępowinę i potem posprzątał, ale kiedy dziecko zapłakało w nocy, musiałam zsunąć się z łóżka i podpełznąć do niego po podłodze. Kilka dni później umyłam się, zeszłam ze szczytu góry, żeby znaleźć pracę, i wykorzystując rabat, kupiłam małą żółtą tratwę ratunkową. Chowałam się w krzakach, kiedy znalazł ją stary człowiek z psem, a ja wsadziłam sobie pięść w usta, żeby nie krzyczeć.

• • •

Sprawy przybierają jednak lepszy obrót. Jedna z dziewczyn z pracy pomogła mi ufarbować włosy w łazience dla pracowników. Posłali mnie do działu bielizny i gdy układałam te wszystkie fatałaszki, w których buszują ludzie, zanim postanowią nic nie kupować, dostrzegałam przelotnie swoje odbicie w lustrze i uśmiechałam się jak ktoś obcy. Kiedy u Stanleya zjawiła się policja, wcieliłam się w kogoś innego, i to tak skutecznie, że prawie sama uwierzyłam w to, co powiedziałam: że nigdy nie byłam w ciąży. Wyjaśniłam też, że nie wiem, o czym mówił tamten mężczyzna na poczcie. Jeśli urodziłam dziecko, oświadczyłam, to do którego szpitala pojechałam? Sprawdzili wszystkie, do których można było dotrzeć samochodem w ciągu trzech godzin, a w domu nie było już żadnego dziecka.

Czułam, jak Stanley mnie obserwuje, i kiedy policjanci poszli sobie, podniósł mnie i zakręcił mną w ramionach. Potem się dowiedziałam, że Milo też skłamał, mówiąc im, że nigdy nie spotkał na poczcie ciężarnej kobiety i że kuzynka Stanleya nigdy nie miała brzucha, który tamten mężczyzna rzekomo widział.

Było lato i nawet kiedy nie zamykaliśmy okien, trzeba było zmieniać pościel dwa razy w ciągu nocy. Stanley chodził w ciemności, a my słyszeliśmy, jak mamrocze i się modli. Czasem, gdy sen się nie zjawiał, pożyczaliśmy samochód Stanleya i jechaliśmy w okolicę, gdzie u swojej nowej rodziny mieszkało dziecko. Chłopca zaadoptowali tacy ludzie, jak każdy by się spodziewał: mąż był pastorem, a żona odznaczała się tuszą i piekła ciasta na kiermasz dobroczynny, taki, na którym sprzedaje się wypieki. Dali mu na imię Jeszua. W gazetach nazywali go Mojżeszem; pomyślałam sobie, że przed adopcją nazywałby się zgodnie z prawem Mojżesz N.N. Powiedziałam o tym Milowi, a on odparł, że brzmi to jak pseudonim jakiegoś bluesmana.

Dobrze było mieć Mila przy boku. Właśnie podczas jednej z tych nocy, kiedy objeżdżaliśmy część miasta, gdzie rododendrony są starannie przycięte i w niczym nie przypominają piekła, powiedziałam mu, dlaczego tak naprawdę odeszłam od Maynarda, to znaczy podałam mu główny powód. Szukałam papierosów Theresy i znalazłam to w jej szufladzie z bielizną – listę wszystkich dziewcząt, które mieszkały tam przede mną. Wiedziałam, że to właśnie to, ponieważ na samym dole było moje imię, nie to prawdziwe, tylko to, które mi nadali. Wszystkie te imiona brzmiały radośnie i szczęśliwie: Jessica, Renée, Stephanie, a potem to moje, na samym dole, jedyne, którego nie przekreślono.

– Nie chcę powiedzieć, że zrobili im coś złego – wyjaśniłam. – Prawdopodobnie uciekły tak jak ja. Ale musiał być jakiś powód, dlaczego się nie sprawdziły, nie sądzisz? Wszystkie tam były, wszystkie w ciąży, ale w domu nie było żadnych dzieci. Zaczęłam się więc zastanawiać, co one wiedziały, czego ja nie wiedziałam? A potem zaczęłam myśleć, że gdy urodziłoby się moje dziecko, Maynard i Theresa już by mnie w ogóle nie potrzebowali. Próbowałam sprawić, żeby mnie kochał – dodałam. – Byłoby bezpieczniej, wiesz? Ale sądzę, że nie kochał mnie tak naprawdę.

Milo przyciągnął mnie do siebie. Naparł na moje biodra, ale choć wszystko było prawdopodobnie w porządku – to znaczy nikt by nas nie zauważył – powiedziałam stanowczo: „Nie”. Parkowaliśmy po drugiej stronie ulicy, widziałam okno dziecięcego pokoju, byłam pewna, że to jego pokój, bo paliła się tam lampka nocna. Gdybym wspięła się na ramiona Mila, to byłabym dostatecznie wysoko, żeby sięgnąć zewnętrznego parapetu. Dlaczego nie, pomyślałam. Dziecko i tak było moje. Zmieniłabym mu imię na Mojżesz i mieszkalibyśmy w domu, gdzie słychać wołanie oceanu w drzewach. Ale jest czas, by zrobić to, co się zamierza, i kiedy ten czas minął, wciąż siedzieliśmy nieruchomo w ciemności.

• • •

Gdzie były te inne dziewczęta – Stephanie, Carla, Amanda? Wyobrażałam je sobie w wielkich miastach, w bankach i bibliotekach, pośród tłumu obcych ludzi. Ich wargi wykrzywiały się lekko i widziałam, że one też o mnie myślą, że jest im żal, że zdołałam uciec tylko na szczyt tej góry, gdzie Maynard wciąż mógł mnie znaleźć. Nienawidziłam tych dziewcząt. Musiały mieć pieniądze albo kogoś, do kogo mogły uciec, kogoś lepszego niż Stanley. Potrząsały burzą włosów, jak w reklamach szamponu, i uśmiechały się pogardliwie. Mogłaś to osiągnąć, gdybyś tylko chciała. Mogłaś pojechać stopem na Florydę, kiedy popsuł ci się samochód.

Milo mi nie towarzyszył tamtej nocy, gdy pojawił się policjant. Sama pojechałam do domu, w którym mieszkało dziecko, ale objechałam dwa razy kwartał, kiedy zobaczyłam radiowóz. Funkcjonariusz stał przy drzwiach po stronie kierowcy, jakby czekał na mnie, a ponieważ zdążył już pewnie zapamiętać mój numer rejestracyjny, pomyślałam, że najlepiej zachowywać się tak normalnie, jak to jest tylko możliwe. Zaparkowałam po drugiej stronie ulicy i spuściłam szybę.

– Wie pan, jak dojechać do Memphis? – spytałam dość głupio, bo do Memphis było osiemset kilometrów.

Gliniarze lubią poruszać się wolno, jak zauważyłam. Może dlatego, że są otyli, a może czują się ważni, kiedy myślą, że ktoś musi na nich czekać. Nachylił się do okna w moim wozie, opierając ręce na dolnej krawędzi.

– Często tu pani przyjeżdża – zauważył.

– Nie, proszę pana – zapewniłam go. – Zgubiłam tylko drogę, to wszystko.

– Zgubiła się pani zeszłej nocy – powiedział. – I poprzedniej.

Stał pochylony przy moim samochodzie, a ja zauważyłam nad jego górną wargą mały rudy wąsik. Zanim zdążyłam pomyśleć, spytałam go:

– Ma pan brata, który pracuje na poczcie?

Uświadomiłam sobie własne słowa, zanim on je sobie uświadomił. Jego dłoń powędrowała do kabury i kiedy otworzył usta, zobaczyłam nitki śliny między jego wargami. Otworzyłam gwałtownym ruchem drzwi i uderzyłam go w pierś. Musiał zapomnieć o pistolecie, bo gdy zawróciłam, wciąż klęczał na środku ulicy, jedną ręką trzymał się za brzuch, a drugą wyciągał w górę, jakby prosił o litość. Pomyślałam o psie, który szarpał małą tratwę ratunkową, podczas gdy ja klęczałam w mokrych zaroślach, i rozpędzona uderzyłam policjanta.

* * *

Nie powiedziałam Milowi o tym, co zrobiłam, ale musiał przeczytać o śmierci policjanta w gazecie i dośpiewał sobie resztę, bo przestał przychodzić. Ja przestałam chodzić do pracy. Dużo spałam i wydawało mi się, że ilekroć się budziłam, Stanley stał przy otwartej lodówce i narzekał, że nie ma co jeść. Potem się obudziłam i była noc, i słyszałam, jak rozmawia w piekle wawrzynów z Janem Chrzcicielem. Poszłam do łazienki, a wracając stamtąd, zauważyłam, że znalazł ten mały pistolet, który dał mi Maynard, i zostawił go na stole w kuchni. Chciałam mu powiedzieć, że nigdy bym się nie zabiła. Zawsze mogłabym odejść gdzie indziej; to on i Milo tu utknęli. Potem próbowałam sobie przypomnieć, kiedy to ostatni raz przeprowadziłam ze Stanleyem jakąś rozmowę, która miałaby sens, i uświadomiłam sobie, że nie pamiętam.

Kiedy znowu się zbudziłam, wydało mi się w pierwszej chwili, że wciąż śnię. Już wcześniej słyszałam w głowie głos Maynarda, i tym razem brzmiał tak jak w moich koszmarach, pełen troski i rozdrażnienia. Ale na podjeździe stał cadillac, taki sam jak ten, który Milo zepchnął z urwiska, i kiedy uszczypnęłam się, by stwierdzić, że naprawdę nie śnię, zobaczyli mnie. Theresa podbiegła do drzwi frontowych, ale dopadłam ich pierwsza i zaryglowałam je.

– Co z nim zrobiłaś?! – spytała. – Gdzie on jest, ty samolubna suko?!

– Wyjdź, kochanie! – zawołał Maynard. – Chcemy cię tylko zobaczyć, to wszystko!

Wciągając na siebie szlafrok, usłyszałam, jak mówi szeptem: „Obejdź dom i sprawdź, czy jest tam tylne wyjście", ale otworzyłam szybko tamte drzwi, zaskakując ich. Maynard, którego twarz przybrała dziwny kolor, cofnął się, badając niepewnie grunt stopami.

– To ten pistolet, który jej dałeś – zauważyła Theresa. – Mogę się założyć, że nie jest nawet naładowany.

– Owszem, jest – odparłam. Kupiłam naboje, kiedy byłam w pracy, i sama załadowałam broń. – Jazda.

Wycofali się na krawędź urwiska. Wiedziałam, że muszę zrobić to, co zamierzałam, bo Milo schodził ścieżką od strony swojej chaty i był wciąż zbyt daleko, żebym mogła odgadnąć, co o tym wszystkim myśli. Spojrzałam Maynardowi w oczy, tak niebieskie jak oczy Mojżesza N.N., choć oczywiście jest to tylko zbieg okoliczności.

– Ashley – powiedział. – Proszę, nie rób tego.

Ale ja nie mam na imię Ashley.

Matt Bell

Połów

Z „Hayden's Ferry Review"

Martwa dziewczyna ocieka od stóp do głów wodą, mocząc tanią tapicerkę tylnego siedzenia w fordzie. Punter patrzy na nią z przedniego fotela; najpierw dostrzega długie blond włosy zniszczone przez zawiesinę stawu, potem wargi – niebieskie w tym miejscu, gdzie zeszła szminka, pokryte spękaną czerwienią w innym, gdzie nie zeszła. Patrzy w szkliste zielone oczy, w źrenice tak rozszerzone, że tęczówki przypominają posrebrzone aureole, prawe oko jeszcze bardziej zamglone z powodu pękniętych naczynek krwionośnych. Dziewczyna ma na sobie obszyty koronką złoty podkoszulek bez rękawów i sprane dżinsy z plamami od trawy na kolanach i wokół kostek. Srebrna bransoletka na nadgarstku rzuca migotliwy blask w przefiltrowanym przez szybę świetle księżyca; ten sam blask dostrzegł w ciemnym zwierciadle stawu; dlatego rzucił wędkę na ziemię, wszedł do wody i zanurkował. Stopy są bose, z wyjątkiem srebrnego paseczka wokół lewego małego palca, co sugeruje, że nosiła sandały albo klapki. Sugeruje coś, co zostało stracone w walce. Sugeruje wiele rzeczy, zbyt wiele, by Punter mógł je przetrawić jednocześnie.

Odwraca się i spogląda przed siebie. Zapala papierosa, potem wyrzuca go przez okno, zaciągnąwszy się zaledwie dwa razy. Palenie z martwą dziewczyną w samochodzie przypomina mu czasy, gdy pracował w fabryce, gdy z każdą porcją dymu czuł smak roztopionego plastiku. Przypomina sobie, jak papieros palił go w płuca, jak przyprawiał o zadyszkę, jak język pokrywała warstwa polichlorku winylu, adypinianu, plastyfikatorów, jak ten smak drapał go w gardło, a żołądek bolał przez cały weekend.

Przychodzi mu do głowy, że jakaś część martwej dziewczyny przeniknie w niego – jej wilgotna woń, łuszcząca się skóra albo głupi pech... no cóż, aż tak bardzo nie chce mu się palić.

Punter przeciska się między fotelami do tylnego siedzenia i układa zwłoki jak najdokładniej, dopóki jeszcze może. Zastrzelił w swoim życiu dostatecznie dużo jeleni, królików i wiewiórek, by wiedzieć, że dziewczyna niedługo zesztywnieje. Układa ręce i nogi tak, aby wyglądało, że dziewczyna śpi, potem odsuwa włosy z jej twarzy. Wreszcie sadowi się z powrotem za kierownicą.

Spoglądając w lusterko wsteczne, uśmiecha się do martwej dziewczyny i czeka, aż ona odpowie mu tym samym. Czuje rumieniec na twarzy, przypominając sobie, że ona nigdy tego nie zrobi.

Zapala silnik. Odwozi ją do domu.

• • •

Punter mieszka niedaleko, to jakieś piętnaście minut jazdy samochodem, ale tego wieczoru trwa to dłużej. Utrzymuje prędkość ośmiu kilometrów na godzinę, poniżej obowiązującego ograniczenia, i przeciąga postój przy każdym znaku stopu. Zastanawia się, czy nie wezwać policji, myśli o tym, że już dawno powinien to zrobić, zamiast wciągać dziewczynę na brzeg i wsadzać ją do wozu.

Gliniarze nazywają to naruszeniem miejsca przestępstwa. Utrudnianiem pracy wymiarowi sprawiedliwości. Zacieraniem śladów. Punter wie doskonale, co powiedzieliby o tym, czego się właśnie dopuścił.

Po przyjeździe do domu zostawia dziewczynę w samochodzie, a sam wchodzi do środka i idzie się wysrać; stolec jest
czarny i krwawy, jak od miesięcy. Piecze, kiedy Punter się
podciera. Musi iść do lekarza, ale nie ma ubezpieczenia. Od
czasu, gdy zwolnili go z roboty.

Potem siedzi przy kuchennym stole zasłanym wciąż zakle-
jonymi kopertami i pali papierosa. Telefon wisi na ścianie,
kilka kroków dalej. Wyłączyli go miesiąc temu, ale Punter
jest pewien, że mógłby zadzwonić pod 911, gdyby chciał.

Nie chce.

• • •

Idzie do garażu i podnosi wieko zamrażarki pod przeciwległą ścianą. Wpatruje się w przestrzeń nad papierowymi
paczkami sarniny, próbuje ocenić, czy jest dość miejsca, potem układa mięso na podłodze, tworzy wzgórki burgerów,
steków i kiełbasy, dopóki nie jest pewien. Wychodzi na zewnątrz i otwiera tylne drzwi samochodu. Stęka z wysiłku,
biorąc dziewczynę pod pachy i podnosząc niczym dziecko.
Nie jest już taki silny jak kiedyś, a ona jest cięższa, niż można sądzić po jej wyglądzie; ma wodę w płucach, żołądku
i jelitach. Nawet przez podkoszulek można dostrzec, że roz-
pycha jej brzuch, jakby była w ciąży. Postępuje ostrożnie,
kiedy układa ją w zamrażarce, kiedy znowu odsuwa jej włosy z oczu, kiedy przytrzymuje jej powieki, dopóki nie nabiera przekonania, że pozostaną opuszczone.

Dzięki zamrażarce ma czas na podjęcie decyzji, czas, by
się zorientować, o co mu chodzi. Czego potrzebuje. Czego
razem mogą dokonać, on i ona.

• • •

Punter budzi się w środku nocy, wkłada w panice buty
i pędzi do zamrażarki. Dziewczynę pokrywa cienka warstwa
szronu, a on od razu sobie uświadamia, że nie należało wkła-
dać jej do pojemnika w takim stanie – mokrej. Zastanawia się,
czy jej nie wyciągnąć, żeby odtajała, a potem wytrzeć ręcz-

nikiem, ale nie robi tego. Zbyt ryzykowne. Punter wie jedno
o sobie – jak już zacznie, to nie może przestać.

Opuszcza wieko zamrażarki, wraca do mieszkania, z powrotem do łóżka, ale nie zasypia. Nawet teraz, całkowicie
przytomny, widzi łuk jej szyi, linię obojczyków przecinającą się z ramiączkami podkoszulka. Wsuwa dłoń pod spodnie
piżamy, pod elastyczną gumkę. Ściska się z całej siły, aż ból
tłumi erekcję.

. . .

Nazajutrz rano, w wiadomościach, mówią o dziewczynie,
która utonęła. Tyle że spiker nazywa ją zaginioną, a potem podaje jej imię i nazwisko, mówi, kim była. Punter się krzywi.
Wie, jak bolesne może być to ostatnie słowo.

Dziewczyna jest młodsza, niż Punter sądził, czwarta klasa
szkoły średniej dla dziewcząt, na drugim końcu miasta. Jej
samochód znaleziono wczoraj, stał zaparkowany za pobliską
stacją benzynową, gdzie Punter od czasu do czasu tankuje
swój samochód, kupuje papierosy i batony.

Spiker mówi, że policja prowadzi śledztwo, ale jak dotąd
nie podano żadnych szczegółów. Patrzy prosto w kamerę
i mówi, że jest za wcześnie, by oczekiwać najgorszego, że
dziewczyna może się odnaleźć w każdej chwili. Punter wy-
łącza telewizor, gasząc przy tym papierosa. Bierze prysznic,
goli się, zaczesuje do tyłu czarne włosy. Wkłada ten sam strój,
który nosi codziennie: biały podkoszulek, niebieskie dżinsy,
czarne buty motocyklowe.

Idąc do samochodu, zagląda do garażu i podnosi wieko
zamrażarki. Ciało dziewczyny spowija lód, niczym matowe
szkło. Punter przykłada palec do jej ust, ale czuje tylko chłód.

. . .

Stacja benzynowa jest umiejscowiona przy zadrzewionej
żwirowej drodze, między domem Puntera i obrzeżami miasta.
Choć był tu wcześniej, nigdy jeszcze nie widział tylu samochodów. Czekając w kolejce, uświadamia sobie, że ci ludzie

zjawili się z tego samego powodu co on – chcieli się znaleźć niedaleko miejsca tragedii, zobaczyć miejsce, w którym po raz ostatni widziano dziewczynę żywą.

Kolejka do kasy posuwa się wolno, podczas gdy sprzedawca porusza bezustannie ustami i rujnuje swe przyszłe zeznanie, powtarzając raz za razem tę historię, przekształcając relację naocznego świadka w jeszcze jedną nieszkodliwą opowieść.

Mówi: tylko ja pracowałem tamtej nocy. Oczywiście, pamiętam ją.

W ośrodku dla młodocianych terapeuci nazywali to terapią narratywną, konstruowaniem pozytywnej rzeczywistości.

Sprzedawca mówi: długie jasne włosy, dżinsy opięte na pośladkach, opalona skóra – nie twierdzę, że sama ściągnęła na siebie nieszczęście, ale na pewno wiedziała, że ludzie się za nią oglądają.

Terapeuci powiedzieli: byliście tylko dzieciakami. Nie zdawaliście sobie sprawy z tego, co robicie.

Kiedy nadchodzi kolej Puntera, sprzedawca mówi: nie wiem, kto ją uprowadził, ale dałbym wiele, żeby się dowiedzieć.

Sprzedawca ma ciemne okulary, cuchnący oddech i paznokcie obgryzione do opuszek palców, zęby żółte od nikotyny, tytoniu do żucia albo kawy. Albo wszystkiego jednocześnie. Przypomina Punterowi samego siebie; zastanawia się, czy sprzedawca czuje to samo, czy jeden dostrzega w drugim bratnią duszę. Punter odczytuje nazwisko na plakietce sprzedawcy: OSWALD. Sprzedawca patrzy na niego i mówi: gdybym wiedział, kto porwał tę dziewczynę, to sam bym go zabił.

Punter drży, kładąc na ladzie banknoty, a potem biorąc karton papierosów i batona. Nie przestaje drżeć, dopóki nie wychodzi z tego klimatyzowanego sklepu, dopóki nie wsiada do nagrzanego słońcem samochodu.

Terapeuci powiedzieli Punterowi, że to, co zrobił, było tylko błędem, że wszystko z nim w porządku. Kazali mu powtarzać swoje słowa, żeby uwolnił się od poczucia winy, które – jak byli pewni – go prześladuje. Punter powtarzał słowa, ale nic to nie zmieniło. Nigdy nie odczuwał winy, którą mu wmawiali. Nawet teraz przetrwały tylko zapamiętane oskarżenia policjantów i sędziów, by przekonać go, że to, co zrobił, było złe.

* * *

Punter smaży na patelni dwa osolone steki sarniny na maśle. Siada, żeby zjeść, odkrawa wielkie kęsy, przeżuwa je bez końca, mięso jest przesmażone, twarde. Napycha się do granic nasycenia, do granic wytrzymałości, aż żołądek zaczyna napierać na rozciągniętą skórę brzucha. Nigdy nie wie, ile jedzenia przyrządzić. Zawsze opróżnia talerz do czysta.

Po posiłku pali i myśli o dziewczynie w zamrażarce, o tym, jak mogła mu się wysunąć w każdej chwili z ramion i wpaść z powrotem do wody. Dał jednak radę, wyciągnął ją na brzeg i blask księżyca. Nie ocalił jej – nie mógł – ale zachował ją, uratował przed wilgotnym rozkładem, rybimi pyskami i czymś gorszym.

Wie, że zamrażarka jest lepsza od lodówki, że suchy chłód mięsa i lodu jest lepszy niż powolne gnicie sałaty, resztki jedzenia i zeskorupiały osad. Wie, że nawet po śmierci warto zachować ciało, że ma to sens; można żyć innym życiem.

* * *

Punter nie odwiedził baru w pobliżu fabryki od czasu, gdy go zwolnili, ale tego wieczoru ma ochotę się napić. Ma ochotę oddalić się od domu i zamrażarki. Przed ósmą zdążył zajrzeć do garażu cztery razy; wie, że nie może podnosić wieka, że jeśli nie przestanie patrzeć na dziewczynę, to ciągłe wahania temperatury zniszczą ją, poczynając od skóry.

Jest akurat środek zmiany w fabryce, więc w lokalu nikogo nie ma z wyjątkiem barmana i dwóch facetów siedzących obok siebie przy kontuarze; oglądają mecz w telewizorze zainstalowanym nad półkami z alkoholem. Punter zajmuje miejsce na drugim końcu, zamawia piwo i zapala papierosa. Patrzy na dwóch mężczyzn, próbuje się zorientować, czy zna ich z fabryki. Nie ma pamięci ani do nazwisk, ani do twarzy. Jeden z mężczyzn dostrzega jego spojrzenie i obrzuca go gniewnym wzrokiem, od którego Punter natychmiast ucieka. Wie, że gapi się na ludzi zbyt długo, że czują się z tego powodu nieswojo, ale nic nie może na to poradzić. Kieruje oczy na swoje dłonie, na szklankę, na mecz, z którego też nic nie rozumie. Rozgrywki sportowe przebiegają dla niego zbyt szybko, ich zasady przekraczają jego zdolność pojmowania.

Podczas reklam stacja nadaje skrót wiadomości, przekazuje między innymi najświeższe informacje o zaginionej dziewczynie. Punter wpatruje się w jej wizerunek na ekranie telewizora, trwa to pięć sekund, a jego język nabrzmiewa i robi się suchy. Jeden z mężczyzn dopija piwo i potrząsa głową. Mam nadzieję, że znajdą tego pojebańca i odetną mu jaja, mówi.

Więc myślisz, że nie żyje?

Pewnie, że nie żyje. Nie można tak zniknąć i nie wylądować w grobie.

Mężczyźni zamawiają drugą kolejkę, kiedy gra zostaje po przerwie wznowiona. Punter uświadamia sobie, że wstrzymywał oddech, i teraz uwalnia go jednym, urywanym tchnieniem. Barman i obaj mężczyźni odwracają się i patrzą na niego, więc podnosi rękę, próbując dać do zrozumienia, że nie potrzebuje pomocy, ale opuszcza dłoń, kiedy zauważa, że tamci nie wykazują większego zainteresowania. Płaci i zbiera się do wyjścia.

Nie zastanawiał się do tej pory, jak dziewczyna znalazła się w stawie albo kto ją tam wrzucił. On także zakładał, że to morderstwo, ale kto, dlaczego i kiedy – nie zaprzątał tym sobie głowy.

W ośrodku terapeuci powiedzieli mu, że bez względu na to, co by zrobił, matka i tak by nie przeżyła; rozumiał to doskonale. Oczywiście, nie zabił swojej matki. Nie dlatego się tam znalazł. Zamknęli go z powodu tego, co zrobił potem, wsadzili za kratki i trzymali do osiemnastego roku życia.

Tym razem spisze się lepiej. Nie zamierza siedzieć przez długie miesiące z założonymi rękami, podczas gdy policja będzie pracować niespiesznie nad sprawą, by w końcu zdecydować, że to, co zrobił, jest równie złe. Tym razem on, Punter, sam znajdzie mordercę i każe mu zapłacić.

• • •

Pamięta: tęsknił za nią, nie wiedział, gdzie jest, nie rozumiał, pragnął jedynie, by wróciła. Nie wierzył ojcu, który mu powiedział, że ich zostawiła, że odeszła na zawsze. Szukał jej cały dzień, kiedy ojciec był w pracy, krążył po drodze, po polach, przetrząsał pokoje ich małego domu.

Pamięta, jak zszedł do piwnicy, stąpając ostrożnie po stopniach schodów; odnalazł kontakt, potem czekał, aż świetlówki się nagrzeją, wreszcie stanął na cementowej podłodze, której zimno przyprawiało stopy o ból.

Pamięta, że nie zauważył niczego niezwykłego; wszystko było na swoim miejscu.

Pamięta, że szum oliwkowej zamrażarki i brzęczenie świetlówek były jedynymi dźwiękami rozbrzmiewającymi w świecie.

Pamięta, jak przeszedł po cementowej podłodze i otworzył zamrażarkę.

Ponad wszystko zaś pamięta, jak otworzył usta, żeby krzyknąć, i jak nie był w stanie tego zrobić. Pamięta, że krzyk utkwił mu w piersi niczym pięść i nigdy się nie dobył na zewnątrz.

• • •

Kiedy zaczynają się wiadomości o jedenastej, Punter czeka na informacje o dziewczynie. Ma pod ręką niewielki kołonotatnik i ołówek ukradziony w barze. Zapisuje skąpe fakty. Reporter wylicza to, co Punter już wie – jej nazwisko, szkołę, porzucony samochód. A potem pojawia się miejscowy szeryf, który nachylając się do mikrofonu, mówi: wciąż prowadzimy śledztwo, ale jak dotąd nie potwierdziła się żadna z hipotez.

To dość rzadkie, by ktoś wysiadł z samochodu i zniknął bez śladu, ale się zdarza. Przerywa, słucha bezgłośnego pytania, potem odpowiada: cokolwiek się z nią stało, nie miało miejsca w samochodzie. Nie znaleziono śladów szamotaniny ani napaści o charakterze seksualnym czy czegoś gorszego. Punter zakłada nerwowo nogę na nogę. Przyciska ołówek do papieru i wszystko sumiennie notuje.

Następnie na ekranie pojawiają się ojciec i matka dziewczyny, którzy stoją za podium podczas konferencji prasowej. Oboje są ubrani na czarno, poważni i smutni. Ojciec mówi: jeśli ktokolwiek wie, co się wydarzyło – jeśli wie, gdzie przebywa nasza córka – proszę, by się zgłosił. Chcemy tylko wiedzieć, gdzie ona jest.

Punter zapisuje słowo „ojciec", potem słowa „matka" i „córka". Patrzy na swój bezużyteczny telefon. Mógłby powiedzieć tym obcym ludziom to, co chcą wiedzieć, ale czyby im to pomogło? Jego własny ojciec wiedział doskonale, gdzie jest jego matka, i też nic dobrego z tego nie wynikło.

• • •

Jak pokazują programy telewizyjne, początek śledztwa to zawsze obserwacja, gromadzenie poszlak. Punter otwiera szafę, w której trzyma swój sprzęt myśliwski, i wyjmuje z futerału lornetkę. Wiesza ją sobie na szyi, zamyka szafę, potem znów ją otwiera i zdejmuje z górnej półki nóż myśliwski. Nie potrzebuje go, jeszcze nie teraz, ale wie, że telewizyjni detektywi zawsze noszą przy sobie broń, tak na wszelki wypadek. Ma tylko karabin i strzelbę, za długie do takiej roboty. Nóż musi wystarczyć.

Siedząc już w samochodzie, wkłada nóż do schowka na rękawiczki, a lornetkę kładzie na siedzeniu obok. Wyciąga z tylnej kieszeni notatnik i przegląda listę miejsc, którą sporządził: szkoła, dom rodziców, staw i stacja benzynowa. Odczytuje godzinę podaną przez pracownika stacji, który widział dziewczynę właśnie o tej porze, a potem zapisuje godzinę, w której sam ją znalazł w wodzie. Oba te momenty dzieli zaledwie dzień, nie mogła więc długo leżeć w stawie, zanim ją znalazł.

Cokolwiek się z nią stało, stało się szybko.

Myśli, że ten, kto to zrobił, musiał być tutejszy, skoro wiedział o stawie. Prawdę powiedziawszy, Punter nigdy nikogo tam nie widział, czasem tylko ślady opon, porzucone butelki po piwie i niedopałki po młodzieżowych imprezach. Myśli o dziewczynie, o tym, jak nigdy by się nie zgodziła, by ją dotknął – gdyby wciąż żyła – jak nigdy nie pozwoliłaby mu powiedzieć słów, które wymówił, słów, które jeszcze chciał wymówić. Zastanawia się, co zrobi, kiedy znajdzie jej zabójcę. Jego śledztwo może być aktem zemsty albo dziękczynienia, ale jest jeszcze za wcześnie, by o tym przesądzać.

. . .

Punter był już wcześniej w szkole dziewczyny, kiedy urząd zatrudnienia posłał go tam na rozmowę w sprawie pracy, chodziło o posadę dozorcy. Nie dostał jej, a nawet gdyby, to i tak nie przeszedłby weryfikacji. Wyrok sądu dla nieletnich był utajniony, ale osoba kandydata wzbudzała podejrzenia, a dyrektorzy szkół nigdy nie ryzykowali. Objeżdża dwa razy parking, potem zatrzymuje samochód przy chodniku naprzeciwko wejścia, by obserwować ludzi, którzy wchodzą do środka i wychodzą na zewnątrz. Zwalcza pokusę, by posłużyć się lornetką, świadomy, że musi się kontrolować w miejscu publicznym, że nie wolno mu ulegać pierwszej myśli, która przychodzi do głowy. Dlatego właśnie nie rozmawiał z nikim od miesięcy, dlatego przesiaduje w domu, dlatego tylko poluje i łowi ryby, żyjąc z nader skromnego zasiłku dla niepełnosprawnych; terapeuci pomogli mu sporządzić stosowny wniosek.

Terapeuci nie chcieli, żeby zobaczył, co tam napisali o jego niepełnosprawności, ale zobaczył. Na widok tych słów, nakreślonych niezwykle starannie, nie poczuł złości, tylko ulgę. Nie był już zły, był jedynie osobą z zaburzeniami, z traumą. Nikt mu nie wierzył w tej sprawie, zwłaszcza terapeuci w ośrodku dla młodocianych – terapeuci, którzy namawiali go, by się otworzył, i którzy okazywali gniew, gdy nie potrafił tego zrobić. Nie wierzyli mu, kiedy oświadczył, że powiedział im o wszystkim, co miał w sobie, w środku. Punter wie, że słusznie mu nie wierzyli, że żywił uczucia, których nie chciał ujawnić. Kiedy wyobraża sobie miejsce, gdzie inni ludzie skrywają swoje uczucia, widzi tylko własny uwięziony krzyk; wyobraża go sobie teraz jako wielką żarłoczną kulę dźwięku, głodną i gorącą w jego wnętrznościach.

Z budynku dobiega dźwięk dzwonka, niebawem otwierają się drzwi, wysypują się z nich dziewczęta wprost na chodnik i parking. Punter patrzy, jak z samochodów wysiadają rodzice, żeby przywitać się ze swoimi dziećmi. Niewykluczone, że jedna z tych dziewcząt to przyjaciółka martwej dziewczyny; gdyby udało mu się z nią porozmawiać, to może by się dowiedział, kim była martwa dziewczyna. Może sporządziłby listę innych osób, z którymi należałoby pomówić, aby rozwiązać zagadkę morderstwa.

Natężenie i mnogość głosów przygniatają Puntera. Patrzy i obserwuje, jak dziewczęta przechodzą obok w swoich mundurkach. Są identycznie ubrane, więc skupia spojrzenie na ich twarzach, na włosach, na różnicach między blondynkami, brunetkami i rudymi. Patrzy, jak dziewczęta się uśmiechają i wymieniają pełne zakłopotania spojrzenia, kiedy ich matki podchodzą do nich. Patrzy, jak wiatr ciska włosy w te wszystkie umalowane twarze. Przywiera do zamkniętych drzwi forda, stara się nie poruszać.

Zamyka oczy i próbuje wyobrazić sobie martwą dziewczynę w tym miejscu, w jej własnym mundurku, ale nie może. Jest teraz odosobniona, odseparowana od tych dziewcząt i życia, które niegdyś z nimi dzieliła. Punter jest zadowolony. Te dziewczęta, w przeciwieństwie do tamtej, budzą w nim przerażenie.

Krótki jazgot syreny przyprawia go o strach i wyrywa z zamyślenia; obraca się na fotelu i widzi za sobą radiowóz z włączonym silnikiem i spuszczoną szybą. Policjant siedzący w środku jest mniej więcej w jego wieku, włosy na skroniach zaczynają siwieć, ale poza tym sprawia wrażenie młodego i zdrowego. Wysuwa dłoń przez okno i bębniąc palcami po karoserii radiowozu, woła coś, ale Punter, otoczony tymi wszystkimi głosami, nie słyszy go w zamkniętym samochodzie.

Punter otwiera usta, potem je zamyka, nie wypowiedziawszy słowa. Kręci głową i blokuje drzwi po swojej stronie pod wpływem nagłego strachu, że policjant zamierza wywlec go z wozu i obmacywać, tak jak zrobili to inni policjanci, kiedy był jeszcze dzieciakiem. Podnosi wzrok i widzi, że policjant idzie w jego stronę. Gliniarz puka w szybę i czeka, aż Punter ją opuści. Spogląda z uwagą na Puntera, który próbuje patrzeć gdzie indziej i wlepia mimowolnie wzrok w kolejną grupę nastoletnich dziewcząt.

Policjant mówi: musi pan stąd odjechać. To miejsce dla straży pożarnej.

Punter próbuje skinąć głową, ale tylko nią kręci. Mówi szeptem, że odjedzie, że już odjeżdża. Policjant mówi: nie słyszę. Co pan powiedział?

Punter przekręca kluczyk w stacyjce i wzdycha z ulgą, gdy silnik zaskakuje za pierwszym razem. Mówi: już odjeżdżam. Mówi to tak głośno, jak tylko potrafi; ma wrażenie, że jego struny głosowe są zdławione i zardzewiałe.

Przed samochodem przechodzi zbyt wiele dziewcząt, by Punter mógł ruszyć, musi więc zaczekać, aż policjant wsiądzie z powrotem do swojego wozu. W końcu funkcjonariusz wrzuca wsteczny, cofa i przepuszcza Puntera. Punter wyjeżdża powoli z parkingu na ulice miasta, utrzymując niespieszne tempo i trzymając się środka drogi. Obawiając się, że policjant może za nim podążać, trzyma się głównych arterii i ludnych okolic, ale i tak się gubi. Rzadko tu bywa. Mija pół godziny, potem kolejne. Punter czuje, jak od papierosów drapie go w gardle. Bolą go oczy od bezustannego patrzenia w lusterko wsteczne, a ręce drżą tak bardzo, że nie może nad nimi zapanować, i boi się, że nigdy już nie zapanuje.

• • •

Po powrocie do domu odszukuje rodziców dziewczyny w książce telefonicznej i zapisuje ich adres. Wie, że musi być ostrożniejszy, że jeśli nie zachowa czujności, to ktoś zacznie szukać też jego. Leży na tapczanie, czekając na zmrok, i zasypia z włączonym telewizorem, w którym lecą seriale i spektakle sądowe. Śni o tym, że znajduje mordercę, że wlecze go na posterunek w łańcuchach. Widzi siebie jako mściciela dziewczyny, z dymiącym pistoletem, pakującego pocisk za pociskiem w pozbawioną twarzy postać, nieznaną, ale istniejącą, naznaczoną swą zbrodnią, tak jak był naznaczony Punter.

Kiedy się budzi, telewizor jest wciąż włączony, lecą teleturnieje pełne pytań, na które Punter nie jest w stanie odpowiedzieć. Wstaje i idzie do łazienki, ból w trzewiach zgina go wpół nad ubikacją. Już po wszystkim pije łapczywie wodę z kranu, potem idzie do salonu, żeby wziąć notatnik, lornetkę i nóż.

W garażu próbuje ściągnąć podkoszulek z dziewczyny, żeby dotrzeć do skóry schowanej pod spodem, ale materiał jest przymarznięty do ciała. Nie wie, czy dźwięk, który wydaje odzież, to pękający lód czy skóra. Próbuje dotknąć dziewczyny przez ubranie, ale ona jest zbyt martwa, zbyt pogrążona w chłodzie. Zatrzaskuje wieko zamrażarki i znów zostawia dziewczynę w ciemności, ale dopiero wtedy, gdy wyjaśnia to, co dla niej robi, gdy obiecuje odnaleźć osobę, która ją skrzywdziła – by samemu skrzywdzić tę osobę.

• • •

Dom jej rodziców jest na wsi, na końcu długiego, zadrzewionego podjazdu. Punter mija dom, zostawia samochód kawałek dalej i wraca z lornetką na szyi. Przemykając przez cienie drzew, znajduje miejsce w odległości stu metrów od domu, a następnie obserwuje oświetlone okna, wypatrując ruchu, i wreszcie dostrzega trzy postaci siedzące w salonie na parterze. Rozpoznaje rodziców, których widział w telewizji, i widzi, że trzecią osobą jest chłopak mniej więcej w tym samym wieku co dziewczyna. Punter przygląda mu się ze szczególną uwagą, próbując stwierdzić, czy to jej sympatia. Chłopak ani przez chwilę nie siedzi nieruchomo, przy każdym słowie gestykuluje z ożywieniem. Być może się śmieje albo płacze, albo krzyczy, Punter nie potrafi się zorientować z tej odległości. Patrzy, jak rodzice dziewczyny obejmują go, po czym rusza biegiem przez zarośla, gdy tylko przed domem błyskają reflektory samochodowe.

Dociera do swojego samochodu w chwili, gdy kabriolet chłopaka wyjeżdża na drogę. Punter uruchamia silnik i jedzie przez miasto za kabrioletem, obok stacji benzynowej i centrum handlowego w śródmieściu, by dotrzeć w okolicę, gdzie domy są mniejsze i bardziej zaniedbane. Nigdy wcześniej tu nie był, ale wie, że fabryka plastiku jest w pobliżu i że niedaleko mieszka wielu jego dawnych kolegów z pracy. Patrzy, jak chłopak parkuje przed małym białym domem, i obserwuje przez lornetkę, jak wchodzi po stopniach na ganek i naciska dzwonek. Chłopak nie znika w środku, ale widok jest zasłonięty przez otwarte drzwi. Cokolwiek się tam dzieje, trwa kilka minut, potem chłopak znów jest w samochodzie. Siedzi dłuższy czas na poboczu drogi i pali. Punter też pali. Wyobraża sobie, że wysiada ze swojego wozu i podchodzi do chłopaka, wyobraża sobie, że zadaje mu pytania dotyczące nocy, kiedy dokonano morderstwa. Wie, że powinien to zrobić, wie, że rola detektywa wymaga ryzyka, ale nie potrafi się do tego zmusić. Kiedy chłopak odjeżdża, Punter nie rusza za nim, tylko przejeżdża obok białego domu wolniutko, nie trzymając nogi na gazie. Nie dostrzega niczego, co byłoby dla niego zrozumiałe, ale to nic nowego.

· · ·

Po powrocie nad jezioro jedynym materiałem dowodowym są ślady jego pobytu. Do brzegu wiodą tylko koleiny pozostawione przez koła jego samochodu, na ziemi widać tylko odciski jego stóp. Ktokolwiek był tu przed nim, uzyskał alibi dzięki jego własnej niezręczności. Wie, jak będzie to wyglądało, znajduje więc długą gałąź z liśćmi i zmiata nią piasek, zacierając najwyraźniejsze ślady. Potem patrzy w stronę ciemnej wody, próbując sobie przypomnieć, jak to było, kiedy trzymał ją w ramionach, co czuł, przyciskając do siebie jej miękkie i uległe ciało, nim umieścił ją w zamrażarce.

Zastanawia się, czy nie popełnił błędu, wyciągając ją z wody. Może należało zrobić coś wręcz przeciwnego, zostać z nią na dnie stawu, aż jego własne płuca napełniłyby się tym samym ciężarem i zostałby uwięziony wraz z nią. Ich ciała by nie przetrwały. Ryby i fale odarłyby ich ze skorup, a wtedy Punter mógłby jej pokazać, jak dobrą jest osobą, za którą się zawsze uważał, i pozostałby na zawsze pośród lepkiego rozkładu.

• • •

Na kolację przyrządza sobie dwa steki. Sarnina, którą wyjął z zamrażarki, żeby zrobić miejsce na ciało dziewczyny, psuje się w starej lodówce, mięso jest zbrązowiałe i plamiaste. Na wszelki wypadek przypieka ją na twardą podeszwę. Musi gryźć tak mocno, że bolą go szczęki, a zęby grożą wypadnięciem, ale zjada wszystko do ostatniego kęsa, nie pozostawiając na talerzu nawet najmniejszego skrawka tłuszczu.

Oglądając wieczorne wiadomości, Punter orientuje się, że z braku nowych ustaleń historia powszednieje. Dziewczynie poświęca się tylko minutę, dziennikarz przytacza fakty, które Punter zna już od kilku dni. Wpatruje się w zdjęcie, w uśmiech, który kiedyś ożywiał całą twarz.

Wie, że nie pozostało mu dużo czasu. Zbliża się do telewizora na czworakach i kładzie dłonie na tym obliczu w chwili gdy znika. Odwraca się, siada oparty plecami o ekran, na którym pojawia się satelitarny obraz tornada, huraganu albo powodzi. Zniszczenia widzianego z góry.

• • •

Punter budzi się i kaszle w ciemności, gardło ma czymś zapchane, flegmą albo ropą, sam nie wie czym. Chwyta gwałtownym ruchem chusteczkę z nocnego stolika i pluje w nią raz po raz, aż pozbywa się wydzieliny. Wstaje i naciska kontakt, ale światło się nie zapala. Próbuje jeszcze raz, potem znowu. Uświadamia sobie nagle, że w domu panuje cisza, że bez monotonnego tykania zegara na ścianie jedynym dźwiękiem w sypialni jest bicie jego serca. Wychodzi z sypialni, kieruje się do kuchni. Cyfrowy zegarek piecyka gapi się na niego niczym puste czarne oko, a lodówka czeka, milcząca i nieruchoma.

Wybiega z domu w samej bieliźnie, jego duże gołe stopy plaskają na zimnym podjeździe. Zamrażarka w garażu też milczy. Podnosi wieko, uwalniając podmuch mroźnego powietrza, potem opuszcza je gwałtownym ruchem, uświadomiwszy sobie, że chcąc potwierdzić to, co już i tak wie, zmarnował kilka stopni zimna. Zdawał sobie sprawę, że ten dzień kiedyś nadejdzie – elektrownia przysłała mu wyczerpujące ostrzeżenie – ale mimo wszystko przeklina ze złości. Wraca do domu i ubiera się szybko, potem przetrząsa pomieszczenia w poszukiwaniu drobnych i wyjmuje zmięte banknoty z kieszeni ciśniętych na podłogę dżinsów. W pobliskim sklepie spożywczym kupuje tyle lodu, na ile go stać, wyczerpując zapasy gotówki do następnej wypłaty zasiłku. Niewiele, ale nic więcej nie może zrobić.

Po powrocie do garażu pracuje szybko i gorączkowo, rozłupując bloki lodowe na cementowej podłodze i przykrywając bryłkami ciało dziewczyny. Udaje mu się zakryć ją całkowicie i tłumi uczucie żalu, które go ogarnia z chwilą, gdy nie widzi już jej twarzy spod lodu. Przez sekundę się zastanawia, czy samemu nie wpełznąć do zamrażarki, odgarnąć dzielące ich bryłki. Ogrzać ją ciepłem własnego ciała, sprawić, by odtajała w jego ramionach.

I rozważa: czy wolałby spędzić z nią jeden dzień czy całą wieczność, oddzielony od niej lodem?

Wraca do domu i siada w kuchni. Zapala papierosa, potem zaczyna grzebać w stosie kopert na stole, wreszcie znajduje wciąż zaklejony rachunek z elektrowni. Wyjmuje go, odczytuje monstrualną sumę, wsuwa kartkę z powrotem do koperty. Próbuje obliczyć, ile czasu da mu lód, ale nie potrafi tego zrobić. Nigdy nie umiał poradzić sobie z arytmetyką czy liczbami; ten problem przekracza jego możliwości.

● ● ●

Zamrażarka w piwnicy zawsze śmierdziała, jak wyciekające chłodziwo albo zastarzałe powietrze. Nieczęsto była używana, trzymali ją nie ze względów praktycznych, ale dlatego, że ojciec niczego nie chciał wyrzucać. Nim Punter odnalazł tam matkę, miała już wzdęty brzuch i policzki, a skórę śliską od czegoś, co połyskiwało jak wazelina. Zatrzasnął drzwi zamrażarki i pobiegł na górę, gdzie schował się w swoim pokoju, nie wiedząc, co ma robić. Punter był przerażony, że ojciec się dowie o tym, co zobaczył, że go zabije, że to, co zacznie się biciem, skończy się morderstwem.

Ale ojciec nigdy nic nie powiedział, nie dał niczym do zrozumienia, że jego żona nie żyje. Trzymał się uparcie tej samej historii, powtarzając Punterowi, że jego matka uciekła i zostawiła ich, aż w końcu Punter przestał o nią pytać.

Próbował zapomnieć, uwierzyć w ojcowską opowieść, ale nie mógł.

Chciał powiedzieć komuś innemu, jakiemuś dorosłemu, ale tego też nie mógł zrobić, wiedząc, co by się stało z jego ojcem, i wiedząc, że by ją zabrali, gdyby się dowiedzieli, gdzie jest.

W ciągu dnia, kiedy ojciec był w pracy, Punter schodził na dół i otwierał zamrażarkę. Na początku tylko na nią patrzył,

na otwarte oczy i usta, na ciało wciśnięte w zbyt małą przestrzeń, na krtań, rozciętą jak krtań jelenia, którego ojciec mu
kiedyś pokazał. Kiedy jej pierwszy raz dotknął, wydawało
mu się, że próbuje do niego przemówić, ale to był tylko gaz
wydobywający się z jej ust, umykający z przepełnionych
płuc. Mimo to Punter wyjął ją z zamrażarki, wierząc przez
chwilę, że w jakiś sposób jest żywa.

Kiedy otoczył ją ramionami, cały ten gaz uwolnił się z jej
ust, nosa i uszu, wydając dźwięk jak pierdnięcie, ale cuchnąc
znacznie gorzej.

Nie chciał na nią zwymiotować, ale nie mógł się jednocześnie powstrzymać.

Potem zaniósł ją na górę i wykąpał, żeby usunąć rzygowi-
ny. Po raz pierwszy widział nagą osobę i starał się nie patrzeć
na jej poznaczone żyłkami piersi, na kępkę włosów łono-
wych, unoszących się w wodzie. Szorując ją myjką i kostką
mydła, odwracał w miarę możności oczy. Spłukując szampon
z jej głowy, szeptał, że jest mu przykro.

Trudno było ją ubrać, ale w końcu jakoś sobie poradził,
a potem nadszedł czas, by wsadzić ją z powrotem do zamrażarki, zanim ojciec wróci do domu. Próbował ją ułożyć tak,
żeby było jej wygodniej niż przedtem.

Zamykając zamrażarkę, wyszeptał: do widzenia. Kocham
cię. Zobaczymy się jutro.

Stare rzeczy, pobrudzone krwią i wymiocinami, zaniósł
na pole kukurydzy za domem i spalił. A potem było już tylko czekanie; czekał przez cały wieczór, kiedy ojciec siedział
w salonie, czekał przez całą noc, kiedy on, Punter, miał spać.

Dzień w dzień wyjmował ją z zamrażarki i dźwigał z wysiłkiem na górę. Sadzał ją na tapczanie albo przy stole kuchennym, a potem mówił, zapominając o swojej powściągli-
wości, którą jej uporczywe milczenie jakoś tłumiło. Nigdy
wcześniej, kiedy matka żyła, nie rozmawiał z nią tak dużo,
ale teraz nie mógł przestać mówić jej o tym, co kiedykolwiek
czuł, wszystkie te uwięzione dawniej słowa wylewały się
z niego jedno za drugim.

Punter wie, że nawet gdyby jej nie znaleźli i nie zabrali, to i tak nie mogłaby wiecznie trwać. Po pierwszym tygodniu zaczął znajdować jej mokre i gąbczaste drobinki na drewnianych schodach prowadzących do piwnicy, na kuchennej podłodze, na tapczanie.

Dzień w dzień kąpał ją, by pozbyć się zapachu, który nasilał się, w miarę jak jej twarz obwisała coraz bardziej, a skóra na ramionach marszczyła się i zapadała.

Dzień w dzień szukał na jej ciele plam i pleśni, a potem je zeskrobywał.

Dzień w dzień ujmował jej dłonie, nie mogąc się nadziwić, że jej paznokcie, nawet po kilku tygodniach, wciąż rosną.

• • •

Punter siedzi na frontowym schodku, starając się zrozumieć coś z gryzmołów w swoim notatniku. Ma za mało informacji, nie jest nawet bliski rozwiązania zagadki morderstwa, ale wie, że musi ją rozwiązać, jeżeli chce uniknąć spotkania z policją. Jeśli policja go uprzedzi, jeśli przesłucha zabójcę, to w końcu dotrze nad staw, gdzie on, Punter, zacierał własne ślady w sposób niedostateczny. Nie musi udowadniać, że zabójca jest winny, w każdym razie nie w obliczu sędziego i przysięgłych. Musi tylko znaleźć tę osobę i upewnić się, że nikt nie dowie się o tym, co on sam zrobił z ciałem. Potem dziewczyna będzie należała do niego na zawsze, tak długo, jak długo starczy mu lodu.

• • •

Punter jeździ samochodem, krążąc wokół miejsc związanych z morderstwem: stacji benzynowej, szkoły, domu rodziców dziewczyny, stawu. Jeździ w kółko bez końca i nawet przy włączonej klimatyzacji nie przestaje się pocić, twarz ma mokrą i rozgorączkowaną. Jest w połowie drogi między swoim domem a stacją benzynową, kiedy wskazówka poziomu paliwa opada na zero. Staje przy krawężniku i siedzi przez chwilę, starając się podjąć jakąś decyzję, starając się skupić myśli na swoim śledztwie. Otwiera notatnik, przewraca niemal puste kartki. Jest tam tak niewiele faktów i tak niewielu podejrzanych. I pozostało mu tak mało czasu.

Wykreśla ojca, matkę, chłopaka dziewczyny. Pozostało tylko jedno nazwisko, jeden podejrzany, którego nie wykluczył, jedna osoba, która widziała dziewczynę. Pali, rozmyśla, próbuje udowodnić samemu sobie, że ma rację albo że się myli; nie dochodzi do niczego.

Otwiera drzwi i staje obok samochodu. Do domu prowadzi droga w jedną stronę, do stacji benzynowej w drugą. Sięga do wnętrza wozu, zostawia notatnik i lornetkę, ale bierze nóż myśliwski i wsuwa go sobie za pasek spodni, po czym zakrywa broń podkoszulkiem. Punter wie, że to tylko domysł, ale wie też, gdy na filmie detektyw ma przeczucie, to zawsze okazuje się ono słuszne.

• • •

Nie jest to daleko, ale Punter męczy się szybko. Siada, żeby odpocząć, a potem nie może wstać. Zwija się w kłębek na zachwaszczonym poboczu, śpi niespokojnie, podczas gdy obok przejeżdżają samochody, zasypując go żwirem, który tryska spod kół. Kiedy się budzi, jest już ciemno. Ciało pokrywa mu szary pył, on zaś nie potrafi sobie przypomnieć, gdzie się znajduje. Nigdy wcześniej nie szedł tą drogą, która w mroku przypomina obcą ziemię. Przygląda się niewyraźnym śladom stóp odciśniętym w kurzu, tropiąc samego siebie, aż w końcu wie, w którą stronę się udać.

• • •

Za stacją benzynową parkują dwa samochody, tam gdzie kiedyś stał wóz dziewczyny, nim go odholowano. Jeden to mały kompakt, drugi to nowe sportowe auto. Szyby w sportowym aucie są opuszczone, stereo tętni muzyką, której Punter nie zna albo nie rozumie, słowa padają zbyt szybko, by mógł je rozróżnić. Robi kilka kroków w stronę drzew obok drogi, zwalnia tempo marszu, by pozostać niezauważonym.

Chcąc zapanować nad oddechem, zatrzymuje się i czeka; po chwili już spokojniej wciąga powietrze w płuca. O ścianę stacji stoją oparci dwaj młodzi mężczyźni w podkoszulkach i niebieskich dżinsach, niemal identyczni, z rozmyślnie rozwichrzonymi włosami i rzadkim niechlujnym zarostem. Są z nimi dwie dziewczyny, ruda i brunetka – wciąż mają na sobie mundurki szkolne i wyglądają na młodsze, niż są w rzeczywistości.

Brunetka trzyma dłoń na piersi swojego mężczyzny, a jego ręka zaciska się na jej pośladku. Punter widzi, jak mocno ją trzyma, widzi zgnieciony materiał sukienki między jego palcami i kilka centymetrów odsłoniętego uda.

Myśli o swojej dziewczynie w domu, o tym, że niebawem będzie musiał zdecydować, jak bardzo pragnie to poczuć – dotyk jej skóry na sobie.

Myśli o chłopaku, którego widział przez lornetkę, i się zastanawia, czy określenie „chłopak" jest rzeczywiście trafne.

Ruda bierze coś od drugiego mężczyzny i kładzie sobie na języku. Mężczyzna się śmieje i kiwa na towarzysza, który puszcza swoją dziewczynę i podnosi z ziemi karton piwa. Cała czwórka wsiada do sportowego wozu i odjeżdża w stronę stawu, daleko od miasta. Punter stoi nieruchomo, kiedy przejeżdżają obok, i wie, że go nie widzą, że jest już – zawsze był – duchem w ich świecie. Punter kaszle, nie zważając na krew. Patrzy na zegarek, cyfry świecą w cieniu drzew elektroniczną zielenią. Ma jeszcze czas, ale nie bardzo wie, co z nim robić. Podejmuje decyzję.

• • •

A gdy decyzja jest już podjęta, to żaden problem wkroczyć do pustego pomieszczenia przez sięgające pasa drzwi wahadłowe i podejść do kasy. Żaden problem chwycić sprzedawcę – OSWALD, czyta ponownie, nim nazwisko wywietrzeje mu z głowy – i przycisnąć mężczyźnie nóż do krzyża, przez materiał kombinezonu. Żaden problem zignorować jego piski i wyciągnąć go zza kontuaru.

Sprzedawca mówi: nie musisz tego robić. Mówi: chcesz czegoś, to bierz. Gówno mnie to obchodzi, człowieku.

Żaden problem go zignorować, kiedy mówi: proszę, nie rób mi krzywdy.

Punter myśli: nie jest już taki odważny.

Żaden problem zignorować słowa, popychać sprzedawcę w stronę zaplecza, w stronę korytarza za lodówkami. Punter zmusza sprzedawcę, by ukląkł, czuje, jak jego własne stopy ślizgają się na zimnej terakocie. Wciąż ściska jedną ręką nóż, a drugą trzyma faceta za ramię, palce wbijają się w zagłębienie między mięśniem a kością.

Sprzedawca pyta: dlaczego to robisz?

Punter puszcza jego ramię i wali w twarz kantem dłoni. Wykrztusza z siebie słowa. Dziewczyna. Chodzi o dziewczynę.

Jaką dziewczynę?

Punter wali go znowu, sprzedawca przełyka z wysiłkiem, krew albo zęby. Obaj teraz krwawią. Punter mówi: wiesz. Widziałeś ją. Powiedziałeś mi.

Ją? Wargi sprzedawcy pękają, zaczynają ściekać z nich strużki krwi. Mówi: nic jej nie zrobiłem. Przysięgam.

Punter myśli o tym, jak sprzedawca się przechwalał, jaki był podekscytowany, że jest w centrum uwagi. Wydając z krtani głuche warknięcie, chwyta garść tłustych włosów i szarpie gwałtownie do tyłu, odsłaniając pokryte zarostem gardło sprzedawcy i obracając jego głowę bokiem, aż w końcu patrzy tylko w jedno oko. Okulary sprzedawcy spadają z brzękiem na terakotę.

Sprzedawca mówi: Punter. Mówi: znam cię. Masz na imię Punter. Przychodzisz tu cały czas.

Oko sprzedawcy, to, które widać, jest szeroko otwarte, pełne przerażenia i jednocześnie nadziei, i przez jedną sekundę Punter widzi oczy matki, widzi oczy dziewczyny, widzi własną dłoń opuszczającą ich powieki po raz ostatni.

Sprzedawca mówi: nigdy jej nie skrzywdziłem, człowieku. Widziałem ją tylko żywą jako ostatni.

Punter przykłada nóż do ciała. Żaden problem. Nie ma teraz wyboru, zresztą każdemu się zdarza, że widzi kogoś jako ostatni. Wykonuje gwałtowny ruch nadgarstkiem i wbija ostrze. To też żaden problem. To też nic. A jeśli coś, to nie jest to gorsze niż reszta.

• • •

Potem trzeba zaciągnąć ciało do małej zamrażarki. Potem wcisnąć je między stosy hot dogów i precli. Potem omijać kałuże krzepnącej krwi, żeby w nią nie wdepnąć. Potem zabrać nóż i wsunąć go z powrotem do pochwy i przytroczyć ją do paska. Potem pójść do domu z torbą lodu w obu rękach. Potem sobie uświadomić, że lód nie ma znaczenia, że nigdy nie będzie go dość.

Potem zacząć biec, czując, jak wali serce, a płuca palą. Potem wrażenie, że się umiera. A potem obojętność na to, co się wydarzy.

Potem.

• • •

Nim Punter dociera do garażu, lód już się roztapia; twarz dziewczyny wyziera spomiędzy bryłek. Powieki ma pokryte szronem, policzki śliskie od wody stawu. Sięga do środka i ją podnosi, twarz, piersi i uda poddają się jego palcom, ale plecy wciąż są przymarznięte do opakowanej dziczyzny pod spodem. Ciągnie, starając się nie zważać na dźwięk skóry odrywanej od papieru.

Punter mówi, jego głos jest ledwie słyszalny. Nie musi mówić głośno, by go usłyszała. Są teraz tak blisko siebie. Coś odpada, ale nie patrzy na to, nie musi kroić dziewczyny na części, na ciało i kości, na mózg i krew. Całuje ją w czoło, jej skóra jest łuskowata jak u ryby, jak u syreny. Mówi to znowu. Jesteś teraz bezpieczna. To tylko słowa, ale ma nadzieję, że właściwe.

Siedzi z dziewczyną w ramionach, oparty plecami o zamrażarkę. Kołysze ją i czuje, jak robi się mokry, kiedy ona cała taje. Drży, potem przyciska usta do jej warg, wciąga głęboko lodowate tchnienie, wciąż obecne w jej płucach, by zimne powietrze stłumiło ogień w jego krtani, palenie w trzewiach. Kiedy jest już gotowy, podnosi ją, przytula mocniej i wnosi do domu. Zabiera ją do sypialni i kładzie na łóżku.

Kładzie się obok niej, a potem zaczyna mówić, głośno i wyraźnie. Stara się nie kaszleć, stara się nie zwracać uwagi na drapanie w głębi gardła. Wie, co się niebawem stanie, ale też wie, że zanim wyłamią drzwi, zanim wkroczą tu z wyciągniętą bronią, krzycząc coś, będzie po wszystkim. Mówi, aż zanika mu głos, aż jego uwięziony krzyk zamienia się w szept. Mówi, aż wyrzuca z siebie to, co ma w sobie, i przenosi w nią, gdzie nikt z tych ludzi nie zdoła tego kiedykolwiek znaleźć.

Jay Brandon

Ława przysięgłych

Z *Murder Past, Murder Present*

„San Antonio Gazette" (Teksas), 14 września 1842:
Adwokaci wzięci jako zakładnicy przez oddział armii meksykańskiej przebywają od trzech dni w nieznanym miejscu. W mieście panuje poruszenie, mówi się także o podjęciu konkretnych działań.

Po zwolnieniu z więzienia w Perote przedostawali się do San Antonio pojedynczo, parami albo w małych grupach. Niektórzy drogą lądową, inni statkiem, przez Zatokę Meksykańską. Każdy jednak zjawiał się wyczerpany i wychudły, a w jego oczach malowała się czujność. Czekały na nich rodziny albo przyjaciele, a także kancelarie prawnicze. Trudno było jednak powrócić do dawnego życia. Nic, co mogliby robić, nie umywało się do tego, że byli wolni.

Przez jakiś czas nie było wcale pewne, czy wszyscy się pojawią. Meksykanie mogli zabić kilku dla przykładu albo dlatego, że delikwenci nie mieli rodzin, które mogłyby zapłacić za nich okup. Podczas gdy uwolnieni budzili się każdego ranka i cieszyli na widok światła wpadającego przez okna, paru pozostało wraz z przyjaciółmi w więzieniu.

Jednym z ostatnich prawników, którzy powrócili do San Antonio, był William „Bill" Harcourt. Spędził ponad rok za kratkami w Meksyku, a jego rodzinne miasto wydało mu się teraz bardzo zmienione; miał wrażenie, że jest większe – kiedy nadjeżdżał konno z południa, budynki jawiły się jako wielki i zbędny element krajobrazu – i jednocześnie mniejsze; kiedy dotarł do samego serca miasta, owe budynki nie były tak liczne i nie robiły takiego wrażenia jak niegdyś. Nie wychodził z domu przez pięć dni i nocy; przeżywał z żoną na nowo ich pierwsze spotkanie, zaloty i miesiąc miodowy, wszystko to spotęgowane przez doświadczenia ostatnich miesięcy. Nawet najbliżsi sąsiedzi nie widywali ich przez ten czas; wydawało się, że to raczej pani Harcourt zniknęła wraz ze swym mężem, nie zaś że to on powrócił.

Choć przyjemnie było się dowiadywać, co zaszło pod jego nieobecność w mieście, i spędzać wolne chwile z żoną, przebywanie w domu za bardzo przypominało zamknięcie, szóstego dnia Bill wybrał się więc do miasta, do swojej kancelarii prawniczej. Był pogodny lutowy dzień i spacer wprawił go w radosny nastrój. Widok ludzi, domów i handlu tchnął w niego poczucie bezpieczeństwa. Gdy tylko jednak Harcourt wstąpił w mrok biura, pomyślał: dlaczego ludzie zamykają się dobrowolnie w takim miejscu?

Harcourt nie był imponującym mężczyzną. Średniej budowy ciała, kiedy wzięto go jako zakładnika, teraz odznaczał się chudością graniczącą niemal z wycieńczeniem. Choć brakowało mu sporo do stu osiemdziesięciu centymetrów wzrostu, miał wrażenie, że pobielone wapnem sufity biura wiszą mu tuż nad głową. Jego kasztanowe włosy stały się gęstsze i dłuższe; nie obciął ich jeszcze, wyglądał więc na mieszkańca pogranicza, choć włożył swój najlepszy strój, który czekał przez ten cały czas w garderobie – szare spodnie i czarny surdut z połami.

Harcourt uśmiechnął się po raz pierwszy tego dnia, gdy powitał go sekretarz kancelaryjny, Henry, ledwie dwudziestoletni chłopak, który studiował prawo, pełniąc jednocześnie obowiązki biurowe: kopiował dokumenty, biegał do sądu po akta, analizował przepisy, opróżniał spluwaczki.

– Henry! – zawołał Harcourt, klepiąc młodego człowieka po ramionach. – Wciąż terminujesz?

Wydawało się czymś niezwykłym, że życie pod jego nieobecność biegło swoim utartym torem. Zresztą jakież to obowiązki miał na głowie Henry, skoro z miasta zniknęli wszyscy prawnicy?

– Prawdę powiedziawszy, jestem już adwokatem, proszę pana. Zdałem egzaminy pół roku temu.

– Świetnie! No cóż, natura nie znosi próżni. Domyślam się, że miasto musiało się dorobić prawników, kiedy nas tu nie było. Masz dużo roboty?

Henry sprawiał wrażenie zakłopotanego, Harcourt zaś dostrzegł też innych ludzi w pokoju.

Jedenastego września 1842 roku, w dniu, w którym prawnicy opuścili niespodziewanie miasto, w kancelarii było zatrudnionych pięciu adwokatów. Pomieszczenie, gdzie stali teraz Harcourt i Henry, służyło niegdyś jako recepcja, biblioteka i klub, każdy zaś z prawników miał swój mały gabinet dla klientów. Z owych gabinetów wyłaniali się teraz panowie, dwóch z powitalnymi uśmiechami na twarzach, a jeden z bardziej zagadkowym obliczem. Półtora roku spędzone za kratkami, kiedy to Bill Harcourt poznawał charakter i nastroje różnych strażników i wypatrywał oznak sugerujących karę czy możliwość pochlebstwa, uczyniły zeń biegłego interpretatora ludzkich twarzy, w tych zaś dostrzegł coś więcej, niż chcieli ujawnić ich właściciele. Nawet w uśmiechach jego dawnych kolegów można było zauważyć cień obawy i rezerwy. Choć cieszyli się na jego widok, dostrzegali też możliwość rychłego konfliktu. Nieznajomy, który trzymał w prawym ręku gęsie pióro, nie krył wręcz zdziwienia i niepokoju.

Po chwili nastąpiło hałaśliwe powitanie, lecz Harcourt wciąż był świadomy swego pierwszego wrażenia.

Najwylewniej witał go Samuel Maverick. Był on jednym z najbardziej wziętych adwokatów w mieście i choć od niedawna mieszkał w Teksasie, dał się już poznać jako jeden z wybitnych obywateli San Antonio. Brał akurat udział w rozprawie, kiedy jedenastego września oddziały meksykańskie zajmowały budynek sądu i zatrzymywały każdego prawnika w mieście. Był także wśród trzech pierwszych więźniów, których zwolniono, ale mimo wszystko spędził pół roku w Perote, tak więc z Harcourtem łączyło go koleżeństwo nie tylko zawodowe.

– Wyszedłeś prawie rok temu – zauważył Harcourt. – Przypuszczam więc, że podkradłeś większość klientów. Tak jak to nieoznakowane bydło, każdy, kto nie ma swojego adwokata, musi należeć do Mavericka.

– Nie musiałem ich podkradać – oznajmił przyjaźnie Maverick. – Sami się do mnie tłoczyli.

– I są zadowoleni z twoich usług, jak mniemam – odparł Harcourt i obaj mężczyźni wybuchnęli śmiechem.

Jednak w ich rozmowę coraz natarczywiej zaczęły się wdzierać podniesione głosy dochodzące z ostatniego gabinetu. Obaj byli jeszcze bardziej na nie uczuleni niż Harcourt na drgnienie ludzkiej twarzy, ponieważ podczas miesięcy spędzonych w więzieniu krzyk niemal zawsze poprzedzał bicie albo coś jeszcze gorszego. Te głosy skierowane były tylko przeciwko sobie, mimo to jednak przyciągały uwagę mężczyzn. Harcourt spojrzał pytająco na Mavericka, który przewrócił wymownie oczami.

Harcourt rozpoznał jeden z głosów i na jego cienkich wargach pojawił się nieznaczny uśmiech. W Perote prawnicy byli skuci parami. Taka bliskość rodzi przyjaźń albo wrażliwość, która każe nawet oddech drugiego człowieka traktować jako coś irytującego. Pewnej nocy Maverick wdał się w bójkę na pięści ze swoim towarzyszem niedoli. Jednak Bill Harcourt i jeden z krzyczących teraz mężczyzn, John Lawrence, zaprzyjaźnili się szybko i stali się dla siebie powiernikami w niejednej sprawie.

John przepracował wcześniej z Harcourtem dwa lata w kancelarii, ale byli tylko znajomymi. Teraz, po roku, który spędzili przykuci do siebie, mogliby uchodzić za osobliwych bliźniaków, a ich myśli biegły podobnym torem, by się tak wyrazić.

Bill znał zamiary, którymi John się z nim dzielił, i sekrety, których nie zamierzał zdradzać, jak chociażby imiona mamrotane przez sen.

John, choć miał trzydzieści lat, sprawiał niegdyś wrażenie przedwcześnie postarzałego, co podkreślał zaokrąglony brzuszek; ożeniony od pięciu lat z nieśmiałą kobietą, potrafił się serdecznie śmiać, ale popadał czasem w ponury nastrój. Lecz podobnie jak inni więźniowie, teraz się zmienił. Bill wszedł do gabinetu Johna i zobaczył, jak jego przyjaciel odpycha od biurka jakiegoś młodszego mężczyznę, który wyglądał na dandysa w tych swoich obcisłych białych spodniach, szarej kamizelce ze złotą dewizką i niebieskiej marynarce z kwiatem w klapie. Gdzie on wytrzasnął różę w lutym, zastanawiał się Harcourt. Przestał jednak rozważać tę małą tajemnicę, studiując rysy mężczyzny, żywe niebieskie oczy i usta, które wykrzywiał nieznaczny uśmiech, gdy drugi mężczyzna, wychudzony i blady, starał się go odepchnąć.

Między nimi stała niewysoka kobieta w czepku: Madelyn, małżonka Johna; szczupła, o delikatnej twarzy i jasnobrązowych włosach. Jedną rękę wysuwała w stronę męża, druga, jak zauważył przelotnie Bill, spoczywała przez chwilę na ramieniu młodszego mężczyzny.

– Niech pan da spokój – oznajmił dandys. – Nie ma mowy o złodziejstwie. Poczyniłem ustalenia, najpierw z pańskim sekretarzem, a potem z pańską żoną, którą niektórzy uważali za wdowę. Gdyby nie ja, pańska praktyka zamarłaby zupełnie.

John zdołał się opanować. Być może dostrzegł kątem oka starego przyjaciela albo wyczuł obecność innych ludzi w drzwiach.

– Dziękuję – powiedział tonem dżentelmena, jakby zwracał się do stajennego, który zadbał odpowiednio o jego konia. – Teraz jednak, jak pan widzi, wróciłem. Może pan znaleźć sobie lokum gdzie indziej albo wrócić do Austin.

– Och, podoba mi się tutaj – zapewnił młody człowiek. Było zadziwiające, że na jego przystojnej skądinąd twarzy gości bezustannie szyderczy i drwiący uśmiech, jakby stanowił on jej nieodłączny wyraz. – Dodam też, że jestem powszechnie lubiany. Niektórzy z pańskich klientów nie będą wcale zachwyceni pańskim powrotem. Nie są pańską własnością.

– Ale nie znają pana – odwarknął John. – A kiedy już poznają...

Młody człowiek przerwał mu podniesionym głosem, a jego oczy zapłonęły nagle wewnętrznym blaskiem.

– Nie tylko pańscy klienci mnie wolą. Nie zamierzam przejmować pańskiego życia, panie Lawrence, ale sądzę, że zastąpię pana z powodzeniem. Siedziałem na pańskim miejscu, czytałem pańskie pisma procesowe. Poradzę sobie lepiej od pana. I nie tylko w kwestiach zawodowych. Wie pan o tym, prawda? Musiała chyba panu mówić...

Bill Harcourt rzucił się do przodu, zanim zdążył pomyśleć o tym, co robi. Zacisnął przedramię na gardle młodszego mężczyzny, a pięść wpakował w żołądek. Kiedy tamten zaczął się dławić, Harcourt już odzyskał panowanie nad sobą. Wygładził marynarkę mężczyzny i zwrócił się do niego tonem prawnika przemawiającego w sądzie:

– Przepraszam za to dziwne zachowanie. Wydawało mi się, że dostrzegam na pańskim ubraniu niebezpiecznego insekta. Być może skorpiona. Jestem William Harcourt. Jak widzę, poznał pan mojego starego przyjaciela, Johna Lawrence'a, w którego gabinecie właśnie się znajdujemy. Witaj, Madelyn. Wyglądasz piękniej niż kiedykolwiek.

Trzeba było przyznać młodemu człowiekowi, że nie jest tępy czy niewychowany. Przestał się trzymać za gardło i skłonił grzecznie głowę. Zdążył się zorientować, że nie jest sam, i być może żałował nietaktownych słów, które zamierzał wypowiedzieć. Nie przyniosłoby mu to korzyści. Nie w tym miejscu.

– Miło mi – wymamrotał. – Macie sobie mnóstwo do opowiedzenia po tym, co wspólnie przeżyliście, jak przypuszczam.

Harcourt, który zapanował już całkowicie nad gniewem, uśmiechnął się.

– Och, ja i John mieliśmy wiele miesięcy na to, by omówić każdy możliwy temat.

Młody człowiek – Harcourt pomyślał sobie, że dobrze byłoby znać jego nazwisko – spojrzał na niego zaciekawiony i po chwili przywołał na twarz ten swój uśmiech. Potem obdarzył nim Johna, który wciąż stał z zaciśniętymi pięściami. Nie odznaczał się opanowaniem swojego przyjaciela. Jak wielu łagodnych ludzi nie był przyzwyczajony do własnego gniewu i nie potrafił szybko go tłumić.

– Pan i ja mamy jeszcze wiele kwestii do przedyskutowania – oświadczył młody człowiek, wychodząc z biura i pozdrawiając przyjaźnie pozostałych prawników. Nie spojrzał na Madelyn, której dłoń zsunęła się z jego ramienia, gdy tylko się pojawił Bill.

– Williamie – odezwała się z wdziękiem, wyciągając do niego rękę.

Tak więc stali we troje i gawędzili, jakby się nic nie stało. Bill rozmawiał przyjaźnie z Madelyn, ale zauważył, że jej dłoń ani razu nie dotknęła małżeńskiego ramienia. John i Bill wyszli z więzienia jednocześnie, ale najwidoczniej John potrzebował mniej czasu, żeby nawiązać ponownie bliskie stosunki z żoną i wcześniej zaczął się udzielać towarzysko.

Mając na myśli kilka ostatnich dni, Harcourt zwrócił się do swego towarzysza od kajdan:

– Czuję się jak człowiek po amputacji, któremu pozostały tylko nogi. Zapomniałem, jak się chodzi bez pomocy.

John wybuchnął śmiechem, prawnicy stojący w drzwiach też zareagowali rozbawieniem. Wszyscy trzej wiedzieli doskonale, co ma na myśli.

Po minucie John przejął swój gabinet, a jego żona wyszła sama.

• • •

Henry, dawny sekretarz, przejął gabinet Williama Harcourta. Harcourt zajrzał do środka, ale nie zamierzał tam wchodzić.

– Nie przeszkadzaj sobie, Henry. I zatrzymaj biurko. Zobaczymy, czy będę go potrzebował, czy też znajdę sobie inne. Pozostali prawnicy udali się do sądu, ale Harcourt nie zamierzał tam iść. Pod ich nieobecność kancelaria należała do niego. Zawędrował do gabinetu Johna – czy był to jeszcze gabinet Johna Lawrence'a? – zastanawiając się, jakie zmiany tu zaszły. Na biurku znalazł rejestr. John zawsze bardzo starannie prowadził rachunki. Harcourt wertował księgę, przeglądając kolumnę liczb i krótkie notatki dotyczące usług prawniczych. Potem charakter pisma się zmienił, choć uwagi dotyczyły podobnych transakcji. Najwidoczniej młody prawnik z Austin przejął księgę rachunkową Johna wraz z innymi aspektami jego życia. Harcourt doszedł do pustych stronic na końcu, a potem zaczął rozmyślać.

Tak jak powiedział, natura nie znosi próżni i czym prędzej ją wypełnia. Lecz natura stosuje jeszcze surowsze zasady wobec dwóch ciał zajmujących tę samą niewielką przestrzeń.

• • •

Republika Teksasu miała krótki żywot (1836–1845), ale żaden z jej mieszkańców tego nie przewidywał. Wydawało im się, że stworzyli trwały naród. Meksyk natomiast nigdy nie uznał suwerenności nowego kraju i uważał go za swoją zbuntowaną prowincję. Jego armia bezustannie najeżdżała Teksas, a jej celem było bardziej poniżenie niż podbój. Prezydent Meksyku, Santa Ana, nienawidził Teksasu, a najbardziej San Antonio, sceny swego triumfu w Alamo; San Antonio jednak szybko otrząsnęło się z tragedii i stało się największym i najlepiej prosperującym miastem w Teksasie. Alamo było już na dobrą sprawę celem wypraw turystycznych, sanktuarium teksańskiej wolności. Dwa meksykańskie ataki na San Antonio dokonały spustoszenia, a ten drugi pozwolił osiągnąć dziwaczny cel. Żołnierze opanowali budynek sądu i schwytali wszystkich prawników w mieście, po czym zmusili ich do marszu w głąb Meksyku i zamknęli w zamku Perote.

Uwięzieni prawnicy zastanawiali się często nad tym, jak wygląda życie pod ich nieobecność.

– Myślę, że ludzie zaczną się zachowywać wobec siebie w bardziej cywilizowany sposób – wysunął przypuszczenie jeden z nich. – Nie będą mieli wyjścia, skoro zabrakło sądu, który mógłby rozwiązywać ich spory.

Samuel Maverick potrząsnął kudłatą głową.

– Pozabijają się – oświadczył niespiesznie i posępnie, głosem pasującym do sali sądowej. – Miasto cofnie się do czasów pionierskich. Prawo chroni nas przed chaosem, a żaden z nas nie może przed nim uciec na własną rękę.

W ciemności lochu więziennego rozległ się głos Harcourta, podstępny niczym robak pełznący po słomie, na której spali:

– Cieszę się, że nie powiedzieliście mi wcześniej, że podtrzymujemy cywilizację jak Atlas. Nie zniósłbym tego ciężaru.

Pierwszy roześmiał się John Lawrence, po czym nastąpił wybuch ogólnej wesołości, która jednak szybko ucichła na dźwięk otwieranych drzwi celi. Meksykanie najbardziej nienawidzili u swych więźniów śmiechu.

• • •

Drugiego dnia pobytu w domu Bill Harcourt zastanawiał się, czy ich przypuszczenia okazały się słuszne. Odwiedził przyjaciela, który był obecnie właścicielem sklepu wielobranżowego, a wcześniej pomocnikiem na ranczu, bystrzejszym jednak od swych kolegów po fachu i dostrzegającym zalety merkantylizmu. Jego sklep oferował pasmanterię, wyroby żelazne i paszę; prosperował na tyle dobrze, że jego właściciel mógł posiedzieć sobie na ganku i opowiedzieć staremu druhowi, jak wyglądało życie pod jego nieobecność.

– Och, było trochę więcej zabójstw niż zwykle, to prawda, ale z reguły całkowicie zasłużonych. No i wciąż mieliśmy policję, ma się rozumieć. Nie doszło do rozpadu systemu prawnego, nie w większym stopniu niż dzieje się to w normalnych czasach. Kilku facetów musiało posiedzieć w więzieniu trochę dłużej, niż było to konieczne, jak przypuszczam, ale nikt ich specjalnie nie żałował. W dwóch czy trzech przypadkach wieszanie nieco się opóźniło z braku rozpraw, ale delikwenci nie mieli o to pretensji.

– A spory cywilne? – spytał Bill. – Co robili ludzie, nie mogąc już wrzeszczeć: „Spotkamy się w sądzie"?

Właściciel sklepu wzruszył ramionami.

– Tłukli się, oczywiście. Czasem na środku ulicy. Chyba że dochodziło do scysji między kobietami, wtedy brały się za łby w bardziej wyrafinowany i podstępny sposób. Na ogół jednak mężczyźni załatwiali sprawy tak, jak nakazuje to tradycja.

– Na ubitej ziemi – zauważył w zamyśleniu Bill. Mógł to sobie niemal wyobrazić. – Zwyczaj starszy niż prawo. Poza tym porządna walka na pięści jest krótsza i bardziej satysfakcjonująca niż rozprawa w sądzie, zarówno dla oponentów, jak i widzów.

– Owszem – odparł sklepikarz z zadowoleniem.

• • •

Przez cały ten dzień, a także następny, Bill trzymał się z daleka od starego przyjaciela Johna i budynku sądu. Pragnienie spędzania czasu z kolegami po fachu zostało w ciągu ostatniego półtora roku w dużej mierze zaspokojone. Spacerował po mieście, zaznajamiając się na nowo z domami i budynkami i starając się jednocześnie nie zwracać uwagi na ich wątłą konstrukcję, którą zdawały się teraz odznaczać. Znów zbliżył się do swoich dzieci i prowadził długie spokojne rozmowy z żoną. Pod jego nieobecność kupiła więcej bydła i najęła pracownika, który obsiewał dodatkowe hektary. Robiła więcej niż potrzeba na skromne utrzymanie, dostatecznie dużo, by mógł sobie spacerować po mieście jeszcze przez tydzień czy dwa, jak utrzymanek. Nie miał nic przeciwko temu. Zaradność żony oznaczała, że nie musi wracać od razu do praktyki adwokackiej, nie odczuwał też takiej potrzeby. Dawne procedury sądowe wydawały mu się dziwne, przypominały pozbawione treści rytuały. Wziął raz do ręki jakiś akt notarialny i uznał jego język za śmieszny.

William Harcourt mógłby już nigdy więcej nie wystąpić w sądzie, gdyby nie pewne morderstwo.

W dniach Republiki Teksasu poszukiwacze przygód i osadnicy stworzyli naród oparty na własnej wyobraźni i zawodnych wspomnieniach. Usadowiwszy się w budynkach, które mieściły niegdyś rządy pod panowaniem Hiszpanii, a potem Meksyku, powołali do życia instytucje będące owocem gorączkowych rojeń na temat historii. System sądowniczy zapożyczyli z Anglii i ukradli z Hiszpanii, dodając do smaku trochę francuskich przypraw. Piękno owego systemu polegało na tym, że miejscowy prawnik mógł zawsze twierdzić, jakoby działał w zgodzie z jedną lub drugą tradycją prawną, podczas gdy zawiłości odstraszały konkurencję zawodową.

Jednak w sytuacji, gdy miejscowi prawnicy zniknęli na tak wiele miesięcy, pojawili się w sposób nieunikniony inni, przybywszy z Austin albo nawet z Nacogdoches. Zdrowy rozsądek podpowiadał, że nie są to najbystrzejsze umysły swych lokalnych palestr. Nikt nie porzuciłby lukratywnej praktyki, żeby przenieść się do miasta, do którego lada dzień mogli powrócić zadomowieni tam od dawien dawna prawnicy. Z drugiej jednak strony San Antonio przeżywało rozkwit i potrzebowało ludzi znających się na czynnościach prawnych. Kilku zamiejscowych specjalistów podjęło ryzyko, w tym także ów młody dandys, którego Bill zaatakował w gabinecie Johna. Okazało się, że młodzieniec nie jest anonimowy i że nazywa się Luke Enright. Te właśnie słowa umieszczono by na tanim nagrobku, gdyby kiedykolwiek odnaleziono jego ciało.

Dwa dni po kłótni z Johnem Lawrence'em do miasta wrócił koń Enrighta, bez jeźdźca i z zakrwawionym siodłem. Ludzie wiedzieli, do kogo należy, słyszeli też o ostatnim sporze młodego człowieka.

Wszyscy prawnicy przebywali akurat w gmachu sądu, niskim budynku przy głównej ulicy, który nie zasługiwał na swą podniosłą nazwę. Większość prawników spędzała tu całe dnie, uczestnicząc w rozprawach, czynnie lub biernie, albo ślęczała nad spornymi kwestiami dotyczącymi własności ziemi czy jakiegoś akwenu. Albo też wymieniali się plotkami, co właśnie robili o czwartej po południu, kiedy zjawił się komendant policji. Mógł się starać o nakaz aresztowania, ale znalazłszy obiekt swych poszukiwań w gmachu sądu, postanowił go bezzwłocznie zatrzymać.

– Johnie Lawrence, jest pan aresztowany pod zarzutem zabójstwa Luke'a Enrighta.

– Kogo? – spytał jeden z prawników.

– Tego małego drania, który przejął moją praktykę – wyjaśnił John.

Dobry adwokat zamknąłby mu usta przed wypowiedzeniem tej myśli na głos, ale John nie miał adwokata.

– Przejął coś więcej – oznajmił złowieszczo komendant policji. – W trakcie pańskiej nieobecności, wraz z pańską... no cóż, był lokatorem w pańskim domu.

– Moja żona potrzebowała pieniędzy – odparł John, co zabrzmiało dwuznacznie i nieprzekonująco w uszach wszystkich obecnych.

Można było wysunąć kilka kontrargumentów odnoszących się do określonych potrzeb pani Lawrence, ale nikt ich nie przedstawił.

– Pańska żona też zniknęła – oświadczył komendant policji, jakby miało to potwierdzać jego punkt widzenia. – Zabił ich pan oboje, jednocześnie?

– Nie – pospieszył ktoś z wyjaśnieniem. – Widziałem na własne oczy, jak pani Lawrence wyjeżdża z bagażami swoim powozem.

– W którą stronę?

– Na północ. Drogą do Austin.

– Była przerażona tym, co pan zrobił – zwrócił się komendant policji do Johna i przysunął się do niego.

John pokręcił głową.

– Pojechała odwiedzić swoją siostrę. Na jakiś czas.

– Wyjaśni to pan ławie przysięgłych – powiedział komendant policji, zbliżając się do Johna.

W tym momencie drzwi sądu otworzyły się i wszyscy spojrzeli w tamtą stronę. W oczach niektórych malował się niepokój. Gdy ostatnim razem te drzwi się otworzyły, stanęli w nich żołnierze meksykańscy. Jednak tego późnego popołudnia zachodzące słońce rzucało cień tylko na jedną osobę. Okazało się, że powrócił William Harcourt.

Sprawiał wrażenie człowieka dobrze poinformowanego o tym, co się stało.

– Co zamierza pan zrobić z zatrzymanym, komendancie? – spytał energicznie.

– Wsadzić go do więzienia i zaczekać na... no cóż, na przewodniczącego sądu hrabstwa, jak mi się zdaje.

– A kaucja? Ma także prawo do tego, by jego sprawę rozpatrywała wielka ława przysięgłych. Nie mamy jednak sędziego pokoju, który mógłby wyznaczyć kaucję, ani sędziego sądu okręgowego, który mógłby zwołać wielką ławę przysięgłych.

Jedyny w okolicy sędzia okręgowy został zatrzymany wraz z pozostałymi prawnikami. Jeden z pierwszej trójki uwolnionych, wrócił natychmiast do swego rodzinnego stanu Missisipi, twierdząc, że wymierzanie sprawiedliwości w Teksasie jest zbyt niebezpieczne. Nikt nie został wyznaczony ani wybrany na jego stanowisko.

Funkcja sędziego cieszyła się poważaniem, ale nie zapewniała wysokich dochodów i emerytury w dniach republiki. Prawnicy pełnili tę funkcję na zmianę, przez jedną lub dwie kadencje, z poczucia obowiązku, ale zawsze wracali do bardziej lukratywnej praktyki adwokackiej. Wśród obecnych znajdowało się dwóch ludzi, którzy mogli pochwalić się dożywotnim tytułem sędziego, lecz nikt obecnie nie piastował tego urzędu.

– Będzie musiał poczekać – oświadczył komendant policji.

Po sali przebiegł szmer dezaprobaty. Prawnikom nie podobała się myśl, że jeden z nich będzie siedział w więzieniu bez możliwości odwołania się do jakiejkolwiek instancji.

– Sądzę, że konstytucja zapewnia mu prawo do szybkiego procesu, jeśli takowego zażąda – zauważył inny prawnik, a Harcourt stwierdził z zadowoleniem, że nie jest jedynym, który cokolwiek proponuje.

– Zgadza się – dodał inny. – I do powołania wielkiej ławy przysięgłych, która zdecyduje, czy jest w ogóle powód, by go zatrzymać.

– No cóż, nie mamy takich instytucji – zauważył komendant policji, który zaczął sprawiać wrażenie nadąsanego. Zwykle czuł się pewnie jako przedstawiciel władzy, ale będąc jedynym laikiem w pokoju pełnym prawników, miał ochotę schować głowę w piasek.

– Ale możemy mieć – oznajmił cicho Harcourt.

W pomieszczeniu zapanowała cisza. Dwudziestu kilku mężczyzn popatrzyło po sobie. Większość z nich zasiadała raz czy dwa w ławach przysięgłych, kiedy zachodziła taka konieczność. Byli obecni podczas setek rozpraw. Gdyby jakakolwiek inna grupa pragnęła przeprowadzić dochodzenie, to szybko zamieniłaby się w nieformalny sąd albo tłum żądny linczu, prawnicy jednak mogli załatwić rzecz oficjalnie.

– Nie chcę siedzieć w więzieniu – powiedział John, który nie ruszył się ze swego krzesła.

– Wolałbyś jutro wisieć? – spytał Sam Maverick, wychodząc na środek sali. – Bo o tym właśnie mówimy. I nie byłoby apelacji. To realna groźba, Johnie.

– Tak – odparł zatrzymany. – Wolałbym, jeśli ława przysięgłych uzna to za sprawiedliwe.

Sprawiał wrażenie zrezygnowanego i jednocześnie zdecydowanego. Mężczyźni popatrzyli na siebie, zastanawiając się, czy są gotowi wziąć na swoje barki taką odpowiedzialność. Dopiero po chwili zdali sobie sprawę, że Bill Harcourt znów zabrał głos.

– Sam Maverick jest jednym z największych właścicieli ziemskich w tym hrabstwie – zaczął, przeciągając głoski, jakby opowiadał jakąś historię. Stał przy ławach, w których zasiadają przysięgli, i opierał się o barierkę. – I wiemy, że ma wielkie stada bydła, którym niekiedy płacono mu za usługi. Ale go nie znakuje. Zwierzęta pasą się swobodnie, on zaś może twierdzić, że każda nieoznakowana krowa należy do niego.

– Nigdy… – zaczął Maverick, ale Bill uciszył go ruchem ręki.

– No cóż, wszyscy jesteśmy teraz takimi nieoznakowanymi krowami. Nie odpowiadamy przed nikim. Taka była lekcja, której nam udzielono w Perote. Lekcja, której zamierzał udzielić nam meksykański generał, kiedy uprowadzał nas z tej sali. Nasze instytucje zieją pustką, chyba że nadamy im określoną formę. Istnieją tylko zasady, ponieważ wszyscy podlegamy zasadom prawa. W przeciwnym razie żyjemy na Dzikim Zachodzie. Ten budynek to fikcja, chyba że tchniemy w niego sprawiedliwość.

Prawnicy zaczęli się gromadzić, niektórzy ruszyli w stronę miejsc dla przysięgłych. Zasugerowano naprędce, by rolę sędziego pełnił prawnik nazwiskiem Early Jones, którego następnie, bez zbędnych formalności, zaprzysiągł sekretarz sądu okręgowego. Nowo mianowany obiecał przestrzegać praw Republiki Teksasu.

– Potrzebujemy oskarżyciela, a oskarżony potrzebuje obrońcy – oświadczył świeżo upieczony sędzia.

Kilku obecnych przysunęło się do Johna. Tylko Bill zbliżył się do sekretarza.

– Ja będę oskarżał.

Zapadła pełna zdumienia cisza. Bill i John uchodzili powszechnie za przyjaciół. I wszyscy znali Billa jako nieustępliwego i drobiazgowego prawnika, który posłał niejednego delikwenta za kratki, pełniąc funkcję prokuratora nadzwyczajnego. Kilku prawników, nie wyłączając samego Johna, popatrzyło ze zdziwieniem, zastanawiając się, czy Bill nie żywi przypadkiem jakiejś urazy wobec człowieka, z którym był skuty ponad rok.

– Chyba że są jakieś obiekcje – powiedział Bill, rozglądając się po sali.

Nikt się nie odezwał. Kilku mężczyzn pokręciło tylko głowami.

– Musi pan złożyć przysięgę – poinformował sekretarz.

Bill się zawahał.

– Co mam przysiąc?

– Że będzie pan przestrzegał prawa... – zaczął ktoś, ale inny prawnik, który przez jedną kadencję pełnił funkcję prokuratora okręgowego, przerwał mu.

– Prokurator przysięga, że będzie służył sprawiedliwości.

– Złożę tę przysięgę – oświadczył Bill i uczynił to.

Samuel Maverick popatrzył na nowego oskarżyciela, po czym stanął obok oskarżonego.

– Będę obrońcą. Jeśli John się zgodzi.

Oskarżony uścisnął mu dłoń na znak przymierza.

Dwunastu prawników wyznaczono na przysięgłych. Pozostali usiedli w ławach. Wszyscy byli w to zaangażowani. Bez konsensusu nie doszliby do żadnego rozwiązania. Sędzia Jones zajął swoje miejsce i wdrożył się w formalnie powierzoną mu funkcję.

– Proszę wezwać pierwszego świadka.

– Komendancie, proszę się zbliżyć i złożyć zeznanie – rzekł Bill.

Komendant policji podszedł wolno, nie kryjąc podejrzliwości. Nikt nie zważał na jego obiekcje. Wiedzieli, że robią wszystko, by procedura odbywała się zgodnie z prawem, bez względu na nieobecność mianowanego zgodnie z wymogami sędziego. Że będą swoje obowiązki traktować poważnie. Zdawało się, że nikt nie bierze sobie tego do serca tak mocno jak Bill Harcourt, który spoglądał surowo na świadka, ignorując pełen niepokoju wzrok oskarżonego.

– No, jest koń – zaczął z namysłem komendant policji. – Koń Enrighta, o czym wszyscy wiedzą. Nikt nie widział, kiedy ten człowiek odjeżdżał. Koń wrócił ze skrwawionym siodłem. Pan Lawrence nie ma alibi na ten ranek. Wiadomo, że nie mieszka ze swoją żoną od czasu powrotu. Pani Lawrence też wyjechała, jakby wiedząc...

– Sprzeciw. Świadek spekuluje – wtrącił szybko Maverick.

– W okolicy wciąż kręcą się Komancze, czyż nie? Dlaczego nie dopuszcza pan możliwości, że Enright padł ofiarą Indian?

– Żaden czerwonoskóry nie puściłby konia wolno – odparł stanowczo komendant policji, a obecni pokiwali w tym momencie głowami. – No i kłótnie. Prócz tej, której świadkami byli niektórzy z obecnych tu dżentelmenów, pan Lawrence i Enright wymieniali ostre słowa i o mało się nie pobili jeszcze dwukrotnie, jeden z tych przypadków miał miejsce zaledwie wczoraj po południu. Dodam, że Enright odebrał kilku z was klientów pod waszą nieobecność w mieście, ale tylko pan Lawrence poniósł tak osobistą stratę.

Wszyscy spojrzeli na Johna, nie wyłączając nowego sędziego. Oskarżony starał się panować nad sobą.

– A dziś po południu pan Lawrence wrócił do swojego gabinetu, usunął rzeczy należące do pana Enrighta i przejął obowiązki, jakby był pewien, że sprawa jest załatwiona.

Oskarżenie do tej pory opierało się w znacznej mierze na domysłach, jednak ostatnie słowa komendanta policji zabrzmiały racjonalnie.

– Świadek do pańskiej dyspozycji – orzekł Harcourt, zwracając się do Mavericka.

Maverick miał kilka pytań, które pozwoliły mu tylko ustalić, że komendant policji nie dysponuje innymi dowodami świadczącymi o śmierci Enrighta czy jego obecnym miejscu pobytu.

– Naprawdę pan sądzi, że to wystarczy, by skazać człowieka? – spytał, kierując te słowa raczej pod adresem swego oponenta.

– Nie skończyłem jeszcze – oświadczył Bill Harcourt. – Proponuję, byśmy przenieśli to posiedzenie do gabinetu Johna Lawrence'a.

Sugestia wykraczała poza protokół, ale takie też było całe posiedzenie sądu. Kancelaria znajdowała się po drugiej stronie ulicy. W ciągu dziesięciu minut w biurze zapanował tłok. Przysięgli stanęli pod ścianą gabinetu Johna.

– Wzywam Henry'ego Reynoldsa – powiedział Bill i młody sekretarz, obecnie adwokat, wystąpił nieśmiało.

Harcourt ustalił szybko, że domniemany nieboszczyk korzystał pod nieobecność Johna Lawrence'a z jego gabinetu i czynił to nawet po powrocie swego poprzednika. Spory obu mężczyzn dotyczące prawa do rzeczonego pomieszczenia przybierały na sile.

– Czy byłeś kiedykolwiek świadkiem wymiany zdań między panią Lawrence a którymś z obu mężczyzn? No dalej, Henry, składasz zeznania pod przysięgą.

Na chłopięcej twarzy Henry'ego pojawił się na chwilę wyraz niezwykłej dojrzałości, oczy zaś wydały się znacznie starsze. Tylko Bill zauważył tę przelotną zmianę.

– Nie, proszę pana – zaprzeczył młodzieniec żarliwie. – Nie ujawniali spraw prywatnych.

– Niedostatecznie, jak się okazało – zauważył Bill i wziął z biurka księgę, tę samą, którą wertował dwa dni wcześniej. – Poznajesz to?

Henry skinął głową.

– Tak, to rejestr pana Lawrence'a.

Bill podniósł księgę otwartą na jakiejś stronie.

– Nie jest do końca jego własnością, podobnie jak ten gabinet. Proszę zauważyć zmianę charakteru pisma na ostatnich stronach. Proszę też zauważyć – zwrócił się do przysięgłych – że adnotacje dotyczące dochodu wskazują na lukratywną praktykę. Bardziej lukratywną niż wówczas, gdy prowadził ją John. Oskarżenie przedstawia dowód rzeczowy numer jeden.

Księga została dopuszczona jako dowód rzeczowy. Maverick zaczął ją wertować, konferując po cichu ze swoim klientem.

Bill wysunął szufladę biurka. Grzebał przez chwilę w jej zawartości i w końcu wyciągnął zegarek kieszonkowy.

– Poznajesz to?

Kilku z obecnych poznało, sądząc po ich minach.

– Wygląda jak zegarek należący do pana Enrighta. Powiedział mi kiedyś, że odziedziczył go po swoim dziadku. Był to jeden z najbardziej cenionych przezeń przedmiotów – wyjaśnił Henry.

Bill położył zegarek na blacie biurka.

– A jednak znajduje się tutaj. Czy ktoś wyjeżdża z miasta i zostawia swą najcenniejszą własność, jak i dochodową praktykę adwokacką? Oskarżenie nie ma więcej pytań. – Zwrócił się do przysięgłych. – Panowie, nawet jeśli ta sprawa pozostanie otwarta, wątpię, czy pojawią się jeszcze jakieś dowody na korzyść oskarżonego, czy też potwierdzające jego winę, chyba że odnajdzie się ciało Enrighta, a nawet wówczas niewiele nam to powie. Wszystko możemy zakończyć dziś wieczorem.

– Obrona wzywa na świadka Martina Stenberga – powiedział Samuel Maverick i po ustaleniu, że chodzi o człowieka, który wcześniej widział, jak pani Lawrence wyjeżdża swoim powozem z miasta, spytał: – W którą stronę się udała, Martinie?

– Chyba już mówiłem. Na północ, w kierunku Austin.

– I podróżowała sama, z bagażem?

– Tak, proszę pana.

– Nie mam więcej pytań.

Bill tylko wzruszył ramionami.

– Obrona wzywa na świadka Johna Lawrence'a.

Oskarżeni nie mieli zwykle prawa zeznawać we własnej obronie, ponieważ zakładano, że ich słowa nie będą wiarygodne. Bill zwrócił na to uwagę sądowi.

– Wzywam go, by zeznawał w konkretnym celu, a nie po to, by zaprzeczał swojej winie – wyjaśnił Maverick, a Bill przyjął to za dobrą monetę.

– Johnie – zwrócił się Maverick do oskarżonego surowym tonem. – Dokąd udawała się twoja żona?

– Rozstaliśmy się – odparł cicho John. – Chyba wszyscy o tym wiecie. Zamierzała zatrzymać się u swojej siostry.

– A gdzie mieszka jej siostra?

– W Filadelfii.

– A gdy w przeszłości odwiedzała swoją siostrę, to jak docierała na miejsce?

– Najpierw jechała do Galveston – odparł cicho oskarżony. – Wsiadała tam na statek.

Obecni, nie wyłączając sędziów przysięgłych, skinęli głowami. Ta odpowiedź miała sens. I Galveston nie leżało na północy, tylko na południowym wschodzie.

– Obrona nie ma więcej pytań – oznajmił nagle Maverick.

Bill Harcourt dokonał krótkiego podsumowania.

– Luke Enright nie cieszył się być może sympatią ludzi przebywających w tym pokoju, ale zasługuje na sprawiedliwość. Wdawał się w coraz zacieklejsze kłótnie z oskarżonym, a potem pojawił się jego koń ze śladami krwi. Poza ścianami tego sądu nikt nie potrzebowałby więcej dowodów. Młody człowiek miał tu wszystko, czego pragnął. Dlaczego wyjechał tak nagle? Nie, panowie przysięgli, komendant policji ma rację. Proszę, byście uznali oskarżonego za winnego.

Samuel Maverick oglądał tymczasem oba dowody rzeczowe. Kiedy przyszła jego kolej, wziął je w dłonie. Podchodząc do sędziów przysięgłych, wertował rejestr. Po ostatniej stronie, którą wcześniej pokazał Harcourt, pozostały jeszcze dwadzieścia cztery puste kartki. Ale na końcu znów pojawiał się nowy charakter pisma – inne nazwiska i liczby.

– Pan Enright najwyraźniej odnotowywał nie tylko dochody. Wydaje się, że na stronach tych widnieje szyfr. Co chciał ukryć? To pytanie rodzi z kolei następne: co o nim wiemy? Co za sobą zostawił? W Austin czy gdziekolwiek indziej?

Gdy człowiek zmienia miejsce zamieszkania, czyni to zwykle, by przed czymś uciec. Przypuszczam, panowie, że kiedy ktoś zapisuje odmienne liczby w innym miejscu księgi, to uwiecznia coś innego niż na początku. Czyżby długi? Spójrzcie na te liczby. Przewyższają w znacznym stopniu skromne zarobki, które widnieją na początku. Czy można zakładać, że ludzie, którym Enright był winien pieniądze, dopadli go albo byli tego bliscy? Jest to niewątpliwie powód do pospiesznej ucieczki. I nie zapominajmy, że chodzi o prawnika. Młodego gniewnego człowieka żywiącego urazę. Po co uciekać, jeśli pościg nigdy nie ustanie? O wiele lepiej sprawić, by wierzyciele pomyśleli, że dłużnik nie żyje. I jeśli młody Enright zamierzał sfingować własną śmierć, to dlaczego nie miałby przy okazji zemścić się na swoim oponencie? Wszcząć kolejną publiczną kłótnię ze znienawidzonym człowiekiem, a następnie umknąć.

Maverick powiódł spojrzeniem po przysięgłych, trzeźwych prawnikach, którzy sprawiali wrażenie sceptycznych. Umknąć bez konia? – myśleli najwyraźniej.

– Umknąć z kochanką. Tak. Z najwyższą niechęcią sugeruję możliwość skandalu, ale spójrzcie na fakty. Pani Lawrence udała się na północ. Nie w kierunku, który zwykle obierała, ale tam, skąd przybył młody Enright. Spotkali się, on się celowo skaleczył, pobrudził siodło krwią, po czym odjechali razem, ku uciesze Enrighta.

Ci sędziowie przysięgli byli prawnikami, nienawykłymi do milczenia w sali sądu. Jeden z nich zauważył:

– Nakreśliłeś fantastyczny obrazek, Maverick.

Jego sąsiad dorzucił:

– A co zegarkiem, który zostawił? Z najcenniejszą dla niego własnością? Nie uciekłby bez niego.

Rzeczony zegarek kołysał się w dłoni Mavericka na dewizce.

– Ten zegarek? Ten, który odziedziczył po swoim dziadku? Zajrzyjcie do wnętrza koperty, panowie. Jest tu data umieszczona przez wytwórcę. Tysiąc osiemset trzydzieści osiem. Rzecz stosunkowo nowa jak na cenną pamiątkę rodzinną.

Przekazał zegarek przysięgłym, oni zaś zaczęli go z uwagą oglądać. Niektórzy spojrzeli na oskarżonego odmiennym wzrokiem, inni zmrużyli oczy.

Bill Harcourt zrezygnował z repliki. Werdykt ustalono szybko. Przysięgli zbili się w gromadkę, a potem jeden z nich wstał i oświadczył:

– Wysoki Sądzie, uznajemy oskarżonego za niewinnego.

Komendant policji parsknął pogardliwie, ale nowy sędzia zapewnił go, że wyrok w tej sprawie ma moc prawną, podobnie jak podatek pogłówny. Obecni skupili się wokół Johna, by mu pogratulować. Było ważne, że uczestniczył w tym wszystkim niemal każdy prawnik w mieście. Mieli to rozgłosić. Oczywiście mogły się pojawić spekulacje, że prawnicy chronili jednego ze swoich, ale nie było mowy o domniemanej winie, która bez owego procesu prześladowałaby Johna Lawrence'a.

Poza tym w Republice Teksasu niektóre plotki mogły zaszkodzić reputacji człowieka bardziej niż posądzenie o morderstwo. Na owym podejrzeniu nawet się zyskiwało.

Obecni zaczęli opuszczać kancelarię. John odrzucał propozycję odpowiedniego uczczenia tej ważnej chwili, aż prawnicy się zorientowali, że Bill Harcourt też zwleka z wyjściem. Ci dwaj mieli zamiar odbudować swoją przyjaźń.

Kiedy zostali sami – John wciąż siedząc na koślawym drewnianym krześle, Bill opierając się o biurko – ten drugi spytał po prostu:

– Wybaczysz mi?

John wybuchnął śmiechem.

– Myślałem, że nikt nie zechce mnie oskarżać, że nie będzie procesu i uniewinnienia. Jestem twoim dłużnikiem bardziej...

– No cóż, znasz moje umiłowanie sprawiedliwości – oznajmił Bill wyniośle.

– Owszem, znam.

Bill spojrzał z ukosa na przyjaciela.

– Ukraść człowiekowi jego źródło utrzymania i żonę, i, jakby tego było mało, nosić się z zamiarem odebrania mu jego reputacji... uważam, że to gorsze niż zagarnięcie bydła. I – podniósł odrobinę głos – zrobić to wszystko wtedy, gdy gniliśmy w tej dziurze. Gdybyś go jednak zabił, uznałbym to za sprawiedliwe.

– Gdy nas wyprowadzono z sądu jedenastego września... – zaczął John i umilkł na chwilę. Była to data, która do końca ich dni miała zawierać w sobie całą opowieść. – Powiedziano nam, że zostaniemy uwolnieni na granicy. Potem się zastanawialiśmy, czy nas wymordują. Powrót tutaj jawił się jak rajski sen. Ale na mnie nie czekało to, co czekało na wielu z was.

Bezdzietne małżeństwo Johna uchodziło, przynajmniej w powszechnej opinii, za chłodne. A imiona, które wypowiadał przez sen w więzieniu Perote, nie były żeńskie. Bill się zastanawiał, czy młody Henry zna prawdę. Jeśli tak, to zachował ją dla siebie. W przekonaniu Billa prywatne życie człowieka i jego skłonności były jego sprawą, ale tu, na zachodnim pograniczu, najdrobniejsza sugestia niemęskości mogła zniszczyć każdego.

– Po tym roku spędzonym na krawędzi śmierci inne sprawy wydawały się tylko drobnostkami bez znaczenia – powiedział.

John dotykał dowodów rzeczowych wykorzystanych w pospiesznym procesie.

– Użyłeś tylko jednego materiału dowodowego – oznajmił z rozmysłem. – Tego rejestru. Na pierwszych stronach widnieje mój charakter pisma, to prawda, ale dalej jest kilka wydartych kartek.

– Czyżby? Może Enright chciał zaznaczyć przerwę między twoimi zapiskami a swoimi.

– Uwagi na końcu księgi zostały sporządzone jednolitym charakterem pisma, owszem, ale nikt go nie porównał z aktami procesowymi autorstwa Enrighta – ciągnął John na swój spokojny, prawniczy sposób. – Tak to wszystko poprowadziłeś, że nie było czasu na tego rodzaju czynności.

Harcourt nie odpowiedział.

– A co do zegarka, kto wie, czy jest to ten sam, który Enright nosił albo skąd pochodził?

– Masz rację. Może Enright sam go podrzucił, żeby cię obciążyć, ponieważ nie chciał zostawiać tego drugiego, który był dlań tak cenny.

John patrzył przez chwilę na przyjaciela.

– Chodzi mi o to, że nie było czasu dziś wieczorem... żeby umieścić tutaj ten materiał dowodowy. Musiało być to zrobione, zanim mnie oskarżono. Nawet zanim...

Lecz Bill nie chciał słuchać żadnych wyznań.

– Może chroniłem samego siebie – powiedział. – Przejął niejedną praktykę i być może niejedną żonę. A może, kiedy wy zajmowaliście się prawniczym biznesem, skorzystałem z okazji, żeby dać młodemu człowiekowi surową nauczkę i zmusić go do wyjazdu. A potem dopilnowałem, by oskarżenia związane z jego nieobecnością nie mogły się ostać.

Gdyby rzecz dotyczyła dwóch innych ludzi, byłyby to bardzo ciekawe spekulacje. Ci dwaj jednak znali prawdę. John podniósł się w końcu z miejsca i podszedł do przyjaciela.

– Wiem, jak zawzięty potrafisz być w sądzie – oświadczył. – Przegranie tej sprawy musiało cię zaboleć.

– Przegranie? – Bill wyglądał na szczerze zdumionego. – Zapomniałeś o czymś. Złożyłem przysięgę, że będę służył sprawiedliwości. Uważam ten proces za jedno z moich najbardziej znaczących zwycięstw.

Wyszli razem do miasta, które było dla nich tak nowe.

• • •

William Harcourt – Bill – uległ namowom i przez jedną kadencję pełnił funkcję sędziego, zaskarbiając sobie powszechny szacunek, nie zgodził się jednak na ponowne mianowanie.

Koniec jego urzędu zbiegł się z kresem Republiki Teksasu. Podczas wojny amerykańsko-meksykańskiej wraz z żoną hodował z powodzeniem bawełnę na mundury. Był pułkownikiem podczas wojny secesyjnej, która dotknęła Teksas tylko w niewielkim stopniu. Przetrwał czas zamętu, przemian i ponownych narodzin narodu, i zakończył żywot pod koniec wieku, na którym odcisnął swe piętno, otoczony sławą, nigdy nie podjąwszy działalności prawniczej.

Ani on, ani też jego przyjaciel John Lawrence nigdy nie zdradzili nikomu swoich sekretów.

Phyllis Cohen

Sprawiedliwość w każdym calu

Z *The Prosecution Rests*

Cierpliwość nigdy nie była mocną stroną Harolda Vekta, zaczął się więc zastanawiać, czy nie zrezygnować. Bolały go stopy, a napęczniały od piwa pęcherz bezustannie przypominał o sobie.

Doszedł do wniosku, że opuściło go szczęście. Upłynęło już czterdzieści minut od chwili, gdy usadowił się za żywopłotem przy ścieżce prowadzącej do tekowo-szklanych drzwi Waterside Club, niedaleko rzeki przecinającej miasto. Każda para opuszczająca lokal była odprowadzana do taksówki, którą przywoływał ruchem ręki odźwierny w uniformie, albo do limuzyny, która w odpowiednim momencie podjeżdżała bezszelestnie pod wejście.

Połowa kobiet nosiła futra, choć noc była dość ciepła. Wielu mężczyzn wychodziło ze skórzanymi walizeczkami w dłoni, podobnie jak kilka kobiet. Wszyscy byli elegancko ubrani i zadbani. Kobiety, bez wyjątku, miały na sobie obiecującą biżuterię; dotyczyło to także paru mężczyzn.

Czy nikt nie mieszkał w tej okolicy?

Zamierzał właśnie ulżyć pęcherzowi przy żywopłocie, gdy drzwi znów się otworzyły i jakiś baryton oznajmił: „Nie, dziękuję, Antonio. Wieczór jest piękny. Przejdziemy się”. Vekt zacisnął zęby i zapiął rozporek.

Oboje byli dobrze po czterdziestce, trochę młodsi od matki Harolda, choć, jak przyszło mu do głowy, mogli tylko tak wyglądać i mieć znacznie więcej lat, biorąc pod uwagę ich zamożność. Kobieta miała włosy o miodowozłotym odcieniu, elegancko ułożone. Nosiła beżowe futrzane bolerko i bursztynową jedwabną suknię, okrągłe kolczyki z maleńkimi brylancikami, grubą złotą bransoletę i prosty pierścionek, w którym osadzony był jednak kilkukaratowy brylant. Mężczyzna w trzyczęściowym szarym garniturze nosił złoty zegarek kieszonkowy i trzymał staroświecką jasnobrązową teczkę ze skóry, taką z dwiema klamrami.

Oboje ruszyli wzdłuż Piątej Alei, gwarnej i dobrze oświetlonej, po czym skręcili na wschód, w Pięćdziesiątą Szóstą Ulicę. Vekt trzymał się z tyłu w bezpiecznej odległości. Przeszli przez Sutton Place; prócz nich nie było tu nikogo, a bezlistne, lecz grube konary drzew przyćmiewały blask ulicznych latarń. Vekt zacisnął dłoń na broni schowanej w kieszeni szarej kurtki z kapturem i przyspieszył kroku, aż zbliżył się do obydwojga na jakieś sześć metrów.

– Przepraszam.

Mężczyzna i kobieta przystanęli i odwrócili się.

– Tak?

Przysunął się do nich. W lewej dłoni trzymał karteczkę.

– Szukam numeru dziewięćdziesiąt dwa przy Sutton Terrace.

Mężczyzna wskazał w stronę rzeki.

– Sutton Terrace jest za rogiem, ale o ile się orientuję, nie ma tam takiego numeru.

Vekt podszedł jeszcze bliżej. Pomachał kawałkiem papieru, a potem wyciągnął z kieszeni prawą rękę z czarnym pistoletem o smukłej lufie, a drugą objął mocno kobietę w talii.

– Okay, oto zasady: pierwsza – macie być cicho, druga – otwórz teczkę i włóż do niej portfel. I jeśli masz przypadkiem broń, to pamiętaj, że ją zastrzelę, zanim zdążysz choćby do mnie wycelować.

Gapiąc się, mężczyzna wykonał sztywno polecenie. Z krtani kobiety dobiegł bulgoczący dźwięk. Vekt wpakował jej lufę pod pachę i wyszeptał wściekle:

– Zamknij się! – Następnie zwrócił się do mężczyzny: – Teraz zegarek i cała reszta. – Do walizki powędrował patek philippe z ciężkim złotym łańcuszkiem, breloczkiem i pamiątkowym kluczykiem absolwenta ekskluzywnego uniwersytetu. – Obrączka też. – Była złota i szeroka na centymetr. Vekt zwrócił się do kobiety, wciąż przyciskając do jej ciała lufę broni. – Teraz twoje rzeczy – do teczki. Najpierw torebka.

– Nie ma...

– Cicho. Torebka.

Jej mąż podsunął teczkę, a ona wrzuciła do niej małą kremową torebkę ze skóry z perłowym zatrzaskiem.

– I biżuteria. Wszystko.

Zaczęła od bransoletki, radząc sobie ze skomplikowanym zapięciem zębami. Potem przyszła kolej na kolczyki, następnie pierścionek, wreszcie wysadzaną brylantami obrączkę ślubną, której Vekt wcześniej nie zauważył.

Wziął teczkę do lewej ręki.

– Jeśli narobicie hałasu, zanim zniknę wam z oczu, to wrócę tu, zanim ktokolwiek zdąży się pojawić. I nikomu nic już nie powiecie. – Spoglądając to na jedno, to na drugie, ruszył tyłem, wciąż do nich celując. Już miał się odwrócić i pobiec przed siebie, gdy dostrzegł jakiś błysk lewym okiem. Kobieta miała coś na szyi. Vekt skoczył do przodu i chwycił cienki złoty łańcuszek z małym okrągłym wisiorkiem. – Ty głupia dziwko... powiedziałem: wszystko!

– Nie! – krzyknęła przeraźliwie, wymachując rękami. – Tylko nie to! Moje dziecko! Nie możesz tego zabrać! Nie możesz jej wziąć!

Przejechała mu paznokciami po powiekach, a drugą ręką pociągnęła za tłuste blond włosy.

Wpakował jej broń między piersi i pociągnął za spust. Mąż zaatakował go rozcapierzonymi palcami. Vekt strzelił, nawet nie celując, i popędził ulicą w chwili, gdy otworzyło się pierwsze okno w sąsiednim budynku. Nie wziął łańcuszka.

* * *

Vekt spuścił wodę w ubikacji, wzdychając z ulgą, i wskoczył pod gorący prysznic. Namydlał się, aż cały się pokrył białą pianą, którą potem spłukiwał przez dziesięć minut, przykręcając stopniowo kran; w końcu stał pod lodowatymi strugami.

Owinięty ogromnym, grubym białym ręcznikiem poszedł do kuchni, zostawiając mokre ślady stóp, i wyjął z lodówki butelkę heinekena. Odstawił ją jednak bez otwierania; miał przeczucie, że piwo nie jest odpowiednie na taką okazję. Nalał sobie do grubej szklanki z dwoma kostkami lodu single malt whisky Glenlivet i udał się do salonu, gotów obliczyć wieczorny dochód.

Zaczął od wysokich oczekiwań, a skończyło się na euforii. Gotówka: 1145 dolarów w portfelu i 312 dolarów w torebce. Karty kredytowe: pięć, w tym dwie platynowe. Biżuteria: najlepsza, o prostym wzorze, łatwa do upłynnienia. Z wyjątkiem zegarka: wyrafinowany antyk; przyszło mu do głowy, że będzie musiał przechować go przez jakiś czas. Może nawet go nosić; stać go było teraz na trzyczęściowy garnitur. Niestety, z kolczykami był kłopot, cholera. Miały wygrawerowaną nazwę znanej firmy jubilerskiej. Dziwka!

* * *

Zaprzyjaźniony i mieszkający po sąsiedzku paser był w dobrym nastroju.

– Te dwa – wskazał brylantowe pierścionki – powiedzmy za pięć tysięcy.

– Siedem.

– Pięć pięćset.

– W detalu są warte dwadzieścia pięć tysięcy.

– Sześć.

– Stoi. A te złotka?

– Bransoletka... hm... czterysta. Z obrączką jest kłopot. Ma wygrawerowane po wewnętrznej stronie inicjały.

– To je usuń.

– Jasne, ale to niełatwe. I zostawia ślady. Redukuje wartość detaliczną. Siedemdziesiąt pięć.

– Nie żartuj, Lou, ta błyskotka jest warta pięćset dolarów.

– Sto, więcej nie mogę dać. To i tak lepiej, niż dostałbyś gdzie indziej.

Vekt się zgodził. Wyciągnął jeszcze od Lou po pięćdziesiąt dolarów za każdą kartę i za skórzaną teczkę. Pozbył się teraz prawie wszystkich dowodów. Torebka z drobiazgami w środku wylądowała w ścieku, razem z bronią i blond peruką. Został tylko ten antyk, zegarek kieszonkowy – w ruchomym obcasie brązowego buta, stojącego obok innego obuwia w garderobie.

• • •

Vekt drgnął wystraszony, czując na lewym ramieniu dłoń. Błądził wzrokiem i myślami po sali sądowej, od złotych łańcuchów na szyi pulchnego faceta w średnim wieku, zasiadającego w ławach przysięgłych, do protokolantki, która miała wszystko na swoim miejscu; obcisłe ubranie podkreślało jej kształty.

Odwrócił się do swojego adwokata, kiedy ten szturchnął go po raz drugi.

– Musisz, powtarzam: musisz uważać – warknął prawnik. – Jeśli świadek powie coś, co będziesz mógł zakwestionować, zapisz to i przesuń kartkę tak, żebym mógł ją zobaczyć kątem oka.

Dla Vekta wciąż było tajemnicą, w jaki sposób poszczęściło mu się z tym adwokatem. Wilson Herrera był znany w całym kraju ze skuteczności i sześciocyfrowych honorariów. „Każdy adwokat musi czasem bronić z urzędu", powiedział tylko.

Prokurator, facet o wzroście stu osiemdziesięciu pięciu centymetrów, z początkami brzuszka, poruszył się zwinnie w ciemnoszarym trzyczęściowym garniturze, obracając się w stronę świadka i patrząc na niego ponad okularami bez oprawek. Vekt, patrząc na ciemnobrązową skórę Luthera Johnsona, doznał przewrotnej pociechy. W ławach przysięgłych zasiadało tylko dwóch czarnych. Może dziesięciu pozostałych nie będzie ich słuchać.

• • •

– Detektywie Swayze, proszę nam powiedzieć, dlaczego zdecydował się pan aresztować Harolda Vekta za morderstwo Annabelle Jagody?

– Jej mąż, Morris Jagoda, rozpoznał go podczas konfrontacji.

– A dlaczego pan Vekt brał w niej udział?

– Pan Jagoda rozpoznał go na zdjęciu.

Vekt patrzył, jak Herrera, posługując się swoim posrebrzanym parkerem, zapisuje na kartce coś niezrozumiałego.

– Czy to jest właśnie to zdjęcie?

Detektyw studiował przez chwilę sztywny kawałek papieru o rozmiarach dziesięć centymetrów na dwadzieścia.

– Tak.

– Jakie było źródło tego zdjęcia?

– Kartoteka policyjna.

Herrera podkreślił tajemniczą adnotację.

– Proszę opisać osobę widzianą na zdjęciu.

– Pociągła, wąska twarz, krótkie jasnobrązowe włosy, wąskie oczy, blisko osadzone, ostry, prosty nos, usta wygięte w dół, małe przywierające do głowy uszy.

– Widzi pan tę osobę w sali rozpraw?

– Tak. To oskarżony – odparł, celując palcem w Vekta.

Johnson popatrzył gniewnie na Harolda, potem przesunął spojrzenie na przysięgłych.

– Świadek do pańskiej dyspozycji.

Herrera podniósł się z miejsca.

– Detektywie Swayze, czy pan Jagoda opisał osobę, która go obrabowała i zastrzeliła jego żonę?

– Tak.

Adwokat wziął do ręki kartkę.

– Czy to oświadczenie zawiera wspomniany opis?

Swayze przejrzał wydruk.

– Tak.

– Proszę odczytać podkreślone słowa.

Swayze odchrząknął.

– "Jasne sięgające ramion włosy".

Tym razem to Herrera spojrzał znacząco na oskarżonego, a potem na przysięgłych.

– Twierdzi pan, detektywie, że pan Jagoda wskazał zdjęcie pana Vekta, a potem rozpoznał go podczas konfrontacji. Czy uczestniczyła w niej jakaś inna osoba, której zdjęcie pokazano wcześniej panu Jagodzie?

– Uhm… nie, brali w niej udział policjanci i cywilni pracownicy posterunku.

– Gdy pan Jagoda przystąpił do konfrontacji, co mu pan powiedział?

– Powiedziałem, żeby zidentyfikował sprawcę.

– A dokładniej: "Czy jest między nimi osoba, która zastrzeliła pańską żonę", czy też: "Który z tych ludzi to zrobił?".

Swayze wyglądał na zmieszanego; wzruszył ramionami i pokręcił głową.

– Naprawdę nie pamiętam.

Herrera już otworzył usta, ale tylko poruszył lekceważąco palcami.

– Czy po aresztowaniu pana Vekta dokonano przeszukania w jego mieszkaniu?

– Tak.

– Kto je prowadził?

– Ja i mój partner, Louis Walters, i dwaj policjanci. Funkcjonariusze mundurowi.

– Proszę opisać to przeszukanie… jak dokładne było?

– Zajrzeliśmy do każdej szafy, do każdej szuflady, każdej kieszeni, każdej poduszki, każdego buta, każdego pojemnika z jedzeniem. Zajrzeliśmy do spłuczki w łazience i do lodówki.

– Innymi słowy, sprawdziliście wszystkie możliwe skrytki?

– Zgadza się.

– Znaleźliście coś, co miało związek z rabunkiem?

– Ponad osiem tysięcy dolarów w gotówce.

– Tylko gotówkę? Żadnej biżuterii? Żadnych papierów z teczki pana Jagody ani samej teczki?

– Nie. Ale Vekt mógł bez trudu…

– Tu nie ma miejsca na żadne „ale", detektywie. Czy cokolwiek pozwalało stwierdzić, że chociażby część tej gotówki należała do państwa Jagodów?

– Skąd taki facet jak Vekt miałby tyle pieniędzy, jeśli nie…

– Proszę odpowiedzieć na pytanie. Czy mógł pan stwierdzić, że jakakolwiek część tej gotówki pochodzi z rabunku?

– Nie.

– Nie mam więcej pytań.

Johnson podniósł się czym prędzej.

– Mam jeszcze pytanie do świadka, Wysoki Sądzie.

Sędzia skinął głową.

– Zważywszy na nieścisłość w przypadku włosów, dlaczego zaakceptował pan identyfikację dokonaną przez pana Jagodę w przypadku zarówno zdjęcia, jak i konfrontacji?

– Uprzedziliśmy pana Jagodę, żeby zwracał baczniejszą uwagę na stałe cechy danej osoby, nie zaś takie, które można zmienić. Przyglądał się zdjęciu bardzo długo, potem przewrócił kartkę, na której znajdowało się następne, i nagle wrócił do poprzedniego, oświadczając…

– Sprzeciw. To pan Jagoda powinien mówić o tym, co powiedział.

– Podtrzymuję. Panie Johnson, będzie pan mógł kontynuować ten wątek, kiedy na miejscu dla świadków zasiądzie pan Jagoda.

• • •

Vekt wpatrywał się w sufit, kiedy do sali wkroczył Morris Jagoda i zbliżył się sztywno do miejsca dla świadków. Herrera dźgnął go w udo.

– Przysięgli na ciebie patrzą! – syknął przez zaciśnięte zęby.

Luther Johnson, zaczynając przepytywać Jagodę, każdym ruchem ciała sugerował współczucie i szacunek wobec tego człowieka.

– Wiem, że jest to dla pana szczególnie bolesne, jednak konieczne, jeśli sprawiedliwości ma się stać zadość. Proszę nam powiedzieć, co się wydarzyło wieczorem dwudziestego pierwszego marca zeszłego roku.

Jagoda oblizał wargi. Prawą rękę oparł na barierce, przy której był zamontowany mikrofon, lewą zwieszał u boku, lekko zgiętą pod niezmiennym kątem.

– Wracaliśmy do domu z kolacji, szliśmy Pięćdziesiątą Szóstą Ulicą. Ktoś zawołał do nas, pytając o drogę. Potem wyjął broń, chwycił Annabelle i zażądał naszych kosztowności. Daliśmy mu je – polecił nam włożyć wszystko do mojej teczki i pobiegł z nią przed siebie. Musiał jednak zauważyć łańcuszek, który nosiła na szyi Annabelle, łańcuszek z wisiorkiem naszej córki. Dostał ataku wściekłości, zawrócił i chwycił ten łańcuszek. Annabelle zaczęła krzyczeć i próbowała odepchnąć napastnika. Strzelił jej prosto w serce.

– Sprzeciw. Pan Jagoda nie posiada kompetencji pozwalających określić drogę pocisku.

Sędzia Patrick Quinn uniósł krzaczaste brwi.

– No cóż, nie ma to większego znaczenia. Lekarz sądowy zeznawał już w tej materii.

Herrera wzruszył ramionami. Sędzia skinął na Johnsona, by kontynuował.

– Dlaczego pańska żona, która bez sprzeciwu oddała całą biżuterię, nie chciała oddać tego jednego przedmiotu?

Wydawało się, że świadkowi zmętniały oczy, jakby nagle zabłądził gdzieś myślami. Sędzia zwrócił się do niego:

– Panie Jagoda?

– Tak… przepraszam. Mieliśmy dziecko, jedyne dziecko, Felicity. Zbliżaliśmy się do czterdziestki, kiedy się urodziła… ostatni dzwonek. Była bystra, urocza, czuła. Nie nazwałbym jej najpiękniejszą dziewczynką na świecie, ale odznaczała się ciekawą, cudowną, twórczą osobowością. Na trzecie urodziny daliśmy jej okrągły złoty wisiorek, były na nim wygrawerowane jej inicjały, które splatały się z naszymi. Jakbyśmy trzymali się za ręce. Kilka miesięcy później zachorowała. Zmarła na białaczkę dwa miesiące przed szóstymi urodzinami, po długich cierpieniach. Była też dzielna... wspominałem o tym? Annabelle założyła sobie ten wisiorek na szyję i nigdy go nie zdejmowała. Spała w nim, kąpała się w nim. W końcu broniła go za cenę swojego życia, jakby chodziło o samą Felicity.

A więc to tak zdenerwowało tę dziwkę, pomyślał Vekt. Obrzucił uważnym spojrzeniem ławę przysięgłych i skulił się w sobie.

Johnson odczekał kilka sekund w niczym niezmąconej ciszy, a następnie stanął między stołami obrony i oskarżenia.

– Panie Jagoda, czy przyjrzał się pan człowiekowi, który zastrzelił pańską żonę?

– Tak. To ten mężczyzna – wskazał Vekta. – W jasnoniebieskiej koszuli i ciemnoniebieskiej kurtce.

— Proszę zauważyć, że świadek wskazał oskarżonego, Harolda Vekta.

Harold już otwierał usta, ale zamknął je czym prędzej pod groźnym spojrzeniem swojego adwokata.

— Zechciałby pan nam powiedzieć, panie Jagoda, czy wygląd oskarżonego różni się w jakikolwiek znaczący sposób od tego, jakim się odznaczał w chwili popełnienia przestępstwa?

— Ma inne włosy. Były koloru blond i znacznie dłuższe.

— Skąd więc pewność, że to właśnie on?

— Kiedy po raz pierwszy zobaczyłem zdjęcie na posterunku policji, coś mnie tknęło, ale pominąłem je z powodu włosów. Potem jednak przypomniałem sobie, co mi powiedziano – żebym zwracał większą uwagę na stałe cechy wyglądu, a nie te, które można zmienić. I nagle sobie uświadomiłem, że kiedy moja żona pociągnęła napastnika za włosy, to jakby się przesunęły na tył głowy. Oczy, usta i kształt podbródka były dokładnie takie, jak zapamiętałem.

– Jeszcze jedno pytanie. Przez jak długi czas miał pan okazję przyglądać się twarzy oskarżonego i zapamiętać ją?

– Nie potrafię określić tego w minutach czy sekundach. Najpierw spytał o adres, a ja mu odpowiedziałem. Potem zagroził nam bronią i zażądał kosztowności. Oboje zdjęliśmy je z siebie i włożyliśmy do teczki. Oddalił się o kilka kroków, a potem wrócił.

– Rozumiem, że nie jest pan w stanie określić dokładnie, jak długo to trwało. Ale gdyby pan miał do wyboru: dwie minuty czy pół godziny, co by pan powiedział?

– Dwie minuty.

– A dwie minuty i kwadrans?

– Kwadrans. Zdecydowanie.

– Dziękuję, panie Jagoda. Nie mam więcej pytań.

Herrera, o dziesięć centymetrów niższy i znacznie tęższy od prokuratora, wstał z miejsca, ale nie ruszył się zza stołu.

– Panie Jagoda, proszę przyjąć szczere wyrazy współczucia z powodu tego, co się stało – powiedział, lecz wyraz twarzy świadka się nie zmienił. – Musi pan jednak zrozumieć, że opis tragicznego charakteru jakiejkolwiek zbrodni nie dowodzi, że została ona popełniona przez określoną osobę.

– Sprzeciw.

– Podtrzymuję. Proszę to zachować na podsumowanie, panie Herrera.

– Przepraszam, Wysoki Sądzie. Panie Jagoda, zeznał pan, że zdarzenie trwało od dwóch minut do piętnastu, raczej piętnaście niż dwie. Jak długo w ciągu tego czasu przyglądał się pan faktycznie twarzy napastnika?

– Nie rozumiem.

– Zacznijmy od chwili, zanim wyciągnął broń. Kiedy spytał pana o drogę, a pan mu odpowiedział. Patrzył mu pan wtedy w twarz, i to bezustannie?

– No cóż... tak mi się wydaje. Na co innego mógłbym patrzeć?

Vekt nabazgrał coś na kartce. Herrera obrzucił to kamiennym wzrokiem i odetchnął głośno.

– Czy, na przykład, trzymał coś w dłoni?

Jagoda się zawahał.

– Tak, kartkę. Domyśliłem się, że jest na niej adres, o który mu chodziło.

– Domyślił się pan... więc nie widział pan dokładnie tego, co było tam napisane?

– Próbowałem zobaczyć, ale kartka była poza zasięgiem mojego wzroku.

– Próbował pan. A zatem, w tym momencie, czy nie patrzył pan raczej na kartkę niż na twarz tego mężczyzny?

Jagoda milczał.

– Proszę odpowiedzieć.

– Jestem zmuszony to potwierdzić.

– A teraz zajmijmy się tym, co było potem, kiedy już pojawiła się broń. Jak pan zareagował na jej widok?

– Byłem przerażony... sparaliżowany.

– W którą stronę był skierowany pański wzrok? W stronę broni?

Jagoda westchnął i przymknął oczy.

– Tak, w stronę broni.

– A kiedy wkładał pan kosztowności do teczki, na co pan patrzył?

– Na przedmioty, które trzymałem akurat w ręku, na broń i na jego twarz.

– Kiedy skupił uwagę na pańskiej żonie, na co pan patrzył?

– Głównie na broń. Lufa dotykała boku mojej żony. Bałem się śmiertelnie, że wystrzeli.

– A więc należy przyjąć, że w trakcie tego incydentu przez większość czasu patrzył pan na broń, nie na twarz sprawcy?

Jagoda oderwał wzrok od adwokata, powiódł spojrzeniem po podłodze i skierował oczy na przeciwległą ścianę. Potem odparł tak cicho, że ledwie go było słychać:

– Być może. Nie mam pewności.

Herrera skinął łagodnie głową, jakby obaj, on i świadek, doszli wreszcie do porozumienia, i zbliżył się do Morrisa Jagody.

– Nie mylę się, jeśli powiem, że najpierw rozpoznał pan oskarżonego na zdjęciu pokazanym panu przez policję, a potem w trakcie konfrontacji z udziałem sześciu ludzi?

– Nie, nie myli się pan.

– Co usłyszał pan od detektywa Swayze przed konfrontacją?

– Sprzeciw. Wysoki Sądzie, ustalono już, że najpewniejszym źródłem opinii jest sam jej autor...

– W tym przypadku autor już powiedział, że nie pamięta – przerwał prokuratorowi nieco urażony Herrera.

Sędzia Quinn popatrzył na Herrerę, potem na Johnsona, wreszcie na Jagodę i wydął wargi.

– Uchylam – oświadczył. – Świadek może odpowiedzieć. Jagoda skinął głową.

– Pouczył mnie, że mam przyjrzeć się każdemu z mężczyzn dokładnie i wskazać napastnika.

– „Wskazać napastnika". Tak się dokładnie wyraził?

– Nie wydaje mi się, ale...

– Powiem inaczej. Czy powiedział w gruncie rzeczy „czy to jeden z nich" czy też „który z nich"?

– Chyba to drugie.

– Uściślijmy. Nie spytał, „czy" jeden z nich to zrobił, ale „który" z nich to zrobił. Zgadza się?

– Tak.

– Powiedział pan, że krótko po obejrzeniu zdjęcia pana Vekta przypomniał pan sobie nagle, że włosy napastnika jakby się przesunęły, gdy pańska żona za nie pociągnęła. Dlaczego nie wspomniał pan o tym podczas pierwszego przesłuchania, gdy zeznał pan, że ta osoba miała włosy długie do ramion?

– Nie pamiętałem tego w tamtej chwili. Musi pan sobie uświadomić, że znajdowałem się w stanie szoku.

– Tak – odparł cicho Herrera. – Proszę nam o tym opowiedzieć.

Vekt spojrzał zdziwiony na adwokata.

Jagoda ciągnął ze skupieniem:

– Kiedy zjawili się policjanci, siedziałem na ziemi w całkowitym zamroczeniu, z Annabelle w ramionach. Nie zdawałem sobie sprawy, że też zostałem postrzelony. Zawieziono mnie do szpitala, gdzie opatrzono mi rękę, a potem zaprowadzono na oddział intensywnej opieki medycznej, żebym mógł zobaczyć żonę. Kiedy tam wszedłem, usłyszałem, jak lekarz mówi do jednego z detektywów: „Wciąż żyje. Szczerze mówiąc, nie wiemy dlaczego... przy takich obrażeniach". Spojrzałem przez szklaną ściankę na całą tę maszynerię: rurki, urządzenia, wszystko podłączone do tej woskowej postaci. Żółtawoszara skóra, zapadnięte policzki... Nie mogłem uwierzyć, że to moja Annabelle.

Vekt gapił się na Herrerę. Dlaczego pozwalał na ten popis mający wzbudzić współczucie? Dlaczego wręcz do niego zachęcał?

Nakreślił na karteczce wielki znak zapytania, ale Herrera nie zauważył go albo udawał, że nie widzi.

– Lekarz mi wyjaśnił – ciągnął Jagoda – że wszystkie jej funkcje życiowe są sztucznie podtrzymywane, ale jego słowa jakby przepływały obok, a ich sens mi umykał. Nagle elektroniczne popiskiwanie przyspieszyło, zaczęła się gwałtowna krzątanina wokół łóżka, ale po chwili dźwięk przeszedł w jednostajny sygnał i nagle wszyscy znieruchomieli. Lekarz spojrzał na zegarek i... – w tym momencie Jagoda westchnął głęboko – ...stwierdził zgon Annabelle. O drugiej czterdzieści sześć rano. Krótko potem przesłuchała mnie policja. Rozumie więc pan, dlaczego mogłem coś pominąć.

Herrera westchnął, jakby wyraźnie poruszony tym, co usłyszał.

– Chodzi panu o to, że z powodu traumy zapomniał pan o tych włosach, choć widział pan, jak się przesunęły, ale potem pan sobie nagle przypomniał?

– Tak.

• • •

Dwaj strażnicy przyprowadzili Vekta do stołu obrony o 10.15 rano. Wszyscy inni, z wyjątkiem sędziego, siedzieli już na swoich miejscach.

Herrera spojrzał na klienta. Vekt poprawił krawat.

– Jak się czujesz? – spytał adwokat.

– Kiepsko spałem. Ten wyciskacz łez... przysięgli to kupili. Jak pan mógł mu na to pozwolić?

– Negowanie uczuć ofiary robi bardzo złe wrażenie – wyjaśnił Herrera, a Vekt uniósł zdziwiony brwi. – Poza tym wykorzystamy to być może w późniejszym etapie procesu.

Vekt otworzył usta, ale w tym momencie na salę wszedł sędzia Quinn.

– Proszę nie wstawać. Panie Johnson, ma pan jeszcze jakichś świadków?

– Chciałbym spytać jeszcze o coś pana Jagodę, Wysoki Sądzie.

Wydawało się, że Morris Jagoda stracił na wadze od poprzedniego dnia. Johnson zadał mu tylko jedno pytanie.

– Co takiego w zdjęciu pana Vekta zwróciło pańską uwagę pomimo faktu, że włosy wyglądały inaczej?

– Oczy i kształt ust. Są dość nietypowe.

Vekt odruchowo dotknął powiek i warg. Herrera też miał pytanie do Jagody.

– O której godzinie ten człowiek podszedł do pana po raz pierwszy?

– Nie potrafię tego dokładnie określić, ale wyszliśmy z restauracji mniej więcej pięć po dziesiątej i szliśmy wolno, ponieważ Annabelle była w szpilkach. Prawdopodobnie chodzi o dziesiątą dwadzieścia czy coś koło tego.

– Dziesiąta dwadzieścia. Dziękuję, panie Jagoda.

Vekt odprowadzał wzrokiem Jagodę, gdy ten podniósł się z miejsca dla świadków i usiadł na końcu pierwszego rzędu, obok jakiegoś małżeństwa po pięćdziesiątce, które było obecne każdego dnia procesu.

– Co on tam robi? – syknął. – Myślałem, że nie wolno mu przebywać na sali.

– Przed złożeniem zeznań. Teraz to bez znaczenia.

– Dla mnie ma znaczenie!

Policzek Herrery drgnął nerwowo.

– Zamordowano mu żonę.

– No tak.

* * *

Pierwszym świadkiem obrony była matka Harolda.

– Pani Vekt, czy wie pani, gdzie syn przebywał wieczorem dwudziestego pierwszego marca?

– Przyszedł do mnie na kolację.

– Gdzie pani mieszka?

– W Yonkers.

– Pamięta pani, o której wyszedł?

– Mniej więcej za dziesięć dziesiąta.

– Skąd pani wie?

– Oglądaliśmy przez jakiś czas telewizję, potem pomógł mi wyjmować naczynia ze zmywarki. Musiał się spieszyć, żeby zdążyć na autobus.

– A ten autobus przyjeżdża do miasta o której?

– Między dziesiątą a jedenastą, w zależności od ruchu.

– Dziękuję, pani Vekt. Nie mam więcej pytań.

Johnson stanął w odległości mniej więcej dwóch metrów od miejsca dla świadków.

– Pani Vekt, jak często syn panią odwiedza?

– Dwa albo trzy razy w miesiącu.

– Jak wytłumaczyć wobec tego fakt, że w tym przypadku tak dokładnie pani wszystko zapamiętała?

– Bo zaraz potem został aresztowany.

Johnson zamrugał i natychmiast odwrócił się do niej plecami.

– Pani Vekt, kocha pani swojego syna?

– Pewnie. To wspaniały chłopak.

Harold się uśmiechnął, mając jednocześnie nadzieję, że matka nie wspomni o prezentach, które od niego dostawała.

– Czy wobec tego kłamałaby pani, by uchronić go przed więzieniem?

– Nie wiem.

– Proszę odpowiedzieć: tak albo nie.

– Sprzeciw! – krzyknął Herrera, ale Theresa Vekt zaczęła już mówić:

– Nie potrafię powiedzieć tak albo nie. Nikt nie umie odpowiedzieć na takie pytanie, chyba że naprawdę musi. Ja nie muszę, bo mówię prawdę.

– Brawo, mamo – wymamrotał Harold, prowokując Herrerę do jeszcze jednego gniewnego spojrzenia.

– Podtrzymuję – oznajmił w końcu sędzia i popatrzył na Johnsona. – Jeszcze coś?

– Nie – mruknął prokurator.

– Proszę wezwać następnego świadka, panie Herrera.

– Proszę wezwać... – zaczął Herrera, nim zauważył, że Harold daje mu znak. – Chwileczkę.

Usiadł, a Vekt nachylił się do jego ucha.

– Niech pan mi pozwoli wystąpić w roli świadka. Załatwię ich, tak jak zrobiła to moja mama.

Herrera się skrzywił. Powiódł wzrokiem po najbliżej siedzących, a następnie przysunął usta do lewego ucha Harolda i osłonił je zwiniętą dłonią.

– Myślałem, że już to ustaliliśmy. Masz prawo zeznawać i jeśli się będziesz upierał, nie będę mógł cię powstrzymać. Ale w moim przekonaniu, wynikającym z doświadczenia zawodowego, byłoby to wysoce nierozsądne, na dobrą sprawę katastrofalne. Tak bardzo, że jestem gotów położyć na szali swoją reputację, i jeśli będziesz się upierał przy swoim, poproszę sędziego, żeby zwolnił mnie z obowiązku prowadzenia twojej obrony. Może się nie zgodzić, ale sam fakt, że zwrócę się do niego w tej sprawie, nie pomoże ci.

Prawnik wstał, nie czekając na odpowiedź. Vekt patrzył na jego plecy i nie miał już wątpliwości, czy Herrera wie, że on, Harold, jest winien.

• • •

– Proszę wezwać doktor Madeline Smithers.

– Sprzeciw! Nie widzimy uzasadnionego powodu...

– Rozumie pan chyba znaczenie...

– Żadnych sporów między obrońcą i prokuratorem. Podejdźcie tu, panowie.

Johnson i Herrera nachylili się nad biurkiem sędziego. Vekt starał się dosłyszeć, o czym szepczą.

Herrera: „...uznany ekspert...".

Johnson: „...bez związku...".

Herrera: „...wyłącznie na... wysoce zestresowanego świadka".

Sędzia Quinn: „Panowie, ciszej".

Dyskusja była kontynuowana bezgłośnie przez około półtorej minuty i w końcu sędzia odesłał obu prawników na ich miejsca.

– Świadek może być wezwany, ale, panie Herrera i pan także, panie Johnson, wolno go przepytywać tylko odnośnie do jego wiedzy fachowej, nie zaś szczegółów tej sprawy. Czy to jasne?

Obaj, oskarżyciel i obrońca, wyraźnie rozczarowani, wymamrotali pod nosem: „Tak".

• • •

Madeline Smithers różniła się od większości świadków; nie wodziła spojrzeniem po oskarżonym, prokuratorze i przysięgłych, gdy weszła do sali sądowej szybkim i pewnym krokiem. Złożyła zdecydowanym głosem przysięgę i obciągnęła tył szarobrązowej wełnianej sukni, siadając z wyprostowanymi plecami. Była szczupła, miała zadbane siwiejące włosy i pociągłą owalną twarz. Taksujący wzrok Vekta odnalazł jedynie prostą złotą obrączkę ślubną i błysk złotego zegarka pod lewym rękawem żakietu.

Herrera stał między stołem obrony a ławami przysięgłych.

– Proszę podać dla formalności imię i nazwisko, tytuły naukowe, jeśli takowe pani posiada, a także miejsce zamieszkania i zatrudnienia.

– Nazywam się Madeline Smithers, mam doktorat. Mieszkam w Chicago i jestem profesorem zwyczajnym na Wydziale Psychologii Uniwersytetu Zachodniego Chicago.

– Proszę scharakteryzować dziedzinę, w której się pani specjalizuje.

– Od siedemnastu lat wraz ze swymi współpracownikami zajmuję się eksperymentalnym badaniem percepcji i pamięci, a zwłaszcza trafnością opisu oraz identyfikacji ze strony świadków.

– Mówiąc ogólnie, do jakich ustaleń doszliście?

– Niestety, okazało się, że nieścisłości i błędne identyfikacje są niezwykle częste.

– Sprzeciw. Co oznacza „niezwykle częste"?

– Sprecyzujemy to w dalszej części zeznań.

– Wstępnie uchylam.

Herrera zwrócił się ponownie do świadka:

– Według pani zawodowej opinii, doktor Smithers, jakie są przyczyny nieścisłości w relacjach świadków?

– Jest wiele czynników wpływających na to, co, jak się nam wydaje, pamiętamy. Na przykład sposób formułowania pytań może mieć tu zasadnicze znaczenie.

– Proszę podać przykład.

– Kiedy świadek jest proszony o zidentyfikowanie jakiejś osoby i wybranie jej spośród innych – czy to na zdjęciach, czy bezpośrednio, stanąwszy przed tymi ludźmi twarzą w twarz – policjanci często pytają: „Który z nich?" zamiast: „Czy osoba, którą pan widział, jest wśród tych ludzi?". Wówczas świadkowie są skłonni przyjmować, że jeden z dokonanych przez nich wyborów musi być prawidłowy i decydują się na ten, który jest najbliższy ich wspomnieniu, choć podobieństwo jest odległe. Świadek może także wyczuć, za sprawą nieznacznych i subtelnych – zazwyczaj niezamierzonych – sygnałów tonalnych albo behawioralnych, którego wyboru pytający oczekuje i reaguje zgodnie z tym oczekiwaniem.

– Pani doktor, czy osoba znajdująca się pod wpływem silnego stresu wywołanego traumą może nagle zostać „zmuszona" do przypomnienia sobie tego, czego wcześniej nie pamiętała?

– Czasem. Jednakże trauma zakłóca obserwację i to, co nie

zostało początkowo zauważone, nie może być przypomniane. Wyniki naszych badań przeczą powszechnemu mniemaniu, że wszystko, co możemy zaobserwować, jest gromadzone w naszym umyśle i gotowe do odtworzenia. Percepcja ma tendencję do niespójności; tworzymy całe wspomnienia na podstawie tych niespójnych fragmentów, stanowiących nasz surowiec, i wypełniamy nim logiczne szczeliny. A zatem takie nagłe „przypominanie sobie" jest często wynikiem niepewności, nie zaś owocem precyzyjnej pamięci.

– Biorąc pod uwagę to przejście od niepewności do fałszywej pewności...

– Sprzeciw. Słowo „fałszywy" sugeruje, że takie przypominanie jest zawsze nieścisłe.

Quinn popatrzył sceptycznie na Johnsona, a potem na Herrerę, w końcu oświadczył bez przekonania:

– Podtrzymuję.

– Wobec tego spytam, czy faktycznie takie ożywienie pamięci jest zawsze fałszywe?

– Nie w stu procentach, ale dostatecznie często, by traktować je sceptycznie.

– Sprzeciw! To przysięgli decydują o tym, które zeznanie traktować sceptycznie.

– Podtrzymuję. Proszę wykreślić wszystko, co następuje po słowie „procentach".

Herrera zamrugał i znów zwrócił się do świadka:

– Proszę nam powiedzieć, w jaki sposób, jeśli w ogóle, użycie broni w trakcie traumatycznego zdarzenia wpływa na trafność obserwacji.

– Z reguły wzrok pozostaje skupiony właśnie na niej, pomijając wszystko inne.

– Twarze też?

– Owszem, obawiam się, że tak.

Herrera wrócił do swojego stołu i zaczął przeglądać wydruk. Przerzucił szybko strony, a na wpół przymknięte powieki Vekta uniosły się nagle.

– Doktor Smithers, czy któreś z prowadzonych przez panią badań dotyczyło procedury znanej jako policyjna konfrontacja?

– Tak. Prowadziłam dwa takie badania, jedno z udziałem studentów college'u, drugie z udziałem przypadkowych ludzi. Identyczne badania, z bardzo przybliżonymi wynikami, zostały przeprowadzone na kilku innych uniwersytetach. Podczas każdej próby inscenizowano jakiś incydent, a później proszono świadków, by zidentyfikowali „sprawcę", wybierając go spośród sześciu stojących w szeregu ludzi. W sześćdziesięciu siedmiu procentach przypadków wybierano niewłaściwą osobę, bez względu na to, czy właściwa znajdowała się w tej szóstce. Świadkowie mają skłonność wskazywać kogoś, kogo widzieli już w innej sytuacji, jeśli jest to jedyna znana im twarz. Podczas jednego eksperymentu człowiek, który tuż przed zainscenizowanym incydentem wszedł do sali, żeby opróżnić kosze na śmieci, stanął w szeregu z pięcioma innymi osobami, choć w samym incydencie nie brał udziału. Pięćdziesiąt osiem procent świadków zidentyfikowało go jako tego, który uderzył „ofiarę" w szczękę.

Herrera milczał znacząco przez kilka sekund, nim spytał:

– Czy ten rodzaj błędnej identyfikacji, to znaczy osoby widzianej w innej sytuacji, dotyczy zawsze kogoś, kogo widziano na własne oczy?

– Nie, absolutnie nie. Może być to osoba widziana w telewizji albo w gazecie, albo na zdjęciu pokazanym przez policję.

– Na zdjęciu pokazanym przez policję – powtórzył Herrera jak echo.

– Tak. Zwłaszcza jeśli w konfrontacji nie uczestniczy jakakolwiek inna osoba, której zdjęcie pokazano świadkowi.

Herrera skinął głową.

– Proszę nie zapominać, że tacy świadkowie nie kłamią celowo – ciągnęła Smithers. – Są święcie przekonani, że przypominają sobie to, co naprawdę widzieli.

Herrera przygwoździł wzrokiem jednego z przysięgłych w drugim rzędzie.

– Wierzą niezbicie w to, co nie jest w rzeczywistości prawdą. To właśnie sprawia, że owa procedura jest szczególnie groźna i przerażająca.

– Sprzeciw!

– Podtrzymuję. Proszę nie wtrącać prywatnych opinii, panie Herrera.

– Przepraszam.

Vekt uśmiechnął się złośliwie.

• • •

– Czy przysięgli ustalili werdykt?

Przewodniczący ławy, wysoki i chudy człowiek w dżinsach i zielonym swetrze, wstał z miejsca; przypominał scyzoryk, który się rozkłada.

– Tak, Wysoki Sądzie, ustaliliśmy.

Vekt poczuł, jak drga mu lewe udo. Sędzia kazał mu wstać; Herrera też się podniósł.

– Proszę odczytać werdykt.

Przewodniczący oznajmił bez cienia uśmiechu:

– Uznajemy oskarżonego za niewinnego w przypadku każdego z zarzutów.

– Uff! – Harold odetchnął kilka razy głęboko i chwycił adwokata za ramię. – Świetna robota, Herrera! Świetna robota!

Prawnik pozostał niewzruszony.

– Oskarżony jest wolny – ogłosił sędzia Quinn.

Harold parsknął z zadowoleniem, widząc, jak prokurator i jego asystent patrzą na siebie z niechęcią. Morris Jagoda siedział z twarzą w dłoniach.

Vekt wyciągnął rękę do Herrery, ale adwokat schylał się akurat, żeby wziąć teczkę spod stołu. Wyjął z niej małą szarą kopertę.

– Otrzymałem polecenie, by ci to przekazać, jeśli zostaniesz uniewinniony. Nie mam pojęcia, co to takiego ani od kogo to jest. I nie chcę wiedzieć.

Herrera zgarnął papiery ze stołu do teczki, zatrzasnął zamek szyfrowy i wyszedł z sali. Harold odprowadzał go przez chwilę wzrokiem, potem wzruszył ramionami i spojrzał na kopertę.

Miała rozmiary piętnaście na dwadzieścia centymetrów; żadnego druku czy odręcznego pisma. Zamknięcie pod postacią metalowej płytki było wzmocnione dwoma paskami przezroczystej taśmy.

– Co to jest? – spytała Theresa Vekt, która podeszła do syna.

– Nie wiem... coś od adwokata.

– Rachunek?

– Nie, sąd mu zapłacił. Obejrzę to później. – Jego sugestia, że to nie jest jej interes, została przyjęta ze zrozumieniem. – Może uczcimy to w Dinky Jones?

Kiepsko oświetlony, wyłożony drewnem lokal przetrwał wszystkie zmiany, jakie zachodziły w tej okolicy, gdy Harold dorastał. Usiedli na stołkach przy końcu baru i zamówili po dwa piwa; niewiele rozmawiali, pomijając toast na cześć Herrery, doktor Smithers i sędziów przysięgłych. Potem Harold odprowadził matkę do autobusu jadącego do Yonkers i obiecał, że wpadnie za kilka dni na kolację.

• • •

Po powrocie do mieszkania położył grubą kopertę na stole i zaczął ją z uwagą oglądać, ściskając między dłońmi. Przyniósł z kuchni nóż do mięsa, ostrożnie przeciął papier, zajrzał do środka, a następnie wysypał zawartość na stół: dwie paczki spiętych taśmą banknotów i złożoną białą kartkę. Odgiął kciukiem brzeg banknotów: same dwudziestki. Potem rozłożył kartkę.

Panie Vekt,
potrzebuję człowieka o pańskich umiejętnościach i wytrwałości do pewnej roboty. Spośród kilku branych pod uwagę ludzi pan wydaje się najlepszym kandydatem.
Robota to jednorazowe zadanie, którego charakter

pozna pan w odpowiednim czasie. Jest rzeczą niezwykle ważną i będącą w pańskim interesie, by – począwszy od tej chwili – nie mówił pan o tym nikomu.

Jeśli się pan zgadza, to proszę się zjawić pod numerem 774 przy Trzydziestej Drugiej Zachodniej Ulicy, w piątek o 9.30 wieczorem. Budynek ma kilka wejść; niech pan skorzysta z drzwi na samym końcu, najbliżej rzeki. Są otwarte między 9.25 a 9.35. Ktoś tam będzie czekał w celu przekazania panu dalszych instrukcji. Proszę nie zabierać z sobą broni.

Załączam zaliczkę w wysokości jednej dziesiątej pańskiego honorarium. Reszta, jeśli pan na nią zasłuży, także zostanie przekazana w banknotach o niskim nominale. Gdyby nie zdecydował się pan na wykonanie tego zlecenia, może pan zachować pieniądze. W zamian oczekuję jedynie milczenia.

Nie było podpisu, ale sztywnie formalny ton listu miał w sobie coś znajomego. Vekt się zastanawiał, czy to nie sam Herrera jest autorem tej wiadomości.

Sto dwadzieścia pięć dwudziestodolarowych banknotów w paczce. Razy dwa. Pięć tysięcy dolarów. Jedna dziesiąta. Nie obchodziło go, kto się do niego zwrócił. Jego kariera ulicznego bandziora, plus sporadyczne prace dorywcze, kiedy brakowało forsy, zapewniały mu taki dochód w ciągu co najmniej dwóch lat. Rzecz wydawała się podejrzana, ale potrafił dać sobie radę. Wiedział o tym, tak jak facet, który go wynajął. Kimkolwiek był.

• • •

Kiedy Vekt zmierzał w kierunku zachodnim, mżawka pokrywała jego twarz cieniutką warstwą wilgoci. O dziwo, na autobus do śródmieścia czekał tylko dwie albo trzy minuty, i zjawił się na miejscu o 9.15. Na drzwiach wymienionych w liście widniał numer 774. Cyfry naklejono przy użyciu jasnoniebieskiej plastikowej taśmy.

Vekt nacisnął klamkę, która nie drgnęła, a potem zapukał, też bez rezultatu. Najwidoczniej czas spotkania był ściśle wyznaczony. Drżąc z zimna i wilgoci, zabijał ręce i przytupywał, spoglądając z coraz większą częstotliwością na zegarek. Punktualnie o 9.25 Vekt usłyszał metaliczny zgrzyt. Spróbował ponownie nacisnąć klamkę. Tym razem opór stawiły tylko ciężkie drzwi. Zdołał je powoli otworzyć.

W środku panowały smoliste ciemności.

– Hej! Jesteś tam?

Choć powiedział to cicho, jego głos odbił się echem. Nagle rozbłysło oślepiające światło – włączyły się jednocześnie niezliczone neonówki. Zacisnął mocno powieki, a potem zamrugał kilkakrotnie, by przyzwyczaić wzrok do jasności.

Przed nim ciągnął się długi wąski korytarz o pobielonych cementowych ścianach. Środkiem białej podłogi biegły strzałki z niebieskiej taśmy. Vekt nie widział, gdzie się kończyły.

– Jest tu kto?!

Tym razem zawołał głośniej i tak jak wcześniej odpowiedziała mu tylko cisza. Harold poczuł dreszcz na czubku głowy. Świerzbiła go ręka, by sięgnąć po broń, której nie miał, ale pozostawały mu tylko dwie rzeczy do wyboru: zaakceptować okoliczności albo wyrzec się szansy zarobienia czterdziestu pięciu tysięcy dolarów.

Ruszył ostrożnie śladem niebieskich strzałek, które po około dwudziestu metrach skręciły w lewo i niemal natychmiast w prawo. Kawałek niebieskiej taśmy znikał pod stalowoniebieskimi drzwiami, które otworzyły się bez trudu na niewielki i pusty prostokątny pokój. Tutaj strzałki biegły ukośnie, a ostatnia wskazywała kolejne drzwi w rogu.

– Sukinsyn! Co to za głupia gra?

Vekt pchnął mocno drzwi, ale ustąpiły tak lekko, że stracił równowagę i wpadł do ciemnego pomieszczenia. Światło w pokoju, który właśnie opuścił, zgasło. Drzwi zamknęły się za nim z głośnym stukotem. Zaczął je obmacywać, ale nie mógł ich ruszyć, nie mógł znaleźć klamki.

– Co jest, kurwa? Zapal cholerne światło!

Walił w stal obiema pięściami. Nagle wydało mu się, że w pomieszczeniu nie panuje już całkowita ciemność. Odwrócił się i zobaczył małą plamę światła płynącego z gołej dwudziestopięciowatowej żarówki, która wisiała na drucie około dwóch metrów nad podłogą. Dokładnie pod spodem dostrzegł mały kwadratowy stolik, a na jego blacie kartkę papieru. Pokonał pogrążoną w mroku przestrzeń i podniósł kartkę z identycznym drukiem jak w liście ze wskazówkami.

Drogi panie Vekt,
witam i zapraszam do spędzenia w tym miejscu reszty życia.

Jestem właścicielem tej nieruchomości, nieużytkowanej od kilkunastu lat. Nikt tu nawet nie przychodzi. Ściany, tak wewnętrzne, jak i zewnętrzne, mają grubość czterdziestu pięciu centymetrów.

Za tym stolikiem znajdują się drzwi prowadzące do drugiego pokoju; prócz tego, w którym się pan znajduje, jest to jedyne pomieszczenie, w którym będzie pan kiedykolwiek przebywał.

Jest tam lodówka, zlew (tylko zimna woda) i toaleta; a także zrolowany materac z kocem i dwie zapasowe żarówki.

W lodówce znajdzie pan niewielki zapas żywności. Proszę korzystać z niego oszczędnie; zostanie uzupełniony, ale kto wie, kiedy się to stanie?

Drzwi do tego pokoju wyposażone są w zamek z regulatorem czasowym, który uruchamia się dwa razy dziennie, o 8.00 i 22.00, i za każdym razem pozostaną otwarte przez dwadzieścia minut (umożliwi to panu określenie pory dnia, gdy już wyczerpie się bateria w pańskim zegarku. To znaczy, jeśli nie straci pan rachuby czasu – w pańskim nowym lokum nie ma okien). Podczas tych dwudziestominutowych interwałów proszę robić to, co konieczne, i wyjść. Do pokoju nie dociera powietrze z zewnątrz. Jeśli będzie się pan musiał załatwić o innej porze, proszę korzystać z kratki ściekowej pośrodku tego pokoju.

Nie może pan liczyć na ratunek, nawet jeśli złamał pan reguły umowy i powiedział komuś, dokąd idzie. Niebieska taśma zostanie wkrótce usunięta wraz z cyframi na drzwiach wejściowych (nie ma numeru 774; numery na tej ulicy kończą się na pięciuset kilkudziesięciu).

W najlepszym razie będzie pan żył tak długo jak ja – czy może kilka dni dłużej, jeśli po mojej śmierci zostanie panu trochę jedzenia. Ile mam jeszcze czasu? Trudno powiedzieć. Strata żony rozdarła mi serce, a z chwilą, gdy wyrównałem z panem rachunki, nie pozostało mi nic więcej do zrobienia.

Wie pan, oczywiście, kim jestem. Czy zdołał się pan już zorientować, że to ja opłaciłem pańską obronę? Adwokaci w rodzaju Wilsona Herrery rzadko występują jako obrońcy z urzędu, nawet z nakazu sądu. Doktor Smithers też się drogo ceni. Żadne z nich nie wie, kto uiścił ich honoraria.

Dlaczego to zrobiłem? Wolę – osobiście w każdym razie – prywatną wendetę od „sądowej sprawiedliwości". Chcę kontrolować dokładnie wszystkie wymogi pańskiej kary, tak abym mógł się nią cieszyć.

Kiedy już przetrawi pan treść tego listu, proszę zanieść go do drugiego pokoju. To warunek otrzymania kolejnej porcji jedzenia.

Nie było podpisu.

Harold Vekt nie miał innego wyjścia, jak tylko pogodzić się ze swoim losem. Zaczął od tego, że zwymiotował do kratki ściekowej.

John Dufresne

Dźwigaj swój krzyż

Z *Boston Noir*

Wydaje się, że ojciec Tom Mulcahy nie może się rozgrzać. Jest ubrany w obszerny sweter, flanelową piżamę i podkoszulek z wycięciem w szpic. Na stopach ma obszyte owczym futerkiem kapcie z kurdybanu i wełniane skarpety, a kolana przykryte kocem z wełny afgańskiej. W rogu posykuje i postukuje kaloryfer, a on wciąż się trzęsie. Naciąga na uszy wełnianą czapkę i wyciera cieknący nos chusteczką higieniczną. Wpatruje się w łóżko pod ścianą i tęskni za snem sprawiedliwego. Drżą szyby w oknach. Meteorolodzy zapowiadają obfite opady. Popija irlandzką whisky, połyka drugą połówkę lorafenu, otwiera dzieło niemieckiego mistyka Mistrza Eckharta i czyta o tym, że wszystkie nasze cierpienia wynikają z miłości i uczuć. Wsuwa do książki pełen jadu list, by zaznaczyć stronę. Wydaje się, że czerwone cyfry na budziku falują w czarnej obudowie. Widzi swoje kalosze wetknięte pod kaloryfer, górna część prawego oklapnęła. Jest tak zmęczony, że się zastanawia, czy ten opadający kalosz nie jest przypadkiem znakiem od Boga. Potem się uśmiecha i znów popija whisky.

Unosi róg zasłony, wygląda na podjazd i widzi świeże ślady stóp prowadzące do szkoły podstawowej. Prawdopodobnie pan O'Toole, dozorca parafialny, wstał wcześnie, żeby oczyścić chodnik; próżny trud, jak uważa ojciec Tom. Śnieg wiruje, a wielkie płatki w blasku reflektora nad gankiem plebanii przypominają czarne ćmy. Jakże nowy wydaje się taki świat, kiedy wszelkie rupiecie i resztki okrywa całun bieli. Patrzy na szkołę i przypomina sobie dziecinną radość śnieżnych dni. Przypomina sobie, jak wczesnym rankiem słuchał radia i czekał, aż Carl De Suze odczyta komunikat: „Odwołane zajęcia szkolne w Arlington, Belmont i Beverly. Odwołane zajęcia w szkole, we wszystkich szkołach, w Bostonie...". W latach poprzedzających śmierć brata Tom budził Gerarda cholernie dobrą wiadomością, potem obaj zamęczali matkę, żeby przyrządziła im kakao, a następnie sadowili się pod kocem na kanapie i oglądali telewizję, podczas gdy ona wlokła się do pracy. Jedli lunch przy programie dla dzieci i wznosili toast szklankami mleka za zdrowie prezydenta Eisenhowera, kiedy z gramofonu dobiegały dźwięki *Hail to the Chief*. Może gdyby Gerard przeżył, gdyby zawieźli go do szpitala, nim było za późno, to może ich tata nie straciłby serca i nie odszedł.

• • •

Ojciec Tom obudził się tego ranka – no cóż, już wczoraj rano – o 5.45, żeby się przygotować do mszy o 6.30. Otworzył oczy i zobaczył intruza siedzącego na bujanym fotelu. Spytał:

– Kim pan jest?

– Dziennikarzem z „Globe".

– Pani Walsh pana wpuściła?

– Sam wszedłem.

– O co chodzi?

Człowiek z „Globe" strzepnął popiół z papierosa do mankietu przy nogawce.

– Tu się nie pali, panie...?

– Hanratty.

– Jestem uczulony na dym.

– Czy nazwisko Lionel Ferry mówi coś księdzu?

Ojciec Tom został oskarżony o seksualne wykorzystywanie przez człowieka, który twierdził, że go molestowano i gwałcono, kiedy był ministrantem, tutaj, w St. Cormac. Jakieś trzydzieści kilka lat temu. Małomówny chłopiec, o którym Tom rzadko kiedy myślał, teraz zaś nieszczęśliwy dorosły mężczyzna szukający rozgłosu i łatwych pieniędzy ze strony archidiecezji, a także, bez wątpienia, wymówki tłumaczącej nędzne i godne pogardy życie. By zemścić się na Kościele za jakieś urojone wykroczenie. Ojciec Tom nie miał nic do powiedzenia temu facetowi nazwiskiem Hanratty. Nie zamierza też czytać porannych gazet. Wie jednak, że przyjdą do niego ci z prasy, policja, wysłannicy kardynała. Jego dotychczasowe życie dobiegło końca. Już monsinior poprosił, by nie odprawiał tego ranka mszy – nie ma sensu wystawiać się na łatwy cel.

Nigdy nie skrzywdził żadnego dziecka, ale nikt mu nie uwierzy. Modli się do Jezusa, naszego ukrzyżowanego Pana, do świętego Judy i Błogosławionej Dziewicy. Ojciec Tom wierzy, że Bóg nie obarczy go ciężarem, którego nie potrafiłby udźwignąć. Gasi lampkę do czytania. Wsuwa sobie zatyczki do uszu, zamyka oczy, zakrywa je opaską do spania. Czuje się straszliwie znużony, ale jego wibrujący umysł nie chce się wyłączyć. Wciąż słyszy tę piosenkę Paula Simona o umierającej konstelacji w jakimś zakątku nieba. *Chłopiec w bańce* i temu podobne. *To są dni...* A potem nieznane twarze wyłaniają się z mglistej ciemności przed jego zasłoniętymi oczami i przekształcają w inne twarze, i niebawem unosi się w przestrzeni i drga niczym cyfry na elektronicznym budziku, a potem zasypia. We śnie jest znów chłopcem i siedzi z Jezusem na odludnym wzgórzu, skąd rozciąga się widok na Jerozolimę. Jest bardzo późno i światło, każda jego cząstka, jest liliowa. Jezus płacze. Tom wie to, co wie Jezus: że zostanie wkrótce zdradzony. Jezus ociera oczy rękawem swej szaty i mówi: „Zawsze umiesz mnie rozweselić, Thomasie", i łaskocze Toma w żebra. Tom śmieje się, przyciska łokcie do boków i się odsuwa. „Lubisz to, Thomasie? Lubisz?". Tom to lubi, ale mówi Jezusowi, żeby przestał, bo musi odetchnąć. „Przestań, proszę, albo się posiusiam w spodnie!". Ale Jezus nie przestaje.

Ojciec Tom się budzi, kiedy książka spada na podłogę. Zdejmuje opaskę z oczu, podnosi list, rozkłada go i czyta w świetle płynącym od okna. *Odetnę ci kutasa i wepchnę do gardła, ty śmieciu. Obleję cię benzyną, zapalę zapałkę i poślę cię do piekła.*

• • •

Czekając, aż monsinior wyjdzie z łazienki, ojciec Tom zastanawia się nad obrazem, na który patrzył przez całe życie. Wisiał w przedpokoju ich mieszkania na parterze, przy L Street, kiedy Tom był chłopcem, i miał chyba tytuł *Smutek* albo *Posępność*. Jego rodzice nie wiedzieli. Dostali go w prezencie od kuzyna ze strony matki, to wszystko, co mogli o nim powiedzieć. Od jednego z O'Sullivanów z Kerry. Teraz obraz wisi nad klęcznikiem ojca Toma. Jako chłopiec patrzył na tę bosonogą kobietę w postrzępionej szacie, siedzącą na skale pośrodku oceanu, z przewiązanymi oczami i zabandażowaną głową. I przykutą do drewnianej ramy, którą uważał za narzędzie tortur, ale która okazała się lirą, a tytuł obrazu brzmiał w rzeczywistości – i nie wiadomo dlaczego – *Nadzieja*. Zawsze, przez całe życie, próbował zrozumieć znaczenie, wyczekiwanie zawarte w tym ponurym i posępnym studium mglistych błękitów i bladych zieleni. Nadzieja jest ślepa? Czy jest w tym w ogóle jakiś sens? Lira ma tylko jedną strunę. Więc muzyka jest kaleka. Ciemne niebo bezgwiezdne. Patrząc na ten obraz, odczuwał tylko melancholię i osamotnienie. Beznadziejność. Czy o to chodzi? Jeśli człowiek nie doznaje pożądania, to jest wolny?

Słyszy, jak drzwi łazienki się otwierają i monsinior McDermott schodzi na dół po skrzypiących stopniach. Łazienka pachnie płynem do płukania ust i wodą po goleniu. Ojciec Tom składa brzytwę o perłowej rączce, należącą do monsiniora, i kładzie ją obok pędzla i kubka. Odkręca wodę i napełnia łazienkę parą i ciepłem, goląc się jednocześnie. Spogląda w lustro i się zastanawia, co ludzie widzą, kiedy na niego patrzą. Zacina się w miejscu drobnego wgłębienia obok wargi i przykłada kawałek papieru toaletowego do kropelki krwi. Patrzy na swoją twarz i widzi niebieskie oczy ojca i małą brodę matki. Usuwa papier toaletowy i przykłada do ranki ałun w sztyfcie. Gerard był ładnym chłopcem.

• • •

Pani Walsh, dobra dusza, zaparzyła już kawę i nalała do filiżanki.

– Jajka z tostem, proszę księdza?

– Tylko kawa, Mary. – Miesza w filiżance, kładzie łyżeczkę na spodku. – Monsinior już poszedł odprawić mszę, jak widzę. – Zapomina na chwilę, że ten dzień jest inny niż pozostałe. – Nigdy nie zrobiłem tego, o czym mówił ten człowiek. – To sprawa między ojcem a Bogiem, proszę księdza. Nie mój interes. – Podchodzi do zlewu i wygląda przez okno. – Już tyle napadało i nie widać, żeby miało przestać. Śnieg będzie leżał do Wielkanocy.

– Nie pamiętam nawet zbyt dobrze tego chłopca.

– Należał do ulubieńców księdza. Ministrant. Siostrzeniec Tima Griffina. „Train", tak ksiądz na niego mówił. Miał według księdza powołanie.

– Ale nie został duchownym.

– Został pijakiem i ciężarem dla swojej matki, niech biedaczka spoczywa w spokoju.

Pani Walsh kładzie na kaloryferze mokrą ścierkę i wygładza pleciony chodniczek przy piecu – chodniczek, który sama utkała trzydzieści kilka lat temu z niepotrzebnych ubrań męża i dzieci. Jest tam jego niebieska koszula i sztruksowa kurtka małej Mony. Kiedy widzi koszulę, to widzi kochanego Aidana, w tej koszuli, szarym garniturze i czerwonym krawacie, podczas ich miesiąca miodowego na plaży w Nantasket.

– Pojawiły się inne oskarżenia, proszę księdza. Zgłosili się kolejni ludzie.

– Nie zrobiłem niczego, byłem tylko dobry dla tych chłopców, obdarzałem ich miłością i uwagą, których brakowało im w domu. Nigdy...

Rozbrzmiewa dzwonek u drzwi. Pani Walsh mówi:

– To pewnie pan Markey z biura kardynalskiego. Chce z księdzem rozmawiać. – Idzie w stronę drzwi wejściowych i rzuca przez ramię: – Bóg jest miłosierny, proszę księdza.

• • •

Pan Markey odpina nauszniki i zdejmuje czapkę. Trzyma ją za daszek i otrzepuje o nogę, potem wiesza ją na kołku i ściąga wysokie ocieplane buty. Podaje rękawiczki i szalik pani Walsh i wiesza płaszcz na stojaku w przedpokoju, potem rozciera sobie dłonie. Bierze panią Walsh za ramiona i całuje hałaśliwie w czoło.

– Jak się miewa moja ulubiona irlandzka dziewczyna?

Pani Walsh się czerwieni.

– Dosyć tych przymilanek, panie Markey.

Pan Markey wyciąga rękę do ojca Toma.

– Francis X. Markey. – Wymieniają uścisk dłoni. Pan Markey wskazuje salon. – Moglibyśmy tam wejść?

Ojciec Tom siada na brzegu sofy za stolikiem do kawy, ręce trzyma na kolanach. Pan Markey osuwa się na tapicerowany fotel, opiera potylicę o płócienne okrycie zagłówka i przesuwa palcami po włosach.

– Dałem monsiniorowi pięć dolców i powiedziałem mu, żeby poszedł na kawę do Dunkin' Donuts. Jedyna otwarta knajpa w okolicy. – Wychyla się do przodu. – Wie ksiądz, dlaczego tu jestem.

– Spotkałem się z groźbami, panie Markey – mówi ojciec Tom i podsuwa rozmówcy paskudny list.

Pan Markey wychyla się jeszcze bardziej i czyta, splatając palce, potem podnosi dłonie do twarzy.

– Nie po raz ostatni, jak przypuszczam. Chcę, żeby jedno było jasne, ojcze. Nie obchodzi mnie, co ksiądz zrobił lub czego nie zrobił. Nie obchodzi mnie zwłaszcza, co się z księdzem stanie. Nie obchodzi mnie pod żadnym względem, z wyjątkiem najbardziej chrześcijańskiego. Obchodzi mnie Święta Matka Kościół.

– Nie zrobiłem tego, o co się mnie oskarża.

– Siedzisz po uszy w gównie, mój przyjacielu. – Pan Markey podchodzi do drzwi przesuwanych i zamyka je, potem odwraca się do ojca Toma. – Chodził ksiądz do seminarium O'Connella, zgadza się?

– Chodziłem.

– Tak, chodził ksiądz. Nieźle się tam zabawialiście, co?

– Nie muszę tego słuchać.

– Owszem, musi ksiądz. Jestem jedynym człowiekiem, który może księdzu pomóc. – Pan Markey bierze garść cukierków z miski na stoliku i zjada kilka. – Nie chce ksiądz trafić do więzienia.

– Jestem niewinny. Nie pójdę do więzienia.

Pan Markey się uśmiecha i potrząsa głową.

– Wsadzą księdza do aresztu prewencyjnego, oczywiście. Musi jednakże ksiądz zrozumieć, że kiedy chodzi o pedofilów, strażnicy są groźniejsi od osadzonych. Sikają człowiekowi do jedzenia, srają mu na pryczę i wpychają w tyłek pałkę, jeśli słyszą narzekania. Poniżają człowieka w każdy możliwy sposób. A pewnego dnia, kiedy nieszczęśnik gra sobie w karty z innym pedofilem, odwracają się, żeby jakiś zaufany więzień mógł księdzu przyłożyć ołowianą rurką.

Ojciec Tom zaciska dłonie na skroniach. Bierze głęboki wdech i prostuje się na fotelu, po czym wlepia wzrok w sufit. Słyszy, jak pani Walsh, wchodząc na górę, coś szepcze – modlitwę bez wątpienia.

– Dlaczego Jego Eminencja przysłał tu pana, panie Markey?

– Sprawiam, że problemy znikają. – Pokazuje ojcu Tomowi garść cukierków, pociera dłonie jedna o drugą, zaciska je w pięści i wysuwa przed siebie. – W której ręce są cukierki?

– W lewej.

Pan Markey rozwiera lewą dłoń, w której nic nie ma, i prawą, w której też nic nie ma.

– Pamięta ksiądz kapłana nazwiskiem Dan Caputo?

– Zmarł w zeszłym roku. Miał parafię niedaleko portu

i oddawał się pracy społecznej. „Mów prawdę władzy" i temu podobne. Był charyzmatycznym liderem.

– Ale miał sekret, jak wielu z nas. Gliniarze znaleźli jego zmasakrowane zwłoki w pewnej alejce w Chinatown, spodnie miał spuszczone do kostek, na penisie tak zwany pierścień miłości, a na wargach spermę, jak ustalono. Kiedy sprawdzili jego dokumenty i ustalili, kto to taki, zawiadomili kardynała, a on zawiadomił mnie.

– Nie słyszałem o tym.

– Właśnie. Oczyściliśmy jego samochód z magazynów i kaset pornograficznych. Umarł jak bohater. – Pan Markey siedzi w fotelu i patrzy na ojca Toma. – Jego imieniem nazwano siedzibę jednej z instytucji dobroczynnych. „Dom gościnny ojca Dana Caputa". – Wybucha śmiechem. – Nic nie jest takie, jakie się wydaje, proszę księdza. – Sięga do kieszeni. – Ostrzeżenie pogodowe. – Wyjmuje swój smartfon. – Zanosi się na śnieżycę stulecia. – Odczytuje esemesa. – Metrowe opady w całym San Francisco. – Chowa telefon. – Zrobimy tak. Po pierwsze, zaproponujemy panu Ferry'emu sowite honorarium w zamian za pisemne oświadczenie, w którym się przyzna, że kłamał na temat molestowania, co było wywołane głęboką depresją i lękiem. Wyrazi zgodę na leczenie w klinice zdrowia psychicznego, a ksiądz zostanie chwilowo oddelegowany do pracy przy biurku w kurii diecezjalnej. Po jakimś czasie sprawa przycichnie.

– Jest w gazetach.

– Weźmie ksiądz udział w konferencji prasowej, podczas której łaskawie i z pokorą przyjmie ojciec przeprosiny pana Ferry'ego i mu wybaczy.

– A jeśli nie zgodzi się na te warunki?

– Oznaczałoby to, że jest człowiekiem zasad. Jednak jak obaj doskonale wiemy, alkoholik bez grosza przy duszy nie ma zasad.

– Ale jeśli mimo wszystko zaskoczy pana swoją decyzją, to rzecz skończy się w sądzie, a ja zostanę oczyszczony z zarzutów.

– Niepotrzebne i niepożądane. – Pan Markey podchodzi do kominka i nachyla się nad gzymsem. – Pozwoli ksiądz, że poproszę o opinię na temat tych wszystkich drapieżnych księży. Istna epidemia. Nie chodzi mi o księdza, oczywiście. O tych winnych, w rodzaju Geoghana i Shanleya. O tę bandę. I o miejscowego ojca Gale'a z kościoła Świętej Moniki. Kapłaństwo, jak się okazuje, to doskonały sposób, by się ukryć na ogólnym widoku. Najciemniej pod latarnią. Mylę się?

– Nie nazwałbym tego...

– Tylko w zeszłym roku Kościół w USA wypłacił sześćset piętnaście milionów dolarów odszkodowania. Łącznie dwa miliardy. Czternaście tysięcy przestępstw seksualnych popełnionych przez cztery i pół tysiąca księży pedofilów. A to tylko czubek góry lodowej, proszę mi wierzyć. – Kuca przy kominku i grzeje dłonie nad ogniem. – Mam pewną teorię, o ile jest cokolwiek warta. – Wysuwa lewą dłoń i zbliża ją do płomienia. – Teorię zahamowanego rozwoju.

– Sparzy się pan.

– Człowiek idzie po szkole średniej do seminarium i wszystko jest opłacone. Kończy studia i otrzymuje przydział do jakiejś parafii – nie musi się uganiać za główną rolą, nie musi rozmawiać w sprawie pracy. – Wyciąga dłoń z kominka i ogląda ją z uwagą. – Ma zapewnione wyżywienie, ubranie i dach nad głową, nie wspominając o kobiecie, która gotuje, sprząta i pierze. Dostaje pensję, ubezpieczenie zdrowotne i emeryturę. Zapina koloratkę i od razu cieszy się szacunkiem, na który w ogóle nie zapracował.

– To niesprawiedliwe, co pan mówi.

– Kościół tłumi rozwój emocjonalny. Księża to chłopcy zwani ojcami. Nie odnosi się to osobiście do księdza, ale do was wszystkich.

– Skończył pan?

– No i jest jeszcze sporne zagadnienie celibatu. Kłopotliwe, prawda? Co do mnie... jeśli nie użyję sobie kilka razy w tygodniu, to robię się niemożliwy. Nie sposób ze mną wytrzymać. Jasne, zawsze można się onanizować, zachowując jednocześnie czystość i normalność, ale walenie konia to grzech, prawda? Więc co robić?

– Modlić się.

– Może od tego oklapnąć?

– Człowiek wybiera czystość dobrowolnie, panie Markey. To poświęcenie, nie przekleństwo.

Pan Markey łączy dłonie z tyłu głowy i wzrusza ramionami.

– Ale dlaczego mali chłopcy? Nad tym się zastanawiam, a potem sobie myślę, tak, oczywiście, zahamowany rozwój. Jeśli człowiek sam jest chłopcem, to czuje się dobrze pośród innych chłopców, wiadomo też, że molestowany chłopiec nigdy nie powie o tym, że ssał kutasa, bo się boi, że pozostali chłopcy nazwą go ciotą. Wstyd zamyka mu usta. Zmierzam właściwym tropem, ojcze?

– Sądzi pan, że mnie zna, ale jest inaczej.

– Thomas Aloysius Mulcahy, urodzony piętnastego lutego tysiąc dziewięćset czterdziestego ósmego roku w Mass General jako drugi syn Briana Mulcahy'ego, pracownika poczty, i Kathleen, z domu O'Sullivan. Uczęszczał do szkoły podstawowej St. Cormac i szkoły średniej South Boston; dobry uczeń, stuprocentowa obecność na lekcjach. Przeszedł ksiądz świnkę, ospę wietrzną, odrę i różyczkę. Nosił ksiądz okulary i obuwie korekcyjne. Ukochany brat księdza umarł w tysiąc dziewięćset pięćdziesiątym ósmym na zapalenie opon mózgowo-rdzeniowych, a ojciec księdza winił się za to, zaczął pić coraz więcej i pół roku później porzucił rodzinę. A więc w wieku dziesięciu lat został ksiądz sam z rozhisteryzowaną matką, pozbawiony całkowicie ciepła i miłości.

Ojciec Tom zamyka oczy i widzi samego siebie: leży na podłodze pod zamkniętymi drzwiami matczynej sypialni; płacze i nie wie, czy matka też nie żyje. Czuje na ramieniu dłoń pana Markeya i otwiera oczy, a potem je ociera.

– Rozumiał więc ksiądz, jak wrażliwi i bezbronni są chłopcy, którzy stracili swoich ojców. Potrzebowali miłości i rady starszego mężczyzny, i ksiądz im to zapewnił.

– W pańskich ustach współczucie brzmi jak coś nieprzyzwoitego.

– Zabierał ich ksiądz na lody, do Fenway, na plażę. Ich matki były takie wdzięczne. Ksiądz jawił się jako zbawca. Lionel sądził nawet, że ksiądz posługuje się nim, by uwieść jego mamę. I oczywiście był zdezorientowany, biorąc pod uwagę, że miał do czynienia z duchownym.

– Rozmawiał pan z nim?

– Wczoraj wieczorem. Wciąż mieszka ze swoją matką przy I Street. – Pan Markey patrzy przez okno na szalejącą burzę. – Powiedział, że ksiądz zabierał go do kina.

– Zabierałem wielu chłopców do kina.

– Kupił ksiądz popcorn maślany. „Maslany" – powiedział. – „Golący maslany popkoln", i trzymał ksiądz karton z tym popcornem na kolanach, a kiedy chłopiec sięgnął po niego, wasze dłonie się zetknęły i ksiądz nie cofnął ręki. Chłopiec powiedział, że ksiądz zlizał „maselko" z jego palców...

– Kłamie.

– Możliwe. Albo chodzi o fałszywe wspomnienie. To się zdarza. Ale pozwoli ksiądz, że o coś spytam. Czy jakikolwiek kapłan wyspowiadał się przed księdzem z molestowania?

– Nawet gdyby to zrobił, nie powiedziałbym o tym panu.

– Co ksiądz by zrobił, gdyby ojciec X wyznał podczas spowiedzi, że przeleciał wszystkich chłopców śpiewających altem w chórze kościelnym?

– Udzieliłbym mu rozgrzeszenia, gdyby okazał skruchę i był zdecydowany nie grzeszyć więcej.

– To wszystko?

– *Jeśli brat twój zawini, upomnij go; i jeśli żałuje, przebacz mu... odpuszczajcie, a będzie wam odpuszczone.* Zasugerowałbym także wizytę u specjalisty, terapię, modlitwę i unikanie okazji do grzechu.

Pan Markey bierze ze stolika numer pisma katolickiego i czyta:

– *Kardynał Law mianowany wikariuszem generalnym Bazyliki Watykańskiej.* – Kręci głową, zwija gazetę i uderza się

nią po nodze. – Nasz były kardynał oskarżył raz sześciolet-
niego chłopca o to, że sam jest winien gwałtom, którym ulegał. I zrobił to pod przysięgą. – Rzuca gazetę na stolik. – Nie
potrafię uwolnić się od tej paranoidalnej fantazji, która mnie
prześladuje, a mianowicie, że księża pedofile spowiadają się
jeden u drugiego, odpuszczają sobie, a potem żyją dalej, jakby się nic nie stało.

– Potrzeba szczerej skruchy.

– Spowiadają się, wyrażają skruchę i otrzymują rozgrze-
szenie. – Pan Markey patrzy na zegarek. – Muszę porozmawiać na osobności z monsiniorem. Może zechciałby ksiądz
pójść do kościoła i pomodlić się o siłę i boskie wsparcie. Nim
znów się zobaczymy, wszystko powinno być załatwione.

Pan Markey kładzie dłoń na karku ojca Toma i ściska mu
szyję. Przyciąga głowę kapłana do swojej; ich czoła się sty-
kają.

– Proszę mi zaufać.

Ojciec Tom czuje w czaszce gorącą rozedrganą falę bólu,
jakby miał głowę podłączoną do elektrycznego przewodu pod
napięciem, ale jest zesztywniały i wstrząśnięty; nie potrafi
wydusić z siebie słowa i nie może się odsunąć.

· · ·

Ojciec Tom zapala świecę wotywną i modli się o odwagę
i zrozumienie. Zawsze cenił sobie te samotne chwile w mroku kościoła, gdzie czuje się bezpiecznie ukryty. Jako chłopiec
przychodził do świątyni w każdą sobotę rano o piątej albo
szóstej, siadał pod witrażem przedstawiającym Ostatnią Wie-
czerzę i odmawiał różaniec. Chciał, by Bóg wiedział, że on,
Tom, nie jest tylko niedzielnym katolikiem; był chłopcem, na
którego Bóg może liczyć, żołnierzem Chrystusa. Ojciec Tom
klęka, potem rusza w stronę ławki pod Ostatnią Wieczerzą
i siada. Świat wydaje się odległy. Tom przypomina sobie, jak
prosił Boga, by uczynił go martwym albo niewidzialnym.
Jako martwy towarzyszyłby Jezusowi i Gerardowi; jako niewidzialny byłby sam.

Podnosi wzrok i patrzy na witraż. Jezus ma pieprzyk pod prawym okiem. Ukochany Jan opiera mu głowę na ramieniu, a rękę trzyma na stole. Oczy ma zamknięte i uśmiecha się, jakby smakował słodką niczym miód miłość swego Pana. Apostoł Tomasz stoi za pozostałymi i widać tylko jedno szeroko otwarte oko, spoglądające ponad głowami na Jezusa, tak jak spod koca wyzierało oko Gerarda, kiedy leżeli na kanapie, a jego stopa przesuwała się po nodze Toma. „Przestań, Gerard, bo zawołam mamę!".

Kiedy Gerard leżał w szpitalu w śpiączce, zakonnice z St. Cormac pełniły na zmianę dyżury w jego pokoju przez dwadzieścia cztery godziny. Zamartwiały się i modliły nad nim. Siostra Brigid widziała płaczącego archanioła Gabriela u stóp łóżka. Gerard był święty, zakonnice w to nie wątpiły. Tych, których Bóg kocha najbardziej, zabiera najwcześniej. Kiedy Gerard umarł w ramionach matki, siostry powiesiły jego oprawione zdjęcia we wszystkich klasach, obok papieża i prezydenta. Potem pojawiły się opowieści o świętości Gerarda, o tym, jak uzdrowił dotykiem złamane skrzydło szpaka, jak potrafił być jednocześnie w kościele i szkole, jak potrafił wyczuć zapach grzechu, jak posąg Matki Boskiej zapłakał w chwili, gdy Gerard odszedł.

To, do czego ojciec Tom się przyzna, jeśli go spytają – bo to jak najbardziej normalne – że istnieją w nim dwie osobowości, dwie jaźnie. Jest ta, którą widać, ten ojciec Tom, jakim chce być, ten, który jest duszpasterski, pobożny, pełen współczucia, roztropny... i jaki jeszcze? Wrażliwy? Tak. I skąpany we krwi Baranka. I to jest prawdziwy ojciec Tom Mulcahy. I jest jeszcze grzesznik, lubieżny kundel – impulsywny, samolubny, przebiegły i nienasycony – kryjący się w środku wilk, który zna sekret samotności i głodu ojca Toma i który, gdyby mógł, przemieniłby bezinteresowną miłość i szczerą czułość ojca Toma w coś odrażającego i śliskiego jak wąż. Ojciec Tom przyzna innymi słowy, że jest w każdym calu ludzki i skażony, nie lepszy niż oni. I powie im o swojej obsesyjnej czujności i uporze w walce z tą podstępną osobowością, o tym, jak zawsze zwyciężał tego demonicznego intruza, płacąc za to niewiarygodną cenę.

Pewnego dnia, jak już pojeździli na sankach i porobili orły w śniegu, ulepili bałwana na małym podwórzu za domem i jego brat wziął marchewkę, ale nie wbił jej w miejscu nosa, tylko niżej, zrobił z niej siusiaka i kazał Tomowi uklęknąć i zjeść tę marchewkę. Tom nie chciał i wtedy Gerard wcisnął mu twarz w śnieg i usiadł mu na głowie, aż Tom nie mógł oddychać, i był przerażony, a matki nie było w pobliżu, żeby go uratować.

Słyszy jakiś hałas, jakby ktoś upuścił książeczkę do nabożeństwa. Pyta: „Pan O'Toole?" i słyszy echo własnego głosu. Nasłuchuje wyjącego wiatru i bijącego serca. A potem słyszy łkającą matkę, która mówi: „Dlaczego Gerard, dobry Boże?". Są w szpitalu, Tom stoi w kącie, patrząc zza pleców zakonnic na matkę, leżącą na łóżku jego zmarłego brata. „Dlaczego zabrałeś tego pięknego?" – pyta.

Ojciec Tom modli się o mądrość, o radę, o wybawienie. Postąpi zgodnie z wolą Boga, i jeśli Bóg chce, by cierpiał niesprawiedliwie, to tak się stanie. Ale ma dość czekania. Porozmawia z tym Judaszem, oszczercą, tym Lionelem Ferrym, i da mu szansę wyznania kłamstw i przyjęcia do serca łaski bożej.

Kiedy ojciec Tom wchodzi do zakrystii, widzi zaskoczony jakiegoś mężczyznę, który ma na sobie zielony kombinezon i stoi w kałuży roztopionego śniegu.

– Pan O'Toole? – pyta ojciec Tom.

Twarz mężczyzny kryje się pod kominiarką. Wąsy ma białe od lodu, a okulary zasnute parą. Ten człowiek, który nie jest Davym O'Toole'em i – jak ojciec Tom sobie uświadamia – jest o kilkanaście centymetrów niższy od dozorcy, trzyma w lewej dłoni śnieżkę; rzuca ją ojcu Tomowi. Kiedy ten łapie śnieżkę, która trafia go w pierś, mężczyzna bierze zamach jakimś przedmiotem – okazuje się, że to pałka – i uderza go w policzek, zwalając z nóg. Ojciec Tom jest pewien, że ma roztrzaskaną czaszkę, ale go nie boli. Słyszy skrzypiące kroki, potem słyszy, jak otwierają się z jękiem drzwi kościoła i zatrzaskują. Po kilku minutach otwiera jedno oko, dotyka twarzy i czuje świdrujący ból. Dzwoni mu w lewym uchu.

• • •

Ojciec Tom przykłada garść śniegu do spuchniętego oka, naciska dzwonek i czeka. Odsuwa nogą niewielką białą zaspę i otwiera zewnętrzne drzwi. Puka do wewnętrznych dwa razy, a potem do jeszcze jednych, na których jest napisane: „Golenie i strzyżenie". Jakiś głos mówi: „Wejdź, jeśli jesteś piękny". Ojciec Tom usuwa śnieg z powieki, otrzepuje płaszcz i spodnie, wchodzi do nieoświetlonego salonu i przyzwyczaja wzrok w jednym oku do ciemności.

– Halo! – woła i widzi parę własnego oddechu.

Dostrzega kanapę i śpiwór rozłożony na podłodze. Słyszy:

– Zaraz przyjdę. Muszę wysadzić małego.

Salon jest niewielki i ponury, panuje w nim bałagan, przydałoby się tu wywietrzyć i posprzątać. Welurowa tapeta odłazi i jest upstrzona plamami wilgoci. Obok śpiwora stoi białe plastikowe krzesło ogrodowe, a na nim leży stos magazynów. Na podłodze stoi mały telewizor, jest też półka zapełniona wideokasetami w czarnych pudełkach. Ojciec Tom słyszy: „Rozgość się". Obchodzi kartony po pizzy – resztki pepperoni albo kiełbasy, a może to mysie odchody – i stos cuchnącej odzieży, po czym siada na starym kuchennym krześle; w oparciu brakuje szczebelka. Nad kontaktem przy zamkniętych drzwiach, które kiedyś prowadziły do sypialni Lionela, wisi nieoprawiony obraz z Janem Pawłem II – masowa reprodukcja. Widzi oczy, które zawsze podążają za człowiekiem.

Do salonu wchodzi Lionel, trzyma w ręku butelkę wódki. Ma na sobie skórzaną kurtkę do pasa z ekstrawaganckim futrzanym kołnierzem i czarne lakierki; jest bez koszuli. Zielone spodnie są zasikane.

– Train?

– Tommy Gun!

– Co się z tobą działo?

– Tak cię nazywaliśmy.

– Nie musisz żyć w ten sposób.

– Co z twoim okiem?

– Upadłem.

Lionel siada ciężko na sofie.

– Spodziewałem się ciebie.

– Naprawdę?

– Od lat.

Pije.

– Musimy porozmawiać.

Lionel poklepuje miękką poduszkę.

– Usiądź ze mną.

– Tu mi dobrze.

– Nie gryzę. – Uśmiecha się. – Nalegam.

Ojciec Tom przenosi się na kanapę.

– Napisałeś do mnie list?

– Nigdy go nie wysłałem. – Lionel dotyka ramienia ojca Toma. – Wybaczam ci, ojcze. Ale nie mogę zapomnieć. Na tym polega różnica między mną a Bogiem.

– Myślę, że mogłeś opacznie zrozumieć moje gesty, Train.

– Oczywiście, że tak myślisz. Jak byś w przeciwnym razie wytrzymał sam z sobą?

– Nie zrobisz mi tego.

– Pamiętasz pogrzeb mojego ojca? Odwiozłeś mnie z cmentarza do domu.

– Kevin był dobrym człowiekiem.

– Był dupkiem. – Lionel pociąga nosem i łyka wódkę. Oczy robią mu się wilgotne, wie, że może płakać, ale przyjdzie na to czas później. – Kupiłeś mi lody, pistacjowe z orzechami, i jechałeś powoli. Powiedziałeś: „Wiem, że dla takiego małego chłopca jak ty, Train, to okropna strata". Klepałeś mnie po nodze. Trzymałeś dłoń na moim udzie…

Ojciec Tom rozpina płaszcz i zdejmuje czapkę, przygładza rzadkie i nieodmiennie niesforne włosy. Maca się po czole. Przypomina sobie te poranki w kościele, kiedy to przychodził do niego Jezus z gorejącym sercem, a ten żar otulał Toma, który się pocił i wznosił oczy ku niebu, a Jezus przebijał mu serce złotą strzałą...

– ...a potem wsunąłeś sobie dłoń w spodnie i miałeś ściągniętą twarz, a ja mogłem tylko patrzeć przez szybę i mieć nadzieję, że to się skończy, i lody się topiły i spływały mi po ręku, aż całe zniknęły.

– To się nie wydarzyło i nie mam pojęcia, dlaczego uważasz, że było inaczej. Próbowałem cię pocieszyć i ukoić twój ból, bo wiem, jak to jest, kiedy człowiek pragnie ludzkiego dotyku. Mój ojciec nigdy mnie nie przytulał, Train. Nigdy. Matka też nigdy tego nie zrobiła po śmierci Gerarda.

– Mam się rozpłakać?

– Zająłem miejsce twojego ojca.

– Budziłem się, a ty leżałeś w moim łóżku.

– Na twoim łóżku. Patrzyłem, jak śpisz, tak jak ojcowie zawsze patrzą na swoich synów i wyobrażają sobie ich świetlaną przyszłość.

– To żałosne.

– Byłeś wrażliwym chłopcem. Rozbudzałeś w ludziach tkliwość. We mnie. I czułem, że ktoś mnie potrzebuje. Czułem się z kimś związany. Po raz pierwszy od śmierci Gerarda.

– A przyszło ci do głowy, co ja czuję?

– Jeśli miałeś z tym problem, to trzeba było mi powiedzieć. Uszanowałbym to. Bez wątpienia. Myślałem, że się na to zgadzasz.

– Jeśli nie wydarzyło się nic nieprzyzwoitego, to dlaczego to pamiętam?

– A może zmyślasz, Train?

Rozlega się pukanie, drzwi się otwierają i do pokoju wchodzi pan Markey. Przytupuje, rzuca Lionelowi butelkę brandy, a ojcu Tomowi gazetę.

– Jesteś sławny, ojcze.

Mężczyzna za plecami pana Markeya zdejmuje okulary i ściąga z głowy kominiarkę. Wyciera szkła chusteczką i znów je zakłada.

– Poznał już chyba ksiądz mojego przyjaciela, pana Hanratty'ego – mówi Markey.

– Spotkaliśmy się dwa razy – odpowiada ojciec Tom.

– Wybaczcie nam, panowie.

Lionel wstaje i idzie za panem Hanrattym do kuchni.

– Jest dziennikarzem – mówi ojciec Tom.

Pan Markey się uśmiecha.

– Terrance nie pisze dla „Globe"; dostarcza go.

Ojciec Tom dotyka swojej twarzy.

– On mi to zrobił.

– Bywa czasem zadziorny. Staram się go trzymać na krótkiej smyczy. – Pan Markey wzrusza ramionami. – Powiedz mi zatem, ojcze, czy nasz Lionel wciąż przyprawia księdza o szybsze bicie serca?

Ojciec Tom wstaje i rusza w stronę drzwi.

– Nie zamierzam tu siedzieć i tego słuchać.

Pan Markey chwyta ojca Toma za nadgarstek i wykręca mu rękę na plecach, unieruchamiając łokieć.

– Czytałem gdzieś, że ból ożywia nasze myśli – oświadcza pan Markey i wykręca rękę jeszcze bardziej, a ojciec Tom ma wrażenie, że za chwilę kończyna złamie się w nadgarstku i barku. – Oczywiście, nie jestem teologiem.

Ojciec Tom jest zgięty wpół i zapłakany.

– Proszę… to boli.

– Zmusza umysł do powagi.

– Jesteś obłąkany.

– Spałeś kiedyś na łóżku pełnym potłuczonego szkła, ojcze?

– Błagam, dobry Boże!

– Nosiłeś na głowie koronę z pokrzywy? – Pan Markey podciąga powoli rękę ojca Toma. – To nie są pytania retoryczne, ojcze. Odpowiedz mi.

– Nie, nigdy mi się to nie zdarzyło.

Pan Markey puszcza go i pcha z powrotem na sofę.

– Cóż to za niebywała rozkosz, kiedy ból ustępuje. Jesteś mi teraz wdzięczny, prawda?

Ojciec Tom nie jest w stanie poruszyć ręką.

– Podziękuj mi.

– Podziękować ci?

Pan Markey nachyla się nad nim.

– Podziękuj mi!

– Dziękuję.

– Proszę bardzo. – Pan Markey mierzwi ojcu Tomowi włosy i poklepuje po głowie. – Ból uwalnia endorfiny. Człowiek czuje się nieco pobudzony. Wydaje mi się, że stosowałeś pewne techniki uwalniające endorfiny.

– Nie jestem masochistą, jeśli o to ci chodzi.

– A jak przytrzasnąłeś sobie dłoń drzwiami samochodowymi?

– Wypadek.

– Nie to powiedziałeś swojemu terapeucie. Dlaczego, na Boga, chciałeś się tak ukarać? – Pan Markey podchodzi do okna i podziwia burzę. – Taka wichura zdarza się w życiu człowieka tylko raz albo dwa.

Ojciec Tom się zastanawia, czy zdoła dobiec do drzwi, nim Markey go złapie. I co potem?

– Jestem pewien, że walczyłeś, ojcze, że stoczyłeś ciężką walkę. Zawsze chciałeś postępować słusznie, ale ci mali zboczeni dranie nie pozwalali ci na to. Zawsze kręcili się przy tobie z tymi słodkimi dupeczkami i anielskimi uśmiechami. – Nachyla się i szepce: – Lubiłeś odchylać im głowy i całować w odsłonięte gardła, co? Szczyt niebiańskiej rozkoszy, prawda?

– Ty brudny…

– Ekstatyczna chwila, którą jednak tak trudno oddać słowami. – Pan Markey ściąga rękawiczki i podciąga rękaw płaszcza. – Nic tu nie chowam. – Potem sięga za ucho ojca Toma i pokazuje mu złożoną kartkę wydartą z notatnika. – A co my tu mamy? – Rozkłada papier. – Mój współpracownik, pan Hanratty, znalazł to w twojej komodzie pod, *pardon*, bielizną, kiedy wcześniej rozmawialiśmy. Wydaje się, że to lista z imionami chłopców. Mam je odczytać?

– To chłopcy z parafii, ci, z którymi pracowałem.

– Ale nie wszyscy, z którymi pracowałeś. Co jest takiego szczególnego w tych, których tu uwieczniłeś?

– Każdy ma swoich ulubieńców.

Wraca pan Hanratty i wręcza szarą kopertę panu Markeyowi, który pokazuje ją ojcu Tomowi.

– Jestem pewien, że się domyślasz, co to takiego.

– Zdjęcia klasowe – odpowiada ojciec Tom.

– Zdjęcia chłopców.

– Są całkowicie niewinne – zapewnia ojciec Tom.

– Założę się, że waliłeś przy nich konia.

Ojciec Tom czuje wibrujący ból w zamkniętym oku.

– Posłuchajcie – mówi – to była bezustanna walka. Zawsze myślałem o tej ohydzie i starałem się jednocześnie o niej nie myśleć. Nie miałem czasu na przyjaźń, muzykę, marzenia, radość, dobroczynność czy cokolwiek innego, co nadaje życiu wartość. Gdybym odprężył się choć na chwilę, to wiem, że mógłbym stracić panowanie nad sobą. Ale nie zrobiłem tego!

– Jesteś swoją własną ofiarą. To właśnie chcesz powiedzieć? Że jesteś ofiarą?

Ojciec Tom zauważa, że namalowane oczy papieża drgają i wirują niczym dziecięcy wiatraczek, a głos pana Markeya wydaje się metaliczny i odległy, i Lionel znów jest małym chłopcem, i razem klęczą przy jego łóżku, odmawiając modlitwę, potem łaskocze Lionela, aż ten zaczyna błagać, by przestał, a ojciec Tom przestaje i mówi: „Cóż to za ulga, gdy ustaje przyjemność". Obejmuje ramiona Lionela i całuje go w jasnowłosą głowę, jak ojciec mówiący ukochanemu synowi dobranoc, a potem nie może się powstrzymać i znowu łaskocze Lionela, aż chłopiec woła: „Pomocy!". I wtedy ojciec Tom czuje, jak głowa porusza mu się gwałtownie, i uświadamia sobie, że został uderzony.

– Dzięki, potrzebowałeś tego – mówi pan Hanratty.

– Dlaczego wzywałeś pomocy, ojcze? – Pan Markey nakłada ojcu Tomowi wełnianą czapkę na głowę. – Chodźmy na spacer.

• • •

Pan Markey zamyka za nimi drzwi. Stoi na ganku z ojcem Tomem, podczas gdy pan Hanratty odgarnia śnieg, przekopując się przez wysoką do pasa zaspę i robiąc ścieżkę do omiatanej wiatrem ulicy, gdzie śnieg sięga tylko do łydek i kostek.

– Gdzie jest Lionel? – pyta ojciec Tom.

– Odsypia.

Ojciec Tom naciąga czapkę na uszy. Dzwonienie w lewym jest nieznośne.

– Na co mogę liczyć?

– Że myliliśmy się od samego początku i że nie ma życia po śmierci.

– To absurdalne.

– Dzięki temu nie będziesz wiedział, że nie żyjesz. I że jesteś w piekle.

– Nie macie prawa mnie osądzać.

– Kto zresztą chciałby żyć wiecznie? Zabijalibyśmy się z nudów.

Pan Markey prowadzi ojca Toma na ulicę. Pan Hanratty wbija szuflę w śnieg. Wszystko, co ojciec Tom widzi spod przymrużonych powiek, to padające ukośnie płatki śniegu, białe wzgórki zagrzebanych samochodów i niewyraźne fasady domów. Słyszy odległe monotonne buczenie jakiegoś ciężkiego pługa, jak mu się zdaje, albo krew szumiącą w głowie. Pan Markey i pan Hanratty stają po jego bokach i unieruchamiają mu ręce. Pochylając głowy przed podmuchami wiatru, ruszają z wysiłkiem w głąb I Street.

– Dokąd mnie prowadzicie?

– Pomyśleliśmy, że możesz potrzebować pomocy.

– Mam nadzieję.

Nadzieja jest ostatnim uczuciem, które nas opuszcza, myśli ojciec Tom. Widzi kobietę z lirą na skale i przychodzi mu do głowy, że nadzieja nie dotyczy czegoś konkretnego. Po prostu człowiek ją ma. Czekać to mieć nadzieję. Nadzieja to nagana pod adresem zimnego i bezgwiezdnego nieba. Jestem, mówi nadzieja. I będę. Ojciec Tom widzi po prawej stronie jakiś ruch i dostrzega opatuloną i zakapturzoną postać, która zmiata śnieg z ganku.

Pan Markey nachyla twarz do ucha ojca Toma i mówi:
— Nie nadzieję. Pomoc!

Postać na ganku nieruchomieje, patrzy na trzech brnących po śniegu dżentelmenów, odwraca się i wchodzi do domu. Wtedy pan Markey dodaje: „Czasem należy przekazać przesłanie", ale ojciec Tom słyszy: „Czasem leży przekaz na posłaniu" i zastanawia się, dlaczego ten człowiek mówi zagadkami. Pan Markey mówi panu Hanratty'emu o tym, że wszyscy musimy dźwigać jakiś ciężar, wskazuje ojca Toma i dodaje: „A to jest krzyż, który poniosę". Dlaczego tak do mnie mówi? – zastanawia się ojciec Tom.

Kiedy docierają do Gleason's Market, ojciec Tom wie, że plebania jest za rogiem i odczuwa ulgę, uświadamiając sobie, że prowadzą go z powrotem. Był poruszony wcześniej, kiedy mówili o tym, że nie ma życia po życiu i całej reszcie. Ale co innego mogli zrobić? Niebawem weźmie gorącą kąpiel i będzie jadł krupnik, ugotowany przez panią Walsh, potem pójdzie do swojego pokoju, poczyta i popatrzy na tę wspaniałą burzę śnieżną. Może przeczyta wszystkie powieści Grahama Greene'a, tak jak tamtej zimy, kiedy leżał ze złamaną nogą. Widzi światło w kuchni albo tak mu się przynajmniej wydaje. W powietrzu unosi się tyle oślepiająco białego śniegu, że jest niemożliwe, by człowiek cokolwiek widział. Patrzy na wskroś bieli. Jakby spoglądał na świat przez płótno. Potem jednak światło gaśnie, a może w ogóle się nie paliło, i ojciec Tom myśli o figlach, które człowiekowi płatają oczy – jak wtedy, gdy patrzy w niebo, a chmury zdają się pędzić i uciekać gdzieś w dal. Nie, światło wciąż się pali. Odwraca się do pana Markeya i pyta:

– A więc wszystko w porządku?

– Super, ojcze.

Pan Markey patrzy na zarumienioną, spuchniętą twarz ojca Toma, na jego małe niebieskie oko, osadzone pod workowatymi powiekami niczym turkusowy paciorek na skórzanej portmonetce. Postrzępiony mały oczlik o cieniutkich wargach.

Przechodzą obok plebanii i ruszają ścieżką między garażem a szkołą, ścieżką odśnieżoną niewątpliwie przez pana O'Toole'a. Ojciec Tom patrzy w okna sali czwartej klasy i widzi swoją dziewięcioletnią postać; przyciska nos do szyby i spogląda na niego z góry. Patrząc przez okno, Tom widzi starego sponiewieranego pijaka, którego odprowadzają do domu dwaj przyjaciele, i chciałby wiedzieć, czyj to dziadek, ale siostra zakonna przywołuje go z powrotem na miejsce i każe pisać dyktando. Ojcu Tomowi się zdaje, że przypomina sobie ten burzowy poranek, kiedy ta koślawa procesja przeszła na jego oczach pod oknem, ale stary człowiek to nie mógł być on. Człowiek nie może znajdować się jednocześnie w dwóch miejscach. Wtedy w oknie staje monsinior McDermott. Ojciec Tom chciałby mu pomachać, ale ci dwaj mężczyźni trzymają go za ręce. Monsinior wysmarkuje nos, wyciera go i wsuwa chusteczkę pod mankiet sutanny. Ojciec Tom próbuje wyswobodzić rękę, a jego eskorta go uwalnia. Macha ręką, ale do pustego okna. Zastanawia się, czy nie krzyknąć, ale podejrzewa, że jego głos zniknie w stłumionej nieruchomości śniegu. A gdyby krzyknął? Podnosi ręce, a dżentelmeni chwytają go i ruszają przed siebie.

– Tak lepiej – mówi pan Markey.

Kiedy ruszają alejką, oddalając się od plebanii, ojciec Tom pyta pana Markeya:

– Za kogo się uważasz?

– Za nikogo.

- Musisz kimś być.
- Naprawdę?
- I chyba cię znam.

• • •

Ojcu Tomowi jest ciepło pod tym śnieżnym całunem; chciałby zdjąć kurtkę. Czuje, jak lodowaty śnieg chłoszcze go po twarzy, i widzi brzytwę o perłowej rączce na plamie szkarłatnego śniegu, tuż obok swojej pachwiny. Spoczywa na wznak. Jego nogi są zagrzebane pod zaspą. Jak długo tu leży? Bulgocze, kaszle, czuje smak krwi w ustach. Śniło mu się, że spadał przez liliowe niebo, oddalając się od wizji Chrystusa; kiedy sobie uświadomił, że leci bezwładnie ku piekielnej otchłani, obudził go własny krzyk, dzięki Bogu. Jego lewa ręka jest zgięta w łokciu i wskazuje niebo. Nakazuje ręce, by się poruszyła, ale nic się nie dzieje. Równie dobrze mógłby rozkazywać ręce należącej do innego człowieka. Pamięta, jak dawno temu leżał bezradnie w łóżku Lionela ze śpiącym chłopcem i próbował zmusić go siłą woli, żeby się odwrócił, żeby oparł głowę na jego piersi i objął go szczupłą drobną ręką. A później, kiedy Lionel załkał i otworzył zapłakane oczy, ojciec Tom przytulił go i powiedział: „To był tylko zły sen, Train, to wszystko. Nie płacz, dziecko, nie płacz. Nie płacz".

Ale jeśli nie obudził go kilka chwil wcześniej własny krzyk i jeśli jest to naprawdę piekło, ta zamarznięta zaspa krwi i winy, to ojciec Tom jest szczęśliwy, bo wie, że przynajmniej nie zabierają człowiekowi wspomnień, i że ma to sens, ponieważ bez przeszłości się nie istnieje, i że nie może istnieć piekło. Wie, że wspomnienia miłości i czułości będą dla niego pociechą i podporą przez całą wieczność. I wtedy dostrzega pana Markeya i pana Hanratty'ego, którzy nad nim stoją. Gdy pan Hanratty znów ściąga kominiarkę, ojciec Tom widzi, że to Gerard, i że Gerard jest z Jezusem, a nie z panem Markeyem, i że Jezus obejmuje ramiona Gerarda.

Jezus macha do ojca Toma i mówi: „Do zobaczenia, mała rybko!". Potrząsają głowami i odwracają się.

– Zaczekajcie, proszę! – mówi ojciec Tom albo tylko tak mu się wydaje.

A potem patrzy, jak ruszają z powrotem w stronę St. Cormac, patrzy, jak Jezus szepce coś Gerardowi do ucha, i obaj znów się odwracają i spoglądają na niego, ale widzą tylko czarną smugę w białym świecie, który wygląda poza tym nieskazitelnie.

Lyndsay Faye

Przypadek szaleństwa pułkownika Warburtona

Z *Sherlock Holmes in America*

Mój przyjaciel, pan Sherlock Holmes, choć odznaczający się jednym z najbardziej błyskotliwych umysłów naszego pokolenia i zdolny do niebywałych wyczynów fizycznej sprawności, potrafił tkwić w swoim fotelu absolutnie nieruchomo, i to dłużej niż jakikolwiek znany mi człowiek. Świadomość owej umiejętności umykała całkowicie jej posiadaczowi. Nie sądzę, by zamierzał zrobić na mnie wrażenie, nie wydaje mi się też, by ta pozycja wymagała od niego szczególnego wysiłku. Mimo wszystko uważam, że jeśli człowiek zachowuje tę samą pozę przez ponad trzy godziny, i jest całkowicie przytomny, to tym samym dokonuje czegoś niezwykłego.

Oderwałem się od zadania, jakim było tego ołowianoszarego popołudnia porządkowanie starych dzienników, by obserwować Holmesa siedzącego z podwiniętą nogą i z głową w dłoniach, podczas gdy ogień na kominku barwił mu czerwonawo szlafrok, a na dywanie leżała dawno porzucona książka. Ów znajomy widok wraz z upływem godzin budził coraz większe zaniepokojenie. Pragnąc się przekonać, czy mój przyjaciel wciąż żyje, postąpiłem wbrew zwyczajowi i przerwałem jego uporczywe zamyślenie.

– Mój drogi, zechciałbyś się ze mną przejść? Muszę się udać do szewca, a pogoda nieco się poprawiła.

Nie wiem, czy to wciąż złowróżbne niebo kazało mu odmówić, czy może powodem był jego refleksyjny nastrój, lecz Holmes odparł:

– Potrzebuję w tej chwili innego bodźca niż jakaś drobnostka, która mnie nie dotyczy, albo kapryśna niestałość marcowej burzy.

– A cóż to za bodziec bardziej by ci odpowiadał? – spytałem, nieco zrażony jego odmową.

Machnął szczupłą dłonią, odrywając w końcu głowę od obicia fotela, na którym tak długo spoczywała.

– Nic, co mógłbyś mi zapewnić. Stara historia – przez dwa ostatnie dni nie otrzymałem choćby jednego wartego uwagi listu, żadna też biedna dusza nie naruszyła spokoju naszego dzwonka z zamiarem skorzystania z mych usług. Świat jest znużony, ja jestem znużony i staję się coraz bardziej znużony tym, iż jestem nim znużony. Widzisz zatem, Watsonie, że jestem w tej chwili całkowicie bezużyteczny i że mój stan nie polepszy się z powodu jakichś błahostek.

– Przypuszczam, że byłbym zadowolony, iż nikt nie niepokoi się tak bardzo, by szukać twej pomocy, gdybym nie uświadamiał sobie, ile dla ciebie znaczy twa praca – odrzekłem z nieco większą sympatią.

– No cóż, nie ma nad czym lamentować.

– Oczywiście, ale z pewnością powinienem ci pomóc, gdybym zdołał.

– A cóż mógłbyś uczynić? – parsknął. – Nie zamierzasz mi chyba oznajmić, że ukradziono ci zegarek kieszonkowy albo że twoja cioteczna babka zniknęła bez śladu.

– Nic takiego nie miało miejsca, dzięki. Może jednak zdołałbym ci podsunąć pewien problem, który zająłby przez pół godziny twój umysł.

– Problem? Och, bardzo mi przykro, zapomniałem ci powiedzieć. Jeśli pragniesz wiedzieć, gdzie się podział drugi klucz do biurka, to miałem ostatnio powód, by sprawdzić sprężystość tego rodzaju przedmiotów. Kazałem wykonać nowy…

– Nie zauważyłem braku klucza – przerwałem mu z uśmiechem. – Mógłbym jednak, gdybyś zechciał, zrelacjonować ci kilka wydarzeń, w których brałem udział, gdy praktykowałem w San Francisco, a których zagadkowe szczegóły nie dają mi spokoju od lat. Lektura tych starych dzienników znów mi o nich przypomniała, a towarzyszące im okoliczności z pewnością rozbudziłyby twoje zainteresowanie.

– Powinienem być wdzięczny, jak sądzę, że nie zająłeś się mym dossier spraw nierozwiązanych.

– Widzisz? Jest mnóstwo korzyści. I będzie to lepsze niż wyjście z domu, gdyż znowu pada. I jeśli odmówisz, nie będę miał się czym zająć tak jak ty, czego również chciałbym uniknąć.

Nie wspomniałem, że jeśli jeszcze przez chwilę będzie trwał nieruchomo niczym posąg, to za drzwi wypchnie mnie sama martwota panująca w tym pokoju.

– Zamierzasz uraczyć mnie zagadkową opowieścią z dni, które spędzałeś na amerykańskim pograniczu, a ja mam znaleźć rozwiązanie owej zagadki? – spytał obojętnie, lecz nieznaczny ruch brwi zdradził, że jest zaintrygowany.

– Jeśli możesz.

– A jeśli nie dysponujesz dostateczną liczbą koniecznych informacji?

– To przejdziemy do brandy i cygar.

– Niezwykłe wyzwanie. – Ku mojej wielkiej uldze, oparłszy dłonie o podłokietniki, uniósł się i skrzyżował na siedzisku nogi, po czym sięgnął po wygasłą już fajkę na stoliku. – Nie mogę powiedzieć z całą pewnością, że rozwiążę zagadkę, ale ów eksperyment odznacza się pewnym urokiem.

– Wobec tego opowiem ci wszystko, ty zaś możesz stawiać wszelkie pytania, jakie uznasz za stosowne.

– Tylko zacznij od początku, Watsonie – upomniał, przybierając pozę wymuszonej i pełnej rezygnacji uwagi. – I przywołaj tyle szczegółów, ile tylko zdołasz.

– Mam to wszystko świeżo w pamięci, gdyż zawiera się w dziennikach, do których właśnie wróciłem. Jak wiesz, mój pobyt w Ameryce był stosunkowo krótki, lecz San Francisco jawi się w moich wspomnieniach tak wyraźnie, jak Sydney albo Bombaj – gwarne i kwitnące małe miasto usadowione między wielkimi wzgórzami, gdzie oceaniczne powietrze tka mgłę, a blask słońca odbija się w niezliczonych oknach przy Montgomery Street. Wydaje się, jakby wszyscy przedsiębiorczy mężczyźni i kobiety na całym świecie uznali, że powinni mieć swoje własne miasto, gdyż powstało dzięki gorączce złota, potem zaś srebra, a teraz, gdy połączono je drogą kolejową ze wschodnimi stanami, mieszkańcy wierzą, że nic pod słońcem nie jest niemożliwe. Byłbyś zachwycony tym miejscem, Holmesie. Jest tam tyle narodowości i rzemiosł co w Londynie, i tworzą one osobliwą i zaskakującą mieszankę; nie byłbyś zdziwiony, widząc chińską aptekę między sklepem francuskiej modystki i włoskiego handlarza win. Mój gabinet znajdował się przy Front Street, w niewielkim budynku z cegły, niedaleko licznych sklepów z medykamentami, ja zaś przyjmowałem z radością wszystkich pacjentów, którzy do mnie trafili. Nie miałem referencji i nie cieszyłem się z tegoż powodu zbyt liczną klientelą, ale nie sposób było odczuć własną małość w tym mieście, gdyż tak bardzo ceni ono sobie ciężką pracę i optymizm, że człowiek spodziewa się szczęścia i sukcesu niemal za każdym rogiem. Pewnego mglistego popołudnia, nie mając żadnych pacjentów i widząc, jak słońce rozjaśnia maszty statków w zatoce, doszedłem do wniosku, że już dostatecznie długo siedzę bezczynnie, i wyruszyłem na spacer. Jedną ze szczególnych cech San Francisco jest to, że bez względu na kierunek, który obierzesz, musisz napotkać strome wzgórze, jest ich bowiem siedem, i gdym już od pół godziny wędrował bez celu, oddalając się od oceanu, ruszyłem w górę Nob Hill, spoglądając z podziwem na szeregi domów, które to określenie jest w gruncie rzeczy mylące. Nazywają tę ulicę Nob Hill, ponieważ jest zamieszkana przez nababów, którzy dorobili się fortuny na górnictwie i kolei, a rezydencje przypominają stylem czasy panowania Ludwika Drugiego i Marii Antoniny. Są niejednokrotnie większe od naszych posiadłości ziemskich, wszystkie jednak zbudowano w ciągu dziesięciu lat poprzedzających mój przyjazd. Mijałem właśnie gotycki zamek i neoklasycystyczną rezydencję, gdy po drugiej stronie ulicy dostrzegłem włoską willę; każda z tych budowli pragnęła jakby prześcignąć pozostałe, jeśli chodzi o liczbę witraży, kolumn i wieżyczek. Okolica...

– ...była zamożna – dokończył Holmes z westchnieniem, zeskakując z fotela, by nalać dwa kieliszki bordo.

– I z pewnością uznałbyś tę część miasta za okropną. – Uśmiechnąłem się, wyobrażając sobie, jak mój ekscentryczny przyjaciel ogląda owe posiadłości z chłodnym niesmakiem. – Myślę, że inne bardziej odpowiadałyby twoim gustom. W każdym razie była to perła architektury, i gdy zbliżałem się do szczytu wzniesienia, przystanąłem, by chłonąć widok Pacyfiku. Stojąc tam i obserwując słońce, które rzucało pomarańczowy blask na fale oceanu, usłyszałem, jak otwierają się gwałtownie drzwi, i odwróciwszy się, zobaczyłem starego człowieka podążającego małymi kroczkami po wypielęgnowanej ścieżce w stronę ulicy. Rezydencja, z której wyszedł, miała bardziej dyskretny charakter niż pozostałe – była nieco grecka w stylu i pomalowana na biało. Mężczyzna odznaczał się bardzo wysokim wzrostem – tak wysokim jak ty, mój drogi przyjacielu – ale miał barki niczym byk. Był ubrany w mundur wojskowy, liczący zapewne kilkadziesiąt lat – postrzępioną niebieską kurtkę, szare spodnie, szeroki czerwony fular i parciany pas; siwe włosy sterczały mu na wszystkie strony, jakby dopiero co opuścił zgiełk pola bitewnego. Choć jego postać robiła wrażenie, nie zwróciłbym na nią uwagi w tej szalonej metropolii, gdyby nie wybiegła za nim młoda dama, krzycząc: „Stryju! Zatrzymaj się, proszę! Nie wolno ci odejść, błagam!". Mężczyzna, którego nazwała stryjem, dotarł do chodnika w odległości mniej więcej trzech metrów od miejsca, w którym stałem, i nagle runął na ziemię; jego pierś nie unosiła się już, a noga, na którą kulał, podwinęła się i zniknęła pod leżącym ciałem. Podbiegłem do niego. Oddychał, ale bardzo płytko. Z bliska dostrzegłem, że miał protezę i że jej skórzane rzemienie poluzowały się, co spowodowało upadek. Dziewczyna dotarła do nas dziesięć sekund później, łapiąc oddech i starając się bezskutecznie powstrzymać łzy. „Nic mu się nie stało?" – spytała mnie. „Chyba nie, ale wolałbym się upewnić" – odparłem. – „Jestem lekarzem i chciałbym zbadać go dokładniej w jakimś pomieszczeniu". „Bylibyśmy bardzo wdzięczni. Jefferson!" – zawołała do czarnoskórego sługi, który biegł ścieżką. – „Proszę, pomóż nam wnieść pułkownika do domu". Wspólnymi siłami szybko ułożyliśmy mojego pacjenta na sofie w jasnym salonie porannym o szklanych ścianach, ja zaś mogłem postawić dokładniejszą diagnozę. Pomijając obluzowanie drewnianej protezy, której staranne wykonanie zwróciło moją uwagę i którą przymocowałem z powrotem, zdawał się cieszyć doskonałym zdrowiem i gdyby nie był tak wysokim i krzepkim człowiekiem, mógłbym pomyśleć, że po prostu zemdlał. „Czy zrobił sobie krzywdę?" – spytała bez tchu młoda kobieta. Pomimo tego, iż była zdenerwowana i zaniepokojona, od razu dostrzegłem, że jest piękna i że odznacza się drobną kobiecą budową ciała, ale jednocześnie wdziękiem typowym dla osób o okazałej posturze. Włosy miała jasnokasztanowe; podkreślały jej kremową cerę i były zebrane w starannie upleciony kok, a oczy, wciąż pełne łez, świeciły złotobrązowym blaskiem. Nosiła bladoniebieską suknię ze srebrnym obszyciem, a dłoń bez rękawiczki zaciskała się niespokojnie na fałdach materiału. Ta kobieta… nic ci nie jest, mój drogi przyjacielu? Dobrze się czujesz?

– Doskonale – zapewnił Holmes, kasłąc przy tym, co uznałbym za stłumiony śmiech, gdybym był w bardziej nieżyczliwym nastroju. – Proszę, mów dalej.

– „Ten człowiek odzyska w pełni siły, kiedy tylko odpocznie" – powiedziałem jej. – „Nazywam się John Watson". „Proszę mi wybaczyć, jestem Molly Warburton, a człowiek, którym się pan zajmuje, to mój stryj, pułkownik Patrick Warburton. Och, jakże się wystraszyłam! Nie wiem, jak mam panu dziękować". „Panno Warburton, zastanawiam się, czy

nie moglibyśmy pomówić w drugim pokoju, aby nie prze-
szkadzać pani stryjowi, gdy dochodzi do siebie". Zaprowa-
dziła mnie przez hol do drugiego, równie uroczego i urządzo-
nego ze smakiem salonu i osunęła się wyczerpana na krzesło.
Nie chciałem jej jeszcze bardziej niepokoić, a jednocześnie
czułem się zmuszony przedstawić jej swe wątpliwości. „Panno Warburton, nie sądzę, by pani stryj upadł tak nagle, gdyby
nie znajdował się w stanie silnego wzburzenia umysłowego.
Czy wydarzyło się ostatnio coś, co mogło go wytrącić z równowagi?". „Doktorze Watson, jest pan właśnie świadkiem ro-
dzinnych komplikacji" – oznajmiła cicho. – „Stan umysłowy
mojego stryja już od jakiegoś czasu wydawał się chwiejny
i obawiam się, że ostatnio... doszło do jego pogorszenia".
„Przykro mi to słyszeć". „To dość długa historia". – Westchnęła. – „Każę podać herbatę i wszystko panu opowiem.
Mieszkam tu z bratem, Charlesem, i stryjem, pułkownikiem.
Oprócz stryja Patricka nie mamy żadnych krewnych i jesteśmy mu bardzo wdzięczni za jego hojność, ponieważ stryj
zarobił fortunę na przewozach morskich, kiedy to Kalifornia
uzyskała prawa stanowe. Mój brat stawia pierwsze kroki
w biznesie fotograficznym, ja zaś jestem niezamężna, więc
chwilowo mieszkanie w domu pułkownika jest dla nas niezwykle korzystne. Musi pan wiedzieć, że stryj był za młodu
w gorącej wodzie kąpany i napatrzył się na wojnę jako osad-
nik w Teksasie, zanim ten region stał się częścią Stanów Zjednoczonych. Zażarta walka między Teksańczykami – to znaczy osadnikami anglosaskimi – a Tejanos, czyli rdzennymi
mieszkańcami tych ziem, tak bardzo go poruszyła, że wstąpił
do armii teksaskiej pod wodzą Sama Houstona i został kilkakrotnie odznaczony za odwagę, zwłaszcza w bitwie pod San
Jacinto. Później, kiedy wybuchła wojna secesyjna, był jednym z dowódców w oddziałach Unii i stracił nogę podczas
oblężenia Petersburga. Proszę mi wybaczyć, jeśli pana nudzę.
Z pańskiego głosu wnoszę, że nie jest pan rodowitym Amery-
kaninem" – dodała z uśmiechem. „Pani opowieść niezwykle
mnie interesuje. Czy właśnie dzisiaj pani stryj ma na sobie ten

stary mundur teksaski?" – spytałem. „Tak, zgadza się" – odparła, a jej ładną twarz skrzywił grymas bólu. – „Coraz częściej go wkłada. Owa przypadłość, że się tak wyrażę, nie wiem bowiem, jak to nazwać, zaczęła się kilka tygodni temu. Wydaje mi się, że pierwsze symptomy pojawiły się wówczas, gdy zmienił testament". „W jaki sposób? Dotyczyło to kwestii materialnych?". „Charlie i ja byliśmy jedynymi spadkobiercami" – odparła, ściskając mocno chusteczkę. – „A teraz cała jego fortuna zostanie przekazana różnym fundacjom weteranów wojennych – teksaskiej wojny o niepodległość, wojny secesyjnej. On ma obsesję na punkcie wojny". Załkała i ukryła twarz w dłoniach. Byłem poruszony tą opowieścią, Holmesie, ale osobliwość stanu umysłowego pułkownika zaintrygowała mnie jeszcze bardziej. „Czy zdradza także inne symptomy?" – spytałem, gdy zapanowała nad sobą. „Po zmianie testamentu zaczął doznawać w ciemności najokropniejszych wizji. Proszę mi wierzyć, doktorze Watson, że opisuje w niezwykle wymowny sposób, jakoby był prześladowany. Przysięga, że widzi budzącego grozę Tejano, który grozi białej kobiecie pistoletem i batem, a przy innej okazji był świadkiem, jak ta sama zjawa dźgała jednego z żołnierzy Houstona bagnetem. To właśnie wytrąciło go z równowagi, gdyż jak twierdził, nieledwie dziś rano zobaczył krwiożerczą bandę wymachującą szpadami i pochodniami, a przewodził jej ten sam Tejano. Mój brat uważa, że jest naszym rodzinnym obowiązkiem pozostać tu i opiekować się stryjem, ale wyznam, że czasami mnie przeraża. Gdybyśmy go porzucili, nie miałby nikogo z wyjątkiem swego starego sługi; Sam Jefferson towarzyszył pułkownikowi przez wiele lat, chyba jeszcze w Teksasie, i gdy stryj zbudował ten dom, Jefferson został kamerdynerem". Przerwała swą opowieść, gdy drzwi się otworzyły i do pokoju wszedł mężczyzna; od razu się domyśliłem, że to jej brat. Miał te same jasnobrązowe oczy co ona i regularne rysy twarzy, na których pojawił się wyraz zdziwienia na mój widok. „Witaj, Molly. Kim jest ten dżentelmen?". „Charlie, to straszne!" – krzyknęła i podbiegła do niego. –

„Wuj Patrick uciekł z domu i upadł na chodniku. To jest doktor John Watson. Okazał taką pomoc i współczucie, że zaczęłam mu opowiadać o tym, co się dzieje z naszym stryjem". Charles Warburton bezzwłocznie uścisnął mi dłoń. „Bardzo mi przykro, że pana kłopotaliśmy, ale jak sam pan widzi, mamy tu poważny problem. Jeśli stryjowi się pogorszy, to boję się myśleć, co...". W tym momencie z salonu dobiegł straszliwy ryk, a po chwili ogłuszający trzask. Wybiegliśmy we trójkę do holu i ujrzeliśmy pułkownika Warburtona, który rozglądał się w koło dzikim wzrokiem, a u jego stóp leżał roztrzaskany wazon. „Opuściłem już raz ten dom" – oznajmił. – „I, do diabła, zrobię to ponownie. Tu roi się od mściwych duchów! Jeśli będziecie mnie tu przetrzymywać, to skończycie w piekle!". Jego bratanica i bratanek starali się za wszelką cenę uspokoić pułkownika, ale ich widok rozsierdził go jeszcze bardziej. Prawdę powiedziawszy, był tak wytrącony z równowagi, że dopiero Sam Jefferson zdołał go z moją pomocą zaprowadzić do jego sypialni i gdy tylko się tam znaleźliśmy, pułkownik zatrzasnął drzwi przed samym nosem swych krewniaków. Jakimś szczęśliwym zrządzeniem losu przekonałem go, by wziął lek nasenny, i gdy opadł na łóżko, wyprostowałem się i rozejrzałem. Jego pokój był urządzony po spartańsku, białe ściany świeciły pustkami; przypuszczałem, że ów surowy wystrój jest reliktem dawnych dni spędzonych w Teksasie. Już ci wspominałem, że cały dom odzwierciedlał jego niechęć do ozdób i błyskotek. Łóżko stało pod otwartym oknem, zwrócone wezgłowiem w stronę przeciwną, a że pokój znajdował się na parterze, można było patrzeć na ogród. Odwróciłem się, by pójść do swych gospodarzy, gdy Jefferson chrząknął znacząco za moimi plecami. „Uważa pan, że mu się polepszy?". Mówił powoli, głębokim tonem człowieka, który się urodził w niewoli. Dopiero teraz zauważyłem na jego ciemnej skroni gruby splot blizn i domyśliłem się, że za młodu walczył tak jak jego pracodawca. „Mam nadzieję, ale jego rodzina postąpiłaby słusznie, gdyby skonsultowała się ze specjalistą. Pułkownik znajduje się na skraju załamania nerwowego. Czy i za dawnych dni był taki dziwny, tak bujał w obłokach?". „Nie wiem, proszę pana, ale jest najbardziej przesądnym człowiekiem, jakiego kiedykolwiek znałem, i bardziej się boi duchów niż większość ludzi. Zawsze tak było. Ale widzi pan, chcę panu powiedzieć coś o tych jego zwidach". „Tak?". „Chodzi o to, doktorze – zniżył głos do szeptu – że jak pierwszy raz miał wizje, to pomyślałem sobie, że mu się przyśniło. Pan Patrick zawsze przejmował się strachami, bardziej niż ja, więc nie martwiłem się zbytnio. Ale po tym drugim zwidzie – kiedy to zobaczył Tejano przebijającego bagnetem żołnierza – pokazał mi coś, czego nie pokazał nikomu innemu". „Co takiego?". Podszedł do śpiącego pułkownika i wskazał starannie zaszyte rozdarcie na mundurze, w okolicach piersi. „Tego dnia, gdy pan Patrick powiedział mi o tym zwidzie, zaszyłem dziurę w mundurze. Pomyślał, że zwariował, i nie dziwię mu się. Bo dziura była dokładnie w tym miejscu, gdzie Tejano pchnął bagnetem tego Teksańczyka. Co pan o tym myśli?". „Nie mam pojęcia" – odparłem. – „To niezwykle osobliwe". „No i te trzecie zwidy" – ciągnął cierpliwie. – „Te, które miał zeszłej nocy. Widział bandę z pochodniami, maszerującą w jego stronę jak zgraja diabłów. Nie powiem, żebym w to uwierzył, ale jedno jest pewne – kiedy poszedłem rozpalić ogień w kominku w bibliotece, brakowało połowy opału. Zniknął, proszę pana. Nie przywiązywałem do tego wagi w tym momencie, ale to zastanawiające".

Sherlock Holmes, który podczas mojej opowieści zmienił kilkakrotnie pozycję, zatarł z zapałem dłonie, a potem klasnął.

– To doskonałe, mój drogi przyjacielu. Rzecz pierwszorzędna. I powiadasz, że pokój był urządzony bardzo skromnie?

– Tak. Nawet będąc bardzo bogatym człowiekiem, pułkownik żył jak żołnierz.

– Czy zechciałbyś mi powiedzieć, co widziałeś za oknem?

Zawahałem się, próbując sobie przypomnieć.

– Nic tam nie było, sprawdziłem to. Jefferson mnie zapewnił, że zbadał ziemię obok domu, kiedy już odkrył, że brakuje drewna do kominka, i nie znalazł żadnych podejrzanych śladów. Kiedy zobaczyłem jakąś dziurę i spytałem o nią, wyjaśnił mi, że kilka tygodni wcześniej wyrwano wysoki bez spod okna, bo zasłaniał światło, ale nie miało to żadnego znaczenia. Jak już mówiłem, łóżko było obrócone w stronę ściany, nie okna.

Holmes odchylił głowę i parsknął śmiechem.

– Tak, mówiłeś to, i zapewniam cię, że zaczynam coraz bardziej doceniać twoje umiejętności detektywistyczne. I co dalej?

– Krótko potem opuściłem ten dom. Młodzi Warburtonowie byli bardzo ciekawi, co się wydarzyło w pokoju pułkownika, ja zaś powiedziałem im, że stryj śpi i że jest mało prawdopodobne, by taki napad lękowy przytrafił mu się tego dnia ponownie. Ale zapewniłem wszystkich, także Jeffersona, że wrócę nazajutrz w godzinach popołudniowych, żeby sprawdzić, jak czuje się pacjent. Wychodząc, zauważyłem jakiegoś człowieka na ścieżce prowadzącej do tylnego wejścia. Był bardzo śniady, miał długie podkręcane wąsy, rozczochrane ciemne włosy i był ubrany w proste spodnie i płócienną koszulę, z rodzaju tych, jakie nosili meksykańscy wyrobnicy. Ten ogorzały osobnik nie zwrócił na mnie najmniejszej uwagi, tylko szedł przed siebie, ja zaś skorzystałem z okazji, by go dobrze zapamiętać, na wypadek gdyby jego osoba miała jakikolwiek związek ze sprawą. Nie wiedziałem, jak sobie tłumaczyć widmową przypadłość pułkownika albo zagadkowe relacje Jeffersona o jej fizycznych przejawach, ale uznałem, że obecność tego człowieka stanowi dość dziwny zbieg okoliczności. Nazajutrz przyjąłem po południu kilku pacjentów, a potem zamknąłem gabinet i udałem się dorożką na Nob Hill. Drzwi otworzył mi Jefferson, który zaprowadził mnie następnie do gabinetu, gdzie na półkach stały dzieła z zakresu wojskowości, ze złotymi tytułami na grzbietach, i opracowania historyczne. Zastałem tam pułkownika Warburtona; był ubrany normalnie – w szary garnitur letni. Wydawał się zaskoczony swoim zachowaniem z dnia poprzedniego. „To istne przekleństwo, nie mogę sądzić inaczej, i dałbym wszystko, by się skończyło" – oznajmił, zwracając się do mnie. – „Chwilami wiem, że nie jestem przy zdrowych zmysłach, chwilami zaś widzę te koszmarne zjawy tak wyraźnie jak teraz pańską twarz". „Czy może mi pan powiedzieć coś jeszcze, co pomogłoby mi w postawieniu właściwej diagnozy?". „Nic, co uwolniłoby mnie od podejrzeń o obłęd, doktorze Watson. Po każdym z tych koszmarów, kiedy się już otrząsnę, nawiedza mnie ten sam ból głowy i w żaden sposób nie potrafię się zorientować, czy wszystko to sobie wyobraziłem, czy też naprawdę jestem nawiedzany przez duchy ludzi, których zabiłem podczas wojny w Teksasie. Sprawy nie wyglądały wtedy prosto – nie mam wątpliwości, że kilkakrotnie podniosłem rękę na niewłaściwego człowieka. Tyle krwi wówczas przelano, że nikt nie może o sobie powiedzieć, iż zawsze postępował słusznie". „Nie jestem specjalistą od zaburzeń umysłu" – uprzedziłem go. – „Choć uczynię dla pana wszystko, co w mej mocy. Powinien pan zasięgnąć rady u specjalisty, jeśli symptomy będą się utrzymywały lub nasilały. Pozwoli pan jednak, że zadam pytanie, które z pozoru nie ma nic wspólnego z tym, o czym mówimy?". „Jak najbardziej". „Czy zatrudnia pan meksykańskich pracowników? Może najmują ich pańscy służący albo ogrodnicy?". Wydawał się szczerze zaskoczony moim pytaniem. „Nie zatrudniam nikogo takiego. A kiedy moi podwładni potrzebują kogoś do pomocy, to niemal zawsze najmują Chińczyków. Wykonują robotę szybko, są uczciwi i nie żądają wysokiej zapłaty. Dlaczego pan o to pyta?". Zapewniłem go, że moje pytanie miało charakter wyłącznie kliniczny, życzyłem mu powrotu do zdrowia i ruszyłem w stronę holu, zastanawiając się nad kilkoma sprawami. Odprowadził mnie Jefferson, który podał mi kapelusz i laskę. „Gdzie są dziś pozostali mieszkańcy domu?" – spytałem. „Panna Molly składa wizyty, a pan Charles pracuje w ciemni". „Słuchaj, Jefferson, kiedy wczoraj stąd wychodziłem, dostrzegłem tajemniczego osobnika. Wiesz może, czy ogrodnik zatrudnia jakichś ludzi meksykańskiego albo chilijskiego pochodzenia?". Mógłbym przysiąc, Holmesie, że w jego oczach pojawił się dziwny błysk, kiedy zadałem mu to pytanie, ale po chwili tylko pokręcił głową. „Nikt nikogo nie najmuje, doktorze Watson, jestem tego pewien. I nikt taki nie prosił od półtora roku o pracę". „Byłem po prostu ciekaw, czy widok owego człowieka nie wyprowadził pułkownika z równowagi" – wyjaśniłem. – „Ale jak wiesz, czuje się dziś znacznie lepiej. Wciąż nie znam źródła jego choroby, ale mam nadzieję, że jeśli pojawią się nowe symptomy albo jeśli najdą cię jakieś wątpliwości, to dasz mi znać". „Te zwidy pojawiają się i znikają, doktorze Watson" – odparł Jefferson. – „Lecz jeśli cokolwiek odkryję, to z pewnością pana powiadomię". Opuściwszy dom, ruszyłem szybkim krokiem, gdyż postanowiłem udać się do domu na piechotę. Lecz gdy zacząłem schodzić ze wzgórza, a od zachodu napłynął wiatr, ujrzałem niespełna dwadzieścia metrów dalej tego samego miedzianoskórego wyrobnika, którego dostrzegłem poprzedniego dnia; był ubrany tak jak poprzednio i zapewne chwilę wcześniej opuścił rezydencję Warburtona. Na sam jego widok zabiło mi żywiej serce; nie znałem cię jeszcze wtedy, a zatem nic nie wiedziałem o pracy detektywistycznej, ale jakiś instynkt mi podpowiedział, by za nim podążyć i ustalić, czy pułkownik nie padł czasem ofiarą jakiegoś wrogiego spisku.

– Ruszyłeś za nim? – spytał Holmes, nie kryjąc niepokoju. – Po cóż to?

– Czułem, że nie mam wyboru; zagadkowy związek między jego pojawieniem się a koszmarami pułkownika Warburtona musiał być wyjaśniony.

– Zawsze byłeś człowiekiem czynu. – Mój przyjaciel pokręcił głową. – Dokąd cię zaprowadził?

– Kiedy dotarł do Broadwayu, gdzie pagórkowaty dotąd teren staje się płaski, a rezydencje ustępują miejsca sklepom, rzeźniom i trafikom, przystanął, by wsiąść do tramwaju. Szczęśliwym zrządzeniem losu zatrzymałem przejeżdżającą akurat dorożkę i nakazałem woźnicy ruszyć za tramwajem do chwili, gdy poleciłem mu się zatrzymać. Mój podejrzany dotarł niemal do nabrzeża, nim zeskoczył ze stopnia wehikułu na ulicę, ja zaś w okamgnieniu zapłaciłem dorożkarzowi i ruszyłem w pościg, w stronę podnóża Telegraph Hill. Podczas gorączki złota owo nadbrzeżne zbocze było kolonią namiotów, w których mieszkali Chilijczycy i Peruwianie. Osada ta łączyła się po wschodniej stronie z istnym piekłem: Sydney-Town, gdzie zbiegli z Australii skazańcy i ludzie zwolnieni przedterminowo z więzienia prowadzili najpodlejsze spelunki, jakie sobie można tylko wyobrazić. Jest rzeczą historycznie udowodnioną, że w Fierce Grizzly trzymano przed wejściem żywego niedźwiedzia na łańcuchu.

– Słyszałem o tej dzielnicy – oznajmił żywo Holmes. – Jest znana jako Barbary Coast, o ile się nie mylę? Wyznam, że chętnie bym ją zobaczył za dni jej świetności, choć jest też kilka ulic w Londynie, które mógłbym odwiedzić, gdybym zechciał ryzykować życie. Spotkałeś tam jakieś dzikie bestie?

– Nie w sensie dosłownym, ale po dziesięciu minutach przechodziłem obok pijalni ginu, które pod względem deprawacji mogłyby rywalizować z naszym St. Gilesem. Nieliczne latarnie gazowe rzucały chorobliwy blask, między złodziejskimi spelunkami z czerwonymi kotarami krążyli awanturnicy, którzy tracili pieniądze w grach hazardowych albo łykali z niewłaściwej szklanki, by obudzić się nazajutrz w bocznej alejce bez grosza przy duszy. W pewnym momencie wydało mi się, że straciłem z oczu tego osobnika, ponieważ pojawił się między nami wóz jakiegoś browarnika, on zaś schronił się w jednej z tych knajp. Szybko ustaliłem, dokąd poszedł, i po chwili wahania sam tam wkroczyłem. Wnętrze oświetlały tanie łojowe świece i wiekowe lampy naftowe z ciemnoliliowymi abażurami. Nie tracąc czasu, zbliżyłem się do tego człowieka i spytałem, czy mogę z nim pomówić. Popatrzył na mnie w milczeniu, mrużąc ciemne oczy. W końcu dał znak barmanowi i podsunął mi małą szklaneczkę z przezroczystym trunkiem. Podziękowałem mu, ale nadal się nie odzywał. „Mówisz po angielsku?" – spytałem w końcu. Uśmiechnął się, podniósł szybkim ruchem drinka, napił się i odstawił pustą szklankę na kontuar. „Mówię tak dobrze jak pan, *señor*. Nazywam się Juan Portillo. Czego pan chce?". „Chcę wiedzieć, dlaczego odwiedziłeś wczoraj rezydencję Warburtona. I dzisiaj po południu". Uśmiechnął się jeszcze szerzej. „Och, teraz rozumiem. Śledzi mnie pan?". „W tym domu doszło do podejrzanych wydarzeń i mam powody przypuszczać, że dotyczą twojej osoby". „Nic nie wiem o żadnych podejrzanych wydarzeniach. Wynajęli mnie do roboty i kazali siedzieć cicho. Więc siedzę cicho". „Muszę cię ostrzec, że jeśli zamierzasz skrzywdzić pułkownika w jakikolwiek sposób, to odpowiesz za to przede mną". Skinął beznamiętnie głową, wciąż się uśmiechając. „Niech pan dopije drinka, *señor*. Wtedy coś panu pokażę". Widziałem, że barman nalał mi z tej samej butelki co jemu, nie musiałem więc niczego się obawiać. Trunek był mocny jak gin, ale cieplejszy, i palił w gardło jak ogień. Ledwie go przełknąłem, kiedy Portillo wyjął z jakiejś ukrytej kieszeni bardzo długi nóż o perłowej rękojeści. „Nigdy nie skrzywdziłem pułkownika. Nigdy go nie widziałem. Ale coś panu powiem. Ludzie, którzy mnie śledzą, odpowiadają przed tym" – oznajmił, unosząc ostrze. Warknął coś po hiszpańsku. Trzej mężczyźni, którzy siedzieli przy okrągłym stoliku kilka metrów dalej, wstali i ruszyli w naszą stronę. Dwaj nosili za pasem pistolety, a jeden uderzał się znacząco o dłoń krótką solidną pałką. Zacząłem się zastanawiać, czy zdać się na nóż myśliwski, który miałem przy sobie, czy też salwować się ucieczką, gdy jeden z tych mężczyzn zatrzymał się gwałtownie. „*Es el Doctor!* Doktor Watson, tak?" – spytał z ożywieniem. Po chwili zaskoczenia poznałem w nim pacjenta, którego opatrzyłem dwa tygodnie wcześniej, choć nie mógł mi zapłacić; zraniono go w nogę podczas bójki na nabrzeżu, i to tak głęboko, że musiał być zaniesiony przez towarzyszy do najbliższego lekarza. Był niezwykle uszczęśliwiony, że mnie widzi; zaczął mówić szybko po hiszpańsku i po niespełna dwóch minutach, kiedy to pokazywał dumnie ranę na nodze i celował we mnie palcem, awantura poszła w niepamięć. Nie

zamierzałem zdawać się dłużej na szczęście, tylko wypiłem
z nimi jeszcze jedną szklaneczkę tego koszmarnego trunku
i pożegnałem się. Portillo spoglądał na mnie swymi ciemnymi oczami, nawet nie mrugnąwszy, dopóki nie wyszedłem
z baru, by ruszyć czym prędzej w stronę Front Street. Nazajutrz byłem zdecydowany powiedzieć pułkownikowi o obecności Portilla, bo choć wciąż niewiele rozumiałem, wydał mi
się jeszcze bardziej podejrzany niż dotychczas. Gdy jednak
dotarłem do domu Warburtona, stwierdziłem ku swej konster-
nacji, że panuje w nim straszliwe zamieszanie.

– Nie jestem zaskoczony – wyznał Holmes. – Co się stało?

– Sam Jefferson został oskarżony o włamanie do ciemni Charlesa Warburtona z zamiarem kradzieży jego aparatu
fotograficznego. Służąca, która mi otworzyła, była prawie
nieprzytomna od płaczu, ja zaś, nawet stojąc na zewnątrz,
słyszałem, jak ktoś miota straszliwe obelgi. Najwidoczniej,
o ile mogłem wywnioskować ze słów rozhisteryzowanej
dziewczyny, Charles już wyrzucił Jeffersona, ale pułkownik był wściekły, że bratanek podjął decyzję bez jego zgody, niezależnie od tego, czy naprawdę dokonano kradzieży,
i w chwili, gdy zapukałem do drzwi, kłócili się zawzięcie.
Słyszałem, jak pułkownik domagał się, by sprowadzić Jeffersona z powrotem, a Charles krzyczał, że dość już doznał
zniewag i upokorzeń w tym domu i że wystarczy mu tego na
całe życie. Przyznaj, Holmesie, że ta historia jest doprawdy
wyjątkowa – dodałem bezwiednie, gdyż rumieniec na twarzy mego przyjaciela dowodził, jak bardzo jest on zainteresowany moją opowieścią.

– Wyjątkowa? Nie jest to najtrafniejsze określenie – odparł. – Nie usłyszałem jeszcze wszystkiego, ale miałem do
czynienia w ciągu ostatnich pięćdziesięciu lat z nieco podob-
nymi sprawami w Lizbonie i Salzburgu. Proszę, dokończ tę
opowieść. Odszedłeś, oczywiście, gdyż żaden dżentelmen nie
mógłby pozostać tam w takich okolicznościach, nazajutrz zaś
odwiedziłeś pułkownika.

– Prawdę mówiąc, nie odwiedziłem go.

– Nie? Wrodzona ciekawość nie zwyciężyła tym razem?

– Kiedy zjawiłem się tam następnego ranka, okazało się, że zarówno pułkownik Warburton, jak i Sam Jefferson rozpłynęli się w powietrzu.

Spodziewałem się, że owa rewelacja będzie niczym grom z jasnego nieba, doznałem jednakże rozczarowania.

– Ha – mruknął Holmes z cieniem uśmiechu. – Doprawdy?

– Molly i Charles Warburtonowie szaleli z niepokoju. Ktoś otworzył sejf, z którego zniknęły akty notarialne i papiery wartościowe, nie wspominając już o gotówce w banknotach. Nie było śladu użycia siły, oboje więc przypuszczali, że ich stryj został zmuszony albo przekonany, by podać włamywaczowi kombinację cyfr w zamku. Natychmiast wysłano ludzi na poszukiwania, podano też rysopis Warburtona i Jeffersona, ale wszystko na próżno. Szalony pułkownik i jego służący, razem albo osobno, dobrowolnie lub wbrew swej woli, opuścili miasto, nie zostawiając najdrobniejszego śladu. Policja, wysłuchawszy moich zeznań, przesłuchała Portilla, który miał jednakże alibi i nie mógł być o nic oskarżony. A zatem wojenna obsesja pułkownika Warburtona, jak i zagadkowe poczynania jego służącego pozostają po dziś dzień niewyjaśnione. I co o tym sądzisz? – dokończyłem triumfalnie, Holmes bowiem aż wychylał się z fotela, całkowicie pochłonięty tą historią.

– Sądzę, że bohaterem tej opowieści – pomijając ciebie i twe szlachetne intencje, mój przyjacielu – był Sam Jefferson.

– Skąd ten domysł? – spytałem zdziwiony. – Nie ulega wątpliwości, że incydent z ciemnią w sposób oczywisty ściąga na niego podejrzenie. Wiemy tylko tyle, że zniknął, prawdopodobnie wraz z pułkownikiem, a po mieście krążyła plotka, że zostali porwani przez ducha Tejano, który nawiedził ich dom. Jest to bzdura, oczywiście, ale nawet teraz nie potrafię sobie wyobrazić, dokąd się udali i dlaczego.

– Nie sposób ustalić, gdzie zniknęli – odparł Holmes z błyskiem w szarych oczach. – Ale z pewnością mogę ci powiedzieć dlaczego.

– Dobry Boże, rozwiązałeś tę zagadkę?! – wykrzyknąłem uradowany. – Nie mówisz chyba poważnie... Głowiłem się nad tym bez skutku przez te wszystkie lata. Co więc się wydarzyło, u licha?

– Przede wszystkim, Watsonie, muszę cię wyprowadzić z błędnego mniemania. Uważam, że to Molly i Charles Warburtonowie byli autorami nikczemnego i przemyślnego podstępu, który – gdyby nie twoja interwencja, a także interwencja Sama Jeffersona – mógłby się powieść.

– Jak możesz to wiedzieć?

– Ponieważ mi powiedziałeś, drogi przyjacielu, i uczyniłeś to niezwykle fachowo i rzeczowo. Zadaj sobie pytanie: kiedy zaczęła się choroba psychiczna pułkownika? Jakie były jej pierwsze objawy?

– Zmienił testament.

– Jest to, jak sam przyznasz, niezwykle znaczący punkt wyjścia. Tak znaczący, że musimy mu poświęcić największą uwagę. – Holmes skoczył na równe nogi i zaczął się przechadzać po dywanie tam i z powrotem, jak matematyk zgłębiający jakieś twierdzenie. – Można podjąć tylko nieliczne kroki – natury kryminalnej czy innej – w przypadku wydziedziczenia. Szanse powodzenia ma fałszerstwo i jest ono najpowszechniejsze w takich sytuacjach. Morderstwo odpada, chyba że ofiara nie podpisała jeszcze stosownych dokumentów. Warburtonowie zdecydowali się na plan równie chytry, co rzadki – postanowili udowodnić, że zdrowy na umyśle człowiek jest obłąkany.

– Ależ Holmesie, trudno to uznać za prawdopodobne.

– Przyznaję, że sprzyjało im szczęście. Pułkownik już wcześniej zdradzał irracjonalne zainteresowanie sprawami nadprzyrodzonymi. Co więcej, w jego pokoju nie było jakichkolwiek ozdób, a Charles Warburton specjalizował się w fotografii.

– Mój drogi przyjacielu, wiesz doskonale, że żywię szczery podziw dla twego znakomitego umysłu, ale nie potrafię zgłębić ani jednego słowa, które wypowiedziałeś – wyznałem.

– Wobec tego ułatwię ci zadanie – oznajmił ze śmiechem – Czy mamy jakikolwiek powód sądzić, że Jefferson kłamał, opowiadając ci o fizycznych aspektach tego ducha?

– To, co mówił, nie musi mieć znaczenia. Mógł sam wyciąć tę dziurę w mundurze i ukraść drewno do kominka.

– Załóżmy, że tak było. Ale włamał się do ciemni dopiero wtedy, gdy powiedziałeś mu o Portillu.

– Dostrzegasz związek między Portillem a fotografiami Charlesa Warburtona?

– Zdecydowanie, jak i związek między fotografiami, pustą ścianą i wyrwanym krzewem bzu.

– Holmesie, to nawet nie... – Urwałem pod wpływem myśli, która zaświtała mi nagle w głowie. Wreszcie, po tylu latach, zacząłem rozumieć. – Chodzi ci o latarnię magiczną. Na Boga, byłem taki ślepy.

– Byłeś nadzwyczaj przenikliwy, mój drogi, gdyż potrafiłeś dostrzec każdy istotny szczegół. Prawdę mówiąc, uważam, że resztę możesz sobie dopowiedzieć – dodał z niezwykłą dla siebie łaskawością.

– Pułkownik wydziedziczył bratanicę i bratanka, zapewne dlatego, że brzydziła go ich wyrachowana natura, i zapisał wszystko na cele dobroczynne dla weteranów wojennych – oświadczyłem niepewnie. – Pod wpływem olśnienia postanowili wmówić światu, że wuj ma obsesję na punkcie wojny; nie chcieli pozwolić, by tak postąpił z krewnymi. Charles najął Juana Portilla, który pozował mu do kilku fotografii jako Tejano w mundurze, i obiecał mu sowite wynagrodzenie, jeśli zachowa wszystko w tajemnicy. Bratanek pułkownika przeniósł zdjęcia na szklane płyty i nocą rzutował je za pomocą latarni magicznej przez okno. Ofiara była tak przerażona widokiem zjawy na ścianie, że nie przyszło jej do głowy spojrzeć za siebie. Do pierwszej fotografii, tej, która przedstawiała białą kobietę w niebezpieczeństwie, z pewnością pozowała Molly Warburton. Ale jeśli chodzi o drugą...

– Tę z nożem zagłębiającym się w piersi Teksańczyka... pożyczyli sobie stary mundur pułkownika i zapewne włożyli

go na manekina. Drewno do kominka zniknęło, gdy zebrało się kilku ludzi, gdzieś daleko od domu, by pozować jako rebelianci z pochodniami. Krzew bzu, co oczywiste...
– Zasłaniał okno przed latarnią magiczną! – zawołałem. – Jakież to proste.
– A bóle głowy, na które cierpiał pułkownik w następstwie wizji? – dopytywał się z uśmiechem mój przyjaciel.
– Prawdopodobny efekt opium albo innego narkotyku, który rodzina dodawała mu do posiłków, by wzmocnić wizje doznawane przez niego w sypialni.
– A Sam Jefferson?
– Wysoce niedoceniony przeciwnik, który przejrzał Warburtonów i zachowywał bezustannie czujność. Niczego nie ukradł, co najwyżej zerknął na płyty szklane w ciemni Charlesa, by zdobyć dostateczny dowód. Kiedy go odprawili, powiedział o wszystkim pułkownikowi i...
– Nigdy więcej o nich nie usłyszano – dokończył Holmes z zadowoleniem.
– W gruncie rzeczy była to zemsta doskonała – zauważyłem ze śmiechem. – Pułkownik Warburton nie przejawiał zainteresowania własnym bogactwem i wziął z sejfu wystarczająco dużo, by żyć spokojnie. A potem, kiedy uznano go ostatecznie za zmarłego, jego majątek został rozdysponowany zgodnie z jego wolą.
– Tak, zadecydowało tu kilka szczęśliwych zbiegów okoliczności. Cieszę się, jak to już niejednokrotnie mi się zdarzało, że jesteś wyjątkowo przyzwoitym człowiekiem, mój drogi doktorze.
– Nie rozumiem – odrzekłem trochę skonfundowany.
– Postrzegam świat w kategoriach przyczyny i skutku. Gdybyś nie był człowiekiem gotowym pomóc zbirowi, którego dźgnięto podczas bójki na noże i który nie miał pieniędzy, by ci zapłacić, to niewykluczone, że nie mógłbyś opowiedzieć mi tej historii.
– To nie wyglądało tak prosto, jak mówisz – zastrzegłem nieco zawstydzony. – Ale dzięki...

– I była to wspaniała historia. Wiesz, Watsonie – ciągnął Holmes, wytrząsając popiół z fajki – z tego, co słyszałem o Ameryce, wnoszę, że musi to być podatny grunt dla ludzi z charakterem. W oczach większości Anglików kraj ten ma cechy niemal mityczne. Rzadko przychodziło mi spotykać Amerykanina, czy to przestrzegającego zasad etycznych, czy też nie, który nie odznaczałby się pewną zuchwałością umysłu.

– Przypuszczam, że wciąż jest w nich obecny duch pionierów. Mimo wszystko nie mogę się oprzeć wrażeniu, że przewyższysz każdego, Amerykanina czy kogokolwiek – zapewniłem go.

– Nie będę zaprzeczał, lecz ten rozległy ląd szczyci się zarówno zbrodnią, jak i wyobraźnią, i z tego powodu wzbudza szacunek. Postać amerykańskiego przestępcy nie jest mi całkowicie obca – powiedział z uśmiechem.

– Byłbym zachwycony, mogąc słuchać, jak rozwijasz ten temat – orzekłem i spojrzałem tęsknie na swój notatnik i pióro.

– Może innym razem. – Mój przyjaciel zamilkł, bębniąc długimi palcami o parapet w takt kropel i spoglądając przez okno. Oczy błyszczały mu bardziej niż zalana deszczem ulica w dole. – Być może któregoś dnia znajdziemy okazję, by sprawdzić się w tym kraju. – Obrócił się gwałtownie w moją stronę. – Chciałbym na przykład poznać tego Sama Jeffersona. Odznaczał się bez wątpienia talentem.

– Być może, ale był świadkiem tych wydarzeń; ty rozwiązałeś zagadkę na podstawie relacji z drugiej ręki, przekazanej przez człowieka, który wówczas nie miał nawet pojęcia o sztuce dedukcji.

– Na tym świecie jest kilka prawdziwych zbrodni i blisko sto milionów ich wariacji. – Wzruszył ramionami. – Był to drobny uroczy problem, bez względu na to, że nie miał precedensu. Wykorzystanie latarni magicznej – czego nigdy nie udowodnię – było, jak sądzę, absolutnie genialne. A teraz – oświadczył, podchodząc do swoich skrzypiec i biorąc je do ręki – gdybyś był tak dobry i zechciał poszukać brandy i cygar, o których wspominałeś, okażę wdzięczność, zabawiając cię. Myślę, że zaakceptowałeś już moje zamiłowanie do Kreutzera? Świetnie. Muszę ci podziękować za to, iż zwróciłeś moją uwagę na bardzo ciekawą sprawę. Bezzwłocznie poinformuję brata, że rozwiązałem ją, nie ruszając się z miejsca. A teraz, drogi przyjacielu, podejmijmy dalszy wysiłek, by ożywić to posępne popołudnie.

Gar Anthony Haywood

Pierwsza zasada to...

Z *Black Noir*

— Dlaczego zawsze tak na niego najeżdżasz? – spytała Caprice z wyrzutem, jakby ktoś zranił jej uczucia. – Co on ci zrobił?

— Nic mi nie zrobił. Ale też nic nie zrobił dla mnie – odparł C.C. – Nigdy nie zrobił nic dla nikogo z wyjątkiem siebie.

Caprice miała ochotę się z nim spierać, ale widząc, jak leży rozwalony na kanapie, z drinkiem trzymanym niedbale w lewej ręce i zwieszonymi stopami, doszła do wniosku, że jej facet jest w podłym nastroju. Jedno słowo za wiele, w niezgodzie z jego zdaniem, i wyląduje na urazówce z powybijanymi zębami, próbując powiedzieć bełkotliwie lekarzom, gdzie ją boli.

Nie rozumiała, na czym polegał problem C.C. z Cudotwórcą Milesem, i wiedziała, że nigdy nie zrozumie. Czy Miles nie występował teraz w telewizji, cztery lata po zakończeniu trwającej ponad dekadę, pełnej mistrzowskich tytułów kariery koszykarza, rozwodząc się na temat wielkiego centrum handlowego, które pomógł zbudować w ich dzielnicy? Czy Cudotwórca – bystry, dowcipny i ustawiony jak niewielu czarnych – nie spłacał po prostu długu swej społeczności?

Nie w przekonaniu C.C. Ten zawsze oceniał go trzeźwo, teraz i wcześniej, i wiedział, z kim ma do czynienia – z przereklamowanym graczem, który czaruje białych tym swoim

zwodniczym, nieszczerym uśmiechem. Już na samym początku, kiedy zaczął grać w szkole średniej, nadali mu to wymyśl-
ne przezwisko i traktowali jak supergwiazdę, podstawiali mu
wszystko pod nos, najpierw w college'u, a potem w lidze zawodowej, tylko dlatego że potrafił kozłować między nogami
i trafiać do kosza z daleka. Ale pod tą fasadą nic się nie kryło,
tylko fartowny gówniarz, który zawsze znalazł się w odpowiednim miejscu i odpowiednim czasie, żeby dostać swoje.
C.C. wiedział, że tak właśnie jest, bo widział tego czarnucha,
jeszcze zanim zaczął się wokół niego ten cały szum, kiedy
to Cudotwórca był tylko przeciętnym szesnastoletnim roz-
grywającym w szkole średniej Princeton Heights w Oakland
i nazywał się Stegman Miles.

Owszem, był niezły, ale nie aż tak. C.C. był naprawdę
niezły. C.C. kierował w tamtych czasach grą w Jeffersonie
i wszystko, co potrafił zrobić Stegman Miles, C.C. potrafił
zrobić jeszcze lepiej. Umiał dryblować, podawać i rzucać do
kosza z każdego niemal miejsca na parkiecie, a jeśli trzeba
było, to potrafił załatwić w obronie jakiegoś palanta. Miles
bardziej się rzucał w oczy, bo grał, jak to określali dzienni-
karze, z większą „dyscypliną", rzadziej tracąc piłkę i częściej
trafiając do kosza, ale w przekonaniu C.C. to on był lepszym
graczem. Brał udział w lokalnych rozgrywkach przez trzy lata
z rzędu i dwukrotnie doprowadził Jeffersona do finałów stanowych, a za drugim razem miał okazję pokazać ludziom, kto
tak naprawdę jest „cudowny". Jefferson i Princeton Heights
szły łeb w łeb i C.C. rozłożył Milesa na łopatki, zdobywając
trzydzieści dwa punkty, podczas gdy tamten tylko osiemnaście. Pomimo czternastu asyst i dziewięciu zbiórek Milesa,
Jefferson wygrał i każdy, kto oglądał ten mecz, widział na
własne oczy, że Stegman Miles nie był nawet w połowie tak
dobry jak C.C. Cooper.

Co C.C. udowadniałby, tak w college'u, jak i lidze zawodowej, raz za razem, gdyby na samym początku czwartej klasy w Jeffersonie nie został postrzelony. Popełnił głupi błąd
i dał się chłopakom namówić na obrobienie meksykańskiego

lodziarza, który jak się okazało, lubił trzymać dziewiątkę pod okienkiem swojej budy na kółkach, i taki był koniec sportowej kariery C.C. Kula trafiła go tuż pod rzepką i rozerwała mu nogę; zostało tylko tyle kości i mięśni, żeby lekarze mogli to jakoś pozszywać.

Zawodowa gra w koszykówkę była jego jedyną ambicją i gdy ta szansa zniknęła, ustały też wszelkie wysiłki, jakie C.C. podejmował, by nie zadzierać z prawem. Zawsze doceniał przestępcze życie i bez względu na to, jak by mu się wiodło, dalej by je prowadził; pewnych rzeczy nawet pieniądze nie mogły zmienić. Ale wydawało mu się, że czarnuch z kulawą nogą, który ledwie się kwalifikował do roboty na zmywaku, nie ma wyboru – musiał zostać gangsterem. Jeśli ktoś chciał przeżyć i zasmakować choć trochę porządnego życia, musiał sam sobie brać to, czego świat mu nie dawał. I tak też C.C. czynił, znajdując krótkotrwałą ulgę w bezustannym bólu i gniewie dzięki kradzieżom, narkotykom i kilku dolarom, które zdobywał za sprawą drobnych przestępstw.

Tymczasem Cudotwórca Miles wyrastał na ikonę amerykańskiego sportu; kolekcjonował trofea i czeki opiewające na miliony dolarów z taką samą częstotliwością, z jaką C.C. stawał przed sądem. Cudotwórca Miles był olśniewający, emanował optymizmem i wygrywał – typ nieszkodliwego czarnoskórego człowieka, z którego biali uwielbiają robić idola. Wraz z upływem lat C.C. obserwował, jak jego rywal urasta do nieprawdopodobnych rozmiarów, jak jego sława i konto bankowe nadmuchują się niczym cholerne balony przyćmiewające słońce, i pałał gniewem. To on powinien być na jego miejscu. To, co posiadał Cudotwórca, powinno było należeć do niego.

Miał początkowo nadzieję, że wszystko to się skończy, gdy przeminą sportowe dni Cudotwórcy, że na sportowej emeryturze ten czarnuch przepuści cały majątek i zamieni się w otyłego gościa, którego czas już przeminął i o którym wszyscy już dawno zapomnieli, tak jak przytrafiło się to wcześniej wielu niegdysiejszym lekkoatletom. Jednak, ku zdumieniu C.C., stało się coś wręcz przeciwnego. Zamiast się obijać i balować, Cudotwórca znalazł sobie coś nowego: wielki biznes. Pieniądze, które zarobił na parkiecie, zainwestował w nieruchomości, zdradzając większą smykałkę do interesów niż do koszykówki. Cholera, facet osiągnął jeszcze większy sukces niż kiedykolwiek wcześniej. Teraz płacono mu nie za to, żeby walił piłką do kosza i uśmiechał się na billboardach, tylko żeby pisał książki i wygłaszał wykłady. I żeby uczył gości z listy Fortune 500, jak sobie radzić na Wall Street i robić to, co on robił na parkiecie.

Matka C.C., stuknięta suka, kupiła mu nawet na urodziny jedną z książek Cudotwórcy, sądząc, że znajdzie dzięki temu pracę i wyjdzie na prostą. *Księga cudotwórczych zasad*, tak się to gówno nazywało. Podtytuł: *Jak zwyciężyć w biznesie bez konieczności faulowania*. C.C. umarłby ze śmiechu, gdyby nie był taki wkurzony. Rozpakował książkę, cisnął nią przez cały pokój i nie zajrzał do niej przez cztery dni. Potem ją wziął, wyniósł na podwórze za domem, żeby wywalić ją do śmieci, ale zamiast tego zaczął czytać. Potrafił to robić, kiedy chciał, nie był takim analfabetą, za jakiego uważali go ludzie. Pomimo nienawiści do tego człowieka odczuwał ciekawość: czy Cudotwórca Miles może naprawdę powiedzieć mu o robieniu forsy coś, czego sam już nie wiedział?

Okazało się, że odpowiedź brzmi: nie. Nie różniło się to niczym od gówna, które C.C. słyszał setki razy: trzeba wydawać pieniądze, żeby je zarabiać, śledzić rynek, wybór odpowiedniej chwili ma zasadnicze znaczenie, gadka szmatka. I, oczywiście, wszystko miało formę jednej wielkiej metafory koszykarskiej. Cudotwórca przedstawiał czytelnikowi własne „zasady gry", jakby budowa centrum handlowego niczym się nie różniła od podania podczas szybkiego ataku. C.C. dobrnął do trzeciego rozdziału, zamknął książkę i wrzucił ją pod łóżko jak brudną skarpetę, żeby zapomnieć o niej raz na zawsze.

W każdym razie do chwili jak ta, kiedy to Cudotwórca Miles znów występował w *Wiadomościach*, a na całej ziemi nie było miejsca, gdzie człowiek mógł się przed nim schować.

Facet był w ESPN* – w ESPN! Inicjował tam swój najnowszy projekt, budowę centrum handlowego w ubogiej części śródmieścia, szczerząc się do kamery jak pieprzony sprzedawca samochodów. Tak, umożliwiał społeczności dostęp do znanej sieci markowych sklepów, ale nie o społeczność mu chodziło, tylko o tę całą forsę, którą mógł przy okazji zarobić, to samo co zawsze. Dlaczego on, C.C., był jedynym człowiekiem na świecie, który potrafił przejrzeć tego palanta?

– Wychodzę – powiedziała Caprice, podnosząc się z krzesła w małej jadalni.

– Akurat.

– Co znaczy: „akurat"?

– To znaczy, że nie wychodzisz. Jak się to skończy, będziemy zajęci.

Caprice westchnęła i usiadła z powrotem; za dobrze znała swojego faceta, żeby mu się sprzeciwiać.

– Więc może to wyłączysz? Jeśli nienawidzisz go tak bardzo, to po co to oglądasz?

– Bo to mi podsuwa pewien pomysł.

– Jaki...

– Zamknij się i zabierz tyłek do sypialni – nakazał C.C., sięgając po pilota, żeby wyłączyć telewizor.

Caprice wstała za jego plecami i wyszła z pokoju, bocząc się w milczeniu. Nie musiała jeszcze nic wiedzieć, ale C.C. zamierzał zdradzić tej dziwce w odpowiedniej chwili, co mu chodzi po głowie.

Wiedział, że jej się ten pomysł nie spodoba, zważywszy na to, że była fanką Cudotwórcy Milesa, ale i tak liczył na to, że pomoże mu wydymać tego czarnucha.

• • •

Gdy tylko Jerry Dunston usłyszał, że Butterby's zamierza wejść w interes z Cudotwórcą Milesem, kupił sobie piłkę do

---

* ESPN – Entertainment and Sports Programming Network – amerykańska całodobowa stacja telewizyjna poświęcona tematyce sportowej.

koszykówki. Po raz pierwszy w życiu i z pewnością ostatni. Jerry nie znosił sportu, a koszykówki szczególnie; nie bawiła go dyscyplina z udziałem naćpanych i wytatuowanych czarnych facetów, którzy nie potrafili się wysłowić i zarabiali w ciągu godziny więcej niż on w ciągu miesiąca.

Butterby's było jedną z największych sieci restauracyjnych w zachodnich stanach, a Jerry jej wschodzącą gwiazdą, specjalistą od koncesji, młodym absolwentem Uniwersytetu Stanforda; jego dar przekonywania nie miał sobie równych i sprawdzał się w każdych okolicznościach. Nikt nie potrafił tak przekonująco udawać zainteresowania czymś, co uważał za nieistotne, a jakiś idiota za bardzo ważne. Jerry wkraczał do pokoju konferencyjnego, zaczynał mówić autorytatywnie na pierwszy z brzegu temat, zwłaszcza bliski sercu klienta, a potem wychodził, zwykle z pieniędzmi zahipnotyzowanego faceta w kieszeni, zaskarbiwszy sobie jego niewłaściwie ulokowaną sympatię. Gdyby żmija mogła zmieniać barwy jak kameleon – zwykł mawiać jego menedżer, Lou Merrill – to byłby nią właśnie Jerry.

Jednak udawanie, że dzieli się zainteresowania z potencjalnymi klientami i partnerami biznesowymi, nie było jedyną taktyką zawodową Jerry'ego Dunstona. Stosował też sztuczki, których Lou nie uznałby już za takie zabawne, ponieważ ten stary głupiec wierzył w przestarzałe zasady etyczne. Przede wszystkim Jerry lubił podretuszować arkusze kalkulacyjne, by zawyżać wyniki sprzedaży Butterby's i zmieniać demograficzny profil grupy docelowej, by tym lepiej dopasować się do preferencji klienta. Jeśli, na przykład, ktoś chciał odwoływać się do młodszego pokolenia, Jerry przedstawiał odpowiednio liczby. Co więcej, nauczył się tak to przeprowadzać, że gdyby go przyłapano, to mógł wytłumaczyć nieścisłości jakimś błędem obliczeniowym, drobną pomyłką oprogramowania, czymś, co da się łatwo skorygować. Było to ryzykowne, ale niemal zawsze warte zachodu, zresztą stosował ten manewr w przypadku klientów, którzy byli zbyt niedoświadczeni albo zbyt tępi, by się w czymkolwiek połapać.

Na samym początku rozmów z ludźmi Cudotwórcy Milesa Jerry zastosował tę sztuczkę z liczbami, przekonany, że niczego nie zauważą. Może i ukończyli Harvard, ale byli sługusami byłego sportowca, człowieka, z którym firma chciała rozmawiać tylko dlatego, że był niewiarygodnie sławny z powodu cudów, jakie wyprawiał z piłką w ciągu dwunastoletniej kariery sportowej. Co mogli sobą reprezentować? Jeśli zaś chodzi o samego Milesa, to z pewnością był bystry; nie inaczej, skoro zaszedł tak wysoko w tej bezlitosnej grze. Natomiast żywione przez niektórych przekonanie, że jest geniuszem, urodzonym biznesmenem o inteligencji dorównującej niemal wszystkim facetom z listy Fortune 500, wydawało się kompletną bzdurą. Miles był sympatycznym gościem bez konkretnego wykształcenia, z głębokimi kieszeniami i nosem do interesów, nikim więcej.

Tak czy owak, Miles miał w zwyczaju najpierw posyłać w bój swoich ludzi, sam zaś włączał się do negocjacji dopiero wtedy, gdy przychodził czas na omówienie konkretnych szczegółów. Dlatego po miesiącach dyskusji i kilka tygodni po zawarciu wstępnego porozumienia między Butterby's i Miraculous Enterprises, Inc., na mocy którego Butterby's udzielał koncesji na prowadzenie w kilku miastach Zachodniego Wybrzeża restauracji pod szyldem Cudotwórcy Milesa, Jerry zamierzał po raz pierwszy spotkać się z tym człowiekiem. Jego kumple z firmy nie kryli ekscytacji, ale Jerry miał to w nosie; gdyby to od niego zależało, nie wchodziłby z Milesem w żadne interesy. Co z tego, że Miles potrzebował partnerów w rodzaju Butterby's, żeby wznosić centra handlowe na zaniedbanych obszarach miejskich? Butterby's zajmowało się robieniem pieniędzy, a nie ożywianiem jakiegoś murzyńskiego getta.

No, ale sprzedaż to sprzedaż, i teraz Jerry miał obowiązek zapiąć wszystko na ostatni guzik i zamierzał zrobić to z polotem. Wpadł na pomysł, żeby tuż przed spotkaniem poprosić Milesa o autograf – innymi słowy pocałować faceta odpowiednio w tyłek. Mógł kupić za piętnaście dolców jakieś gówno w lokalnym sklepie sportowym, ale zajrzał do internetu i zapłacił czterysta baksów za piłkę już podpisaną przez Milesa. Jerry uważał, że nie wystarczy uchodzić za przypadkowego kibica. Chciał, by Miles dostrzegł w nim swego fanatyka.

Był święcie przekonany, że Miles uśmiechnie się jak idiota, kiedy on, Jerry, podsunie mu w pokoju konferencyjnym piłkę i flamaster. Ci cholerni sportowcy chłoną uwielbienie z takim samym zapałem, z jakim wciągają kokainę, pomyślał Jerry; połechtanie tych facetów było równie łatwe, jak nauczenie mądrego psa, żeby siadał na rozkaz. Lou Merrill i Dan Kuramura, dwaj pozostali ludzie z kierownictwa firmy, popatrzyli na niego niemal zdumieni, ponieważ Jerry nigdy nie przejawiał jakiegokolwiek zainteresowania koszykówką, ale żaden z nich się nie odezwał.

– Strasznie mi głupio – wyznał Jerry, oblewając się rumieńcem. – Nie mogę się jednak powstrzymać. Gdybyś napisał mi tu coś od siebie, to byłbym niezwykle wdzięczny.

Miles roześmiał się, szczerze rozbawiony, i wziął piłkę.

– Żaden problem. Jak się nazywasz?

– Jerry Dunston – wyjaśnił Arvin Petrie.

Młody, rzeczowy czarnoskóry mężczyzna o wąskiej i mizernej twarzy prokuratora, Petrie był przedstawicielem Miraculous Enterprises, z którym do tej pory Jerry negocjował.

Miles popatrzył na podwładnego i uniósł pytająco brew.

– To nasz chłopak Jerry?

Petrie skinął w odpowiedzi głową.

– Niech mnie diabli – oznajmił Miles, ponownie obdarzając Jerry'ego swoim olśniewającym uśmiechem. – To będzie dla mnie prawdziwa przyjemność.

Jerry nie bardzo rozumiał, o co mu chodzi, ale nie zamierzał pytać; jeśli z jakiegoś powodu Petrie wyrażał się o nim entuzjastycznie, to tym lepiej. Patrzył, jak Miles bierze flamaster i pisze coś niezrozumiałego na piłce, tuż nad własnym autografem, a potem wziął piłkę z powrotem.

– Z-W-C-Z-N-C? Co to znaczy? – spytał zaciekawiony.

Nim jednak Miles zdążył odpowiedzieć, Petrie zaproponował, zwracając się do Lou Merrilla:

– Lepiej zaczynajmy.

Szef Jerry'ego skinął głową.

Usiedli przy stole konferencyjnym i przystąpili do interesu. Przez niemal godzinę wszystko szło dobrze, rozmowa dotyczyła wyłącznie zwyczajowych formalności, które obowiązują przy zawieraniu poważnej umowy. Nadeszła jednak chwila, by podpisać kontrakt, i sprawy przybrały niespodziewany obrót. Petrie wziął do ręki dokument, który Lou Merrill chciał podsunąć Milesowi, a na jego twarzy pojawił się wyraz jeszcze głębszej powagi niż zwykle.

– Należy wprowadzić małą poprawkę, zanim pan Miles to podpisze – oświadczył.

Lou nie mógł uwierzyć własnym uszom. Najpierw popatrzył na Milesa, jakby szukał u niego pomocy, potem na Jerry'ego, ale pierwszy nie zareagował, a drugi tylko wzruszył ramionami.

– Nie rozumiem.

Miles skinął głową i Petrie wyjął ze swojej teczki folder, który podsunął przedstawicielom Butterby's.

– Kiedy grałem w koszykówkę, nauczyłem się czegoś, co stosuję także w biznesie – oświadczył Miles. – Przed każdym meczem na wyjeździe kozłowałem po całym parkiecie, szukając słabych punktów w podłodze. Jeśli trafi się na nie w decydującym momencie meczu, to można stracić piłkę i przegrać. – Spojrzał wprost na Jerry'ego. – Panowie, obawiam się, że macie na swoim parkiecie słaby punkt.

Lou Merrill otworzył folder, który podsunął mu Petrie, i zaczął przeglądać poszczególne kartki w środku; jego twarz robiła się z każdą chwilą coraz bardziej posępna.

– O co chodzi? – spytał Jerry, nie kryjąc rozdrażnienia.

– Zastanawiacie się pewnie, w jaki sposób moi ludzie weszli w posiadanie dokumentów, które mogą pochodzić tylko z komputera pana Dunstona – zwrócił się Miles do Lou, ignorując całkowicie pytanie Jerry'ego. – Powiem jedynie, że mamy swoje sposoby, a na czym one polegają, jest bez znaczenia. Powinien pan przede wszystkim zwrócić uwagę na to, czego te dokumenty dowodzą – że pan Dunston nie ma ochoty traktować wszystkich waszych klientów i partnerów na równi i że Butterby's straci, jeśli pozwolicie mu nadal u siebie pracować.

– Pytałem, o co chodzi, do diabła – powtórzył Jerry, zrywając się z miejsca. Kołnierzyk jego koszuli był przepocony.

Wyglądając jak wdowiec na pogrzebie swojej żony, Lou przesunął folder z dokumentami na bok, żeby Dan Kuramura mógł je obejrzeć, i zwrócił się do Jerry'ego:

– Ma rację. Kombinowałeś z naszymi wynikami.

– Co? Chyba zwariowaliście!

Wyrwał dokumenty Danowi i sam zaczął je przeglądać. Było to niemożliwe, ale rozpoznał je od razu. Krew uderzyła mu do głowy jeszcze bardziej.

– Są sfałszowane – oznajmił słabym głosem. – Nie rozumiem...

– Nie możemy oczywiście mówić panu, kogo należy zatrudniać, a kogo nie – powiedział Petrie, a Jerry zauważył, że Arvin i Miles zdążyli już wstać od stołu, dając tym samym do zrozumienia, że spotkanie dobiegło końca. – Jednak pan Miles nie wejdzie z panem w spółkę, jeśli pan Dunston pozostanie do najbliższego piątku pracownikiem waszej firmy. Pańska decyzja.

Po czym, bez słowa, Petrie i Miles skierowali się ku drzwiom. Ten drugi zbliżył się na chwilę do Jerry'ego, który skulił się w sobie niczym smagnięty batem pies, nie mając żadnej pewności, że nie oberwie pięścią w twarz.

– Zagrałeś w chuja z niewłaściwym czarnuchem – wyszeptał mu Miles do ucha.

Potem błysnął tym swoim olśniewającym uśmiechem i wyszedł z sali.

Kilka godzin później, gdy siedząc w firmowym gabinecie, którego nie mógł już nazywać swoim, Jerry się zastanawiał, czy uda mu się odzyskać choć część z czterystu dolarów za

bezwartościową piłkę, na której Miles skreślił litery Z-W-C-
-Z-N-C, ów akronim stał się nagle dla niego jasny. Jerry nie
potrafił powiedzieć, czy za tą wesołą maską cywilizowanego
czarnucha kryje się geniusz, ale był pewien, że kryje się za nią
prawdziwy zabójca.

* * *

– Nie chcę tego robić – powtórzyła Caprice, chyba po raz
setny, a C.C. musiał przyznać, że dziewczyna jest odważna,
bo gdy powiedziała to ostatnim razem, o mało nie urwał jej
tego głupiego łba.

– Przecież ci mówię: nikt nie zrobi mu krzywdy – oznajmił zdecydowanie.

– Jeśli coś pójdzie nie tak...

– Nic nie pójdzie nie tak. Dopóki będziesz robiła dokładnie to, co ci powiem.

Caprice już się nie odezwała, ale żałosny wyraz jej twarzy
dowodził, że mógłby ją przekonać chyba tylko sam pan Bóg.
C.C. planował obrabować Cudotwórcę Milesa, grożąc mu
bronią pod księgarnią w Hollywood i posługując się Caprice
jako przynętą, ale nawet ona, dziewczyna, która nie ukończyła szkoły średniej, wiedziała, że takie historie kończyły się
często czyjąś śmiercią.

Mimo wszystko zamierzała pomóc C.C., ponieważ alterna-
tywą było lanie, i to takie, że wolałaby chyba umrzeć. Jej rola,
tak jak ją opisał C.C., była stosunkowo prosta. Cudotwórca
nie chodzi nigdzie sam, wyjaśnił C.C.; zawsze towarzyszą mu
ochroniarz i kierowca – co najmniej. Ochroniarz, jak twierdził C.C., wejdzie z Cudotwórcą do środka i będzie mu towarzyszył podczas rozdawania autografów, ale kierowca zostanie zapewne na zewnątrz, przy samochodzie. Zadanie Caprice
polegało na tym, by go zagadywać tak długo, aż C.C. wśliźnie
się do wozu, tuż przed powrotem Cudotwórcy. C.C. zamierzał uwolnić zaskoczonego idiotę z gotówki i zwiać; zakładał,
że ani kierowca, ani ochroniarz nie będą próbowali zadzierać
z uzbrojonym facetem w niewielkim i ciasnym wnętrzu limu-

zyny. A Caprice? Zanim policja czy ktokolwiek zdąży ją sobie skojarzyć z C.C., oboje będą już daleko.

Podczas jazdy do Hollywood, prezentując wdzięki w swojej najlepszej czarnej sukience w stylu dziwki zalegającej z czynszem, Caprice starała się zapanować nad oddechem i prosiła Boga, by ich strzegł.

C.C. zwykle się spóźniał, i to wszędzie, ale tym razem przybyli na miejsce wcześnie; Miles miał dopiero za godzinę podpisywać książki. W środku jednak zbierał się już tłum i Caprice czuła, jak ściska ją w żołądku.

– Po co przyjechaliśmy tak wcześnie?

– Chcę sprawdzić, z kim zjawi się ten czarnuch i gdzie będzie stał jego samochód.

– Ale co będziemy robić, zanim wyjdzie?

– To samo co inni. Oglądać książki.

– Wejdziemy do środka?!

C.C. spojrzał na nią złym wzrokiem.

– Nie muszę ci się tłumaczyć z tego, co wykombinowałem, Caprice. Gdybyś nie musiała wyglądać dziś ekstra, to dałbym ci w gębę za to, że o to pytasz. Wejdziemy do środka, bo musimy wiedzieć, kiedy skończy i wyjdzie, pamiętasz? Wszystko trzeba zgrać w czasie, bo inaczej nie wypali. W porządku? Kapujesz już?

Kapowała, ale jej się to nie podobało. Z każdą upływającą sekundą cała ta sprawa wydawała jej się coraz bardziej zwariowana.

Weszła do księgarni kilka minut później, sama, ponieważ C.C. został na zewnątrz, żeby zaczekać, aż pojawi się Miles. Miała niemal pół godziny i nie bardzo wiedziała, co ma robić; tłum gęstniał wokół niej w zastraszającym tempie, ona zaś mogła tylko udawać zainteresowanie książkami i odczytywać przez ten czas tytuły. Była prawie pewna, że jeden z pracowników księgarni, biały mężczyzna w średnim wieku o twarzy i sylwetce stracha na wróble, przygląda jej się uważnie; miała wrażenie, że facet lada chwila sięgnie do komórki i wezwie ochronę. Już zamierzała zwiać, spragniona zapewnień C.C., że wszystko dzieje się tylko w jej głowie, kiedy pojawił się celebryta, na którego czekano.

Caprice usłyszała, jak pomruk tłumu przeradza się w głuchą wrzawę, i kiedy się obejrzała, zobaczyła samego Cudotwórcę, który wkroczył do księgarni niczym król do sali tronowej. Był większy, niż sobie kiedykolwiek wyobrażała, przewyższał niemal wszystkich, kiedy podchodził niespiesznym krokiem do stołów, na których piętrzyły się książki, a szeroki w ramionach, bladożółty garnitur leżał na jego wyrzeźbionym ciele przerażająco idealnie. Uśmiechał się, oczywiście, obracając się to w jedną, to w drugą stronę, by wszystkich obdarować swym pogodnym nastrojem, a nawet przybił „żółwika" z kilkoma szczęściarzami w tłumie.

Słaniając się na nogach, Caprice wsparła się o ścianę, żeby nie zemdleć.

Cudotwórca dotarł wreszcie do swojego miejsca przy stole i usiadł; dopiero wtedy Caprice zauważyła, że – jak przewidywał C.C. – nie jest sam. Towarzyszył mu czarnoskóry facet, wielki i nieprzenikniony niczym ściana z pustaków. Twarz, jakby wykuta w kamieniu, pozbawiona była jakiegokolwiek wyrazu. Stojąc przy lewym ramieniu Cudotwórcy, który rozmawiał akurat z właścicielką księgarni, wielkolud patrzył wprost przed siebie ze skrzyżowanymi na piersiach rękami, gotów bronić swego pracodawcy na śmierć i życie.

Na widok tego giganta Caprice powróciła gwałtownie do rzeczywistości i przypominając sobie, po co tu jest, zerknęła przez ramię i zobaczyła C.C., który stał na końcu kolejki, w samych drzwiach. Uśmiechnął się, jakby chcąc dać jej do zrozumienia, że wszystko jest w porządku, a potem prawie niedostrzegalnie pokręcił głową, ostrzegając ją, by więcej nie patrzyła w jego stronę. Caprice obróciła się, czując serce w krtani, i zaczęła udawać, że słucha, kiedy blondwłosa właścicielka księgarni przedstawiała słuchaczom Cudotwórcę Milesa.

Gdy skończyła, rozległy się ogłuszające brawa, a potem Miles zaczął mówić o swojej książce i sprzedawać ją tak, jak sprzedawał wszystko inne, z dużą dozą swojskiego uroku i bezpretensjonalnego humoru. W innej sytuacji Caprice byłaby oczarowana, ale nie tego wieczoru; robiła wszystko, by kolacja nie podeszła jej z powrotem do gardła. Podobał jej się ten mężczyzna. Podziwiała go. Był dla niej bohaterem, tak jak dla tysięcy innych ludzi, białych i czarnych. Jednak za niespełna godzinę, jeśli ceniła własne życie, miała pomóc C.C. obrabować tego człowieka ze wszystkich pieniędzy, które przy sobie nosił.

Albo jeszcze gorzej.

Właśnie to „gorzej" nie dawało jej spokoju, ponieważ Curtis Charles, C.C., nigdy z niczym sobie nie radził, ona zaś nie widziała żadnego powodu, by i tym razem miało być inaczej. Gdyby sprawy wymknęły się spod kontroli i Miles zginął, to Caprice wiedziała, że nie mogłaby żyć z takim poczuciem winy. Spieprzyła mnóstwo spraw w swoim życiu, jasne, ale nie była złą osobą. C.C. nie miał prawa prosić jej o pomoc w popełnieniu przestępstwa, które mogło się zakończyć morderstwem wielkiego człowieka, jakim był Cudotwórca Miles. Bez względu na to, jak bardzo kochała C.C., a Bóg świadkiem, że kochała jego żałosny tyłek, Caprice nie była mu aż tyle winna.

Ośmielona poczuciem siły, której nie rozumiała, odwróciła się i ruszyła w stronę wyjścia.

Miles wciąż przemawiał, ale mimo wszystko parę osób odwróciło się za nią; jej desperacja rzucała się w oczy. Nie musiała patrzeć na C.C., by wiedzieć, że piorunuje ją wściekłym wzrokiem. Mimo to trzymała nisko spuszczoną głowę i szła zdecydowanie przed siebie, nie zatrzymując się, dopóki nie doszło do nieuniknionego.

– Dokąd, kurwa, idziesz? – syknął cicho C.C., a jego prawa dłoń zacisnęła się na jej ramieniu jak imadło.

Tylko parę osób stojących tuż obok zwróciło na nich uwagę, ale gdyby C.C. stracił panowanie nad sobą, gwiazdą tej imprezy przestałby natychmiast być Cudotwórca Miles.

– Nie mogę tego zrobić. Puść mnie – powiedziała błagalnie Caprice.

– Zrobisz to albo cię zabiję. Rozumiesz? Jeśli nie, to już nie żyjesz.

Choć w przeszłości wielokrotnie od niego oberwała, nigdy jej tak nie groził; ten pierwszy raz sprawił, że jęknęła głośno, całkowicie załamana, skupiając na sobie powszechną uwagę, nie wyłączając samego Milesa.

– Nic pani nie jest?

C.C. puścił jej ramię i cofnął się, pozostawiając Caprice samą sobie. Odwróciła się, a nawet uśmiechnęła, i odparła:

– Och nie. Potrzebuję trochę świeżego powietrza, to wszystko.

Zanim C.C. mógł ją powstrzymać, przepchnęła się obok niego i wyszła pospiesznie na zewnątrz.

Stał jeszcze przez krótką chwilę, obserwowany zgodnie przez ponad sto pięćdziesiąt osób, spośród których Cudotwórca Miles przyglądał mu się najbardziej badawczo, potem wzruszył ramionami, jakby do tego rodzaju nieporozumień między nim a jego kobietą dochodziło bezustannie.

– Lepiej sprawdzę, jak się czuje – oznajmił i wyszedł z sali niczym stary zmęczony człowiek.

• • •

C.C. sądził początkowo, że Caprice zmyła się na dobre, ale znalazł ją na parkingu; drżała ze strachu i zimna, kiedy się do niej zbliżył.

Zaciskał pięści, nie potrafił nad tym zapanować, ale kontrolował się na tyle dobrze, że trzymał ręce opuszczone, podchodząc do niej.

– Proszę, C.C., nie zmuszaj mnie do tego – powiedziała błagalnie.

– Masz jeszcze jedną szansę. – Uniósł na chwilę koszulę i pokazał jej rewolwer wetknięty za pasek od spodni. – Choćby jedno słowo sprzeciwu i stuknę cię od razu. Nie żartuję.

– Ale widział nas razem! Jak…

– Widział nas, i co z tego? Nikt w tej księgarni nas nie zna. Nawet jeśli teraz wiedzą, że jesteśmy razem, to co im to pomoże, jak już zwiejemy?

Wszystko już sobie przemyślał w tym krótkim czasie, jaki upłynął od chwili, gdy Caprice wyszła z księgarni, i przekonał samego siebie, że ma rację. Byłoby lepiej, gdyby nikt nie zwrócił na nich uwagi, zwłaszcza Cudotwórca, ale on, C.C., wciąż mógł obrobić Milesa i nie wpaść, ponieważ był jak zawsze anonimowy. Ostatni raz spotkali się szesnaście lat wcześniej. I co z tego, że Miles widział jego twarz?

– Tam stoi samochód tego czarnucha – powiedział, wskazując głową długiego białego lincolna stojącego na środku parkingu. – Kierowca siedzi w środku, chyba słucha muzyki. Podejdziesz tam i zaczniesz wciskać mu kit, a ja wejdę z powrotem do księgarni i zaczekam, aż Miles skończy. Jak już wyjdę, to gablota ma być otwarta, a kierowca gdzieś z boku. Nie obchodzi mnie, jak go tam wyciągniesz. Kapujesz?

Caprice się zawahała, pozbywając się resztek odwagi, a potem skinęła w milczeniu głową.

• • •

Śmiertelnie znudzony C.C. słuchał przez piętnaście minut, jak Cudotwórca Miles czyta fragmenty książki, tej samej, którą matka C.C. dała mu na urodziny. Znów stał przy drzwiach, gotów niemal zrezygnować. Jaki kit wciskał Miles tym głupkom. Miał przepis na wszystko, na to i na tamto, mądre rady przemieniające za każdym razem przegranych w zwycięzców, i były to bzdury. Każde słowo. Cudotwórca Miles był koszykarzem, nikim więcej, a to, czego zamierzał nauczyć kogokolwiek o tym, jak sobie radzić w życiu, nie było warte papieru, na którym uwieczniono te eksperckie mądrości.

C.C. był tak zdegustowany osobą Milesa i łatwowiernością zauroczonych słuchaczy, że nie zauważył pewnej rzeczy – mianowicie tego, że ochroniarz Milesa nie stoi już obok swego szefa. Uświadomił to sobie dopiero wtedy, gdy ktoś za jego plecami powiedział mu do ucha szeptem, jak pozbawiony tchu kochanek:

– Wyjdź ze mną na zewnątrz, czarnuchu. – Ochroniarz przywierał do jego pleców, trzymając dziewiątkę dostatecznie nisko, by C.C. mógł ją zauważyć. – Nie będziemy robić zamieszania.

C.C. zastanawiał się, czy nie wyjąć swojej spluwy i nie zaryzykować strzelaniny, nie zważając na przypadkowych widzów, ale była to krótkotrwała pokusa. C.C., choć uważał się za twardego gangstera, doszedł do wniosku z niejakim wstydem, że nie jest gotów umrzeć.

Ochroniarz wyprowadził go dyskretnie na zewnątrz i pchnął lufą pistoletu w stronę białej limuzyny, która stała na parkingu z włączonym silnikiem. C.C. rozejrzał się, szukając wzrokiem Caprice, ale nigdzie jej nie dostrzegł. Nie było jej też w samochodzie, kiedy ochroniarz otworzył tylne drzwi i rzucił: „Właź".

C.C. zrobił posłusznie, co mu kazano, a mężczyzna z bronią wsunął się za nim do limuzyny i usiadł naprzeciwko, zamknąwszy drzwi. Ponad jego prawym ramieniem, po drugiej stronie przyćmionej szklanej przegrody, C.C. widział kierowcę Milesa. Samego.

– Szukasz swojej dziewczyny? Odesłaliśmy ją do domu – wyjaśnił ochroniarz i udowodnił, że jest zdolny do uśmiechu, jeśli nastrój mu na to pozwalał. Wysunął otwartą dłoń, w drugiej trzymając półautomatyczny pistolet wymierzony w pierś C.C. – Dawaj gnata. Powoli.

C.C. oddał mu rewolwer, zbyt oszołomiony i zdezorientowany, by zrobić cokolwiek innego. Co się tu działo, u diabła?

Otrzymał odpowiedź na to pytanie kilka minut później, kiedy do samochodu wsiadł Miles, sprawiając wrażenie równie zadowolonego i nieporuszonego jak zawsze. Usiadł na siedzeniu obok ochroniarza, postukał w szybę za swoją głową, i samochód ruszył z miejsca.

– Co się dzieje, kurwa? – spytał C.C., nie mogąc ukryć narastającej paniki w głosie.

Miles uśmiechnął się do niego.

– Daj spokój, C.C. Nie zgrywaj głupka. Chciałeś mnie wydymać, jak podczas finałów stanowych w dziewięćdziesiątym trzecim. Zgadza się?

C.C. poczuł, jak opada mu szczęka. Miles wiedział, z kim ma do czynienia. Jak to było w ogóle możliwe?

Miles wziął od ochroniarza rewolwer C.C. i zaczął go przekładać z ręki do ręki, oglądając broń z pewnym rozbawieniem.

– Byłeś nieciekawym facetem wtedy i jesteś nim teraz. Nietrudno było odgadnąć, że nie zjawiłeś się tutaj po autograf.

– Posłuchaj… – zaczął C.C., próbując powiedzieć coś, co świadczyłoby o odwadze dorosłego człowieka w obliczu niebezpieczeństwa.

– Wiem, o czym myślisz. Cudotwórca Miles to nic innego jak tylko przystojna twarz. Raz go załatwiłem, powinno się udać też za drugim razem, co? – Pokręcił głową i nagle przestał wyglądać jak Miles. – Uhm. Dorastałem na ulicy, tak jak ty, bracie. Tyle że gorszej. Princeton Heights w kalifornijskim Oakland, najgorsza pieprzona okolica na powierzchni ziemi. Nigdy bym się stamtąd nie wydostał żywy, gdybym nie był twardszy od każdego gangstera, którego znasz. Przeczytałbyś moją książkę, tobyś zrozumiał.

Pieprzę twoją książkę, pomyślał C.C., ale nie powiedział tego głośno, ponieważ w jego rozmówcy zaszła jakaś zmiana, która mu się nie podobała. Coś, co kazało mu przypuszczać, że błąd, który tego wieczoru popełnił, może kosztować go znacznie więcej niż tylko nic nieznaczącą odsiadkę w pierdlu.

– Co mam z nim zrobić? – zwrócił się ochroniarz do Milesa.

– Ty? Nic – odparł Miles i znów popatrzył na C.C., wciąż przerzucając jego broń z ręki do ręki. – On należy do mnie.

• • •

Następnego wieczoru, leżąc bez życia na jakimś polu pośród nieużytków niedaleko Sunland, zanim po kilku miesiącach znaleziono jego zwłoki, a morderstwo, którego padł ofiarą, zostało uznane za nieunikniony rezultat przestępczego życia, C.C. nie mógł być obecny przy tym, jak Cudotwórca Miles znowu podpisywał swoją książkę. Szkoda. Ponieważ gdyby się tam pojawił, toby zrozumiał, dlaczego spotkał go tak okrutny los, którego mógł uniknąć dzięki lekturze zaledwie dwóch stron decydujących o życiu człowieka.

Uznając to z jakiegoś powodu za właściwe, Miles uraczył tego wieczoru swych słuchaczy wyjątkiem z rozdziału trzeciego *Księgi cudotwórczych zasad* i zupełnie nieświadomie zaczął czytać niespełna sto wyrazów dalej od miejsca, w którym C.C. pod wpływem zazdrości i nienawiści do swego dawnego rywala z czasów szkoły średniej postanowił przerwać lekturę.

– *Zasada numer cztery* – wyrecytował – *brzmi: Nigdy nie zapominaj o walce. Według powszechnej opinii, kiedy ktoś doznaje ogromnej straty, powinien przejść nad nią do porządku dziennego i podążać dalej. Nie zgadzam się z tym. Uważam, że pamięć o druzgoczącej porażce jest równie ważna jak pamięć o wspaniałym zwycięstwie, ponieważ ból, jakiego doznaliśmy, stanowi motywację, by odnosić sukcesy przez resztę życia. Dlatego zawsze starałem się zapamiętać wszystko, co wiązało się z jakąś poważną stratą albo przegraną, nie wyłączając twarzy ludzi, którzy byli za nią odpowiedzialni. Może tego nie wiedzą, ale rewanżowałem im się tysiąc razy w ciągu wielu lat, nawet jeśli robiłem to tylko w myślach.*

I dla podkreślenia swych słów Miles uczynił coś, na co wszyscy obecni czekali z utęsknieniem: roześmiał się.

Jon Land

Zabijanie czasu

Z Thriller 2

– Witamy na pokładzie, panie Beechum – powiedział Roger Meeks, dyrektor gimnazjum w Hampton Lake, wstając zza biurka.

Fallon pomyślał o tym, jak zabił człowieka, któremu podał ostatnim razem rękę, i szybko uwolnił dłoń od słabego uścisku rozmówcy. Tamten nazywał się Beechum, a jego nieszczęście polegało na tym, że zabrał do samochodu przemoczonego i zmęczonego Fallona, który łapał okazję na poboczu pustej szosy. Biedny Beechum miał również pecha, że przenosił się właśnie do innego stanu, by podjąć nową pracę, i że był podobny trochę do Fallona. Trochę, ponieważ obaj mieli ciemne włosy i ciemną karnację; wystarczyło, by bez trudu oszukać dyrektora, zmieniając nieco wygląd zewnętrzny.

– Pański życiorys jest imponujący – ciągnął Meeks, znów siadając za biurkiem i podnosząc wzrok znad papierów.

Ich spojrzenia się spotkały i przez chwilę Fallon sądził, że dyrektor mu się przygląda, być może dostrzegając jakieś nieścisłości w twarzy martwego obecnie nauczyciela, którego zdjęcie było przypięte do kartki leżącej na wierzchu. Potem się jednak uśmiechnął.

– Myślę, że będzie się tu panu bardzo podobało. Chodźmy, oprowadzę pana po szkole.

• • •

„Wycieczka", jak się wyraził Meeks, była dla Fallona bardzo ważna. Choć uśmiechał się w jej trakcie i uważał, by zadawać właściwe pytania, tak naprawdę starał się zapamiętać wszelkie drogi ucieczki i kryjówki. To, że jego byli pracodawcy go ścigali, nie ulegało żadnej wątpliwości, podobnie jak to, że prędzej czy później mogli go dopaść. Ponieważ Fallon ich zawiódł. Co gorsza, Fallon zachował się niewłaściwie, zabijając tych, których wysłano i którzy mieli go ukarać za to, że zawiódł.

Jego byli pracodawcy postąpiliby mądrze, pozwalając mu odejść i dając sobie z nim spokój. Nie mogli jednak ryzykować, na wypadek gdyby Fallon zechciał dobrać im się do skóry. I oto stał się ofiarą własnej zasłużonej reputacji. Służba w oddziałach specjalnych nauczyła go nie tylko akceptować zabijanie, ale także traktować je w kategoriach umiejętności, którą się doskonali tak jak każdą inną: poprzez praktykę. Środki – nóż, broń palna, gołe ręce, materiały wybuchowe – nie miały żadnego znaczenia, liczył się tylko rezultat. A w przypadku Fallona był on zawsze ten sam.

Z wyjątkiem jednego razu. I właśnie dlatego teraz się ukrywał. Zabijał czas, udając nauczyciela angielskiego w gimnazjum.

Meeks oprowadzał go dalej, robiąc to od niechcenia, a Fallon kiwał głową i uśmiechał się w odpowiedniej chwili. Budynek miał kształt litery T i dwa długie korytarze rozdzielone zamkniętym dziedzińcem, który sąsiadował z prostokątnym dwukondygnacyjnym skrzydłem na końcu, oddalonym od ulicy. Sala gimnastyczna i aula znajdowały się na tyłach, stołówka od frontu. Fallon zauważył pochyły dach, dostatecznie mocny, by utrzymać ciężar człowieka; można się było przedostać stamtąd do wąskich tuneli, które biegły wzdłuż całego budynku i prowadziły do węzłów sanitarnych i innych urządzeń. Lokalizacja sutereny, gdzie znajdowały się elementy instalacji elektrycznej i grzewczej, była trudna do określenia. W innej sytuacji Fallon poszukałby tego pomieszczenia, by ukryć tam broń. Uważał, że w tym wypadku nie wchodziło to w rachubę. Gdyby go znaleźli, jedynym wyjściem była ucieczka, nie konfrontacja.

– A teraz – zwrócił się do niego Meeks – pójdziemy do pańskiej klasy.

• • •

Druga klasa, jeśli chodzi o listę lektur szkolnych, kończyła właśnie przerabiać skróconą i mocno ocenzurowaną wersję książki pod tytułem *Paragraf 22*. Fallon wypożyczył tego wieczoru film i niewiele zrozumiał z wyjątkiem tytułu – lotnik z czasów wojny szukał jakiegoś kruczka w przepisach, dzięki któremu mógłby zostać uznany za zbyt stukniętego, żeby latać. Fallon domyślał się, że ma to być chwilami zabawne, ale się nie śmiał i był zadowolony, kiedy przyszła kolej na *Frankensteina*. Tej książki też nie czytał, ale widział stary film z Borisem Karloffem i doszedł do wniosku, że to wystarczy.

Okna sali lekcyjnej wychodziły na fronton budynku i owalny podjazd prowadzący na parking, z którego korzystali nauczyciele i goście. Fallon nie widział głównego wejścia, ale jego uwadze nie mógł umknąć żaden samochód, a to już było bardzo dużo.

– Kto więc według was jest czarnym charakterem w tej historii? – spytał swoich uczniów.

Jego młodzi podopieczni zareagowali na te słowa wzruszeniem ramion i ukradkowymi spojrzeniami. Nie mając większego pojęcia o nauczaniu, sprowadzał zajęcia do dyskusji. Na szczęście pojawił się w chwili, gdy w semestrze przyszedł czas na literaturę; nie spodziewał się, że będzie tu jeszcze, kiedy przyjdzie pora na inne zagadnienia. Siedzenie ponad miesiąc w jakimkolwiek miejscu oznaczałoby kuszenie losu.

– Czarny charakter? – nie dawał za wygraną i odchylił się do tyłu, niemal siedząc na krawędzi swojego biurka.

– Frankenstein – odezwał się z tylnej ławki chłopak o imieniu Trent. Miał opadające na twarz kosmyki włosów i zaczątki trądziku. Spodobał się Fallonowi, ponieważ dostrzegł w tylnej kieszeni jego dżinsów zarys noża sprężynowego. Fallon spojrzał chłopakowi w oczy i dostrzegł pozbawioną jakichkolwiek uczuć, zimną jak głaz rezygnację. Bratnia dusza. – Nie potwór – ciągnął chłopak bez dalszej zachęty. – Doktor.

– Dlaczego? – spytał Fallon.

– Bo jebał się z naturą.

Wszyscy znieruchomieli, każdy patrzył zszokowany na Fallona. Trent znowu podjął wątek, uwalniając Fallona od konieczności właściwego zareagowania w tej sytuacji.

– Potwór zabija tych wszystkich ludzi, terroryzuje wioskę, budzi cholerny strach. Ale to nie jego wina tak naprawdę.

– Więc nie jest odpowiedzialny za swoje uczynki? – rzucił wyzywająco Fallon.

– Biedny drań nawet nie wie, co robi. To wina Frankensteina, że powołał go do życia.

– Jak rodzice – wtrąciła dziewczyna o kręconych włosach, Chelsea, przeżuwając hałaśliwie gumę. Po klasie przebiegł urywany śmieszek.

– Może to właśnie miała na myśli Mary Shelley – zauważył ktoś inny.

– Więc potwór nie jest zły – zawyrokował Fallon.

– Nie – padła zbiorowa odpowiedź.

– Ale nie jest też dobry.

– Nie.

– Jaki więc jest?

– Taki jak wszyscy – odparł Trent, opierając o swoją ławkę stopy w wysokich butach.

• • •

Pięć tygodni wcześniej Fallon otrzymał zlecenie na następną robotę; odbyło się to jak zawsze. Dostał esemesa na komórkę z nazwą ogólnie dostępnej strony internetowej. Zalogował się w najbliższej kawiarence internetowej i wprowadził zakodowane dane do swojego palmtopa. Fallon nigdy nie znał powodu, dla którego wskazywano mu konkretny cel. Musiał tylko wiedzieć: kto i gdzie; czasem: jak i kiedy. Połowa honorarium była przesyłana automatycznie na wskazane przez niego uprzednio zagraniczne konto.

Przygotowanie roboty mogło trwać długo, do kilku tygodni, w czasie których Fallon zapoznawał się z obyczajami swojej ofiary, nie zagłębiając się w jej życie prywatne. Ostatnie zadanie było inne od poprzednich, ponieważ polegało na tym, że należało usunąć przy okazji całą rodzinę. Chodziło bez wątpienia o odpowiedni przykład; ktoś zamierzał walnąć pięścią w stół.

Dyskusja w tym przypadku była wykluczona. Nawet gdyby Fallon chciał, nie mógłby prosić o potwierdzenie i wyjaśnienie. I nawet jeśli fakt, iż rodzina ofiary składała się z żony i trójki małych dzieci, niepokoił Fallona, nie było sposobu, by skontaktować się ze zleceniodawcą i nakłaniać go do zmiany zdania. Adres URL, z którego przesłano zlecenie, był atrapą; uległ automatycznej dezaktywacji, gdy tylko Fallon się wylogował. Rezygnacja z roboty też nie wchodziła w rachubę, ponieważ – także w sposób automatyczny – jej przyszły wykonawca stawał się bogatszy. Paragraf 23.

Podłożenie materiałów wybuchowych pod dom ofiary było dość łatwe, a upozorowanie tego na tragiczny wypadek – tylko nieco trudniejsze. Jedyny szkopuł: musiał sam doprowadzić ręcznie do wybuchu. Niezbyt atrakcyjna perspektywa, zważywszy na to, że wolał przebywać gdzieś daleko, gdy eksplozja rozrywała drewno, beton i ludzi.

Fallon nie był człowiekiem, który żywiłby jakiekolwiek wątpliwości albo ulegał wyrzutom sumienia. Nie dręczyło go ani jedno, ani drugie, kiedy prowadził wstępne rozpoznanie. Ktoś taki jak on nie traktował ludzi z większym szacunkiem niż, dajmy na to, manekiny wykorzystywane w testach wypadkowych czy te, które stały w witrynach sklepowych. Stanowili środek osiągnięcia określonego celu, choć biorąc pod uwagę zasoby, które zgromadził i które pozwalały na spokojną emeryturę, mógł powiedzieć, że ów cel osiągnął. Tyle że nie mógł się wycofać; za bardzo lubił swoją pracę. Paragraf 24.

Jego ostatnie zadanie powinno pójść jak wszystkie poprzednie, zgodnie z planem; Fallon postępował ściśle według instrukcji, by się upewnić, że cała rodzina jest w domu, zanim doprowadziłby do eksplozji.

Detonatory należały do przeszłości, teraz sprawę załatwiało się za pomocą telefonów komórkowych. Prosta rzecz: procesor reagujący na numer, który wystukiwało się w odpowiednim momencie. Następowała krótka zwłoka, kilka sekund, może trochę więcej, ale w tym wypadku nie stanowiło to żadnego problemu.

Fallon wyjął jednorazową komórkę z kieszeni i wystukał cyfry. Niech raz zadzwoni, a potem siedzieć i czekać w samochodzie zaparkowanym bezpiecznie w głębi ulicy, odliczając w myślach sekundy.

Raz... dwa... trzy...

Przy pięciu Fallon zaczął się niepokoić, a przy dziesięciu wystukał ponownie numer; tym razem wyłączył telefon dopiero po dwóch sygnałach. I zaczął odliczać sekundy od początku.

To samo. Nic.

Komplikacje nie były dla niego niczym nowym; porażka czymś zupełnie innym. Nie miał czasu się zastanawiać, co poszło niewłaściwie. Lepiej się skupić na ograniczaniu strat, na tym, co należy teraz zrobić. Miał broń, mnóstwo broni. Jednak wymordowanie całej rodziny na przedmieściach za pomocą broni palnej i noży bez planu dotarcia na miejsce byłoby desperackim krokiem, niegodnym profesjonalisty jego klasy. Co gorsza, działałby pochopnie, a wynik zależałby głównie od szczęścia, nie od przezorności. Lepiej wrócić tu później, zastanowić się jutro nad następnym krokiem.

Ale jutro okazało się czymś jeszcze gorszym.

• • •

Następną książką na liście lektur była rzecz pod tytułem *Johnny poszedł na wojnę*. Fallon nie mógł znaleźć wersji filmowej, ale książka była krótka i mówiła przypuszczalnie o wojnie, postanowił ją więc przeczytać.

Owszem, była krótka. I Fallon nie zrozumiał ani jednego słowa, nie wspominając już o przesłaniu tej powieści. Antywojenne, o ile mógł się zorientować. Postanowił więc sprowadzić dyskusję do tematu wojny, czegoś, o czym bardzo dużo wiedział.

Jednak pan Beechum, oczywiście, nie miał o niej pojęcia, co oznaczało, że Fallon też nie może być biegły w tej kwestii. Słuchał zaskakująco inteligentnych, niepokojących komentarzy swoich uczniów. Niepokojących, ponieważ uświadomiły mu, jak bardzo tęskni za prostotą i czystością swego niegdysiejszego życia. Za możliwością zabijania dla jakiejś sprawy, z poczuciem bezkarności. Oczywiście sprawa nie miała dla Fallona większego znaczenia; chodziło mu o bezkarność, której pragnął z namiętnością i pasją, tak obcymi innym aspektom jego egzystencji.

Niezbyt przyjemny koniec jego kariery wojskowej był równie spodziewany, co nieunikniony. Na szczęście istniało mnóstwo prywatnych firm, gotowych płacić znacznie więcej, pozwalając mu jednocześnie ćwiczyć te same umiejętności. To także zakończyło się kiepsko – kłopotliwym skandalem dla firmy i kolejną niesławną dymisją dla Fallona. Ale nie brakowało roboty dla ludzi o podobnych kwalifikacjach; był w kraju niespełna od tygodnia, kiedy zadzwonił do niego były pracownik tej samej prywatnej firmy i zaproponował przystąpienie do grupy zawodowców, których robota była odpowiednio doceniana i których nikt nie oczerniał. Fallon nie ulegał złudzeniom moralności, zła i dobra. Robił to, co robił, i lubił to. Proste.

Uczniowie zgadzali się z antywojennym przesłaniem książki. Fallon żałował, że nie może im przedstawić prawdziwej strony zagadnienia. Nie mógł powiedzieć o przyjemności, jaką czerpie człowiek z widoku twarzy rozrywanej pociskiem albo z gardłowego charczenia ofiary, kiedy nóż zagłębia się w jej trzewia, tnąc ciało i mięśnie. Żałował, że nie może wyjaśnić, iż przemoc jest czymś, czego ani nie należy unikać, ani akceptować. Przemoc po prostu istnieje. Tak jak on.

By przedstawić swój punkt widzenia, Fallon postanowił odejść od ustalonego planu lekcji i poddać pod dyskusję jedyną lekturę, którą zapamiętał z lat chłopięcych. Opowiadanie Richarda Connella. Historia o generale Zaroffie, zapalonym myśliwym i rosyjskim imigrancie, który mieszka na odciętej od świata wyspie ze swoim potężnie zbudowanym służącym, Iwanem. Rozbitkom, trafiającym od czasu do czasu na wyspę, przedstawia propozycję nie do odrzucenia. Uzbrojeni tylko w nóż, przyjmują rolę zwierzyny łownej. Nie mogą odmówić, bo inaczej zajmie się nimi Iwan. Jeśli generał nie zdoła ich „upolować" przez trzy dni, zostaną uwolnieni. Wszyscy przegrywają, aż na wyspie zjawia się Amerykanin Rainsford... Tak się w niej zaczytywał, że kartki powypadały z książki, słowa znikały, aż nie pozostało ani jedno zdanie, i w końcu Fallon z niechęcią pozbył się tych nędznych resztek. Nie myślał o tym opowiadaniu aż do teraz i cieszył się, znalazłszy egzemplarz, który mógł skserować w szkolnej bibliotece.

– *Niebezpieczna gra* – zauważył bibliotekarz, zaglądając Fallonowi przez ramię, kiedy maszyna wypluwała kolejne kopie. – Prawdziwy klasyk, ale chyba trochę brutalny, nie sądzi pan?

· · ·

Kiedy Fallon wrócił następnego ranka na miejsce, rodzina zniknęła, wywieziona o świcie przez tajemniczych mężczyzn w czarnym SUV-ie, jeśli można było wierzyć sąsiadom. Agenci FBI albo szeryfowie federalni, którzy zgarnęli niedoszłe ofiary Fallona w ramach programu ochrony świadków.

Fallon nigdy wcześniej nie zawiódł, ale wszystko było obarczone jakimś procentem ryzyka i teraz to sobie uświadomił. Zaczął analizować obsesyjnie każdy swój ruch, by powrócić do tego punktu, w którym popełnił błąd. Może przewody. Może wadliwy procesor. Jakiś problem z przesyłem sygnału.

Właśnie dlatego Fallon czuwał w swoim pokoju w motelu, kiedy przyszli. Czterech, wszyscy dobrze uzbrojeni i dostatecznie wyszkoleni, by nie podjeżdżać samochodem zbyt blisko pod jego drzwi. Ale zgasili światła o sekundę za późno, a to wystarczyło, by Fallon się zorientował, że ktoś nadchodzi. Ocenił dystans na podstawie blasku reflektorów i znów zaczął odliczać sekundy.

Raz... dwa... trzy...

Drzwi otworzyły się gwałtownie przy sześciu, a Fallon rozpoczął kanonadę, która siłą ognia dorównywała temu, czym dysponowali jego niedoszli zabójcy. Ta myśl przemknęła mu przez głowę, kiedy kule siekły ściany wokół niego, a zapach krwi mieszał się ze smrodem siarki i kordytu. Huk trzech sztuk broni, której zdołał sięgnąć, zagłuszył krzyki; prysnął stamtąd, nim w którymkolwiek z pozostałych pokoi zapaliło się światło.

Pojął bardzo szybko, co się tak naprawdę stało. Fakt, że jego zleceniodawcy nie poprzestaną na tych czterech, zwłaszcza że wykończył ich bez trudu, był tak samo nieodparty jak to, że jego dni jako najemnego zabójcy dobiegły końca. Nie było mowy o odkupieniu czy drugiej szansie. Był najlepszy w tym, co robił, i nagle stał się zbędny. W ciągu kilku sekund, jakich wymagało rozwalenie tych czterech ludzi. Paragraf 25.

Fallon przygotował się na tę chwilę, i to skutecznie, choć tak naprawdę nie wierzył, że kiedykolwiek nadejdzie. Pieniądze nie stanowiły problemu; zgromadził ich dostatecznie dużo. Chodziło o to, by dotrzeć do nich bezpiecznie, podjąwszy stosowne kroki i środki ostrożności, a takie rzeczy wymagały czasu. Musiałby zniknąć, nie posługując się żadną ze swych licznych tożsamości, z których wszystkie były już prawdopodobnie ujawnione. Jego zleceniodawcy wiedzieli o nim zbyt dużo, znali jego nawyki i sposób postępowania. Zniknięcie oznaczało, że nie wolno wcielać się w żadną z tych postaci, że trzeba się stać kimś zupełnie innym, przygotowując jednocześnie odpowiedni grunt, by wyjechać raz na zawsze.

Było mnóstwo krajów Trzeciego Świata, w których mógł zniknąć, by ujawnić się nagle jako człowiek o innej tożsamości, szczycący się umiejętnościami, na które zawsze istniało zapotrzebowanie. Fallon nie wyobrażał sobie, by mógł marnotrawić czas na plaży, bez względu na to, ile pięknych kobiet by mu towarzyszyło. Jego życie zbyt długo było naznaczone zabijaniem, by mógł ryzykować zmianę albo jej pragnąć.

Chwilowo należało unikać wszelkiego monitoringu i transportu publicznego, czyli autobusów, pociągów i samolotów. Wypożyczenie samochodu też było wykluczone, a kradzież zbyt wielu wozów mogła wskazywać na pewien schemat działania, a tego chciał uniknąć.

Pozostało łapanie okazji. Pan Beechum był piątym z kolei kierowcą, który się zatrzymał, żeby go podwieźć. Fallon nie zabił innych i nie zamierzał zabijać Beechuma, dopóki roztrzepany mężczyzna nie zaczął mówić entuzjastycznie o nowej pracy, którą miał podjąć. W tym momencie Fallon wpadł na pewien pomysł i jedyne, co mógł zrobić w rewanżu dla Beechuma, to zabić go szybko i bezboleśnie.

Kocham dzieci – powiedział nauczyciel i były to jego ostatnie słowa. – Chcę robić dla nich coś znaczącego.

Fallon nie mógł wiedzieć w tym momencie, co on sam dla nich zrobi.

• • •

Zobaczył dwie furgonetki, które posuwały się wolno w stronę wejścia do budynku. Już od trzech dni omawiał z klasą *Niebezpieczną grę*. Samochody zwracały uwagę, ponieważ zbliżyły się od niewłaściwej strony kolistego podjazdu i miały logo jakiejś firmy sprzątającej. Takie oznakowanie umożliwiało dostęp do wszelkiego rodzaju budynków, publicznych i innych, ale dlaczego jakieś gimnazjum zatrudniające dozorców na pełny etat miałoby korzystać z usług tego rodzaju firmy?

Fallon poczuł żywsze bicie serca, gdy furgonetki zniknęły mu z pola widzenia. Dwa takie samochody oznaczały co najmniej dwunastu ludzi, liczba z pewnością przewyższająca możliwości jego byłych pracodawców. I jeśli upewnili się co do jego obecności w tej szkole, to – wiedząc, że mógłby uciec – urządziliby raczej zasadzkę, zamiast szturmować budynek.

Ta świadomość powinna była podnieść go na duchu.

Ale tak się nie stało.

Instynkt ratował go z opresji niejednokrotnie i Fallon całkowicie mu ufał. Czuł każdą cząstką ciała, co się święci.

– Rainsford to supergość – mówił akurat Trent, siedząc na swoim ulubionym miejscu na końcu sali, wsparłszy o ławkę wysokie czarne buty motocyklisty.

– Kontynuuj – zdołał wydusić z siebie Fallon, nie zwracając większej uwagi na ucznia. Znów wyglądał przez okno, ale furgonetki zniknęły. Przysunął się do szyby, mając nadzieję, że coś dostrzeże.

– Człowieku, skopał generałowi tyłek. I była to pieprzona wina Zaroffa.

– Dlaczego? – spytał Fallon, zaintrygowany pomimo niepokojącego uczucia, które nie dawało mu spokoju.

– Bo prowadził tę grę za długo. Polował na ludzi, diabli wiedzą, ilu załatwił.

– Więc dlaczego miał dać sobie spokój?

– Bo powinien wiedzieć, że trafił na równego sobie. Powinien zrozumieć, że to się stanie prędzej czy później. Że to nieuniknione.

Fallon odsunął się od okna, zaintrygowany mimowolnie.

– Więc dlaczego robi to dalej? Śmiało, ludzie, postawcie się na miejscu Zaroffa.

– Bo to było wszystko, co miał – powiedziała jakaś dziewczyna w pierwszym rzędzie. – Bo to było wszystko, co wiedział.

– Coś jeszcze?

– Był w tym dobry – dodał ktoś inny. – Kiedy ktoś jest w czymś tak dobry, to nie wyobraża sobie, że można go pokonać.

– Czy Rainsford był w tej grze lepszy od generała? – spytał uczniów Fallon.

– Nie – odparł Trent. – Zaroff przegrał, bo był leniwy. Kiedy człowiek się rozleniwi, to za każdym razem obrywa. Ale Rainsford... ten był bohaterem.

– Dlaczego?

– Ocalił innych ludzi. Niedoszłe ofiary Zaroffa. Nie wszyscy bohaterowie są bohaterami, jeśli wie pan, o co mi idzie.

– „Mogę prosić o uwagę? – zagrzmiało w głośnikach. Był to dyrektor Meeks. – Proszę, by wszyscy uczniowie i nauczyciele natychmiast zgłosili się do sali gimnastycznej. Wszyscy uczniowie i nauczyciele... proszę przejść do...".

Dyrektor urwał w pół zdania, jakby przez przypadek wcisnął niewłaściwy guzik. Fallon patrzył, jak jego podopieczni zaczynają podnosić się z ławek, i odtwarzał w myślach słowa Meeksa – nie tyle ich treść, ile brzmienie. Było coś niepokojącego w ich tonie. Fallon wiedział, jak brzmi głos człowieka znajdującego się pod przymusem, ponieważ sam wielokrotnie stawiał ludzi w takiej sytuacji.

„Kiedy człowiek się rozleniwi, to za każdym razem obrywa...".

– Nie – powiedział, zanim uczeń znajdujący się najbliżej drzwi zdążył je otworzyć. – Wracajcie na miejsca.

– Ale...

– Wracajcie na miejsca.

Słysząc w jego głosie groźną nutę, uczniowie wrócili bez szemrania do swoich ławek. Korytarz na zewnątrz zaroił się od chłopców i dziewcząt wychodzących z klas; głośny tupot dowodził, że nadchodzą też ci, którzy mieli zajęcia w dwukondygnacyjnym skrzydle od frontu.

– Panie Beechum?

Fallon znowu obrócił się w stronę okna. Otwierała się tylko górna część – wystarczająco, by wywietrzyć salę, ale nie uciec.

– Panie Beechum?

Fallon nie odpowiedział. Pana Beechuma już nie było.

– Trent – zwrócił się do ulubionego ucznia, pozbywszy się resztek poprzedniej tożsamości. – Daj mi swojego sprężynowca.

– Że co...

– Dawaj, Trent.

Nie podniósł nawet odrobinę głosu, który był spokojny i pewny.

– To tylko składany nóż.

Trent wygrzebał go ze swojego plecaka, podszedł do Fallona i podał mu drżącą dłonią nóż. Fallon chciał się uśmiechnąć uspokajająco, tak jak zrobiłby to pan Beechum. Ale pan Beechum już dawno opuścił ten budynek.

– Okay – powiedział Fallon. – Wszyscy ustawiają się w szeregu, począwszy od tej ściany, dookoła sali. Ramię przy ramieniu. Blisko siebie. Żeby nie było was widać od strony drzwi.

– Dlaczego? – spytała jakaś dziewczyna, przysuwając się posłusznie do ściany.

Fallon nie odpowiedział. Na korytarzu trwał exodus uczniów pod nadzorem nauczycieli; byli nieświadomi tego, co może się wydarzyć. Fallon miał nadzieję, że się mylą, ale znał prawdę. Przeżył całe życie jako Zaroff, który zawsze miał przewagę. Teraz jednak, nagle, znalazł się w roli Rainsforda – skazanego na przegraną.

„Kiedy ktoś jest w czymś tak dobry, to nie wyobraża sobie, że można go pokonać".

No cóż, ktokolwiek siedział w tych furgonetkach, czekała go duża niespodzianka, prawda?

Czas upływał w ciszy przerywanej jedynie głośnymi oddechami uczniów. A może nie były wcale takie głośne. Może Fallonowi się tylko takie wydawały.

Korytarz opustoszał, kilku maruderów przeszło obok oszklonych drzwi klasy, a potem zapanowała cisza. Chwila bezruchu, później kroki pojedynczego człowieka i echo dźwięku, jaki wydają gwałtownie otwierane drzwi, coraz głośniejsze.

Fallon wyciągnął ostrze z rękojeści noża.

Jeden z chłopców załkał. Dwie dziewczyny zaczęły szlochać, potem zawtórowała im trzecia.

Fallon przysunął palec do ust, nakazując ciszę, i cofnął się spod drzwi.

Ciężkie kroki przybliżały się coraz bardziej. Klamka poruszyła się hałaśliwie, drzwi otworzyły się do wewnątrz. Któryś z uczniów westchnął.

Mężczyzna minął Fallona, nie widząc go i umożliwiając mu ucieczkę. Fallon przesunął wzrokiem między drzwiami a lufą pistoletu maszynowego; broń była wycelowana w Trenta, który wystąpił odważnie z szeregu, stukając głośno ciężkimi butami o podłogę.

Fallon zobaczył, jak palec mężczyzny owija się wokół spustu, a potem zaatakował. Zacisnął ramię na szyi mężczyzny, by go uciszyć, po czym uderzył nożem Trenta pod ostrym kątem – ostrze przebiło kość i chrząstkę, i wniknęło w płuca, rozrywając je na strzępy.

Mężczyzna zabulgotał i sapnął, próbując wyswobodzić się z uścisku Fallona; z jego ust wypływała spieniona krew. Fallon na wszelki wypadek skręcił mu kark, a potem, ciągnąc go przez klasę na oczach przerażonych uczniów, przyglądał się z uwagą jego twarzy.

Facet był Arabem; Fallon domyślił się tego po wyglądzie i woni. Zawsze zwracał uwagę na zapach. Jeśli człowiek spędza dostatecznie dużo czasu w różnych częściach świata, jeśli nurza się w człowieczym bagnie, to zaczyna rozpoznawać ludzi po ich zapachu, równie dobrze jak po czymś innym. Arab, bez dwóch zdań, i w tym momencie Fallon sobie uświadomił, że wszystko, czemu miał zapobiegać, kiedy wysłano go do Iraku, właśnie się wydarzyło. Do kraju dotarł obcy smród.

Fallon mógł z łatwością uciec. Dwie furgonetki oznaczały dwunastu ludzi, pozostała jedenastka najprawdopodobniej rozbiegła się po budynku szkolnym. Mógł go opuścić, nikogo nie zabijając, co najwyżej jednego. Wykorzystać jedną z ich furgonetek i pozwolić, żeby zesłali nieszczęście na tę szkołę i świat. To nie był już jego świat.

A może był?

Zerknął na Trenta i pozostałych uczniów, którzy stali teraz bliżej siebie, obejmowali się, patrząc na niego z przerażeniem, z jakim patrzyliby na potwora, takiego, którego stworzył Frankenstein. Albo na generała Zaroffa, spragnionego obsesyjnie polowania.

Johnny poszedł na wojnę, o tak.

Ucieknie, a ci uczniowie, jego uczniowie, wylądują bez wątpienia w sali gimnastycznej z innymi. Może zostaną przykładnie ukarani za to, że nie posłuchali od razu. Terroryści jak ci tutaj nie byli zbyt oryginalni i ta myśl przywołała wspomnienie Czeczeńców, którzy wzięli zakładników w szkole, w tamtym zapomnianym przez Boga kraju. Uczniów zapędzono do sali gimnastycznej, jak tutaj. A potem ta sala wyleciała w powietrze na oczach całego świata.

Tak, niezbyt oryginalne, ale mimo wszystko skuteczne.

Fallon próbował sobie wyobrazić, jak ma to zrobić, ilu ludzi przebywa w sali gimnastycznej, a ilu patroluje budynek i go zabezpiecza. Doszedł do wniosku, że czterech znajduje się w sali, a ośmiu na terenie szkoły.

Teraz już siedmiu.

Fallon pochylił się i zaczął ściągać z nieżywego człowieka ubranie.

• • •

– Macie tu zostać – polecił uczniom. – Zachowujcie się cicho i czekajcie, aż po was wrócę. – Potem się zwrócił do Trenta. – Ty tu rządzisz.

Popatrzyli na niego jak na obcego, którym się stał, jeszcze nim włożył kurtkę i opaskę terrorysty, nim wcisnął się w buty martwego człowieka i zarzucił sobie jego pistolet maszynowy na ramię. Wystarczy, by z bezpiecznej odległości uchodził za tamtego; to wszystko, na co liczył. Ci z jedenastego września nigdy wcześniej się nie spotkali, jednak ta operacja była inna, wymagała ćwiczeń i synchronizacji. Wiedział, że znają budynek tak dokładnie jak on; każde ukryte przejście, każdy zaka-marek. Z jedną różnicą, oczywiście: on wiedział, że terroryści tu są, a oni nie mieli pojęcia o jego istnieniu.

„Zaczekajcie, aż po was wrócę...".

Dlaczego to powiedział? – zastanawiał się Fallon już na korytarzu, pamiętając, by nie zamykać drzwi sali, ponieważ wszystkie pozostałe były otwarte. Tak łatwo byłoby mu teraz uciec z budynku, zanim na miejscu pojawiłyby się oddziały policyjne. On jednak nie brał już tego pod uwagę, ważne było wyzwanie, gra – zbyt podniecające, by chciał w ogóle ich uniknąć.

Czy był jednak Zaroffem, czy Rainsfordem?

W budynku panowała dziwna cisza, pomijając gwar, który docierał z sali gimnastycznej, gdzie w tej chwili zgromadziło się blisko siedmiuset uczniów. Fallon próbował sobie przypomnieć wszystkie szczegóły tamtego czeczeńskiego ataku terrorystycznego. Napastnicy czekali, aż na miejscu zjawią się jednostki specjalne, czekali, aż zacznie się ten fatalny szturm, nim odpalili ładunki i zabili setki dzieci. Tak samo byłoby tutaj, strategia obliczona na zwrócenie jak największej uwagi. Dwudziestoczterogodzinne relacje w mediach przez wiele dni, nim cały kraj zobaczy w czasie największej oglądalności masowy mord.

Fallon starał się ukryć swoją barczystość pod bezkształtną i skrwawioną kurtką terrorysty. Opaskę na czole zawiązał sobie nisko, mając nadzieję, że przy zachowaniu odpowiedniego dystansu ukryje ona różnice w rysach twarzy i włosach. Upewnił się jeszcze, że walkie-talkie, prosty model, jest solidnie przytwierdzony do paska, po czym ruszył korytarzem w stronę, skąd nadszedł martwy teraz terrorysta.

Na końcu korytarza, mając po lewej stronie gabinet dyrektora i sekretariat, a po prawej pracownie nauk ścisłych, dostrzegł innego terrorystę, który oddalał się od głównego wejścia, zabezpieczonego dodatkowym łańcuchem. Wiedział, że do tej pory wszystkie wejścia i drzwi zostały tak zabezpieczone i zaopatrzone w materiały wybuchowe, by zapobiec próbom ucieczki i atakowi z zewnątrz. Fallon miał faceta jak na dłoni, ale postanowił go nie zabijać, dopóki się nie upewni, że inni są daleko. Zbliżył się, tupiąc dostatecznie głośno, by tamten go usłyszał. Potem obrócił się plecami do schodów, na które wbiegał Numer Dwa.

– Hej! – zawołał do niego mężczyzna po arabsku. – *Shoo hada?*

W odpowiedzi na pytanie: „Co jest?" Fallon odwrócił się i otworzył ogień. Pojedynczy strzał w głowę, który powalił terrorystę na miejscu. Upadł na stopnie i zsunął się do połowy schodów. Nie tak Fallon zamierzał to rozegrać, ale działał pod wpływem instynktu.

Dwóch załatwionych.

Usłyszał pospieszne kroki na klatce schodowej, docierały z przeciwległej strony na piętrze. Przykucnął nad ciałem, mierząc z automatu w główne wejście, jakby dając do zrozumienia, że właśnie stamtąd padł śmiertelny strzał. Widział kostki plastiku nad szybą. Sam zrobiłby to trochę inaczej, ale uważał, że i tak jest nieźle.

Odgłos kroków się nasilał, ktoś wołał do niego po arabsku. Fallon się odwrócił, kiedy obaj mężczyźni znajdowali się na tyle blisko, by mógł ich wykończyć za jednym zamachem. Dwa strzały, oba, tak jak poprzedni, w głowę. Dla pewności.

Czterech załatwionych.

Tym razem jego strzały zbiegły się z grzechotem broni maszynowej, docierającym z drugiego końca budynku. Odpowiedzią na kanonadę były krzyki i wrzaski, po chwili znów rozległ się huk automatów, tym razem dłuższy; uczniowie i nauczyciele umilkli. Domyślił się, że jest tam od czterech do sześciu terrorystów. Drzwi zablokowane od środka łańcuchem, co pozbawiało go dostępu do sali i elementu zaskoczenia. Bez jednego albo drugiego, nie mówiąc już o obu jednocześnie, gra była skończona.

Usłyszał trzask w swoim radiu. Sięgnął szybkim ruchem do pasa i zaczął słuchać.

– *Shoofi mafi?* Co się dzieje?

– *Mafi Mushkil* – odpowiedział Fallon, mając nadzieję, że się posłużył właściwym słowem. – Żaden problem.

– *Dilwaati*. Pospiesz się.

Fallon przypiął walkie-talkie z powrotem do paska i ruszył w dół schodów, po czym skręcił w lewo, w stronę skrzydła nauk ścisłych, w chwili gdy wokół szkoły rozbrzmiały syreny.

• • •

Uczniowie z jego klasy zostali ustawieni w czternaście par, Fallon szedł na końcu. Po wyprowadzeniu ich na korytarz pomimo płaczliwych protestów, ustawił Trenta na czele i kazał prowadzić grupę do sali gimnastycznej.

Wcześniej, w skrzydle nauk ścisłych, spotkał jeszcze jednego terrorystę, który podszedł do niego w przyćmionym świetle, dostrzegając podstęp zbyt późno i popełniając błąd – sięgnął po automat. Fallon znajdował się dostatecznie blisko, by posłużyć się tym razem nożem Trenta. Jedno cięcie po gardle – cicho i pewnie.

Spędził ponad minutę w jednym z laboratoriów, skąd wziął dwie fiolki przezroczystego płynu, i wpadł, dosłownie, na kolejnego terrorystę. Ich spojrzenia się spotkały; tamten się tylko gapił, a we wzroku Fallona pojawiła się stal, kiedy podniósł ręce i wbił mu kciuki w oczy, masakrując facetowi tkanki mózgu i przyprawiając o śmiertelne drgawki.

Sześciu załatwionych.

Potem z powrotem do klasy, żeby zrealizować ostatnią część planu dzięki odpowiednio przerażonym i zagubionym uczniom. Poprowadził ich korytarzem w stronę sali gimnastycznej, udając, że ich popycha automatem, chowając jednocześnie w dłoniach zakorkowane fiolki.

W odległości trzydziestu metrów dwaj terroryści strzegący zaminowanego wejścia do budynku zauważyli go i obrócili się w jego stronę, przywierając do ściany i wykrzykując pod adresem Fallona jakieś polecenia, które zignorował. Zbliżyli się z obu stron do jego maszerującego pochodu i gdy tylko się zorientowali, że coś jest nie tak, Fallon usunął korki z fiolek i trysnął im w twarz roztworem kwasu. Nie trafił dokładnie, ale wystarczyło, by podnieśli ręce do oczu.

Załatwił każdego z nich pojedynczym szybkim ciosem, a potem przynaglił swoją zszokowaną trzódkę do żywszego marszu. Prowadząc ją w stronę skutych łańcuchem drzwi sali gimnastycznej, widział przez szybę niekończący się sznur wozów policyjnych i transmisyjnych.

Przesunął się na czoło pochodu, a potem załomotał pięściami w drzwi i dał znak tym na czele, żeby się odsunęli.

– Otwierać! Szybko! – wrzasnął po arabsku, siląc się na desperację. – Są w budynku!

Łańcuchy zagrzechotały, kłódka i materiały wybuchowe zostały usunięte. Podwójne skrzydła rozwarły się i na progu stanął spocony mężczyzna, którego pory wydzielały woń czosnku.

Fallon zaczął strzelać, gotów poświęcić paru niewinnych, żeby dokończyć robotę. Powalił trzech terrorystów, którzy podeszli do drzwi, a potem skupił uwagę na tym, który je otworzył i nie miał czasu sięgnąć po broń. Ledwie runął na podłogę, Fallon obrócił się, szukając wzrokiem jakiegokolwiek ruchu w sali.

Strzelał do wszystkiego, co się rusza, jak w grze komputerowej, mając nadzieję, że nikt niepotrzebnie nie oberwie, i wiedząc jednocześnie, że nie wolno mu ulegać emocjom. Ostatnią serię oddał w górę, w instalację tryskaczową, która uruchomiła się natychmiast, zalewając wielką salę i ludzi strugami wody.

Iglica jego automatu uderzyła w pustą komorę. Fallon obrócił się, by wziąć broń jednego z martwych terrorystów, gdy w jego stronę ruszył potężny brodaty facet, pokazując detonator i bełkocząc po arabsku.

– *Maashallah! Maashallah!*

Fallon wymacał nóż Trenta i wysunął ostrze.

– *Maashallah! Maashallah!*

Mokre, dziko skołtunione włosy oblepiające twarz i splątane z brodą.

Fallon wykonał szybki ruch ręką i rzucił nożem, który poszybował i trafił terrorystę w oko, zagłębiwszy się po rękojeść w jego mózgu. Mężczyzna runął na podłogę, wypuszczając z ręki detonator, który potoczył się w bok.

Czternastu załatwionych, pomyślał Fallon, uświadamiając sobie, że jego początkowa kalkulacja była błędna; popatrzył w górę, podstawiając twarz pod strumienie wody. I ani jednej przypadkowej ofiary.

• • •

Fallon wyłonił się z męskiej szatni w mundurze i hełmie funkcjonariusza SWAT*, który tam zawędrował, by zabezpieczyć miejsce. Jego sprzymierzeńcem było teraz zamieszanie – zamieszanie i chaos, gdy policjanci wpadli do budynku, gdzie znaleźli ciała terrorystów i gdzie musieli wysłuchać opowieści o tajemniczym nauczycielu, który zabił napastników. Z początku w to nie uwierzyli; Fallon wiedział, że gdy uwierzą, on już będzie daleko.

W holu sąsiadującym z salą gimnastyczną przeszedł obok uczniów drugiej klasy, których przesłuchiwała grupa detektywów. Kroczył ze spuszczoną głową, patrząc w inną stronę; kiedy był niemal przy drzwiach, obrócił się tylko raz, napotykając wzrok Trenta.

– Więc jeśli to nie był Beechum, to kto to był? Może ktoś z was wie? – spytał uczniów funkcjonariusz po cywilnemu.

– Rainsford – wyjaśnił Trent, patrząc Fallonowi w oczy ukryte za osłoną hełmu. – Nazywał się Rainsford.

---

* SWAT – Special Weapons and Tactics (ang.) – Specjalne Wyposażenie i Taktyka – wyspecjalizowana jednostka policji stworzona do zadań o wysokim poziomie niebezpieczeństwa.

Dennis Lehane

Pies

Z Boston Noir

Bob znalazł psa na śmietniku.

Było tuż po Święcie Dziękczynienia, w okolicy panował spokój, ludzie leczyli kaca. Po pracy w barze u kuzyna Marva Bob spacerował czasem po ulicach. Był wielki i niezgrabny, włosy porastały mu ciało w najbardziej nieprawdopodobnych miejscach, i to od czasów dzieciństwa. Zaczął się po dwudziestce zmagać z tym problemem – nosił w kieszeni płaszcza małe nożyczki, poza tym golił się dwa razy dziennie. Walczył też z wagą, ale przez te wszystkie lata żadna dziewczyna – jeśli jej nie zapłacił – nie przejawiała zainteresowania jego osobą. Po jakimś czasie zrezygnował z walki. Mieszkał sam w domu, w którym się wychował, a gdy się wydawało, że zamierza go pochłonąć swoimi zapachami, wspomnieniami i mrokiem, wszelkie próby ucieczki, które podjął – spotkania w kościele, pikniki i koszmarna randka umówiona przez internet – tylko pogłębiały ranę, którą leczył potem tygodniami, przeklinając się za to, że żywił jakąkolwiek nadzieję.

Chodził więc na te swoje spacery i przy odrobinie szczęścia zapominał, że ludzie mogą żyć inaczej. Tego wieczoru przystanął na chodniku, wyczuwając obecność atramentowego nieba nad głową i chłód palców; zamknął oczy, by się odgrodzić od ciemności.

Był do tego przyzwyczajony. Był przyzwyczajony. Wszystko w porządku.

Można się nawet z czymś takim zaprzyjaźnić, jeśli tylko człowiek nie zechce się opierać.

Kiedy stał tak z opuszczonymi powiekami, usłyszał coś – zmęczone zawodzenie, któremu towarzyszył odległy dźwięk drapania i wyraźniejszy metaliczny grzechot. Otworzył oczy. Na chodniku, w odległości około pięciu metrów, dostrzegł dużą metalową beczkę z ciężką pokrywą; drżała nieznacznie w żółtym świetle lamp ulicznych, a jej dno chrobotało o płyty. Stanął nad nią i znów usłyszał to zawodzenie, głos jakiegoś zwierzęcia, które wyczuwa instynktownie, że następny oddech będzie je kosztował zbyt dużo, i podniósł pokrywę.

Musiał usunąć kilka rzeczy, by się dostać do stworzenia – toster i pięć egzemplarzy grubych książek telefonicznych, z których najstarsza pochodziła z roku 2000. Pies – bardzo mały z natury albo szczeniak – leżał na samym dnie. Pod wpływem światła zwinął się w kłębek. Zapiszczał cicho i skulił się jeszcze bardziej, oczy zamieniły mu się w szparki. Chudzina. Bob widział jego żebra. I wielki strup zaschniętej krwi obok ucha. Żadnej obroży. Pies był brązowy i miał biały pysk, a także masywne łapy, które wydawały się nieproporcjonalnie duże w stosunku do reszty ciała.

Wydał z siebie jeszcze ostrzejszy pisk, kiedy Bob sięgnął do wnętrza beczki, zacisnął palce na karku czworonoga i wyjął go z jego własnych odchodów. Bob nie znał się na psach, ale ten był bez wątpienia bokserem. I szczeniakiem. Patrzył szerokimi brązowymi oczami na Boba, gdy ten trzymał go w górze.

Gdzieś kochało się dwoje ludzi, Bob był tego pewien. Mężczyzna i kobieta. Spleceni w uścisku. Za jedną z tych żaluzji, pomarańczowych od światła i przysłaniających okna od strony ulicy. Bob wyczuwał ich obecność, nagich i szczęśliwych. I stał w chłodzie z ledwie żywym psem, który wlepiał w niego ślepia. Lodowaty chodnik lśnił jak świeży marmur, a wiatr był ciemny i szary niczym breja.

– Co tam masz?

Bob się odwrócił i rozejrzał.

– Tu jestem. Grzebiesz w moim śmietniku.

Stała na frontowym ganku dwupiętrowego budynku z balkonami, które prowadziły do mieszkań. Zapaliła światło na zewnątrz; była na bosaka i drżała. Potem sięgnęła do kieszeni bluzy z kapturem i wyjęła paczkę papierosów. Obserwowała go uważnie, zapalając.

– Znalazłem psa – wyjaśnił Bob, trzymając czworonoga w górze.

– Co znalazłeś?

– Psa. Szczeniaka. To chyba bokser.

Odkaszlnęła trochę dymu.

– Kto wrzuca psa do śmietnika?

– No właśnie – odparł. – Krwawi.

Zrobił krok w stronę jej schodów, a ona się cofnęła.

– Mamy wspólnych znajomych? – spytała jak dziewczyna z miasta, która nie zamierza ufać obcemu.

– No, nie wiem – odparł Bob. – Może Francie Hedges?

Pokręciła przecząco głową.

– Znasz Sullivanów?

Nie zawężało to listy. Nie tutaj. Człowiek potrząsał drzewem, a na ziemię spadali Sullivanowie. A w ślad za nimi butelki piwa.

– Znam kilku.

Zmierzało to donikąd; pies patrzył na niego, trzęsąc się bardziej niż dziewczyna.

– Hej – powiedziała nagle. – Mieszkasz na terenie tej parafii?

– Sąsiedniej. Świętej Teresy.

– Chodzisz do kościoła?

– W niedzielę. Prawie zawsze.

– No to znasz ojca Pete'a?

– Pete'a Regana. Jasne.

Wyjęła komórkę.

– Jak się nazywasz?

– Bob – odparł. – Bob Saginowski.

Czekał, kiedy się cofnęła z kręgu światła, trzymając przy jednym uchu telefon, a drugie zatykając sobie palcem. Patrzył na szczeniaka. Szczeniak odpowiadał mu spojrzeniem, jakby pytał: skąd się tu wziąłem? Bob dotknął jego nosa palcem wskazującym. Psiak zamrugał wielkimi oczami. Przez chwilę Bob nie mógł sobie przypomnieć swoich grzechów.

– Jestem Nadia – oświadczyła w końcu dziewczyna i znów weszła w krąg światła. – Przynieś go tutaj, Bob. Masz pozdrowienia od Pete'a.

• • •

Umyli psa w zlewie Nadii, wysuszyli go i zanieśli do stołu kuchennego.

Nadia była drobna. Po jej krtani biegła nierówna czerwona linia blizny; przywodziła na myśl uśmiech pijanego klauna cyrkowego. Miała drobną twarz w kształcie księżyca, ze śladami po ospie, i małe oczy, jak wisiorki. Słabo zaznaczone ramiona, jakby ręce wyrastały jej tuż przy barkach. Łokcie niczym spłaszczone puszki po piwie. Płowe kręcone włosy.

– To nie jest bokser. – Oderwała spojrzenie od jego twarzy, nim postawiła szczeniaka z powrotem na stole. – To amerykański Staffordshire terier.

Bob wiedział, że ma się czegoś domyślać w jej tonie, ale nie wiedział, co to takiego, więc milczał.

Znów na niego spojrzała, kiedy milczenie się przeciągało.

– Pitbul.

– To jest pitbul?

Skinęła w odpowiedzi głową i znów przyłożyła watkę do rany na łbie szczeniaka.

– Ktoś go rąbnął – wyjaśniła. – Prawdopodobnie pozbawił przytomności, uznał, że zwierzak zdechł, i wrzucił go do śmietnika.

– Dlaczego? – spytał Bob.

Popatrzyła na niego, a jej okrągłe oczy nabrały jeszcze większej krągłości.

– Dlatego. Po prostu. – Wzruszyła ramionami i znów zabrała się do opatrywania psa. – Pracowałam kiedyś w ośrodku opieki nad zwierzętami. Znasz tę przychodnię przy Shawmut? Byłam technikiem weterynaryjnym. Zanim doszłam do wniosku, że to nie dla mnie. Trudno, to znaczy psy tej rasy…

– Co?

– Oddać do adopcji – wyjaśniła. – Ciężko znaleźć dla nich dom…

– Nie znam się na psach. Nigdy nie miałem psa. Mieszkam sam. Przechodziłem tylko koło tej beczki. – Bob stwierdził nagle, że czuje desperacką potrzebę tłumaczenia siebie i swojego życia. – Nie jestem…

Słyszał wiatr na zewnątrz, czarny i łomoczący. Deszcz albo drobinki gradu uderzające o szyby.

Nadia uniosła tylną lewą łapę szczeniaka – pozostałe były brązowe, ale ta była biała, z brzoskwiniowymi kropkami. Znowu zaczęła opatrywać ranę na łbie, potem przyjrzała się uważnie prawemu uchu. Na czubku brakowało kawałka, czego Bob dotąd nie zauważył.

– No cóż – oznajmiła. – Przeżyje. Będziesz potrzebował koszyka, karmy i tego rodzaju rzeczy.

– Nie – odparł Bob. – Nie rozumiesz.

Przekrzywiła na bok głowę i obrzuciła go spojrzeniem, które mówiło, że rozumie doskonale.

– Nie mogę. Tylko go znalazłem. Zamierzałem go oddać.

– Temu, kto go stłukł i zostawił na pastwę losu?

– Nie, nie, chodziło mi o jakąś organizację.

– Czyli Towarzystwo Opieki nad Zwierzętami – powiedziała. – Poczekają siedem dni, żeby właściciel się zgłosił, a potem…

– Facet, który mu dołożył? Dostaje drugą szansę?

Popatrzyła na niego, unosząc nieznacznie brwi i kiwając głową.

– Jeśli nie odbierze psa – podniosła ucho szczeniaka i zajrzała do wnętrza – to jest prawdopodobne, że tego gościa oddadzą do adopcji. Ale to nie jest łatwe. Znaleźć dla nich dom. Dla pitbuli. A jak się nie uda? – Popatrzyła na Boba. – Usypiają je.

Bob poczuł falę smutku, którym emanowała ta kobieta i który go zawstydził. Nie wiedział, w jaki sposób, ale sprawił właśnie ból. Ból, który udzielił się światu. Zawiódł tę dziewczynę.

– Ja… – zaczął. – Chodzi o to, że…

Zerknęła na niego.

– Słucham?

Bob spojrzał na szczeniaka. Pies miał oczy pełne smutku… nic dziwnego, długi dzień spędzony w śmietniku, nie wspominając już o człowieku, który go zranił. Przestał się jednak trząść.

– Możesz go zabrać – zaproponował Bob. – Pracowałaś w przychodni weterynaryjnej…

Sprzeciwiła się zdecydowanym ruchem głowy.

– Mieszka ze mną ojciec. Przyjeżdża z Foxwoods w niedzielę wieczorem. Wiesz, co będzie, jak znajdzie w domu psa? Zwierzę, na które jest uczulony? – Wskazała kciukiem za siebie. – Szczeniak wyląduje z powrotem na śmietniku.

– Dasz mi czas do niedzieli rano? – spytał Bob. Nie miał pojęcia, skąd wzięły mu się te słowa, bo nie przypominał sobie, żeby je wcześniej sformułował albo żeby mu przyszły do głowy.

Dziewczyna przyglądała mu się z uwagą.

– Poważnie? Słowo daję, jeśli nie zniknie stąd najpóźniej w niedzielę po południu, to wylatuje za drzwi.

– Dobrze, a zatem do niedzieli – powiedział Bob z przekonaniem, które naprawdę żywił. – Niedziela, zdecydowanie.

– Tak?

Uśmiechnęła się i był to olśniewający uśmiech, Bob zaś dostrzegł, że ta twarz pokryta śladami po ospie też jest olśniewająca. Wystarczyło to tylko zauważyć. Dotknęła psiego nosa palcem wskazującym.

– Tak. – Bob czuł się wniebowzięty. Lekki jak hostia. – Tak.

• • •

W barze, który obsługiwał od dwunastej do dziesiątej, od środy do niedzieli, opowiedział wszystko Marvowi. Większość ludzi, z przyzwyczajenia, nazywała Marva kuzynem Marvem; wywodziło się to jeszcze z czasów szkoły podstawowej, choć nikt już nie pamiętał, o co dokładnie chodziło, w każdym razie Marv był naprawdę kuzynem Boba. Ze strony matki.

Kuzyn Marv przewodził w latach osiemdziesiątych i dziewięćdziesiątych gangowi, który składał się głównie z facetów udzielających pożyczek na wysoki procent, choć Marv nigdy nie odrzucał takiej czy innej propozycji spłaty długu, ponieważ wierzył niezachwianie, że ci, którzy nie są dość elastyczni, przegrywają jako pierwsi, kiedy zmienia się sytuacja i wiatr wieje z innej strony. Jak dinozaury, kiedy pojawili się jaskiniowcy i wymyślili strzały, tłumaczył Bobowi. Wyobraź sobie tych jaskiniowców, którzy walą z łuków, i tyranozaury grzęzną w rozlewiskach ropy naftowej. Tragedia, której łatwo było uniknąć.

Gang Marva nie uchodził w okolicy za najtwardszy, najbystrzejszy czy najlepszy – daleko mu było do tego – ale przez jakiś czas dawał sobie radę. Inne gangi deptały im jednak po piętach, oni zaś, poza jednym wyjątkiem, nigdy nie uciekali się do przemocy. Wkrótce musieli się zdecydować: ustąpić pola większym draniom niż oni albo pójść na konfrontację. Wybrali to pierwsze.

Marv czerpał zyski z baru pełniącego funkcję magazynu lewych towarów. W nowym świecie – zaludnionym przez Czeczenów, Włochów i Irlandczyków, twardych gości bez wyjątku – nikt nie chciał wpaść z towarem albo forsą, i to w takiej ilości, żeby dobrali mu się do tyłka federalni. Nikt więc nie przechowywał tego w domu ani w biurze, tylko przewoził z miejsca na miejsce. Co dwa, trzy tygodnie towar był podrzucany między innymi do baru Marva. Pilnowało się tego przez jedną noc, góra dwie, aż pojawiał się jakiś kierowca ciężarówki przewożącej piwo, który znał hasło i ładował wszystko jak puste beczki na przyczepę, po czym odjeżdżał. Pozostały dochód Marv czerpał z tego, że był paserem, jednym z najlepszych w mieście, ale bycie paserem w ich świecie (czy właścicielem magazynu lewych towarów, skoro o tym mowa) przypominało pracę urzędnika pocztowego w normalnym świecie – jeśli ktoś zajmował się tym po trzydziestce, to tak, jakby miał się tym zajmować do końca życia. Bob się nie skarżył – lubił robotę barmana i źle wspominał ten jeden moment, kiedy musieli pójść na całość. Marv jednak wciąż czekał na wielką okazję, która pozwoliłaby mu uwolnić się od tego wszystkiego. Na złoty pociąg, który przyjedzie do niego na złotych szynach. Przez większość czasu udawał szczęśliwego. Bob jednak wiedział, że Marva prześladuje to samo co jego – gówniane rzeczy, które człowiek musiał robić, żeby się wybić. Gówniane rzeczy, które człowiekowi nie dawały spokoju i wydawały się żałosne, jeśli nie potrafił spełnić swoich ambicji; człowiek sukcesu potrafił ukryć własną przeszłość. Przegrany tkwił w niej po uszy.

Tego ranka Marv sprawiał wrażenie nieco przygnębionego i zapalał camela, kiedy poprzedni jarał się jeszcze w popielniczce, więc Bob próbował rozweselić go trochę opowieścią o psie, ale Marv nie przejawiał zainteresowania; Bob przyłapał się na tym, że powtarza w kółko: „Trzeba było to widzieć", i w końcu dał sobie spokój i się przymknął.

– Krążą plotki, że ma przyjść duża dostawa – oznajmił Marv.

– Bez kitu?

Jeśli była to prawda („jeśli" pod dużym znakiem zapytania), oznaczało to wspaniałą wiadomość. Dostawali prowizję – pół procent od towaru. Duża dostawa? To tak jakby dostali pół procent od zysków spółki Exxon.

Bob przez moment ujrzał w wyobraźni bliznę Nadii – jej czerwień, jej gruzłowatą fakturę.

– Myślisz, że przyślą dodatkowych gości do pilnowania?

Marv przewrócił oczami.

– Jasne. Teraz wszyscy ustawiają się w kolejce, żeby obrobić naćpanych Czeczeniów.

– Czeczenów – poprawił go Bob.

– Ale przecież są z Czeczenii.

Bob wzruszył ramionami.

– Jednak nie nazywasz ludzi pochodzących z Irlandii Irlandami.

Marv się skrzywił.

– Nieważne. Chodzi o to, że cała ta nasza ciężka robota opłaciła się w końcu. Jak w przypadku Toyoty.

Bob się nie odezwał. Jeśli mieli im przysłać jakiś supertowar, to tylko dlatego, że ktoś wykombinował, że nie są na tyle ważni, by mieli się nimi interesować federalni. Ale w fantazjach Marva ten ich gang (którego członkowie już dawno się zajęli uczciwą robotą, poszli do więzienia albo, co gorsza, spicznieli) mógł jeszcze wskrzesić dawne dni chwały, nawet jeśli trwały one równie długo jak zegarki marki Swatch. Nigdy nie przyszło mu do głowy, że pewnego dnia przyjdą i zabiorą mu wszystko – paserstwo, pieniądze i towar trzymany na zapleczu, nawet sam bar, do diabła – bo będą mieli dosyć, że wciąż robi w tym biznesie i oczekuje po nich Bóg wie czego. Ilekroć gadał o „ludziach, których znał", o tych swoich marzeniach, Bob miał ochotę sięgnąć po dziewiątkę, którą trzymali pod kontuarem, i strzelić sobie w łeb. No, może przesada – ale czasem niewiele brakowało. Jezu, Marv potrafił człowieka wykończyć.

Do baru zajrzał jakiś facet, był pod trzydziestkę, ale miał siwe włosy, siwą kozią bródkę i srebrny kolczyk w uchu. Ubierał się jak większość szczeniaków w tych czasach – czyli beznadziejnie: fabrycznie postrzępione dżinsy, niechlujny podkoszulek pod spłowiałą kurtką z kapturem i wymiętym wełnianym płaszczem. Nie przekroczył progu, zaglądał tylko do środka, wpuszczając do środka chłód dnia.

– Mogę w czymś pomóc? – spytał Bob.

Facet potrząsnął głową, wlepiając wzrok w kontuar jak w szklaną kulę.

– Może byś tak zamknął drzwi? – Marv nie podniósł nawet wzroku. – Jest zimno.

– Podajecie coś niskoalkoholowego? – spytał facet. Wodził wzrokiem po barze, od góry do dołu, od lewej do prawej.

Marv spojrzał na niego.

– A komu mielibyśmy to podawać, kurwa? Jakiejś grzecznej panience?

Facet uniósł w przepraszającym geście dłoń.

– *Sorry*.

Cofnął się i zamknął za sobą drzwi; w barze znów zrobiło się ciepło.

– Znasz tego chłopaka? – spytał Marv.

Bob pokręcił głową.

– Może go gdzieś widziałem, ale nie jestem pewien.

– To pieprzony świr. Mieszka na terenie sąsiedniej parafii, pewnie dlatego go nie znasz. Pod tym względem jesteś cholernym tradycjonalistą, Bob – jak ktoś nie chodził z tobą do szkoły parafialnej, to tak jakby nie istniał.

Bob nie mógł temu zaprzeczyć. W czasach jego dzieciństwa parafia była ojczyzną. Wszystko, co było człowiekowi potrzebne i co musiał wiedzieć, wiązało się z parafią. Teraz, kiedy archidiecezja zlikwidowała ich połowę, żeby zapłacić za przestępstwa pedofilskich księży, musiał pogodzić się z faktem, że dawne dni kościelnej dominacji należą do przeszłości. Tak, odznaczał się pewnym określonym charakterem, należał do pewnego pokolenia i choć pozostało jeszcze wielu jego przedstawicieli, wszyscy oni byli starsi, mieli posiwiałe włosy i kaszel palaczy. Zgłaszali się do szpitala na badania kontrolne i już tam zostawali.

– Ten chłopak… – Marv popatrzył na Boba spod uniesionych brwi. – Mówią, że zabił swojego czasu Richiego Whelana.

– Mówią?

– Owszem.

– No to…

Siedzieli przez chwilę w milczeniu. Za oknem przelatywał śnieżny pył, gnany podmuchami wiatru. Tabliczki z nazwami ulic i szyby drżały, Bob zaś rozmyślał o tym, jak zima traciła znaczenie w dniu, w którym człowiek jeździł po raz ostatni na sankach. Pozostawała tylko szarość. Wlepił wzrok w mroczne zakamarki baru. Cienie zamieniły się w szpitalne łóżka, w przygarbionych wdowców, którzy kupowali kartki z kondolencjami, w wózki inwalidzkie, na których nikt nie siedział. Wiatr zawył z jeszcze większą siłą.

– Wiesz, ten szczeniak – powiedział Bob. – Ma łapy wielkie jak łeb. Trzy są brązowe, a jedna biała z takimi plamkami pomarańczowego koloru. I…

– A gotuje? – przerwał mu Marv. – Sprząta w domu? Chodzi mi o to, że to tylko pieprzony pies.

– Tak, ale… – Bob opuścił bezradnie ręce. Nie wiedział, jak ma to wyjaśnić. – Znasz to uczucie, jakie cię czasem ogarnia, kiedy coś się udaje? Drużyna wygrywa, a ty na nią postawiłeś, albo podają ci odpowiedni stek, albo po prostu jest ci dobrze. No wiesz… – Bob znowu zamachał rękami. – Jest po prostu dobrze.

Marv skinął głową i uśmiechnął się powściągliwie. Potem znów się skupił na obstawianiu gonitw.

• • •

W niedzielę rano Nadia przyniosła psa do jego samochodu, kiedy czekał pod domem. Podała mu zwierzaka przez okno i pomachała im obu.

Spojrzał na szczeniaka i poczuł przypływ strachu. Co jada? Kiedy jada? Jak się go uczy załatwiania potrzeb fizjologicznych w odpowiednim miejscu? Jak długo to potrwa? Miał mnóstwo czasu, żeby się nad tym wszystkim zastanowić – dlaczego te pytania dopiero teraz przyszły mu do głowy?

Nacisnął hamulec i cofnął się o kilka metrów. Nadia, która stawiała już stopę na najniższym schodku, odwróciła się. Spuścił szybę po stronie pasażera i pochylił się nad fotelem.

– Nie wiem, co robić – oznajmił. – Nic nie wiem.

• • •

W sklepie dla zwierząt Nadia wybrała kilka zabawek do gryzienia i wyjaśniła Bobowi, że będzie ich potrzebował, jeśli chce zachować łóżko w całości. I buty, dodała – od tej chwili kładź buty na najwyższej półce. Kupili też witaminy – dla psa! – i torbę karmy dla szczeniaków, którą poleciła, tłumacząc przy okazji, żeby się trzymał tego jednego rodzaju, bo to ważne. Zmienisz psu żarcie, ostrzegła, a będziesz miał na podłodze kałuże sraczki.

Nabyli też kojec, w którym pies miał przebywać podczas nieobecności Boba. I butelkę wody do kojca, a także książkę o tresurze psów, napisaną przez jakichś mnichów, którzy na okładce sprawiali wrażenie twardych i w ogóle nie wyglądali na mnichów. Uśmiechali się szeroko. Kiedy kasjer podliczał wszystko, Bob – sięgając po portfel – poczuł drżenie na całym ciele, chwilowy wstrząs. Zrobiło mu się gorąco w krtani, w głowie zakręciło. Dopiero gdy ten dreszcz ustał, a w gardle pojawił się chłód, gdy przejaśniało mu w głowie i gdy podał kasjerowi kartę kredytową – dopiero gdy zniknęło tamto wrażenie, uświadomił sobie w pełni, czym było: przez chwilę, może nawet kilka chwil, zbyt krótkich i ulotnych, by mógł sobie zdać z tego sprawę od razu – czuł się szczęśliwy.

• • •

– No to dzięki – powiedziała, kiedy zajechał pod jej dom.

– Co? Nie. To ja dziękuję. Naprawdę. To jest… dziękuję.

– Ten malec to porządny gość. Będziesz z niego dumny, Bob.

Spojrzał na szczeniaka, śpiącego teraz na jej kolanach i pochrapującego cicho.

– Tak się zachowują? Śpią cały czas?

– Bardzo dużo. Potem zaczynają biegać jak stuknięte. Potem znowu śpią. I walą kupę. Bob, stary, musisz o tym pamiętać – walą kupę i sikają jak szalone. Nie wściekaj się wtedy. One tego nie rozumieją. Przeczytaj książkę tych mnichów. Trochę to trwa, ale po jakimś czasie psy kapują i wiedzą, że nie robi się tego w domu.

– Po jakim czasie?

– Dwa miesiące? – Przekrzywiła głowę. – Trzy? Cierpliwości, Bob.

– Cierpliwości – powtórzył jak echo.

– I ty też bądź cierpliwy – zwróciła się do szczeniaka, zdejmując go z kolan.

Ocknął się, sapiąc i parskając. Nie chciał jej puścić.

– Uważajcie na siebie – powiedziała na koniec, wysiadła z samochodu, pomachała im na schodach i zniknęła w domu.

Szczeniak przysiadł na zadzie, spoglądając przez okno, jakby Nadia mogła w każdej chwili znów się pojawić. Potem zerknął przez bark na Boba. Bob wyczuwał jego osamotnienie. I swoje osamotnienie. Był pewien, że wszystko spieprzą, on i ten porzucony szczeniak. Był pewien, że świat jest dla nich zbyt twardy.

– Jak się wabisz? – spytał psiaka. – Jak cię nazwiemy?

Pies odwrócił głowę, jakby chciał powiedzieć: „Sprowadź dziewczynę z powrotem".

• • •

Od razu narżnął w jadalni.

Bob się nawet nie zorientował, co pies kombinuje. Zwierzak zaczął węszyć, szorując nosem o chodniczek, potem spojrzał na Boba z niejakim zakłopotaniem. Bob spytał: „Co?", a pies w tym momencie zapaskudził cały narożnik.

Bob rzucił się do przodu, jakby mógł powstrzymać czworonoga, pchnął go i szczeniak zwiał do kuchni, pozostawiając krople na drewnianej podłodze.

– Dobra, dobra, w porządku – powiedział uspokajająco Bob.

Nie było w porządku. Niemal wszystko w tym domu należało do jego matki i pozostawało niezmienione od lat pięćdziesiątych; wtedy go kupiła. To było gówno. Ekskrementy. W domu jego matki. Na chodniczku, na podłodze.

W ciągu kilku sekund, których potrzebował, by dotrzeć do kuchni, szczeniak zostawił na linoleum kałużę sików. Bob omal się na niej nie pośliznął. Psiak siedział za lodówką i patrzył na niego, przygotowując się na uderzenie, próbując zapanować nad drżeniem.

Powstrzymało to Boba. Powstrzymało, choć wiedział, że im dłużej gówno pozostanie na chodniczku, to tym trudniej będzie je posprzątać.

Osunął się na czworaka. Poczuł nagły przypływ tego, czego doznał, kiedy wyjmował czworonoga ze stalowej beczki, i co – jak zakładał – zniknęło wraz z Nadią. Wrażenie intymnego związku. Podejrzewał, że połączyło ich coś więcej niż tylko przypadek.

– Hej – powiedział prawie szeptem. – Hej, w porządku.

Powoli, powolutku wyciągnął rękę, a szczeniak jeszcze bardziej się wtulił w lodówkę. Bob jednak dalej wysuwał dłoń i położył ją delikatnie na pysku psa. Cmokał uspokajająco. Uśmiechnął się do zwierzaka. „W porządku" – powtarzał raz za razem.

●　●　●

Nazwał go Cassius, ponieważ wziął psa omyłkowo za boksera; poza tym podobało mu się brzmienie tego słowa. Przywodziło na myśl legiony rzymskie, dumnie zarysowane szczęki, honor.

Nadia wołała na niego Cash. Wpadała czasem po pracy i razem wyprowadzali go na spacer. Wiedział, że w Nadii jest coś dziwnego – to, że pies został znaleziony niedaleko jej domu, ona zaś nie wykazała zdziwienia ani zainteresowania tym faktem, nie uszło uwagi Boba – ale czy ktokolwiek na tej planecie nie był trochę dziwny? Bardziej niż trochę, na ogół. Nadia przychodziła, żeby pomagać przy psie, a Bob, który niewiele przyjaźni w życiu zaznał, brał to, co mu podsuwa los.

Nauczyli Cassiusa siadać, kłaść się i przewracać z boku na bok. Bob przeczytał książkę mnichów od deski do deski i postępował zgodnie z zawartymi w niej instrukcjami. Szczeniak został zaszczepiony przeciw wściekliźnie, zniszczoną chrząstkę w uchu usunięto. Zostanie tylko blizna, powiedział weterynarz, głęboka blizna. Pies rósł jak na drożdżach.

Mijały tygodnie, w ciągu których Cassius nie zapaskudził domu, ale Bob wciąż nie był pewien, czy to tylko kwestia przypadku, aż pewnego dnia, w niedzielę, Cassius zaczął drapać łapą w tylne drzwi. Bob wypuścił go na dwór, a potem pognał do telefonu, żeby powiedzieć o wszystkim Nadii. Był taki dumny, że miał ochotę wrzeszczeć z radości i prawie pomylił dźwięk dzwonka z czymś innym. To pewnie czajnik, pomyślał, sięgając po słuchawkę.

Facet stojący na progu był chudy. Ale ta chudość nie świadczyła o słabości, tylko wręcz przeciwnie, o sile. Jakby płonął w nim jakiś wewnętrzny ogień, który pochłaniał tłuszcz, by przetrwać. Niebieskie oczy były tak blade, że niemal szare. Srebrne włosy przycięte przy samej skórze głowy, nosił też krótko przystrzyżone wąsy i bródkę. Bob od razu go rozpoznał – to był ten sam facet, który zajrzał jakieś pięć, sześć tygodni wcześniej do baru, pytając o drinka.

Uśmiechnął się i wyciągnął rękę.

– Pan Saginowski?

Bob wyciągnął swoją.

– Tak. O co chodzi?

– Bob Saginowski?

Facet uścisnął wielkie łapsko Boba małą dłonią, która odznaczała się dużą siłą.

– Tak?

– Jestem Eric Deeds. – Puścił rękę Boba. – Masz chyba mojego psa.

• • •

Kiedy znaleźli się w kuchni, Eric Deeds powiedział: „Hej, to on". A potem: „Mój pies". A potem: „Jest duży". A potem: „Nieźle wyrósł".

Cassius zbliżył się ostrożnie do niego, a nawet wspiął mu się na kolana, kiedy Eric, nieproszony, usiadł przy stole kuchennym i poklepał się dwa razy po udzie. Bob nie potrafił nawet wyjaśnić, w jaki sposób Eric Deeds znalazł się w jego domu; był jednym z tych ludzi, którzy mają w sobie to coś, jak policjanci – chcą wchodzić, to wchodzą.

– Słuchaj, Bob – powiedział Eric Deeds. – Muszę go mieć z powrotem.

Trzymał Cassiusa na kolanach i głaskał go po brzuchu. Bob poczuł ukłucie zazdrości, kiedy pies majtnął lewą łapą, choć po jego futrze przebiegało ciągłe drżenie, nawet coś w rodzaju spazmów. Eric Deeds podrapał psa pod szyją. Cassius skulił uszy i podwinął ogon pod siebie. Sprawiał wrażenie zawstydzonego, oczy uciekły mu w głąb czaszki.

– Hm... – Bob wziął psa z kolan Erica i posadził go na swoich, drapiąc za uszami. – Cash jest mój.

Przypominało to konfrontację – Bob zabrał bez słowa ostrzeżenia psa z kolan Erica, a Eric patrzył przez chwilę na Boba, jakby chciał powiedzieć: O co, kurwa, chodzi? Zmarszczył czoło, co nadało jego oczom wyraz zaskoczenia, jakby się same dziwiły, że znalazły się na tej twarzy. W tym momencie wyglądał groźnie i okrutnie, facet, który miał w dupie cały świat. Z wyjątkiem siebie.

– Cash? – spytał.

Bob skinął głową, a pies znów postawił uszy i polizał swojego pana po ręku.

– Zdrobnienie od Cassius. Tak się wabi. A jak ty go nazywałeś?

– Wołałem na niego Pies. Czasem Ogar.

Eric Deeds rozejrzał się po kuchni, potem zerknął w górę, na okrągłą świetlówkę na suficie, coś, co wywodziło się jeszcze z czasów matki, do diabła, nawet z czasów ojca przed pierwszym wylewem, mniej więcej wtedy, kiedy stary dostał obsesji na punkcie boazerii – wyłożył nią kuchnię, salon, jadalnię, wyłożyłby nawet toaletę, gdyby wiedział, jak to zrobić.

– Zbiłeś go – zauważył Bob.

Eric sięgnął do kieszeni na piersi, wyjął papierosa i wsunął go sobie do ust. Zapalił, zgasił zapałkę i rzucił ją na stół.

– Tu się nie pali – powiedział Bob.

Eric wpatrywał się w niego bez zmrużenia powiek i palił dalej.

– Pobiłem go?

– Tak.

– Hm, i co z tego? – Strzepnął trochę popiołu na podłogę. – Zabieram psa, Bob.

Bob wstał i wyprostował się na całą wysokość swojego wzrostu. Trzymał mocno Cassiusa, który się trochę wiercił w jego ramionach i skubał mu wierzch dłoni. Bob postanowił, że jeśli do czegoś dojdzie, to runie masą swoich stu dziewięćdziesięciu centymetrów i stu czterdziestu kilogramów na Erica Deedsa, który nie mógł ważyć więcej niż osiemdziesiąt kilo. Jeszcze nie teraz, kiedy tak stał w miejscu, ale gdyby tamten sięgnął po Cassiusa, to… Eric Deeds wypuścił w stronę sufitu kłąb dymu.

– Widziałem cię tamtej nocy. Nie czułem się dobrze, rozumiesz, z powodu tego napadu złości. Wróciłem więc, żeby sprawdzić, czy pies naprawdę nie żyje, i zobaczyłem, jak wyciągasz go ze śmietnika.

– Naprawdę uważam, że powinieneś już sobie pójść. – Bob wyjął z kieszeni komórkę. – Wzywam policję.

Eric skinął głową.

– Byłem w więzieniu, Bob, i w szpitalach psychiatrycznych. Byłem w różnych miejscach. Nawet jeśli znowu tam trafię, to będę miał to w nosie, choć wątpię, czy skażą mnie za to, że dokopałem jakiemuś psu. Rozumiesz, o co chodzi? Prędzej czy później będziesz musiał pójść do pracy albo się przespać.

– Co z tobą nie tak?

Eric rozłożył ręce.

– Prawie wszystko. A ty zabrałeś mi psa.

– Próbowałeś go zabić.

– Nie – odparł Eric i pokręcił głową, jakby w to wierzył.

– Nie możesz dostać tego psa.

– Potrzebuję go.

– Nie.

– Kocham go.

– Nie.

– Dziesięć tysięcy.

– Co?

Eric skinął głową.

– Potrzebuję dziesięciu patyków. Dzisiaj, przed wieczorem. To jest cena.

Bob parsknął nerwowym śmiechem.

– Kto ma dziesięć tysięcy dolarów?

– Możesz je zdobyć.

– W jaki sposób...

– Ten sejf w gabinecie kuzyna Marva. Urządziliście tam dziuplę, Bob. Wie o tym połowa ludzi w tej okolicy. Może więc od tego zacząć?

Bob pokręcił głową.

– Nie da rady. Pieniądze, które dostajemy w ciągu dnia, przechodzą przez skrytkę w barze i lądują w sejfie, owszem, ale ten jest wyposażony w zamek...

– ...czasowy, wiem. – Eric rozsiadł się wygodnie. – Dezaktywuje się o drugiej nad ranem, na wypadek gdyby trzeba było wziąć forsę na nie wiadomo na co, kurwa, w każdym razie coś dużego. I masz półtorej minuty, żeby go otworzyć i zamknąć, bo w przeciwnym razie uruchomi dwa ciche alarmy, ale żaden się nie odzywa na posterunku policji czy w firmie ochroniarskiej. Niezwykłe. – Eric zaciągnął się papierosem. – Nie jestem chciwy, Bob. Potrzebuję po prostu forsy. Nie chcę wszystkiego, co macie sejfie, tylko dziesięciu tysięcy. Dasz mi dziesięć patyków i zniknę.

– To śmieszne.

– Owszem.

– Nie możesz włazić komuś w życie...

– To jest życie: ktoś taki jak ja zjawia się, kiedy nie patrzysz.

Bob postawił Cassiusa na podłodze, ale pilnował, żeby pies nie ruszył ku przeciwległej stronie stołu. Niepotrzebnie się martwił – Cassius nie drgnął nawet o centymetr i tkwił w miejscu niczym betonowy słup, patrząc na Boba.

– Zastanawiasz się nad możliwymi rozwiązaniami, ale to są rozwiązania dla normalnych ludzi w normalnych okolicznościach. Potrzebuję dziś wieczorem dziesięciu tysięcy. Jeśli ich nie zdobędziesz dla mnie, zabiorę ci psa. Zarejestrowałem go. Ty tego nie zrobiłeś, bo nie mogłeś. Potem zapomnę go karmić przez jakiś czas. Pewnego dnia, kiedy zacznie drzeć pysk, walnę go w łeb kamieniem albo czymś innym. Spójrz mi w oczy i powiedz, czy kłamię choć odrobinę, Bob.

• • •

Po jego wyjściu Bob zszedł do piwnicy. Zaglądał tam tylko wtedy, kiedy musiał, choć podłoga była biała, tak biała, że już nie mogła być bielsza, bielsza niż kiedykolwiek w trakcie swego istnienia. Otworzył szafkę nad starym zlewem, z którego korzystał często jego ojciec po swoich przygodach z boazerią, i wziął z półki puszkę po orzeszkach. Wyjął z niej piętnaście tysięcy. Dziesięć schował do kieszeni, a pięć odłożył z powrotem do pojemnika. Znowu przesunął wzrokiem po białej podłodze, spojrzał na czarny zbiornik z olejem pod ścianą, na nagie żarówki.

Na górze dał Cassiusowi garść przysmaków. Podrapał go za uszami i po brzuchu. Zapewnił zwierzaka, że jest wart dziesięć tysięcy dolarów.

• • •

Bob, stojący przy barze już od godziny, między jedenastą a północą, spojrzał przez szczelinę w tłumie i zobaczył Erica siedzącego przy chwiejnym stoliku pod lustrem. Finał Super Bowl skończył się ponad godzinę wcześniej, ale goście, pijani w trupa, wciąż kręcili się po lokalu. Eric trzymał wyciągniętą rękę na blacie, Bob zaś podążył za nią wzrokiem i zobaczył, że jest z czymś połączona. Z inną ręką. Z ręką Nadii. Nadia patrzyła na Erica, jej twarz miała nieodgadniony wyraz. Była przerażona? Czy może chodziło o coś innego?

Bob, napełniając szklankę lodem, czuł się tak, jakby wpychał sobie kostki do gardła i płuc, czuł je w żołądku i na kręgosłupie. Co w końcu wiedział o Nadii? Wiedział, że znalazł prawie nieżywego psa w śmietniku pod jej domem. Wiedział, że Eric Deeds pojawił się w jego życiu dopiero wtedy, gdy on sam poznał Nadię. Wiedział, że mogła mieć na drugie imię Przemilczenie.

Kiedy Bob miał dwadzieścia osiem lat, poszedł do sypialni matki obudzić ją na niedzielną mszę. Potrząsnął nią, a ona nie trzepnęła go po ręku, jak to zwykle czyniła. Obrócił ją więc ku sobie i zobaczył, że ma ściągniętą twarz, powieki także, i że jest szara jak popiół. W pewnym momencie, późnym wieczorem, po filmie i *Wiadomościach* o dwudziestej drugiej, poszła do łóżka i obudziła się, czując, jak na jej sercu zaciska się dłoń Boga. Prawdopodobnie zabrakło jej powietrza w płucach, by mogła krzyknąć. Sama w ciemności, palce zaciskają się na pościeli, tamta dłoń ściska serce, twarz się kurczy, powieki opadają. I koszmarna świadomość, że nadchodzi koniec, nawet dla mnie. I to teraz.

Stojąc nad nią tamtego ranka, wyobrażając sobie ostatnie uderzenie jej serca, ostatnie życzenie, jakie potrafił wyrazić jej umysł, Bob doznał poczucia straty, jakiego nigdy wcześniej nie doświadczył i nie miał doświadczyć.

Do tego wieczoru. Do teraz. Do chwili, gdy uświadomił sobie, co maluje się na twarzy Nadii.

• • •

O 1.50 tłum zniknął, został tylko Eric, Nadia i stara zakonserwowana i zadeklarowana alkoholiczka, Millie, która miała ruszyć spacerkiem do swojego domu przy Pearl Street punktualnie o 1.55.

Eric, który przez ostatnią godzinę podchodził do baru po drinki, odsunął się od stolika i pociągnął za sobą Nadię. Posadził ją na stołku i Bob mógł wreszcie spojrzeć jej w twarz; zobaczył coś, czego wciąż nie potrafił dokładnie określić – ale zdecydowanie nie było to podniecenie, samozadowolenie czy gorzki uśmiech zwycięzcy. Może coś gorszego – rozpacz.

Eric wyszczerzył do niego zęby i spytał cicho:

– Kiedy ta starucha się stąd wyniesie?

– Za kilka minut.

– Gdzie Marv?

– Nie zadzwoniłem po niego.

– Dlaczego?

– Jeśli ktoś ma wziąć winę na siebie, to pomyślałem sobie, że równie dobrze mogę być to ja.

– Jakież to szlachetne...

– Skąd ją znasz?

Eric spojrzał na Nadię, która siedziała obok niego przygarbiona. Nachylił się nad kontuarem.

– Dorastaliśmy w tym samym bloku.

– To on ci zafundował tę bliznę?

Nadia wlepiła w niego wzrok.

– On? – spytał nieustępliwie Bob.

– Sama ją sobie zrobiła – odpowiedział za nią Eric Deeds.

– Naprawdę? – zwrócił się Bob do Nadii.

Nadia wbiła spojrzenie w kontuar.

– Byłam na haju.

– Słuchaj, Bob – powiedział Eric. – Jeśli lecisz ze mną w chuja – choćby odrobinę – to nieważne, ile czasu mi to zajmie, ale dobiorę się do niej. A jeśli coś kombinujesz, coś w rodzaju „Eric stąd nie wyjdzie"? No, może nie ty, ale Marv, powiedzmy? Jeśli coś takiego przychodzi wam do głowy, Bob, to mój kumpel, z którym razem załatwiłem Richiego Whelana, zajmie się wami.

Eric się wyprostował, podczas gdy Millie położyła napiwek na barze, zawsze ten sam, i to od czasów sputnika – ćwierć dolara – i zsunęła się ze swojego stołka, po czym zwróciła się do Boba głosem zachrypniętym od papierosów:

– Dobra, zmywam się.

– Uważaj na siebie, Millie.

Machnęła ręką, mrucząc od niechcenia: „Tak, tak, tak" i pchnęła drzwi baru.

Bob zamknął za nią, wrócił za kontuar i zaczął go wycierać. Kiedy doszedł do łokci Erica, powiedział:

– Przepraszam.

– Wytrzyj dookoła.

Bob zatoczył szmatą półkola przy łokciach Erica.

– Kim jest twój partner? – spytał Bob.

– Nie byłby taki niebezpieczny, gdybyś wiedział, prawda, Bob?

– Ale pomógł ci zabić Richiego Whelana?

– Taka krąży plotka, Bob.

– Więcej niż plotka.

Bob wytarł kontuar przed Nadią i zobaczył czerwone ślady na jej nadgarstkach, tam gdzie wcześniej chwycił ją Eric, ciągnąc od stolika. Zastanawiał się, czy są jeszcze inne ślady, których nie widział.

– No dobra, więcej niż plotka, Bob. Tak to już jest.

– To znaczy co?

– Tak to już jest. – Eric się skrzywił. – Która godzina, Bob?

Bob położył dziesięć tysięcy na kontuarze.

– Nie musisz się cały czas zwracać do mnie po imieniu.

– Zobaczę, co da się z tym zrobić, Bob. – Eric przeliczył kciukiem banknoty. – Co to takiego?

– Dziesięć tysięcy, które chciałeś za Casha.

Eric wysunął wargi.

– Mimo wszystko zajrzyjmy do sejfu.

– Jesteś pewien? – spytał Bob. – Wystarczy, że zapłacę za niego dziesięć tysięcy. To mi pasuje.

– A ile za Nadię?

– Och.

– Tak. Och.

Bob zastanawiał się przez chwilę nad tym nowym numerem i nalał sobie wódki na koniec roboty. Podniósł kieliszek, jak do toastu, i wypił.

– Słuchaj, Marv miał kiedyś problem z koką, jakieś dziesięć lat temu.

– Nie wiedziałem, Bob.

Bob wzruszył ramionami i nalał wszystkim wódki.

– Tak, Marv za bardzo lubił kokę, ale ona nie lubiła jego.

Eric wypił wódkę Nadii.

– Zbliża się druga, Bob.

– Był wtedy lichwiarzem. To znaczy bawił się w paserkę, ale głównie pożyczał forsę na wysoki procent. Trafił się jeden facet. Był winien Marvowi kupę szmalu. Beznadziejna sprawa, jak ktoś wydaje wszystko na hazard. Nigdy w życiu nie spłaciłby tego, co był winien.

Eric wypił swojego drinka.

– Pierwsza pięćdziesiąt siedem, Bob.

– I wiesz co? Facet trafił dużą wygraną. Dwadzieścia dwa patyki. Trochę więcej niż był winien Marvowi.

– I mu nie zapłacił, więc ty i Marv pograliście z nim ostro, a ja mam sobie uświadomić, że…

– Nie, nie. Zapłacił Marvowi. Co do centa. Ale facet nie wiedział, że Marv ukrywa dochody. Może z powodu tej koki? A forsa tego gościa była jak manna z nieba, dopóki nikt nie wiedział, że pochodzi od niego. Rozumiesz, o czym mówię?

– Bob, do drugiej pozostała pieprzona minuta – oznajmił Eric. Nad jego górną wargą widać było kropelki potu.

– Rozumiesz, o czym mówię? – powtórzył Bob. – Chwytasz, o co chodzi w tej historii?

Eric obrócił się w stronę drzwi i upewnił, że są zamknięte.

– Tak, jasne. Trzeba go było oskubać.

– Nie. Trzeba było go zabić.

Szybkie spojrzenie kątem oka.

– Okay, zabić.

Bob poczuł nagle na sobie wzrok Nadii, która przechyliła na bok głowę.

– W ten sposób nie mógł nikomu powiedzieć, że spłacił Marva, i nikt inny też nie mógł. Marv załatał wszystkie dziury i zaczął postępować według obowiązujących zasad, jakby się nic nie stało. Więc zrobiliśmy to.

– Zrobiliście... – powtórzył jak echo Eric, nie bardzo słuchając, ale w jego głowie już odzywał się dzwonek alarmowy. Oderwał wzrok od zegara i spojrzał na Boba.

– Zabiliśmy go w mojej piwnicy – ciągnął Bob. – Wiesz, jak się ten facet nazywał?

– Nie mam pojęcia, Bob.

– Masz pojęcie. Richie Whelan.

Bob sięgnął pod kontuar i wyciągnął dziewiątkę. Nie zauważył, że broń jest zabezpieczona, kiedy więc pociągnął za spust, nic się nie stało. Eric szarpnął głową i odsunął się gwałtownym ruchem od baru, ale Bob przesunął bezpiecznik i strzelił Ericowi w gardło. Rozległ się huk, jakby ktoś odrywał metalowy siding od ściany domu. Nadia krzyknęła. Nie był to przeciągły krzyk, ale krótki i ostry, wywołany nagłym szokiem. Eric poleciał do tyłu i spadł ze stołka; nim Bob wyszedł zza kontuaru, facet był już prawie załatwiony, jeśli nie do końca. Wentylator pod sufitem rzucał mu na twarz ruchliwe wiązki cienia; Eric wydymał i wciągał policzki jak ktoś, kto próbuje złapać oddech i jednocześnie kogoś całować.

– Przykro mi – powiedział Bob. – Wiesz co? Tacy jak ty wychodzą z domu odpicowani. Gadają koszmarne rzeczy o kobietach. Krzywdzą bezbronne psy. Mam cię dość, facet.

Eric patrzył na niego szeroko otwartymi oczami. Krzywił się, jakby miał zgagę. Jakby ktoś przyszył mu ten grymas do twarzy. Po chwili opuścił swoje własne ciało. Po prostu odszedł. Po prostu umarł, kurwa.

Bob zaciągnął go do chłodni.

Kiedy wrócił, pchając przed sobą mop i wiadro, Nadia wciąż siedziała na stołku przy barze. Miała usta rozchylone bardziej niż zwykle i nie mogła oderwać wzroku od krwi na podłodze, ale poza tym wydawała się całkowicie normalna.

– Nie poprzestałby na tym, wciąż by przyłaził – oznajmił Bob. – Jak już coś się komuś da, to ten ktoś wcale nie odczuwa wdzięczności, tylko uważa, że należy mu się więcej. – Zamoczył mop w wiadrze, wyżął go trochę i przejechał nim po największej plamie krwi. – Niby bez sensu, co? Ale za takich się właśnie uważają. Za upoważnionych. I nie słuchają już potem żadnych argumentów.

– On... – zaczęła niepewnie. – Właśnie go zastrzeliłeś, kurwa. To znaczy... czy zdajesz sobie z tego sprawę?

Bob zgarniał okrężnym ruchem krew z posadzki.

– Zbił mojego psa.

• • •

Czeczeni, po krótkiej naradzie z Włochami i Irlandczykami, zajęli się zwłokami. Bob usłyszał, że przez dwa kolejne miesiące może się stołować za darmo w kilku restauracjach, dostał też cztery bilety na mecze Boston Celtics. Może nie były to supermiejsca, ale całkiem niezłe.

Bob nie wspomniał nawet słowem o Nadii. Powiedział tylko, że Eric pojawił się pod koniec wieczoru, zaczął wymachiwać spluwą i kazał się zaprowadzić do sejfu. Bob pozwolił mu się wygadać, poczekał na okazję i zastrzelił faceta. Wszystko. Koniec Erica, koniec historii.

Nadia przyszła do niego kilka dni później. Bob otworzył drzwi i zobaczył ją na progu, a za jej plecami jaśniał pogodny zimowy dzień, który pozwala widzieć wszystko ostro i wyraźnie. Trzymała w ręku torbę z psimi przysmakami.

– Masło orzechowe – wyjaśniła z promiennym uśmiechem. Miała trochę wilgotne oczy. – Z odrobiną melasy.

Bob otworzył drzwi szerzej i odsunął się na bok, żeby mogła wejść.

• • •

– Muszę wierzyć, że jest w tym jakiś cel – oznajmiła Nadia. – I nawet jeśli mnie zabijesz, jak tylko zamknę oczy...

– Ja? Co? Nie – odparł Bob. – O nie.

– ...to będzie to w porządku. Bo nie mogę dłużej być sama. Ani jednego dnia.

– Ja też nie. – Zamknął oczy. – Ja też nie.

Nie odzywali się przez długą chwilę. Podniósł wreszcie powieki, wlepił wzrok w sufit sypialni.

– Dlaczego?

– Hm?

– Ty. Dlaczego jesteś ze mną?

Przesunęła dłonią po jego piersi, a on zadrżał. Nigdy, przez całe swoje życie, nie spodziewał się, że poczuje taki dotyk na nagiej skórze.

– Dlatego, że cię lubię. I że jesteś miły dla Cassiusa.

– I dlatego, że się mnie boisz?

– Nie wiem. Może. Ale bardziej z tamtych powodów.

Nie potrafił powiedzieć, czy Nadia kłamie. Kto zresztą potrafiłby to powiedzieć o kimkolwiek? Naprawdę. Każdego dnia człowiek natykał się na jakichś ludzi, a większość z nich, może nawet wszyscy, mogliby go okłamywać. Dlaczego?

A dlaczego nie?

Nie sposób było się zorientować, kto jest prawdomówny, a kto nie. W przeciwnym razie nie wynaleziono by wariografu. Ktoś patrzył człowiekowi w twarz i zapewniał: „Mówię prawdę". Zapewniał: „Obiecuję". Zapewniał: „Kocham cię".

I co można było na to odpowiedzieć? Udowodnij to?

– Trzeba go wyprowadzić na spacer.

– Hm?

– Cassiusa. Nie wychodził przez cały dzień.

– Wezmę smycz.

• • •

Lutowe niebo zwieszało się nad nimi w parku jak szary brezent. Od kilku dni pogoda była niemal łagodna. Lód na rzece ustąpił, ale niewielkie kawałki wciąż przywierały do ciemnych brzegów.

Nie wiedział, w co ma wierzyć. Cassius szedł przed nimi, szarpiąc trochę za smycz, taki dumny, taki zadowolony, taki niepodobny do tego drżącego kawałka sierści, który Bob wyciągnął ze śmietnika zaledwie dwa i pół miesiąca wcześniej.

Dwa i pół miesiąca! Rany. Wszystko się mogło w mgnieniu oka zmienić, to fakt. Człowiek budził się pewnego ranka i za oknem był nowy świat. Ten nowy świat zmierzał ku słońcu, przeciągał się i ziewał. Potem zmierzał ku nocy. Po kilku godzinach znowu zmierzał ku słońcu. Nowy świat, każdego dnia.

Kiedy znaleźli się w głębi parku, Bob odpiął smycz od obroży Cassiusa i sięgnął do kieszeni po piłkę tenisową. Cassius odwrócił łeb. Parsknął głośno. Podrapał ziemię łapami. Bob rzucił piłkę, a pies za nią pognał. Bob wyobraził sobie, jak piłka odbija się w niewłaściwą stronę i leci na ulicę. Pisk opon, uderzenie metalu o miękkie ciało. Albo co by się stało, gdyby Cassius, nagle uwolniony, pobiegł przed siebie i się nie zatrzymał?

Co można byłoby zrobić?

Wiedział jedno: nie sposób nad wszystkim panować.

Lynda Leidiger

Powiedzcie mi

Z „Gettysburg Review"

Piątek

Członków rodziny Zandry pouczono, by mówili jej różne
rzeczy, ale nie zadawali pytań. Dla dobra pacjentki.

Niemniej jednak Tom witał ją zawsze słowami: „Hej, Zee.
Jak się czujesz?".

Tego dnia odparła jak zawsze wyraźnym szeptem, choć
trochę się zacinając:

– Nie... tak... źle...

Niezmienność jej odpowiedzi potwierdzała, że w pytaniu
nie ma niczego, co musiałaby rozważać, niczego, co mogłoby
ją przestraszyć albo zdezorientować. Było to grzecznościowe
pytanie, nie zaś konkretne.

– Wyglądasz wspaniale, z każdym dniem coraz lepiej –
powiedział, a potem uścisnął jej zdrową rękę, lewą, i zaczął
się zastanawiać nad tym, co powinien jej powiedzieć.

Nikt nie wiedział, ile – i czy w ogóle – widzi. To było jedno
z tych zakazanych pytań. Wyniki badań tomografii komputerowej nie rozstrzygnęły, w jakim stopniu jej nerw wzrokowy
został uszkodzony, ale Tom widział, jak Zandra ogląda kartki
świąteczne i te z życzeniami, trzymając je kilka centymetrów
od twarzy; kilka razy wspomniała o „cieniach". Nie rozumiał,
dlaczego lekarze tak kluczą w tej kwestii. Nie trzeba było stu-
diować latami medycyny czy przeprowadzać skomplikowa-

nych badań, by ustalić, czy dana osoba widzi. Co więcej, jakim cudem pacjentka i jej lekarze nie mogli się zgodzić w tej sprawie? „Pamięć wzroku", teoretyzowali. Wystarczyłoby spytać: „Jakiego koloru jest mój sweter", ale się bał. Lekarze wiedzieli, co jest najlepsze. Test na HIV dał wynik negatywny, a to było najważniejsze.

– Zapuszczam brodę – poinformował ją.

– W…wiem – odparła.

– Naprawdę? – spytał zbyt gorliwie, a ona się uśmiechnęła.

– Drapiesz – wyszeptała.

Potarł się po brodzie.

– Aha. No tak.

Zawsze całował ją na powitanie i pożegnanie.

– Dlaczego…? – Wzięła głęboki wdech.

– Chyba dla odmiany. I żeby pospać rano o kilka minut dłużej.

Zee westchnęła, a może jęknęła.

Betsy, jego ostatnia dziewczyna, uważała, że ten kiełkujący zarost upodabnia go do Stevena Spielberga. Nie był pewien, czy to dobrze. Przez cztery minione miesiące uczęszczał niezbyt chętnie na zajęcia w jej kinematograficznym jednoosobowym college'u, odczytując posłusznie napisy na filmach Kurosawy wyświetlanych na DVD i starając się dostrzec geniusz reżyserski Liny Wertmüller. Gdyby naprawdę chciała uraczyć go jakimś komplementem, to powiedziałaby, że broda upodabnia go do Wellesa albo Eisensteina. Do kogoś, kogo naprawdę poważała.

On i Zandra miewali romanse w ciągu tych czterech lat, które upłynęły od ich rozwodu, nigdy jednak nie czuł się swobodnie, rozmawiając z nią o tym. Bał się, że nie tylko nie będzie zazdrosna, ale też że w jego nieudanych związkach będzie szukała usprawiedliwienia swej własnej decyzji, by od niego odejść. Na początku kobiety zawsze mu mówiły, jaki jest rozsądny i dobry, jaki solidny. Po pewnym czasie zaczynały go krytykować za tłumienie uczuć, za niezdolność do podejmowania ryzyka. W końcu oskarżały go o to, że jest zimny, skupiony wyłącznie na sobie i sztywny. Tom pozwalał im wrzeszczeć na siebie, a potem pozwalał im odejść.

Jeśli Betsy czuła gniew, to go ukrywała; jakiś kobiecy protokół mówił bez wątpienia o tym, jak się zachowywać wobec mężczyzny, którego była żona omal nie zginęła. Z niemal misjonarskim zapałem przyrządzała wyszukane egzotyczne potrawy, które miały towarzyszyć projekcjom zagranicznych filmów. Tydzień wcześniej, przed filmem Satyajita Raya, przygotowała indyjską kolację, prażąc i mieląc osobiście przyprawy. Tak bardzo się koncentrował na tym, by jeść powoli i z uznaniem, i czynić stosowne komentarze, że nie potrafił nawet powiedzieć, czy mu smakowało.

Zandra była entuzjastyczną, ale niezbyt utalentowaną kucharką, której motto brzmiało: „Zawsze dodaj do przepisu coś, dzięki czemu stanie się twój". Była gotowa dodać sosu sojowego lub cynamonu do spaghetti albo dorzucić ziarna słonecznika do pierników. Pod pewnymi względami było to najbardziej egzotyczne jedzenie, jakie Tom kiedykolwiek spożywał, ale zawsze potrafił się zdobyć na komplement i powiedzieć coś dobrego o potrawie, nawet wtedy gdy wcisnęła w formy do babeczek miniaturowe klopsiki i godzinę później wyjęła z piekarnika gorące i kruche krążki hokejowe.

Po rozstaniu, mniej więcej co miesiąc, zapraszała go na kolację. On, w rewanżu, otwierał zakleszczone okno albo wywiercał dziurę na wieszak, czy też naprawiał coś, co wymagało użycia superglue, na którego punkcie miała niewytłumaczalną fobię. To były zajęcia z rodzaju TJC. „Ty jesteś chłopakiem", jak wyjaśniła przed laty, kiedy trzeba było opróżnić pułapkę na myszy w ich pokoju w akademiku. Znajdował przyjemność w tym byciu chłopcem, a w jej nowym domu miał po temu mnóstwo okazji. Choć jako pośredniczka w handlu nieruchomościami skupiła się początkowo na ekskluzywnych propozycjach, z jakiegoś powodu urzekła ją stara drewniana chata pod miastem. Podobało jej się stare brzydkie linoleum w kwiaty i cynkowe blaty kuchenne. Było mu przykro, że wybrała dom tak inny od tego jasnego i czystego wielopoziomowego mieszkania, w którym wychowywali Caitlin, podczas gdy on wprowadził się do apartamentu, mniejszej wersji ich wspólnego lokum, z tarasem wykładanym drewnem sekwoi chronionym przez całoroczną wykładzinę i z deszczomierzem, którego wskazania można było bez trudu odczytywać przez przesuwane szklane drzwi. Kiedy wyjaśniła, dlaczego chce rozwodu, określiła ich małżeństwo jako powolne wygłodzenie. Kazał jej to powtórzyć dwukrotnie, sądząc irracjonalnie, że chodzi jej o wybawienie.

Starał się ją uszczęśliwiać. Nigdy nie zapominał o rocznicach (róże) ani o urodzinach (talon do spa). Zawsze opuszczał po sobie deskę sedesową. Drobnostki miały swoje znaczenie. Kiedy mówiła, że coś się jej podoba albo nie podoba, słuchał uważnie. Pewnego razu poskarżyła się, że nigdy niczym jej nie zaskakuje. Kilka dni później, w tajemnicy, uzupełnił paliwo w jej samochodzie i pojechał do myjni. Nawet tego nie zauważyła.

– Kładę nową wykładzinę – powiedział jej teraz. – Od ściany do ściany. Nie będzie tak wiało od podłogi, poza tym drewno nie będzie się niszczyło. – Wydawało mu się, że popatrzyła na niego dziwnie. – Szarobrązowa, z cętkami. Sprzedawca powiedział, że nie będzie widać na niej brudu.

„Wstępnie zapaskudzona", jak określiła to Betsy.

Zee patrzyła na niego szeroko otwartymi oczami.

– Dlaczego…? – spytała chrapliwie. Wyglądała na wyczerpaną.

– Bo jestem takim flejtuchem. Regularnym małpoludem. – Uderzył się pięściami w pierś, jak goryl z kreskówki. – Pamiętasz tę piosenkę?

Nie odpowiedziała.

W college'u lubiła sobie śpiewać *Chodź i kochaj mnie, bądź moim małpoludem.* Słowa piosenki mówiły o szczęściu w małpim świecie: o życiu na drzewach, jedzeniu rękami, tego rodzaju rzeczach. Pomyślał, że teraz powinien ją zaskoczyć i dać jej CD z tym utworem. Jakiś sprzedawca w sklepie muzycznym, znający się na starych przebojach – a ten był stary, zanim jeszcze poszli na studia – mógł go rozpoznać po kilku słowach tekstu. Zee miała prawdopodobnie oryginalną płytę, schowaną gdzieś w chacie, ale nie zamierzał jej tam szukać.

Nie był tam. Nikt nie był. Kiedy potrzebowała jakiegoś ubrania, ktoś szedł do sklepu i je kupował. Wydawało się, że dała sobie spokój z pytaniami o nowe rzeczy, podobnie jak z pytaniami o uraz głowy, a także o „wypadek". Tak trzeba było to nazywać. Niebawem należało zająć się spakowaniem jej rzeczy, posprzątaniem i wystawieniem chaty na sprzedaż, choć Tom był pewien, że nikt, kto znał jej historię, nie chciałby tam mieszkać. Zee nigdy nie mogłaby tam wrócić, nawet gdyby wyzdrowiała. Nie było tam już bezpiecznie. Jeszcze jedna rzecz, którą jej zabrano. Tom zaczął już się dowiadywać, ile kosztowałoby wynajęcie szpitalnego łóżka i zatrudnienie dziennej pielęgniarki. Nie byłoby trudno przemeblować jego gabinet. Mógłby kupić większy telewizor, powiesić w oknie karmnik dla ptaków, żeby za szybą migotały kolory, postawić na stoliku nocnym mały odtwarzacz CD, żeby mogła słuchać e-booków. Zee zawsze uwielbiała powieści detektywistyczne. Nie powiedział jej jeszcze o niczym, ma się rozumieć. Nie powiedział też Betsy.

Kiedy chodził po pokoju, Zee wodziła za nim oczami – podążając za dźwiękiem jego kroków, powiedzieliby lekarze. Czekała, aż powie jej coś jeszcze.

– Pada śnieg – oznajmił. – Jest okropnie zimno. Masz szczęście, że leżysz sobie w ciepłym miejscu. Facet od pogody powiedział, że to jedna z dziesięciu najchłodniejszych zim w dziejach.

Wciąż czekała.

∙ ∙ ∙

– Cześć, mamo. Dobrze wyglądasz – powiedziała śpiewnie Caitlin, wpadając do pokoju jak burza. W obecności matki zachowywała się teraz inaczej: kręciła się jak fryga, robiła zamieszanie, trzepotała rzęsami, paplała i ogólnie zachowywała się jak jakieś zwariowane perpetuum mobile.

– Dzię...kuję – wyszeptała Zee.

Rzeczywiście, wyglądała ostatnio względnie dobrze. Kiedy już usunięto jej z głowy to koszmarne urządzenie, zaczęły jej odrastać włosy. Były siwe, może z powodu traumy, a może dlatego, że farbowała je w sekrecie przez te wszystkie lata. Przynajmniej nosiła liliowe bluzy zamiast koszuli szpitalnej – teraz, kiedy odłączono ją od tych wszystkich rurek. Caitlin martwiła się kiedyś, że gdyby sama straciła wzrok, to ludzie ubieraliby ją w kontrastowe, kłócące się z sobą paski i kraty, może nawet w podkoszulki z idiotycznymi sloganami, i śmiali się z niej za plecami. Teraz się martwiła, że gdyby ktoś próbował ją zabić, to mogłaby nie zginąć na miejscu.

Zdjęła pospiesznie kurtkę, sięgnęła do stolika przy łóżku i chwyciła energicznie pocztę z poprzedniego dnia, zrzucając przy okazji na podłogę telefon.

– Przepraszam. Ale ze mnie niezdara – powiedziała, schylając się po komórkę.

Kto by chciał dzwonić do matki w jej obecnym stanie? Najprawdopodobniej jacyś telemarketerzy. Natarczywi kretyni. A ona czekała w szpitalu na jeden – tylko jeden – telefon.

Caitlin wyprostowała się i przejrzała kartki.

– Och, ciocia Eileen znowu jest w Afryce.

– W Etio...pii – powiedziała matka.

– Tak, zgadza się! – zawołała wesoło Caitlin, jakby matka była bystrą uczestniczką jakiegoś telewizyjnego teleturnieju.

Zapomniała mówić jak normalna osoba. Teraz była energiczna i nerwowa, gorączkowo niezgrabna. Zachowywała się jak aktorka. Życie to przechodni cień, jak powiedział Szekspir, czy raczej chodzenie o kulach. Na swój własny sposób czuła się niestosownie jak jej ciotka, która podróżowała beztrosko po świecie – nawet jeśli na tym polegała jej praca – i uwieczniała radosne uwagi na tłoczonej hotelowej papeterii. Jakby kogoś mogło obchodzić, jaka jest akurat pogoda w Addis Abebie! Ciotka Eileen, która, choć młodsza o pięć lat od swej siostry, urodziła się już stara, jak twierdziła matka. „Nie martw się, że jesteś jedynaczką – mówiła nieraz, zwracając się do Caitlin. – Pewnego dnia, kiedy będziesz się tego najmniej spodziewać, znajdziesz prawdziwą siostrę, tak jak ja znalazłam Peg". Ich spotkanie w pralni samoobsługowej na pierwszym roku studiów przerodziło się w rodzinną legendę. „Myślałam, że ta blondyna, która paliła jak smok, kradnie moje rzeczy z suszarki. A ona miała dokładnie taką samą bluzę jak ja!". Ta historia wciąż ją bawiła.

Caitlin wyobrażała sobie, że jej ojciec zakochał się przed laty w ciotce Eileen, co byłoby z jego strony znacznie rozsądniejsze. Matka byłaby jej ciotką! Nie, nie urodziłabym się, przypomniała sobie nagle. Nie byłabym mną w każdym razie.

– Tata… – zaczęła matka.

– Był tutaj? To dobrze – odparła Caitlin.

Przychodził każdego popołudnia o wpół do piątej, po sesji terapeutycznej. Gości wpuszczano tylko pojedynczo, tak więc, bez zbędnych dyskusji, stali bywalcy ustalili czas wizyt, pojawiając się w sposób przewidywalny co dwadzieścia minut; konferowali z sobą, jeśli się akurat spotkali pod drzwiami pokoju.

– Tata przechodzi chyba kryzys wieku średniego. Ta jego broda… – Zbiera matczyne kartki z życzeniami i rzuca je zdecydowanym ruchem na stolik, jak krupier robiący porządek ze swoją talią. Matka się lekko krzywi. – Myślałam, że tylko łysi faceci uważają, że muszą po pięćdziesiątce zapuszczać brody. Choć rzadko zdejmuje tę swoją bejsbolówkę, więc trudno powiedzieć, co ma na głowie.

– Drapie – wyszeptała matka.

– Zdecydowanie – potwierdziła Caitlin.

Zastanawiała się, czy matka żałuje rozwodu. Jak ważne wydawałyby się jej teraz te wszystkie skargi w rodzaju „jestem znudzona, duszę się" – wyznania, których Caitlin nienawidziła słuchać? Oboje rodzice byliby szczęśliwsi razem, nawet w tej sytuacji. Ojciec, zobligowany przysięgą „w chorobie i zdrowiu", opiekowałby się sumiennie mamą do końca życia, ponieważ ten jeden raz wiedziałby dokładnie, co ma robić. W przeciwieństwie do swej obecnej roli. Jako oddany eksmąż starał się ze wszystkich sił, ale z zażenowaniem typowym dla aktora, który nie potrafi jeszcze pracować bez skryptu. Caitlin rozważała specjalizację w teatrologii, zanim „to wszystko się wydarzyło", jak nazywała to rodzina. Teraz mogła równie dobrze zająć się zawodowo kręglami i dostawać pieniądze za rzucanie kulą i robienie hałasu, ale było to zapewne trudniejsze, niż się wydawało. To byłoby coś, powiedzieć matce: „Zastanawiam się, czy nie rzucić studiów. Wszystko wydaje się bezsensowne".

Kiedy lekarze oznajmili: „Mówcie jej różne rzeczy", to nie mieli na myśli: „Mówcie jej, że chłopak, który włamał się do chaty i wcisnął poduszkę w tył jej głowy, a w poduszkę lufę pistoletu kaliber .22, był młodszy od jej córki. Mówcie jej, że kiedy już zapiął dżinsy i ją zostawił, sądząc, że nie żyje, poszedł prosto do McDonalda na big macka. Mówcie jej, że kiedy policja złapała go dwie godziny później, wyjaśnił, że zrobił to z nudów".

– Powiedz mi, czy boli. – Caitlin nachyliła się nad stalowym prętem przy łóżku i zaczęła rozcierać kolejny skurcz w matczynej dłoni, rozprostowując łagodnie palce. – Och, na śmierć zapomniałam. – Wygrzebała z plecaka małą plastikową buteleczkę. – Babcia pomyślała, że ci się spodoba. Olej kokosowy i aloes. – Wylewa kroplę na rękę i ogrzewa między dłońmi. – Zapewnia, że to skutkuje. Wiesz, że wciąż smaruje sobie ręce kremem i wkłada co wieczór do łóżka bawełniane rękawiczki? Jest niesamowita.

Babcia, w przeciwieństwie do taty, stawała na wysokości zadania. Jeśli miała jakiekolwiek wątpliwości co do tego, jak powinna się zachowywać była teściowa, to nikt ich nie dostrzegał. Powitała klęskę z niejaką satysfakcją, jakby teraz, kiedy stało się już najgorsze, mogła się wreszcie przestać martwić.

W sytuacji, gdy akademik był zamknięty, Caitlin z radością spędzała u niej przerwę semestralną, śpiąc na składanym łóżku w szwalni i budząc się na woń dymu papierosowego i kawy. Pachniało lepiej niż świeżo upieczone pierniki bożonarodzeniowe. Nie było mowy o powrocie do chaty ani nawet potrzeby (na szczęście matka nie zaliczała się do wielbicieli kotów czy roślin doniczkowych). Już prędzej pognałaby do motelu, niż wprowadziła się do ojca. Mieszkała tam jego ostatnia dziewczyna, półanorektyczka i pseudosierota w średnim wieku, która nigdy nie przestawała mówić. Albo gotować. Podczas smutnej wigilii, kiedy to zebrali się w piątkę u babci, stara gaduła Betsy, jak po cichu nazywała ją babcia, zaprezentowała talerz pierników, które, jak oznajmiła z dumą, upiekła według słynnego przepisu Katharine Hepburn. Caitlin i jej ojciec wymienili spojrzenia. Musiał siłą rzeczy przypomnieć sobie, jak to matka przyrządziła coś, co miało być ajerkoniakiem Jerzego Waszyngtona, a co raczej przypominało jednowarstwową emalię. Słynne pierniki Kate, o dziwo, przypominały czekoladowe spoiwo. Poniekąd Caitlin było żal tej szczerej, chudej gaduły, tak jak było jej żal wszystkich niepoprawnych optymistów, krótkowzrocznych biedaków, którzy mylą się przez całe życie, ale nie miała ochoty jej oświecać. Za dużo byłoby z tym kłopotu. Chciała, choć sama w to nie wierzyła, by ojciec poprosił matkę, żeby znów się zeszli, i żeby matka się zgodziła.

– Biedna mama – zwróciła się do niej czule, tak jak kiedyś zwracała się do swoich lalek, by je pocieszyć. – Biedna, biedna mama.

Masowała jej dłonie, aż z łóżka zaczął się unosić plażowy zapach olejku do opalania.

Matka zmarszczyła nos.

– Przyjemne, prawda? – Caitlin powąchała swoje ręce. – Wiesz, słyszałam, że to był oryginalny przepis na piña coladę Marii Antoniny.

Matka wydała z siebie osobliwe głośne parsknięcie, które w jej przypadku oznaczało śmiech.

• • •

Był to dla mediów cud bożonarodzeniowy, jak na zamówienie. Postrzelona w głowę w przeddzień Święta Dziękczynienia, wybudziła się zupełnie przytomna ze śpiączki w Boże Narodzenie i jeszcze przed Nowym Rokiem zaczęła się uśmiechać i ściskać dłonie. Było to tak cholernie cudowne, że Marian nie potrafiła wyjaśnić, dlaczego trudno jej odczuwać szczęście. A przecież wszyscy mieli się czuć szczęśliwi, zgodnie z oczekiwaniami dziennikarzy, którzy napisali:

Jesteśmy zszokowani i głęboko rozczarowani, że chłopak nie będzie sądzony jak dorosły – oświadczyła była teściowa ofiary, siedemdziesięciodwuletnia Marian Sladek – ale jest teraz czas wybaczania. Gdy wspominamy Syna, który się urodził, by umrzeć za nasze grzechy, musimy pamiętać, że nawet tak zagubione dziecko, którego bezmyślny czyn zniszczył życie wielu ludzi, jest czyimś synem.

Było to o wiele bardziej budujące niż słowa, które naprawdę wypowiedziała, kiedy ekipa Channel 6 pojawiła się tamtego ranka pod jej drzwiami. „Szczęśliwa? Czy czujemy się szczęśliwi, bo jakiś bezwartościowy śmieć zrobił z inteligentnej, wspaniałej, pracowitej kobiety kalekę na całe życie, bo pozbawił córkę matki, a za karę będzie się wylegiwał kilka lat w więzieniu, oglądając telewizję, i to za pieniądze z moich podatków?". Młoda reporterka, ściskając w ręku mikrofon, skuliła się w sobie, a Marian przez krótką chwilę jej żałowała: biedna wyrobnica w kiepsko skrojonym płaszczu w kratę, który przydawał jej w obiektywie kamery z dziesięć kilo. „Kilka dni temu w programie Oprah Winfrey wystąpiła kobieta, którą spotkało coś takiego jak Alexandrę – powiedziała jej Marian. – I kiedy powiedziała, że wybaczyła zaćpanemu chuliganowi, który próbował ją zamordować dla trzech dolarów i biletu okresowego na autobus, widownia zaczęła bić brawo. I płakała, oczywiście". Dziennikarka Channel 6 skinęła głową i uśmiechnęła się z nadzieją. „Ale mówię pani – ciągnęła

Marian – że za dużo jest tej wyrozumiałości w ostatnich czasach. Wyrozumiałości wobec okrucieństwa, głupoty, nietolerancji. Wyrozumiałości wobec egoizmu i tchórzostwa. Utraciliśmy zdolność odczuwania wściekłości i gniewu. Nie to miał Jezus na myśli, mówiąc o nadstawianiu drugiego policzka". Dziennikarka wybełkotała przeprosiny i wycofała się razem z operatorem. Channel 6 nigdy tego nie nadał. Oprah miała swój program w innej stacji.

To dzięki buddyzmowi Marian, gorliwa i niezachwiana w swojej wierze chrześcijanka, zaakceptowała wściekłość jako swego zbawcę. Kilka lat wcześniej, jeszcze przed emeryturą Marian, jej firma zorganizowała seminarium, którego tematem było panowanie nad stresem. Wykładowca uczył słuchaczy medytacji buddyjskiej. „Kiedy nabieram powietrza w płuca, wiem, że mam w sobie gniew. Kiedy je uwalniam, wiem, że to ja jestem gniewem". Po zaledwie trzech oddechach, siedząc ze skrzyżowanymi nogami na plastikowej macie, Marian zaszlochała bezradnie na oczach obecnych. Zrozumiała, że gniew chronił ją cały czas przed otchłanią smutku, którego istnienia się nie domyślała – nie chciała nazywać tego rozpaczą – i doszła w tym momencie do wniosku, że będzie ten gniew kochać i pielęgnować w sobie z całych sił.

Kiedy drzwi windy się rozsunęły, ruszyła długim białym korytarzem, niosąc jak zwykle dużą torbę pełną niespodzianek dla Alexandry. Zawsze się starała dbać o właściwy rozwój syna, a potem wnuczki, kiedy byli jeszcze mali, a teraz wyszukiwała rzeczy, które mogłyby pobudzić ocalałe zmysły Alexandry – przedmioty, które przypominałyby jej, kim niegdyś była. Klamotów naszych powszednich daj nam dzisiaj. W tym przypadku: listy i komiks do głośnego czytania, zestaw do manikiuru, żeby można było zadbać o paznokcie synowej, saszetka z igłami sosnowymi pod poduszkę i nowa para miękkich supełkowych skarpet.

Na korytarzu, kołysząc się na drabinie, stała wolontariuszka szpitalna i ściągała z sufitu lśniące czerwone i zielone ozdoby bożonarodzeniowe. Za kilka tygodni miały tu zawisnąć walentynkowe serca, potem irlandzkie koniczynki, wreszcie jajka wielkanocne... Marian ujrzała samą siebie, jak wlecze się przez te wszystkie dni z wielką torbą w jednym ręku i ze swoją lojalną przyjaciółką – Wściekłością – w drugiej. Alexandra siedziała w łóżku wsparta na poduszkach, twarzą do okna. Kto wiedział, co tam dostrzegała?

– Cześć, kochanie. – Marian ją pocałowała. – Jest dziś zimno jak na Alasce.

– Sy...berii – wyszeptała z widocznym wysiłkiem Alexandra.

Marian wybuchnęła śmiechem.

– Wspaniale. – Była zachwycona, ilekroć Alexandra żartowała albo reagowała w widoczny sposób na żart. Humor, bądź co bądź, stanowił jedną z wyższych funkcji mózgu. – Nawet w chłodzie wszystko jest wspaniałe dzięki śniegowi. Przypomina doskonały rysunek tuszem – ciągnęła, zdejmując płaszcz. – Uwielbiam nagie drzewa. Te drobne gałązki, których nie można sobie nawet wyobrazić w lecie, kiedy są liście. – Pociągnęła nosem. – Czyżbym wyczuwała zapach kokosa?

– Cait...lin.

– Ach, wspaniale, nasmarowała ci dłonie. Bo właśnie przyniosłam ci coś specjalnego. – Wyjęła z torby zestaw do manikiuru i pomogła Alexandrze dotknąć pilniczków, cążek do skórek, polerki. – Ten odcień może być dla ciebie zbyt pomarańczowy, ale bardzo mi się podoba jego nazwa. „Wybrzeża koralowe". Przywodzi na myśl ocean i ciepły blask słońca, prawda? Cudownie białą plażę, a na jej skraju palmy z wielkimi zielonymi liśćmi na czubku, jak kapelusz, który nosiła Carol Channing.

Alexandra milczała, koncentrując się być może na słownym obrazie, który Marian tak bardzo się starała odmalować. Albo zastanawiała się, kto to jest Carol Channing. Marian wyobrażała sobie ślepotę jako membranę między oczami Alexandry a jej mózgiem, membranę, którą mogły przełamać wola i wyobraźnia. Trajkotała, zajmując się dłońmi synowej;

od czasu do czasu była nagradzana uśmiechem albo czymś, co przypominało śmiech. Marian wiedziała, że przyjdzie jej za to zapłacić sztywnością pleców, które będą ją boleć od pochylania się nad łóżkiem. Nie przeszkadzało jej to. Gdyby ci z Channel 6 spytali ją, dlaczego zajmuje się tak troskliwie kobietą, która złamała serce jej synowi, jak by odpowiedziała?

Jesteśmy jedyną rodziną tego biednego dziecka – powiedziała pani Sladek o swojej czterdziestodziewięcioletniej synowej. – Jej rodzice nie żyją, a jedyna siostra podróżuje po świecie w interesach, ale nie mam wątpliwości, że gdyby mogła, to byłaby tu teraz. Chociaż – dodała znacząco – nigdy nie były z sobą zbyt blisko. Co do mojego syna... ma złamane serce? Można by tak przypuszczać. Ale nie potrafię powiedzieć. Nie jest oziębły, tylko powściągliwy. Zawsze taki był. Psychologowie pewnie winiliby w tym przypadku wychowanie: ojciec, który odszedł, matka, która starała się wynagrodzić synowi jego brak, niczego mu nie odmawiając, co sprawiło, że przestał czegokolwiek pragnąć. Ale niektórzy ludzie po prostu rodzą się powściągliwi. Kiedy natomiast poznałam Alexandrę, od razu dostrzegłam w niej bratnią duszę. – Na koniec oświadczyła cicho: – Zawsze, zawsze bardzo kochałam synową.

Puściła dłoń Alexandry, żeby sięgnąć po chusteczkę higieniczną. Stwierdziła ku swemu zażenowaniu, że ta wyimaginowana konferencja prasowa przyprawiła ją o łzy.

– Nie uwierzysz, co dzisiaj się pojawiło w karmniku – powiedziała, szukając w twarzy Alexandry jakiegoś śladu zainteresowania, ale i tak mówiła dalej: – Sikorka czubata! Para. Czubatki. Tom wciąż nie może zachować powagi, słysząc tę śmieszną nazwę. Dlaczego mężczyźni to mali chłopcy? Oczywiście te okropne nikczemne szpaki je wystraszyły. Są jak cętkowane świnie, które dosłownie kąpią się w karmniku, rozrzucając ziarna dookoła. Sprzedawca w sklepie z karmą powiedział, że szpaki przypominają biednych krewniaków, którzy zjawiają się i wyjadają wszystko, co jest w domu. Nie można zagłodzić rodziny tylko po to, żeby się ich pozbyć, co więc człowiekowi pozostaje?

Okazało się, że Alexandra śpi. Sprytna Marian nakłoniła ją swoim gadulstwem do drzemki; pozostały do zrobienia jeszcze dwa paznokcie. Maznęła je maleńkim pędzelkiem, a potem ujęła dłonie synowej i zaczęła dmuchać na świeży lakier.

– Wiatr znad oceanu owiewa wybrzeża koralowe – wyszeptała.

Kiedy uznała, że paznokcie są już suche, zmieniła Alexandrze skarpety. Jej stopy były zimne i woskowate. Ostatnio prawa zaczęła słabnąć i sztywnieć pod dziwnym kątem. Marian naciągnęła na nią nową grubą skarpetę, a następnie zaczęła łagodnie i delikatnie prostować kończynę, jak zapewne robił to rehabilitant pół godziny wcześniej. Alexandra jęknęła i Marian dała spokój. Wrzuciła nieświeże skarpety do torby, żeby je uprać w domu. W szpitalu mieli pralnię, ale mogli coś zgubić, poza tym nie chciała, by ktoś obcy dotykał rzeczy Alexandry. Marian wyprostowała się powoli. Jej kręgosłup wydał dźwięk przypominający chrzęst pierników, które rozgniata się na kruszonkę wałkiem. Saszetkę postanowiła zostawić na następny raz; nie chciała przesadzać z zapachem sosny.

Kiedy zmagała się z płaszczem, dręczyła ją myśl, że nie przeczytała Alexandrze listów, co powinna zrobić na samym początku, zamiast wygłaszać jeden z tych monologów ptasiej maniaczki, jak określała to Caitlin. Jedna koperta wyglądała tak, jakby w środku znajdowała się kartka z biura Alexandry. Jej koledzy z pracy byli przyzwoitymi ludźmi, ale gdy stało się jasne, że jej kariera dobiegła końca – nie można pokazywać ludziom domów, jeśli nie może ich zobaczyć – nie wiedzieli, jak się wobec niej zachowywać. A ta koperta ze znaczkiem Minneapolis była pewnie od Peggy, przyjaciółki Alexandry ze studiów. Peggy miała dobre serce, co jak przyznawała Marian, mówiło się zwykle o nieodpowiedzialnych, zagubionych kobietach, które ciągle zmieniały kolor włosów, ale które nigdy nie zrobiły nic jawnie niemoralnego. Alexandra otworzyła oczy. Złączyła niezgrabnie dłonie, próbując unieść je do twarzy.

– Pomogę ci, kochanie.

Marian pochyliła się znowu, ujęła dłonie Alexandry i podniosła je do jej oczu. Alexandra obróciła głowę na bok, jakby przyglądając się najpierw zdrowej, sprawnej ręce, a potem tej słabej, tej, która zwijała się do wewnątrz jak świeżo wyklute pisklę. Jedynym, co łączyło te dłonie, było dziesięć idealnych owali i lśniący koral.

Sobota

Peg niemal zrezygnowała z podróży, podejrzewając, że się zaziębiła. Zastanawiała się, czy nie pójść do lekarza, przypuszczała jednak, że problemem nie jest system odpornościowy Zee. Co sekunda przez szpitalne szyby wentylacyjne przepływały miliony gorszych paskudztw niż zarazki wywołujące przeziębienie. W dzisiejszych czasach można było się narazić na histerektomię albo zapaść na chorobę legionistów – zakładając, że najpierw człowieka nie załatwił jakiś niekompetentny anestezjolog. Poza tym, ta Zee, którą znała i kochała, nie po to ocknęłaby się ze śpiączki, żeby umrzeć z powodu kataru. Peg prześladowała wizja Zee, która nie walczy, która zmusza się do bezruchu i poddaje do samego końca. Tylko że to nie był koniec, nie całkiem. Potem, leżąc posiniaczona i półnaga w podartej odzieży, ale żywa, musiała sądzić, że jest wreszcie bezpieczna. Co czuła, kiedy ten dupek przewrócił ją kopniakiem na brzuch, a twardy kawałek metalu wbił jej się w czaszkę przez poduszkę, którą przystawił do jej głowy? Czy błagała, obiecywała cokolwiek? Czy była wściekła, pogardliwa, całkowicie obojętna? Czy otępiała, jak wtedy, gdy czas zatrzymuje swój bieg?

Peg przyłapała się na tym, że oddycha głęboko w windzie. Szpitale zawsze ją przerażały; na widok chorych ludzi chciała uciekać. Zee nie była tak naprawdę chora; wracała do zdrowia. I pozostała sobą – Marian to podkreślała; była tylko zmęczona, słaba i cierpiała na afazję. „Trudno jej znaleźć odpowiednie słowa", wyjaśniła Marian, jakby sama Peg miała z tym kłopoty. Kiedy drzwi windy rozsunęły się na te wszędobylskie dekoracje świąteczne, Peg pomyślała najpierw o szkole podstawowej, a potem o domu starców. Nagle stwierdziła, że się boi głęboko oddychać.

Nie miało znaczenia, że to oddział rehabilitacji, że nie ma tu przywiązanych do wózków inwalidzkich i wrzeszczących ludzi z pieluchami. Automatyczny system w jej ustach zaskoczył gwałtownie, by odgrodzić ją od smrodu uryny, środków antyseptycznych i gotowanego jedzenia. Nie mogła oddzielić zapachu od jego wspomnienia. Co było tym śmieszniejsze, że od półtora dnia kichała i miała wrażenie, że obie dziurki jej nosa są zakorkowane.

Była zła na siebie za to, że jest takim dzieciakiem, za to, że nie przyjechała tu wcześniej, za to, że kilometry płytek akustycznych i białego linoleum wzbudziły w niej atak paniki, za to, że sporządziła wcześniej listę bezpiecznych tematów – tego wszystkiego, co można spokojnie poruszyć w rozmowie. W przypadku Peg powiedzenie „odwaga powinna iść zawsze w parze z rozwagą" oznaczało „trudno trzymać usta na kłódkę". Wiedziała, że Zee będzie inna. Wiedziała też, że należy za wszelką cenę zachowywać się tak, jakby nic się nie stało. Nigdy nie była dobrą aktorką. Jeśli istniało coś przeciwstawnego określeniu „kamienna twarz", to odnosiło się do niej. „Plastyczna twarz"? Jedno drgnienie i oblicze się zmienia jak w kalejdoskopie, powodując klęskę. Marian ją uprzedziła, że Zee może być niewidoma, ale Peg wiedziała, że jej głos zdradzi wszystko, co ujawni się na twarzy. Nigdy nie potrafiły się oszukiwać. Doprawdy, schlebiałyby sobie, gdyby sądziły, że potrafią kogokolwiek oszukać. Zawsze do siebie pasowały – dwie idiotki ujawniające na każdym kroku swoje uczucia. Chodziło o to, by wyjść poza „zawsze". Zapomnieć o przeszłości i osobie, jaką kiedyś Zee była. Przygotować się na obecną Zee. Być tutaj, teraz. Czyli coś, co wydawało jej się absolutnie obce.

Szła powoli, sprawdzając numery na drzwiach. Przystanęła w odległości kilku kroków od pokoju Zee, by się opanować i przejrzeć w myślach listę radosnych komentarzy. Czuła się jak oszustka i kretynka. Ale nie trzeba było posiadać daru jasnowidzenia, by ujrzeć niewidzialny napis nad wejściem do każdego szpitala: Przestańcie się nad sobą użalać, wy, którzy tu wchodzicie. Na litość boską, biorąc pod uwagę wszystko, co przeszła Zee, Peg z pewnością mogła się zdobyć na to, by emanować optymizmem.

Wyglądasz fantastycznie!

(Jak na osobę, która miała umrzeć!)

Podobno robisz niesamowite postępy!

(Lekarze twierdzą, że nie zasługujesz na nominację do tytułu Prawdopodobnie Wiecznej Rośliny!)

Jestem pewna, że szybko stąd wyjdziesz i wrócisz do normalnego życia!

(Myślisz, że kula w twojej głowie będzie uruchamiać wykrywacze metalu na lotniskach?)

Mogło być gorzej!

(Pomyśl o tym cukrzyku z Florydy, któremu chirurg amputował niewłaściwą nogę!)

Jazda samochodem z Minneapolis była wspaniała!

Mój pokój w motelu to dopiero jaja!

Jeśli tchórz umiera tysiąc razy, to czy na dobrą sprawę nie jest to równie dobre jak spadanie zawsze na cztery łapy?

Wszystko to oczywiście dotyczyło jej samej, nie Zee. Peg otrząsnęła się jak zmokły pies – przypadkowy obserwator mógłby wziąć to opacznie za dreszcz – i weszła do pokoju spotkać się ze swoją przyjaciółką.

Łóżko stało tyłem do drzwi i było zwrócone w stronę dużego, zaszronionego okna; kołysała się tam zawieszka witrażowa. Jakiś żółty ptak. Marian i te jej zwierzęta!

Najpierw dostrzegła dłoń spoczywającą na stalowej barierce; wyglądała normalnie, tyle że paznokcie były pomalowane na niepokojący odcień łososiowego koloru. Po chwili uświadomiła sobie, że Zee nie jest sama. Z krzesła w kącie podniósł się starszy mężczyzna, który sprawiał wrażenie odrobinę niechlujnego.

– Peg?

– Mój Boże! Tom?

Wyciągnęła do niego rękę, kiedy ruszył w jej stronę, by ją uściskać. Potem klepała go niezgrabnie po plecach, zanim uwolnili się z objęć. Widziała po jego minie, że wyczuł te wszystkie papierosy, które wypaliła w samochodzie.

– Nie wiedziałem, że przyjeżdżasz – powiedział.

– Napisałam. Kilka dni temu. Powinnam była zadzwonić.

Jeśli jednak nie zadzwoniła, nikt nie mógł jej powiedzieć, żeby nie przyjeżdżała.

– Żaden problem. Pójdę po kawę i wrócę za dwadzieścia minut. – Zabrał z krzesła płaszcz i rękawiczki. Zauważył wyraz jej twarzy i uznał za stosowne wyjaśnić: – Polecenie lekarzy. Chodzi o to, żeby nie męczyła się za bardzo. – I dodał już łagodniejszym tonem: – Najwidoczniej matka nie powiedziała ci wszystkiego.

– Niewiele rozmawiałyśmy – oznajmiła Peg.

– Czy to… Peg? – dobiegł szept od strony łóżka.

– Nikt nie wiedział, że przyjeżdża, Zee – powiedział Tom. – Jej list… zagubił się czy coś w tym rodzaju. Wrócę za chwilę i wtedy zakończymy wizytę. – Zwrócił się do Peg: – Niewiele mówi, ale wszystko rozumie. I doskonale słyszy. Nie musisz krzyczeć.

– Nawet mi to nie przyszło do głowy – odparła Peg i się zaczerwieniła. – Zwykle zachowuję się w szpitalu przyzwoicie.

Caitlin była jeszcze małym dzieckiem, kiedy Zee oznajmiła niespodziewanie pewnego dnia: „Wyszłam za mąż za swojego ojca. Wydawało się to wtedy świetnym pomysłem".

– Peg? – wyszeptała ponownie Zee.

– Przepraszam. Zniknę wam z oczu – wtrącił Tom. – Lecę.

Peg, ściągając rękawiczki, patrzyła, jak w pośpiechu wychodzi z pokoju.

– Dziwne – zwróciła się do Zee, która cały czas się uśmiechała.

Wygolona głowa, na której pojawiała się z wolna szara szczecina, nadawała rysom Zee cechy surowości, jak u emerytowanego generała. Jednak po chwili przestawało się dostrzegać brak włosów: długich do ramion, o barwie whisky, prostych. Peg nigdy nie była specjalnie religijna, ale pewna... niezmienność, jaką odznaczała się jej przyjaciółka, zdumiała ją, nawet trochę wystraszyła.

Pochyliła się nad poręczą łóżka do niezgrabnego uścisku i pocałunku. Zee objęła jej plecy lewą ręką.

Peg wyjęła z kieszeni chusteczkę higieniczną i wydmuchała w nią dwukrotnie nos.

– Cholerne zimno – powiedziała. – Nie wzięłam żadnych leków, bo bałam się, że zasnę po drodze.

– Ja... też – odparła Zee. Nacisnęła guzik, podnosząc o kilka centymetrów wezgłowie łóżka. – Jak... podróż?

– Och, wiesz – westchnęła Peg, zdejmując płaszcz. – Przez cały czas zastanawiałam się nad tym, co powiedzieć. Coś ważnego, rozumiesz. Nic o pogodzie, jedzeniu szpitalnym czy, broń Boże, aktualnych wydarzeniach. Kilka lat temu usuwali mi wyrostek robaczkowy i wszyscy, którzy mnie odwiedzali, chcieli rozmawiać o Libii. A może o Liberii? To było okropne. – Peg zauważyła, że Zee się uśmiecha. – Przyszło mi więc do głowy, żeby pogadać szczerze, tak jak zawsze. Ale kiedy już tu jestem, myślę sobie, że wystarczy, że jesteśmy razem. – Ukryła twarz, plastyczną twarz, w dłoniach. – Boże, przepraszam. Usta mi się nie zamykają.

– Oni... wszyscy... gadają – powiedziała Zee. – Nikt... mi... nic... nie mówi.

– Naprawdę? – spytała Peg. – Naprawdę? No cóż, zapomnij o Libii. I Liberii. Jestem niezorientowana w sytuacji. Nic na to nie poradzę. – Uświadomiła sobie z przerażeniem, że zachowuje się jak ktoś, kto spędził ostatnie minuty na *Titanicu*, porządkując szufladę ze skarpetkami. – Jezu, nie znoszę, kiedy jestem taka nerwowa.

– Jesteś… częścią mojego… – Zee urwała, wyraźnie poruszona.

– Tak? Czego? Twojego… życia?

Zee pokręciła głową.

– Mojego… – Poklepała się po piersi.

– Twojego serca? – spytała Peg. – Zee, wiesz, że zawsze byłam kiepska w zgadywankach.

Zee zacisnęła powieki. Peg jęknęła.

– Przepraszam, że jestem taka…

– Mojego… wnętrza – wyszeptała Zee, której wyraźnie ulżyło, że znalazła odpowiednie słowo.

– Och, Zee. – Peg poczuła, jak ściska ją w gardle.

Zee wyciągnęła rękę i sięgnęła do włosów Peg.

– Jakiego… koloru?

Peg się roześmiała.

– Moja nowa fryzjerka nazywa to „szampańskim karmelem". Siedzi się przez godzinę z folią na głowie. – Ujęła kosmyk. – Koszmarnie się rozdwajają. Pewnie tego nie widzisz… – Urwała. Czuła, jak Zee przesuwa między palcami jej włosy, jakby chciała dowiedzieć się czegoś z ich faktury. – Nie widzisz mnie?

Zee potrzebowała czasu, żeby sformułować odpowiedź.

– Mogę… sobie wyobrazić… ciebie.

– Ale nie wyglądasz na niewidomą – zauważyła Peg, jakby było to coś, o czym mogła przyjaciółkę przekonać.

– Wyglądam…?

– Normalnie. Jakbyś skupiała na mnie wzrok.

– Nie… budzę strachu? – wyszeptała Zee. – Bez… jaj?

– Hej, Tammy Faye Bakker budziła strach. Mówił ci ktoś, że umarła? Podobałyby się jej twoje paznokcie. Rozumiem, że nie ty wybrałaś kolor? – Peg umilkła na chwilę i ujęła dłoń przyjaciółki. – Powiedz mi, Zee. Widzisz coś w ogóle? No wiesz, czy odczuwasz różnicę, kiedy masz oczy otwarte i zamknięte?

Nagle dłoń Zee się zacisnęła. Jej doskonałe paznokcie wbiły się w skórę Peg.

– Co się stało? – spytała zaniepokojona Peg. – Dobrze się czujesz?

Zee przekręcała głową z boku na bok, jak w napadzie szaleństwa. Wydawało się, że nie skupia się już na niczym.

– Cie...nie – W jej głosie wyczuwało się strach i udrękę. – Kształty.

– To już dużo. Może odzyskasz z czasem wzrok. Co mówią lekarze?

Zee z trudem uniosła głowę. Starała się jak najszerzej otworzyć usta.

– NIC! – wyszeptała i opadła na poduszkę. Zaczęła płakać.

– Cicho, cicho. – Peg głaskała policzek Zee. Drugą ręką uniosła dłoń przyjaciółki i przycisnęła ją sobie do mokrej twarzy, tak aby obie mogły wyczuwać nawzajem swoje łzy. – Jesteśmy siostrami krwi.

Za oknem przelatywał śnieg. Jakby tkwiły w szklanym przycisku do papierów, którym bez końca potrząsa jakaś gigantyczna dłoń. Peg miała ochotę krzyknąć, żeby ta dłoń znieruchomiała. Poprosiła jednak tylko:

– Powiedz mi o cieniach, a ja powiem ci wszystko, co wiem. Wszystko. Obiecuję.

Poniedziałek

Tom uważał, że tak będzie najlepiej, a lekarze zgodzili się z nim. Podobnie jak Marian i, niezbyt chętnie, Caitlin.

Peg chciała bez wątpienia dobrze. I, gwoli ścisłości, nikt jej nie ostrzegł. Szczerość była przereklamowaną cnotą; nie należało nią szafować na prawo i lewo, nie zastanawiając się nad konsekwencjami. Peg nie mogła przewidzieć, jak bardzo Zee się zdenerwuje, jak bardzo się wzburzy. Tom dziękował Bogu, że wrócił na czas do pokoju. Wcześniej się zastanawiał, czy nie dać starym przyjaciółkom trochę więcej czasu, zwłaszcza że Peg jechała tak długo w tej śnieżycy. Jak się jednak okazało, dwadzieścia minut to było aż nadto.

Kiedy już środek uspokajający przestał działać, Zee zachowywała się spokojnie. Po prostu odmówiła dalszej terapii. I przyjmowania pokarmów. Tom patrzył z żalem i bólem, jak znów ją intubują. Lekarze przypuszczali, że próba konfrontacji z tym, co się wydarzyło, wywołała szok i depresję. I że przy odpowiednim leczeniu wszystko wróci do normy. I że pacjentka znów zacznie z nim rozmawiać. Jeśli ktoś zasługiwał na jej obojętność i gniew, to z pewnością Peg, nie on. To Peg, jak oznajmiła Zee, uwolniła ją od cieni.

Nikt nie zatrzymał Peg, kiedy nazajutrz zjawiła się w pokoju Zee – teraz jej dawnym pokoju. Poinformowano ją po prostu, że pani Sladek została przeniesiona na oddział, gdzie wpuszczano tylko członków najbliższej rodziny. Niestety nie wolno było ujawniać, w którym pokoju leży pacjentka; telefon odłączono chwilowo, by miała spokój. Jak można się było spodziewać, Peg zostawiła Tomowi wiadomość w poczcie głosowej; grzmiała o porwaniu i bezprawnym pozbawieniu wolności. Groziła, że pójdzie na policję. Zadzwonił do niej do motelu, by się upewnić, że się wymeldowała i że jedzie z powrotem do domu. Modlił się, by nie zaangażowała w sprawę dziennikarzy.

Jedyną osobą, która nie zgadzała się z tym jego żałosnym, ale koniecznym działaniem, była Betsy. Uważała, że Zandra powinna dowiadywać się po troszeczku prawdy, tak aby zminimalizować przyszły szok. Tom zawiódł zaufanie byłej żony. Wszystko zachowywał dla siebie, ponieważ miał obsesję na punkcie kontroli. Wiedza jest władzą. A Peg była bohaterką; co więcej, Betsy nie byłaby zdziwiona, gdyby Peg uśpiła czujność pielęgniarek i podała się za dawno nieobecną siostrę Zandry, która właśnie wróciła z Afryki.

Kiedy Tom zasugerował, że naoglądała się za dużo filmów, Betsy nazwała go świątobliwym durniem i powiedziała, że ta broda upodabnia go do amisza, co nie znaczy, by miała coś przeciwko amiszom.

– Pamiętasz *Bulwar Zachodzącego Słońca*? Bohaterowie tego filmu przypominają was oboje, ciebie i Zandrę. Ty odgrywasz Maxa, a ona Normę Desmond. – Pokręciła głową. Po chwili, już spokojniej, dodała: – Wszyscy w tym filmie byli tacy samotni.

Patrzyła mu w oczy długo, a on pomyślał, że może go pocałuje na dobranoc. Ona się jednak odwróciła i wyszła z pokoju, zabierając przy okazji DVD z *Rashōmonem*, ale zostawiając sushi, choć wiedziała doskonale, że nie lubi takiego jedzenia. Pomyślał smętnie, że Betsy i Zee bardzo by się polubiły.

Okna nowego pokoju Zee wychodziły na parking. Było ironią losu, że teraz, kiedy widziała – tak w każdym razie interpretował jej uwagi na temat cieni – nie bardzo miała na co patrzeć. Zdawało się też, że niewiele ją to obchodzi. Odwracała twarz do ściany, dosłownie i w przenośni. Jakoś łatwiej było z nią teraz rozmawiać, kiedy wiedział, że mu nie odpowie. Właściwa chwila, by jej powiedzieć wreszcie, co go trapi. Jeśli na dyżurze była pielęgniarka, która się nią zwykle zajmowała, to mógł jej powiedzieć, o co mu chodzi. Nigdy nie była wobec niego zbytnio przyjazna, ale okazywała Zee czułość.

Wymacał w kieszeni CD i dotknął krzepiących twardych krawędzi gładkiego plastikowego opakowania. Spodziewał się, że Caitlin będzie rozbawiona, kiedy jej opowiadał, jak poszedł do sklepu muzycznego i powtarzał: „Bądź moim małpoludem", aż w końcu wytatuowany sprzedawca z kolczykami wyłuskał tytuł z komputera i skierował go do działu, w którym znalazł płytę zespołu Kinks. Ale Caitlin przewróciła tylko oczami i parsknęła ironicznie. „Dlaczego nie zajrzałeś w Google?". Nie mogła uwierzyć, że kupił jakiś żenujący odtwarzacz z radiem i zegarkiem zamiast iPoda. Mogli jednak, on i Zee, słuchać płyty razem, poza tym urządzenie było tak małe, że na nocnym stoliku w domu starczyłoby jeszcze miejsca na jeden z tych bezprzewodowych elektronicznych termometrów, które podawały temperaturę w domu i na dworze. Zee od razu by wiedziała, czy jest gorąco, czy zimno, i cieszyłaby się, że nie musi po nic wychodzić.

. . .

Można było regulować zegarek według tego eksmęża pacjentki z 814. Jak zawsze o tej samej porze maszerował korytarzem, tym razem z czymś co – jak miała nadzieję siostra Paltz – było tylko radiem, a nie jednym z tych urządzeń do karaoke. Zaczął się istny szał od czasu, gdy Oliver Sacks pokazał w swoim programie starszą kobietę, ofiarę wylewu, która nie mogła mówić. Kazał jej śpiewać *Daisy* – co siódme słowo i nawet w połowie nie tak dobrze, jak robił to komputer Hal w tym starym filmie SF, kiedy astronauta go wyłączał, ale właśnie wtedy się zaczęło – pełni nadziei ludzie przychodzili ze wszystkim, począwszy od gitar, a skończywszy na elektronicznych klawiaturach, byle tylko dotrzeć jakoś do swoich bliskich. Większość odchodziła ze złamanym sercem. Byłoby znacznie lepiej, gdyby w szpitalach wprowadzono jakieś przepisy w tej kwestii.

Paltz zasadniczo nie miała nic przeciwko temu, co działo się w takich sytuacjach: stosy dziecinnych prezentów, trajkot jednostronnych rozmów. Podziwiała tę energię, ten optymizm. Ludzie mieli prawo do tego, co przynosiło im pociechę, a także do iluzji, że można pocieszyć kogoś innego. Albo iluzji, że można kogoś wyleczyć miłością. Jakby umierali tylko ci, którzy są samotni i pozbawieni przyjaciół! Przypominali jej dzieci, które próbują złapać sznurek balonika unoszącego się coraz wyżej.

Oczywiście, z pacjentką spod osiemsetczternastki było inaczej. Już wyszła ze śpiączki. Rodzina doczekała się cudu. Tym razem, choć milczenie wydawało się najwyraźniej celowe, wszyscy zachowywali się tak, jakby kobieta wciąż była bezradną ofiarą, a nie gniewną kobietą, która uciekała się do jedynej siły, jaką posiadała. Paltz widywała to już wcześniej. Czasem to właśnie powrót do zdrowia, a nie początkowa trauma, sprawiały straszliwy ból rodzinie. Zwłaszcza gdy osoba, którą bliscy odzyskiwali, nie była tą samą, którą wcześniej utracili. Trzeba było to sobie otwarcie powiedzieć: definicja powrotu do zdrowia nie była jednoznaczna.

Gdyby ten były mąż spytał ją o zdanie, to poradziłaby mu,

żeby dał sobie spokój z muzyką i skupił się po prostu na rozmowie. Żeby powiedział, że mu przykro. Spróbował wyjaśnić, dlaczego zachował się jak idiota i zakazał wizyt przyjaciółce, albo nawet wyznał, że nie potrafi tego wyjaśnić. Ale nie, bo oczywiście rozległa się muzyka. Zbyt niewyraźna, by dało się ją zidentyfikować. Nikt jeszcze nie śpiewał. Na razie.

Ileż to razy w tygodniu tamta biedna kobieta próbowała przebrnąć przez *Daisy*, żeby sprawić przyjemność rodzinie albo studentom medycyny? Może miała się dzięki temu czym zająć; może dzięki temu częściej ją odwiedzano. Paltz niełatwo ulegała wzruszeniu, ale pewnego dnia, kiedy ten stary film SF znowu puszczali w telewizji, przerywany ciągle reklamami minivanów i środków na nadkwasotę, i gdy Hal zaczął tracić rozum i śpiewał coraz wolniej, załamała się i zaszlochała jak idiotka. Wnuki się z niej śmiały. Nie miała o to do nich pretensji.

Właśnie zaniosła leki do 810, kiedy z 814 dobiegł huk. Muzyka umilkła. Upłynęła chwila, zanim Paltz zrozumiała, co się stało. Zapadła cisza, ona zaś czekała, aż korytarzem nadbiegnie były mąż pacjentki, pełen skruchy i przerażony. Niech sobie prosi o środek uspokajający: nie zamierzała ustępować. Zamierzała mu powiedzieć, że gniew jest elementem procesu zdrowienia; był to dobry znak, kiedy ludzie się wściekali. Oczywiście nie można było wykluczyć, że nie uznałby tego za dobrą wiadomość. Mogło to nie pasować do jego planów. Paltz skarciła się w myślach za to, że jest taka niesprawiedliwa. Ten facet wyglądał z reguły na zadowolonego z siebie, ale szczerze mówiąc, często trudno było odgadnąć, o czym brodacz myśli.

Kiedy nikt się nie zjawił, wzięła miotłę i szufelkę i ruszyła korytarzem w stronę 814, nie bardzo wiedząc, czy kieruje nią poczucie obowiązku, czy też zwykła niezdrowa ciekawość. Skąd, u licha, ta kobieta znalazła w sobie tyle siły? Paltz przybrała odpowiedni wyraz twarzy; czekało ją sprzątanie i nie wypadało sprawiać wrażenia szczęśliwej.

Phillip Margolin

Dom na Sosnowym Zboczu

Z Thriller 2

Na śnieżnobiałej ścianie znajdował się domofon; skorzystałam z niego, żeby zadzwonić do domu na Sosnowym Zboczu. Głos, który mi odpowiedział, był tamtym głosem z telefonu. Brzmiał tak samo przyjemnie jak wcześniej. Nie był spięty, jak mogłabym się spodziewać po kliencie. W trakcie naszej rozmowy usłyszałam elektroniczne buczenie i po chwili żelazna brama otworzyła się do wewnątrz. Rozłączyliśmy się, a ja ruszyłam swoim fordem po krętym podjeździe obok zagajnika palmowego. Dom znajdował się na końcu drogi.

Ojciec zostawił matkę, kiedy byłam zbyt młoda, by go pamiętać. Mogłam wywnioskować z półsłówek, że nie była to wielka strata. Przypominam sobie jednak, że zawsze byliśmy biedni jak myszy kościelne. Mama pracowała w firmie zajmującej się sprzątaniem domów. Nie można się na tym wzbogacić, ale człowiek ma okazję zobaczyć, jak żyje druga połowa ludzkości. Kilka razy, kiedy nie mogła znaleźć nikogo do opieki, zabierała mnie z sobą, ryzykując, że wywalą ją z roboty. Jedynym miejscem, które dobrze zapamiętałam, był właśnie dom na Sosnowym Zboczu.

Kiedy byłam mała, mama nazywała mnie księżniczką. Powiedziała pewnego dnia, że poślubię księcia, zamieszkam w pałacu i będę bogata. Nigdy nie wyszłam za mąż, obsługuję bogatych, a to jest pałac, w którym bym mieszkała, gdybym postawiła na swoim. Marzyłam o tym domu. Fantazjowałam o nim, kiedy byłam sama i czułam się rozleniwiona. Pragnęłam go, kiedy byłam młodsza i naprawdę wierzyłam, że mogę wszystko osiągnąć.

Dom był olśniewająco biały i odbijał promienie słońca. Długi i niski, miał nowoczesny kształt i przycupnął na urwisku z widokiem na Pacyfik – tak zachwycającym, że nigdy by się nie znudził. Przed drzwiami stał rolls-royce silver cloud. Nieco dalej parkował sportowy wóz, tak drogi, że nikt z mojego przedziału podatkowego nie rozpoznałby nawet marki. Popatrzyłam na swojego forda, pomyślałam o swoim małym mieszkanku i nagle poczułam się jak przybysz z innej planety.

To, co ujrzałam, gdy otworzyły się drzwi frontowe, zaskoczyło mnie. Daniel Emery III był jednym z najprzystojniejszych mężczyzn, jakich w życiu widziałam. Miał sześćdziesiąt jeden, może sześćdziesiąt dwa lata, był barczysty i opalony na ciepły brązowy kolor, który przywodził na myśl tropikalne plaże. Nosił żółty kaszmirowy sweter z wycięciem w serek i wąskie białe dżinsy. Nie było śladu złotych łańcuchów, sygnetów z różowym diamentem ani innych paskudnych świecidełek. Był, innymi słowy, męskim odpowiednikiem swego domu marzeń, a ja się zastanawiałam, u licha, co taki facet, mieszkający w takim mieście, chce od *call girl*.

– Jesteś Tanya? – spytał, posługując się fałszywym imieniem, które mu podałam, kiedy odpowiedział na ogłoszenie w „Swinger's Weekly".

– A ty jesteś Dan – odparłam, starając się nadać głosowi stłumione i namiętne brzmienie.

Skinął głową i przyjrzał mi się dokładnie. Byłam pewna, że podoba mu się to, co zobaczył. Jego uśmiech potwierdził moje przekonanie.

– Pasujesz do opisu w ogłoszeniu.

– Jesteś zaskoczony?

– Trochę. Spodziewałem się rozczarowania.

Uśmiechnęłam się do niego, by pokazać, że doceniam komplement.

– Mogę zaproponować ci drinka? – spytał.

– Nie, dziękuję – odparłam; już mi się nie podobało to, co zamierzałam zrobić. – Powinniśmy załatwić kwestie finansowe, żebyś mógł się skupić wyłącznie na przyjemności.

– Jasne, pieniądze – przyznał Dan. – Tysiąc w gotówce, jak powiedziałaś. Mam to tutaj.

Wręczył mi kopertę, a ja przeliczyłam kciukiem dziesięć nowiutkich banknotów studolarowych.

– Jeszcze jedno – powiedziałam. – Czego się za to spodziewasz?

Wyglądał na zdziwionego.

– Seksu.

– Jakiego? Klasycznego czy oralnego? Czegoś perwersyjnego?

– Mówiłaś chyba, że zrobisz wszystko, co zechcę, i że zostaniesz na całą noc za tysiąc.

Na jego twarzy pojawiło się zmartwienie.

– Zgadza się. I rozumiesz, że nie ma mowy o niczym ostrym?

– To nie w moim stylu. No dobrze, omówiliśmy kwestie praktyczne?

– Niestety nie – odparłam, pokazując mu odznakę. Usłyszałam, jak otwiera się bagażnik mojego forda i jak wychodzi z niego mój partner, Jack Gripper. – Jestem policjantką, panie Emery, a pan jest aresztowany za korzystanie z usług prostytutki.

• • •

Pamiętam, jak pomyślałam sobie: co za strata. Spotkałam faceta moich marzeń, który mieszkał w domu moich marzeń, a ja, zamiast go wypieprzyć, przyskrzyniłam go. Życie bywa okrutne. Potem zadzwonił.

– Detektyw Esteban? – spytał, a jego głos był równie uprzejmy jak wtedy, kiedy wiozłam go na posterunek.

– Tak.

– Mówi Dan Emery. Trzy tygodnie temu aresztowała mnie pani za korzystanie z usług prostytutki.

– Ach tak, pamiętam.

– Nie zawracałem sobie głowy adwokatem. Przyłapała mnie pani na gorącym uczynku. Poniosłem po prostu konsekwencje i około dwudziestu minut temu przyznałem się do winy.

– To dobrze. Mam nadzieję, że sędzia nie potraktował pana zbyt surowo.

– Nie dostałem wysokiej grzywny, ale rozprawa była poniżającym doświadczeniem.

– Miejmy nadzieję, że to ostatni raz.

– Na pewno. No dobrze, wyjaśnię powód, dla którego dzwonię. Szczerze mówiąc, chciałem zrobić to wcześniej, ale pomyślałem sobie, że powinienem zaczekać do końca sprawy. Bałem się, że będzie to wyglądało na łapówkę.

– Co?

– Moje zaproszenie na kolację.

Przez pięć lat pracy w policji nauczyłam się zachowywać spokój nawet w najtrudniejszych sytuacjach, ale teraz byłam kompletnie zaskoczona.

– Nie wiem… – zaczęłam.

– Proszę posłuchać, myśli pani pewnie, że jestem jakimś dziwakiem, skoro odpowiedziałem na to ogłoszenie i w ogóle. Ale słowo daję, że taki nie jestem. Zrobiłem to dla żartu. Mówię szczerze. Nie byłem z prostytutką od studiów, a z *call girl* nie miałem nigdy do czynienia. Nawet nie prenumeruję tej gazety. Wziąłem ją u fryzjera, kiedy czekałem na swoją kolej. Naprawdę, jestem zakłopotany całą tą sprawą. Nie wspominając już o tym, że zostałem ukarany. Nie ma pani pojęcia, jak to jest, kiedy facet musi się przyznać do uprawiania płatnego seksu i robić to w sali sądowej pełnej chichoczących ludzi.

Roześmiałam się.

– To dobrze – oznajmił. – Rozbawiłem panią. Jeśli jeszcze uda mi się namówić panią na kolację, to odniosę pełne zwycięstwo. I co pani na to?

• • •

Zgodziłam się oczywiście, a kolacja spełniła moje oczekiwania, nawet jeśli czułam się nieswojo w tej eleganckiej restauracji i nie potrafiłam zidentyfikować połowy dań w menu. Dan okazał się dżentelmenem w każdym calu; miał poczucie humoru i nie częstował mnie tymi męskimi bzdurami, typowymi dla kumpli z policji, z którymi umawiałam się na randki. Jedyną rzeczą, która niepokoiła mnie tego pierwszego wieczoru – mówię „niepokoiła" z braku innego słowa, a nie dlatego, bym się nad tym wtedy zastanawiała – była jego niechęć do mówienia o sobie. Ilekroć próbowałam się czegokolwiek o nim dowiedzieć, kierował rozmowę z powrotem na mnie i robił to z prawdziwym mistrzostwem. Miałam jednak tak często do czynienia z facetami, którzy widzieli tylko siebie, że jego zachowanie sprawiało mi ulgę.

Nie poszłam z Danem do łóżka po tej pierwszej randce czy drugiej. Nie chciałam, żeby sobie pomyślał, że jestem łatwa. Za trzecim razem zaprosił mnie do swojego domu zamiast do restauracji i przyrządził wspaniałą kolację. Zjedliśmy na wykładanym kamieniami patio. Powietrze przypominało jedwab, widok był olśniewający, a myśl, że mogłabym się nie przespać z tym mężczyzną, wydawała się niedorzeczna.

Następne dwa miesiące przypominały bajkę. Nie mogliśmy się sobą nacieszyć, a ja tęskniłam za nim bezustannie, gdy nie byliśmy razem. Sierżant Groves nie mógł zrozumieć, dlaczego jestem taka miła dla tego faceta. Widział, jak się wkurzyłam, kiedy wyciągnął mnie z wydziału narkotyków i zaangażował do tej prowokacji pod kryptonimem *call girl*. Wściekałam się, mówiąc o dyskryminacji kobiet, a on pytał, kogo innego mógłby w tym celu wykorzystać. Zresztą przeniesienie miało być tylko tymczasowe.

Podczas tych dwóch niezwykle intensywnych miesięcy dowiedziałam się nieco więcej o Danie, a każda nowa rzecz sprawiała, że podobał mi się jeszcze bardziej. Jego rodzice zginęli w wypadku samochodowym na południu Francji, kiedy był na drugim roku studiów na Uniwersytecie Karoliny Południowej. Zajmował własne mieszkanie i został w nim aż do dyplomu, chociaż odziedziczył dom na Sosnowym Zboczu. Wyznał mi, że był bardzo związany z rodzicami i że dom budził zbyt wiele bolesnych wspomnień. Upłynęło trochę czasu, zanim mógł tam przebywać, nie odczuwając smutku.

Prawnik rodzinny służył mu radą i wypłacał kieszonkowe, zanim Dan ukończył dwadzieścia jeden lat i nie uzyskał prawa do rozporządzania spadkiem. Choć miał dostatecznie dużo pieniędzy, by nie pracować, zatrudnił się w małej ekskluzywnej firmie maklerskiej, prowadzonej przez starego przyjaciela ze studiów. Jak wyznał, zarabiał w pewnym momencie tyle, że mógł żyć na wysokiej stopie bez konieczności uszczuplania spadku.

Język mnie nie świerzbił, żeby powiedzieć komukolwiek o Danie, ale trudno mieć sekrety przed swoim partnerem.

– Ten klient? – spytał Jack Gripper, nie mogąc ukryć zaskoczenia w głosie.

– Tak – odparłam z zażenowaniem.

– Chodzi o ten jego dom, co?

Minęliśmy go kiedyś, jadąc na przesłuchanie świadka, a ja opowiedziałam Jackowi, jak odwiedziłam go w dzieciństwie i jak stał się domem moich marzeń. Po aresztowaniu Dana spytał mnie, czy to ten sam, o którym mu opowiadałam, a ja odparłam, że tak.

– Jezu, Jack, walnij od razu z grubej rury i powiedz, że szukam nadzianego faceta.

– Hej, nie mam ochoty rzucać pierwszy kamieniem.

Gripper naprawdę nie lubi ferować wyroków. Dlatego, jak przypuszczam, że pracuje w policji tyle lat i że widział już niejedno. Po krótkiej dyskusji o mnie i Danie nigdy więcej nie poruszył tego tematu. Ja też nie.

• • •

Byliśmy w łóżku, kiedy Dan po raz pierwszy powiedział mi, że mnie kocha. Wystarczało mi, że z nim jestem. Nigdy nie miałam wielkich oczekiwań. Jak już wspominałam, dorastałam w biedzie i musiałam walczyć o wszystko, co mam.

Moje mieszkanie to najlepsze miejsce, w jakim dotąd żyłam. Większość facetów, z którymi się umawiałam, nie mieszkała wiele lepiej. Zaczęłam trochę odkładać, ale mogłabym pracować do końca życia, a i tak nie zdołałabym zaoszczędzić tyle, by żyć jak Dan.

Nie chcę, żebyście pomyśleli, że pieniądze to wszystko, ale zawsze są ważne, kiedy człowiek bez nich dorasta. Chcę myśleć, że byłam zakochana, ale nie jestem pewna, czy wiem, co to takiego miłość. Nigdy nie dostrzegałam jej w związku matki z jakimś facetem, którego przyprowadzała do domu. Pracując na ulicy, napatrzyłam się na kobiety z rozwalonymi ustami i mężczyzn z ranami po nożu i wiem, że miłość nie jest taka, jak mówią. Nigdy nie zobaczyłam gwiazd podczas randki ani nie usłyszałam chórów anielskich. Nawet z Danem. Ale było mi z nim dobrze i na pewno sprawdzał się w łóżku; chyba nigdy nikt nie był mi tak bliski jak on.

Kiedy oznajmił: „Musimy o czymś porozmawiać", od razu przyszło mi do głowy, że chce zerwać.

– No to mów – odparłam, siląc się na wesołość.

Ciemność rozpraszał Księżyc w pełni, który zwieszał się nad oceanem. Dan przekręcił się na bok. Pomyślałam, że coś go dręczy.

– Jak długo jesteśmy razem? Dwa miesiące?

– Sześćdziesiąt jeden dni, dwadzieścia godzin, trzy minuty i jedno aresztowanie – odparłam, wciąż starając się zachować lekki ton. – Ale po co to liczyć?

Dan uśmiechnął się, ale trwało to tylko chwilkę. Potem znów posmutniał.

– Moja mała policjantka – westchnął.

– O co chodzi?

– Kocham cię, ale nie wiem, czy mogę ci zaufać.

Z miejsca spoważniałam i usiadłam na łóżku.

– Co to znaczy, że nie możesz mi zaufać? – rzuciłam dotknięta i trochę zagniewana.

– Ile jest w tobie policjantki, Monico? I ile dla ciebie znaczę?

Zaczęłam się nad tym zastanawiać. Bardziej nad pierwszym pytaniem niż drugim. Właśnie mi powiedział, że mnie kocha. Do czego to prowadziło? Pomyślałam o tym, że będę tu mieszkać, jeździć rollsem i nosić ubrania, w których widziałam gwiazdy filmowe.

– Ja też cię kocham, Dan. I nie jestem aż tak bardzo policjantką, żebyś nie mógł mi zaufać. We wszystkim.

– Miałem nadzieję, że tak właśnie powiesz. Słuchaj, będę z tobą szczery. Umówienie się na randkę z policjantką było z początku taką samą frajdą jak wykręcenie numeru do *call girl*. Nie jestem nawet pewien, czy nie chodziło mi w pewnym stopniu o rewanż. Wiesz, pójść z tobą do łóżka po tym, jak mnie aresztowałaś i narobiłaś mi wstydu.

Chciałam coś powiedzieć, ale podniósł dłoń.

– Nie. Pozwól mi to wyjaśnić. To nie jest dla mnie łatwe. Tak się właśnie zaczęło, ale teraz jest inaczej. Kiedy wyznałem, że cię kocham, to mówiłem poważnie, ale nie wiem, czy zechcesz ze mną zostać, kiedy usłyszysz, co mam ci do powiedzenia. Podoba ci się ten dom, samochody i mój styl życia, prawda?

– Nie dlatego się z tobą spotykam – odparłam urażona.

– Nie powiedziałem tego. Nie jesteś ciekawa, jak mnie na to wszystko stać?

– Mówiłeś, że masz dobrą pracę i spadek po rodzicach. Poza tym to nie moja sprawa.

– Naprawdę nie masz pojęcia, ile kosztuje takie życie, jakie prowadzę, co?

– Do czego zmierzasz? – spytałam nagle zaniepokojona.

– Gdybyś się czegoś o mnie dowiedziała, czegoś, co robiłem… że byłem nieuczciwy. Co by się stało?

– Z nami? – odparłam zdezorientowana.

– Co byś zrobiła jako policjantka? Wydałabyś mnie?

Popatrzyłam na niego i pomyślałam o nas. Jak już mówiłam, nie byłam pewna, czy go kocham, ale lubiłam go na tyle, by znać odpowiedź na to pytanie.

– Nie wydaję przyjaciół.

– Więc powiem to, co mam powiedzieć, a ty zdecydujesz, co robić. Nie byłem z tobą do końca szczery, jeśli chodzi o moją sytuację finansową. – Sprawiał wrażenie zakłopotanego, jak nigdy dotąd. Nie wyglądał tak nawet wtedy, gdy go aresztowałam. – Zawsze sądziłem, że moi rodzice są bogaci, i zakładałem, że odziedziczę po nich to, co mają, nigdy więc nie przykładałem się do nauki. Jestem inteligentny – mam wysokie IQ – ale studia w moim przypadku to była jedna wielka impreza. Ukończyłem je, nie posiadając konkretnych umiejętności. Po śmierci rodziców nastąpiło przykre przebudzenie. Ten dom, letni domek, fundusz powierniczy i trochę akcji to wszystko, co miałem. To niemało, ale rodzice nie byli aż tak zamożni, jak sądziłem. Nigdy mi wcześniej nie przyszło do głowy, że będę musiał płacić podatek od nieruchomości i utrzymywać taki dom, nie wspominając już o innych wydatkach, o które martwią się rodzice, ale o których nigdy nie mówią dzieciom. Prawnik zajmujący się testamentem wyjaśnił mi finansowe aspekty życia. Przez jakiś czas wychodziłem na swoje, ale w końcu musiałem sprzedać letni domek. Potem wykorzystałem cały fundusz powierniczy i pozbyłem się sporej części akcji, żeby utrzymać ten styl życia. Mówiłem już, że nie mam smykałki do interesów.

– A ta firma maklerska? – spytałam.

– Och, to prawda, i radzę sobie całkiem nieźle, ale dochody pokrywają ledwie podatki i koszty związane z utrzymaniem takiego domu.

– Dlaczego go nie sprzedasz?

Dan popatrzył mi w oczy.

– A ty byś sprzedała? Gdybyś miała taki dom, to czy nie zrobiłabyś wszystkiego, by go zachować?

Nie odpowiedziałam. Co mogłam powiedzieć? Wiedziałam, że mogłabym zabić, żeby zatrzymać ten dom, gdyby był mój. Dan uśmiechnął się smutno. Dotknął mojego policzka. Ciepło jego dłoni sprawiało mi taką przyjemność, że gdy tylko ją cofnął, zaczęłam za nią tęsknić.

– Wiedziałem, że zrozumiesz. Dlatego cię kocham. Tak bardzo się różnimy od siebie, ale jednocześnie jesteśmy do siebie podobni. Pod pewnymi względami, które mają znaczenie.

– Jeśli nie zarabiasz dostatecznie dużo, żeby pozwolić sobie na... wszystko, i nie odziedziczyłeś tyle, żeby utrzymać dom, to...?

Dan spojrzał gdzieś w bok.

– Nie ma co owijać w bawełnę, Monico. Zajmuję się dilerką.

– Handlujesz narkotykami? – spytałam osłupiała.

Skinął głową.

– Głównie kokainą. Nie ma mowy o heroinie. Nie robiłbym tego. Trochę marihuaną. Jestem ostrożny. Sprzedaję wybranym klientom, przede wszystkim przyjaciołom. Jest to na dobrą sprawę jedyna rzecz, jaka mi się kiedykolwiek udała.

Wstałam z łóżka i podeszłam do okna. Nie wiedziałam, jak na to zareagować.

– Dlaczego mi to mówisz? – spytałam. – Masz pojęcie, w jakiej mnie sytuacji stawiasz?

– Zdaję sobie sprawę z dylematu moralnego, który ci narzucam, ale to nie będzie już stanowiło problemu. Kocham cię i wiem, że nie mógłbym się z tobą spotykać, gdybym ci wszystkiego nie wyjaśnił. Szanuję to, co robisz jako policjantka. Nie chcę cię więcej stawiać w takiej sytuacji.

Obróciłam się w stronę łóżka.

– No cóż, już to zrobiłeś. Powinnam cię aresztować po tym, co od ciebie usłyszałam.

– Nie musisz, Monico. Powiedziałem ci, że nie będzie między nami żadnych tajemnic, a powód, dla którego mówię ci to wszystko, jest taki, że to się skończy. Musiałem wybrać między tobą a dilerką i nie musiałem się długo zastanawiać. Nie wiedziałem jednak, jak zareagujesz. Czy wciąż będziesz chciała być ze mną.

– Dlaczego miałabym się sprzeciwiać, skoro z tym zrywasz?

– Nie rozumiesz. Jeśli z tym zerwę, to skończy się także i to. – Zatoczył ręką łuk, jakby chciał objąć tym gestem cały pokój. – Z domem i samochodami, z restauracjami i... w ogóle wszystkim.

– Co masz na myśli?

– To, co powiedziałem. Bez kokainy nie mogę sobie pozwolić na takie życie. A nie będzie więcej kokainy.

– Przeze mnie?

– W dużym stopniu, ale jest też powód praktyczny. Gdybym był religijny, to widziałbym w tym palec boży. – Dan się uśmiechnął. – Bardzo szybko zrozumiałem, że cię kocham, i wiedziałem, że muszę skończyć z tym handlem, jeśli chcę cię zatrzymać, ale nie miałem pojęcia, jak zerwać ze światem przestępczym. Ludzie, dla których pracowałem, są bardzo niebezpieczni. Bałem się tego, co mogliby zrobić, gdybym im powiedział, że nie będę dla nich więcej pracował, a oni się dowiedzieli, że spotykam się z policjantką, a dowiedzieliby się na pewno. Ci faceci są ustosunkowani. Ja... no cóż, martwiłem się – naprawdę się martwiłem – że mogą ci coś zrobić albo grozić, że coś ci zrobią, gdybym im powiedział, że kończę z nimi.

– Jezu, Dan – powiedziałam, zaniepokojona nie na żarty, bo wiedziałam, że to, co mówi, jest prawdą. Są dilerzy, którzy nie zawahaliby się zabić gliniarza.

– Wszystko w porządku, Monico. Nie musisz się martwić. – Roześmiał się. – To był naprawdę palec boży. Tydzień przed tym, jak się poznaliśmy, wpadł mój hurtownik. A potem, jak tylko mnie aresztowałaś, DEA* zgarnęła szefa kartelu, dla którego pracował.

– Kto to taki?

– Alberto Perez – odparł. Słyszałam o tej akcji. Perez to była gruba ryba. – Dopadli go w Miami z kokainą wartą miliony dolarów, a przy okazji zgarnęli większość jego ludzi. *Finito.*

---

*DEA – Drug Enforcement Agency – Rządowa Agencja do Walki z Narkotykami.

– Twój hurtownik cię nie sprzedał?

– Spędzało mi to sen z powiek. Kiedy zaczęliśmy się spotykać, tylko czekałem, aż po mnie przyjdą. Ale nie przyszli i chyba wiem dlaczego. Jestem płotką. Federalni nie zamierzają tracić czasu na kogoś, kto handluje na taką skalę jak ja. Sama zresztą wiesz. Poza tym sprzedałem cały swój towar. Miałem zarobić więcej na dostawie, którą skonfiskowali. Jestem więc czysty. Nie ma dowodów, że byłem dilerem, nawet gdyby chcieli się do mnie dobrać. Upłynęły już dwa miesiące. Nawet więcej, licząc od aresztowania mojego hurtownika. Sądzę, że nic mi nie grozi.

Odwróciłam się w stronę oceanu, ale go nie widziałam. Skupiałam się przede wszystkim na tym, jak bardzo ufam Danowi i co jestem gotowa uczynić, żeby go nie stracić.

– Co więc zrobisz? – spytałam, by zyskać na czasie.

– Będę musiał sprzedać większość majątku. Za dom wezmę niezłą sumę. Samochody też trzeba będzie upłynnić. Pogadam z księgowym. Wyjdę na swoje, jeśli odpowiednio przypilnuję pieniędzy. Ale życie, jakie dotąd prowadziłem, to przeszłość.

Dom! Nie mogłam tego znieść. Być tak blisko życia, o jakim marzyłam przez tyle lat, i nagle to stracić. Dan mówił dalej, ale go nie słuchałam. Byłam zdenerwowana, ale odznaczam się pewną cechą. Potrafię ukryć emocje w chwili, gdy muszę podjąć ważną decyzję. Przydaje się w pracy policjanta i teraz też mi się przydało. Miałam dobry pomysł, jak ocalić dom, ale chciałam pomyśleć, nim powiem cokolwiek Danowi. Stawka była zbyt duża. Wróciłam więc do łóżka, wzięłam go w ramiona i zaczęłam całować.

– Kocham cię, Dan – powiedziałam. – Chcę być z tobą. Wyjdziesz na prostą. Oboje wyjdziemy. Będziemy ludźmi pracy. To nic strasznego. Całe życie to robię. Sam zobaczysz. Będzie okay.

Dan oparł głowę na moim ramieniu.

– Nie wiesz nawet, co to dla mnie znaczy. Tak się bałem, że mnie rzucisz, kiedy się dowiesz, jaki ze mnie oszust.

– Nie jesteś oszustem. Przywykłeś tylko do takiego życia, jak twoi klienci przywykli do koki. I nie musi to wcale wyglądać jak odwyk. Będzie nieźle, jak sprzedasz ten swój majątek. To tylko rzeczy, nic więcej – zapewniłam, ale wcale tak nie myślałam.

• • •

Wciąż odgrywałam *call girl* i przez tydzień zgarniałam klientów, nie mogąc się spotykać z Danem. Nie lubiłam tej roboty. Prawdę powiedziawszy, czułam się paskudnie. Biedni dranie, których zgarnialiśmy, w większości nigdy wcześniej nie byli na bakier z prawem. Wyglądali żałośnie, kiedy pokazywałam im swoją odznakę. Podejrzewam, że dołował mnie bezsens tego wszystkiego. Wiedziałam, że nigdy nie wyplenimy prostytucji. Nie bez powodu jest najstarszym zawodem świata.

Takie samo zdanie miałam o narkotykach. Ludzie zawsze pragnęli czegoś, co mogło poprawić im nastrój, choćby na chwilę, i zamierzali płacić za kokę albo dziwkę, nawet jeśli jedno i drugie nie było zgodne z prawem. Uważałam, że powinni zalegalizować narkotyki i prostytucję i pozwolić, żebyśmy się skoncentrowali na morderstwach, oszustwach, napadach z bronią w ręku, ale nikogo w legislaturze stanowej nie obchodziło, co myślę, więc przez niemal cały tydzień po tym, jak Dan opowiedział mi o swoim problemie, przebierałam się za luksusową dziwkę.

Przez resztę czasu sprawdzałam Dana. Zależało mi na nim, ale nie jestem naiwna. Nie powiedział mi od razu, czym się zajmuje, chciałam więc wiedzieć, czy kłamał też w innych sprawach. Zaczęłam od klasycznych internetowych źródeł. Udzielał się towarzysko, a historia, którą mi podał, potwierdziła się. Potem sprawdziłam dom, samochody i wszystko, co kiedykolwiek posiadał. To też się potwierdziło. W końcu użyłam komputera, by dostać się do bazy danych służb federalnych i policyjnych, do których dostęp mają tylko gliniarze. Dowiedziałam się, że przyłapano go na jeździe pod wpływem alkoholu, kiedy był na drugim roku studiów, ale sprawa uległa umorzeniu, kiedy Dan zgodził się na terapię. Biorąc wszystko pod uwagę, cieszyłam się, że był ze mną szczery, więc umówiłam się na spotkanie z pewnymi ludźmi, których znałam.

Powiedziałam Danowi o swoim pomyśle po kolacji w niezbyt drogiej restauracji meksykańskiej niedaleko mojego mieszkania. Dan żartował, że próbuję przyzwyczaić go do nowego życia, ale naprawdę lubiłam ten lokal. Podobało mi się też, że mogę pójść na kolację w dżinsach i że nie muszę się martwić, że nie będę miała pojęcia o daniach w menu.

Mówiłam przy stole o robocie, opowiadałam Danowi ciekawe historie, jakie przytrafiały się gliniarzom, i czekałam, aż wrócimy do domu na Sosnowym Zboczu, żeby mu zdradzić, czym się ostatnio zajmowałam.

– Jak leci? – spytałam.

– Co jak leci?

– No wiesz, sprzedaż domu, rollsa?

Zrobił smutną minę.

– Rozmawiałem z kilkoma pośrednikami, żeby się zorientować, ile mogę dostać. Rolls i lamborghini idą pod młotek w przyszłym tygodniu.

– Może nie – odparłam.

– Co masz na myśli?

Czułam się tak, jakbym stała nad przepaścią i miała lada chwila skoczyć. Nie wiedziałam, jak Dan zareaguje na to, co zamierzałam mu zaproponować, i czy wciąż będziemy razem, kiedy już mu to powiem.

– Może istnieje sposób, żeby zachować dom i wszystko inne.

– Nie rozumiem.

– Może uda mi się skontaktować cię z pewnym człowiekiem.

– Wciąż nie rozumem.

– Nie ty jeden masz tajemnice – zapewniłam go nerwowo. – Zrobiłam kilka rzeczy, których nie powinnam była zrobić.

Dan gapił się na mnie szeroko otwartymi oczami.

– Nie chcesz chyba powiedzieć…

– Nie zamierzam być całe życie policjantką. Widzę, jak żyją gliniarze i ile zarabiają. Chcę być kimś, Dan. Pracowałam w wydziale narkotyków, nim przydzielili mnie do tej operacji z dziewczynami na telefon. Mniej więcej rok temu brałam udział w dużej prowokacji. Peter Pride.

– Uczestniczyłaś w tym?

Skinęłam głową.

– Pride wykręcił się sianem.

– Owszem. Chcesz wiedzieć dlaczego?

Dan milczał.

– Kluczowe dowody zniknęły, a ja założyłam sobie konto w banku szwajcarskim. Nic wielkiego, ale przyda się na stare lata.

– Czy nie przyskrzynili za to jakiegoś gliniarza? Czytałem, że…

Skinęłam głową.

– Paskudna sprawa. Bobby Marino. Nie miałam z tym nic wspólnego. Pride nienawidził go i wrobił. Nie ma to teraz znaczenia i nic się nie da zrobić. Ale mogę cię skontaktować z Pride'em. Co ty na to?

Dan wysunął język i oblizał wargi.

– Nie wiem. Ci faceci, z którymi miałem do czynienia… też nie byli aniołami, ale Pride to zabójca.

– Wszyscy oni są zabójcami, Dan, ale Pride to zabójca, który dobrze płaci. Od roku daję mu cynk. Lubi mnie. Potrzebujesz tego – powiedziałam, pokazując widok, który rozciągał się z tarasu. – A ja potrzebuję ciebie. Co ty na to?

– Pozwól mi pomyśleć. Pride to całkowicie inna para kaloszy.

• • •

Dan zadzwonił do mnie tydzień później; spotkaliśmy się na lunchu. Kiedy czekaliśmy, aż kelnerka przyniesie nam jedzenie, wziął mnie za rękę.

– Zastanawiałem się nad tą sprawą z Pride'em. Zrobię to.
– Och, Dan – powiedziałam, bo nic więcej nie przychodziło mi do głowy.
Uśmiechnął się i ścisnął mi mocniej dłoń, a ja jemu. Byłam taka szczęśliwa.
– Jeden warunek – oznajmił.
– To znaczy?
– Od tej chwili jesteś poza grą.
Próbowałam protestować, ale mi przerwał.
– Mówię poważnie. Nie podobało mi się, kiedy mnie aresztowano, nawet za tak drobne wykroczenie jak prostytucja. Wolę nawet nie myśleć o tym, co się dzieje, kiedy zatrzymują policjanta za taki numer, jaki odstawiasz.
– Jestem dorosła, Dan.
– Nigdy w to nie wątpiłem, ale upieram się przy swoim. Od tej chwili to ja biorę na siebie całe ryzyko albo dom idzie na sprzedaż, tak jak planowaliśmy.

• • •

Siergiej Kariakin był rosyjskim mafiosem, co oznaczało, że nie tylko zabijał dzieci dla zabawy, ale także je zjadał. Jako Siergiej albo Kariakin widniał tylko w policyjnej bazie danych, z adnotacją: „alias Peter Pride". Siergiej kochał Amerykę, którą nazywał „ziemią kryminalnych możliwości", i przyjął pseudonim, który według niego pasował do gwiazdy rocka albo filmu. To, że był równie brzydki jak jego zbrodnie i że nie umiał śpiewać, nie spędzało mu snu z powiek, nikt zresztą nie śmiał pisnąć o tym słówkiem.

Zwykle nie było mu można niczego udowodnić, jeśli chodzi o jego chleb powszedni, czyli narkotyki i zmuszanie do nierządu, jednak dwa lata wcześniej popełnił błąd i miał wyrok jak w banku, ale główne dowody rzeczowe w jego sprawie zniknęły z magazynu policyjnego. Miałam wtedy problemy z hazardem i ktoś wspomniał o tym adwokatowi Petera. Pewnego wieczoru otrzymałam propozycję od pewnego bardzo uprzejmego dżentelmena, który nigdy nie podał mi swojego nazwiska. W ciągu tygodnia mój dług został uregulowany, a problem Petera rozwiązany. Zerwałam z hazardem raz na zawsze, ale pozostałam na liście płac tego gangstera; uprzedzałam go w odpowiedniej chwili o nalotach i przestrzegałam przed informatorami, jeśli tylko mogłam to robić bezkarnie.

Do mojego spotkania z Pride'em doszło głuchą nocą na jakimś opuszczonym terenie fabrycznym. Nie mogliśmy pokazywać się nikomu w swoim towarzystwie. Z początku Peter był niechętny przyjęciu Dana do swojej organizacji. Choć Dan nie został zgarnięty po aresztowaniu Alberta Pereza, Pride się bał, że DEA namierzyła mojego faceta. Powiedziałam mu, że to sprawdziłam i że DEA nie ma pojęcia o istnieniu Dana. Zaczęłam zachwalać ekskluzywną klientelę Dana i przekonywać Petera, że ma szansę poszerzyć rynek odbiorców.

Tydzień później, o trzeciej nad ranem, spotkaliśmy się z Peterem w nieczynnym magazynie. Skończyło się na tym, że Peter zgodził się przekazać Danowi kilo kokainy. Gdyby wszystko poszło dobrze, obiecał dostarczyć więcej towaru. Byłam tak podekscytowana, kiedy wracaliśmy do domu na Sosnowym Zboczu, że nie odczuwałam zmęczenia, choć byłam na nogach od ponad dwudziestu czterech godzin. Gdy tylko znaleźliśmy się w domu, zaczęłam zdzierać z Dana ubranie. Nie pamiętam nawet, jak dostaliśmy się z holu do sypialni.

Nazajutrz po południu byłam tak zmordowana, że opadały mi powieki. Dowlokłam się do komendy i znalazłam na biurku karteczkę z informacją, że mam pójść do sierżanta Grovesa. Groves był przystojnym czarnoskórym mężczyzną; miał starannie przycięte wąsy i zawsze emanował powagą. Rzadko się rozpromieniał i wyglądał jeszcze surowiej niż zwykle, kiedy weszłam do jego gabinetu i zobaczyłam go w towarzystwie Jacka Grippera, a także kobiety i mężczyzny, których nie znałam.

– Zamknij drzwi, Monico – powiedział Groves.

Zrobiłam, jak kazał, a on wskazał mi jedyne wolne krzesło.

– Siedzisz po uszy w gównie – oświadczył.

Na biurku stał odtwarzacz DVD. Groves wcisnął guzik, a ja usłyszałam samą siebie, opowiadającą Danowi o tym, jak pomogłam Peterowi Pride'owi uniknąć odsiadki. Zamarło we mnie serce. Rozmowa miała miejsce w sypialni domu na Sosnowym Zboczu. Chciałam spytać, jak ją nagrali, ale byłam zbyt przerażona, by się odezwać.

– Pójdziesz siedzieć – zawyrokował Groves.

Zaschło mi w gardle. Wiedziałam, że nie powinnam się odzywać bez adwokata, ale mimo wszystko spytałam:

– Czego chcecie?

– Pride'a – odparła kobieta.

Byłam zszokowana, ale mój umysł już rozważał różne możliwości.

– Nie możecie wykorzystać tej taśmy. Musielibyście założyć podsłuch w domu.

– Możemy ją wykorzystać, bo założyliśmy podsłuch za zgodą właściciela – powiedziała kobieta, a ja miałam wrażenie, że coś we mnie umarło.

• • •

Dan został aresztowany tamtego dnia, gdy zatrzymano jego hurtownika. Jack Gripper był przy tym obecny i przypomniał sobie, co mówiłam mu o domu. O kradzież dowodów w sprawie Pride'a oskarżono Bobby'ego Marina, ale stałam się podejrzana, kiedy informator w organizacji Petera powiedział policji, że – jak gdzieś słyszał – zrobiła to kobieta. Jeden z cynków, które przekazałam Pride'owi, był prowokacją. Sierżant Groves podał miejsce i godzinę nalotu tylko mnie. Kiedy okazało się, że w namierzonym domu nikogo nie ma, i kiedy się upewnili, że to ja jestem winna, zostałam przydzielona z Gripperem do operacji *Call girl*, a Dan otrzymał polecenie, żeby do mnie zadzwonić. Potem górę wzięła natura.

Kiedy się dowiedziałam, że Dan mnie zdradził, doznałam najpierw szoku, potem gniewu, wreszcie rozgoryczenia. Widziałam go tylko raz po swoim aresztowaniu, kiedy braliśmy udział w akcji, która pozwoliła ostatecznie posłać Petera Pride'a za kratki. Powiedział mi, że jest mu przykro i że naprawdę mnie kochał, ale nie miał wyboru. Nie wierzę, by mnie kochał, ale nawet gdyby było inaczej, wiedziałam doskonale, że zapomniałby o mnie, gdyby pojawiła się następna kobieta – ktoś, kto nie dostał wyroku co najmniej siedmiu lat więzienia.

Z celi, którą dzielę z Sheilą Crosby, czterdziestodwuletnią malwersantką, nic nie widać, ale kiedy zamykam oczy, potrafię sobie odmalować obraz za oknem sypialni Dana.

Czasem sobie wyobrażam, że wychodzę z więzienia, a Dan czeka na mnie w swoim rollsie. Jedziemy do domu na Sosnowym Zboczu, a potem biorę prysznic, żeby zmyć z siebie smród mamra. Później się kochamy. Kiedy Dan zasypia, wychodzę na patio i obserwuję zbliżającą się burzę, która narasta na Pacyfiku. To wspaniała burza i kiedy przemija, jestem tak beztroska i spokojna jak ocean po nawałnicy. Jestem żoną księcia, jestem bogata i mieszkam w pałacu na Sosnowym Zboczu.

Chris Muessig

Uprzedzenie

Z „Ellery Queen's Mystery Magazine"

Wydrążone dynie rozjaśniały swoim złośliwym uśmiechem rześki wieczór, ale Frank Creegan wyczuwał, że ktoś szykuje jeszcze gorszego psikusa. Coś czaiło się za ciemnym horyzontem, pchając przed sobą martwą falę.

Dojeżdżając do skrzyżowania 29A i Drowned Meadow Avenue, usłyszał kolejne wezwanie. Dostrzegł błysk niebieskich i czerwonych świateł przy stacji benzynowej Usoco. Skręcił w prawo, próbując sobie przypomnieć, kto ją obsługiwał o ósmej wieczorem.

Zatrzymał się przy krawężniku. Oprócz znanego mu białego sedana, który stał z boku, jedynym wozem na parkingu był policyjny radiowóz. Poprawka – między osłoniętymi zatoczkami, obok sprężarki zamontowanej na ceglanej ścianie, stał potężny rower.

Creegan ruszył z ciężkim sercem po nawierzchni wysypanej tłuczniem. W drzwiach sklepu dostrzegł jakiegoś dziwnego faceta w wielkim hełmie; gość obrócił się w jego stronę. Creegan rozpoznał w nim mieszkańca schroniska usytuowanego niedaleko stacji kolejowej, młodego cudaka, który objeżdżał niespiesznie miasto na swoim dwukołowym dinozaurze. Creegan pamiętał czerwone ślepia reflektorów, które penetrowały zmierzch; przywodziły na myśl jakiegoś boskiego wysłannika.

W drzwiach sklepu stał funkcjonariusz Ray Evers i mówił coś do swojego nadajnika. Policjant popatrzył zdziwiony na Franka, ale w jego spojrzeniu nie było niechęci.

– Służba, poruczniku?

– Nie. Byłem w okolicy i usłyszałem, co się dzieje. Mieszkam niedaleko. Zwykle tankuję tu benzynę. Kto tu jedzie?

Evers wzruszył ramionami.

– Wszyscy. Za chwilę nie będzie można tu palca wetknąć.

Creegan wyjął swój notes. Facet w hełmie przestępował z nogi na nogę, trzymając przy piersi skierowane w dół dłonie; przypominał tyranozaura z krótkimi łapami. Na bladej brodzie i policzkach Creegan dostrzegł zarost w kolorze soli i pieprzu, zadający kłam jego wyglądowi nastolatka.

– Ten facet to świadek, Evers?

– Nie widział chyba strzelaniny, ale znalazł ciało i wezwał policję. Byłem akurat za rogiem. Nie wydarzyło się to dawno temu.

– Zadzwonił z tego telefonu? – Creegan wskazał brodą automat w drzwiach sklepu.

– Nie, skorzystał z budki na tamtym rogu. Czekał w niej, kiedy podjechałem.

– Jak się nazywa?

– Jeremy Jordan. J.J. Tak na niego wołają.

– Wołają? Kto?

– No, sklepikarze, ludzie z sąsiedztwa, wie pan. Jest nieszkodliwy i z nikim się nie zadaje, ale zachowuje się dziwacznie.

– Widział kogoś?

– Dopiero co przyjechałem, poruczniku. Poza tym jest trochę... przymulony.

Wydawało się, że „przymulony" nie wie, o kim mowa.

– Sprawdź, co uda ci się z niego wyciągnąć, a ja się tymczasem rozejrzę. Przepraszam, J.J., muszę się dostać do środka.

Creegan był już na to gotowy. Patrzył na podłogę, stawiając uważnie kroki. W gardło i nos drapała go cieniutka mgiełka kordytu. Evers wyszedł na zewnątrz, mówiąc:

– Poprosiłem dyżurnego, żeby zawiadomił właściciela stacji.

Creegan skinął głową i zajrzał za kontuar. Na niebieskim kombinezonie mężczyzny widniało wyszyte imię Sal, ale to był Turgot, nikt inny. Leżał na plecach, głowa opierała się o narożnik wąskiej i ciasnej przestrzeni. Creegan patrzył na niego, trzymając ręce przy bokach; potem obszedł ostrożnie kontuar z prawej strony, żeby zobaczyć całe ciało.

Przykucnął i obejrzał pod odpowiednim kątem dwie widoczne rany wlotowe. Ta niższa znajdowała się na równej linii z mostkiem po lewej stronie. Widniała tam plama ciemniejsza niż materiał koszuli. Druga rana znajdowała się nad pierwszą, w odległości mniej więcej dłoni, blisko obojczyka, i była bledsza. Spod ciała nie wypływała już krew.

Oczy Turgota spoglądały gdzieś w przestrzeń i nie były do końca pozbawione serdeczności, z jaką ten człowiek witał każdego klienta: „Cześć, stary!". Duch przyjacielskiego powitania stłumiła w wyobraźni Franka kanonada głuchych strzałów. Uniósł prawą dłoń i uczynił nad zwłokami znak krzyża.

– Był chyba muzułmaninem – zauważył Evers, stając w drzwiach.

Frank spojrzał na niego; policjant znów wyszedł na zewnątrz i zaczął przesłuchiwać J.J.

Frank cały czas patrzył uważnie, nie zmieniając pozycji. Wciąż kucał. Na lewym udzie nieżywego mężczyzny, blisko pachwiny, leżał mały zielony ołówek, z rodzaju tych grubych, z gumką na końcu. Frank podniósł się i poczuł, jak strzyka go w lewym kolanie. Rozejrzał się po wnętrzu.

Na kontuarze, niemal go zakrywając, leżał duży terminarz. W kratkach pod datami zaznaczono spotkania, rozmowy telefoniczne, zamówienia spożywcze i temu podobne; charakter pisma się zmieniał. Kolejne dni odhaczano krzyżykiem.

Ktoś nakreślił małą swastykę na stronie klienta, w jej górnej części. Narysowana ołówkiem, rzucała się w oczy nad pustą kratką wielkości trzech palców. Pozostałe trzy marginesy były pokryte bohomazami, zapewne przez pracowników, którzy w tym czasie rozmawiali przez telefon – ale nie było tam żadnych swastyk.

Przeczytał odwrócone do góry nogami zapiski na ten dzień, a potem skupił się na krzyżu o wygiętych ramionach. Zajmował powierzchnię nie większą niż centymetr kwadratowy, a pochyłe kreski wskazywały na pośpiech. Oderwał wzrok od rysunku i dalej przeglądał terminarz.

Pod stację podjechał sierżant, partner Eversa. Policjant ruszył w stronę samochodu, ciągnąc za sobą łagodnie J.J.

Nigdzie nie widać było łusek. Może zabójca posłużył się rewolwerem albo był przezorny i je pozbierał. Albo wtoczyły się pod stojak z olejem silnikowym czy może pod lodówkę z napojami; Frank miał nadzieję, że technicy je znajdą.

Znowu skupił się na zwłokach. Ślepe oczy patrzyły na przegródki pod kontuarem. Frank, jako zawodowiec, nie dawał się zwieść tajemnicy tego intensywnego spojrzenia, ale siłą rzeczy dostrzegał żywego niegdyś człowieka.

Turgot pracował na stacji od kilkunastu lat, często na dwie zmiany przez siedem dni w tygodniu. Frank nigdy o to nie pytał, ale się domyślał, że większość zarobków trafiała do licznej rodziny w Turcji. Ludzki wysiłek, więzy krwi, a potem morderstwo, które kładło wszystkiemu kres – i dlaczego? Dla kilku butelek piwa i papierosów? Ile pieniędzy mogło się znajdować w kasie, którą opróżniono? Kto był zdolny do czegoś takiego?

W drzwiach pojawił się sierżant Mike Monafferi.

– Poruczniku?

– Znałem go, Mike – powiedział Creegan, co nie do końca było prawdą, ale chciał usprawiedliwić swoją obecność w tym miejscu. – Mieszkam niecałe trzy kilometry stąd.

– I co pan myśli? Morderstwo na tle rabunkowym?

– Prawdopodobnie. – Przypomniał sobie jednak swastykę. – Jeśli nie masz nic przeciwko temu, porozglądam się, zanim przyjedzie ekipa.

– Z wydziału zabójstw zjawi się tylko jeden facet. Mamy

mnóstwo roboty. Dwaj topielcy w zatoce, w dwóch różnych miejscach, doszło też do cholernego wypadku przy Memorial Parkway.

Creegan skinął głową; słyszał rozmowy przez radio; przypominały uderzenia młota w jakiejś mrocznej kuźni.

Swastyki: oznaka szaleństwa, które zaczęło się pojawiać na frontonach synagog, na żydowskich nagrobkach i bramach garaży Afroamerykanów osiedlających się w dzielnicach, gdzie mieszkali wyłącznie biali. Wykluwało się w pokojach zabaw zamieszkanych przez świrów. Czy Manson nie wyciął sobie tego znaku na czole? Postulowano nawet powołanie do życia specjalnego wydziału, który zajmowałby się wzrastającą liczbą przestępstw na tle nienawiści rasowej.

Pod stację podjechał trzeci radiowóz, a krótko potem pojawili się detektywi w nieoznakowanym samochodzie. Sierżant wyszedł do nich.

Ekipy techników zajmowały się innymi sprawami na terenie całego hrabstwa, więc Evers z pomocą jakiejś policjantki odgradzał teren stacji i sąsiednie chodniki taśmą, by ochronić miejsce zdarzenia przed coraz większą liczbą gapiów. Jeden z detektywów zaczął rozmawiać z J.J. Drugi, Ivey Coleman, facet znany z głębokiej etyki zawodowej, ruszył w stronę Creegana, ale został wezwany przez swojego partnera.

Creegan pozostał w sklepie, przesuwając metodycznie spojrzeniem po każdej powierzchni, pod każdym możliwym kątem. Jedna ze świetlówek mrugała i trzaskała, co nie ułatwiało sprawy. Był to jedyny dźwięk w pomieszczeniu, choć mały przenośny telewizor migotał na bocznej półce. Był tak ściszony, że lokalne *Wiadomości* przypominały małą pantomimę – cichy pokaz rozgrywający się gdzieś z boku. Może to sam Turgot ściszył grzecznie odbiornik, kiedy w sklepie zjawił się zabójca. Frank wiedział, że na małym ekranie pojawią się niebawem ujęcia przedstawiające stację z zewnątrz, niepokojący salon luster.

Na kontuarze, przy ścianie pod parapetem, stało małe pudełko wypełnione takimi samymi zielonymi ołówkami jak ten, który leżał przy zwłokach. Frank nachylił się i zobaczył, że wszystkie są fabrycznie naostrzone i że widnieje na nich złoty napis: North Hills Country Club.

Ołówki były zbędne; władze hrabstwa przejęły niedawno ten borykający się z kłopotami prywatny teren i przemianowały go na High Meadow Golf Club. Działały już tam ekipy remontowe. Jednego ołówka brakowało, choć pozostałe tworzyły bezużyteczny stos.

Reminiscencje: Turgot zaciera dłonie, potem wysuwa rękę, żeby poukładać starannie jakieś przedmioty na kontuarze, zawsze równo, chcąc maksymalnie wykorzystać to, co stało się jego własnością – upominkowe pióra, kalendarze promocyjne, notatniki ze znaczkiem albo nagłówkiem firmowym, wszystko poddane osobistej symetrii – na ladzie, na ścianach, na półkach.

Do drzwi zbliżał się wysoki ciemnowłosy facet po trzydziestce, w znacznie elegantszym płaszczu niż ten, który miał na sobie Frank. Był to nowy funkcjonariusz w zespole porucznika Stouta, Joe Vecchio.

Zięć członka legislatury stanowej i absolwent wydziału prawa, Vecchio zamierzał wejść w skład najbardziej elitarnego wydziału w hrabstwie. Nie po raz pierwszy Frank miał do czynienia z kimś, kto próbuje się wspiąć po szczeblach drabiny zawodowej na wyznaczone z góry stanowisko. Mimo to wydział zabójstw nigdy nie uchodził za fuchę; śledczy, namaszczeni przez kogoś czy nie, musieli się odznaczać uporem i inteligencją, by można było brać pod uwagę ich kandydaturę.

Vecchio zatrzymał się przy samochodzie Monafferiego. Creegan patrzył na niego przez witrynę sklepu, a tamten patrzył na Franka, rozmawiając z pozostałymi. Vecchio wysłał partnera Colemana, K.P. Satchera, do pomocy mundurowym, którzy przesłuchiwali gapiów, a następnie skierował się ku drzwiom sklepu. Ivey szedł tuż za nim. Vecchio przystanął w wejściu, a jego kwadratowa przystojna twarz niczego nie wyrażała.

– Poruczniku Creegan, komenda prosi, żeby zadzwonił pan do szefa detektywów. Jest w domu – oświadczył bez jakichkolwiek wstępów, w dodatku tonem, w którym nic się nie dało wyczuć.

– Jestem tu nieoficjalnie, detektywie Vecchio.

Tamten skinął tylko nieznacznie głową, ale się nie odezwał. O co tu chodziło?

– W porządku – ciągnął Frank. – Chciałbym tymczasem przekazać kilka uwag dotyczących miejsca zdarzenia.

Upewnił się, że Ivey słucha go uważnie.

– Proszę się nie martwić – powiedział Vecchio. – Otrzymałem już polecenie, żeby zdać się we wszystkim na pana.

– Słucham?

– Szef chce, żeby pan natychmiast zadzwonił. Może się pan z nim połączyć przez radio w moim wozie. Dowie się pan tego, co trzeba... z pierwszej ręki, że tak powiem.

Vecchio zaparkował swój wóz tuż za samochodem Franka. Szef detektywów, Dewey, odebrał po pierwszym sygnale. Chodziło mu o to, jak się okazało, by jego stary przyjaciel Frank poniańczył trochę Vecchia, dopóki nie zjawi się jakiś bardziej doświadczony funkcjonariusz, który miał akurat coś innego do roboty podczas tego piekielnego wieczoru. Creegan udawał, że ma w tym wypadku jakiś wybór.

– Okay – odparł. – Ale jeśli mam to zacząć, to chcę też to skończyć.

– Wedle życzenia, Frank. Dopilnuj tylko, żeby ten dzieciak Vecchio nie marnował czasu.

Creegan się rozłączył, a potem spenetrował wzrokiem wnętrze wozu Vecchia.

Detektywi z wydziału zabójstw otrzymywali specjalnie przygotowane samochody, których wnętrza mówiły dużo o nawykach właścicieli. To tutaj nie wyglądało nieporządnie ani nie pachniało fast foodem. Nie było też zaśmiecone papierkami. Na tylnym siedzeniu, pośrodku, stało pudełko z polietylenu, a na fotelu pasażera leżał gruby segregator. Spomiędzy poszczególnych kartek sterczały papierowe zakładki przypominające postrzępioną skórę. Frank otworzył gruby plik na stronie tytułowej i przeczytał w blasku odbitego światła: *Kryminalistyka i nowoczesne metody śledcze – seminarium z zaawansowanej analizy miejsca zdarzenia.*

Kiedy wysiadł z samochodu, na miejscu zjawił się wóz techników. Creegan poprosił jednego z nich, żeby odgrodzić taśmą także budkę telefoniczną na rogu, z której rowerzysta wezwał policję.

– Nie wydaje mi się, żeby ktoś korzystał z tego telefonu od chwili, kiedy się tu zjawiliśmy – powiedział. – Niech tak zostanie. Trzeba też odsunąć gapiów, ale nie za bardzo, żeby dało się z nimi pogadać. Każę Monafferiemu zabezpieczyć Drowned Meadow Avenue.

Technik pracował już wcześniej z Creeganem i tylko skinął głową. Podobnie jak wszyscy pozostali próbował się zorientować, co, u diabła, robi na miejscu zdarzenia szef zmiany, który jest po służbie.

Po trasie 29A pędził wóz ratowników medycznych, kierując się na zachód; tuż za nim jechała karetka i straż pożarna, zmierzając z błyskiem świateł i ogłuszającym zawodzeniem ku jakiemuś miejscu, w którym zapanował chaos.

Vecchio gdzieś zniknął, kiedy Creegan ruszył w stronę sklepu, ale widząc pochylonego Iveya, Frank się domyślił, że detektyw jest za kontuarem.

Vecchio się wyprostował, gdy Frank stanął w drzwiach.

– I co pan sądzi? – spytał Creegan. – Pierwsze wrażenie?

Detektyw zmarszczył nieznacznie czoło.

– Nie wszyscy polegają na pierwszym wrażeniu – odparł. Czyżby uważał, że jest sprawdzany?

– Wiem, ale od czegoś trzeba zacząć, nim zaczniemy wszystko analizować.

– No cóż, wygląda na napad rabunkowy, który się skończył tak, jak się skończył. Chciał pan coś zasugerować, zanim poszedł pan zadzwonić. O co chodziło?

Creegan stanął obok kontuaru.

– Powiem panu, jak to widzę – odparł. – Albo zabójca,

albo ktoś, kto z nim był, sięgnął szybko do tego pudełka i wygrzebał z niego ołówek. Nabazgrał prawą ręką małą swastykę na terminarzu, szybko i niestarannie, stojąc po tej stronie, a potem rzucił ołówek w stronę ciała, które już leżało na podłodze. Widzi go pan na udzie ofiary? Może nie zrobił tego sam zabójca, tylko jego wspólnik, który widząc, jak jego kumpel pociąga za spust i bierze gotówkę, zdecydował pod wpływem chwili, że też coś musi zrobić.

Vecchio słuchał uważnie.

– Okay – powiedział. – Możemy prawdopodobnie uznać, że to nie nasz rowerzysta nakreślił ten znak, ulegając jakiemuś impulsowi. Udzielił Eversowi wyczerpujących wyjaśnień. Wszedł do sklepu, żeby poprosić denata o pomoc przy sprężarce, chciał napompować koło w swoim rowerze, i jak tylko zobaczył zwłoki, wycofał się na zewnątrz, trzymając przed sobą dłonie w ten idiotyczny sposób, a potem pobiegł do budki telefonicznej.

Spojrzeli w stronę parkingu, który tonął teraz w blasku świateł. Monafferi wciąż przesłuchiwał J.J., ale sprawiał wrażenie zmęczonego. Rowerzysta był zgarbiony, jakby błądził myślami gdzieś daleko. Gdzie on patrzy? – zastanawiał się Frank. W prawo, ku miejscu, gdzie szutrowa połać graniczyła z zaroślami.

– Jeśli chodzi o ten rysunek… – ciągnął Vecchio. – Mógł się pojawić w każdej chwili. Nie można wykluczyć, że pański znajomy trzymał ten ołówek w dłoni, kiedy go zastrzelono.

– Owszem, ale był leworęczny i posługiwał się tylko długopisem. Zawsze go podsuwał każdemu, kto podpisywał rachunek za operację dokonaną kartą kredytową. Kiedy coś notował, to też robił to długopisem, który nosił w kieszeni na piersi. Widzi pan?

Wskazał końcówkę żółto-białego długopisu, wystającą z kieszeni między ranami postrzałowymi. To, że tak łatwo podsumował codzienne nawyki Turgota, nie dawało mu spokoju. Postanowił patrzeć na wszystko obiektywnie.

Vecchio nie omieszkał zauważyć, że Creegana łączyły

z ofiarą przyjacielskie więzi, ale z rezerwą traktował intuicyjne teorie Franka. Co zresztą mógł powiedzieć komuś, kto rozgryzał metodycznie sprawę każdego zabójstwa, nim dochrapał się wyższego stanowiska? Frank współczuł młodemu detektywowi.

– Gdyby trzymał ołówek w dłoni, to wylądowałby on na podłodze, może obok lewej ręki. Wiem, że o niczym nie można jeszcze przesądzać, ale jestem pewien, że nie posługiwał się ołówkiem. – Rzucił okiem na pudełko. – To świeży zapas. Ustalmy, jak i kiedy się tu znalazły. Sądzę, że dowiemy się czegoś, jeśli technicy zajmą się tym ołówkiem i pudełkiem. Sprawdzą terminarz i zbadają kontuar, ale mam nadzieję, że to właśnie ołówki pozwolą nam ustalić kolejność wydarzeń.

– Ale wszystko się zaczęło od rozboju, prawda?

– No cóż, zabójca albo zabójcy wzięli prawdopodobnie pieniądze. Nie wydaje się na pierwszy rzut oka, żeby ktoś grzebał w kieszeniach Turgota, ale nie można wykluczyć, że je opróżniono. Przekonamy się, czy ma przy sobie portfel, kiedy wyciągniemy go zza kontuaru. Ale czy rabunek był głównym motywem... nie wiem. Ten nazistowski symbol nie daje mi spokoju.

– Gdyby się pojawił wcześniej, to jakiś pracownik sklepu wymazałby go zapewne albo wykreślił – przyznał Vecchio.

– Słuszna uwaga.

Vecchio spojrzał na funkcjonariuszy przesłuchujących kilkudziesięciu sąsiadów, którzy wyłonili się z pobliskich domów.

– Powiedziałem im, żeby zaczęli pukać do drzwi, kiedy już uporają się z gapiami. Będzie pan obecny przy spisywaniu zeznań?

– Tak, oczywiście. Za chwilę wrócę. Proszę tu zostać. Ivey zna się na rzeczy, jeśli chodzi o badanie miejsca zdarzenia.

Po wyjściu na zewnątrz Frank odetchnął głęboko i dostrzegł, że z jego ust dobywa się para. Zwolnił Monafferiego i stanął obok J.J., starając się patrzeć tam, gdzie on. Nieobecne spojrzenie skierowane było na zarośla, za którymi rosły dojrzałe klony i sosny. Creegan wytężył wzrok i zauważył obok narożnika parkingu przesiekę szerokości samochodu. Dukt przeciwpożarowy?

– Słuchaj, J.J., widziałeś coś tam? – Creegan wskazał zamaszystym gestem zarośla. J.J. nachylił się w prawo i do przodu, jakby wyglądał zza rogu. – Widziałeś tam kogoś, J.J.?

J.J. wyprostował się, złączył palce obu dłoni i zaczął poruszać nimi nerwowo.

– Widziałeś, J.J.?

– Tak. Dwóch facetów.

– Kiedy to było? Dziś wieczorem, jak już znalazłeś Turgota?

– Kto to jest Turgot? – spytał J.J., a hełm zsunął mu się odrobinę na zmarszczone czoło.

– Ten mężczyzna w sklepie. Ten, którego zastrzelono.

– Ma na imię Tony. Powiedział, żeby nazywać go Tony.

– Widziałeś, jak dwóch mężczyzn wchodzi w zarośla, zanim znalazłeś Tony'ego?

– Tak. Uciekali.

Creegan spojrzał na Monafferiego. Obaj ocenili oświetlenie parkingu; spoza rozproszonych chmur wyłaniał się Księżyc w pełni.

– Pobiegli tym szlakiem, J.J.?

– Tak. Nie da się już tamtędy jeździć. Zbyt wiele gałęzi i krzaków.

W tym momencie z zarośli porastających trakt wyłoniła się jakaś para w średnim wieku, z latarką. Oboje stanęli na cementowym obrzeżu, przyglądając się zbiegowisku wokół stacji benzynowej.

– Są tam domy i nieutwardzony dojazd do trasy dwadzieścia dziewięć – przypomniał sobie Creegan.

– Tak – odparł J.J. – Małe domy, ale nie ma chodników ani ulic.

Monafferi gwizdnął na jednego z techników policyjnych i obaj ruszyli w stronę niezorientowanej w sytuacji pary.

– Przyjrzałeś się tym facetom, J.J.? Wychodzili akurat ze sklepu, kiedy podjechałeś na stację?

J.J. przestał poruszać palcami i zakrzywił je do środka, próbując coś sobie przypomnieć.

– Nie. Widziałem tylko dwóch gości uciekających w krzaki. Nie widziałem ich w sklepie. Nie. – Wyprostował palec wskazujący. – Nie.

– Widziałeś ich twarze? Nie? Mieli maski albo czapki?

– Jeden miał bejsbolówkę, włożył ją daszkiem do tyłu. Ten drugi miał kaptur na głowie.

– Taki kaptur od bluzy? Tak? Ciemne koszule, jasne? Jakie spodnie?

Bliżej nieokreślone ubranie, może dżinsy, szara góra.

– Jakiego koloru mieli skórę?

J.J. zaczął unosić ramiona, jakby coś ciągnęło je ku niebu; niemal zamknął oczy, zastanawiając się intensywnie.

– Białego – odparł w końcu. – Biegli biało.

– Co masz na myśli?

– Biegli biało, nie czarno.

– Okay, J.J. Możesz zostać jeszcze przez chwilę? Chcę, żebyś pogadał z detektywem Colemanem o tym, co widziałeś. Podrzucimy cię do domu jednym z naszych radiowozów – powiedział Frank i dał znak Iveyowi.

J.J. skinął głową, ale coś sobie nagle przypomniał.

– A co z moim kołem? Tony nie może go napompować, bo nie żyje.

– Zobaczymy. Zaczekajmy na detektywa.

Stali, czekając na Iveya, połączeni dziwnym losem, czując wilgotne zimno w palcach dłoni i w stopach.

Pojawił się Walt Overholser, koroner, który przeszedł pod taśmą niezgrabnym kaczym krokiem i skierował się w stronę sklepu, klapiąc wielkimi wykrzywionymi na zewnątrz stopami. Frank patrzył na wysoką postać podstarzałego człowieka. Musiał stanowić dla wroga niezły cel jako sanitariusz pod Guadalcanal.

– To strach na wróble – zauważył J.J. Był wyraźnie rozpromieniony, jak wielbiciel, który zobaczył swojego idola.

Creegan nie podzielał jego radości. Overholser przyprawiał go o ponury nastrój; ilekroć go widział, przypominał sobie syna, który służył w Libanie na okręcie piechoty morskiej. Frank miał własne koszmarne wspomnienia z Bejrutu, kiedy to płynęli amfibiami w stronę lotniska pod czujnym spojrzeniem kobiet w bikini, mężczyzn na koniach i śniadych dzieci, które tańczyły zapamiętale na piaszczystej plaży. Wydawało się, że każde pokolenie ma swoją wojnę.

Ulegając nagłej melancholii, otoczył ramieniem J.J., ale ciało kryjące się pod workowatym ubraniem zareagowało zaskakującym napięciem. Creegan cofnął rękę.

– Zaraz tu będzie detektyw Coleman – powiedział. – Chcę, żebyś mu powiedział o wszystkim, co robiłeś i widziałeś od chwili, kiedy podjechałeś pod stację, zwłaszcza o tych dwóch mężczyznach, którzy uciekli w zarośla. Okay? Potem odwieziemy cię do domu.

– Nie mam domu.

– No to tam, gdzie mieszkasz.

Jakaś para rozmawiała przez taśmę z policjantką: państwo Hodge, oboje niscy, szczupli. Wyglądali tak, jakby ktoś policzkował ich co chwila. Byli ubrani elegancko, co teraz wydawało się niestosowne. Policjantka się odwróciła. Kiedy Frank skinął głową, uniosła taśmę.

Mili ludzie, po czterdziestce, byli właścicielami stacji od piętnastu lat i nigdy nie mieli żadnych problemów, pomijając sprzedawcę z nocnej zmiany, posądzanego o kradzież. Al Hodge zaczął mówić już z daleka:

– Mój Boże, Frank, jeden z twoich ludzi powiedział, że Turgot nie żyje. Rozumiem, że to już pewne? Nie chodzi o kogoś innego?

– Obawiam się, że to on, Al.

Annie Hodge zwróciła się do męża; miała skrzywioną twarz, na którą trudno było patrzeć. Spytała z wysiłkiem:

– Obrabowali go... to znaczy nas? Zginął, bo... nie chciał oddać głupich pieniędzy?

Creegan wzruszył ze smutkiem ramionami.

– Miał jakichś wrogów? Wiecie coś o tym?

– Turgot? – spytali z niedowierzaniem jednocześnie.

– Rodzinne nieporozumienia? Problemy finansowe? Kosztowne nałogi?

– Jedyna rzecz, jaką kiedykolwiek sobie zafundował, to ten biały chevrolet, zresztą traktował to jak inwestycję. Prawda, Annie?

– Żadnych scysji z klientami?

– Był uprzedzająco miły, na litość boską. Zawsze traktował cię uprzejmie, prawda? I nigdy nie zapominał twarzy.

– Pytam tylko. Świat jest pełen wariatów. A jego pochodzenie? Komuś się nie podobało?

– Nigdy o niczym takim nie wspominał. Nie miałem w tej sprawie żadnych dziwnych telefonów ani listów.

– Okay, ale dajcie mi znać, jeśli cokolwiek sobie przypomnicie. Będziemy też potrzebować listy pozostałych pracowników.

– Miał dobre relacje z mechanikami i zmiennikiem.

– Tak, ale może byli świadkami jakiegoś zajścia, o którym nie słyszeliście. Trzeba się też przyjrzeć klientom, którzy byli tu dzisiaj, a także w zeszłym tygodniu. Może nawet wcześniej. Gdzie mieszkał?

– Miał rodzinę w Drowned Meadow Depot. Zajmował maleńki pokoik. Boże, to będzie straszne, kiedy się o tym dowiedzą. Byli bardzo zżyci.

– Możecie mi podać adres?

Zanotował go, a potem zawołał Satchera i poprosił, żeby razem z państwem Hodge sporządził listę pracowników stacji i klientów, a także przejrzał rachunki.

Taśma policyjna odgradzała teraz ziejące ciemnością zarośla. Widać tam było światła latarek myszkujące pod gałęziami i krzakami. Jeden z techników rozstawiał sprzęt oświetleniowy, ale właściwe badanie terenu można było przeprowadzić dopiero za dnia. Pojawił się Monafferi.

— Przy bocznej drodze, która odchodzi od dwadzieścia dziewięć a, parkował samochód. Małżeństwo, które tu przyszło, widziało go wcześniej. Stary poobijany kompakt. Szary albo jasnoniebieski. Brak informacji o numerach rejestracyjnych. Nikt nie widział, żeby ktoś go zostawiał albo z niego wysiadał. W tamtej okolicy mieszkają cztery rodziny. Ci, którzy byli akurat w domu, niczego nie zauważyli. Jednemu facetowi się zdawało, że słyszy petardy, mniej więcej wtedy, kiedy doszło do zdarzenia.

Wiatr poruszał wierzchołkami sosen.

– Popracujcie nad tym, sierżancie – polecił Creegan i ruszył do sklepu.

Widział, jak Vecchio pokazuje coś jednemu z techników. Frank dostrzegł zmarszczone czoło i zmrużone oczy detektywa, który oderwał wzrok od ciała za kontuarem i spojrzał na niego, nie zmieniając wyrazu twarzy.

• • •

Sypialnia Franka miała okno panoramiczne. Zmęczony i znużony po gorącym prysznicu popatrzył na długie i wąskie podwórze. Trawa wciąż była zielona, ale już srebrzył ją szron; nadchodziła zima. Na końcu posesji, ponad rzadkimi zaroślami, górował potężny dąb. Frank przesuwał spojrzeniem po ciemnej, chropowatej korze, ale z tego miejsca nie mógł zobaczyć korony.

Był dumny z tego pradawnego drzewa, choć niejednokrotnie sprawiało kłopoty. Nigdy nie widział większego. Przetrwało liczne huragany w ciągu tych dziesięcioleci, choć Agnes ścięła kiedyś wielki konar, który wskazywał horyzont niczym ręka archanioła.

Pożyczył z Mikiem drabinę wysuwaną, grube liny i długie piły, by oddzielić rozszczepiony konar od prostego pnia. Odpiłowane i próchniejące kawałki wciąż leżały w zacienionym zakątku podwórza, lecz nadal wydawały się solidne, niczym powalone kolumny. Mike pomagał mu z zapałem przy tej męskiej robocie. Frank wciąż widział w przepastnych zakamarkach pamięci młodą i dumną twarz syna. Taką samą jak wtedy, kiedy pojechali na Parris Island, na uroczystość zakończenia obozu rekruckiego.

Dom rozbrzmiewał przyciszonym chórem głosów – żony, córki i młodszego chłopaka. Hałasowała pralka; ktoś powtarzał kwestie z *Kupca weneckiego*. Curtis ćwiczył zapewne rzuty. Frank pomyślał o tym, żeby się zdrzemnąć, nim wybierze się na mecz i popatrzy, jak chłopak sobie radzi na boisku.

Zadzwonił telefon. To był Vecchio. Frank, słuchając, wyobrażał sobie syna, który patrzy w stronę pustego miejsca na trybunach.

• • •

Fred Stout stał w ciemnym korytarzu przed pokojem przesłuchań, popijając kawę z plastikowego kubka. Był zwalistym, wielkim mężczyzną, którego umysł odznaczał się równie niskim punktem grawitacji co ciało. Spojrzał Frankowi w oczy i znów łyknął lury.

– Cześć, Frank. Nasz cudowny chłopak powiedział temu gnojkowi, że mieliśmy włamanie do synagogi i że jest w to zamieszanych kilku jego kumpli. Przyskrzyniliśmy go dwa lata temu za udział w dewastowaniu cmentarza żydowskiego. Pozostali byli nieletni, ale on miał osiemnaście lat i najbardziej oberwał. Ma o to do nich pretensje, więc uważa, że teraz może się odegrać, nie zamierza więc siedzieć cicho. Masz chyba dla niego złe wiadomości, co?

Stout nie doczekał się odpowiedzi, zobaczył tylko profil milczącego Franka, który stanął przy lustrze weneckim.

– No dalej, Frank, musisz coś postanowić, zanim go wypuszczę.

– Poruczniku Creegan?

Obaj obrócili się w stronę Iveya, który zbliżał się z otwartym notatnikiem.

– Satcher skontaktował się z rodziną ofiary. Szwagier mówi, że przyniósł Turgotowi kolację około szóstej wieczorem, mniej więcej półtorej godziny przed zajściem, i że facet był wesoły jak zawsze. Poza tym na stacji nikogo nie było, a Turgot nie wspominał o żadnych kłopotach czy awanturach. Aha, wiem, że ciekawiły pana te ołówki, zgadza się?

Ten szwagier jest zatrudniony w ekipie, która odnawia pole golfowe, ołówki pochodzą stamtąd. Dał wczoraj całe pudełko Turgotowi. Było jeszcze zapieczętowane.

Creegan podziękował mu. Dalej obserwowali przesłuchanie; Frank podniósł rękę, kiedy wyczuł, że Stout zamierza uraczyć go kolejną tyradą. Chciał się przyjrzeć spokojnie podejrzanemu i ocenić technikę Vecchia, zanim się włączy do rozmowy.

Dwight Apgard wydawał się w swoim workowatym ubraniu niemal bezkształtnym osobnikiem. Bluza z kapturem miała kolor brudnej zieleni i była pozbawiona jakichkolwiek naszywek czy napisów. Nogawki dżinsów noszących ślady wybielacza wyglądały tak, jakby kryły się pod nimi patyki. Wymizerowane drobne rysy kłóciły się trochę z krągłością krótko ostrzyżonej czaszki. Zdawało się, że facet może pęknąć w każdej chwili niczym jajko.

Vecchio słuchał z uwagą, podczas gdy Dwight opowiadał starą historię i wyjaśniał, jak to nie on, ale ktoś inny dopuścił się wandalizmu, za który go przyskrzynili. Apgard senior musiał prawdopodobnie zastawić dom, żeby pokryć koszty renowacji cmentarza, co w konsekwencji zamieniło życie Dwighta w piekło.

– Myśli pan, że to ten idiota jest sprawcą? – spytał Stout.

– Nie, to tylko pomocnik, jak mi się zdaje. Posłużymy się nim, żeby dorwać właściwego faceta. Do roboty.

Vecchio przywitał się grzecznie z Frankiem, udając niejakie zdziwienie jego obecnością. Apgard oderwał spojrzenie od swego uważnego słuchacza, zastanawiając się być może, czy sytuacja się nie zmienia na jego niekorzyść.

– Dwight, to jest porucznik Creegan. On też pracuje nad tą sprawą. Może ma dla nas jakieś wiadomości.

Creegan usiadł przy stoliku.

– Wygląda pan jak ksiądz w tych okularach i golfie – skomentował Dwight.

Frank zmarszczył czoło i obrzucił go smutnym spojrzeniem.

– Posłuchaj, Dwight, zapomnijmy o tej historii z cmentarzem. Wczoraj wieczorem doszło do strzelaniny i wiem, że tam byłeś, kiedy to się stało.

Vecchio zrobił wielkie oczy i zaczął patrzeć to na jednego, to na drugiego. Dwight poczerwieniał na twarzy.

– Niemożliwe! – oznajmił Vecchio. – To prawda, Dwight? Chyba będę musiał przeczytać ci twoje prawa.

Zrobił to z bolesnym uśmiechem.

Zaskoczony, ale wciąż starając się trzymać zerwanego przed chwilą porozumienia, Dwight zrezygnował z prawa do adwokata.

– Nic nie wiem o żadnej strzelaninie – oświadczył, kiedy formalnościom stało się zadość. Rozsiadł się wygodnie ze skrzyżowanymi na piersi ramionami i zrobił wielkie oczy, naśladując Vecchia. – Gdzie to się stało?

Frank obrócił się w lewo i powiedział:

– Detektywie, na stacji benzynowej, gdzie zeszłego wieczoru został zastrzelony pracownik, znaleziono jego odciski palców.

– Rzeczywiście – odparł Vecchio i obrzucił Dwighta jeszcze mniej przychylnym spojrzeniem.

– Och – rzucił młody człowiek. – Chodzi o tę sprawę na stacji Usoco. Słyszałem o tym w *Wiadomościach*. Kupowałem tam kilka razy benzynę. Może dlatego znaleźliście moje odciski palców. Ale ostatnio tam nie byłem.

Frank kręcił głową.

– Ten ołówek, którego użyłeś, żeby zostawić swój znak. Właśnie na nim był odcisk twojego palca. Pudełko, z którego ten ołówek został wyjęty, znalazło się na stacji dopiero wczoraj wieczorem, tuż przed tym, jak zastrzelono tego człowieka, więc wiem, że tam byłeś. Mamy także świadka, który widział dwóch ludzi opuszczających miejsce zdarzenia. Wystarczy, że przeprowadzimy konfrontację. Ale jest pewna sprawa. Sądzę, że to twój kumpel strzelał, nie ty. Kto z tobą był, Dwight? Tak naprawdę chodzi nam o niego.

Dwight napiął mięśnie skrzyżowanych rąk; przechylił się na bok.

– Nie byłem tam wczoraj wieczorem.

Vecchio sięgnął po folder, który przyniósł Creegan, i zajrzał do środka.

– Hm! Przykro mi, Dwight, nie ma wątpliwości co do odcisków palców. Byłeś tam po tym, jak dostarczono te ołówki.

Creegan dostrzegł niepokój w ruchach chłopaka, napięcie chudych rąk zaciskających się na klatce piersiowej.

– Dwight, jeśli udział w morderstwie udowodnimy tylko tobie, to będziesz musiał wziąć wszystko na siebie. Znowu. Tak jak było z tym cmentarzem żydowskim. To niesprawiedliwie, co?

Nagle chłopak wyprostował się na krześle i opuścił ręce, prężąc kręgosłup jak żołnierz.

– W porządku, byłem tam. Zrobiłem to.

– Co zrobiłeś? – spytał Vecchio.

– Zastrzeliłem go. Zastrzeliłem izraelskiego faceta.

Creegan przyglądał się uważnie tej nowej pozie, rozluźnionym rękom, które zdawały się po coś sięgać, wsłuchiwał się w wyzywający ton głosu, który nagle się pojawił.

– Dwight, człowiek, którego zabiłeś, jak twierdzisz, nie był Izraelczykiem.

– Miał na imię Sol i mówił z akcentem. Kim innym mógłby być?

– Chodzi ci o imię, które miał wyszyte na ubraniu? To był Sal, nie Sol. A ubranie dostał po facecie, który pracował tam wcześniej; to nie były jego rzeczy. Na imię miał Turgot. Nazywał się Turgot Süleymanoğlu. To tureckie nazwisko.

Dwight zmrużył oczy, jakby próbował poukładać sobie wszystko w myślach na nowo.

– Czym był?

– Turkiem.

– Takim, który nosi ręcznik na głowie? Co dla nas kiedykolwiek zrobili? Przyjeżdżają tu i zabierają nam pracę.

– Przebywał w kraju legalnie. Chciałbyś wykonywać jego robotę? Wątpię. Walczyłem w Korei u boku Turków. Byli twardzi i odważni. Dobrzy żołnierze.

– Dawne czasy. Ten facet był imigrantem i odbierał Amerykanom pracę.

– Dlatego zginął? – spytał cicho Vecchio. – Nie chodzi o rabunek, który się wymknął spod kontroli?

Dwight zaprzeczył szybkim ruchem głowy.

– Nie. Od tygodnia go namierzałem.

Creegan stwierdził, że nie podoba mu się ta odpowiedź. Jeśli ktoś inny myślał tak samo, to zamknięcie Apgarda w areszcie mogło tego kogoś nie powstrzymać.

– Gdzie jest teraz broń, Dwight? – spytał Creegan. – I skąd pochodziła?

Dwight skupił się na swojej opowieści i odparł:

– Wyrzuciłem ją w porcie.

– Gdzie dokładnie?

– Nie pamiętam. Stałem na jakimś nabrzeżu. Może przy dystrybutorach paliwa.

– Porucznik pytał również, skąd wziąłeś broń – naciskał Vecchio.

Znowu wahanie.

– Kupiłem od jednego faceta w mieście.

– I jak się z nim skontaktowałeś?

– Nie wiem. To było dawno.

– Jak dawno?

Dwight wzruszył ramionami.

– Dlaczego ją wyrzuciłeś? Jak zamierzałeś załatwić kogoś następnego, jeśli twoja broń wylądowała w porcie?

– Zawsze mogę skombinować nową.

Jego opowieść nie miała większego sensu, ale nie wydawał się tym zdeprymowany. Przyznał się do zabójstwa, i to wydawało się dla niego najważniejsze.

Teraz to Creegan zamierzał trochę pokręcić. Śledztwo było w jego przypadku jedyną sytuacją, kiedy przymykał oczy na prawdę; odpowiadał kłamstwem na kłamstwo, zgodnie z policyjną mądrością, którą przekazał mu ojciec: robić dużo dobrego i trochę złego.

– Dwight, spróbuj sobie przypomnieć, jak długo miałeś tę broń – poprosił Creegan.

– Dlaczego?

– Dlatego że została użyta w innym poważnym przestępstwie. Jak długo ją miałeś?

– Jakim przestępstwie?

– Jak długo? Pomyśl i spróbuj umiejscowić to w czasie. Co się działo na świecie, kiedy pojechałeś do Nowego Jorku?

– Nie wiem. Było lato.

– Sierpień?

– Tak. Zanim zaczął się rok szkolny.

– Jesteś tego pewien? Całkowicie pewien?

– Tak. Było gorąco jak diabli.

– Och, to fatalnie. A gdybym ci powiedział, że z tej broni zastrzelono ciężarną kobietę w Belmont? I że nie była Żydówką ani cudzoziemką? Była jasnowłosą sprzedawczynią z delikatesów, Amerykanką w każdym calu. Dlaczego ją zastrzelono?

– Nie zastrzeliłem żadnej kobiety w ciąży.

– Tak, ale widzisz Dwight, to stało się trzy tygodnie temu, na początku października – powiedział z naciskiem Creegan. – Miałeś wtedy tę broń. Dlaczego więc akurat młoda ciężarna kobieta, aż w Belmont? Chcesz zobaczyć zdjęcia i odświeżyć sobie pamięć?

Odwrócił teczkę i otworzył ją, żeby Dwight mógł zobaczyć zdjęcia kobiety leżącej na podłodze – zmasakrowana twarz, ciężarny brzuch, krzyżyk na szyi splamionej krwią. Carrie Hedrickson, zamordowana w Belmont na obrzeżach hrabstwa Peconic przed pięciu laty przez nieznanego sprawcę albo nieznanych sprawców. Choć śledztwo odłożono *ad acta*, teraz i tutaj służyło określonemu celowi.

Postać, w którą próbował się wcielić Dwight, zaczęła zanikać, w miarę jak rozważał konsekwencje tego kłamstwa, którym uraczył go Creegan. Niektórzy ludzie zażądaliby w tym momencie adwokata, ale Dwight nie wiedział, co chcą mu zarzucić.

– Nie zastrzeliłem ciężarnej kobiety.

– Kto więc to zrobił, Dwight? – spytał Vecchio. – Pożyczyłeś komuś broń? Nie wiedziałeś, do czego jej użyje?

Dwight nie miał pojęcia, co robić. Creegan współczuł trochę temu chłopakowi o skarłowaciałym umyśle i prostackim sposobie rozumowania, choć te niedostatki działały na ich korzyść.

– Tak się właśnie stało, prawda, Dwight? – ciągnął bezlitośnie. – Tak jak powiedział detektyw. Pożyczyłeś broń, a twój przyjaciel użył jej do czegoś, na co ty byś nigdy się nie zgodził.

– To bez sensu – powiedział Dwight. – Po co miałby jechać aż do Belmont?

– Kto, Dwight? – spytał Creegan. – O kim mówimy?

Dwight pokręcił głową.

– Nie masz nawet samochodu. Twój tata twierdzi, że od niego też nie pożyczyłeś wozu wczoraj wieczorem. Więc to twój kumpel wziął swój samochód, ten, który zostawiliście niedaleko zarośli. Nie byłeś tam sam.

– Dwight, przez ten krótki czas, który spędziliśmy razem, zorientowałem się, że nie jesteś jak ten drugi facet. Będziesz nam musiał w końcu powiedzieć, co poszło nie tak wczoraj wieczorem na stacji benzynowej, ale nie wierzę, żebyś zrobił tamto w Belmont. To zbyt paskudne. Kto zabiłby ciężarną kobietę?

Dwight wsłuchiwał się w jakiś inny głos w swojej głowie.

– Dwight, skup się – ponaglił go Creegan. – Rozumiem, że nie chcesz wydać przyjaciela. Ale jaki przyjaciel posłużyłby się twoją bronią w tak paskudny sposób i nawet ci o tym nie powiedział? Ktokolwiek to jest, nie mówił ci wszystkiego, manipulował tobą. Wrabiał cię. Nie przytrafiło ci się to już wcześniej?

Dwight popatrzył na niego i spytał:

– Czy mój tata wciąż tu jest?

– Tak, ale nie możesz z nim teraz rozmawiać. Najpierw musimy załatwić tę sprawę.

– Nie chcę z nim rozmawiać. Możecie mu powiedzieć, żeby poszedł do domu?

Creegan się zastanawiał, czy chłopak otworzy się bardziej, jeśli będzie sądził, że jego ojciec stąd zniknął, a wraz z nim aura, jaką wokół siebie roztaczał.

Frank podniósł się z miejsca i oznajmił:

– Poproszę go, żeby sobie poszedł, jeśli tego chcesz.

– Tak, tego chcę. Moja mama wie o tym?

Creegan spojrzał na Vecchia, który wyjaśnił:

– Nie udało się nam jeszcze z nią skontaktować. Twój ojciec zadzwoniłby do niej?

– Nie powiedziałby jej słowa. Nie rozmawiają z sobą od czasu, gdy się wyprowadziła. Mogę do niej zadzwonić?

– Kiedy tu skończymy, Dwight.

Chłopak przygarbił się na krześle. Frank wyszedł na korytarz i stanął obok Stouta. Fred zdążył już ponownie napełnić swój kubek, a woń przypalonej kawy drażniła nawet przytępione zmysły Franka.

– Myślę, że dojrzał – oznajmił Frank.

– Ten śmieć, jego stary, jest z Iveyem.

– Sprawdziliśmy go?

– Przemoc domowa. Jazda po pijaku. Nic więcej.

– Może powinniśmy nieco skuteczniej poszukać jego matki.

Stout ruszył przed siebie jak trałowiec. Vecchio zabijał czas do chwili powrotu Franka. Spytał Dwighta, czy ma jakąś rodzinę poza ojcem i matką, którzy pozostawali w separacji. Był braciszek, ale umarł na zapalenie płuc. Mały chorowity dzieciak. I kuzynka, którą lubił, i która mieszkała w Kalifornii. Stracili z sobą kontakt.

Frank wrócił po chwili.

– Twój tata już wyszedł.

Wydawało się, że Dwight zniknął jeszcze bardziej pod obszernym ubraniem. Czuł się porzucony czy może była to ulga?

Nagle Creegan się zdenerwował.

– Jezu, Dwight, to nie twój tata był z tobą wczoraj wieczorem?

Vecchio poruszył się niespokojnie. Ale Dwight sprawiał wrażenie całkowicie przekonującego, kiedy zaprzeczył zdecydowanym ruchem głowy.

– Stary nie dałby mi nawet zmienić świec w samochodzie. Nie ma do mnie cierpliwości.

– No cóż, już sobie poszedł.

– Ta sprawa w Belmont… to był wypadek? – spytał Dwight.

– Spójrz jeszcze raz na te zdjęcia. Dwa strzały w twarz. Jeden można by uznać za wypadek, ale nie dwa. W Turgota też wpakował dwie kule. Schemat.

Dwight ponownie spojrzał na zdjęcia; jego słabiutka wiara chwiała się coraz bardziej.

– To niemożliwe.

– Czy ten facet jest jedynym, który traktuje cię w porządku? – spytał Vecchio. – Dlatego nie chcesz nam powiedzieć, kto to jest?

Dwight zastanawiał się przez chwilę nad tym pytaniem.

– Nie przeszkadza mu, jak z nim jestem. Kiedy robi różne rzeczy.

– Jakie rzeczy?

– Bilard. Czasem kręgle.

– Coś innego?

– Byłem z nim, kiedy wchodził do sklepów i darł się na sprzedawców, jeśli nie mówili dobrze po angielsku. Okradaliśmy je. Tak właśnie było wczoraj wieczorem. Robiliśmy tak od pewnego czasu.

– Strzelaliście do kogoś, zamiast tylko wrzeszczeć?

– Nie. Chodzi o to, że to miał być rabunek, prawdziwy rabunek, nie zwykłe obrabianie sklepów. Chcieliśmy, żeby to było przesłanie dla ludzi, którzy zabierają innym robotę.

– Wygląda na to, że twój kumpel zabrał się najpierw sam do rabunku. W Belmont.

– To nie była moja broń – oznajmił Dwight. – Kłamałem.

– Nasz świadek twierdzi, że nie zakryliście twarzy. Jeśli nie planowaliście zabić tego człowieka, to dlaczego tego nie zrobiliście?

Dwight nachylił się teraz i oparł brodę o złożone ręce jak dzieciak, którego po lekcjach zostawili za karę w klasie.

– Wydawało mi się, że mnie nie rozpozna. Byłem na tej stacji tylko raz albo dwa, żeby kupić benzynę do kosiarki.

– „Cześć, stary"! – powiedział Creegan, naśladując głos i akcent Turgota najlepiej jak umiał.

Dwight był wyraźnie zaniepokojony.

– Tak. Skąd pan wie, że to powiedział?

– Mówił tak do każdego klienta, który wchodził do sklepu. Ale mógł cię naprawdę rozpoznać. Tak przynajmniej uważał twój przyjaciel, zgadza się? Dlatego go zastrzelił. Jeśli ten człowiek mógł wskazać ciebie, to ty mogłeś wskazać swojego przyjaciela.

– Podaj nam nazwisko, Dwight – wtrącił Vecchio. – Wiemy, że to nie ty pociągnąłeś za spust, ale ten człowiek zginął dlatego, że cię rozpoznał. Przyznaj to.

Dwight patrzył w jakiś punkt między dwoma policjantami i milczał. Na jego twarzy malowało się bardziej osamotnienie niż upór.

Vecchio postukał palcem w zdjęcia zwłok, przyciągając wzrok Dwighta.

Creegan pochylił się w jego kierunku ze splecionymi dłońmi i czekał, aż chłopak spojrzy na niego.

– Synu, próbujesz się zachować w porządku wobec złego faceta. Po tym, co ten gość zrobił tej kobiecie i Turgotowi, nie jest wart twojej lojalności. – Odczekał chwilę. – Jeśli będziesz teraz milczał, to skażesz się na pobyt w samotnym i ciemnym miejscu. Będzie to trwało bez końca. Nie czujesz, jak to miejsce cię wciąga? Miałeś z tym wszystkim tak niewiele wspólnego. Zadałeś się z niewłaściwym facetem, to wszystko. Na dobrą sprawę wziąłeś tylko ołówek i nabazgrałeś tę małą swastykę, tak jak wtedy, gdy tamtej nocy poszedłeś z kumplami na cmentarz. Zgadza się?

Creegan miał wrażenie, że coś się w chłopaku załamuje.

– Kto jest tym naprawdę złym facetem, Dwight? Przebywa wciąż na wolności i ma broń. I wcale nie jest taki, jak ci się wydawało, prawda? Dwight, ocal siebie.

Wydawało się, że drobne rysy Dwighta powiększają się nagle jak źrenica. Podał nazwisko. Vecchio zapisał jeszcze adres i spojrzał na Creegana, który powiedział:

– Niech pan go zgarnie.

Vecchio wstał i wyszedł. Creegan patrzył, jak chwilowy błysk na twarzy chłopaka przygasa nieubłaganie. Rozplótł dłonie i wyciągnął rękę.

– Dzięki, Dwight. Postąpiłeś słusznie.

Chłopak spojrzał na rękę Creegana.

– I mówi pan jak ksiądz – powiedział, a potem ujął wyciągniętą ku niemu dłoń i zrobił to tak, jakby ten prosty gest był dla niego czymś nowym i nieznanym.

Creegan uścisnął mu mocno rękę, potem wziął notatnik Vecchia i odszukał czystą kartkę.

– Okay, miejmy to wszystko za sobą. Pomogę ci.

– Będę mógł zadzwonić potem do mamy? Mogę to zrobić na jej koszt. Ode mnie odbierze.

– Jasne. Ale wcześniej pogadamy o tym, jak przekazać jej tę wiadomość. Co z twoim tatą?

Dwight nie odpowiedział, tylko wziął do ręki ołówek.

Potem, kiedy już na papierze pojawiły się koślawe słowa, Creegan spytał:

– Dwight, chcesz zobaczyć się z prawdziwym księdzem?

– Nie jestem katolikiem.

– A czym jesteś?

– Niczym. Nie potrzebuję księdza. Mam pana, prawda?

• • •

Uporczywy deszcz tłumił wschód słońca. Frank obudził się na jego odgłos, ale nie starał się już zasnąć. We śnie czaił się bezlitosny i zapomniany koszmar.

Zaparzając kawę, myślał o Dwighcie – i Curtisie, który zeszłego wieczoru czekał na niego razem z Ellen. Chłopakowi dobrze poszło na boisku i nie miał żalu, kiedy o tym opowiadał. Frank starał się za wszelką cenę przeżywać wszystko, jakby był na meczu. I chciał na mszy wspominać obu chłopców, a także Turgota – i Mike'a.

Wziął parasol i wyszedł na ganek wziąć gazetę. Od razu rzucił mu się w oczy nagłówek specjalnego dodatku: *Koszary piechoty morskiej i wojsk francuskich w Bejrucie celem zamachu terrorystycznego: dziesiątki zabitych.*

Miał wrażenie, że czas w jego sercu i myślach zamienia się w popiół. Nie wiedział, ile czasu upłynęło, nim uciszył w sobie krzyk duszy i znów usłyszał deszcz.

Wszedł do domu, żeby obudzić żonę. Kiedy stał nad nią, spojrzał przez okno wychodzące na podwórze i przypomniał sobie dumę na twarzy Michaela, kiedy obaj zaciągali w zacienione miejsce potężny dębowy konar.

Albert Tucher

Zasady rodem z Bismarck

Z „Oregon Literary Review"

– Cześć – powiedziała Mary Alice. – Jestem Crystal.

Mężczyzna stojący w drzwiach rozpoznał jej imię. Po dziesięciu latach uprawiania tego zawodu Mary Alice wciąż odczuwała ulgę w takiej chwili. Raz, na początku swojej kariery, zapukała do niewłaściwych drzwi. Musiała się nagadać, żeby wytłumaczyć jakoś swoją obecność.

– Jestem Steve. Wejdź.

Salon znajdował się na końcu korytarza, po prawej stronie. Podobało jej się, kiedy poprosił, żeby usiadła. Niektórzy mężczyźni tego nie robili. Gapili się na nią i mieli do niej pretensje, że zmusza ich do konfrontacji z własnymi pragnieniami.

Skrzyżowała nogi. On je podziwiał, a ona go oceniała. Odznaczał się szczupłą, ale mocną budową ciała, miał ogorzałą twarz i lekko siwiejące włosy. Był typem mężczyzny, który może mieć równie dobrze trzydzieści co sześćdziesiąt lat.

Jak dotąd wydawał się w porządku.

– Jak mogę ci pomóc? – spytała.

– Chcę, żebyś coś dla mnie zrobiła.

Wielu mężczyzn zaczynało powoli. Czekała na więcej.

– Nic niezgodnego z prawem – zapewnił.

– Naprawdę?

– Naprawdę.

– Okay, ale wciąż chodzi o mój czas i to wciąż dwieście dolarów za godzinę, jeśli chodzi o dwie pierwsze, potem sto. Odwołałam dla ciebie kilka spotkań, jesteś mi więc winien sześćset plus to, co nabije jeszcze licznik.

– W porządku. Potrafisz obsługiwać ręczną skrzynię?

– Nie bardzo wiem, co to takiego.

Przyznała to z niechęcią. Jaka prostytutka wiedziała mniej od klienta?

– Oznacza dokładnie to, co powiedziałem – odparł. – Mówię o prowadzeniu mojego samochodu.

– Dlaczego mam prowadzić twój samochód?

– Potrafisz obsługiwać manualną skrzynię biegów? Jeśli nie, to będziemy musieli pojechać twoim wozem, a podejrzewam, że tego nie chcesz.

Miał rację. Nie lubiła, kiedy klienci widzieli jej tablice rejestracyjne. Gdyby umieli wykorzystać tę informację, mogliby wniknąć w jej życie prywatne.

– Umiem jeździć samochodem z ręczną skrzynią biegów. Uczyłam się na takim.

– Świetnie. Możesz mnie więc zawieźć do lekarza.

– Gratulacje – powiedziała. – Zaproponowałeś coś, czego nigdy jeszcze nie robiłam.

Uśmiechnął się.

– Mógłbyś to wyjaśnić – dodała. – Jeśli oczywiście chcesz.

– Właśnie skończyłem pięćdziesiąt lat. Dziś po raz pierwszy będę miał robioną kolonoskopię.

Jakby sądził, że to wyjaśnia wszystko. Nie wyjaśniało.

– Powiedzieli, że nie mogę sam prowadzić. Że muszę zabrać z sobą kogoś, kto mnie potem odwiezie do domu. Nie pozwolą mi nawet wezwać taksówki.

Wciąż nie rozumiała i mogła dostrzec, że zaczyna go to irytować.

– Jestem rozwiedziony. Od pięciu lat. Nie umawiam się z kobietami. Nie mam żony ani dziewczyny. Moja siostra mieszka w Chicago, ale nie chce utrzymywać ze mną kontaktów. Moi rodzice żyją i są na mnie skazani. Ale to byłoby żałosne. Pięćdziesięcioletni facet i musi go odwieźć tata z mamą? Daj spokój.

Mary Alice zrozumiała. Wciąż chodziło o to, co zawsze. Pieprzenie prostytutki. Nie miał kobiety w swoim życiu, a teraz jej potrzebował.

– Kiedy wyjdę z badania, chcę, żeby czekała na mnie atrakcyjna kobieta. Oczywiście nie spodziewałem się, że będę miał takie szczęście. Podoba mi się twoja karnacja.

Nie wiedział tego, ale zyskał w jej oczach dzięki temu komentarzowi. Mary Alice dorastała wśród płowych Skandynawek, a z powodu ciemnych włosów i oliwkowej cery czuła się jak intruz.

Uśmiechnął się tak czarująco, że postanowiła odwalić całą robotę, nawet jeśli dotąd o niej nie wspomniał.

– Nie jestem pewna, jak trzeba się przygotować do tego badania – powiedziała. – Wspominali coś o seksie? Chodzi mi o to, czy czujesz się na siłach.

Jego zaskoczenie dało jej do myślenia, ale postanowiła iść na całość. Wstała. On też się podniósł i zaprowadził ją w głąb korytarza.

Sypialnia Steve'a była skromna i schludna; Mary Alice poczuła się na jej widok jak ktoś gorszy. Rzadko ścieliła łóżko.

Zrobiła bez entuzjazmu to, co trzeba. Wystarczało w przypadku większości mężczyzn, w przeciwieństwie do niej. Seks zawsze przypominał Mary Alice włączony telewizor w sąsiednim mieszkaniu. Nie mogła oglądać programu i jednocześnie zgasić odbiornika.

Kiedy Steve skończył, zsunął się z niej, a potem leżał na plecach z zamkniętymi oczami. Mary Alice rozejrzała się po pokoju. Czegoś tu brakowało, tak jak w salonie.

Żadnych zdjęć, pomyślała.

Steve otworzył oczy.

– Zdjęcia to jeszcze jedna rzecz, którą mogą człowiekowi zabrać – oznajmił.

– Nie moja sprawa. Przepraszam. Myślałam głośno.

– Poza tym musiałem kilka razy pozować. To nic zabawnego, kiedy człowieka do tego zmuszają.

Nie skomentowała tego.

– Miałem wrażenie, że nie za bardzo to wyszło – powiedział Steve. – Tak mi się teraz wydaje.

Mary Alice się zastanawiała, czy jej nie obraził.

– Upłynęło jedenaście lat od ostatniego razu – wyjaśnił.

– Chwileczkę. Jesteś rozwiedziony od pięciu. Co się działo przez resztę tego czasu?

– Nie było mnie.

Wszystko zaczynało się układać w jedną całość, co oznaczało, że musi się mieć na baczności.

Wziął prysznic, a ona stanęła przy umywalce i odświeżała się czystą myjką, którą dla niej wyłożył. Potem patrzyła, jak się wyciera, i pomyślała, że ten mężczyzna nie chce zwracać na siebie uwagi.

W samochodzie wcisnęła sprzęgło i przekręciła kluczyk w stacyjce. Bez większego trudu koordynowała przy zmienianiu biegów ruchy stopy i dłoni. Nic nie przeszkadzało jej myśleć.

– Okay – powiedziała. – Byłeś w więzieniu... przez jakiś czas. Tak mi się wydaje.

– Upłynęło jedenaście lat.

– Nieważne, chodzi o to, że pobyt w więzieniu kosztuje. Najpierw obrońcy, a potem, jak już siedzisz, nie możesz zarabiać. Będziesz musiał mi pokazać pieniądze.

Powinna była od tego zacząć. Miał w sobie coś, co ją w pierwszej chwili zwiodło.

Steve wyjął z lewej kieszeni sportowej kurtki kopertę. Uniósł skrzydełko i pokazał jej plik banknotów w środku. Na wierzchu była setka. Postanowiła, że przy pierwszej okazji przeliczy dyskretnie resztę.

– Dziękuję. – Wzięła pieniądze lewą ręką. – Przepraszam, ale muszę się zabezpieczać. Nie mogę liczyć na windykatora, jeśli wiesz, co mam na myśli.

Wsunęła kopertę do kieszeni żakietu.

– Pieniądze nie stanowią problemu – oświadczył. – Nawet po sprawie cywilnej. Mam dochody z kilku patentów.

– Sprawa cywilna? O co?

– Nie mówmy o tym.

Mary Alice zaczęła się zastanawiać, czyby nie zawrócić i pojechać w przeciwną stronę. Złe przeczucie narastało, a ona nie wiedziała dlaczego. Miała już wcześniej do czynienia z byłymi więźniami, ale tu chodziło o coś więcej. Jej niezdecydowanie skłoniło go do mówienia.

– Powiedzmy po prostu, że zostałem za coś skazany. Stan New Jersey orzekł, że jestem winien. Ja twierdzę, że nie byłem.

– Rozumiem – odparła, żeby coś powiedzieć.

– Nie jestem pewien. Ludzie nie zawsze rozumieją to, co się do nich mówi.

Mary Alice wrzuciła prawy kierunkowskaz i skręciła w stronę krawężnika. Zatrzymała samochód, a potem patrzyła przed siebie. Steve przyglądał się jej przez długą chwilę, potem skinął głową.

– Zatrzymaj pieniądze. Dają radość.

Wyjął maleńki telefon komórkowy i zaczął wystukiwać jakiś numer.

– Co robisz? – spytała.

– Odwołuję wizytę u lekarza.

– Zatrzymam pieniądze, bez dwóch zdań. Ale to oznacza, że na nie zarobię.

Spojrzała w lusterko wsteczne i znów włączyła się do ruchu. Po chwili wyjechali z Lakeview, gdzie Steve mieszkał, i udali się do Witherspoon Township. Proktolog miał gabinet w jednopiętrowej przychodni. Mijała ten budynek setki razy, nie zwracając na niego najmniejszej uwagi. Parking był w połowie pusty; bez trudu znalazła wolne miejsce przy wejściu dla pacjentów.

Kiedy znaleźli się w środku, Steve podszedł do kontuaru, przy którym powitała go recepcjonistka.

– A, pan Golisard. Mamy małe opóźnienie. Jest ktoś z panem?

– Moja dziewczyna.

– Będzie pani musiała siedzieć tu cały czas, to jasne? – zwróciła się kobieta do Mary Alice. – Żadnych zakupów. Uśmiechnęła się, żeby złagodzić ton głosu. Mary Alice skinęła głową. Przyłączyła się do Steve'a, który usadowił się już na jednej z długich kanap. Ich ramiona się zetknęły, rzecz normalna w przypadku związku, jaki miał ich rzekomo łączyć.

Coś jednak nie dawało jej spokoju. Rozejrzała się po poczekalni i w końcu jej wzrok spoczął na mężczyźnie, który siedział na kanapie po przeciwnej stronie, nieco z boku. Był po czterdziestce, wyglądał na zmęczonego życiem i nosił ciemnoszary garnitur, pięknie skrojony, ale już nienowy. Ściskał obiema dłońmi rączkę podniszczonej teczki, którą trzymał na kolanach. Patrzył złym wzrokiem na Steve'a, który zdawał się tego nie dostrzegać. Mary Alice z trudem ignorowała tego człowieka.

Odczuła ulgę, kiedy recepcjonistka poprosiła Steve'a do gabinetu, i wstała razem z nim. Pocałowała go i pogłaskała po policzku.

– Będę czekać.

Znowu usiadła i zauważyła, że teraz mężczyzna skupia swoje gniewne spojrzenie na niej.

– Stephen Golisard – oznajmił tonem oskarżenia.

Mary Alice popatrzyła na niego, unosząc brwi.

– Powiedziałem: Stephen Golisard.

– Słyszałam.

– Pani partner. Wie pani, jaki jest? Jakim jest człowiekiem?

Mary Alice odwróciła wzrok i sięgnęła do stojaka na gazety po najnowszy numer „Time'a". Przerzuciła kilka stron, ale nie znalazła niczego ciekawego.

Po kilku minutach do poczekalni weszła jakaś para. Sprawiali wrażenie ludzi około pięćdziesiątki, choć kobieta mogła być znacznie młodsza. Porozmawiali z recepcjonistką i zaczęli się rozglądać za miejscem.

– Panie Pilarczyk? – zwróciła się recepcjonistka do mężczyzny.

Oboje dopiero co usiedli. Kobieta wstała i obróciła się wokół własnej osi, jakby nie miała pojęcia, w którą stronę się skierować. Kiedy stanęła twarzą do okna wychodzącego na parking, wydawała się bezbronna. Zastygła na chwilę, nim odwróciła się z powrotem ku poczekalni.

Pan Pilarczyk tkwił na swoim miejscu, dopóki nie zauważył, że jego żona wstała z kanapy.

Mary Alice uświadomiła sobie, że mężczyzna ma problemy ze słuchem. Uwielbiała te chwile, kiedy mogła się czegoś dowiedzieć o ludziach. Kolorowe czasopisma nie umywały się do tego.

Recepcjonistka poprowadziła oboje w stronę gabinetów, co najwyraźniej rozwścieczyło mężczyznę z teczką. Kiedy wróciła do biurka, był już gotów na atak.

– Nie życzę sobie, by tak mnie traktowano. Jestem umówiony. I mam zamiar zapłacić doktorowi za jego czas, choć nie rozumiem dlaczego. Dzięki mnie może zarobić dużo pieniędzy.

– Doktor Roenn już panu powiedział, że nie jest zainteresowany inwestowaniem w pański pomysł. Umówił się pan pod fałszywym pretekstem. Nie potrzebuje pan konsultacji medycznej, nie ma więc pan prawa zabierać czasu żadnemu z lekarzy. A teraz proszę mi wybaczyć.

Przez chwilę się wydawało, że mężczyzna uderzy recepcjonistkę, która obrzuciła go złym wzrokiem.

– Nie zapomnę tego – oznajmił.

Odwrócił się na pięcie i ruszył w stronę drzwi, ale gdy przechodził obok stolika do kawy, sięgnął do prawej kieszeni marynarki, wyjął garść wizytówek i rzucił je na blat. Dostrzegł, że Mary Alice go obserwuje, i zdobył się na wymuszony uśmiech.

– Nigdy nie przepuszczam okazji. Może to pani powiedzieć swojemu partnerowi.

Wyszedł zdecydowanym krokiem z poczekalni, zatrzaskując za sobą drzwi.

Mary Alice nie mogła się powstrzymać – nachyliła się nad stolikiem i sięgnęła po jedną z wizytówek. Mężczyzna nazywał się Harold Mohn i określał mianem wynalazcy. Schowała kartonik do prawej kieszeni marynarki.

Nie pozostał już nikt, kto mógłby rozproszyć jej nudę. Przez chwilę Mary Alice stała przy oknie i liczyła samochody na parkingu. Recepcjonistka musiała się zwrócić do niej dwukrotnie.

– Pan Golisard może już iść.

Steve ubrał się w gabinecie, ale wyglądał na otumanionego. Wstał z pomocą pielęgniarki i podszedł do Mary Alice. Objął ją, a jego dłoń wydawała się ciężka.

Wyszli z przychodni i skierowali się do samochodu. Pomogła mu usiąść na fotelu pasażera, potem usadowiła się za kierownicą. W drodze do domu postanowiła porozmawiać.

– Było trochę zamieszania w poczekalni.

Powiedziała mu o Haroldzie Mohnie.

– Och, na litość boską – odparł Steve. – Mohn. Nigdy nie rezygnuje.

– Znasz go?

– Słyszałem o nim. Nigdy go nie poznałem. Nie jestem zdziwiony, że siedziałem dwa metry od tego człowieka i nie zwróciłem na niego uwagi.

– Nie należysz do jego ulubieńców.

– Tacy nieudacznicy zawsze zwalają winę na kogoś innego.

– Jak to?

– Kiedy siedziałem w więzieniu, pojawił się znikąd i próbował wykorzystać moją... niedyspozycję. Oskarżył mnie o naruszenie kilku patentów, które opracował. Całkowita bzdura, ale takie rzeczy zdarzają się ciągle. Ktoś bierze cię na cel, bo a nuż uda się trafić.

– Uważał, że naprawdę mu coś zrobiłeś. Takie odniosłam wrażenie.

– Może sam w to uwierzył.

Czekali w milczeniu na czerwonym świetle. Kiedy Mary Alice ruszyła na zielonym, Steve powiedział:

– Lubię cię. Mam nadzieję, że mi wierzysz.

Jego głos miał teraz inny ton, taki, który już wcześniej słyszała. Ton klienta, który doszedł do wniosku, że się zakochał. Inne kobiety w tym biznesie wykorzystywały sytuację albo porzucały klienta, ale Mary Alice miała słabość do mężczyzn, którzy się w niej durzyli, im bardziej, tym lepiej.

To był problem. W takiej robocie nie należało się angażować. Żałowała, że nie wie, jak sobie z tym poradzić.

– Że tego nie zrobiłeś?

Stwierdziła, że jej głos złagodniał, tak jak jego, i skarciła się w myślach. Nie oznaczało to, że przestanie robić to, czym się zajmowała.

– Że nie jestem winny.

Zdawało się, że to rozróżnienie dużo dla niego znaczy, i zadawała sobie pytanie dlaczego.

– Ta dziewczyna to była mała dziwka. Wiedziała, co robi. Nikt nie może twierdzić, że nie wiedziała.

Środki przeciwbólowe, które dostał, stłumiły w nim wszelkie zahamowania. Alice uświadomiła to sobie dopiero później. W tym jednak momencie poczuła straszliwy ucisk w żołądku, a jej krtań zacisnęła się odruchowo; miała wrażenie, że zwymiotuje.

Przyjęła to nawet z zadowoleniem. Była zbyt zajęta sobą, żeby na niego patrzeć.

Zdawało się, że nie jest świadomy wyznania, które mu się wyrwało, ani jej milczenia. Jechała dalej. Kiedy zatrzymali się pod jego domem, zaczęła się zastanawiać, jak zdołała przypomnieć sobie drogę i ilu pieszych przejechała. Zgasiła silnik i siedziała za kierownicą, dopóki sobie nie uświadomiła, że to nie jest jej samochód. Zrozumiała, że będzie musiała wysiąść. Jakoś jej się to udało. Nie wiedziała, jakim cudem pozwoliła mu się dotknąć, ale znów się na niej oparł, kiedy ruszyli do drzwi wejściowych. Dał jej klucze, a ona mu otworzyła. Potem zwróciła mu klucze i zostawiła go bez słowa. Wołał coś za nią, ale nie odpowiedziała. Jakiś instynkt kazał jej skręcić w lewo. Po chwili, może po kilku minutach, a może godzinach, znalazła się w swoim samochodzie.

Nie był to najlepszy pomysł – prowadzić w takim stanie, ale nie miała wyboru. Gdyby chciała zaczekać, aż będzie bardziej opanowana, mogłaby tak przesiedzieć do rana. Wrzuciła bieg i ruszyła gwałtownie spod krawężnika, nie patrząc w żadnym kierunku.

Szczęście towarzyszyło jej przez całą drogę do domu, mieszkania nad jedyną apteką, jaka została jeszcze w Driscoll. Znalazła nawet miejsce obok bocznego wejścia do budynku. W innych okolicznościach zaparkowałaby w bardziej bezpiecznym miejscu, ale dłuższy spacer przypominałby w tej chwili marsz śmierci.

Wstała tego dnia kilka godzin wcześniej niż zwykle i nie próbowała nawet zjeść śniadania. W lodówce miała resztki chińszczyzny, którą zostawiła sobie na lunch. Nie chciała nawet myśleć o jedzeniu. Poszła od razu do łazienki i uklękła nad muszlą klozetową. Jej ciało domagało się tego. Od razu zaczęła wymiotować. Zdołała pozbyć się tylko odrobiny żółci, ale i tak krztusiła się jeszcze przez kilka minut.

Wiedziała wcześniej, że będzie wymiotować, i wiedziała teraz, co nastąpi. Oderwała dłonie od krawędzi sedesu, najpierw jedną, potem drugą, i zaczęła się osuwać, aż w końcu położyła się na płytkach podłogi, zwinięta w kłębek. Jakby się to działo teraz, a nie ćwierć wieku wcześniej, usłyszała skrzypienie zawiasów w drzwiach swojej sypialni. Miała piętnaście lat i trwało to już od roku, od śmierci matki. Mary Alice słyszała głośny, wilgotny oddech taty i czuła, jak jego dłonie przesuwają się po jej ciele, najpierw po koszuli nocnej, a potem pod spodem. Otaczała ją woń potu, alkoholu i dymu papierosowego. Jego dłoń dotknęła jej pochwy. Zawsze się nienawidziła za to, że stosuje żel; czuła się współwinna temu, co potem następowało.

Czytała wcześniej, że kobiety stosują żel nawet pod przymusem, ale dowiedziała się tego za późno.

Tata przychodził do jej pokoju wielokrotnie, ale ten raz zapamięta na zawsze. To był wieczór, kiedy postanowiła go zabić, jeśli się tylko nadarzy okazja.

Powróciła teraz myślą do tej mroźnej nocy, upłynęło wtedy kilka tygodni od jej osiemnastych urodzin. Ojciec leżał nieprzytomny tam, gdzie upadł, tuż pod schodami frontowymi. Mary Alice rozpięła mu płaszcz i nałożyła mnóstwo śniegu na pierś. Kiedy śnieg się roztopił, nałożyła więcej. Za każdym razem roztapiał się dłużej, a jej ojciec przegrywał walkę z zimą na prerii. Siedziała na schodach i patrzyła. Wydawało jej się ważne, żeby zobaczyć jego ostatni oddech, ale uświadomiła sobie w pewnym momencie, że jej to umknęło.

Kiedy przestała wspominać, pozbierała się z podłogi i przejrzała w lustrze. Nie dostrzegła w swoim odbiciu niczego, co dowodziłoby, że był to najgorszy dzień od lat. Nie kryła zadowolenia, bo miała dużo do roboty. Najpierw wyczyściła zęby i wypłukała usta. Potem poszła do sypialni i otworzyła drzwi garderoby. Na półce, w pudełku po butach, leżał rewolwer kaliber .32 i paczka amunicji. Wysunęła bębenek i załadowała sześć naboi.

To ojciec nauczył ją strzelać. Jakby nigdy sobie nie uświadamiał, że jedna z kul może być przeznaczona dla niego.

Zatrzasnęła bębenek i schowała broń do kieszeni marynarki, z wizytówką Harolda Mohna i kluczami.

Przypomniało jej to o czymś. Wyjęła z kieszeni pieniądze Steve'a i włożyła do szuflady w komodzie.

Zeszła na dół i wydostała się z budynku bocznym wyjściem. Wsiadła do samochodu i pojechała z powrotem do Lakeview, gdzie zaparkowała pod domem Steve'a Golisarda. W okolicy panowała popołudniowa cisza; Mary Alice wierzyła, że nikt jej nie zobaczy.

A może o to nie dbała.

Broń była niewielka, ale zaskakująco ciężka. Ciągnęła jej prawą dłoń do dołu, kiedy Mary Alice zbliżała się do budynku. Wyciągnęła lewą rękę, ale powstrzymała się tuż przed dotknięciem gałki. Po chwili zrozumiała, że myśli z niechęcią o włamaniu. Zjawiła się tutaj, zamierzając zabić człowieka w jego własnym domu, a wzdragała się przed zniszczeniem jego własności.

W innej sytuacji czułaby się rozbawiona.

Kiedy jednak otworzyła zewnętrzne drzwi, przekonała się, że ktoś jej ułatwił zadanie. Drzwi wewnętrzne były lekko uchylone. Mary Alice pchnęła je.

Patrząc przed siebie, była zaskoczona swoją obojętnością na to, co ujrzała. W głębi mieszkania, dostatecznie daleko, by nie mógł zablokować drzwi, leżał na podłodze martwy Steve. Krew była aż nadto wymowna. Ktoś strzelił mu co najmniej raz w pierś, a potem w usta, kiedy łapał oddech, krzyczał albo błagał o litość. Twarz wydawała się nienaruszona, lecz wokół ciała zebrała się czerwona kałuża. Gdyby ktokolwiek obrócił go na brzuch, zobaczyłby z tyłu czaszki wielką ranę wylotową.

No i po wszystkim, pomyślała Mary Alice.

Wciąż trzymając broń w dłoni, wróciła do samochodu. Musiała schować rewolwer do kieszeni i wyjąć kluczyki. Pojechała ostrożnie do domu i weszła na znajome schody. Usiadła na starej sofie i czekała.

Wiedziała, że zjawi się policja. Aresztowano ją na początku jej kariery i pobrano od niej odciski palców, przypomniała też sobie, że dotykała urządzeń w łazience Steve'a. Zauważyła dzięki doświadczonemu oku, że dom jest sprzątany regularnie i starannie. Można było w nim znaleźć linie papilarne tylko dwóch osób – jej i Steve'a.

Chyba że miała szczęście, a zabójca wykazał się nieostrożnością.

Pomyślała o swojej broni. Powinna się jej pozbyć czy też zachować, żeby policja mogła zastosować te swoje magiczne sztuczki i wykluczyć rewolwer jako narzędzie zbrodni?

Zbyt skomplikowane, pomyślała. Pozbądź się jej.

Ale to musiało poczekać. Dopadło ją wreszcie zmęczenie; zdawało jej się, że jest zbyt ciężka, by się ruszyć o własnych siłach. Na samą myśl, że będzie musiała wstać, znów zrobiło się jej niedobrze.

Jakby miała czym wymiotować. Przy takiej częstotliwości nie jadłaby już nigdy więcej.

W pewnej chwili uświadomiła sobie, że w pokoju zrobiło się ciemno. Najwyższa pora, żeby coś zrobić. Zsunęła się z sofy i powlokła do sypialni. Przed pójściem do łóżka zdjęła tylko żakiet i rzuciła go w kąt. Broń schowana w kieszeni stuknęła głucho o wykładzinę.

Kiedy Mary Alice się obudziła, na zegarze obok łóżka była piąta rano. Miała wrażenie, że coś umknęło jej uwadze. Dzwonek przy drzwiach odezwał się ponownie. Wściekły dźwięk wyciągnął ją z pościeli.

Popatrzyła po sobie i stwierdziła, że nie zmieniła od poprzedniego dnia ubrania. Jeśli jej poranny oddech miał zniechęcać gliniarzy, to było ich zmartwienie, nie jej.

Kto to mógł być, jeśli nie policja?

Powlokła się na dół i otworzyła drzwi. Napotkała wzrok detektywa Eckerta z komendy policji w Lakeview. Eckert był niczego sobie, ale kiedy mieli z sobą do czynienia, pozostawał gliną w każdym calu. Towarzyszył mu drugi policjant po cywilnemu, mężczyzna w średnim wieku, taki, którego żona nawet nie pamięta, jak wygląda jej mąż.

– To detektyw Rostow z Driscoll – powiedział Eckert. – Możemy z panią porozmawiać?

Mary Alice wiedziała, jak sobie tłumaczyć jego słowa. Znaczyły: „Wpuść nas, bo jak nie, to wypadasz z interesu". Odwróciła się i zaczęła wchodzić na górę. Było to jedyne zaproszenie, na jakie miała ochotę. Ruszyli za nią.

Otworzyła drzwi mieszkania i wpuściła ich do środka. Weszli do niewielkiego salonu. Wskazała sofę i czekała, aż usiądą. Sama zajęła fotel, obrócony w stronę policjantów.

– Stephen Golisard – oznajmił bez wstępów Eckert.

To samo powiedział Harold Mohn; przez chwilę czuła się zmieszana.

– Zna go pani?

– Tak.

– Kiedy widziała go pani po raz ostatni?

– Wczoraj.

Nie było najmniejszego sensu zmuszać ich do szukania informacji. Im więcej wysiłku w to wkładali, tym więcej dopatrywali się w nich znaczeń.

– O której?

– Dotarłam do jego domu przed dziewiątą rano. Rozstaliśmy się między dwunastą trzydzieści a pierwszą.

– I była pani z nim cały czas?

– Tego nie powiedziałam. Pozwólcie, że o coś spytam.

Wiedziała, że Eckert nie będzie zadowolony, ale guzik ją to obchodziło.

– Znaleźliście rejestr wizyt?

Eckert nie odpowiedział. Potrafił zachować kamienny wyraz twarzy, ale mimo wszystko sądziła, że odpowiedź brzmi: „Nie".

– Zawiozłam go do gabinetu lekarskiego. Do jego proktologa.

Eckert zamrugał. Nie była to jakaś szczególnie wymowna reakcja, ale i tak sprawiła jej satysfakcję.

– Jest pani przyjacielem?

– Nie, jest klientem.

Niewiele brakowało, by powiedziała: „był".

To zabawne, pomyślała. I niebezpieczne.

Przedstawiła mu powody, dla których Steve ją wynajął.

– A więc zapewniła mu pani najdroższy na świecie transport samochodowy? Żadnego seksu?

– Zapłacił za szybki numerek.

– I jak poszło?

– Coś z panem nie tak?

– Pani klient ma przeszłość. Seksualną przeszłość. Dlatego się zastanawiam, czy dał radę.

Oczywiście, wiedzieli o Stevie. Wzruszyła ramionami.

– Lepiej lub gorzej. Wydawało się, że jest zadowolony. Bardzo bym nie chciała, żeby żadne z nas nie było zadowolone.

– Co się stało z prezerwatywami?

– Z jedną prezerwatywą. Słyszałam, jak spuścił ją w ubikacji.

Mary Alice się zastanawiała, kiedy powinna stracić cierpliwość i zażądać wyjaśnień, dlaczego policja tak bardzo się przejmuje osobą Stephena Golisarda. Doszła do wniosku, że im prędzej, tym lepiej.

– O co chodzi? Postanowiliście mnie w końcu przyskrzynić?

– Nie, ma pani większy problem niż uprawianie nierządu. Twierdzi pani, że żył o dwunastej trzydzieści. Krótko potem już nie żył. Zastrzelono go. Była tam pani. Jak dotąd nie mamy innego podejrzanego.

Popatrzył na nią wyczekująco. Wzruszyła ramionami i odpowiedziała mu spojrzeniem.

– Więc co to było? – nie ustępował. – Jakaś kłótnia? Powiedział coś? Zrobił?

Tym razem nie wzruszyła nawet ramionami.

– Nie lubi pani swojej pracy – zauważył.

– Nieszczególnie.

– Albo seksu w ogólności?

– Niewiele z niego mam.

– Zastanawiała się pani kiedykolwiek, co traci?

– Tylko milion razy.

– Można się poddać terapii.

– Tam, skąd pochodzę, nie bawimy się w terapie. Jeśli coś nie daje nam spokoju, zaczynamy myśleć o czymś innym.

– A skąd pani pochodzi?

– Z Bismarck w Dakocie Północnej. To nielegalne?

– Nielegalne było zastrzelenie tego faceta. Dlatego sądzę, że nie zechce stosować się pani do zasad rodem z Bismarck. Pani stan umysłowy w tamtej chwili mógłby mieć duże znaczenie.

– A ja sądzę, że kiepski z pana pracownik opieki społecznej.

– Okay. Nie wiemy, dlaczego to pani zrobiła. Zastanówmy się: jak. Zgodzi się pani na przeszukanie tego mieszkania?

Nie musiała tego rozważać. Wciąż była prostytutką pozbawioną wszelkich praw.

Popatrzyła wyzywająco na detektywa Rostowa, który już podsuwał jej dokument do podpisania. Wzięła jego długopis i nabazgrała swoje nazwisko. Rostow wyjął komórkę i wykonał szybki telefon. Mary Alice i dwaj detektywi siedzieli w milczeniu, nie patrząc na siebie, dopóki nie odezwał się dzwonek. Policjanci zawsze naciskali go tak, że brzmiał inaczej niż zwykle. Rostow zszedł na dół otworzyć.

Wrócił z dwoma umundurowanymi funkcjonariuszami, którzy przyłączyli się do rewizji. Ten młodszy, przystojniejszy, wyszedł z sypialni, trzymając jej marynarkę z bronią w kieszeni. Sprawiał wrażenie bardzo z siebie dumnego. Eckert obejrzał rewolwer. Dobrze skrywał rozczarowanie, ale i tak je dostrzegła.

– Ma pani jeszcze jakąś broń?

– Nie, tylko to.

– I, jak przypuszczam, nie ma pani pozwolenia?

– Nie.

– Zabieramy to.

– Nie wygląda pan na zadowolonego. Domyślam się, że to nie ten kaliber?

Nie odezwał się, co w gruncie rzeczy oznaczało: „tak".

– Skoro mamy to już z głowy, to może zechcecie posłuchać o kimś innym, kto mógł to zrobić?

Eckert spojrzał na nią ostro.

– Kto taki?

Opowiedziała mu o Haroldzie Mohnie i o jego wizytówce w swojej kieszeni. Eckert wyciągnął rękę po marynarkę, którą młody policjant mu podał.

– A nie wspomniała pani o tym wcześniej, bo...

– ...bo zaczęliście sprawdzać poszlaki po kolei. Numer jeden na liście to ja. Nie jestem głupia i wiem, że nie należy mówić policjantom czegoś, czego nie chcą jeszcze usłyszeć.

Spojrzał na nią ze złością. Kiedy nie poczuł się dzięki temu ani trochę lepiej, rzucił marynarkę na sofę i zaczął zbierać się do wyjścia. Pozostali policjanci ruszyli przed nim. Zatrzymał się w drzwiach i odwrócił.

– W jaki sposób ktoś trafia z Bismarck do Driscoll w New Jersey?

– Mój były służył tam w lotnictwie. Przyjechałam z nim. Nie wyszło.

– Coś takiego. – Patrzył na nią przez chwilę. – Znajdziemy tę drugą broń. Może być pani pewna. A jak znajdziemy, to nie będziemy pani nic winni.

Wyszedł; po chwili jego kroki załomotały na schodach.

Mary Alice zaczęła krążyć po mieszkaniu, zbierając rzeczy porozrzucane przez policjantów. Nie potrzebowała pomocy przy robieniu bałaganu w swoim domu.

Dzień potoczył się jeszcze gorzej. Miała się spotkać w porze lunchu ze stałym klientem, jednym z mężczyzn, bez którego mogła się obejść. Jeśli gliniarze musieli koniecznie robić z niej podejrzaną, to czy nie mogli dać jej przynajmniej wymówki, dzięki której uniknęłaby tego cotygodniowego spotkania? Facet był jednym z tych, którzy lubią być karani fizycznie i obrzucani wyzwiskami.

Kiedy wróciła, w samochodzie czekali Eckert i Rostow. I znów ruszyli za nią po schodach na górę.

– Właśnie odbyłem rozmowę telefoniczną – oświadczył Eckert, kiedy już się usadowił z Rostowem na kanapie.

Mary Alice czekała.

– Pogadałem sobie z pani starym przyjacielem.

– Nie mam starych przyjaciół. Zerwałam wszelkie kontakty, kiedy tu przyjechałam.

– Ktoś panią jednak pamięta. John Stettinius. Kazał panią pozdrowić.

– Wątpię.

– I słusznie. Bo tak naprawdę powiedział coś innego: „Siedzi już?". Kiedy spytałem, dlaczego tak uważa, opowiedział mi o pani ojcu.

Mary Alice poczuła chłód, co było raczej dziwne w ten ciepły majowy dzień.

– Jak twierdzi, zawsze się zastanawiał, dlaczego śmierć pani ojca została uznana za nieszczęśliwy wypadek. Nigdy w to nie uwierzył, ale niczego nie mógł dowieść. Pani ojciec złamał nogę i miał tyle alkoholu we krwi, że powaliłoby konia. Mógł upaść i zamarznąć na śmierć, ale detektyw Stettinius uważa, że ktoś mu w tym dopomógł. Pani.

Próbowała wydobyć z siebie głos. Udało jej się za drugim razem.

– Dlaczego tak sądzi?

– Przede wszystkim wyczucie czasu. Gdyby doszło do tego trochę wcześniej, wciąż byłaby pani nieletnia. Straciłaby pani kontakt z braćmi, którzy trafiliby do domów zastępczych. A tak zostali z panią. No i te plotki o pani związku z ojcem.

Związek. Zabrzmiało to tak, jakby ojciec zaproponował jej randkę, a ona odparła: „Muszę spytać swojego... och, żaden problem".

Mary Alice miała ochotę wpakować paznokcie w oczy Eckerta. Skończyło się tylko na tym, że zacisnęła pięści.

Eckert uniósł w uspokajającym geście dłonie.

– Uważam, że nie robiła pani tego dobrowolnie. Nie powiedziałbym, że to pani wina. A gdy się pani dowiedziała o tym wyczynie Stephena Golisarda, no cóż, przelało to czarę goryczy. Jak się pani o tym dowiedziała?

Mary Alice zacisnęła zęby aż do bólu.

– A co z Haroldem Mohnem? – spytała, kiedy już mogła zaufać swojemu głosowi.

– Ma alibi. Wrócił do przychodni, żeby zrobić kolejną awanturę. Wyprowadzali go policjanci, kiedy zastrzelono Golisarda. – Eckert uśmiechnął się szeroko. – Jeśli mam być szczery, to funkcjonariusze nie musieli się zbytnio wysilać. Recepcjonistka świetnie sobie poradziła. Chodzi o coś innego. Ludzie w poczekalni zapamiętali, że była pani bardzo czuła dla Golisarda. Każe mi to przypuszczać, że dowiedziała się pani o tej jego sprawie potem, może w drodze do domu. Może nawet jeszcze później.

Eckert skupił na czymś wzrok. Mary Alice podążyła za jego spojrzeniem – komputer na biurku, w rogu salonu. Zobaczył, że się zorientowała, i jego twarz zdradzała przez moment irytację.

Domyśliła się, że przyszło mu coś do głowy.

Eckert spojrzał na Rostowa. Obaj policjanci wstali i wyszli bez słowa.

Mary Alice wiedziała, co ma zrobić. Wzięła do ręki komórkę i skorzystała z szybkiego wybierania.

Jej przyjaciółka Diana słuchała, nie przerywając, tak jak Mary Alice się tego spodziewała. Nie oskarżyła też Mary o nic głupiego. Wiedziała z własnego doświadczenia, że kłopoty przytrafiają się czasem prostytutce, czy tego chce, czy nie.

– Myślę, że wiem, o co mu chodzi – powiedziała Diana. – Nie możemy jednak skorzystać z twojego komputera. Nie powinnyśmy zostawiać śladu. Spotkajmy się w bibliotece.

Było już ciemno, kiedy się spotkały w bibliotece publicznej. Diana przywitała się z bibliotekarką i poprosiła o możliwość skorzystania z jednego z komputerów.

– Na prawo – wyjaśniła kobieta w wieku mniej więcej Diany, po trzydziestce. – Są dwa wolne, nie musicie czekać.

Diana weszła w Google i wpisała *Megan's law registry*, nazwę oficjalnego rejestru przestępców seksualnych. Na ekranie pojawiła się najpierw lista zwolnionych z więzienia w stanie New Jersey. Potem Diana przeszła do hrabstwa Sussex. Nie pojawiło się wiele nazwisk, nie było więc problemu z odszukaniem Steve'a. Zamieszczono jego zdjęcie policyjne, datę i szczegóły dokonanego przestępstwa, również markę, model i numery rejestracyjne jego samochodu. Na stronie widniała złowróżbna informacja, że za zgodą sądu można podać adres sprawcy.

Mary Alice pomyślała, że już wie, co się stało, i w jej głowie pojawił się plan.

– Co? – spytała Diana, której uśmiech dowodził, że się zorientowała, o czym myśli jej przyjaciółka.

– Może później. Chyba lepiej, żebyś nie wiedziała.

– Jestem z tobą.

– Wiem – zapewniła Mary Alice.

Kiedy Diana się oddaliła, Mary Alice spisała kilka informacji ze strony. Potem zdała się na mniej zaawansowane media i sprawdziła nazwisko w książce telefonicznej. Podziękowała bibliotekarce i wyszła. Przystanęła na chodniku i zaczęła rozmyślać. Nadeszła pora, by nie korzystać chwilowo z komórki. Policja mogła się interesować jej rozmowami. Po lewej stronie stały dwie budki telefoniczne, ale uznała, że miejsce jest zbyt widoczne. Pojechała półtora kilometra dalej; pamiętała, że na stacji Shella znajduje się automat. Zauważyła, że przygląda jej się dwóch roboli przy dystrybutorze, ale zniechęciła ich ostrym spojrzeniem. Wrzuciła monety i wykręciła numer.

Odezwał się jej klient, Gaylord. Na dźwięk jego nosowego głosu i miękkich spółgłosek przypomniała sobie wyraźnie tę postać – niski i chudy, ciemne włosy, równie łatwe do układania jak druciana szczotka. Był reporterem, który pisywał dla „Newark Star-Ledger", kilku pomniejszych tygodników i pewnego magazynu publikującego poważne artykuły na temat korupcji wśród lokalnych notabli.

– Cześć, kotku, tu Crystal.

– Nie mogę teraz.

Sprawiał wrażenie przygnębionego. Jak zwykle gdy pracował nad jakąś historią. Kiedy już mijała obsesja związana z tematem, stawał się przyjacielski niczym szczeniak i nie mógł zrozumieć, dlaczego ludzie nie potrafią zapomnieć mu jego wcześniejszej opryskliwości.

Mary Alice zapominała o takich rzeczach z zasady.

– Potrzebuję twojej przysługi – wyjaśniła.

Nadstawił uszu. Nigdy go o nic nie prosiła. Z wyjątkiem pieniędzy.

– O co chodzi?

– Domyślam się, że potrafisz dowiedzieć się więcej o przestępcach seksualnych, niż można przeczytać w internecie.

– To spory kłopot – odparł. – Może to oznaczać zniewagę sądu, może nawet gorzej.

– Ale jeśli ktokolwiek mógłby to zrobić, to ty, prawda?

– Pewnie tak, ale dlaczego zależy ci na tej konkretnej informacji?

– Kotku, zaufaj mi. Naprawdę muszę się dowiedzieć. Nikt na tym nie straci. Mogę ci to obiecać.

Miała nadzieję, że się nie myli.

– No dobra, mów, o co chodzi.

– O lokalne adresy skazanych za przestępstwa seksualne.

– Co z tego będę miał?

– Trzy miesiące gratis. Jeśli zrobisz to dla mnie.

– Rok. I tylko jedno nazwisko. Ale to nie koniec.

– To znaczy?

– Jak masz naprawdę na imię?

– Dlaczego chcesz to wiedzieć?

– Po prostu – odparł. – Chcę wiedzieć o tobie wszystko.

Mary Alice zaklęła w duchu. Był jedynym klientem, którego udało jej się utrzymywać na profesjonalny dystans, a teraz chciał się do niej zbliżyć bardziej.

– Daj spokój – powiedział tonem perswazji. – Wiesz, że mógłbym to ustalić, gdybym chciał.

– To brzmi jak groźba. Niezbyt mądre posunięcie, jeśli chcesz się jeszcze ze mną spotykać.

– Powiedziałem, że mogę to ustalić, nie że ustalę. Chcę znać twoje imię, ale zależy mi na tym, żeby usłyszeć je od ciebie.

Mary Alice ogarnęła rezygnacja, jaka zwykle towarzyszy świadomości, że popełnia się błąd. Przyszło jej nagle do głowy, że zna doskonale to uczucie.

– Okay – odparła w końcu. – Jedno nazwisko, ale musi być właściwe. Facet musi mieć samochód. Stary samochód.

Czekał w milczeniu.

– Na imię mam Mary Alice.

– Wszyscy prawdopodobnie mają stare samochody. Nie mogą liczyć na dobrą pracę, kiedy wychodzą z więzienia. Oddzwonię… Mary Alice.

– Znasz numer mojego pagera.

Miała nadzieję, że przesłanie jest jasne. Znał jej imię, ale nie mógł liczyć na to, że poda mu numer telefonu czy cokolwiek innego.

Mary Alice pojechała do domu i gdy była w połowie schodów, odezwał się jej pager. Zawróciła i zeszła z powrotem na ulicę. Szła przez dobry kwadrans, mijając po drodze kilka automatów telefonicznych, nim wybrała taki, który wydawał się jej dostatecznie dyskretny.

– Cześć, Gaylord. Co masz?

– Peter Glebb.

Przeliterował nazwisko i podał jej adres, jak się okazało, w Driscoll. Mary Alice wygrzebała z torebki notatki, które sporządziła w bibliotece. Podyktowała Gaylordowi numer rejestracyjny, a on uzupełnił informację:

– Chevrolet caprice classic, rocznik osiemdziesiąt pięć.

Powinnam sobie poradzić, pomyślała.

– Jest pomocnikiem kelnera we włoskiej restauracji w Morristown – powiedział Gaylord. – Nie ma go w domu tylko wtedy, kiedy jest w pracy. Wciąż podlega nadzorowi policyjnemu.

Mary Alice znała tę restaurację. Podawano tam tylko kolacje, co oznaczało, że Glebb pracował od późnego popołudnia. Postanowiła zrobić to, co zamierzała, pod jego domem, a nie restauracją.

Pojechała do domu, żeby zaczekać. Było to trudne. Wpatrywała się przez chwilę w harlequina, którego akurat czytała, potem w ekran telewizyjny. Nic nie widziała. Dwukrotnie otworzyła lodówkę i stwierdziła, że chińszczyzna wciąż się tam znajduje. Pomyślała, że może zje ją któregoś dnia.

Na ogół jednak siedziała w ciemności.

O trzeciej nad ranem pojechała pod adres, który podał jej Gaylord. Wszystko wskazywało na to, że Peter Glebb mieszka w suterenie obskurnego jednopiętrowego budynku. Lokalizacja była idealna – boczna uliczka zapewniająca prywatność, ale dostatecznie blisko większej ulicy, skąd dochodził hałas ruchu ulicznego. W mieszkaniu nie paliło się światło. Miała nadzieję, że Glebb położył się spać po ciężkim wieczorze.

Przez dwa lata po zabójstwie ojca Mary Alice starała się ukarać na różne sposoby. Unikała narkotyków, bo władze stanowe mogłyby przez nie odebrać jej braci po tym wszystkim, przez co przeszła, by zachować rodzinę. Piła za to i zadawała się z niebezpiecznymi chłopakami. Od jednego z nich nauczyła się kraść samochody. Wiedziała teraz, że miała wcześniej szczęście. Władzom też by się nie spodobało, gdyby ją skazali za kradzieże samochodów, ale policja nigdy jej nie przyłapała.

Mary Alice nie miała pojęcia, czy poradziłaby sobie z nowym samochodem, dlatego właśnie poprosiła Gaylorda, by podał jej adres właściciela starszego modelu.

Jej palce pamiętały, co robić z wiekowym chevroletem. Po kilku sekundach otworzyła drzwi po stronie kierowcy, a po minucie uruchomiła silnik. Ruszyła spod krawężnika i spojrzała w obie strony, nim skręciła w lewo, w Main Street. Trzy przecznice dalej zasygnalizowała skręt w prawo i zaczęła wjeżdżać pod górę.

Był to jeden z wiktoriańskich domów po północnej stronie miasta. Minęła skrzynkę listową z właściwym adresem, zatrzymała się i wjechała tyłem na podjazd. Przyszło jej do głowy, że musi coś sprawdzić. Nie gasząc silnika, wysiadła i sprawdziła oświetlenie tylnej tablicy rejestracyjnej. Potem weszła na ganek i nacisnęła dzwonek, licząc jednocześnie do dziesięciu.

Wiedziała, że tylko jedna osoba w środku to usłyszy. Drugi mieszkaniec domu był głuchy albo prawie głuchy.

Mary Alice usiadła z powrotem za kierownicą i odliczyła trzy minuty na swoim fosforyzującym zegarku. Miała wrażenie, że minęły trzy godziny.

Wrzuciła bieg i odjechała wolno. Była pewna, że ją widziano.

Przecznicę dalej zatrzymała się przed znakiem stopu. Nacisnęła hamulec i czekała; w końcu zobaczyła w lusterku wstecznym blask reflektorów. Ruszyła w stronę pobliskiego placyku zabaw; drugi wóz pojechał za nią.

Potem Mary Alice spuściła szybę i zgasiła silnik. Drzewa osłaniały ją przed kilkoma latarniami ulicznymi. Ciemność była tak intensywna, że czuła ją na twarzy. Z lewej strony dobiegł cichy odgłos kroków. Zapaliła lampkę w podsufitce.

– Witam, pani Pilarczyk.

Mary Alice usłyszała westchnienie.

– Mów mi Mavis. Znam cię, ale nie mogę sobie przypomnieć skąd.

– Nie jestem Peter Glebb.

– Co ty nie powiesz? Chwileczkę. Byłaś z tym drugim facetem w poczekalni u lekarza. Jesteś jego dziewczyną.

Mary Alice obróciła głowę i popatrzyła. Dłoń kobiety drżała jeszcze bardziej niż jej głos. Był to pewien problem, ponieważ trzymała w tej dłoni broń.

– Nie jestem jego dziewczyną. Wynajął mnie, żebym ją udawała.

– Więc co tam robiłaś? Pilnowałaś go?

– Coś w tym rodzaju.

– Jak się domyśliłaś?

Nadeszła pora konfrontacji, ale teraz Mary Alice próbowała sobie przypomnieć, dlaczego tak bardzo się starała doprowadzić do tej sytuacji. Kogo obchodziło, że Mavis spojrzała przez okno przychodni i zobaczyła samochód Steve'a? Kogo obchodziło, że nauczyła się na pamięć listy przestępców seksualnych i znała tablice rejestracyjne samochodu Steve'a, a także Petera Glebba? Kogo obchodziło, że wykorzystała zamieszanie związane z osobą Harolda Mohna, by wykraść adres Steve'a z dokumentacji medycznej?

Mary Alice nie odpowiedziała.

– Okay – oznajmiła z rezygnacją Mavis. – Zabiłam Golisarda. Dlaczego przywiązujesz do tego taką wagę?

– Nie przywiązuję, ale gliniarze sądzą, że ja to zrobiłam. I mieliby rację, gdybyś mnie nie uprzedziła.

– Dlaczego chciałaś go zabić?

– Prawdopodobnie z tego samego powodu co ty. Kim był? Twoim ojcem?

– Jak śmiesz! – odparła Mavis. Jej dłoń znów zaczęła drżeć. – Mój ojciec był dobrym człowiekiem.

– Tak jak mój. Dla moich braci w każdym razie.

– Przepraszam – powiedziała Mavis spokojniejszym tonem. – Mam z tym problem. – Wybuchnęła śmiechem. – Wiem, co powiesz. „Nie żartuj". To dziwne, ale cała ta sprawa zaczęła się niedawno.

Czekała na jakieś słowo zachęty, ale Mary Alice nie miała zamiaru jej pomagać.

– Zasiadałam w ławie przysięgłych. To nie była sprawa o molestowanie seksualne dziecka, ale drań zmuszał córkę, żeby dała mu alibi. Popatrzyłam na niego, potem na nią, i od razu wiedziałam, co się między nimi dzieje. Znowu spojrzałam na tę dziewczynę i powiedziałam sobie: „Chwileczkę. To dzieciak, ale ja nie jestem dzieciakiem. Najwyższy czas, żebym coś z tym zrobiła". – Znowu się zawahała. – Spójrz na mnie. Przyszłoby ci do głowy, że potrafię się rozpychać łokciami? Szkoda, że mnie wtedy nie widziałaś. Nie popuściłam, dopóki nie zagłosowaliśmy wszyscy, że jest winny. Inni przysięgli się mnie bali. To było zabawne. Mogłabym to robić codziennie.

Mavis przymknęła jedno oko i wycelowała w czoło Mary Alice.

– Cóż, czyż to nie dziwne? Nie żywię do ciebie żadnej urazy. Daleko mi do tego. Ale stoisz mi na drodze. Od tej chwili nikt mi nie będzie stał na drodze. Powiedz mi, co byś zrobiła na moim miejscu?

Mary Alice spojrzała na broń znajdującą się zaledwie kilka centymetrów od jej twarzy. Potem skupiła wzrok na kobiecie. Broń w jej ręku dziwnie kontrastowała ze szlafrokiem i kapciami.

– Prawdopodobnie bym strzeliła.

– Nie przejmujesz się tym?

– Nie. Raczej nie – odparła Mary Alice. To ciekawe, pomyślała. Jakim cudem nie wiedziałam o tym aż do tej chwili? – Powodzenia. Mam nadzieję, że dorwiesz tych wszystkich zboczeńców, zanim policja się zorientuje, chociaż żywię pewne wątpliwości. To nie takie proste.

Scena nie odznaczałaby się większym dramatyzmem niż peron pełen ludzi czekających na pociąg, z tą różnicą, że podróżni się najpierw ubierają i nie stoją zwykle z bronią w ręku. Mary Alice patrzyła na wylot lufy i palec na spuście. Wiedziała, że się cofnie, i irytowało ją to. Jej twarz nie chciała być postrzelona, nawet jeśli ona sama się tym nie przejmowała.

Mavis opuściła broń.

– Nie mogę tego zrobić. – Wydawała się zaskoczona. – Lepiej jak odjedziesz. Powiedz policjantom, że czekam.

– Okay.

– Okay? I to wszystko? Dałam ci to, czego chciałaś, prawda?

Mary Alice niemal się roześmiała. Kto mógł jej dać to, czego chciała? I co by to miało być?

Lecz Mavis nie była temu winna i tylko czekała.

– Chyba tak – odparła Mary Alice.

Kurt Vonnegut

Klub Eda Luby'ego

Z *Look at the Birdie**

Część pierwsza

Ed Luby pracował kiedyś jako ochroniarz Ala Capone. Potem sam zaczął handlować alkoholem i zarobił na tym mnóstwo pieniędzy. Kiedy epoka prohibicji dobiegła końca, Ed Luby wrócił do rodzinnego miasta, przemysłowego Ilium. Kupił tu kilka firm i rozkręcił interes. Jedną z jego inwestycji była restauracja, którą nazwał Steak House Eda Luby'ego. Był to renomowany lokal, z mosiężną kołatką na czerwonych drzwiach.

Pewnego wieczoru, o siódmej, pod lokalem zjawili się Harve i Claire Elliotowie i zastukali kołatką, ponieważ czerwone drzwi były zamknięte. Przyjechali z miasta odległego o czterdzieści pięć kilometrów. Była to ich czternasta rocznica ślubu. I po raz czternasty zamierzali ją obchodzić u Luby'ego.

Harve i Claire Elliotowie mieli mnóstwo dzieciaków, dużo miłości i mało pieniędzy. Jednak raz w roku szli na całość. Odpicowani, wyciągali dwadzieścia dolarów z cukiernicy, jechali do knajpy Eda Luby'ego i odstawiali króla Faruka z jego aktualną dziewczyną.

---

* Zbiór opowiadań Kurta Vonneguta pt. *Look at the Birdie* (ang.) – polska edycja: *Popatrz na ptaszka* w przekładzie Izabeli Matuszewskiej ukazał się nakładem Wydawnictwa Albatros w 2012 r.

W restauracji paliło się światło, a z wnętrza dochodziła muzyka. I było sporo samochodów na parkingu, znacznie nowszych niż stare kombi o gnijących drewnianych częściach, którym przyjechali Harve i Claire.

Restauracja działała w najlepsze, czerwone drzwi nie chciały jednak ustąpić. Harve postukał trochę dłużej kołatką i drzwi się nagle otworzyły. Na progu stał Ed Luby we własnej osobie. Był złośliwym starym człowiekiem, całkowicie łysym, niskim i ociężałym; budową ciała przypominał pocisk kaliber .45.

Nie krył wściekłości.

– Co wy wyprawiacie, do cholery?! Chcecie zdenerwować członków klubu? – spytał skrzekliwie jak gwarek.

– Co? – odparł zaskoczony Harve.

Luby zaklął i popatrzył na kołatkę.

– Trzeba to od razu zdjąć – oznajmił. – Usunąć wszystkie te bzdury. I zacząć od tego. – Zwrócił się do wielkiego draba, którego postać majaczyła za jego plecami. – Zdejmij natychmiast kołatkę – polecił.

– Robi się – odpowiedział drab i poszedł poszukać śrubokrętu.

– Panie Luby? – odezwał się Harve głosem zdziwionym, ale grzecznym. – O co chodzi?

– O co chodzi? – odwarknął Luby. – To ja powinienem spytać, o co chodzi. – Wciąż poświęcał więcej uwagi kołatce niż Harve'owi i Claire. – Jakieś cholerne święto? Halloween czy coś w tym rodzaju? Ludzie przebierają się dziś wieczorem w cudaczne kostiumy i pukają do prywatnych domów, aż ludzie w środku dostaną świra?

Uwaga na temat cudacznych kostiumów miała bez wątpienia dotknąć Claire Elliot – i rzeczywiście dotknęła. Claire zrobiło się przykro – nie żeby wyglądała cudacznie, ale dlatego że sama uszyła sobie sukienkę, którą miała na sobie, i ponieważ specjalnie pożyczyła bolerko na tę okazję. Claire wyglądała w gruncie rzeczy cudownie w oczach każdego, kto był wrażliwy na piękno, piękno naznaczone życiem. Claire wciąż była szczupła, tkliwa i pozostała optymistką. Czas, praca i troski sprawiły jedynie, że wyglądała na trochę zmęczoną.

Harve Elliot nie zareagował od razu na uwagę Luby'ego. Wciąż znajdował się w rocznicowym nastroju. Niepokoje i kłopoty zeszły na plan dalszy. Harve nie zamierzał skupiać się na czymkolwiek prócz przyjemności. Chciał po prostu wejść do środka, gdzie czekała muzyka, jedzenie i dobre drinki.

– Drzwi się zacięły – wyjaśnił. – Przepraszam, panie Luby. Drzwi się zacięły.

– Nie zacięły się – sprostował Luby. – Były zamknięte.

– Lokal jest... nieczynny? – spytał na chybił trafił Harve.

– Teraz to prywatny klub – wyjaśnił Luby. – Każdy z członków ma klucz. Macie klucz?

– Nie – odparł Harve. – Jak... jak mamy go zdobyć?

– Wypełnijcie formularz, zapłaćcie sto dolarów i zaczekajcie na decyzję komitetu członkowskiego – oznajmił Luby. – Wydaje opinię po dwóch tygodniach... czasem po miesiącu.

– Sto dolarów! – wykrzyknął Harve.

– Nie wydaje mi się, by tacy jak wy czuli się dobrze w tym lokalu – zawyrokował Luby.

– Przychodzimy tu obchodzić rocznicę ślubu od czternastu lat – wyjaśnił Harve i poczuł, jak się czerwieni.

– Tak... wiem – przyznał Luby. – Pamiętam was dobrze.

– Naprawdę? – spytał z nadzieją Harve.

Luby stał się wyjątkowo nieuprzejmy.

– Tak, ważniaku – zwrócił się do Harve'a. – Raz dałeś mi ćwierć dolara napiwku. Ja, Luby, jestem właścicielem tej knajpy, a ty mi dałeś kiedyś wielką ćwierćdolarówkę. Nie zapomnę ci tego, koleś. – Zniecierpliwiony, wykonał zamaszysty ruch ręką. – Może byście tak się odsunęli. Blokujecie drzwi. Próbują tu wejść dwaj członkowie klubu.

Harve i Claire odsunęli się pokornie na bok.

Dwoje członków, którym blokowali wejście, zbliżyło się dostojnym krokiem do drzwi. Małżeństwo w średnim wieku – spasieni i zadowoleni z siebie, o pospolitych twarzach. Mężczyzna nosił nowiutki smoking. Kobieta była ubrana w groszkową suknię wieczorową i błyszczące norki. Przypominała zieloną gąsienicę.

– Dobry wieczór, panie sędzio – powitał ich Luby. – Dobry wieczór, pani Wampler.

Sędzia Wampler trzymał w ręku złoty klucz.

– Nie muszę się tym posłużyć? – spytał.

– Tak się akurat składa, że otworzyliśmy drzwi w związku z drobnymi naprawami – wyjaśnił Luby.

– Rozumiem – odparł sędzia.

– Zdejmujemy kołatkę – ciągnął Luby. – Przychodzą tu różni ludzie, nie wierzą, że to prywatny klub i stukają do drzwi, co denerwuje gości.

Sędzia i jego pani spojrzeli na Harve'a i Claire z pełną obrzydzenia pogardą.

– Nie zjawiliśmy się pierwsi, jak mniemam? – spytał sędzia.

– Komendant policji jest już od godziny – odrzekł Luby. – Doktor Waldron, Kate, Charley, burmistrz… wszyscy już są.

– Świetnie – oznajmił sędzia, po czym wszedł z żoną do środka.

Pojawił się drab, ochroniarz Luby'ego, ze śrubokrętem w dłoni.

– Wciąż masz problem z tymi ludźmi, Ed? – zwrócił się do szefa i nie czekając na odpowiedź, zbliżył się groźnie do Harve'a. – Zjeżdżaj stąd, i to już, gnojku.

– Chodź, Harve, nic tu po nas – powiedziała Claire, która była bliska łez.

– Słusznie, zjeżdżajcie stąd – poradził im Luby. – Idźcie do Sunrise Diner, knajpa w sam raz dla takich jak wy. Zamówcie hamburgera za półtora dolara. Kawa na koszt lokalu. I zostawcie pod talerzem ćwierćdolarówkę. Będziecie traktowani po królewsku.

· · ·

Harve i Claire Elliot wsiedli do swojego starego kombi. Harve czuł się tak rozgoryczony i poniżony, że przez kilka minut nie był w stanie prowadzić. Zaciskał drżące dłonie, jakby chciał zadusić nimi Eda Luby'ego i jego ochroniarza na śmierć.

Po chwili, mówiąc łamiącym się głosem, poruszył temat ćwierćdolarówki, którą kiedyś dał Luby'emu.

– Czternaście lat temu... nasza pierwsza rocznica. Wtedy dałem ćwierćdolarówkę temu żałosnemu...! A on o tym nie zapomniał!

– Ma prawo zrobić z restauracji prywatny klub, jeśli chce – oznajmiła bez przekonania Claire.

Ochroniarz Luby'ego zdążył już zdemontować kołatkę. Po chwili obaj, on i Luby, weszli do środka i zatrzasnęli za sobą wielkie czerwone drzwi.

– Jasne! – odparł Harve. – Z pewnością ma prawo! Ale ten mały śmierdzący szczur nie ma prawa obrażać ludzi, tak jak obraził nas.

– Jest stuknięty – zauważyła Claire.

– W porządku! – mruknął Harve i walnął pięściami w deskę rozdzielczą. – W porządku, jest stuknięty. Powinno się wystrzelać wszystkich ludzi, którzy są tak samo stuknięci jak on.

– Popatrz – powiedziała Claire.

– Na co? – spytał Harley. – Na co miałbym patrzeć, żeby poczuć się lepiej albo jeszcze gorzej?

– Spójrz, jacy wspaniali ludzie są członkami tego klubu.

Z taksówki wysiadł właśnie bardzo pijany mężczyzna w towarzystwie równie pijanej kobiety.

Mężczyzna, próbując zapłacić kierowcy, upuścił mnóstwo drobnych i złoty klucz do klubu. Osunął się na dłonie i kolana, żeby go znaleźć.

Zdzirowata kobieta, która z nim była, oparła się o samochód, nie mogąc najwidoczniej utrzymać się na nogach bez pomocy.

Mężczyzna wstał, trzymając klucz. Był z siebie bardzo dumny.

– Klucz do najbardziej ekskluzywnego klubu w Ilium – poinformował taksówkarza, a następnie wyjął plik banknotów, żeby zapłacić, ale się okazało, że najmniejszy nominał to dwadzieścia dolarów. Kierowca nie mógł wydać reszty. – Niech pan tu zaczeka. Wejdziemy do środka i rozmienimy dwudziestkę na drobne.

Razem z kobietą ruszył niepewnym krokiem w stronę drzwi. Próbował raz za razem włożyć klucz do dziurki, ale bezustannie trafiał na drewno.

– Sezamie, otwórz się! – powiedział ze śmiechem i znów chybił celu.

– Miłych ludzi przyjmują w tym klubie – powiedziała Claire do Harve'a. – Nie przykro ci, że i my nie jesteśmy jego członkami?

Pijak trafił w końcu w dziurkę od klucza i otworzył drzwi. Po chwili dosłownie wpadł do środka ze swoją towarzyszką.

Po kilku sekundach wytoczyli się z powrotem na zewnątrz, odbijając się od brzuchów Eda Luby'ego i jego bandziora.

– Jazda stąd! Wynocha! – zawołał piskliwie Luby w wieczornym mroku. – Skąd masz ten klucz? – Kiedy pijany mężczyzna nie odpowiedział, Ed chwycił go za klapy marynarki i przycisnął do ściany budynku. – Skąd wziąłeś ten klucz?

– Harry Varnum mi go pożyczył – wyjaśnił pijak.

– Powiedz Harry'emu, że nie jest już członkiem – nakazał Luby. – Nikt nie będzie pożyczał klucza takiemu ochlapusowi. Nie ma już wstępu do klubu. – Potem zwrócił się do towarzyszki zalanego mężczyzny. – Nie wpuściłbym cię do środka, nawet gdybyś była w towarzystwie samego prezydenta Stanów Zjednoczonych. Dlatego właśnie przekształciłem restaurację w klub – żeby takie świnie jak ty nie miały tu wstępu i żebym nie musiał podawać jedzenia takim... – Tu określił ją mianem, na jakie niewątpliwe zasługiwała.

– Ludzie robią gorsze rzeczy – odparła.

– Wymień choć jedną – rzucił Luby.

– Nigdy nikogo nie zabiłam. – Wzruszyła ramionami. – Czego nie możesz powiedzieć o sobie.

To oskarżenie nie zrobiło na Lubym większego wrażenia.

– Chcesz pogadać o tym z komendantem policji? – spytał. – Chcesz pogadać z burmistrzem? Chcesz pogadać z sędzią Wamplerem? Morderstwo jest w tym mieście uważane za bardzo poważne przestępstwo. – Przysunął się do niej bliżej i obrzucił spojrzeniem od stóp do głów. – Tak jak kłapanie jadaczką i uprawianie… – Tu znów określił brzydko jej profesję.

– Robi mi się niedobrze na twój widok – odparła.

Wtedy uderzył ją z całej siły. Tak mocno, że się zakręciła wokół własnej osi i runęła na ziemię, nie krzyknąwszy nawet.

Jej pijany towarzysz zaczął się od niej odsuwać, jak też od Luby'ego i jego ochroniarza. Nie kiwnął palcem, żeby jej pomóc; chciał się tylko jak najszybciej oddalić.

Lecz Harve Elliot wypadł z samochodu i ruszył na Luby'ego, nim żona zdołała go powstrzymać.

Harve uderzył Luby'ego jeden raz, w brzuch, który był twardy niczym zbiornik z kutego żelaza.

Ostatnią rzeczą, jaką zapamiętał, było uczucie satysfakcji – nim ocknął się w swoim samochodzie. Wóz pędził. Za kierownicą siedziała Claire.

Stwierdził, że jego dzwoniąca, obolała głowa opiera się bezwładnie na ramieniu kobiety, która od czternastu lat była jego żoną.

• • •

Policzki Claire były mokre od świeżych łez. Ale teraz nie płakała. Miała ponurą minę. I była skupiona na drodze.

Jechała szybko przez nędzną i brudną dzielnicę przemysłową Ilium. Nieliczne latarnie rzucały blade światło na ulice.

Koła samochodu co chwila najeżdżały na stare szyny tramwajowe.

Zegar przed sklepem jubilera zatrzymał się już dawno. Na neonach, bez wyjątku małych i czerwonych, można było przeczytać: BAR, PIWO, JEDZENIE, TAXI.

– Dokąd jedziemy? – spytał Harve.

– Kochanie! Jak się czujesz?

– Nie wiem – odparł.

– Szkoda, że nie możesz się zobaczyć.

– A co bym zobaczył?

– Całą koszulę masz we krwi. Twój garnitur jest do wyrzucenia – powiedziała. – Szukam jakiegoś szpitala.

Harve się wyprostował i poruszył ostrożnie barkami i karkiem. Pomacał się po potylicy.

– Aż tak kiepsko ze mną? – spytał. – Szpital?

– Nie wiem – odparła.

– Nie… czuję się aż tak źle – zapewnił.

– Może nie musisz jechać do szpitala, ale ona tak.

– Kto? – spytał Harve.

– Dziewczyna… kobieta – wyjaśniła Claire. – Z tyłu.

Płacąc za to ostrym bólem karku, Harve odwrócił się i spojrzał na tylne siedzenie samochodu, które było rozłożone. Na tym twardym, roztrzęsionym podłożu, na piaskowym kocu, leżała kobieta, którą uderzył Luby. Jej głowa wspierała się na dziecięcym kombinezoniku zimowym. Była przykryta męskim płaszczem.

Siedział tam też mężczyzna, który przywiózł ją do klubu. Siedział przygarbiony. To jego płaszcz okrywał kobietę. Facet przypominał wielkiego klauna, który nagle poszarzał chorobliwie na twarzy. Harve, dostrzegając jego ospałe spojrzenie, zrozumiał, że ten człowiek nie ma najmniejszej ochoty na rozmowę.

– Skąd się wzięło tych dwoje? – spytał Harve.

– Sprezentował ich nam Ed Luby ze swoimi przyjaciółmi – wyjaśniła Claire. Odwaga właśnie ją opuściła. Nadeszła pora na płacz. – Wrzucili ciebie i kobietę do samochodu – ciągnęła. – Powiedzieli, że mnie też pobiją, jeśli nie odjadę.

Claire była zbyt rozstrojona, żeby prowadzić. Podjechała do krawężnika i zaszlochała.

Harve, który zaczął pocieszać żonę, usłyszał, jak drzwi z tyłu otwierają się, a potem zatrzaskują. Wielki klaun wysiadł. Ściągnął płaszcz z kobiety i teraz wkładał go, stojąc na chodniku.

– Dokąd się pan wybiera? – zwrócił się do niego Harve. – Niech pan tu zostanie i zajmie się tą kobietą!

– Nie potrzebuje mnie, przyjacielu – odparł mężczyzna. –
Potrzebuje przedsiębiorcy pogrzebowego. Nie żyje.

Z dali dobiegło zawodzenie syreny; w błysku świateł alarmowych nadjeżdżał radiowóz.

– Przybywają wasi przyjaciele policjanci – oznajmił mężczyzna, po czym się odwrócił i zniknął w bocznej alejce.

• • •

Radiowóz zatrzymał się przodem do kombi. Obracające
się światło na dachu zamieniało sąsiednie budynki i ulicę
w upiornie niebieską karuzelę.

Z samochodu wysiedli dwaj funkcjonariusze. Każdy z nich
trzymał w jednym ręku broń, a w drugim latarkę.

– Ręce do góry – nakazał jeden z nich. – I żadnych gwałtownych ruchów.

Harve i Claire wykonali posłusznie polecenie.

– To wy narobiliście tego rabanu pod klubem Luby'ego? –
Ten, który zadał to pytanie, był sierżantem.

– Rabanu? – powtórzył z niedowierzaniem Harve.

– To pan pewnie uderzył tę dziewczynę – dodał sierżant.

– Ja? – zdumiał się Harve.

– Jest z tyłu – oznajmił drugi policjant. Otworzył tylne
drzwi kombi, spojrzał na kobietę i podniósł jej dłoń, a gdy
puścił, opadła bezwładnie. – Nie żyje.

– Wieźliśmy ją do szpitala – wyjaśnił Harve.

– I wszystko jest w porządku? – spytał sierżant. – Przywalić jej, potem zabrać ją do szpitala i uznać, że wszystko jest
w porządku?

– Nie uderzyłem jej – zapewnił Harve. – Po co miałbym
to robić?

– Nagadała coś pańskiej żonie, a panu się to nie spodobało – oznajmił sierżant.

– To Luby ją uderzył – tłumaczył Harve. – Luby to zrobił.

– Niezła historia, z wyjątkiem paru szczegółów – odparł
sierżant.

– Jakich szczegółów? – spytał Harve.

– Świadkowie. I to jacy, bracie – ciągnął sierżant. – Burmistrz, szef policji, sędzia Wampler i jego żona. Wszyscy to widzieli.

• • •

Harve i Claire Elliot zostali przewiezieni do obskurnej komendy policji w Ilium.

Pobrano od nich odciski palców i nie dano nic, czym mogliby zetrzeć tusz z dłoni. To konkretne poniżenie odbyło się tak szybko i zostało przeprowadzone z taką stanowczością, że oboje zareagowali bardziej zdziwieniem niż oburzeniem.

Rzecz rozgrywała się w takim tempie i w tak niewiarygodnym otoczeniu, że Harve i Claire mogli się trzymać tylko jednego – dziecięcej wiary, iż niewinny człowiek nie musi się niczego obawiać.

Claire zabrano do jakiegoś pokoju na przesłuchanie.

– Co mam mówić? – spytała Harve'a, kiedy się oddalała.

– Powiedz im prawdę! – zawołał Harve i zwrócił się do sierżanta, który go przywiózł, a teraz był jego strażnikiem. – Mógłbym skorzystać z telefonu?

– Żeby zadzwonić do adwokata? – spytał sierżant.

– Nie potrzebuję adwokata – odparł Harve. – Chcę zadzwonić do opiekunki, która się zajmuje naszymi dziećmi, i wyjaśnić, że wrócimy trochę później.

Sierżant wybuchnął śmiechem.

– Trochę później? – zdziwił się. Miał długą bliznę, która przecinała policzek, mięsiste wargi i masywną brodę. – Trochę później? Bracie, spóźnisz się do domu o dwadzieścia lat, i to jeśli będziesz miał szczęście.

– Nie mam nic wspólnego ze śmiercią tej kobiety – powiedział Harve.

– Posłuchajmy tego, co mówią świadkowie, hę? – odparł sierżant. – Zjawią się tu niedługo.

– Jeśli widzieli to, co się wydarzyło – dowodził Harve – to wyjdę stąd pięć minut po ich przybyciu. Jeśli się pomylili, jeśli naprawdę uważają, że widzieli, jak to zrobiłem, to i tak możecie wypuścić moją żonę.

– Pozwól, kolego, że udzielę ci małej lekcji prawa – oznajmił sierżant. – Twoja żona jest wspólniczką w przestępstwie. Prowadziła samochód, którym uciekliście. Wkopała się w tę aferę tak samo jak ty.

• • •

Harve został poinformowany, że może dzwonić, do kogo tylko chce – po przesłuchaniu przez kapitana.

Jego kolej, by spotkać się z kapitanem, przyszła godzinę później. Spytał, gdzie jest żona. Dowiedział się, że Claire siedzi w celi.

– To było konieczne? – pragnął się upewnić Harve.

– Zabawne mamy tu obyczaje – odparł kapitan. – Zamykamy każdego, kto według nas ma coś wspólnego z morderstwem.

Był niskim, przysadzistym, łysiejącym mężczyzną. Harve dostrzegał w jego rysach coś znajomego.

– Nazywa się pan Harvey K. Elliot? – spytał kapitan.

– Zgadza się – potwierdził Harve.

– Nie był pan dotąd karany? – ciągnął kapitan.

– Nie dostałem nawet mandatu za złe parkowanie – zapewnił Harve.

– Sprawdzimy to.

– Mam nadzieję – powiedział Harve.

– Jak już powiedziałem pańskiej żonie, popełnił pan kretyński błąd, próbując zwalić winę na Eda Luby'ego. Wskazał pan najbardziej szanowanego człowieka w tym mieście.

– Z całym szacunkiem dla pana Luby'ego... – zaczął Harve.

Kapitan przerwał mu gniewnie, waląc pięścią w biurko.

– Dość się tego nasłuchałem od pańskiej żony! – oświadczył. – Nie muszę wysłuchiwać tego jeszcze od pana!

– A jeśli mówię prawdę?

– Myśli pan, że nie sprawdziliśmy pańskiej wersji? – spytał kapitan.

– A mężczyzna, który z nią tam był? – spytał z kolei Harve. – Powie wam, co się naprawdę stało. Próbowaliście go odszukać?

Kapitan spojrzał na niego ze zjadliwą litością.

– Nie było żadnego mężczyzny – oznajmił. – Przyjechała tam sama. Taksówką.

– Myli się pan! – zawołał Harve. – Niech pan spyta taksówkarza. Był z nią mężczyzna!

Kapitan znowu walnął pięścią w biurko.

– Niech pan mi nie mówi, że się mylę. Rozmawialiśmy z kierowcą taksówki. Przysięga, że była sama. Co nie znaczy, byśmy nie potrzebowali więcej świadków. Kierowca przysięga też, że widział, jak pan ją uderzył.

Zadzwonił telefon na biurku. Kapitan podniósł słuchawkę, nie spuszczając z Harve'a wzroku.

– Tu kapitan Luby – powiedział, a potem zwrócił się do sierżanta stojącego za plecami Harve'a. – Zabierz stąd tego palanta. Niedobrze mi się robi na jego widok. Zamknij go na dole.

• • •

Sierżant zabrał czym prędzej Harve'a z gabinetu kapitana i sprowadził po żelaznych schodach do piwnicy. Znajdowały się w niej cele.

Jedyne oświetlenie w korytarzu stanowiły gołe żarówki. Na mokrej podłodze ułożono kładkę z desek.

– Kapitan to brat Eda Luby'ego? – spytał Harve sierżanta.

– Jakiś paragraf zabrania kapitanowi mieć brata? – odparł sierżant.

– Claire! – krzyknął Harve, chcąc się dowiedzieć, w której z tych piekielnych cel siedzi jego żona.

– Zabrali ją na górę, stary – poinformował sierżant.

– Chcę się z nią widzieć! – zażądał Harve. – Chcę z nią porozmawiać! Chcę się upewnić, że nic jej nie jest!

– Dużo chcesz – skomentował sierżant, po czym wepchnął Harve'a do wąskiej celi i zatrzasnął za nim drzwi, które wydały głośny metaliczny stuk.

– Domagam się swoich praw! – krzyknął Harve.

Sierżant wybuchnął śmiechem.

– Masz wszelkie prawa, przyjacielu. Możesz tam robić, co ci się żywnie podoba, bylebyś nie niszczył własności państwowej.

Sierżant wrócił na górę.

Wydawało się, że w piwnicy nie ma żywej duszy prócz Harve'a. Słyszał tylko kroki nad głową.

Zacisnął dłonie na kratach w okienku drzwi, próbując doszukiwać się sensu w odgłosach docierających z piętra.

Dźwięk przywodzący na myśl wielu silnych mężczyzn, którzy idą jednocześnie – jedna zmiana kończy służbę, druga zaczyna, domyślił się Harve.

Stukot ostrych obcasów jakiejś kobiety. Tak pospieszny, swobodny i zdecydowany, że nie mogła to być Claire.

Ktoś przesunął ciężki mebel. Coś spadło. Ktoś się roześmiał. Kilka osób nagle wstało z miejsc i przysunęło jednocześnie krzesła do stołu.

Harve zaś zrozumiał, co to znaczy być pogrzebanym za życia. Wrzasnął:

– Hej, tam na górze! Pomocy!

Odpowiedź nadeszła z niedaleka. Ktoś jęknął sennie w sąsiedniej celi.

– Kto tam? – spytał Harve.

– Kładź się spać – odparł głos. Był chrapliwy, zmęczony, pełen irytacji.

– Co to za przeklęte miasto? – rzucił bezradnie Harve.

– Jak każde inne – odparł głos. – Połóż się.

– Trzymają moją żonę na górze – wyjaśnił Harve. – Nie wiem, co się dzieje. Muszę coś zrobić.

– Śmiało – zachęcił głos i parsknął smętnym śmiechem.

– Znasz Eda Luby'ego? – spytał Harve.

– Chodzi ci o to, czy wiem, kim jest? – odezwał się ponownie głos. – A kto nie wie? Chodzi ci o to, czy jest moim znajomym? Gdyby był, to myślisz, że bym tu kiblował? Siedziałbym w klubie Eda, zażerając się na koszt lokalu grubym stekiem, a gliniarz, który mnie aresztował, skończyłby z rozwalonym mózgiem.

– Ed Luby jest taki ważny? – spytał Harve.

– Ważny? – powtórzył głos. – Nigdy nie słyszałeś tej historyjki o psychiatrze, który poszedł do nieba?

– Jakiej historyjki? – Głos opowiedział bardzo starą historię w miejscowej odmianie. – Ten psychiatra umarł i trafił do nieba, kapujesz? I święty Piotr był zachwycony na jego widok. Okazało się, że Bóg ma jakieś problemy z głową, że potrzebuje terapii. Psychiatra spytał świętego Piotra, jakie objawy występują u Pana Boga. A święty Piotr wyszeptał mu do ucha: „Bóg myśli, że jest Edem Lubym".

. . .

Obcasy rzeczowej i konkretnej kobiety znów zastukały o podłogę na górze. Zadzwonił telefon.

– Dlaczego ktoś miałby być tak ważny? – spytał Harve.

– Ed Luby ma całe Ilium w kieszeni – odezwał się głos. – Wyczerpuje to odpowiedź na twoje pytanie? Ed zjawił się tutaj podczas wielkiego kryzysu. Z tą forsą, którą zarobił na handlu alkoholem w Chicago. Wszystko było tu zamknięte, wystawione na sprzedaż. Ed Luby to kupił.

– Rozumiem – mruknął Harve, do którego zaczęło z wolna docierać, że lepiej się bać, i to nie na żarty.

– Zabawna rzecz – ciągnął głos. – Ludziom, którzy zadają się z Edem, którzy robią, co Ed powie, którzy mówią, co Ed chce usłyszeć... świetnie się powodzi w Ilium. Weź komendanta policji – pensja osiem tysięcy rocznie. Pełni tę funkcję od pięciu lat. Tak mądrze rozporządzał pieniędzmi, że ma dom za siedemdziesiąt tysięcy dolarów, w dodatku spłacony, trzy samochody, letni domek na Cape Cod i jacht motorowy długości dziesięciu metrów. Oczywiście daleko mu do brata Luby'ego.

– Kapitana? – upewnił się Harve.

– Oczywiście kapitan zarabia na wszystkim, na czym się tylko da – ciągnął głos. – To on tak naprawdę rządzi wydziałem policji. Jest właścicielem hotelu Ilium i przedsiębiorstwa taksówkowego. A także stacji radiowej WKLL, przyjacielskiego głosu naszego miasta. Innym też się nieźle powodzi... sędziemu Wamplerowi, burmistrzowi...

– Rozumiem – odparł zduszonym głosem Harve.

– Szybko to pojąłeś – zauważył głos.

– Czy jest ktoś, kto mu się sprzeciwia? – spytał Harve.

– Już dawno nie żyje – wyjaśnił głos. – Może się trochę prześpimy, co?

●   ●   ●

Dziesięć minut później Harve został znów zaprowadzony na górę. Tym razem nikt go nie popędzał, chociaż zajmował się nim ten sam sierżant, który go zamykał. Facet był teraz grzeczny – nawet nieco skruszony.

U szczytu żelaznych schodów czekał na nich kapitan Luby, którego zachowanie też zmieniło się na lepsze. Przywodził Harve'owi na myśl psotnego chłopca o złotym sercu.

Kapitan Luby położył dłoń na ramieniu Harve'a, uśmiechnął się i powiedział:

– Obchodziliśmy się z panem trochę obcesowo, panie Elliot, i zdajemy sobie z tego sprawę. Przykro nam, powinien pan jednakże zrozumieć, że policja musi czasem tak postępować, zwłaszcza w śledztwie dotyczącym morderstwa.

– W porządku – zgodził się Harve. – Tylko że postępujecie obcesowo z niewłaściwymi ludźmi.

Kapitan Luby wzruszył filozoficznie ramionami.

– Może tak, może nie. Sąd o tym zdecyduje.

– Jeśli dojdzie do procesu – zastrzegł Harve.

– Lepiej żeby pan jak najszybciej porozmawiał z adwokatem. Tak sądzę – powiedział Luby.

– Ja też tak sądzę – zapewnił Harve.

– Jest w tej chwili jeden w komendzie, jeśli chce go pan poprosić o pomoc – poinformował kapitan.

– Jeszcze jeden z braci Eda Luby'ego? – zainteresował się Harve.

Kapitan Luby przez chwilę wyglądał na zaskoczonego, potem się roześmiał. Serdecznie.

– Nie mam pretensji, że tak pan mówi – odparł. – Mogę sobie wyobrazić, jak to wszystko w pańskich oczach wygląda.

– Naprawdę? – zdziwił się Harve.

– Człowiek pakuje się w obcym mieście w tarapaty – ciągnął kapitan – i nagle wydaje mu się, że wszyscy mają na nazwisko Luby. – Znowu się roześmiał. – Jestem tylko ja i mój brat, tylko dwóch ludzi o takim nazwisku, to wszystko. Ten adwokat, o którym mówię, nie tylko nie jest żadnym krewnym, ale też szczerze nienawidzi zarówno mnie, jak i mojego brata. I co pan na to? Już lepiej?

– Może – odparł ostrożnie Harve.

– Jak mam to rozumieć? – spytał kapitan. – Chce pan skorzystać z jego usług czy nie?

– Dowie się pan, gdy już z nim porozmawiam – oświadczył Harve.

– Powiedz Lemmingowi, że może mamy dla niego klienta – zwrócił się kapitan do sierżanta.

– Chcę się też widzieć z żoną – dodał Harve.

– Oczywiście – zapewnił kapitan. – Nie widzę żadnych przeciwwskazań. Zaraz ją sprowadzimy.

• • •

Adwokat, który się nazywał Frank Lemming, spotkał się z Harve'em, zanim pojawiła się Claire, co trwało dość długo. Lemming trzymał porysowaną i podniszczoną teczkę, która nie sprawiała wrażenia zbyt wypchanej. Był niewysokim człowiekiem o sylwetce przypominającej gruszkę.

Jego nazwisko było wytłoczone z boku teczki dużymi literami. Był niechlujny, opuchnięty, zdyszany. Jedyną zewnętrzną oznaką świadczącą o odrobinie stylu i odwagi były sporych rozmiarów wąsy.

Kiedy otwierał usta, dobywał się z nich głęboki, majestatyczny, nieustraszony głos. Chciał wiedzieć, czy Harve był w jakikolwiek sposób zastraszany albo czy zrobiono mu jakąś krzywdę. Rozmawiał z kapitanem Lubym i sierżantem takim tonem, jakby to oni mieli poważne kłopoty.

Harve poczuł się znacznie lepiej.

– Zechcą panowie zostawić nas samych – zwrócił się do funkcjonariuszy Lemming, wymawiając słowo „panowie" z wyniosłą ironią. – Pragnę porozmawiać ze swoim klientem sam na sam.

Policjanci posłusznie wyszli.

– Jest pan dla mnie jak łyk świeżego powietrza – oznajmił Harve.

– Po raz pierwszy ktoś mnie tak określa – przyznał Lemming.

– Już podejrzewałem, że znalazłem się nagle w hitlerowskich Niemczech – dodał Harve.

– Wydaje się, że nigdy wcześniej nie był pan aresztowany – zauważył Lemming.

– Nigdy – przyznał Harve.

– Zawsze jest ten pierwszy raz – oświadczył wyraźnie zadowolony Lemming. – O co jest pan oskarżony?

– Nie powiedzieli panu? – zdziwił się Harve.

– Dowiedziałem się tylko, że mają kogoś, komu przydałby się adwokat – wyjaśnił Lemming. – Zjawiłem się tu w innej sprawie. – Usiadł i oparł wiotką teczkę o nogę krzesła. – Więc co panu zarzucają?

– Mówią… mówią o morderstwie – odparł niepewnie Harve.

Lemming wydawał się nieco zbity z tropu tą odpowiedzią, ale tylko przez krótką chwilę.

– Ci durnie zwani w Ilium policją… dla nich wszystko jest morderstwem. Czym pan go dokonał?

– Nie dokonałem – zapewnił Harve.

– A według nich, czym pan go dokonał?

– Pięścią – wyjaśnił Harve.

– Uderzył pan jakiegoś człowieka w bójce… a on umarł? – upewnił się Lemming.

– Nikogo nie uderzyłem! – krzyknął Harve.

– Już dobrze, dobrze – powiedział uspokajającym tonem Lemming.

– Pan też jest w zmowie z tymi gośćmi? – spytał Harve. – Pan też jest częścią tego koszmaru?

Lemming przekrzywił zaciekawiony głowę.

– Może zechce pan to wyjaśnić?

– Każdy, kto mieszka w Ilium, pracuje dla Eda Luby'ego, jak słyszę – odparł Harve. – Domyślam się, że pan też.

– Ja? – zdumiał się Lemming. – To chyba żart? Słyszał pan, jak rozmawiałem z bratem Luby'ego. Z Edem Lubym rozmawiałbym tak samo. Nie boję się ich.

– Może… – powiedział Harve, przyglądając się z uwagą Lemmingowi i starając się z całego serca mu zaufać.

– Zatrudnia mnie pan? – spytał adwokat.

– Ile to będzie kosztowało?

– Na początek pięćdziesiąt dolarów – poinformował Lemming.

– To znaczy od razu? – upewnił się Harve.

– Ludzie, których bronię… – zaczął prawnik i urwał znacząco. – Albo płacą mi od razu, albo nie płacą w ogóle.

– Mam tylko dwadzieścia dolarów – wyznał Harve.

– Chwilowo wystarczy – oświadczył Lemming i wyciągnął rękę.

Kiedy adwokat chował pieniądze do portfela, policjantka na stukających obcasach przyprowadziła Claire Elliot.

• • •

Claire była blada jak ściana. Nie chciała mówić, dopóki policjantka nie wyszła z pokoju. Kiedy się w końcu odezwała, jej głos był urywany; z trudem nad nim panowała.

Harve ją objął, chcąc dodać jej odwagi.

– Mamy teraz adwokata – oznajmił. – Wszystko będzie dobrze. Wie, co należy robić.

– Nie ufam mu. Nie ufam tu nikomu! – odparła Claire. Miała dziki wzrok. – Harve! Musimy pomówić na osobności!

– Zaczekam na zewnątrz – wtrącił Lemming. – Zawołajcie mnie, jeśli uznacie to za stosowne.

Zostawił teczkę tam, gdzie stała.

– Ktoś ci groził? – zwróciła się Claire do męża, gdy tylko adwokat wyszedł.

– Trochę się nasłuchałem – przyznał Harve.

– Czy ktoś groził ci śmiercią? – spytała.

– Nie – odparł Harve.

Claire zniżyła głos do szeptu.

– Ktoś groził, że mnie zabije, i ciebie… – W tym momencie się załamała i dodała cicho, jąkając się: – I dzieci.

Harve nie wytrzymał.

– Kto?! – ryknął z całej siły. – Kto groził?!

Claire zakryła mu usta dłonią, błagając, by zachowywał się spokojnie.

Harve odsunął jej rękę.

– Kto? – powtórzył.

Claire nie próbowała odpowiedzieć nawet szeptem. Poruszyła tylko wargami, wypowiadając bezgłośnie: „Kapitan". Przywarła do męża.

– Proszę, nie podnoś głosu. Musimy zachowywać się cicho. Musimy pomyśleć. Musimy ustalić zupełnie nową wersję.

– Wersję czego? – spytał Harve.

– Tego, co się stało – wyjaśniła, kręcąc głową. – Nie wolno nam nigdy powiedzieć, co się wydarzyło naprawdę.

– Mój Boże – westchnął. – Czy to na pewno Ameryka?

– Nie wiem, co to jest – odparła Claire. – Wiem tylko, że musimy ustalić nową wersję… albo… albo stanie się coś strasznego.

– Już stało się coś strasznego – przypomniał Harve.

– Ale może się stać coś jeszcze straszniejszego – nie ustępowała Claire.

Harve zaczął intensywnie rozmyślać, przyciskając do oczu nasady dłoni.

– Jeśli tak bardzo się starają nas przestraszyć, to też muszą się cholernie bać – powiedział. – Że możemy im cholernie zaszkodzić.

– W jaki sposób? – spytała Claire.

– Obstając przy swoim – wyjaśnił Harve. – Przecież to oczywiste, prawda? Tego właśnie chcą. Żebyśmy przestali obstawać przy swoim.

– Nie chcę nikomu szkodzić – oświadczyła Claire. – Chcę się tylko stąd wydostać. Chcę wrócić do domu.

– W porządku – powiedział uspokajającym tonem Harve. – Mamy teraz adwokata. Na początek.

Harve wezwał Lemminga, który wszedł do pokoju, zacierając ręce.

– Tajna konferencja dobiegła końca? – spytał wesoło.

– Tak – odparł Harve.

– No cóż, warto czasem dochować tajemnicy – zauważył Lemming. – Doradzam jednak, byście nie kryli niczego przed swoim adwokatem.

– Harve... – zaczęła ostrzegawczym tonem Claire.

– Ma rację – przerwał jej Harve. – Nie rozumiesz... ma rację.

– Pani zamierza coś ukryć? Jakiś drobiazg? – zainteresował się Lemming.

– Grożono jej. Dlatego tak mówi – wyjaśnił Harve.

– Kto groził? – spytał Lemming.

– Nie mów mu – poprosiła błagalnie Claire.

– Odłóżmy to na później – zaproponował pojednawczo Harve. – Chodzi o to, panie Lemming, że nie popełniłem morderstwa, o które mnie oskarżają. Ale ja i moja żona widzieliśmy, kto je naprawdę popełnił, i teraz wysuwa się pod naszym adresem przeróżne groźby, jeśli powiemy, czego byliśmy świadkami.

– Nic nie mów – wtrąciła Claire. – Harve... proszę.

– Daję pani słowo honoru, pani Elliot, że nic, co od was usłyszę, nie wyjdzie poza te ściany – oznajmił uroczyście

Lemming. Był wyraźnie z siebie dumny i sprawiał przekonujące wrażenie. – A teraz powiedzcie mi, kto tak naprawdę popełnił to morderstwo.

– Ed Luby – odrzekł Harve.

– Słucham? – spytał tępo Lemming.

– Ed Luby – powtórzył Harve.

Lemming wyprostował się na krześle, sprawiając nagle wrażenie wypalonego i starego.

– Rozumiem.

Jego głos nie był już głęboki. Przypominał świszczenie wiatru w koronach drzew.

– Jest tu wpływowym człowiekiem, o ile się orientuję – dodał Harve.

Lemming skinął głową.

– Dobrze się pan orientuje – skomentował.

Harve zaczął opowiadać, jak Luby zabił dziewczynę. Lemming mu przerwał.

– Co... o co chodzi? – spytał zaniepokojony Harve.

Lemming uśmiechnął się blado.

– To bardzo dobre pytanie – odparł. – I... bardzo skomplikowana sprawa.

– Więc pracuje pan mimo wszystko dla niego? – domyślił się Harve.

– Może tak... mimo wszystko – zgodził się Lemming.

– A widzisz? – zwróciła się Claire do męża.

Lemming wyjął portfel i zwrócił Harve'owi dwadzieścia dolarów.

– Wycofuje się pan? – spytał Harve.

– Przyjmijmy, że każda rada, jakiej od tej chwili wam udzielę, jest gratis – odparł Lemming ze smutkiem. – Nie jestem odpowiednim adwokatem do tej sprawy, a to, co mogę wam powiedzieć, nie ma wiele wspólnego z prawem. – Rozłożył ręce. – Postawmy sprawę jasno: jestem człowiekiem do wynajęcia. Jeśli mówicie prawdę...

– Mówimy prawdę! – zapewnił żarliwie Harve.

– ...to potrzebujecie adwokata, który nie zawaha się walczyć z całym miastem – oświadczył Lemming. – Ponieważ Ed Luby to całe miasto. Wygrałem sporo spraw w Ilium, ale żadną z nich Ed Luby nie interesował się osobiście. – Wstał z miejsca. – Jeśli mówicie prawdę, to nie jest to sprawa... to jest wojna.

– Co mam robić? – spytał Harve.

– Niech się pan boi tak jak pańska żona, panie Elliot. Taka jest moja rada – odparł Lemming, skinął głową, po czym wyszedł czym prędzej z pokoju.

• • •

Kilka sekund później zjawił się sierżant, wyprowadził Harve'a i Claire i zabrał ich do pokoju, gdzie paliło się oślepiające światło. Z mroku, w którym pogrążona była pozostała część pomieszczenia, dobiegały szepty.

– Co to takiego? – spytał Harve, obejmując ramieniem Claire.

– Proszę się nie odzywać, dopóki ktoś się do pana nie zwróci – odezwał się głos kapitana Luby'ego.

– Żądam prawnika – oświadczył Harve.

– Miał go pan – odparł kapitan. – Co się stało z Lemmingiem?

– Wycofał się – wyjaśnił Harve.

Ktoś zachichotał.

– To takie zabawne? – spytał z goryczą Harve.

– Zamknij się – nakazał kapitan Luby.

– To takie zabawne? – powtórzył Harve, spoglądając w szepczącą ciemność. – Mężczyzna i kobieta, którzy nigdy nie złamali prawa... oskarżeni o zamordowanie kobiety, którą próbowali ratować...

Z ciemności wyłonił się kapitan Luby i pokazał Harve'owi to, co trzymał w prawym ręku. Była to gumowa pałka szeroka na osiem centymetrów, długa na dwadzieścia i gruba na trzy.

– Nazywam to perswazją kapitana Luby'ego – powiedział i przyłożył pieszczotliwym ruchem pałkę do policzka Harve'a. – Nie możesz sobie nawet wyobrazić, ile bólu sprawia jedno uderzenie czymś takim. Sam jestem tym zdumiony, ilekroć korzystam z tego przedmiotu. Teraz stańcie obok siebie, wyprostowani, trzymajcie gęby na kłódkę i patrzcie na świadków.

Kiedy Harve poczuł na twarzy dotyk lepkiej gumy, postanowił za wszelką cenę wydostać się z więzienia.

A gdy kapitan zniknął w szepczącej ciemności, determinacja Harve'a przemieniła się w obsesję. Nic innego go nie obchodziło.

Jakiś mężczyzna kryjący się w ciemności oświadczył wyraźnym i dumnym głosem, że widział, jak Harve uderza dziewczynę. Przedstawił się jako burmistrz Ilium.

Żona burmistrza miała zaszczyt potwierdzić jego słowa.

Harve nie protestował. Starał się ze wszystkich sił przeniknąć wzrokiem strefę mroku rozciągającą się poza granicą światła. Ktoś wszedł z innego pokoju, dzięki czemu Harve zobaczył, gdzie są drzwi i co się za nimi znajduje.

Za drzwiami dostrzegł przedpokój. Za przedpokojem dostrzegł przelotnie wielką otwartą przestrzeń.

Kapitan Luby pytał teraz sędziego Wamplera, czy widział, jak Harve uderza dziewczynę.

– Tak – odparł z powagą tłusty mężczyzna. – I widziałem, jak jego żona pomaga mu uciec.

Odezwała się pani Wampler.

– To oni, jestem tego pewna – oświadczyła. – To była jedna z najgorszych rzeczy, jakie w życiu widziałam. Nigdy tego nie zapomnę.

Harve próbował dostrzec pierwszy szereg ludzi, szereg, obok którego musiał przebiec. Potrafił rozpoznać tylko jedną osobę. Policjantkę na stukających obcasach. Notowała wszystko, o czym mówiono.

Harve postanowił, że przebiegnie obok niej pół minuty później.

Zaczął odliczać sekundy.

Część druga

Harve Elliot stał przed oślepiającym światłem ze swoją żoną Claire. Nigdy w życiu nie dopuścił się przestępstwa. Teraz odliczał sekundy przed ucieczką z więzienia, przed ucieczką od oskarżenia o morderstwo.

Słuchał domniemanego świadka, człowieka, który popełnił w rzeczywistości tę zbrodnię. Ed Luby, kryjący się gdzieś poza blaskiem światła, opowiadał swoją historię. Jego brat, kapitan policji w Ilium, wtrącał od czasu do czasu jakieś pomocne pytanie.

– Trzy miesiące temu – mówił Ed Luby – przekształciłem restaurację w prywatny klub, żeby wyeliminować niepożądany element.

Luby, specjalista od eliminacji niepożądanego elementu, był niegdyś cynglem Ala Capone.

– Myślę, że tych dwoje tutaj nie słyszało o tym – mówił dalej, mając na myśli Harve'a i Claire. – A może uważali, że nowe zasady ich nie dotyczą. W każdym razie pojawili się dzisiaj wieczorem i poczuli się urażeni, kiedy się okazało, że nie mogą wejść. Kręcili się przy drzwiach, obrażając członków klubu.

– Widywałeś ich już wcześniej? – spytał go kapitan Luby.

– Tak, zanim lokal został przekształcony w prywatny klub – odparł Luby. – Tych dwoje przyjeżdżało mniej więcej raz do roku. Zapamiętałem ich, bo mężczyzna zawsze był pijany. I chlał w mojej restauracji. I zachowywał się paskudnie.

– Paskudnie? – spytał kapitan.

– Wszczynał bójki – wyjaśnił Luby. – I nie tylko z mężczyznami.

– Co się więc wydarzyło wieczorem?

– Tych dwoje kręciło się obok wejścia, sprawiając kłopot członkom klubu – ciągnął Luby. – W pewnym momencie przyjechała taksówką jakaś babka, sama. Nie wiem, co sobie kombinowała. Chyba chciała kogoś poderwać. Tak czy inaczej też jej nie wpuszczono, więc pod moim klubem kręciły się już trzy osoby. Wszyscy troje zaczęli się o coś kłócić.

Harve Elliot interesował się teraz tylko jednym – jak opowieść Luby'ego wpływa na nastrój panujący w pomieszczeniu. Nie widział właściciela klubu, ale wyczuwał, że wszyscy go obserwują i są nim zafascynowani.

Harve doszedł do wniosku, że czas stąd uciekać.

– Nie chcę, żebyście uwierzyli mi na słowo, jeśli chodzi o to, co nastąpiło potem – ciągnął Luby. – Rozumiem, że niektórzy ludzie twierdzą, jakobym to ja uderzył dziewczynę.

– Mamy zeznania innych świadków – oznajmił życzliwie kapitan. – Możesz mówić dalej i podać swoją wersję, a my ją zweryfikujemy.

– No cóż – powiedział Luby. – Kobieta, która wysiadła z taksówki, wyzwała drugą kobietę... tę tutaj...

– Panią Elliot – podpowiedział kapitan.

– Właśnie. Powiedziała o pani Elliot coś, co nie spodobało się panu Elliotowi i zaraz potem pan Elliot zamierzył się na nią i...

Harve rzucił się pędem obok światła i zanurzył w ciemność. Skoczył ku drzwiom i wolności.

• • •

Leżał pod starym sedanem na parkingu z używanymi samochodami. Znajdował się w odległości przecznicy od komendy policji. Szumiało mu w uszach, dygotało w piersi. Miał wrażenie, że ucieczka trwała wieki. Usuwał sprzed drogi ludzi, drzwi i meble bez najmniejszego wysiłku, jak liście.

Potem rozległy się strzały, wydawało się, że tuż przy jego głowie.

Teraz w nocnej ciszy krzyczeli ludzie, a on leżał pod samochodem.

Powrócił do niego jeden wyraźny obraz z tej fantastycznej ucieczki – i tylko jeden. Przypomniał sobie twarz policjantki, pierwszej osoby, która znalazła się na jego drodze do wolności. Harve pchnął ją w blask ostrych świateł, widząc jej wściekłą i jednocześnie zszokowaną twarz.

I była to jedyna twarz, którą widział.

Pościg policyjny – w każdym razie jego odgłosy – sprawiał wrażenie chaotycznej bieganiny tam i z powrotem. Kiedy Harve złapał oddech i odzyskał jasność myślenia, poczuł się wspaniale. Chciał się głośno śmiać i krzyczeć. Jak dotąd wygrywał i zamierzał dalej wygrywać. Postanowił, że dotrze do funkcjonariuszy policji stanowej. Że sprowadzi ich do Ilium i uwolni Claire.

Potem zatrudni najlepszego adwokata, jakiego tylko zdoła znaleźć, oczyści się z zarzutów, wsadzi Luby'ego do więzienia i pozwie zgniłe miasto Ilium do sądu, żądając odszkodowania w wysokości okrągłego miliona dolarów.

Harve wyjrzał spod samochodu. Jego prześladowcy nie zmierzali w tę stronę. Oddalili się, winiąc się nawzajem z dziecięcą kłótliwością o to, że pozwolili mu uciec.

Harve wyczołgał się spod wozu, przykucnął, nasłuchiwał. Potem zaczął ostrożnie iść, trzymając się zacienionych miejsc. Poruszał się z przebiegłością wojskowego zwiadowcy. Obskurność i kiepskie oświetlenie miasta – do niedawna jego wrogowie – były teraz sprzymierzeńcami.

I kiedy przywierał plecami do przybrudzonych sadzą ścian, gdy chował się w wejściach do rozpadających się budynków, uświadomił sobie, że zło też jest jego przyjacielem. To, że go unikał, że starał się je przechytrzyć, że planował je zniszczyć, nadało jego życiu niewiarygodnie ekscytującego charakteru.

Obok przeleciała jakaś gazeta, kłębiąc się w podmuchach nocnego wiatru; zdawało się, że i ona próbuje umknąć niepostrzeżenie z Ilium.

Gdzieś daleko, bardzo daleko, odezwała się broń. Harve zastanawiał się, do czego strzelano – albo co zastrzelono.

Po mieście jeździły nieliczne samochody. Jeszcze rzadziej można było spotkać jakiegoś przechodnia. Tuż obok Harve'a, nie dostrzegając go, przeszła w milczeniu para ubogich kochanków.

Jednak jakiś zataczający się pijak dostrzegł Harve'a; wymamrotał zagadkową obelgę i powlókł się dalej.

Teraz zawyła syrena – potem jeszcze jedna, i jeszcze jedna. Z komendy policji w Ilium rozjeżdżały się wozy patrolowe, zdradzając idiotycznie swą obecność jazgotem i światłami alarmowymi.

Jeden z wozów utworzył hałaśliwą i migającą zaporę niedaleko Harve'a. Zablokował przejazd pod wysokim czarnym nasypem kolejowym. W tym akurat wypadku policjanci zachowali się inteligentnie, ponieważ zagrodzili drogę, którą obrał Harve.

Nasyp majaczył w ciemności przed jego oczami niczym mur chiński. Dalej zaś, jak mu się zdawało, była wolność. Musiał o niej myśleć jako o czymś bliskim, od czego dzielił go zaledwie jeden krok. W rzeczywistości po drugiej stronie czarnego nasypu rozciągało się jeszcze więcej Ilium – jeszcze więcej przytłumionych świateł i nędznych ulic. Nadzieja, prawdziwa nadzieja, znajdowała się daleko, bardzo daleko – wiele kilometrów dalej, na autostradzie, w szybkim i nieskazitelnym królestwie policji stanowej.

Teraz jednak Harve musiał udawać, że pozostało mu tylko pokonanie nasypu.

Podpełzł do wzniesienia, ruszył wzdłuż żużlowatego zbocza i zaczął się oddalać od przejazdu zablokowanego przez radiowóz.

Po chwili dotarł do drugiego przejazdu, gdzie też stał radiowóz. Usłyszał rozmowę. Rozpoznał głos mówiącego. Był to kapitan Luby.

– Nie wysilajcie się, żeby dorwać tego faceta żywego – powiedział. – Tak będzie lepiej dla niego i wszystkich. Wyświadczcie podatnikom przysługę i strzelajcie tak, żeby zabić.

Z oddali dobiegł gwizd pociągu.

I wtedy Harve dostrzegł przepust, który przecinał nasyp. W pierwszej chwili wydało mu się, że znajduje się zbyt blisko kapitana Luby'ego, ale w tym momencie policjant omiótł okolicę strumieniem światła silnej latarki, a Harve zobaczył w jej blasku rów dochodzący do przepustu. Przecinał pole zasłane beczkami po ropie i wszelkim śmieciem.

Kiedy zgasła latarka kapitana Luby'ego, Harve wyczołgał się na pole, dotarł do rowu i wsunął się do niego. Wykorzystując to płytkie, muliste schronienie, ruszył w stronę przepustu. Pociąg, który wcześniej gwizdał, zbliżał się. Jechał wolno, z mozołem, hucząc metalicznie o szyny.

Kiedy pociąg był w górze, a hałas wzmógł się do maksimum, Harve zanurkował w przepust. Nie myśląc o zasadzce, która może go czekać po drugiej stronie nasypu, zerwał się na równe nogi i zaczął wspinać po żużlowym zboczu.

Chwycił się zardzewiałych szczebli pustej platformy na końcu wagonu i wskoczył na nią.

• • •

Całą wieczność później jadący powoli pociąg wywiózł Harve'a Elliota z Ilium. Posuwał się w żółwim, męczącym tempie przez bezkresne połaci ziemi jałowej – zarośla i nieużytki.

Oczy Harve'a, piekące od nocnego wiatru, wypatrywały jakiegoś światła i ruchu, jakiegoś przyczółka cywilizacji, gdzie mógłby znaleźć pomoc i ocalić żonę.

Pociąg pokonał zakręt i Harve zobaczył światła, które pośrodku tej pustki ugorów wydawały się równie żywe jak na festynie.

Okazało się, że to tylko pozory życia – czerwony sygnalizator na przejeździe kolejowym i reflektory pojedynczego samochodu.

Kiedy koła wagonu zagrzechotały na przejeździe, Harve zeskoczył z platformy i przetoczył się po ziemi.

Wstał i podszedł niepewnie do stojącego nieopodal samochodu. Kiedy minął maskę i wyszedł poza zasięg reflektorów, zobaczył, że za kierownicą siedzi młoda kobieta.

Dostrzegł, jak bardzo jest przerażona.

– Proszę, posłuchaj! Jedną chwilę! Błagam! – zawołał.

Kobieta wrzuciła gwałtownie bieg, ruszyła obok Harve'a

i przejechała przez tory w chwili, gdy przetoczył się ostatni wagon.

Tylne koła sypnęły Harve'owi w twarz drobinkami żużlu.

Gdy przetarł oczy, światła samochodu migotały już w ciemności, by po chwili zniknąć.

Pociąg też odjechał.

A hałaśliwy czerwony sygnalizator zgasł i ucichł.

• • •

Harve stał samotnie w polu tak nieruchomym i posępnym jak Arktyka. Nigdzie nie dostrzegał światełka oznaczającego domostwo.

Pociąg wydał swój smutny dźwięk – gdzieś daleko.

Harve przyłożył dłonie do policzków. Były mokre. Były brudne. Rozejrzał się po odartej z wszelkiego życia nocy, przypomniał sobie koszmar w Ilium. Wciąż dotykał policzków. Tylko one i jego dłonie wydawały się rzeczywiste.

Zaczął iść.

Nie nadjechał już żaden samochód.

Brnął przed siebie, nie mogąc się zorientować, gdzie jest, dokąd zmierza. Czasem mu się wydawało, że słyszy albo widzi w oddali sygnały gwarnej autostrady – niewyraźny śpiew opon, strumienie światła.

Mylił się.

W końcu dotarł do jakiejś ciemnej farmy. W środku pomrukiwało radio.

Zapukał do drzwi.

Ktoś się poruszył. Radio zgasło.

Harve zapukał ponownie. Szyba w drzwiach była obluzowana i grzechotała, kiedy Harve się dobijał. Przycisnął twarz do szkła. Dostrzegł ponurą czerwień rozżarzonego papierosa. W jego słabiutkim ogienku widać było tylko brzeg popielniczki, na której leżał.

Harve zapukał jeszcze raz.

– Wejdź – odezwał się męski głos. – Otwarte.

Harve wszedł do domu.

– Halo?! – zawołał.

Nikt nie zapalił mu światła. Ktokolwiek zaprosił go do swego domu, też się nie pokazał. Harve obracał się to tu, to tam.

– Chciałbym skorzystać z telefonu – powiedział w ciemność.

– Zostań tam, gdzie jesteś, i się nie odwracaj – dobiegł zza pleców Harve'a ten sam głos. – Trzymam strzelbę kaliber dwanaście i celuję w plecy, panie Elliot. Zrobisz pan coś nie tak, a rozwalę cię.

Harve podniósł ręce.

– Wie pan, jak się nazywam? – spytał zdziwiony.

– A tak się pan nazywa? – odpowiedział głos.

– Tak – przyznał Harve.

– No, no – powiedział głos. I zarechotał. – Stary ze mnie gość, bardzo stary. Żona odeszła, przyjaciele odeszli, dzieci odeszły. Od kilku dni myślę, czy nie palnąć do siebie z tej tu dubeltówki. Patrz pan tylko, co bym stracił! To tylko dowodzi...

– Czego dowodzi? – przerwał mu Harve.

– Że nikt nie wie, kiedy nadejdzie jego szczęśliwy dzień.

• • •

Zapaliła się lampa pod sufitem. Znajdowała się dokładnie nad głową Harve'a, który spojrzał w górę. Nie obejrzał się, ze strachu, że zostanie rozwalony. Lampa, która powinna mieć trzy żarówki, miała tylko jedną. Harve to zauważył, dostrzegając szare duchy dwóch pozostałych. Matowy klosz upstrzony był cieniami martwych insektów.

– Może się pan obrócić, jeśli pan chce, panie Elliot – powiedział głos. – Sam się pan przekonaj, czy mam broń, panie Elliot.

Harve obrócił się powoli i popatrzył na starego człowieka – chudego starego człowieka z nieprzyzwoicie wręcz białymi, sztucznymi zębami. Facet rzeczywiście trzymał w rękach strzelbę – ogromny, zardzewiały zabytek. Ozdobne, zakrzywione kurki były odwiedzione.

Stary człowiek się bał. Ale wyglądał też na zadowolonego i podnieconego.

– Nie sprawiaj pan żadnych kłopotów, panie Elliot, a wszystko będzie dobrze – uprzedził. – Patrzysz na człowieka, który w czasie pierwszej wojny osiem razy ruszał z okopów do ataku, więc nie masz pan do czynienia z kimś, kto spietrałby się przed oddaniem strzału. Nieraz waliłem do człowieka.

– W porządku... żadnych kłopotów – zapewnił Harve.

– Nie byłbyś pan pierwszym człowiekiem, którego zastrzeliłem – oznajmił stary człowiek. – I nie dziesiątym, skoro już o tym mowa.

– Wierzę panu – zapewnił szczerze Harve. – Mogę spytać, skąd zna pan moje nazwisko?

– Z radia – wyjaśnił stary człowiek. Wskazał fotel z podartym obiciem i zapadniętymi sprężynami. – Lepiej pan tam usiądź, panie Elliot.

Harve zrobił, co mu kazano.

– Mówili o mnie w radiu? – spytał.

– Tak mi się zdaje – odparł stary człowiek. – I podejrzewam, że w telewizji też. Nie mam telewizora. Po co? W moim wieku? Radio wystarcza mi całkowicie.

– A co mówili? – zainteresował się Harve.

– Żeś zabił pan kobietę i zwiał z aresztu – wyjaśnił stary człowiek. – I że dają za pana tysiąc dolców, żywego albo martwego. – Ruszył w stronę telefonu, wciąż celując z tej swojej broni w Harve'a. – Szczęściarz z pana, panie Elliot.

– Szczęściarz? – zdziwił się Harve.

– Tak właśnie powiedziałem. – Stary człowiek skinął głową. – Całe hrabstwo wie, że na wolności krąży szalony facet. W radiu powtarzali: „Pozamykajcie okna i drzwi, pogaście światła, nie wychodźcie na zewnątrz, nie wpuszczajcie obcych". Nieważne, do jakiego domu byś się pan zbliżył, najpierw by strzelali, a potem zadawali pytania. Szczęściarz z pana, żeś trafił na dom, gdzie mieszka ktoś, kogo niełatwo przestraszyć.

Podniósł słuchawkę z widełek.

– Nigdy nikogo w życiu nie skrzywdziłem – odrzekł Harve.

– Tak powiedzieli w radiu – przyznał stary człowiek. – I żeś pan zwariował dopiero dziś wieczorem. – Wykręcił numer centrali i zwrócił się do telefonistki: – Pani połączy mnie z komendą policji w Ilium.

– Chwileczkę! – zawołał Harve.

– Potrzebujesz pan więcej czasu? Żeby skapować, jak mógłbyś mnie załatwić? – spytał stary człowiek.

– Policja stanowa... niech pan zadzwoni pod numer policji stanowej! – poprosił żarliwie Harve.

Stary człowiek uśmiechnął się chytrze i pokręcił głową.

– To nie oni oferują nagrodę – oświadczył.

• • •

Dokonano połączenia. Policja w Ilium dowiedziała się, gdzie może znaleźć Harve'a. Stary człowiek wyjaśniał cierpliwie, gdzie mieszka. Funkcjonariusze mieli się zjawić na nieznanym sobie terenie. To nie był ich rejon.

– Jest teraz spokojny – poinformował stary człowiek. – Uspokoiłem go.

I była to prawda.

Harve odczuwał odprężenie, jakie daje świadomość, że wielka gra dobiegła końca. Odprężenie było bliskim krewnym śmierci.

– Zabawna rzecz przytrafiła się staremu człowiekowi, i to pod sam koniec jego dni – oznajmił strażnik Harve'a. – Dostanę tysiąc dolarów, zamieszczą w gazecie moje zdjęcie, Bóg wie, co...

– Chce pan posłuchać mojej historii? – spytał Harve.

– Żeby szybciej upłynął czas? – spytał przyjaźnie stary człowiek. – Czemu nie. Tylko nie ruszaj się pan z fotela.

Tak więc Harve Elliot opowiedział swoją historię. Zrobił to bardzo dobrze; sam był zasłuchany. Zaskoczył się tą opowieścią – a wraz z zaskoczeniem znów pojawił się gniew i przerażenie.

– Musi mi pan uwierzyć! – powiedział. – Musi się pan zgodzić, żebym wezwał policję stanową!

Stary człowiek uśmiechnął się pobłażliwie.

– Muszę, powiadasz pan?

– Nie wie pan, jakim miastem jest Ilium? – spytał Harve.

– Chyba tak – odparł stary człowiek. – Dorastałem tam, tak jak mój ojciec i dziadek.

– Wie pan, co z tym miastem zrobił Ed Luby?

– Słyszałem to i owo. Zbudował nowe skrzydło dla szpitala, tyle wiem. A wiem, bo raz tam leżałem. Hojny człowiek, powiedziałbym.

– Tak pan twierdzi nawet po tym, co pan ode mnie usłyszał? – zdziwił się Harve.

– Panie Elliot – odparł stary człowiek z niekłamaną sympatią. – Nie wydaje mi się, żebyś miał pan prawo decydować o tym, kto jest dobry, a kto zły. Wiem, co mówię, bo sam kiedyś byłem stuknięty.

– Nie jestem stuknięty – zapewnił Harve.

– Ja też tak twierdziłem – przyznał stary człowiek. – Ale i tak zabrali mnie do wariatkowa. I ja też miałem swoją wielką historię – o tym, co robili mi ludzie, jak się zmawiali przeciwko mnie. – Pokręcił głową. – Ja też w nią wierzyłem. Mówię prawdę, panie Elliot, wierzyłem w nią.

– Powiadam panu, że nie jestem szalony – zapewnił Harve.

– To chyba powinien ocenić lekarz, no nie? – odparł stary człowiek. – Wie pan, kiedy mnie wypuścili z wariatkowa, panie Elliot? Wie pan, kiedy mnie wypuścili i powiedzieli, że mogę wracać do żony i rodziny?

– Kiedy? – spytał Harve. Czuł, jak naprężają mu się mięśnie. Wiedział, że znów musi umknąć śmierci – umknąć śmierci w ciemność nocy.

– Pozwolili mi wrócić do domu – ciągnął stary człowiek – kiedy sam wreszcie zrozumiałem, że nikt nie chce mnie wrobić, kiedy sam zrozumiałem, że to wszystko było w mojej głowie. – Zwrócił się w stronę radia. – Posłuchajmy trochę muzyki. Muzyka zawsze pomaga.

Z głośnika dobiegła głupkowata piosenka o nastoletniej miłości. A potem pojawił się komunikat: „Funkcjonariusze policji w Ilium sądzą, że są coraz bliżej schwytania Harveya Elliota, zbiegłego szaleńca, który zabił dzisiejszego wieczoru kobietę pod ekskluzywnym klubem Eda Luby'ego. Mieszkańców ostrzega się jednak, by nadal uważali na tego człowieka, by pozamykali drzwi i okna i informowali władze o jakichkolwiek podejrzanych osobnikach. Elliot jest niezwykle niebezpieczny i pomysłowy. Komendant policji określił go jako »wściekłego psa« i ostrzega, by nikt nie próbował z nim rozmawiać. Policja wyznaczyła nagrodę w wysokości tysiąca dolarów za schwytanie Elliota, żywego lub martwego. Tu WKLL – oznajmił spiker. – Słuchajcie na fali osiemdziesiąt sześć przyjaznego głosu Ilium. Nadajemy wiadomości i muzykę przez całą dobę".

Właśnie wtedy Harve rzucił się na starego człowieka.

Wytrącił mu strzelbę z rąk. Obie lufy wypaliły.

Potężny ładunek wyrąbał dziurę w ścianie domu.

Stary człowiek trzymał broń niepewnie, ogłupiały z szoku. Nie protestował, kiedy Harve uwolnił go od strzelby i wyszedł z nią przez tylne drzwi.

Gdzieś daleko na drodze wyły syreny.

• • •

Harve pobiegł w zarośla na tyłach domu. Potem jednak pojął, że umożliwi tym samym kapitanowi Luby'emu i jego chłopcom krótkie i owocne polowanie. Należało zrobić coś bardziej zaskakującego.

Harve obszedł więc domostwo i wrócił na drogę, po czym schował się w rowie.

Przed domem starego człowieka zatrzymały się trzy radiowozy z Ilium. Przednie koło jednego z nich znieruchomiało w odległości metra od dłoni Harve'a.

Kapitan Luby poprowadził swych dzielnych ludzi do domu. Niebieskie światła alarmowe radiowozów znowu ożywiły wirujące wysepki koszmaru.

Jeden z policjantów został na zewnątrz. Siedział za kierownicą samochodu, który znajdował się najbliżej Harve'a, i skupiał uwagę na kolegach i budynku.

Harve wstał cicho z rowu. Pochylił lufę broni, tak że znalazła się na wysokości karku funkcjonariusza, i powiedział cicho i grzecznie:

– Panie władzo?

Policjant obrócił głowę i stwierdził, że patrzy w wyloty dwóch zardzewiałych luf wielkości haubicy.

Harve go poznał. To był ten sam sierżant, który aresztował jego i Claire, ten z długą szramą przecinającą policzek i wargi.

Harve wgramolił się na tylne siedzenie.

– Jedziemy – nakazał obojętnym tonem. – Ruszaj powoli, ze zgaszonymi światłami. Jestem szalony, nie zapominaj o tym. Jeśli nas złapią, najpierw zabiję ciebie. Sprawdźmy, jak powoli i spokojnie potrafisz ruszyć, a potem się przekonamy, jak szybko umiesz jechać.

• • •

Radiowóz policji z Ilium pędził teraz autostradą. Nikt go nie ścigał. Inne samochody zjeżdżały na bok, żeby go przepuścić.

Zmierzał w stronę najbliższej jednostki policji stanowej.

Sierżant siedzący za kierownicą był twardym, trzeźwo myślącym mężczyzną. Robił dokładnie to, co Harve mu kazał. Jednocześnie dawał do zrozumienia, że się go nie boi. Mówił to, co mu się podobało.

– Jak myślisz, Elliot, co przez to zyskasz? – spytał.

Harve rozsiadł się wygodnie na tylnym siedzeniu.

– Wielu ludzi zyska bardzo dużo – odparł posępnie.

– Sądzisz, że ci z policji stanowej łagodniej potraktują mordercę niż my?

– Wiesz, że nie jestem mordercą – powiedział Harve.

– Ani uciekinierem, ani porywaczem, co? – rzucił ironicznie sierżant.

– Zobaczymy. – Harve wzruszył ramionami. – Przekonamy się, kim jestem, a kim nie. Przekonamy się, kim jest każdy z nas.

– Chcesz mojej rady, Elliot? – spytał sierżant.

– Nie – odrzekł Harve.

– Na twoim miejscu zwiałbym z kraju – oświadczył sierżant. – Po tym wszystkim, co zrobiłeś, przyjacielu, nie masz tu żadnych szans.

Harve poczuł, że znów dokucza mu głowa. Przenikał ją pulsujący ból. Rana na potylicy piekła, jakby znów się otworzyła; ciemniało mu co chwila w oczach.

Starając się zapanować nad słabością, Harve zwrócił się do sierżanta:

– Ile miesięcy w roku spędzasz na Florydzie? Twoja żona ma ładne futro i dom za sześćdziesiąt tysięcy dolarów?

– Naprawdę jesteś stuknięty – zawyrokował sierżant.

– Nie dostajesz działki? – spytał Harve.

– Jakiej działki? Wykonuję swoją pracę. Dostaję pensję.

– W najbardziej zgniłym i skorumpowanym mieście w kraju – skomentował Harve.

Sierżant wybuchnął śmiechem.

– A ty zamierzasz to wszystko zmienić, tak?

Radiowóz zwolnił, zawrócił i podjechał pod nowiutki ceglany żółty budynek policji stanowej.

Samochód z miejsca otoczyli funkcjonariusze z wyciągniętą bronią.

Sierżant odwrócił się i uśmiechnął szeroko do Harve'a.

– Oto twoja wizja nieba, kolego. No dalej, wysiadaj. Pogadasz sobie z aniołami.

Harve został wyciągnięty brutalnie z wozu. Na jego nadgarstkach i kostkach u nóg zacisnęły się kajdany. Uniesiono go w górę, zawleczono do budynku i rzucono na pryczę w celi.

Pomieszczenie pachniało świeżą farbą.

Pod drzwiami zebrała się spora grupa ludzi, by popatrzeć na desperata.

Harve zaś stracił przytomność.

● ● ●

– Nie, nie udaje – usłyszał czyjś głos w wirującej mgle. – Dostał mocno w tył głowy.

Harve otworzył oczy. Stał nad nim młody człowiek.

– Witam – powiedział, kiedy zauważył, że Harve uniósł powieki.

– Kim pan jest? – spytał Harve.

– Doktor Mitchell – przedstawił się młody człowiek. Miał wąskie ramiona i nosił okulary. Wyglądał bardzo niepozornie w porównaniu z dwoma wielkimi mężczyznami, którzy stali za nim. Jednym z nich był kapitan Luby, a drugim sierżant z policji stanowej, w mundurze.

– Jak się pan czuje? – spytał doktor Mitchell.

– Paskudnie – odparł Harve.

– Nie dziwię się – odparł lekarz i zwrócił się do kapitana Luby'ego. – Nie możecie zabrać go z powrotem do aresztu. Musi być odwieziony do szpitala w Ilium. Trzeba mu zrobić prześwietlenie i poddać co najmniej dwudziestoczterogodzinnej obserwacji.

Kapitan Luby roześmiał się drwiąco.

– Podatnicy z naszego miasta zapewnią mu teraz miły odpoczynek, i to po nerwowej nocy, którą nam wszystkim zafundował.

Harve usiadł. Czuł nawroty mdłości.

– Moja żona… co z moją żoną?

– Prawie zwariowała po tym, co pan odstawił – oznajmił kapitan Luby. – A czego się pan spodziewał?

– Wciąż ją trzymacie w areszcie? – spytał Harve.

– Nie – odparł kapitan Luby. – Jeśli ktoś źle się czuje w naszym więzieniu, to go wypuszczamy. Pozwalamy mu odejść. Wie pan o tym. Jest pan nie byle jakim ekspertem.

– Chcę, żeby sprowadzono tu moją żonę – powiedział

Harve. – Dlatego tu przyjechałem… – Ogarnęło go oszołomienie. – Żeby wyciągnąć moją żonę z Ilium – wymamrotał.

– Dlaczego chce pan wydostać żonę z Ilium? – spytał doktor Mitchell.

– Doktorze… – zwrócił się do niego kapitan żartobliwie. – Jak zacznie pan wypytywać kryminalistów, dlaczego chcą tego czy owego, to nie starczy panu czasu na leczenie.

Doktor Mitchell popatrzył zirytowany na kapitana i jeszcze raz zadał Harve'owi to samo pytanie.

– Doktorze, jak się nazywa ta choroba… kiedy ktoś uważa, że wszyscy są przeciwko niemu? – spytał kapitan Luby.

– Paranoja – wyjaśnił lekarz zwięźle.

– Widzieliśmy, jak Ed Luby zamordował kobietę – powiedział Harve. – Zrzucili winę na mnie. Powiedzieli, że zabiją nas, jeśli będziemy gadać. – Znów się położył. Czuł, jak traci świadomość. – Na litość boską – wymamrotał. – Niech ktoś mi pomoże.

I znów stracił przytomność.

• • •

Harve Elliot został przewieziony do szpitala w Ilium karetką. Słońce wschodziło. Był świadomy, że go wiozą. I świadomy wschodu słońca. Słyszał, jak ktoś o tym wspomina.

Otworzył oczy. Na ławce ustawionej równolegle do jego noszy siedziało dwóch ludzi. Gdy wóz się kołysał, oni też się kołysali.

Harve nie próbował się wysilać, żeby zidentyfikować tych mężczyzn. Wraz z nadzieją umarła ciekawość. Poza tym był odurzony. Pamiętał, że lekarz zaaplikował mu jakiś zastrzyk – żeby uśmierzyć ból, jak wyjaśnił. Ten środek ukoił troski Harve'a wraz z bólem i przyniósł pociechę w złudzeniu, że nic się nie stało.

Jego współpasażerowie zdradzili mu swoją tożsamość, rozmawiając z sobą.

– Pan od niedawna w tym mieście? – odezwał się jeden. – Chyba nie widziałem pana wcześniej.

Był to kapitan Luby.

– Zacząłem praktykować trzy miesiące temu – wyjaśnił lekarz.

Był to doktor Mitchell.

– Powinien pan poznać mojego brata – oznajmił kapitan. – Mógłby panu pomóc na początek. Przysłużył się w ten sposób wielu ludziom.

– Tak, słyszałem – przyznał lekarz.

– Niewielka protekcja z jego strony nikomu jeszcze nie zaszkodziła – zapewnił kapitan.

– Też tak myślę – przytaknął doktor.

– Ten facet strzelił straszną gafę, próbując wrobić w morderstwo Eda – stwierdził kapitan.

– Właśnie widzę.

– Na dobrą sprawę wszyscy, którzy znaczą coś w tym mieście, świadczą na korzyść Eda i przeciwko temu palantowi.

– Uhm – mruknął lekarz.

– Zapoznam pana z Edem – obiecał kapitan. – Myślę, że przypadniecie sobie do gustu.

– Pochlebia mi pan – oznajmił doktor.

• • •

Przed wejściem na oddział urazowy Ilium Hospital Harve Elliot został przeniesiony z karetki na wózek o gumowych kołach.

Trzeba było trochę poczekać na izbie przyjęć, ponieważ wcześniej przywieziono innego pacjenta. Nie trwało to długo, ponieważ pacjent zmarł przed przybyciem do szpitala. Pacjent, którego położono na takim samym wózku co Harve'a.

Harve go znał.

Nieżywy człowiek był mężczyzną, który, jak się Elliotowi wydawało, dawno temu przywiózł dziewczynę do klubu i który widział, jak zabija ją Ed Luby.

Był głównym świadkiem Harve'a – martwym.

– Co mu się stało? – zwrócił się kapitan Luby do pielęgniarki.

– Nikt nie wie – odparła. – Znaleziono go z kulą w karku, w bocznej alejce za dworcem autobusowym.

Zakryła twarz nieboszczyka.

– Fatalnie – ocenił kapitan Luby i zwrócił się do Harve'a. – Masz więcej szczęścia, Elliot. Przynajmniej żyjesz.

• • •

Harve Elliot był wożony po całym szpitalu – zrobiono mu rentgen czaszki i elektroencefalogram, lekarze zaglądali mu z powagą w oczy, do nosa, uszu i gardła.

Wszędzie towarzyszyli mu kapitan Luby i doktor Mitchell. Harve musiał się zgodzić z kapitanem, kiedy ten oznajmił: „To nienormalne, wie pan? Przez całą noc staraliśmy się dorwać tego faceta i go zastrzelić. A teraz zapewniamy mu najlepszą pod słońcem opiekę lekarską. Istne wariactwo".

Harve był otumaniony z powodu zastrzyku, który zrobił mu doktor Mitchell, i jego poczucie czasu wydawało się nieco zachwiane, ale uświadamiał sobie, że badania przebiegają koszmarnie wolno i że pojawia się wokół niego coraz więcej lekarzy. Doktor Mitchell też wydawał się zaniepokojony stanem swojego pacjenta.

Pojawiło się dwóch kolejnych specjalistów, którzy obejrzeli pospiesznie Harve'a, a następnie odsunęli się na bok i zaczęli konferować szeptem z doktorem Mitchellem.

Salowy, który akurat wycierał podłogę na korytarzu, przerwał swą mokrą i beznadziejną robotę, żeby się przyjrzeć Harve'owi.

– To on? – spytał.

– To on – potwierdził kapitan Luby.

– Nie wygląda na szczególnie zdesperowanego – ocenił salowy.

– Zabrakło mu trochę desperacji – wyjaśnił kapitan.

– Jak benzyny w samochodzie – oznajmił salowy i skinął głową. – Jest stuknięty?

– Dla niego byłoby lepiej.

– Co pan przez to rozumie? – spytał salowy.

– Jeśli nie jest stuknięty, to wyląduje na krześle elektrycznym – odparł kapitan.

– O rety. – Salowy pokręcił głową. – Cieszę się, że nie jestem na jego miejscu.

Zabrał się do sprzątania, zalewając korytarz niewielką falą szarej wody.

Z drugiego końca holu dobiegł gwar głośnej rozmowy. Harve obrócił w tamtą stronę pozbawiony zainteresowania wzrok i zobaczył, że nadchodzi sam Ed Luby. Towarzyszył mu jego ochroniarz, a także dobry znajomy, czyli odznaczający się sporą tuszą sędzia Wampler.

Ed Luby, elegancki mężczyzna, troszczył się przede wszystkim o nieskazitelność swoich czarnych, spiczastych butów.

– Uważaj, gdzie machasz tą ścierą – przestrzegł salowego skrzeczącym głosem. – To buty za pięćdziesiąt dolarów. – Spojrzał na Harve'a. – Mój Boże, to ta jednoosobowa armia.

Luby spytał brata, czy Harve może mówić i czy słyszy.

– Mówią, że słyszy – zapewnił kapitan. – Ale się nie odzywa.

Ed Luby uśmiechnął się do sędziego Wamplera.

– Powiedziałbym, że to bardzo rozsądne zachowanie, prawda, panie sędzio?

Konsylium lekarskie zakończyło się jakimś ponurym kompromisem. Stanęli nad Harve'em.

Kapitan Luby przedstawił młodego doktora Mitchella swojemu bratu, Edowi.

– Doktor jest od niedawna w naszym mieście, Ed – powiedział kapitan. – Wziął Elliota pod swoje skrzydła, by się tak wyrazić.

– Wymóg przysięgi Hipokratesa. Zgadza się? – spytał Ed Luby.

– Słucham? – nie zrozumiał doktor Mitchell.

– Bez względu na to, jaki jest człowiek, bez względu na to, jak okropnych czynów się dopuścił, lekarz musi go ratować za wszelką cenę. Prawda?

– Prawda – przyznał doktor Mitchell.

Luby znał dwóch pozostałych lekarzy, a oni znali jego. Luby i lekarze nie przepadali za sobą.

– Wy dwaj też zajmujecie się Elliotem? – spytał Ed.

– Zgadza się – odparł jeden z nich.

– Czy ktoś zechciałby mi powiedzieć, co jest temu faceto-wi, że musiało się zebrać aż tylu lekarzy, żeby go obejrzeć? – zainteresował się kapitan Luby.

– To bardzo skomplikowany przypadek – wyjaśnił doktor Mitchell. – Bardzo złożony, delikatny przypadek.

– Co to znaczy? – spytał Ed Luby.

– No cóż – odparł doktor Mitchell. – Wszyscy się zgodzi-liśmy, że należy tego człowieka od razu operować, bo w prze-ciwnym razie może umrzeć.

•   •   •

Harve został wykąpany, ogolono mu też głowę.

Przewieziono go przez wahadłowe drzwi i położono pod oślepiającym światłem sali operacyjnej.

Bracia Luby nie mieli tam wstępu. Wokół Harve'a skupili się teraz tylko lekarze i pielęgniarki – oczy, maski chirurgicz-ne i fartuchy.

Harve się modlił. Pomyślał o swojej żonie i dzieciach. Cze-kał, aż zajmie się nim anestezjolog.

– Panie Elliot? – zwrócił się do niego doktor Mitchell. – Słyszy mnie pan?

– Tak – odparł Harve.

– Jak się pan czuje? – spytał doktor.

– Jak ktoś w rękach Boga.

– Nie jest pan bardzo chory, panie Elliot – oznajmił doktor Mitchell. – Nie zamierzamy pana operować. Sprowadziliśmy tu pana dla jego własnego bezpieczeństwa.

Oczy zebranych wokół stołu popatrzyły niespokojnie. Doktor Mitchell wyjaśnił ten niepokój.

– Korzystamy z nadarzającej się okazji, panie Elliot – po-wiedział. – Nie potrafimy ustalić, czy potrzebuje pan ochrony, czy nie. Chcielibyśmy jeszcze raz usłyszeć pańską historię.

Harve spojrzał w każdą parę otaczających go oczu. Pokręcił głową prawie niedostrzegalnie.

– Nie ma żadnej historii – odparł zdecydowanie.

– Żadnej historii? – zdziwił się doktor Mitchell. – Po tym całym trudzie, który sobie zadaliśmy?

– Cokolwiek twierdzą Ed Luby i jego brat... jest to prawda – oświadczył Harve. – Możecie powiedzieć Edowi, że zrozumiałem, o co chodzi. Liczy się to, co on mówi. Nie będę już sprawiał więcej kłopotów.

– Panie Elliot, nie ma tu mężczyzny ani kobiety, którzy nie chcieliby ujrzeć Eda Luby'ego i jego gangu w więzieniu – zapewnił doktor Mitchell.

– Nie wierzę panu – odparł Harve. – Nikomu już nie wierzę. – Znowu pokręcił głową. – I tak nie potrafię niczego dowieść. Ed Luby ma swoich świadków. A ten jeden, który mógłby zeznawać na moją korzyść, leży martwy na dole.

Wiadomość ta zaskoczyła ludzi zgromadzonych wokół stołu operacyjnego.

– Znał pan tego człowieka? – spytał doktor Mitchell.

– Nie ma o czym mówić – oznajmił Harve. – Nic więcej ode mnie nie usłyszycie. I tak już za dużo powiedziałem.

– Istnieje sposób, by mógł pan udowodnić swoją prawdomówność, ku naszemu zadowoleniu w każdym razie – zapewnił doktor Mitchell. – Jeśli się pan zgodzi, chcemy zrobić panu zastrzyk z pentotalu sodu. Wie pan, co to takiego?

– Nie – odparł szczerze Harve.

– To tak zwane serum prawdy, panie Elliot – wyjaśnił doktor Mitchell. – Sparaliżuje na jakiś czas pańską kontrolę nad własnym umysłem. Zaśnie pan na kilka minut, a potem pana obudzimy i nie będzie pan w stanie kłamać.

– Nawet jeśli powiem wam prawdę, a wy w to uwierzycie i zechcecie się pozbyć Eda Luby'ego, to co może zrobić kilku lekarzy?

– Niewiele, muszę przyznać – odparł doktor Mitchell. – Ale tylko czworo z nas to lekarze. Tak jak powiedziałem Edowi Luby'emu, pański przypadek jest bardzo skomplikowany, a więc postanowiliśmy zwołać równie skomplikowane konsylium, by ów przypadek rozpatrzyć. – Wskazał stojących wokół stołu ludzi w maskach i fartuchach. – Ten dżentelmen tutaj to przewodniczący okręgowej rady adwokackiej. Ci dwaj dżentelmeni to detektywi z policji stanowej. A ci dwaj to agenci FBI. Pomożemy panu, jeśli pańska opowieść okaże się prawdziwa. Jeśli pozwoli nam pan udowodnić, że jest prawdziwa.

Harve jeszcze raz przesunął spojrzeniem po kręgu oczu. Wyciągnął nagą rękę.

– No to do roboty – powiedział.

• • •

Harve zrelacjonował wszystko i odpowiadał na pytania w nieprzyjemnym i monotonnym transie wywołanym przez pentotal sodu.

Wreszcie przesłuchanie dobiegło końca. Trans nie ustępował. Harve usłyszał, jak ktoś mówi:

– Zacznijmy od sędziego Wamplera.

Usłyszał, jak ktoś inny telefonuje i wydaje polecenie, by zidentyfikować taksówkarza, który podrzucił zamordowaną tamtego wieczoru kobietę do klubu, zgarnąć go i natychmiast przyprowadzić do sali operacyjnej szpitala w Ilium na przesłuchanie.

– Słyszałeś, co powiedziałem: sala operacyjna – oznajmił człowiek rozmawiający przez telefon.

Harve nie odczuwał szczególnego podniecenia. Po chwili jednak dotarła do niego naprawdę dobra wiadomość. Inny człowiek podniósł słuchawkę i polecił komuś wyciągnąć natychmiast z aresztu żonę Harve'a na mocy prawa zabraniającego zatrzymania obywatela bez zgody sądu.

– I niech się ktoś inny dowie, co się dzieje z ich dziećmi – ciągnął ten, który rozmawiał przez telefon. – I dopilnujcie, na litość boską, żeby w gazetach i radiu nie mówili o tym człowieku jak o szaleńcu.

Harve usłyszał, jak do sali operacyjnej wchodzi ktoś jeszcze, ktoś, kto miał pocisk wyjęty z ciała mężczyzny na dole, martwego świadka.

– Materiał dowodowy, który nie zniknie – oświadczył. – Niezły okaz. – Podniósł kulę do światła. – Nie powinno być problemu z ustaleniem, z jakiej broni pochodzi... jeśli zdobędziemy tę broń.

– Ed Luby jest zbyt cwany, żeby samemu strzelać – oznajmił doktor Mitchell, który najwyraźniej zaczął się rozkręcać.

– Ale nie jego ochroniarz – odezwał się ktoś inny. – Wręcz przeciwnie, jest tępy jak but z lewej nogi. Tak bardzo, że ma broń przy sobie.

– Szukamy trzydziestkiósemki – przypomniał człowiek, który trzymał kulę w dłoni. – Siedzą wciąż na dole?

– Czuwają przy zmarłym – zauważył nie bez satysfakcji doktor Mitchell.

Po chwili do sali operacyjnej dotarła informacja, że już prowadzą sędziego Wamplera. Wszyscy założyli na twarze maski chirurgiczne, tak aby sędzia, zaskoczony i wystraszony, widział tylko oczy.

• • •

– Co... co to jest? – spytał sędzia Wampler. – Dlaczego moja obecność jest tu wymagana?

– Potrzebujemy pańskiej pomocy przy bardzo delikatnej operacji – wyjaśnił doktor Mitchell.

Wampler skrzywił usta w niepewnym i słabym uśmiechu.

– Słucham.

– Rozumiemy, że pan i pańska żona byliście zeszłego wieczoru świadkami morderstwa – wyjaśnił doktor Mitchell.

– Tak – odparł Wampler. Jego blady podwójny podbródek zadrżał.

– Podejrzewamy, że pan i pańska żona nie mówicie całej prawdy – powiedział doktor Mitchell. – I sądzimy, że możemy to udowodnić.

– Jak śmie pan mówić do mnie w ten sposób! – krzyknął Wampler oburzony.

– Śmiem – oznajmił spokojnie doktor Mitchell. – Ponieważ Ed Luby i jego brat są skończeni w tym mieście. Śmiem, ponieważ zaangażowała się w sprawę policja z zewnątrz. I zamierza wyciąć zgniłe serce tego miasta. W tej chwili rozmawia pan z agentami federalnymi i funkcjonariuszami policji stanowej. – Doktor Mitchell spojrzał przez ramię. – Zdejmijcie maski, panowie, żeby sędzia mógł się przekonać, z kim ma do czynienia.

Twarze przedstawicieli prawa zostały odsłonięte. Były niemal majestatyczne w swej pogardzie wobec sędziego.

Wampler wyglądał tak, jakby miał się zaraz rozpłakać.

– A teraz proszę nam powiedzieć, co pan widział zeszłego wieczoru – zwrócił się do niego doktor Mitchell.

Sędzia się zawahał. Potem zwiesił głowę i wyszeptał:

– Nic. Byłem w środku, w klubie. Nic nie widziałem.

– I pańska żona też nic nie widziała? – upewnił się Mitchell.

– Nie – odparł cicho Wampler.

– Nie widział pan, jak Elliot uderza tę kobietę? – drążył doktor.

– Nie – przyznał sędzia.

– Dlaczego pan kłamał?

– Ja... ja wierzyłem Edowi Luby'emu – wyznał Wampler. – Powiedział mi... co się stało, a ja... ja... mu uwierzyłem.

– A teraz mu pan wierzy?

– Nie... nie wiem – wyjąkał Wampler.

– Jest pan skończony jako sędzia – oświadczył doktor Mitchell. – Musi pan sobie z tego zdawać sprawę.

Wampler skinął głową.

– A jako człowiek skończył się pan dawno temu – dodał doktor Mitchell. – W porządku, ubierzcie go odpowiednio. Niech zobaczy, co się będzie działo dalej.

I sędzia Wampler został zmuszony do włożenia maski i fartucha chirurgicznego.

• • •

Marionetkowy komendant policji i równie marionetkowy burmistrz Ilium zostali powiadomieni telefonicznie z sali operacyjnej; kazano im przyjechać natychmiast do szpitala i poinformowano, że dzieje się tam coś bardzo ważnego. Zadzwonił do nich sam sędzia Wampler, znajdujący się pod ścisłym nadzorem.

Nim się jednak zjawili na miejscu, dwaj funkcjonariusze policji stanowej sprowadzili kierowcę taksówki, który przywiózł do klubu dziewczynę zamordowaną tego wieczoru.

Był przerażony, kiedy postawiono go przed osobliwym trybunałem domniemanych lekarzy. Popatrzył wstrząśnięty na Harve'a, który wciąż leżał na stole, nie otrząsnąwszy się jeszcze z transu wywołanego dawką pentotalu sodu.

I znów honor zabrania głosu przypadł sędziemu. Był o wiele bardziej przekonujący, niż mógłby być ktokolwiek inny, jeśli chodzi o poinformowanie kierowcy, że Ed Luby i jego brat są skończeni.

– Niech pan powie prawdę – poradził drżącym głosem sędzia Wampler.

Kierowca powiedział więc prawdę. Widział, jak Ed Luby zabija dziewczynę.

– Niech włoży swój strój – polecił doktor Mitchell.

Kierowca dostał maskę i fartuch chirurgiczny.

●　●　●

Następnie pojawili się burmistrz i komendant policji.

Po nich przyszła kolej na Eda Luby'ego, kapitana Luby'ego i wielkiego ochroniarza Eda.

Wszyscy trzej wkroczyli do sali operacyjnej zgodnym krokiem, ramię w ramię.

Nim zdążyli wymówić choć jedno słowo, zostali zakuci w kajdanki i rozbrojeni.

– Co to ma znaczyć, u licha?! – zagrzmiał Ed Luby.

– Już po wszystkim. To koniec – oświadczył doktor Mitchell. – Doszliśmy do wniosku, że powinniście o tym wiedzieć.

– Elliot nie żyje? – spytał Luby.

– To pan nie żyje, panie Luby – sprostował doktor Mitchell. Luby zaczął się już nadymać, ale uszło z niego całe powietrze, gdy rozległ się przeraźliwy huk. Jeden z funkcjonariuszy wystrzelił z trzydziestkiósemki ochroniarza do kubła pełnego waty.

Luby patrzył tępym wzrokiem, jak mężczyzna wyjmuje z kubła pocisk, a następnie zanosi go na kontuar, gdzie ustawiono dwa mikroskopy.

Słowa, które wypowiedział Luby, wydawały się niezbyt celne w tej sytuacji:

– Zaraz, zaraz, chwileczkę…

– Ależ mamy mnóstwo czasu – zapewnił go doktor Mitchell. – Nikomu się tu nie spieszy… chyba że pan i pański ochroniarz macie jakieś umówione spotkanie.

– Kim jesteście? – spytał Luby ze złością.

– Zaraz to ujawnimy – obiecał Mitchell. – Najpierw jednak powinien pan wiedzieć, że wszyscy zgadzamy się co do jednego – jest pan skończony.

– Tak? – zdziwił się Luby. – Mam mnóstwo przyjaciół w tym mieście.

– Pora zdjąć maski, panowie – zwrócił się Mitchell do pozostałych.

Wszyscy to zrobili.

Ed Luby parzył, jak wali się jego świat.

Mężczyzna przy mikroskopie przerwał milczenie, które zapadło w sali operacyjnej.

– Pasują – oznajmił. – Pociski pasują. Pochodzą z tej samej broni.

Harve przebił się przez szklane ściany transu. Jego głośny śmiech odbił się echem od płytek, którymi wyłożona była sala operacyjna.

· · ·

Harve Elliot został przeniesiony do izolatki, gdzie miał odespać skutki działania środka, który mu zaaplikowano.

Czekała tam na niego Claire, jego żona.

Towarzyszył jej doktor Mitchell, kiedy przywieziono Harve'a.

– Nic mu nie jest, pani Elliot – usłyszał Harve młodego lekarza. – Potrzebuje tylko wypoczynku. Pani również, jak sądzę.

– Nie zasnę chyba przez tydzień – wyznała Claire.

– Dam pani coś, jeśli sobie pani życzy – zaproponował doktor Mitchell.

– Może później. Nie teraz.

– Przepraszam, że zgoliliśmy mu włosy – powiedział tonem usprawiedliwienia lekarz. – To było konieczne.

– Co za szalona noc... co za szalony dzień. – Claire westchnęła. – Co to wszystko w ogóle znaczy?

– Bardzo dużo – zapewnił doktor Mitchell. – Dzięki kilku odważnym i uczciwym ludziom.

– Dzięki panu – sprostowała.

– Myślałem o pani mężu – powiedział Mitchell. – Co do mnie, nigdy się tak dobrze nie bawiłem. Nauczyło mnie to, jak ludzie potrafią walczyć o wolność i ją zachować.

– W jaki sposób to robią?

– Walcząc o sprawiedliwość dla innych – wyjaśnił doktor Mitchell.

Harve Elliot zdołał unieść powieki.

– Claire...

– Najdroższy...

– Kocham cię – powiedział Harve.

– To absolutna prawda – potwierdził doktor Mitchell. – Na wypadek gdyby miała pani kiedykolwiek wątpliwości.

Joseph Wallace

Zestaw na zamówienie

Z *The Prosecution Rests*

Sala sądu okręgowego hrabstwa Martin,
Shoals w stanie Indiana. Luty

To jak taniec, pomyślała Żenia.

Dziwny, powolny taniec, pełen gestów i rytuałów, które dopiero zaczynała pojmować. Kobiety i mężczyźni w białych koszulach i ciemnych garniturach; siedzieli przy długich stołach, czytali jakieś fragmenty tekstu z książek, przesuwali papiery, wstawali, by mówić, mówić, mówić do człowieka o ponurej twarzy, siedzącego za biurkiem, wyżej niż inni, i do dwunastu milczących, patrzących ludzi, uwięzionych z boku za drewnianą barierką.

Przedstawienie, gdzie każdy wiedział, co za chwilę nastąpi, jakby aktorzy i widownia posługiwali się tym samym językiem – mową, której tylko ona nie rozumiała.

Przedstawienie, którego stawką było życie. Dwa życia.

Żenia wiedziała oczywiście, gdzie się znajduje. Nie była głupia. Jechała przez dwa dni, przesiadając się z autobusu do autobusu, by dotrzeć do miasta, do stanu, do regionu, o którym nigdy nie słyszała, nim znalazła go na mapie. Żeby być tutaj, w tym wielkim szarym kamiennym budynku, który wyglądał jak te wzniesione przed półwieczem w jej kraju z myślą o lokum dla stu rodzin. Przejechała taki kawał drogi i znalazła się w tej niewygodnej drewnianej ławie tylko po to, by oglądać ten taniec.

Wcześniej widziała setki podobnych przedstawień w telewizji. Była stacja, która pokazywała tylko takie programy. Ale tam wyglądało to inaczej – po ekranie zawsze przesuwały się słowa, ludzie zawsze wyjaśniali, o co chodzi, co oznacza ten niekończący się potok słów.

Tutaj jednak była zdana wyłącznie na własne siły. Co pewien czas dwaj mężczyźni podchodzili do wielkiego biurka, do sędziego. Potem to on przemawiał monotonnie, czasem cicho, a czasem tak głośno, że wszyscy słyszeli. Uczyła się w szkole angielskiego, i to bardzo pilnie, także potem, kiedy już się usamodzielniła, ale z powodu akcentu i szybkości, z jaką mówił sędzia, trudno jej było go zrozumieć.

Obserwowała za to jego twarz. Była okrągła, workowata, skóra pod kośćmi policzkowymi i brodą obwisła. Jednak oczy spoglądały bystro, Żenia zaś mogła się zorientować, że ten człowiek – w przeciwieństwie do niej – słyszy wszystko, o czym się mówi.

Dobrze.

Miał dziwny nos. Zaczynał się prosto, ale w pewnym miejscu wykrzywia się na bok, jakby został kiedyś złamany, a potem złożony niewprawnie. Może sędzia był niegdyś bokserem. Albo ojciec go uderzył.

Żenia dotknęła grzbietu własnego nosa. Znała się na złamanych nosach. I wiedziała, jak mocno trzeba go uderzyć, żeby się złamał.

Oczywiście nie znała tych ludzi, tych obecnych na sali sądowej. Z wyjątkiem jednego: barczystego mężczyzny o ciemnych kręconych włosach, który siedział przy stole, cztery rzędy dalej od Żeni, obrócony do niej plecami, twarzą do sędziego i przysięgłych.

Tego człowieka Żenia znała aż nadto dobrze, choć nigdy wcześniej go nie widziała.

Yngblood. Tak się przedstawiał. Musiał poczuć ciężar jej spojrzenia, ponieważ poruszył się na krześle, podrapał po karku i w końcu odwrócił głowę, żeby popatrzeć na tłumek gapiów zgromadzonych w ławach. Nim jednak odnalazł ją wzrokiem, jego prawnik, człowiek w garniturze, zbyt obszernym jak się wydawało, dotknął jego ramienia i zmusił do skupienia uwagi na osobie sędziego.

Żenia poczuła, jak wali jej serce.

Coś się musiało stać, podjęto jakąś decyzję, bo nagle ludzie zaczęli się poruszać, a młoda kobieta podeszła do początku sali z kawałkiem tektury. Ludzie w ławach przysięgłych pochylili się jak na zawołanie.

Mówiąc głośno, jeden z adwokatów podniósł kawałek papieru, który zasłaniał karton, ujawniając zdjęcie powiększone do rozmiarów plakatu – zdjęcie wysokiej, szczupłej dziewczyny z owalną twarzą, błyszczącymi czarnymi oczami i czarnymi włosami, które opadały jej na ramiona gęstymi splotami.

Dziewczyna miała na sobie szorty i górę od bikini. Nachylała się i uśmiechała do obiektywu.

Miała może ze trzynaście lat.

Ludzie wiercili się i hałasowali. Sędzia warknął na nich. Yngblood wlepiał wzrok w swoje kolana, a jego kark pokrył się czerwienią.

Teraz jeden z adwokatów mówił o dziewczynie na zdjęciu. Żenia słyszała słowa „wdzięczna", „dziecinna", „niewinna". Ludzie wokół niej kiwali głowami.

Żenia parsknęła śmiechem, był to ostry, niespodziewany dźwięk, który sprawił, że ludzie spojrzeli na nią. Zagryzając wargę, by powstrzymać ten śmiech, pokręciła przepraszająco głową i przesunęła dłonią po krótkich blond włosach.

Dziecięca. Niewinna.

Nie miał pojęcia, o czym mówił. Ten adwokat.

Archangielsk, Rosja

W 1989, rok przed narodzinami Żeni, poszukiwacze skarbów znaleźli nad brzegami Dwiny w Archangielsku wielki kufer. Ludzie powiadali, że zakopano go przed tysiącem lat.

Jego zawartość stanowiły w większości srebrne monety. Zostały przywiezione z całej Europy w czasach, gdy Archangielsk był wielkim miastem portowym. Ludzie przybywali tam, by żyć, szukać szczęścia albo zatrzymać się na krótko w trakcie wędrówki po wielkim północnym kontynencie. Raz nawet zjawili się wikingowie.

Teraz jednak było to szare miasto z anonimowymi blokami – pozostałością czasów komunistycznych – i zaśmieconymi ulicami. Nie było w nim miejsca, do którego mogłaby uciec jakakolwiek dziewczyna, chyba że chciała się rzucić do rzeki.

Żenia rzadko opuszczała nawet swój pokój. Nie pozwalano jej na to. Mogła chodzić tylko do szkoły, żeby się uczyć matematyki, przyrody i angielskiego. W szkole uchodziła za spokojną, ładną dziewczynkę o jasnej cerze, długich nogach i dużych ciemnych oczach, które nigdy nie ujawniały, co się dzieje w jej duszy.

Co nie znaczy, by wierzyła w jej istnienie. Cała jej wiara sprowadzała się do tego, by przeżyć kolejny dzień i robić to, co jej kazali – ojciec i brat, Michaił. Nauczyła się dawno temu, że nie ma wyjścia, że może tylko słuchać i okazywać posłuszeństwo.

Kiedy mówili jej, żeby trzymała się z dala od obcych, żeby milczała w towarzystwie znajomych, to tak właśnie postępowała. A zatem w wieku dziesięciu czy dwunastu lat Żenia nie miała przyjaciół, nikogo, komu mogłaby zaufać, nikogo, z kim mogłaby porozmawiać. Nikogo nie znała.

Lecz ona była znana tysiącom ludzi na całym świecie.

Sąd okręgowy, Filadelfia. Kwiecień

Ten się przedstawiał jako BMOC.

Był nauczycielem w szkole średniej, jak się okazało, trenerem dziewczęcych drużyn piłki nożnej i softballu, choć oczywiście stracił pracę wiele miesięcy wcześniej.

O ile mogła się zorientować, siedząc w tylnych ławach zatłoczonego gmachu sądu, nie wyglądał na atletę. Był miękki i biały, jak chleb, który można znaleźć na półkach sklepów spożywczych w Ameryce. Gdyby dźgnąć go palcem, pomyślała, to wgłębienie pozostałoby już na zawsze.

Może uprawiał sport jako dziecko, w szkole, zanim zrobił się taki miękki, i dzięki temu stał się ekspertem w swojej dziedzinie. A może nie płacili zbyt dobrze, to znaczy szkoła, i stać ich było tylko na kogoś takiego.

A może przyjął tę posadę, żeby być bliżej dziewcząt.

Żenia siedziała tam całe popołudnie i czekała. Teraz nadszedł czas. Jeden z adwokatów, młody mężczyzna w ciemnym garniturze, przypominającym jej ostrze noża, zaczął mówić głośniej swoim nosowym, przenikliwym głosem. Potem, jak działo się to za każdym razem, wyciągał zdjęcia. Jedno, przedstawiające Żenię w krótkiej sukience, leżącą na plecach i rozchylającą gołe nogi, pokazującą majtki, miało wielkość plakatu; wszyscy mogli je zobaczyć. Ale inne były mniejsze, intymne, przeznaczone wyłącznie dla oczu adwokatów i przysięgłych.

Oszczędzanie ludziom szoku. Mimo wszystko, ci siedzący wokół Żeni wiercili się i pomrukiwali, co przypominało głuchy niepokojący dźwięk.

Niewinne.

Członkowie ławy przysięgłych patrzyli na zdjęcia po kolei, a potem podnosili głowy i patrzyli na BMOC-a.

Trener dziewcząt złapał się za skronie i zaczął płakać.

• • •

Bili ją, oczywiście, ojciec i Michaił.

Ale byli ostrożni. Uderzali ją w brzuch, a potem robili jej zdjęcia w bieliźnie zakrywającej ślady. Albo nie pokazywali ramion, jeśli były posiniaczone. Ale jeśli popełnili błąd, jeśli dostała po twarzy, to tuszowali ślady makijażem. Innym, kiedy były liliowe, i jeszcze innym, kiedy traciły wyrazistą barwę i robiły się żółte.

Wiedzieli jednak, że nie mogą się posunąć zbyt daleko. Żenia zdawała sobie sprawę, że tylko dzięki temu utrzymuje się przy życiu. Michaił, to on tracił panowanie nad sobą. Mogła to dostrzec w jego oczach, kiedy białka błyszczały wokół czarnych tęczówek, a źrenice robiły się małe jak łebki od szpilek; mogła to dostrzec, gdy jego policzki pokrywały się rumieńcem, a usta rozwierały, on zaś unosił rękę do następnego ciosu.

Zabiłby ją – Michaił – gdyby nie obecność ojca, który go powstrzymywał. Odciągał go, krzyczał na niego i odsyłał na stronę, żeby się uspokoił.

Ojciec był ostrożniejszy, ponieważ rozumiał, że nic by im nie pozostało, gdyby umarła. Że dzięki niej mogli kupić ładę, pić droższą wódkę, chodzić do restauracji, podczas gdy ona wyszperała w domu dwa jajka albo kawałek chleba.

Ale i tak ojciec nie udawał, że czuje do niej coś więcej, i przekonywał, że nie kiwnie nawet palcem, żeby ją chronić. „Spróbujesz uciec, a znajdę cię" – mówił jej. „Znam wszystkich, ale ty nie znasz nikogo".

Milczała.

„Zostawię cię z nim sam na sam. A potem spławimy cię rzeką razem z drewnem". – Przysuwał twarz do jej twarzy. „Wierzysz mi?".

Oczywiście, że wierzyła. Więc zachowywała się przyzwoicie i czekała.

I zaczęła marzyć o innej przyszłości.

Gmach sądu, Fort Worth. Maj

Ci dwaj byli nikczemni. Wystarczyło na nich spojrzeć, nawet z daleka. Biły od nich fale gniewu, kiedy tak siedzieli obok siebie w sali odbijającej echo – grube karki, czerwone twarze i plamy potu pod pachami. Patrzyli na siebie cały czas, kręcili głowami, jakby nie mogąc uwierzyć w to, że są traktowani w ten sposób.

Bracia, tak podobni, że mogliby uchodzić za bliźniaków. Interceptor i ScrewU. Wydawało się, że zawsze pierwsi mieli coś do powiedzenia, kiedy pojawiał się nowy zestaw zdjęć. A to, co mówili, było nieodmiennie wulgarne, lubieżne, okrutne. Żenia zauważyła, że nikt nie przychodzi do sądu ich wesprzeć. W pierwszym rzędzie nie siedziały żony, rodzice, przyjaciele, by oferować słowa pociechy czy rzucać dodające odwagi spojrzenia. Byli tylko oni dwaj, z tymi uśmieszkami i potem, i publiczność składająca się z ciekawskich.

I oczywiście Żenia, gdzieś na końcu sali, z dłońmi tak zaciśniętymi, że bielały jej kostki.

• • •

Zaczęło się, kiedy miała dziesięć lat.

Do jej pokoju wszedł ojciec, niosąc dwie torby. Pierwsza była pełna nowych ubrań. Początkowo Żenia poczuła dreszcz ekscytacji – nie mogła sobie przypomnieć, kiedy jej coś ostatni raz kupił – ale gdy zaczęła przebierać w tych rzeczach, uśmiech na jej twarzy przygasł.

– Co to jest? – spytała, wyciągając z torby coś, co wyglądało jak zrobione z samych sznurków. – To dla mnie?

– Włóż to – nakazał. – To, co trzymasz w ręku.

W pierwszej chwili nie potrafiła się zorientować, gdzie się to zaczyna, a gdzie kończy, ale w końcu sobie poradziła. Kiedy to wkładała, ojciec zaczął grzebać w drugiej torbie, z której wyjął aparat fotograficzny.

Nawet wtedy Żenia nie była głupia. Zrozumiała, o co chodzi.

Mając na sobie nowe rzeczy, popatrzyła po sobie, a potem spojrzała na ojca. Na obiektyw.

– Kto będzie mnie oglądał? – spytała.

– Kładź się na łóżku – nakazał. Była to jedyna odpowiedź, jakiej jej udzielił.

Sąd okręgowy hrabstwa Pima,

Tucson w stanie Arizona. Wrzesień

Była jesień, ale na niebie płonęło słońce, a wiatr, który potrząsał hałaśliwie kosmatymi liśćmi palm, nie przynosił ulgi. Żenia, tak jak inni, szukała cienia i czekała, aż wpuszczą ją do sali sądowej.

– Dlaczego pani tu przyszła?

Żenia na chwilę znieruchomiała. Zdawało jej się, że nie może oddychać. Poczuła, jak napina mięśnie nóg; zaczęła szukać wzrokiem najbliższego narożnika, najbliższego miejsca, do którego mogłaby uciec, zgubić się w tłumie, zniknąć z ogólnego widoku.

Potem jednak odzyskała panowanie nad sobą i się odwróciła, by spojrzeć na kobietę, która zadała jej to pytanie.

Stały pod zieloną kopułą gmachu sądu, przypominającą jej meczety w Archangielsku. Sędzina, kobieta o profilu jastrzębia, zdenerwowała się z jakiegoś powodu i wyprosiła wszystkich z sali, żeby prawnicy mogli się spierać bez publiczności. Teraz wszyscy stali w nasłonecznionym holu, pocąc się niemiłosiernie.

– Słucham? – spytała Żenia.

Kobieta była w średnim wieku, miała co najmniej pięćdziesiątkę, ściągniętą opaloną twarz i tlenione blond włosy. Sprawiała jednak sympatyczne wrażenie.

– Przychodzę tu oglądać przedstawienie – wyznała. – Co tydzień coś innego. Lepsze niż telewizja czy kino.

Żenia milczała przez chwilę. Potem, kiwając głową, oznajmiła:

– Tak, lepsze niż kino.

Kobieta się uśmiechnęła i wyciągnęła rękę.

– Jestem Bonnie. Bonnie Wright.

– Jane – odparła Żenia, ściskając dłoń tamtej. Była twarda i sucha. – Na imię mam Jane.

– Miło cię poznać, Jane. Skąd jesteś?

– Z Nowego Jorku.

Bonnie uniosła nieco brwi, ale nie poprosiła o więcej szczegółów.

– No dobrze, co myślisz o tym facecie? – spytała. – Jak on się nazywa?

Żenia niemal popełniła błąd. Niewiele brakowało, żeby odparła: „Warlock. Przedstawia się jako Warlock". Potem jednak sobie uświadomiła, że nie wspomniano o tym słowem w czasie procesu, że nikt nie wie, jak ten człowiek się przedstawiał, kiedy wysyłał te koszmarne wiadomości, kiedy opisywał to, co by z nią robił i jak by wyglądała, kiedy już by skończył. Nikt nie wiedział prócz niej.

– Nie wiem – odparła. – Nie pamiętam, jak się naprawdę nazywa.

To też był błąd, który sprawił, że Bonnie popatrzyła na nią zaciekawiona. Nawet po tak długim czasie Żenia miała trudności, jeśli chodzi o znalezienie odpowiedniego słowa po angielsku. Tak łatwo było wpakować się w kłopoty, nie mogąc się jednocześnie zorientować, dlaczego do tego doszło.

Zarazem jednak to właśnie ją chroniło, to wahanie, ta trudność, jaką sprawiała jej budowa zdań. Nikt w tym miejscu, w Ameryce, nie żywił wobec niej jakichkolwiek podejrzeń – wszyscy wierzyli jej na słowo. Mogła posłużyć się jakimś wulgarnym określeniem – nauczyła się kilku – a ludzie wciąż uważali, że wcale nie miała tego na myśli.

– Ten człowiek… – powiedziała. – Uważasz, że jest winny? Bonnie wzruszyła ramionami i zmarszczyła czoło.

– Nie wiem – odparła. – Wygląda na miłego faceta. W ogóle nie jest taki, jak się spodziewałam.

Ktoś zawołał z drzwi sali sądowej i wszyscy ruszyli w tamtą stronę.

– A ty? – spytała Bonnie. – Jak myślisz?

Żenia pokręciła tylko głową. Wciąż brakowało jej słów, by wyrazić to, co myślała.

● ● ●

Przyjechali do Ameryki, kiedy miała czternaście lat – Żenia, jej ojciec i Michaił. Opuścili Archangielsk, opuścili Rosję, nawet się nie oglądając. Pojechali pociągiem do Moskwy; spędziła niezliczone godziny między dwoma potężnie zbudowanymi, spoconymi mężczyznami w zatłoczonym wagonie, który cuchnął starym jedzeniem i papierosami, nim weszli na pokład wielkiego samolotu lecącego do Nowego Jorku.

Mogła uciec w każdej chwili, wiedziała o tym. Mogła krzyczeć, wrzeszczeć, zwracać na siebie uwagę. Kiedy pociąg zatrzymał się na stacji w Pskowie, ojciec i brat zasnęli na ławce i przez dziesięć minut, może nawet dłużej, Żenia mogła po prostu odejść.

Nie miała jednak dokąd pójść. Na rosyjskich ulicach pełno było czternastolatek, które uciekły. Ich udziałem nie było szczęśliwe życie, ani nawet długie. Żenia bardziej bała się odejść, niż zostać.

Poza tym musiała dokonać rewizji swojego planu. Nie spodziewała się, że wyjadą z kraju tak szybko.

Tysiące mężczyzn, których nigdy nie poznali, zapłaciło za lot Aerofłotu, przekazując co miesiąc 24,95 dolara amerykańskiego albo 30 euro i Bóg jeden wie, ile jenów albo funtów. Tysiące mężczyzn, którzy czekali co tydzień, żeby zobaczyć Żenię w bieliźnie typu body, w krótkich szortach i bikini bez stanika, zakrywającą piersi dłońmi.

Nigdy nie pokazywano im tyle, ile chcieli zobaczyć, ale zawsze dostatecznie dużo, by pragnęli ujrzeć więcej. By o tym marzyli.

Chyba że płacili ekstra za zestaw na zamówienie. Wówczas ich marzenia się spełniały.

• • •

– Dlaczego to robią? – spytała Bonnie Wright, kiedy zajęły miejsca w chłodnej, przyciemnionej sali sądu. – Chodzi mi o te zdjęcia – ciągnęła, wzruszając ramionami. – Ci mężczyźni. Jak oni mogą… myśleć w ten sposób o dzieciach?

Żenia poczuła, jak rozmazuje się jej wzrok. Ona wiedziała. Oczywiście, że tak. Wiedziała dokładnie, co przemawiało do tych mężczyzn, wielu mężczyzn, kiedy patrzyli na jej zdjęcia. I nie tylko jej – ponieważ się dowiedziała, że tysiące dziewcząt doświadcza tego, co ona.

– To obrzydliwe – skomentowała Bonnie.

Nie, pomyślała Żenia. To znacznie gorsze.

• • •

Przeprowadzili się do Rego Park w Queens, części Nowego Jorku, gdzie już się roiło od Rosjan. Na szyldach sklepów widniała cyrylica; słysząc język, jakim mówiono na ulicy, Żenia miała wrażenie, że nigdy nie wyjechała z kraju. Wiedziała, dlaczego jej ojciec wybrał to miejsce – byli tu całkowicie niewidoczni i anonimowi. Nikt nigdy nie zapukał do ich drzwi.

Dwa dni po przyjeździe kupił nowy komputer, nowy duży telewizor i nowy aparat fotograficzny, znacznie nowocześniejszy niż ten, który mieli w Rosji. Ponieważ nie chodziła już do szkoły, robił jej teraz zdjęcia dwa razy w tygodniu – tańczyła przed obiektywem, trzymała pluszowe zwierzęta, leżała na łóżku w kostiumie kąpielowym albo w bieliźnie. Wkładała rzeczy przysyłane przez mężczyzn, którzy patrzyli na nią w swoich domach, i to po kilku zaledwie godzinach od chwili, gdy ojciec zrobił jej zdjęcia.

I coraz częściej przychodziły oferty na zestaw na zamówienie, coraz śmielszy. Zdarzało się teraz, że musiała stać naga przed ojcem. Ale na nim nie robiło to wrażenia. Patrzył na nią zza aparatu oczami tak czarnymi i pozbawionymi wyrazu jak ślepia wrony.

Pieniądze napływały, przynajmniej z początku. Żenia, której pozwolono wychodzić z domu bardzo rzadko i zawsze pod ścisłym nadzorem, spędzała godziny na lekturze gazety „Nowoje russkoje słowo" i czasem amerykańskich gazet, które zostawiał Michaił.

Oglądała też telewizję, znalazłszy wkrótce kanał, który nadawał tylko i wyłącznie relacje z procesów sądowych. Oglądała je, ilekroć mogła, z niezwykłą uwagą, nawet obsesyjnie.

W ten sposób dowiedziała się wielu rzeczy o Ameryce i powtarzając głośno słowa i zdania w pustym mieszkaniu, ćwiczyła angielski, jakim posługiwali się Amerykanie.

Przeszukała każdy centymetr kwadratowy pokoi, kiedy mężczyzn nie było w domu, i odkryła wszystkie miejsca, gdzie jej ojciec chował rzeczy, które pragnął ukryć przed światem. I po raz pierwszy – z bijącym sercem i kropelkami potu na czole – uruchomiła jego wspaniały nowy komputer i zobaczyła siebie taką, jaką widzieli ją inni.

W kolejnych tygodniach robiła to wiele razy i nauczyła się znacznie więcej. Zrozumiała, w jaki sposób ojciec przesyła jej zdjęcia. Jak obsługuje swoją stronę. Jak buszuje po sieci, żeby nikt nie mógł go zobaczyć.

I znów, wykorzystując to, czego się nauczyła w tym nowym kraju, oddawała się marzeniom o innym życiu. Mimo wszystko, drżąc ze strachu na samą myśl o tym, co mogłaby robić, wątpiła, czy zdobędzie się kiedykolwiek na odwagę, by wcielić w życie swój plan.

Aż do dnia, kiedy Michaił uznał, że zachowała się wobec niego zbyt bezczelnie, i uderzył ją w brzuch. Kiedy leżała na podłodze, stanął nad nią i powiedział coś, z czego dotąd nie zdawała sobie sprawy.

– Robisz się za stara – oznajmił. – Niedługo będziesz dla nas bezwartościowa.

Żenia miała wtedy siedemnaście lat.

– Wcześniej jednak pozbędziemy się ciebie. Niech ktoś inny ma z tobą problem – dodał.

Mogła się domyślić, co to oznacza. Kiedy więc następnym razem wyszli z domu napić się wódki z innymi rosyjskimi imigrantami, Żenia zaczęła wreszcie – po siedmiu latach – działać.

• • •

Warlock siedział na prawo od sędziów przysięgłych. Był wysoki, miał kręcone blond włosy i starannie przystrzyżoną brodę. Niebieskie oczy i twarz, która wyglądała tak, jakby się często uśmiechała. Długie ręce, które spoczywały na kolanach, wąskie nadgarstki i delikatne dłonie, wysuwające się z mankietów ciemnego garnituru.

Nie zdradzał nawet śladu rozpaczy, którą okazywał Yngblood w Indianie albo trener dziewcząt w Filadelfii, czy też ledwie skrywanej wściekłości, będącej znakiem szczególnym tamtych braci z Teksasu. Warlock wyglądał jak ktoś, kto trafił tu przez omyłkę, jak ktoś, kto wie, że wszystko jest po prostu nieporozumieniem, jak ktoś, kto spodziewa się, że lada chwila stąd wyjdzie i wróci do rzeczywistości.

Wyjaśniał mocnym, przekonującym głosem, jakie popełniono błędy, i że nie miał pojęcia, i że nigdy w życiu by tego nie zrobił.

Jak mówiła Bonnie Wright, wyglądał i zachowywał się jak miły człowiek. Niewinny człowiek.

Żenia znała prawdę. Czy jednak pozostali, to znaczy dwunastu milczących ludzi w ławach przysięgłych, też ją dostrzegali?

• • •

Rozmawiali o niej.

Cały czas.

Ojciec ochrzcił ją mianem Boska Dwina, a użytkownicy forum nazywali siebie Dwielbicielami. Zachowywali się jak przyjaciele, którzy mają wspólny sekret i którzy darzą się większym zrozumieniem, niż darzył ich ktokolwiek w prawdziwym życiu. Forum było dla nich schronieniem, kryjówką, domem.

Dwielbiciele Dwiny. Niekiedy w dyskusjach brało udział kilkudziesięciu, ale pięciu wykazywało się największą aktywnością. Pięciu, którzy czuli się najpewniej: Yngblood, BMOC, Interceptor, ScrewU i przede wszystkim Warlock.

Rozmawiali o jej oczach. Jej uśmiechu. Jej nogach. Jej piersiach.

O piersiach, które – jak się zorientowała – wydawały im się już mniej podniecające.

„Och, nadchodzi ten czas – skarżył się BMOC. – Wkroczyła już niemal w wiek babciny".

Wiek babciny.

„Tak, czy to nie smutne, kiedy dorastają? – spytał Interceptor. – Mamy przynajmniej dawne zestawy zdjęć. Z czasów, kiedy była słodka".

„Nienawidzę pieprzonego dojrzewania" – skomentował ScrewU.

Żenia popatrzyła na siebie. Na rozkwitające sińce po ostatnich ciosach Michaiła, na poobgryzane paznokcie, delikatne włoski na ramionach – których Dwielbiciele nie lubili – na zaokrąglenie brzucha, na mocne nogi, na szerokie stopy o wysokim podbiciu.

Kiedy to ostatni raz oglądała się tak dokładnie? Nie mogła sobie przypomnieć. Może nigdy. Bo to nie było jej ciało; należało do nich. A teraz można było odnieść wrażenie, że już go nie chcą.

„Nie przedłużę subskrypcji, kiedy wygaśnie" – wyznał któryś z nich.

„Ja też nie – dodał inny. – Gdybym chciał sobie obejrzeć nastolatkę w topie, to wybrałbym się do centrum handlowego".

„Albo na plażę" – podsunął BMOC.

„Och, przestańcie narzekać, kurwa".

To był Warlock.

„Kiepski nastrój?" – spytał ktoś.

„Zawsze ma kiepski nastrój".

Pauza. Potem znowu Warlock:

„Wiem o czymś, o czym wy nie wiecie".

„???" – BMOC.

Znowu pauza, trochę dłuższa. Po chwili Warlock zaproponował:

„Przejdźmy na czat".

Ich internetowe imiona zniknęły z ekranu forum. Wykonując kilka szybkich ruchów, Żenia podążyła za nimi na ich prywatny czat. Ojciec ustawił wszystko tak, jak ona sama by to zrobiła: nikt nie mógł jej widzieć, ale ona mogła widzieć ich.

„Więc co to za sekret?" – spytał BMOC.

„Zamierzam się z nią spotkać" – odpisał Warlock.

„CO?!".

„Spędzić z nią tyle czasu, ile tylko zechcę".

„Jasne".

„Gówno mnie obchodzi, czy mi wierzycie".

Długa pauza. W końcu BMOC spytał:

„Jak?".

„$$$$$".

A potem Warlock zaczął wyjaśniać, co będzie robił z Dwiną, kiedy już ją dorwie. Co będzie robił z nią i co będzie robił jej. Opis wypełnił pół ekranu komputera, ale Żenia zdołała przebiec wzrokiem tylko sześć pierwszych linijek, zanim przestała się kontrolować i stwierdziła nagle, że klęczy nad ubikacją w łazience i opróżnia zawartość żołądka do nieruchomej, brudnej wody.

• • •

Najpierw wstała pani prokurator i zaczęła mówić. Była piękną kobietą, śniadą i czarnowłosą, o wysokich kościach policzkowych i ustach, które opadały w kącikach. Mówiła niskim głosem, który niósł się jednak po całej sali.

– Mam do was pytanie – zwróciła się do przysięgłych. – Chcecie, by ten człowiek przebywał wolny na tej samej ulicy, w tym samym pomieszczeniu, w tym samym świecie co wasze córki?

Następnie przyszła kolej na obrońcę Warlocka. Niski i niezgrabny – w przeciwieństwie do swego wysokiego i przystojnego klienta – podczas swego wystąpienia dzgał powietrze palcem wskazującym. Opowiedział obecnym na sali i przysięgłym o dobrych uczynkach, jakie były dziełem jego klienta. I mówił o wątpliwościach. Powiedział, że jest ich zbyt dużo, by ława przysięgłych mogła przesądzać o winie. Potrzebny był dowód – a jaki był dowód?

– Nie pozwólcie, by emocje przesądzały o posłaniu niewinnego człowieka do więzienia – oznajmił.

Warlock wlepiał wzrok w stół, przy którym siedział – uosobienie niewinności.

– Dokonajcie słusznej oceny – dodał adwokat.

Wydawało się, że publiczność w sali sądowej wstrzymuje oddech. Patrząc z tylnych miejsc, Żenia poczuła, jak robi jej się zimno. Zanosiło się na to, że mu uwierzą, tych dwunastu ludzi w ławach przysięgłych. Mogła to przewidzieć. Zamierzali uwierzyć w te wszystkie piękne słowa, a Warlock miał odejść jako wolny człowiek.

Żenia posłyszała wokół siebie westchnienia. Siedząca obok niej Bonnie Wright uniosła dłonie.

– Nie wiem, co myśleć – wyznała.

• • •

„A potem podzielę się nią z wami" – napisał Warlock.

„Nie żartuj" – odpowiedział Yngblood.

„Nie, mówię poważnie... chyba że jest według was za stara".

„Wciąż mam na nią ochotę" – oznajmił Interceptor.

„Kiedy ma się to stać?" – spytał BMOC.

„Niebawem".

Żenia popatrzyła na to słowo na ekranie: „Niebawem".

„A jeśli nie zechce?" – ponownie spytał BMOC.

„Och, zechce – zapewnił Yngblood. – Zrobi wszystko, co ojciec jej każe".

Żenia zaczęła się zastanawiać, czy nie czekała zbyt długo. Pochyliła się nad komputerem, kliknęła „Odpowiedz", wpisała „Cześć, chłopaki" i kliknęła „Prześlij".

Po chwili zobaczyła, jak na ekranie pojawiła się wiadomość pod jej loginem Boska Dwina.

Na czacie zapanowało poruszenie.

„Chcecie, żebym wam powiedziała, co mam w tej chwili na sobie?".

Podarte dżinsy i poplamioną bluzę, jej zwykłe ubranie,

kiedy nie była fotografowana. Czuła w ustach kwaśny smak i wiedziała, że wciąż cuchnie wymiocinami.

„Pieprzyć cię – odpisał ScrewU. – Jesteś jakimś facetem, który się do nas włamał, żeby pogrywać z nami w chuja. Chętnie dałbym ci w mordę".

„Och, to ja – napisała Boska Dwina. – I mogę to udowodnić".

„Jak?".

„Mam nowy zestaw zdjęć, najlepszy jak dotąd".

„Pieprz się" – powtórzył ScrewU.

„Dostaną go tylko ci, którzy ładnie poproszą".

Wylogowała się i poszła do swojego pokoju się przebrać, a potem do pokoju ojca i wzięła jego niesamowity aparat. Już dawno się zorientowała, jak obsługiwać autowyzwalacz, i teraz sfotografowała się dwadzieścia siedem razy, robiąc rzeczy, których nigdy wcześniej nie robiła.

Nie wyłączając tego, co spodobałoby się Warlockowi, jak przypuszczała.

Kiedy wróciła do komputera, pięciu mężczyzn poprosiło ładnie. Bez wyjątku.

W swoim stylu.

• • •

Winien, orzekła ława przysięgłych w Shoals w Indianie.

Tak jak ława w Filadelfii.

I ta w Fort Worth.

Werdykty nie były zaskoczeniem, sądząc po reakcji zgromadzonej publiczności. „Rutynowa sprawa". – Żenia niejednokrotnie usłyszała ten dziwny zwrot.

– Nie tolerujemy w tym kraju dziecięcej pornografii – oznajmiła jakaś kobieta.

Ale Żenia już to wiedziała. Z telewizji.

W każdym wypadku dowody znajdowały się w komputerach tych mężczyzn. Czasem policja i FBI znajdowały też inne zdjęcia, nie tylko te, na których była Żenia. Gorsze zdjęcia, z różnymi dziewczynami.

Usłyszawszy werdykt, Yngblood siedział nieruchomo jak kamień. Trener, czyli BMOC, załamał się i rozpłakał; trzeba go było wyprowadzić z sali. Interceptor i ScrewU przeklinali sędziego i przysięgłych, krzyczeli, pluli; wylądowali na podłodze, a umięśnieni policjanci o czerwonych twarzach siedzieli na nich, zakuwając ich w kajdanki.

Żenia była obecna przy każdym werdykcie, tak jak była obecna niemal przy wszystkich zeznaniach. Nie odczuwała jednak przyjemności, ponieważ jedna sprawa jeszcze się nie zakończyła. Ta najważniejsza.

Proces Warlocka różnił się od pozostałych. Facet miał najlepszych prawników do pomocy, najwięcej pieniędzy i (jak wydawało się Żeni) przejawiał najgorętsze pragnienie pozostania na wolności. Proces został odroczony, potem znowu, i jeszcze raz. A kiedy znów się zaczął, jego prawnicy walczyli zajadle, przedstawiali swoich świadków, zmagali się bezustannie z prokuratorami. Warlock natomiast był cały czas spokojny, pełen godności, przekonujący.

Kiedy skończono składać zeznania, a obrońcy wygłosili mowy końcowe, przysięgli opuścili salę i debatowali nad werdyktem cały dzień, a także następny.

Mijały godziny, a Żenia była coraz bardziej pewna, że Warlock wyjdzie z sali sądowej wolny. I że potem przyjdzie po nią, by ją ukarać za to, że zniszczyła mu życie.

Gdyby tak się stało, gdyby zdołał ją odszukać, wiedziała, co musiałaby zrobić.

● ● ●

Ojciec uderzył ją w twarz. Jej stopy uniosły się nad ziemią i przez moment miała wrażenie, że leci, ale potem zadziałały prawa fizyki i Żenia spadła na podłogę. Czuła na posiniaczonym policzku chłód drewna, a w ustach smak krwi.

Wrócili do domu zbyt wcześnie, on i Michaił.

– Co zrobiłaś? – spytał po rosyjsku.

Nie odpowiedziała.

– Nie wolno ci rozmawiać z tymi mężczyznami.

Milczała.

– Wstawaj – nakazał, ale gdy to zrobiła, znów ją uderzył, był to cios w żołądek. Wydawało jej się, że nigdy więcej nie złapie oddechu. – Myślisz, że możesz przejąć nasz interes? Zarabiać pieniądze dla siebie, nie dla nas?

Nie odpowiedziała.

– Wstawaj.

Uniosła się na dłoniach i kolanach i tym razem to Michaił podszedł do niej i ją kopnął; jego ciężki but uderzył głucho w jej żebra. I znów niemal poleciała, ale gdy wylądowała na podłodze, przetoczyła się na bok i zerwała na nogi szybciej niż się spodziewali. Dysząc ciężko, pobiegła, ale nie do wyjścia, tylko do swojej sypialni.

Obaj mężczyźni ruszyli za nią. W drzwiach nie było zamka.

Znaleźli ją leżącą na łóżku, zwiniętą w kłębek, obejmującą poduszkę.

– Nie – oznajmił Michaił ze śmiechem. – Nie czas na drzemkę.

Chwycił ją za ramię i obrócił na plecy. I wtedy wyciągnęła nóż, ten, który wiele tygodni temu wzięła z szuflady w kuchni. Jej ręka zatoczyła szybki łuk, a szeroko otwarte oczy patrzyły, jak dziesięciocentymetrowe ostrze wbija się w gardło Michaiła tuż pod brodą pokrytą szczeciniastym zarostem.

Nastąpiła chwila niczym niezmąconej ciszy. Michaił gapił się na nią oczami, które robiły się coraz większe. Potem, dławiąc się i charcząc, runął do tyłu na podłogę. Nóż został w jej zaciśniętej na rękojeści dłoni. W górę trysnęła krew, czerwona fontanna, która ochlapała ją i łóżko.

Żenia marzyła o tym od lat. Czekała tak długo tylko dlatego, że potrzebowała odpowiedniej siły, by tego dokonać. I nigdy nie zdawała sobie sprawy, że gdy ta chwila nadejdzie, gniew da jej moc, jakiej potrzebowała.

Zsunęła się z łóżka i tym razem naprawdę poleciała, unosząc się w powietrzu. Wylądowała na plecach ojca, gdy ten próbował uciec; usłyszała, jak krzyczy z przerażenia, i uderzyła prawą ręką; poczuła, jak ostrze tnie ciało, aż napotyka coś twardego, by i to w końcu przebić.

Runęli na podłogę. Żenia stoczyła się na bok i patrzyła, jak ojciec wije się, skręca i próbuje złapać powietrze, patrzyła, jak w jego wronich oczach pojawia się pustka i jak w końcu nieruchomieje.

Potem wstała i wzięła długi gorący prysznic. Kiedy już się umyła, obejrzała się dokładnie w lustrze. Nie było tak źle, jak początkowo sądziła. Niczego sobie nie złamała, a krew w większości nie była jej.

Tak jak zawsze zamaskowała sińce kosmetykami, które ojciec kupił jej w tym celu. Potem wysunęła sekretną szufladę, gdzie jej ojciec, nie ufając bankom, trzymał swoje pieniądze. Jej pieniądze, tak naprawdę. Dużo pieniędzy, dostatecznie dużo, by mogła się udać dokądkolwiek chciała w tym wielkim i pustym kraju, gdyby tak postanowiła. I nikt by jej nie znalazł. Nikt nawet nie wiedział, że tu jest.

Ale nie była jeszcze gotowa. Ojciec i Michaił zjawili się, nim uporała się z przygotowaniami.

Najpierw poszła do komputera i przesłała ostatni zestaw.

Potem podniosła słuchawkę i zadzwoniła do Waszyngtonu. Wiedziała, że cokolwiek się teraz wydarzy – a miała nadzieję, że się wydarzy – to powiedzą o tym w *Wiadomościach*, które w tym kraju nie milkły ani na chwilę.

Wreszcie, zgodnie z marzeniami, które żywiła tak długo, spakowała swoje rzeczy i opuściła mieszkanie po raz ostatni.

• • •

– Uznajemy oskarżonego za winnego – oświadczył przewodniczący ławy przysięgłych.

Powiedział to jeszcze kilkakrotnie.

Warlock siedział twardo na swoim miejscu przy stole obrony, jakby dostał w głowę obuchem. Jego obrońca zmarszczył czoło, wzruszył ramionami i zaczął zbierać swoje papiery.

– Rany – powiedziała Bonnie. – Nie byłam pewna.

– Pójdzie do więzienia? – spytała Żenia.

Bonnie popatrzyła na nią zdziwiona.

– Nie słyszałaś, kochanie? Idzie siedzieć na dwieście lat.

Żenia sapnęła z wrażenia.

– Takie jest prawo w Arizonie – wyjaśniła Bonnie. – Ustawowy wyrok dwudziestu lat więzienia za każdy udowodniony zarzut posiadania pornografii dziecięcej, bez możliwości ubiegania się o zwolnienie warunkowe. Uznano go za winnego dziecięciu zarzutów. Policz sobie. – Popatrzyła na Warlocka, który podnosił się wolno z miejsca. – Ten facet umrze w więzieniu.

Dwaj funkcjonariusze zaczęli prowadzić skazanego między ławkami, w stronę drzwi. Niegdysiejszy spokój ulotnił się bez śladu; Warlock sprawiał wrażenie otumanionego, szok i strach niemal go oślepiły. Przechodząc obok miejsc dla publiczności, podniósł nagle głowę i spojrzał na Żenię. Jego wzrok nabrał ostrości, a mięsień na policzku drgnął gwałtownie.

Zna mnie, pomyślała Żenia.

W tym momencie Warlock zaczął się drzeć:

– To ona! To ona... ta, która mnie wrobiła! Ta, która przysłała mi te zdjęcia. To ona... przysięgam...

Po raz pierwszy Żenia rozumiała to, czego nie pojmowali inni. Funkcjonariusze zerknęli tylko na siebie, a na ich twarzach pojawił się ironiczny uśmiech. Jeden z nich wykręcił Warlockowi rękę, i to tak mocno, że słowa skazanego zamieniły się w dziwny gardłowy bełkot. Zanim zdołał się opanować, wyprowadzono go z sali, w której wciąż rozbrzmiewało echo jego krzyków.

Żenia zmusiła się, by spojrzeć na Bonnie, lękając się, że jej nowa przyjaciółka ją przejrzy. Czy potrafiłaby rozpoznać w tej twarzy, w ciele tej krótko ostrzyżonej, blondwłosej, dobrze ubranej kobiety tamtą półnagą dziewczynę o pustym spojrzeniu? Dziewczynę ze zdjęć?

Bonnie jednak potrząsnęła tylko głową i wybuchnęła śmiechem.

– Jezu, co to było?

Żenia wzruszyła ostrożnie ramionami.

– Krzyżyk na drogę – oświadczyła Bonnie.

Któż wiedział, co to znaczy? W uszach Żeni zabrzmiało to jednak jak ostateczny werdykt, który mogła zaakceptować.

• • •

Obudziła się zdezorientowana i wystraszona. Potem sobie przypomniała; przeciągnęła się i oparła czoło o zimną szybę okna autobusu.

Krajobraz na zewnątrz był suchy, spalony. Gdzie się znajdowała? W Utah? Nevadzie?

Nie miało to znaczenia, ponieważ wciąż nie wiedziała, dokąd zmierza. Ale jednego była pewna: kiedy już tam dotrze, kiedy zdecyduje się wysiąść z autobusu, jej życie się wreszcie zacznie.

Mike Wiecek

Złomiarz

Z „Ellery Queen's Mystery Magazine"

Monsunowe deszcze zelżały o świcie i slumsy Bhatiary zaczęły z wolna ożywać. Stłumione głosy w przytułkach, brzęk czajników stukających o ogniotrwałe cegły, klapanie stóp w błocie – wszystko to rozpływało się w wilgotnym i ciężkim powietrzu. Z pobliskiej drogi dobiegało postękiwanie ciężarówek. Niedługo plaża miała rozbrzmiewać bezustanną wrzawą – metalicznym dźwiękiem, krzykami, wszędobylskim handlem – którą mógł uciszyć tylko najbardziej rzęsisty deszcz. Na razie jednak panował względny spokój.

Mohit Kadir szedł przed siebie lekkim, radosnym krokiem. Uśmiechał się do przyćmionego wschodu słońca i zerkał z czułością na trująco jasne chemikalia w rowach odpływowych. Jeszcze tylko dzień albo dwa niewolniczej pracy, a potem koniec z tym i początek kariery prawdziwego złomiarza – awans tak trudny, tak wyjątkowy, że zjawiali się nawet nieznajomi i mamrotali gratulacje, w których pobrzmiewała zazdrość. Mohit czuł się tego dnia tak, jakby mógł sam udźwignąć tonę żelastwa i wrócić po jeszcze więcej.

Brygadzista, Syed Abdul Farid, ziewał w drzwiach swojego domu.

– *Salem alejkum*, Mohit. – Miał posiwiałe włosy i odznaczał się solidną budową ciała, typową dla człowieka, który je więcej, niż musi. – Wyglądasz dziś na szczęśliwego.

– Tak, *sahibie*. – Mohit uśmiechnął się bezwiednie. – To piękny dzień.

Ruszyli przez slumsy, zabierając po drodze pozostałych członków ekipy. Większość mieszkała razem w ruderach, po sześciu albo siedmiu. Wszyscy pochodzili z tego samego miasta, Ghorarchar na północy Bangladeszu, regionu nawiedzanego przez głód i rozpaczliwą nędzę. Mohit skinął głową na znak powitania.

– *Kamon achhen?*

– *Bhalo achhi.*

Mężczyźni nosili niemal identyczne sarongi i tanie koszule, cienką odzież, jednakowo postrzępioną i pobrudzoną, niewiele różniącą się od łachmanów. Ich twarze były wymizerowane, ręce wychudłe jak u ludzi cierpiących na wycieńczenie, pomimo koszmarnie ciężkiej pracy, jaką wykonywali. I wiedzieli, że są szczęściarzami, wybrańcami losu. Ghorarchar nie oferowało niczego prócz głodu. Tutaj, na długiej, zadeptanej błotnistej plaży w Ćittagong, mogli zarobić sześćdziesiąt taka na dzień przy demontażu statków. I byli z tego zadowoleni.

Statki! Upłynęło pięć lat od chwili, gdy Mohit ujrzał je po raz pierwszy, ogromne kadłuby z rdzy i stali, przyciągnięte na mieliznę i majaczące nad głową niczym góry. Częściowo rozebrane, pogrążone we mgle i monsunowych deszczach, martwe statki wydawały się zbyt masywne, zbyt wielkie, by kiedykolwiek mogły stworzyć je ludzkie ręce. Teraz jednak były tylko złomem, nic niewartym z wyjątkiem metalu, który z wolna rozbierały inne ludzkie ręce. Na przestrzeni dziesięciu kilometrów tkwiły jeden obok drugiego, nieraz trzydzieści jednocześnie, cięte niespiesznie za pomocą ręcznych spawarek na kawałki, które zabierali bosonodzy tragarze.

– Jak się czujesz, Mohit? – spytał Farid, kiedy przechodzili przez nadbrzeżną szosę, której twardy asfalt dawał przez krótką chwilę wytchnienie stopom, nim znów zanurzyłyby się w grząskim i bezkresnym piasku.

– Jak się czuję, *bhaiya*?

Mohit mógł się teraz zdobyć na większą poufałość, ale

Farid był starszy od niego o piętnaście lat i wciąż był jego szefem.

– Przykro mi cię tracić, jesteś moim najlepszym pracownikiem.

– Nie będę kłamał. – Mohit podniósł wzrok na majaczący przed nimi kadłub statku i odchylił głowę tak bardzo, wpatrując się w forpik, że musiał przystanąć. – Kiedy się tam znajdę, będę wspominał tylko przyjaciół. Z chęcią porzucę to, co robiłem dotychczas.

– Cięcie metalu to niebezpieczna praca.

Mohit wybuchnął śmiechem. Pięć lat pracował jak niewolnik; pięć lat odkładał mozolnie piętnaście taka dziennie; pięć lat odmawiał sobie szklaneczki *tari*, gry w *carrom* i kawałka mięsa. Zaoszczędził 25 000 taka, fortunę wedle powszechnych standardów, a wszystko po to, by dostać się do ekipy złomiarzy. Nazajutrz miał się uwolnić od błota i zawisnąć wysoko w górze, pośród stalowych belek i żelaza – z palnikiem, przyzwoitym wynagrodzeniem i lepszym życiem.

– Słuchaj uważnie Hasana. – Farid wciąż odgrywał rolę ojca, jeśli chodzi o młodych ludzi z Ghorarcharu. – Zgodził się wziąć cię na próbę. Będzie cię szkolił, ale musisz sobie brać do serca jego nauki. Pamiętaj, masz zrzucać płyty na piasek, nie na swoją głowę.

– I nie na twoją.

Mohit, osierocony w trzecim roku życia, nie mógł twierdzić, że jego udziałem było szczęśliwe dzieciństwo, lecz w przeciwieństwie do wielu innych nie musiał posyłać pieniędzy swojej rodzinie, ponieważ jej nie miał. Jako chłopiec nigdy nie dostał zabawki, ani jednej; jako młody człowiek utrzymywał się z łapania ryb na poletkach ryżowych. Okoliczności, którym nie sprostali inni, rozbudziły w nim determinację, by zapewnić sobie lepszy byt. I nadszedł dzień, gdy niemal to osiągnął. Miał plan: praca złomiarza pozwoliłaby mu zaoszczędzić prawdziwe pieniądze. Któregoś dnia, z wolą boską, zgromadziłby ich dostatecznie dużo, żeby kupić sobie ciężarówkę! Stałby się wtedy bogatym człowiekiem, niezależnym dostarczycielem stali do walcowni. Jego wóz miałby najwspanialsze ozdoby, najlepszy lakier, najbardziej olśniewające chromowane akcesoria. Może nawet zdołałby się dorobić… własnego domu. Takie marzenia sprawiały jednak ból i Mohit nieczęsto sobie na nie pozwalał; mimo wszystko dodawały mu sił.

Rzadki deszcz kropił na kadłub statku, wielką, nakrapianą nitami ścianę. Jednostkę wciągnięto na brzeg przed trzema tygodniami, a ekipy śmieciarzy kończyły już zgarniać swój łup z odzysku – meble, wyposażenie i wszystko, co udało się zdemontować.

– Liny – oznajmił Farid i ludzie wydali z siebie westchnienie.

Dźwiganie przez piętnastu ludzi na swych barkach monstrualnie ciężkich stalowych płyt – niemal tony metrycznej – było dostatecznie ciężkie; ciągnięcie stalowych cum okrętowych po plaży – robili to, rozstawiając się co cztery metry wzdłuż tych lin, które mogły osiągać długość nawet kilometra – było istną męką. Ostre kawałki cynkowanego drutu cięły skórę.

– Im prędzej zaczniemy, tym prędzej skończymy.

Farid zaczął ich poganiać, by ustawili się w jednej linii, począwszy od miejsca, w którym pierwsza lina wyłaniała się gdzieś z góry, tak wysoko, że nikła we mgle.

Mohit jednak nie tracił animuszu. Zajął z radością swoje miejsce, rozglądając się, podczas gdy inni niechętnie wlekli się na pozycje.

Daleko, na samym końcu statku, widział trzech złomiarzy, którzy oglądali z uwagą rufę. Mrużąc oczy w deszczu, Mohit dostrzegł Hasana, jak mu się zdawało; nic dziwnego. Przed rozbiórką statku należało przewentylować potężne zbiorniki paliwa. Były niemal puste, kiedy statek lądował na mieliźnie, a ekipy zajmujące się odzyskiem odpompowały resztki, by poddać je przeróbce, ale pozostawał osad. Gdyby opary wydostały się na zewnątrz, płomień czyjegoś palnika mógłby wywołać eksplozję.

Oczywiście zawory należało jakoś otworzyć i nawet dłuto mogło skrzesać iskrę. Doświadczeni złomiarze wiedzieli, jak to zrobić bezpiecznie, a ich wieloletnie doświadczenie pozwalało unikać zakamarków i złączy, gdzie zbierał się gaz. Hasan był najlepszy, najsprawniejszy, Mohit nie dziwił się więc, że to właśnie ten człowiek się tym zajmuje. Poczuł przypływ dumy – miał wkrótce pracować z Hasanem, z najlepszym złomiarzem w całym Ćittagong.

– *Aste!* – zawołał Farid z końca szeregu.

Mohit nachylił się, by chwycić gruby kabel, gotów pociągnąć go wraz z innymi. Przesunął stopy w błocie, szukając lepszego oparcia.

BUM!

Wybuch zabrzmiał tak, jakby sam statek się zapadł, i jednocześnie jak uderzenie potężnego młota i przeraźliwy jęk rozdzieranego metalu. W powietrze wzniosły się krzyki. Mohit obrócił się błyskawicznie i zobaczył, że ciemny kadłub wygiął się nieznacznie, a w jego boku widnieje potężna dziura. Rozerwana stal ziała pustką, na brzegu leżało splątane żelastwo.

Złomiarze zniknęli, pocięci na strzępy w jednej sekundzie. Mohit patrzył przez chwilę, nim doznał szoku. Osunął się na kolana i zwymiotował w błotnisty piasek.

• • •

Robota ustała. Ludzie schodzili się bez celu i przystawali na krawędzi zniszczenia, gdzie poskręcany metal upstrzony był szczątkami ciał. Mohit, czując słabość w nogach i ocierając usta, podszedł bliżej. Zobaczył but na samym wierzchołku stalowej ruiny – przyjrzał się dokładniej i uświadomił sobie, że w środku wciąż tkwi stopa; kość i skóra sterczały na zewnątrz. Po chwili wszystko zmył deszcz.

Mohit widział wcześniej śmierć. Nie tak często, jak sobie początkowo wyobrażał, ale nieszczęśliwe wypadki były na nadbrzeżnym złomowisku czymś nieuniknionym. Ludzie spadali z dużych wysokości, przygniatały ich ciężary, ginęli na miejscu, kiedy stalowe liny pękały i siekły bezlitośnie po plaży, tnąc wszystko na swojej drodze. Wrodzona kruchość ludzkiego ciała nie była dla niego żadnym zaskoczeniem.

Ale tu chodziło o Hasana – najstarszego z elity złomiarzy, człowieka, który zgodził się przyjąć Mohita do swojej ekipy i który, co ważniejsze, otrzymał za to 25 000 taka.

A teraz… Mohit znowu dostał ataku mdłości.

Zawarty przez niego interes nie został oficjalnie potwierdzony. W Bhatiary nie było banków z kamiennymi filarami i uzbrojonymi strażnikami ani urzędników, którzy mogliby uwiecznić warunki umowy na starannie spisanych kopiach dokumentów. Nad negocjacjami czuwał Farid. Mohit stał wyprężony jak struna, podczas gdy jego szef rozmawiał z Hasanem. Hasan mówił cicho, rzeczowo, potem się uśmiechnął do Mohita; skłonili się, prosząc o Boże błogosławieństwo, i nic więcej nie było potrzebne. Farid przekazał nazajutrz pieniądze – dyskretnie.

Teraz zaś Mohit nie miał prawdopodobnie nic – nie miał pracy złomiarza, pozycji, pieniędzy. Wszystko przepadło, pochłonięte przez błysk wywołany jakąś zbłąkaną iskrą.

– Idź – powiedział Farid. – Nie będziemy dziś pracować. Pozbieraj się.

– Ale ja…

– Zostaniemy i pomożemy. – Farid skinął głową w stronę drogi, gdzie ciężarówki zwalniały i gdzie w oddali widać było zdawkowy błysk świateł wozu policyjnego. – Niebawem zjawi się majster. Zajmie się wszystkim.

– Tak. W porządku.

Farid się przygarbił.

– Będzie musiał znaleźć sobie nową ekipę złomiarzy – oznajmił cicho. – Przykro mi, *bhai*.

Mohit nie odezwał się więcej. Powlókł się po plaży, chłostany deszczem. Wołały go głosy, ciekawskie i obojętne, domagające się szczegółów, ale je zignorował.

Choć było jeszcze wcześnie, na poboczu drogi rozkładali swe kramy sprzedawcy herbaty, chroniąc swe poczerniałe naczynia pod cieniutkimi plastikowymi płachtami. Mohit mijał ich obojętnie przez pięć lat, nie chcąc wydać choćby jednego taka, którego mógł odłożyć z myślą o przyszłości. Teraz zwolnił kroku. Jakie to miało w tej chwili znaczenie? Usiadł nagle, dając głową znak herbaciarzowi, a gdy ten podał mu napój, wypił go; był tak gorący i słodki, że palił go w gardło.

– *Dhonnobad, sahibie* – powiedział herbaciarz. Był młodszy od Mohita, ale miał bezwładną rękę; spoczywała skręcona przy boku, pozbawiona częściowo dłoni. Pewnie pracował niegdyś jako złomiarz. – Statek... wybuchły zbiorniki?

– Tak.

– Byłeś tam?

Mohit spojrzał na niego.

– Kiepsko.

– Przykro mi. – Wziął z powrotem filiżankę i opłukał naczynie w misce pełnej deszczówki. – Co teraz zrobisz?

Ach, pomyślał Mohit.

Obok przejechała z wyciem klaksonu ciężarówka, spod kół dźwigających ładunek czarnego metalu bryzgała woda, ochlapując stragan z herbatą i prowokując herbaciarza do gniewnych pomruków i złego spojrzenia.

– Wrócę – odparł Mohit, odpowiadając na własne pytanie. – Co innego mógłbym zrobić?

Wstał i ruszył jednak w stronę slumsów, odwracając się od morza, plaży i statków. Miał przed sobą jeszcze jeden przystanek. Jeszcze jedną możliwość, nim porzuciłby do końca wspaniałe życie, które było tak blisko.

• • •

Jako starszy złomiarz, Hasan mógł sobie pozwolić na najwyższy luksus, własny dom, który przycupnął na obrzeżach Bhatiary, gdzie jeszcze się nie rozpleniły ubogie chaty i gdzie ciągnęły się pola. Poletka ryżowe były uprawiane przez ludzi bardzo starych albo bardzo młodych – ci w sile wieku odeszli do fabryk, na plażę albo do miasta. Spoglądając na zalane wodą połaci, gdzie wyrobnicy w słomkowych kapeluszach brodzili i sadzili rośliny gołymi rękami, Mohit miał wrażenie, że sięga wzrokiem tysiąc lat wstecz.

Albo patrzy na Ghorarchar. Poczuł przypływ rozpaczy.

Minęła ich grupa uczennic w niebiesko-białych mundurkach pod plastikowymi parasolkami; twarze ukrywały się za czarnymi welonami. Mohit odliczał starannie uliczki i brnął rwącym strumieniem, w który zamieniła się ścieżka wiodąca do ulicy. Zbliżywszy się, usłyszał wysokie, przeraźliwe zawodzenie, które zagłuszało nawet deszcz. Drzwi do domu Hasana stały otworem.

– *Maf korun!* – zawołał. – Hasan *bhabi*? Jesteś tam?

W środku zastał wdowę, która siedziała na jedynym w pomieszczeniu krześle i łkała, pochylając się nad stołem. W skromnie urządzonej izbie panował nieład. Półkę wyrwano ze ściany, a po podłodze, którą tworzyła twarda ubita ziemia, walały się gliniane naczynia; na stole leżała rozerwana paczka papierosów. Na ścianach wisiały przekrzywione zdjęcia w popękanych oprawach.

– Kim jesteś? – spytał kilkunastoletni chłopiec, obejmując troskliwym ramieniem kobietę, nad którą po obu stronach stali pewni siebie starsi mężczyźni, spoglądający gniewnie.

Mohit wyjaśnił, starając się za wszelką cenę mówić z szacunkiem. Potem dodał:

– Być może Hasan wspomniał o mnie...

– Doceniamy twoje współczucie – odparł opryskliwie jeden z mężczyzn. – Spadło dziś na nas jeszcze jedno nieszczęście.

– Słucham?

– Jakby było tego mało, że Hasan... – urwał. – Jakiś *gunda* usłyszał, co się stało, i postanowił wykorzystać sytuację. Włamał się... musiał się tu zjawić zaraz po śmierci Hasana.

Wdowa uniosła twarz i spojrzała na Mohita, a on dostrzegł ciemny, nabrzmiały siniec na jej policzku i nosie.

– *Keno?* – załkała. – Dlaczego?
– On nie… – Mohit się zająknął. – Kto to zrobił?
– Wziął wszystko, co Hasan zaoszczędził – oznajmił z goryczą mężczyzna. – Zabrał mu życie i źródło utrzymania. I wszystkie pieniądze.
– Ty! – krzyknęła kobieta na Mohita. – To twoja wina! Mohit, zszokowany, nie odpowiedział, stojąc z otwartymi ustami. Chłopiec wyprowadził matkę. Mężczyźni spojrzeli na siebie niepewnie i ten, który rozmawiał z Mohitem, dał mu znak, żeby przeszli do sąsiedniego pomieszczenia. Była to kuchnia – klitka pod niskim sufitem, ściany z plecionego bambusa przyczernione dymem i sadzą.
– Chodzi jej o pieniądze – wyjaśnił mężczyzna.
– Dopiero co mu zapłaciłem – wyznał Mohit. – Żeby wziął mnie do siebie. To było…
– Wiem. Tak dużo… Złodziej przyszedł oczywiście po pieniądze. Żona Hasana podejrzewa, że być może powiedziałeś zbyt wielu ludziom, a on to usłyszał.
– Nie.
Mohit jednak o tym mówił – w obecności przyjaciół, na ulicy. Jak mógł milczeć, skoro osiągnął tak dużo?
– Trudno to nawet sobie wyobrazić – ciągnął mężczyzna. – *Gunda* wtargnął tu, jeszcze zanim się dowiedziała o śmierci męża, kilka minut przed naszym przybyciem. Ale miał dość czasu, żeby znaleźć skrytkę Hasana i uciec. – Zawahał się. – Musiała mu powiedzieć.
– Tak.
– Zniknęło. Wszystko. Nic nie zostało.
Mohit miał wrażenie, że upadnie. Kręciło mu się w głowie i czuł słabość. Wyprostował się siłą woli.
– Kto to był?
– Żona Hasana nie wie, a nikt inny go nie widział. Ale na pewno pracował na plaży. – Mężczyzna wpatrywał się z uwagą w blizny Mohita i jego postrzępione ubranie. – Mówi, że nie miał czterech palców przy lewej dłoni, tylko kciuk. Posługiwał się prymitywnym językiem.

– *Dukkhito* – wyszeptał Mohit. – Przykro mi.

– Mnie też. – Twarz mężczyzny jakby się zapadła. – To okropny dzień. Dla nas wszystkich.

• • •

Godzinę przed zmierzchem Mohit wrócił do pokoju, który dzielił z innym robotnikiem. Po południu, nie mając pieniędzy ani nic do roboty, wrócił na plażę ciągnąć liny. Życie biegło dalej. Pojawił się inspektor, który ruszył zirytowany przez błoto, a potem przyglądał się ze zmarszczonym czołem stalowemu pobojowisku i groził majstrowi. Zawrócili, a Mohit patrzył, jak rozmawiają; byli daleko, by mógł cokolwiek usłyszeć. Za nimi, w odległości kilku kroków, szedł pomocnik inspektora, z jego teczką w ręku. Wydawało się, że majster opowiada kawały; inspektor się śmiał. Niebawem miano przekazać sobie pieniądze, rzecz równie naturalna jak deszcz lejący strugami. Mohit czuł się otępiały i jednocześnie był zadowolony, że nie dźwiga stalowych płyt; jeden fałszywy krok mógł oznaczać śmierć zamiast kolejnego otarcia skóry przez stalowy kabel.

W przytułku przycupnął ze swoim współlokatorem pod blaszanym zadaszeniem. Sohel podzielił się z nim *khichari*, które upichcił. Zazwyczaj byli tak głodni, że danie to stanowiło prawdziwą ucztę, nawet jeśli ograniczało się z konieczności do ryżu, *dalu*, chili i soli. Tego dnia Mohit nie spieszył się z jedzeniem.

– Wypadek, naturalnie, tak właśnie mówią. – Sohel zawsze gadał więcej niż inni, a mimo to pierwszy dokończył swoją porcję. – Czy Hasan nie był najlepszym złomiarzem stąd do Patengi? Czyż nie rozpruł dwudziestu pięciu zbiorników i nie skrzesał nawet iskry? Jak to możliwe, że się tym razem pomylił?

Mohit podniósł z wolna wzrok.

– Złomiarze są dobrze opłacani nie ze względu na swoje umiejętności. Spawarki powodują zagrożenie.

– A pogoda? Padał deszcz! Lało, Mohit!

– Tak – przyznał. – Tak, rzeczywiście.

– A więc skąd się wzięła iskra? – spytał z satysfakcją Sohel, który w każdym wydarzeniu doszukiwał się spisku i podstępu.

Mohit zerknął na palenisko z węgla drzewnego, teraz zgaszone dla oszczędności, i uniósł brew.

– Tak, tak, od zapałki. – Sohel przesunął palcami po swojej misce, wycierając ją do czysta, i skinął głową. – Słuchasz mnie w ogóle? Wydaje mi się, że musisz zadać kilka pytań.

Mohit rozważał to przez chwilę.

– Dlaczego?

– Nie chodzi o mnie! Spytaj, kto zyskał na śmierci Hasana.

– Nikt. – Mohit znów się przygarbił. – Ale wielu straciło.

– Otóż nie. – Sohel uniósł palec. – Ktoś ma pieniądze Hasana. – Urwał znacząco. – Twoje pieniądze.

– Moje pieniądze – powtórzył Mohit, który znów poczuł na sobie oskarżycielski wzrok wdowy po Hasanie.

Zapadła ciemność, szybko jak zawsze. Umyli miski pod strugami wody spadającej z blaszanego dachu i poszli do swojego pokoju – pięć metrów kwadratowych klepiska i prowizoryczny, popękany podest do spania. Zza tkanych mat, które pełniły rolę przepierzenia, docierały głosy innych mieszkańców.

Mohit, wstając i robiąc kilka kroków na niewielkiej przestrzeni, poczuł jakiś wewnętrzny niepokój. Patrzył przez długą chwilę na swój barłóg, potem zawrócił do drzwi.

– Dokąd idziesz? – spytał ze zdziwieniem Sohel.

– Masz rację. – Mohit, pomimo mroku, dostrzegł satysfakcję na twarzy towarzysza. – Ten *dacoit*, który obrabował dom Hasana… może po prostu skorzystał z okazji. Może ktoś to wszystko zorganizował. Tak czy inaczej, wziął to, co było moje.

– Ale… jak go znajdziesz?

Mohit się zawahał. Przez miasto przepływały tysiące ludzi, a brak palców u jednej dłoni nie wyróżniał człowieka bardziej niż brak zębów.

– Nie wiem – wyznał w końcu. Wzbierała w nim determinacja, początkowo nieznacznie, a teraz coraz silniej. – I tak nie mam nic innego do roboty.

Sohel dotknął jego ramienia – nieznaczny, pełen niepewności gest.

– Jesteś… przepraszam, że to mówię, ale zachowujesz się dziwnie. Wiem, szok, śmierć Hasana, twoje pieniądze… tak. – Umilkł na chwilę. – Proszę, nie pogarszaj sytuacji. Nie powinienem był wspominać o jakichś absurdalnych teoriach.

Mohit mruknął coś pod nosem i odsunął się od przyjaciela. Czuł na sobie jego wzrok, wychodząc na deszcz.

Chodzi o moje życie, miał ochotę powiedzieć. Nie chodzi o moje pieniądze, chodzi o moje życie.

• • •

Kiedy Mohit przybył do Ćittagong, wydawał od czasu do czasu kilka taka na hazard – stawiał na jedną z drużyn w meczu kabaddi albo kupował los na loterii od tego samego faceta, który handlował bimbrem Bangla Mad. Skończył z tym, kiedy zobaczył, jak inny mieszkaniec Ghorarcharu, o kilka lat starszy od niego, przegrywa wszystkie oszczędności podczas finałów krykieta. Zniknął po dwóch dniach – albo wyprzedził swoich wierzycieli, albo się spóźnił o tych kilka pechowych kroków. Na szczęście zaczął się właśnie ramadan i Mohit wyrzekł się wszelkich gier, tak jak jedzenia do syta i picia. Potem już rzadko odczuwał pokusę.

Wiedział jednak, dokąd się udać. Na zatłoczonych uliczkach Bhatiary nikt nie mógł zachować prywatności ani ukryć sekretów. Szefostwo gangu usadowiło się w ruderze obok „kina", gdzie członkowie tegoż gangu oglądali bollywoodzkie filmy na telewizorze ustawionym przed topornymi drewnianymi ławkami. Podobnie jak inni, których nie stać było na „bilet", Mohit od czasu do czasu wałęsał się po tej ulicy, przystając pod sznurem nędznych kolorowych lampionów, jeśli działał akurat generator. W czarnych plastikowych płachtach

przytwierdzonych do ścian kina pojawiała się niekiedy szcze-
lina. Gdy w pobliżu nie było policji, seanse urozmaicano fil-
mami pornograficznymi, których ścieżka dźwiękowa, niezbyt
wyraźna, budziła wśród słuchaczy zarówno fascynację, jak
i zażenowanie.

Tego dnia Mohit zignorował kino i od razu skierował się do
drzwi pilnowanych przez dobrze odżywionego draba, który
od razu wskazał głową sąsiednie wejście.

– Chciałbym porozmawiać z *sahibem* Chauhanem – wyjaśnił Mohit.

Mężczyzna, który zdążył już skierować wzrok w inną stronę, znów na niego spojrzał.

– Znacie się?

– Nie.

– No cóż. – Wykidajło wzruszył ramionami.

Jeszcze wczoraj Mohit wycofałby się posłusznie; w ogóle
nie posunąłby się tak daleko. Teraz zaś, gdy wszystko pociem-
niało, gdy jego przyszłość nie różniła się niczym od jednego
z demontowanych statków, zdobył się nie tylko na odwagę,
ale wręcz brawurę.

– Chodzi o ludzi, którzy zginęli – wyjaśnił.

Gunda zmarszczył czoło.

– Nieżywi ludzie – mruknął. – Tylu ich jest.

– Mam na myśli Hasana, złomiarza.

– Ach! – Mężczyzna odsunął się po długiej chwili na bok
i pchnął jedną ręką drzwi. – Stolik do *carrom*. Nie przeszkadzaj w grze.

Lampy benzenowe rzucały przyćmiony blask na kilka
stołów i może ze dwudziestu ludzi. Niektórzy siedzieli pod
ścianą, popijając *tari* z butelek, które nie miały etykietek i po-
chodziły z odzysku. Deszcz zastukał o blaszany dach, zelżał,
znów uderzył mocniej. Rozbawiona grupa w kącie wybuchnęła głośnym śmiechem, otaczając się nawzajem ramionami. Mohit wyczuwał pot, oliwę i nieznaczną woń gorzkiego
dymu.

Nad stołem do *carrom* wisiała elektryczna lampa, oświetlając planszę o powierzchni metra kwadratowego i krążki: czarne i białe. Kiedy Mohit się zbliżył, jeden z graczy wykonał szybki ruch i krążek powędrował do łuzy. Jego przeciwnik mruknął niezadowolony. Do celu trafiły jeszcze dwa krążki i mężczyźni skupieni wokół stołu wyrazili głośno podziw albo rozczarowanie.

Mohit rozpoznałby Chauhana, nawet gdyby dopiero co wysiadł z autobusu, którym przyjechał z Ghorarcharu. Niski i szeroki w barach, stał z wystudiowaną swobodą; skrzyżował ramiona na piersi i emanował czujnością. O jego pozycji świadczył przede wszystkim respekt, jakim darzyli go obecni – dystans, szacunek, pełne powagi spojrzenia.

Partia dobiegła końca, kiedy jeden z graczy wykonał pięć celnych rzutów z rzędu, po czym odsunął się od stolika z szerokim uśmiechem. Przegrany odwrócił wzrok i podrapał się pod pachą.

Mohit podszedł bliżej.

– *Sahibie Chauhan, ektu somoy hobe*?

– *Apni ke?*

– Jestem Mohit Kadir, pracuję w grupie Syeda Abdula Farida. Mam… pytanie.

– *Ki?*

Chauhan nie sprawiał wrażenia zniecierpliwionego czy wyniosłego, jak mógłby Mohit spodziewać się po człowieku, którego imię wymawiano zawsze przyciszonym głosem i z wahaniem. Gracze zasiedli do nowej partii, a widzowie odsunęli się na bok. Mohit zauważył, że u jego boków pojawili się dwaj mężczyźni w koszulkach polo. Starał się nie zwracać na nich uwagi.

– Słyszałeś o dzisiejszej eksplozji i śmierci trzech robotników. Byłem tam, a potem odwiedziłem dom Hasan-*mia*.

Chauhan się nie odezwał, Mohit zaś wyjaśnił warunki umowy zawartej z Hasanem.

– Jednak złodziej zdążył się już tam zjawić i zabrać siłą wszystko, co należało do Hasana.

– Wiemy o tym – oświadczył Chauhan i skinął głową.

– Krewni wdowy powiedzieli, że… że złodziejowi brakowało palców u jednej dłoni. – Mohit przełknął z wysiłkiem ślinę. – Zastanawiam się… czy może wiesz, kto to jest?

Chauhan zmrużył oczy, ale jego głos zachował spokojny ton.

– Dlaczego mnie o to pytasz?

– Może przyszedł tutaj, żeby wydać swoje bogactwo. – Mohit milczał przez chwilę. – Może robił takie rzeczy już wcześniej i chwalił się nimi. Może zaczęły krążyć plotki. Może coś słyszałeś.

Grupa w kącie zareagowała wybuchem wesołości, a jeden z mężczyzn zsunął się z ławki i wylądował na ziemi. Jego towarzyszy rozbawiło to jeszcze bardziej; dźwignęli go i posadzili z powrotem. Na jego koszuli pojawiła się smuga brudu, czego nie zauważył.

Chauhan przyglądał się temu człowiekowi przez chwilę, potem znów popatrzył na Mohita.

– Wiesz, kto to jest?

– Nie jestem pewien… może widziałem go na plaży.

– Jutro zajmie miejsce Hasana jako starszy złomiarz na statku. Smutek rodziny Hasana oznacza dla niego wielką okazję.

– Ale jego dłoń… – Mohit urwał. – Nie jest kaleką.

– Oczywiście, że nie – odparł Chauhan, marszcząc czoło.

– Przepraszam, *sahibie*. Nie rozumiem.

– Życie jest skomplikowane, to wszystko. Cele działań i rezultaty nie zawsze zgodne są z czyimiś oczekiwaniami. – Chauhan westchnął i sięgnął do półki po kieliszek. – Nie znamy tego *dacoita*. Prawdopodobnie uciekł, wrócił na wieś. – Napił się, odstawił kieliszek i spojrzał na Mohita, który nie odpowiedział. – Twój *ghush* też przepadł. Nie odzyskasz swoich pieniędzy.

– Pięć lat – oznajmił cicho Mohit. – Pięć lat na nie harowałem.

Chauhan wzruszył ramionami.

– Wciąż jesteś młody.

Znów rozległ się grzechot ulewy. Do środka weszło dwóch

przemoczonych mężczyzn. Lampy zamrugały pod wpływem przeciągu. Gracze ponownie usadowili się nad planszą. Chauhan skupił uwagę na innych sprawach.

– Dziękuję, *sahibie* – powiedział Mohit i ruszył ku drzwiom.

– Odejdź z Bogiem, *mashai*.

• • •

Choć nie było późno, uliczki tonęły w ciemnościach i świeciły pustkami; niewielu ludzi kręciło się jeszcze poza domem. Mohit wlókł się po błocie, które pluskotało mu pod stopami. Podciągnął sarong. Gdzieś posapywał generator zasilający pewnie kruszarki w jakimś warsztacie przerabiającym surowce z odzysku, ale w pobliskich budynkach i budach nie paliły się światła. Świeczki były zbyt drogie; zresztą większość mieszkańców i tak miała wstać przed świtem, by zacząć kolejny mozolny dzień harówki.

W tym mroku, przygnieciony troskami, Mohit zgubił drogę. Przystanął i oparł się o ścianę z desek wyrwanych z palet transportowych. Przypomniał sobie swoje pierwsze noce w Bhatiary – nie mógł dźwignąć rąk ze zmęczenia, a barki przeszywał straszliwy ból, ale czuł podniecenie wywołane mnogością ludzi. Tyle cudownych rzeczy do obejrzenia. Nigdy nie myślał o tym, żeby wrócić, choć inni myśleli – może dlatego, że nie miał rodziny. Zamierzał dopiąć swego albo umrzeć.

Terkot ciężarówek stał się wyraźniejszy, kiedy deszcz zelżał trochę; Mohit bez trudu dotarł do głównej szosy. Reflektory przejeżdżających wozów oświetlały mu drogę, a ich blask migotał na nędznych kramach i złomowiskach wzdłuż pobocza.

Będąc już niedaleko przytułku, Mohit zobaczył betonowy blok, w którym mieszkała elita – złomiarze. Zwolnił kroku. W oknie Farida wciąż się paliło, przez zasłonę przenikał słaby żółty blask; Mohit, pod wpływem nagłego impulsu, podszedł do drzwi i zapukał.

– Mohit, *ashen*! Wejdź! – Farid miał na sobie tylko sarong, jego nagi tors lśnił w lepkiej wilgotności powietrza. Ściany jego pokoju też pokrywała wilgoć, a chłód nocy przenikał leniwie przez żaluzje małego okienka. – Nie położyłeś się jeszcze?

– Jestem zmęczony, ale nie mogę spać.

– Rozumiem. Hasan... to trudne.

– *Ji*.

Farid wskazał jedyne krzesło, czyli taboret przy starym drewnianym stole, który stanowił niegdyś wyposażenie kabiny oficerskiej. Część cementowej podłogi zakrywała mata trzcinowa.

– Przepraszam, nie mogę ci zaproponować *cha*, w czajniku nic nie ma.

Mohit potrząsnął głową, dając do zrozumienia, że to nieważne. Farid przysiadł na plecionym łóżku i milczał przez chwilę.

– Możesz dalej pracować w grupie tragarzy – powiedział w końcu. – Byłbym wdzięczny, szczerze powiedziawszy.

– *Dhonnobad*. – Mohit skinął głową i popatrzył na zdjęcia na ścianie – studyjne fotografie córki Farida pozującej na tle namalowanego ogrodu i willi.

– Cieszy się dobrym zdrowiem – oznajmił Farid, dostrzegając spojrzenie Mohita. – Uczy się już w *madrasie*. Nie mogę uwierzyć, że tak szybko dorosła.

– Trudno być tak daleko od rodziny?

– Oczywiście. – Farid uniósł nieznacznie ramiona. – Ale jak mógłbym ją inaczej wspierać? Czesne pochłania niemal wszystkie pieniądze, nie wspominając już o jedzeniu. To był jeszcze jeden ciężki rok. *Aii*, sam wiesz.

– Tak.

Ghorarchar, podobnie jak wszystkie inne miasta północnego wschodu, ucierpiało bardziej niż zwykle podczas pory znanej jako Głód.

– *Bhaiya*, poszedłem dziś do *jua shala*. Właśnie stamtąd wracam.

Farid zmarszczył brwi.
– Nie grałeś?
– Nie. Rozmawiałem z Chauhanem.
Farid zakaszlał skonsternowany.
– Tak. – Mohit opisał wcześniejszą wizytę u wdowy Hasana i to, jak poprosił o pomoc w poszukiwaniu włamywacza. – Ale obawiam się, że uciekł z moimi pieniędzmi. I z pieniędzmi Hasana.
– *Insha Allah*. – Farid posmutniał. – Wola Boga.
Mohit zaczął zdrapywać zaschnięte błoto z nóg, potem sobie przypomniał, że nie jest na dworze. Popatrzył na Farida.
– *Bhaiya*, czy to możliwe, by eksplozja była w jakiś sposób… zaaranżowana?
– Zaaranżowana?
– Że to nie był wypadek. Że ktoś to przygotował. Jakim cudem Hasan, człowiek tak doświadczony, mógł popełnić podobny błąd?
Farid się zamyślił. Usłyszeli, jak na zewnątrz wychodzi dwóch ludzi, niknące głosy narzekały na deszcz, na koszmarny los, na robotę, która czekała o świcie.
– *Gunda*, który obrabował rodzinę Hasana… wątpię, czy potrafiłby zrobić coś takiego – oznajmił Farid. – Rzecz byłaby skomplikowana. Zorientować się, w którym miejscu Hasan zacząłby wywiercać otwór wentylacyjny, i umieścić tam jakiś zapłon… Za dużo jak na zwykłego zbira.
– Może to nie był zwykły zbir – odparł Mohit, rozmyślając o pijanym złomiarzu, który świętował swój awans.
– Nie wiem. – Farid skinął nieznacznie ręką. – Tak, możliwe, że zrobił to ktoś, kto miał odpowiednią wiedzę i szczęście. Ale po co? Trudno mi to zrozumieć.
Mohit spuścił wzrok i nie odpowiedział.
– To było straszne nieszczęście – oznajmił Farid. – Dla nas wszystkich. Nie rozpamiętuj tego, bo będziesz się czuł jeszcze gorzej.
– Może.
– Idź do domu, Mohit. Prześpij się. Życie toczy się dalej.

– Naprawdę?

Lampa Farida zaczęła przygasać; Mohit wyczuł odór spalonej nafty.

– Pamiętasz, kiedy cię zatrudniłem? – spytał Farid. – Tamtej wiosny, w Ghorarharze, potrzebowałem tylko czterech ludzi, choć zjawiło się trzydziestu i z każdą godziną zjawiało się ich więcej. Byłeś młody. Wielu było silniejszych od ciebie albo starszych, albo, szczerze mówiąc, bardziej zdeterminowanych. Ale mogłem dostrzec, że odznaczasz się pewną istotną cechą – miałeś w sobie odwagę. Zauważyłem to w ciągu pięciu minut.

Mohit, wyraźnie zakłopotany, pokręcił głową.

– To prawda – ciągnął Farid. – Każdy potrafi dźwigać stalowe płyty przez dzień albo tydzień. Niektórzy potrafią wytrwać tak długo, że przyzwyczajają się do roboty, a nieliczni potrafią się z niej utrzymać. Ale ci najbardziej wyjątkowi umieją patrzeć w przyszłość i planować inne życie.

– Hm.

Farid westchnął.

– Wciąż jesteś silny, Mohit. To, co się wydarzyło, jest nagłą odmianą losu. Z trudem mogę sobie wyobrazić, co czujesz. Ale wiem, że dasz sobie radę. – Zatoczył ręką łuk, jakby chciał tym gestem objąć pokój, deszcz, nędzne rudery, błoto, bezużyteczne statki i dziesiątki tysięcy ludzi w Ćittagong. – Jesteś więcej wart niż to wszystko.

Po chwili Mohit skinął głową i wstał, czując znużenie w stopach i plecach. Materiał koszuli ocierał się boleśnie o ramiona poranione przez stalowe liny.

– Chciałbym, żebyś się nie mylił – powiedział.

• • •

W piątek deszcz ustał, słońce wyjrzało na kilka minut i w Bhatiary dało się wyczuć świąteczną atmosferę, niemal przyprawiającą o zawrót głowy. Był to dzień odpoczynku. Większość ludzi włożyła swoje najlepsze ubrania i czyste koszule, zapominając na kilka godzin o złomowiskach.

Mężczyźni, radośni, w suchej odzieży, wychodzili na świeże powietrze, żeby porozmawiać z przyjaciółmi. Niektórzy szukali ukojenia w alkoholu, inni zaś spoglądali zmrużonymi oczami w poranną jasność, zdradzając oznaki znużenia. Jednak w większości ludzie przechadzali się po okolicy szczęśliwi, że mogą w ten pogodny dzień zakosztować trochę wolności.

Mohit, choć nie był szczególnie religijny, udał się tego ranka na spotkanie modlitewne. Nie słuchał imama, ale pieśni rozbrzmiewały nostalgicznie i kojąco, i gdy wyciągnął ręce i przywarł czołem do dywanu – tak, wilgotnego i przesiąkniętego nieznaczną, ale nieomylną wonią plaży – ogarnął go spokój, jakiego nie odczuwał od niepamiętnych czasów.

– *Khodahafez* – powiedział jeden z pomocników imama, kiedy Mohit wychodził ze świątyni. – Dziękuję, że się tu zjawiłeś tego ranka.

– To była prawdziwa przyjemność – odparł Mohit i mówił całkowicie szczerze.

Wyszedł na ulicę, spoglądając w niebo, by sprawdzić, czy znów się przejaśni. Może. Popatrzył na ulicę i zaczął się zastanawiać: dokąd teraz?

W głębi zebrał się tłumek kilkunastu gapiów, których liczba zaczęła nagle rosnąć w zastraszającym tempie. W porządku, pomyślał Mohit, i ruszył za pozostałymi.

Kiedy się zbliżył, do jego uszu dotarła wiadomość przekazywana przez tłum z ust do ust:

– Zabity człowiek… ze zmiażdżoną głową, tutaj, uwierzycie? Leżał na ulicy i nikt go nie zauważył! Gdzie są władze? Gdzie jest Chauhan?

Mohit poczuł, jak jego dobry nastrój ulatnia się bez śladu. Po chwili wahania zaczął się przepychać do przodu, przepraszając tych, którzy stali mu na drodze.

Tak jak mówiono, zwłoki mężczyzny leżały twarzą do ziemi u wylotu alejki czy raczej wąziutkiego pasażu, mrocznego i wciśniętego między budy o opuszczonych żaluzjach. Zdążył się już pojawić funkcjonariusz policji, zmęczony i spocony w szarym mundurze, reprezentujący jednak bezspornie porządek i władzę. Przepchnął się przez tłum gapiów i skinął na dwóch ludzi, którzy stali najbliżej i mogli przewrócić ofiarę na plecy.

Mohit patrzył na leżącego szeroko otwartymi oczami. Nieżywy człowiek miał rozrzucone ręce, co sugerowało, że został uderzony od tyłu z wielką siłą i od razu runął na ziemię. Spoczął na górze żwiru usypanego pod ścianą jakiejś fabryki; jego potylica zamieniła się w krwawą miazgę tkanki, włosów i kości. Krew zebrała się ciemnymi kałużami na wilgotnych kamieniach.

Lewa ręka kończyła się kikutem, brakowało czterech palców. Widać było tylko kciuk, który wskazywał oskarżycielsko Mohita.

. . .

– Nie wiemy, kim był. Skąd mielibyśmy wiedzieć? Czy jesteśmy policją? Czy śledzimy każdego człowieka w Ćittagong? Rozwiązujemy każdą sprawę?

Chauhan stał przed kinem i patrzył gniewnie. Niebo znów się zasnuło, a mżawka padała nieustępliwie i nic nie wskazywało na to, by miała przestać.

– Tylko pytam, *sahibie* – odparł Mohit, spoglądając na umięśnioną kohortę, która otaczała swego szefa.

– Ludzie dostają w głowę każdego dnia. Każdej nocy. To jest brutalny świat. Dwóch zbirów kłóci się o kobietę albo o jakąś grę, a ty przychodzisz z tym do mnie? Dlaczego?

– *Dukkhito*. Przepraszam.

– *Thhik achhey*. – Chauhan uspokoił się niespodziewanie. – Mniejsza z tym, *mashai*.

Pod długim okapem blaszanego dachu ustawiła się kolejka dwudziestu czy trzydziestu mężczyzn, czekając na następny seans; przysłuchiwali się rozmowie z nieskrywaną fascynacją. Chauhan obrzucił ich spojrzeniem, pod którym paru ludzi się skuliło, i znowu popatrzył na Mohita.

– Chodź – powiedział. – Porozmawiamy w środku.

W *jua shala* panowały bezruch i wilgoć, w powietrzu unosiła się woń *tari*. Niektórzy z obecnych zaczęli się podnosić; zamiatali stoły i otwierali okna.

– Wiem tyle, co ty. Naprawdę – zapewnił Chauhan.

– Ludzie uważają, że stoisz ponad wszystkim.

Mohit czuł się dziwnie, kiedy tak mówił do najniebezpieczniejszego człowieka w Ćittagong. Jakby miał do czynienia z jeszcze jednym tragarzem złomu.

Chauhan parsknął śmiechem.

– Reputacja, która bardzo pomaga, to pewne.

– Przepraszam – powtórzył Mohit.

– *Insha Allah*.

Ktoś zawołał zza stalowego kontuaru, który służył jako bar, pytając o zaopatrzenie i o to, kiedy ten obibok dostarczy więcej Bangla Mad. Chauhan już miał odkrzyknąć, potem się rozmyślił, i spojrzał na Mohita.

– Nie twierdzę, że go znam. – Głos miał spokojny. – Nie twierdzę, że wiem cokolwiek o tym, jak skończył albo kto to zrobił, albo dlaczego. Ale powiem ci jedno.

Mohit patrzył na niego i czekał.

– Nie miał przy sobie pieniędzy, kiedy zginął – ciągnął Chauhan. – I gdyby ktoś sprawdził wszystkie miejsca, w których ten człowiek był ostatnio, toby się okazało, że nie wydał dużo. Może trochę więcej niż zwykle. Ale nic ponadto.

– Ale Hasan…

Chauhan podniósł rękę.

– Nic nie mówię o Hasanie. Przekazuję ci tylko to, co wiem.

Potem się odwrócił, Mohit zaś zrozumiał, że rozmowa dobiegła końca.

• • •

Nie mając dokąd pójść, Mohit wędrował bez celu, aż w końcu spotkał Sohela, który czekał w długiej kolejce do telefonu. Władze oferowały tańsze połączenia, ale trzeba było się udać do śródmieścia Ćittagong, a trwało to co najmniej pół godziny. Jeśli chodzi o pocztę, nawet gdy nadawca i adresat umieli pisać, list wędrował czasem sześć miesięcy. Większość mieszkańców Bhatiary kontaktowała się z rodzinami przez telefon – komórkę, którą jej właściciel udostępniał przez dwadzieścia godzin na dobę. W piątek, naturalnie, panował największy ruch.

– Nie dzwoniłem już trzy tygodnie – oznajmił Sohel. – I nawet wtedy połączyłem się tylko z sąsiadem. Oczywiście przekazał ode mnie wiadomość, ale chciałbym porozmawiać z bliskimi.

– I co u nich?

– Wszystko dobrze, dzięki Bogu. Mamy nadzieję, że następne zbiory będą udane.

Wzdłuż kolejki przechadzał się jakiś chłopiec, oferując orzechy arachidowe, które trzymał w liściu palmowym. Mohit pokręcił głową i odmówił, ale inni mężczyźni kupowali niewielkie ilości, bardziej z nudów niż z głodu. Mżawka nie dawała za wygraną.

– Ten zabity człowiek… słyszałeś?

Sohel skinął energicznie głową.

– Poszedłem tam, ale *poolish* już go zabrała. Typowe dla nich; są skuteczni, kiedy już doszło do przestępstwa.

– To był złodziej, ten sam, który okradł dom Hasana.

Mohit opisał wszystko, czego się dowiedział.

– Rozmawiałeś z Chauhanem? – Sohel przekrzywił głowę i uniósł brwi. – Pytałeś go wprost? A on ci odpowiadał?

– Mówił otwarcie i szczerze – zapewnił Mohit.

– A właściwie… dlaczego nie? – Sohel wzruszył ramionami. – Jest zbyt potężny, żeby się przejmować tym, co myślimy, ty albo ja. Mówi to, co wie, a potem zajmuje się swoimi interesami. Uwierzyłeś mu?

– Tak… to znaczy, jeśli chodzi o pieniądze.

– *Hen.*

– Nie rozumiem tego jednak.

– Może żona Hasana wzięła je już wcześniej... albo złodziej nie znalazł tego, co chciał.

Mohit przypomniał sobie wdowę, płaczącą z żalu i gniewu, i krewnych o posępnych twarzach.

– Nie – odparł. – Nie wydaje mi się.

– Wobec tego jest to zagadka – oświadczył Sohel z satysfakcją typową dla człowieka, który wie, że świat opiera się na sekretnych planach i ukrytych motywacjach.

– Może nie ma tu nic do zrozumienia. – Mohit przesunął się wraz z kolejką, znajdując pod ścianą schronienie przed deszczem. – Wypadek, nic więcej, i przestępstwo wynikające z nadarzającej się okazji. Potem złodziej natrafia na innego zbira. Jeden wielki zbieg niesprzyjających okoliczności... tylko tyle.

– Nie, nie, nie. Życie nie jest takie proste. Wszystkie zdarzenia mają jakiś powód albo przyczynę.

– Nie zawsze – odparł Mohit. – Nie tutaj.

Kiedy zbliżyli się do straganu, Sohel sięgnął do małej płóciennej torby i wyjął z niej zwitek pomiętych banknotów.

– Dokąd chcesz dzwonić? – spytał właściciel telefonu. Siedział znudzony pod plastikowym zadaszeniem; jeden przewód biegł do anteny na dachu, a dwa inne do akumulatora samochodowego pod stolikiem.

Klient, który trzymał telefon, zaczął mówić szybciej; widząc, że musi kończyć, starał się przedłużyć rozmowę.

– Ghorarchar, w Radźszahi – odparł Sohel i wymienił numer.

– Chwila, chwila – mruknął właściciel telefonu. – Pięć minut, dziesięć taka.

– Dam ci, kiedy tamten człowiek skończy rozmawiać. A jeśli bateria się wyczerpie?

Mężczyzna wzruszył ramionami.

– Zwrócę ci pieniądze. Ale dlaczego się martwisz? Podładowałem telefon dziś rano.

Żaden z nich nie wziął tego poważnie; zaczęli się spierać.

Mohit się przyglądał. Wreszcie dzwoniący wstał i odszedł, a Sohel usiadł. Właściciel telefonu przyjął zapłatę.

– Połączenie zajmie kilka minut – poinformował, wkładając gotówkę za pasek.

Pieniądze, pomyślał Mohit.

Wilgotny wiatr poruszył plastikowym zadaszeniem. Właściciel telefonu wystukał podany numer, podniósł wzrok i przystawił aparat do ucha.

Mohit położył dłoń na ramieniu Sohela.

– Muszę iść.

– Co?

– Powiedz swojej żonie… nie wiem co.

I oddalił się, niemal biegnąc; wiatr wzmógł się ponownie, a zapach deszczu i dymu przykrył wszystko gęstym całunem.

• • •

Nim dotarł do szeregu betonowych budynków, monsun znów zaatakował; ulewa siekła błotniste uliczki i brudne ściany. Sto metrów dalej natknął się na grupę mężczyzn, którzy wciąż przebywali na dworze, choć wszyscy pozostali zdążyli się już schronić. Mohit zatrzymał się, by zamienić z nimi kilka słów, potem ruszył dalej.

Załomotał pięściami w drzwi, które się otworzyły, niezabezpieczone od wewnątrz. Farid, który drzemał na swojej plecionej pryczy, usiadł zaskoczony.

– *Ki?* Mohit? Co się dzieje?

– *Aii, sahibie.* – Stał, ociekając wodą, która spływała na trzcinową matę, i dyszał. – Dlaczego? Dlaczego?

Farid otarł zaspane oczy i odgarnął włosy z czoła.

– *Bhai?*

– Nigdy nie dałeś pieniędzy Hasanowi. – Mohit miał wrażenie, że zaraz się rozpłacze. – Dlatego złodziej wciąż przebywał w Bhatiary… nie zyskał tyle, by móc wyjechać, ale dostatecznie dużo, żeby ktoś go zabił.

– O czym ty mówisz?

– To też ukartowałeś? – Mohit podszedł bliżej i stanął nad Faridem, spoglądając na niego z góry. – Bo mógł się wygadać?

– Nie, nie. – Farid zaprzeczył zdecydowanym ruchem głowy.

– Sam mi mówiłeś... tylko ktoś bardzo doświadczony, ktoś znający się na statkach mógł wywołać eksplozję. Kto jeśli nie ty?

– Oszalałeś!

– Powiedz mi tylko... – Mohit poczuł, jak głos mu się załamuje. – Znałem cię przez całe życie. Jesteś bohaterem Ghorarcharu, dzięki tobie wioska nie głodowała przed laty. Kiedy mnie wybrałeś, byłem taki dumny. Zdawało mi się, że unoszę się nad ziemią. A teraz...

Długa chwila milczenia. Farid zwiesił głowę i wymamrotał coś, czego Mohit nie zrozumiał.

– Co? – Mohit przyklęknął na jedno kolano, żeby spojrzeć Faridowi w oczy.

– Moja córka – wyszeptał Farid. – Mówiłem ci, czesne... musiałaby zrezygnować z nauki. – Zawahał się. – Nie jest taka silna jak ty. Zrobiłbym dla niej wszystko.

Przez otwarte drzwi wtargnął do środka deszcz, rozbryzgując się na podłodze i biurku. Mohit spojrzał na zdjęcia wiszące na ścianach i poczuł łzy na policzkach.

– I co teraz? – spytał niespiesznie Farid.

– Za późno. – Mohit wstał, sztywny i obolały. – Przykro mi, *sahibie*. Chyba się domyślili, i już tu idą. Zjawiłem się wcześniej, ale niedługo tu będą. Dali mi tylko kilka minut.

– Kto? – spytał Farid, ale tak naprawdę znał odpowiedź.

– *Badai* – odparł Mohit i skierował się do drzwi. – Żegnaj, *sahibie*.

Kiedy wyszedł na zewnątrz, okazało się, że deszcz pada jeszcze mocniej; uderzał go boleśnie w głowę i ramiona. Świat był rozmazany i Mohit się potknął, ale złapała go i przytrzymała jakaś silna dłoń.

– Uważaj, *mashai*.

Chauhan upewnił się, że Mohit trzyma się pewnie na nogach, potem go puścił. Patrzyli na siebie przez chwilę. W końcu Mohit skinął głową, tylko raz. Chauhan minął go i skierował się do drzwi Farida; było z nim kilku ludzi. Żaden z nich nie zwrócił uwagi na Mohita.

„Wciąż jesteś młody", powiedział wtedy Chauhan.

Mohit odszedł, nie oglądając się – w ciemniejący deszcz i swoje życie, by zacząć wszystko od nowa.

Ryan Zimmerman

Krew i ziemia

Z „Thuglit"

Komary kłuły skórę Doyle'a. Brzęczały mu w uszach. Ła-
skotały w powieki. Po południu padało i Doyle powinien był
wiedzieć, żeby nie iść do lasu po zachodzie słońca, ale musiał
to zrobić, pobyć przez chwilę samemu. Tak powiedział Sheili.
Zawsze pozwalała mu iść, kiedy tak mówił.

Ścieżka, którą podążał, sprawiała trudności nawet za dnia,
a teraz, w przyćmionym blasku księżyca przenikającym drzewa, była prawie niewidoczna. Doyle jednak nie musiał wytę-
żać wzroku. Chodził tędy tak często w ciągu tych lat, że nie
byłby zdziwiony, gdyby obudził się którejś nocy i stwierdził,
że zawędrował przez sen na poletko marihuany rosnącej przy
końcu niewyraźnego traktu.

Szedł przez sosnowy zagajnik, który rozciągał się promie-
niście za starą rodzinną chatą, w której mieszkał z Sheilą,
potem minął niewielką polanę, którą jego ojciec zawsze nazywał prerią, wreszcie znalazł się na mokradłach. Niepokoiły
go trochę mokasyny błotne, które owijały się czasem o pnie
cyprysów; od czasu do czasu przytupywał, by je spłoszyć.
Trzymał się wysoko położonego terenu, unikając czarnych
rozlewisk, w których mogły się kryć aligatory i żółwie kaj-
manowe, zdolne odciąć duży palec stopy równie łatwo jak
nożyce blacharskie.

Po chwili dotarł do wzniesienia, które prowadziło w stronę zalesionego pasa ziemi, otoczonego gęstwiną winorośli i młodych karłowatych dębów. Przebiwszy się przez poszycie, dojrzałe drzewa gęstniały w górze, zasłaniając krzewy marihuany. Doyle usiadł na gołej ziemi; słuchał skrzekliwego śpiewu żab i zastanawiał się, po co tu przyszedł. Z daleka, od strony chaty, dobiegało szczekanie psów, jego odgłos – stłumiony przez odległość i wilgoć – niósł się ponad lasem, prerią i mokradłami, aż do miejsca, gdzie pod dębami siedział Doyle, zdecydowany na działanie i wszystko, co mogło ono ze sobą przynieść.

· · ·

Kiedy wrócił do chaty, zobaczył półciężarówkę swojego brata Raya. Wyjaśniało to, dlaczego psy szczekały, pomyślał. Widział przez okno, jak Sheila rozmawia z żoną Raya, Polly. Sheila starała się być grzeczna, ale Doyle zorientował się po jej mowie ciała, że jest spięta. Trzymała się sztywno, plecy miała zbyt wyprostowane jak na kogoś, kto jest rozluźniony, dłonie zaciskały się na butelce piwa zamiast gestykulować, jak czasem jej się to zdarzało. Mimo wszystko na jej twarzy gościł uśmiech. Gospodyni w każdym calu, pomyślał Doyle.

Zbliżył się do drzwi i wszedł do środka. Ray siedział na kanapie z butelką piwa w ręku, ale widać było, że to nie pierwsze tego wieczoru.

– Jak się masz, bracie? – spytał.

Oczy miał zaczerwienione i mówił wolno. Doyle widywał go wielokrotnie w takim stanie i wiedział, że ta ospałość może być myląca. Wybuchowy charakter Raya przypominał zwiniętego mokasyna, który potrafi zaatakować szybko i bez ostrzeżenia.

– Wygląda na to, że zacząłeś beze mnie, Ray – odparł Doyle.

– Zachowuj się, braciszku, i powiedz Polly cześć.

– Polly cześć. – Doyle skinął jej głową.

Polly uśmiechnęła się w odpowiedzi. Pomyślał, że jest potulną kobietą. Prawdopodobnie nauczyła się kłaść uszy po sobie, żyjąc przez tyle lat z Rayem. Do diabła, w zaciszu domowym ograniczała się tylko do mówienia „tak" albo „nie". Przyjazd tutaj to były dla niej wakacje. Trudno się z nią gadało. Nie była szczególnie rozmowna. Doyle mówił czasem żartobliwie Sheili, że Polly ma konwersacyjne zatwardzenie. Cholernie go to bawiło, ale Sheila nigdy się z tego nie śmiała. Marszczyła czoło i odpowiadała, żeby się nie czepiał biednej kobiety.

– Gdzie Ray junior? – spytał Doyle.

Polly, zanim otworzyła usta, spojrzała na Raya, żeby to on miał szansę odpowiedzieć, jeśli chciał. Ponieważ się nie odezwał, Polly wyjaśniła, że chłopak został u jej siostry.

Ray jednak dodał:

– Chciałem tu przywieźć małego drania, ale Polly uważa, że nie jest jeszcze dostatecznie duży. Niby dlaczego, kurwa? Ile mieliśmy lat, jak tata zabrał nas na pierwsze polowanie na dzika? Sześć? Siedem?

– Chyba byliśmy trochę starsi, Ray – zauważył Doyle, podchodząc do lodówki, żeby wziąć sobie piwo.

– Powtarzam: niby dlaczego, kurwa? Nie chcę wychować małego na mięczaka. Może to właśnie twój problem, Doyle. – Ray się uśmiechnął, przypominając psa obnażającego zęby, i czekał, aż Doyle chwyci przynętę.

– Dajcie spokój, chłopcy – wtrąciła Sheila. – Mogę zapewnić, że Doyle nie jest miękki. Dopóki nie kończy.

– Ta twoja kobieta ma niewyparzoną gębę – zauważył Ray.

– Nie przejmuj się. – Doyle spojrzał znacząco na Sheilę. – Tak została wychowana.

• • •

W nocy Doyle'a obudziło szczekanie psów.

– Cholera.

Spuścił stopy na podłogę i poszedł do salonu. Było ciemno, ale widział, że Ray nie leży na kanapie, gdzie zasnął kilka godzin wcześniej. Poszedł do gościnnej sypialni. Drzwi były lekko uchylone, mógł więc zajrzeć do środka. Polly leżała w łóżku sama, twarzą do ściany. Doyle słyszał jej oddech. Powoli obróciła się w jego stronę. Widział teraz, że nie ma na sobie koszuli nocnej. W bladym świetle można było dostrzec zarys jej żeber. Doyle zobaczył, jak kobieta otwiera oczy i patrzy wprost na niego. Nie odezwała się. Zamknął drzwi.

Wyszedł na dwór w samych bokserkach. Widział sylwetkę Raya przy siatce drucianej otaczającej budy, gdzie kręciły się niespokojne psy. Zanim podszedł, by się zorientować, co, u diabła, Ray robi tam w środku nocy, wysiusiał się z ganku wprost na ziemię pod domem.

Ominął kałużę i zbliżył się do Raya. Czuł pod stopami wilgotną i sprężystą ściółkę sosnową. Słyszał, jak Ray gada do psów, przemawiając do nich niskim głosem, ale niecierpliwie, jak trener, który próbuje zagrzać swój zespół do walki, ale nie chce, żeby przeciwnik go słyszał. Wołał je po imieniu – Dixie i Mylo, oba rasy catahoula; Otisa, buldoga, i Hammera, pitbula.

– No dalej, Dixie, znajdziemy sobie starego dobrego dzika. Słyszysz, Otis? Słyszysz, Mylo? Jazda, Hammer, dopadniemy wielkiego pojebańca. Wielkiego dzikiego pojebańca. Kły długie na dziesięć centymetrów.

Doyle stał w miejscu, a Ray gadał tak jeszcze przez jakiś czas. Doyle nie mógł zrozumieć, co Ray wyprawia, u licha. Psy nie musiały się podniecać polowaniem. Musiały się wyspać, jak każdy. Na dobrą sprawę wątpił, czy to, co mówi do nich Ray, robiło na nich wrażenie. Były wkurzone, bo go nie lubiły. Polowały dla niego i w ogóle, ale głównie dlatego, że lubiły polować. Zostawić je w jednym pokoju z Rayem… ciekawe, kto by wyszedł po pewnym czasie.

W końcu Ray popatrzył na Doyle'a.

– Braciszek – powiedział.

– Co ty, u diabła, wyprawiasz, Ray? Gdybyśmy mieli sąsiadów, tobyś ich pobudził.

– Gadasz jak mama. Ona też gówno wiedziała.

Ray zawsze przywoływał postać matki, jeśli chciał zaleźć Doyle'owi za skórę. Doyle nie wiedział, czy to celowe, czy nie, ale Ray był pełen drobnych złośliwości i bolesnych przytyków, gdy chodziło o mamę. Doyle zapamiętał ją jako ciepłą, pełną miłości kobietę, ale odeszła, kiedy miał sześć lat. Ray miał dziesięć. Nie mógł się spierać. Ray znał ją lepiej. Na szczęście brat zmienił temat.

– Pięknie tu się żyje, Doyle. Możesz narobić pieprzonego rabanu i nie ma tu nikogo, kto by się wkurzał. Ja na pewno nie, Doyle. Ani trochę. Zawsze byłeś dobrym chłopcem. Co, do cholery, miał tata zrobić? Nie zamierzał zostawiać mi tego miejsca, kiedy byłem tam, gdzie byłem.

Ta sama rozmowa, która powtarzała się raz za razem. O tym, jak tata zapił się na śmierć, podczas gdy Ray siedział w więzieniu za to, że pociął jakiemuś facetowi szyję stłuczoną butelką. Doyle wiedział, co będzie dalej, znał to na pamięć, ale mimo wszystko próbował tego uniknąć.

– Daj spokój, Ray. Wiesz, że to nie tak. Tata starał się załatwić to tak, żeby nie skrzywdzić żadnego z nas. Dostałeś pieniądze, które zaoszczędził przez cały ten czas.

– Tak, ale pieniądze się rozchodzą, braciszku. I co? Mieszkam w jakiejś pieprzonej przyczepie. Polly się to nie podoba. Widzę to. Myśli sobie, Ray, dlaczego nie mieszkamy w ładnym domu jak jakaś pieprzona szanowana rodzina? Myślisz, że to nie boli? Wie, że to boli. Dlatego nic nie mówi, kiedy się czasem wkurzam. Ty nie masz takich problemów, braciszku. Ziemia i domy nie rozchodzą się jak forsa. Przybywa im historii. To jest godne szacunku. Historia.

Ray popatrzył na Doyle'a twardym wzrokiem. Jego oczy wyglądały teraz czysto. Trzeźwo.

– Nie zażywaj mnie w ten sposób, Ray, i to o tej godzinie. Wiesz, że nie mogę się z tobą spierać. Zawsze byłeś bystrzejszy.

– Nie zapominaj o tym, braciszku. – Ray klepnął go w kark. Ścisnął go trochę za mocno i potrząsnął nim. – Nie zapominaj o tym, braciszku.

• • •

Nazajutrz rano Doyle leżał w łóżku, nasłuchując. W domu panował spokój. Na dworze śpiewały ptaki. Potrafił rozpoznać głos przedrzeźniacza, który siedział na starej sośnie błotnej, na tyłach domu. Wiedział, że tam jest. Usłyszał gwizd myszołowa rdzawoskrzydłego, gdzieś niedaleko. Poczuł, jak Sheila odwraca się do niego, i zamknął oczy, próbując ocalić jeszcze kilka minut ciszy.

– Wiem, że nie śpisz, więc nawet nie udawaj, że mnie nie słyszysz. – Wsparła się na łokciu i uśmiechnęła do niego.

Otworzył jedno oko.

– Teraz gadasz tylko po to, żeby mi zrobić na złość. Założę się, że nie masz nawet nic do powiedzenia.

– Powinieneś znać mnie lepiej, szanowny panie.

– Okay. O co chodzi?

– O Raya. Chyba jest z nim coraz gorzej.

– Nie wiedziałem, że kiedykolwiek było z nim lepiej.

– Wiesz, co mam na myśli, Doyle. Polly ledwie się odzywa. Jakby się go śmiertelnie bała. I słyszałam w nocy psy. Co się stało?

– Co mogę zrobić? Ray to rodzina, lubimy go czy nie. Jedyna rodzina, jaka mi pozostała.

Doyle otarł zaspane oczy, przeciągnął się i ziewnął. Dał do zrozumienia, że jest zmęczony tym tematem.

– Może powinieneś z nim porozmawiać, Doyle, to wszystko.

Położyła sobie jego dłoń na swojej piersi i przytrzymała, jakby chcąc mu coś przekazać.

– Nie martw się. Załatwię to.

Poruszył się, jakby chciał wstać z łóżka, ale Sheila mocniej przycisnęła jego dłoń. Pomyślał, że może poleży jeszcze trochę.

• • •

Kiedy Doyle wszedł do kuchni, Polly siedziała przy stole z podciągniętymi do piersi kolanami; przycupnęła na krześle jak ptak.

– Cześć, Polly – powiedział.

– Dzień dobry, Doyle. – Kiedy Polly się odzywała, brzmiało to tak, jakby ktoś ściszył jej głos. – Zaparzyłam kawy. Mam nadzieję, że się nie gniewasz.

– Do diabła, Polly. *Mi casa es su casa.* – Kiedy nie odpowiedziała, wyjaśnił: – To znaczy, co moje to twoje. Możesz robić, co chcesz, nie musisz nikogo pytać o pozwolenie.

Polly zmarszczyła czoło.

– Jesteś dobrym człowiekiem, Doyle.

Skrzywiła się, jakby to, co powiedziała, było zbyt bolesne.

– Nie, po prostu rodzina jest najważniejsza. Nie przeceniaj mnie. Za dobrze o mnie myślisz. – Nalał sobie kawy i napił się. – Zawsze lubiłaś mocną. Coś takiego może postawić człowieka rano na nogi. Przygotuję śniadanie. Na co masz ochotę?

– Nie jestem głodna, dziękuję.

– Bzdura. Co powiesz na jajka i kiełbaski? Musisz nabrać trochę ciała. – Doyle zaczął grzebać w szafkach i wyjął wielką patelnię. Polly nie zgłaszała już obiekcji, więc wyjął z lodówki kilka jajek. – Najpierw powinno się smażyć mięso, kiełbasę, bekon i co tam jeszcze. Tak zawsze robiła mama. Dzięki temu jajka wchłaniają tłuszcz, jak się je smaży na końcu. I smak. – Zerknął przez ramię na Polly, zauważył, że mu się przygląda. – Do diabła. Gadam jak najęty. Sama wiesz, jak się to przyrządza. Trzeba było powiedzieć, żebym się przymknął.

Z gościnnej sypialni wyłonił się Ray, podszedł do Polly i położył jej dłoń na ramieniu bez jakiejkolwiek czułości.

– O czym gadacie? – Spojrzał pytająco na Doyle'a. – Wygląda na to, że prowadzicie jakąś ciekawą dyskusję.

Parsknął śmiechem i spojrzał na Polly.

– Znasz mnie, Ray. Zawsze paplam jak najęty. Twoja mała Polly jest cicha jak myszka, ale taka przyjacielska. Nie powie, żebym się zamknął, nawet jak wie, że powinienem. – Wyłożył kiełbaski na talerz, który postawił na stole. – Jedzcie. Nie czekajcie na mnie.

Polly wstała, wzięła z szafki talerz dla Raya, z szuflady wyjęła nóż i widelec, serwetkę. Nakryła dla męża, nałożyła

mu na talerz kiełbaski i wróciła na swoje miejsce. Doyle popatrzył na brata.

– Jakbyś był królem w jakimś zamku.

– Tak ją sobie wychowałem.

Po śniadaniu Doyle poszedł do psów, żeby przygotować je
przed polowaniem. Był pewien, że się uda. Widział na swoim terenie mnóstwo dzików, widział ich ślady. Wydawało się,
że nie można się ich pozbyć, nawet gdyby człowiek bardzo
chciał. Wypuścił po kolei psy; zapiął skórzane obroże Dixie
i Mylo, tym, które osaczały zwierzynę, a Otisa i Hammera
ubrał w kubraki z kevlaru. Te miały trudniejszą robotę do
wykonania: dopadały dzika, chwytały go za uszy i ciągnęły
aż do chwili, gdy można się było uporać ze zwierzęciem. Na
ogół oznaczało to, że dzika trzeba skrępować, zawiązać mu
ryj i zanieść do zagrody, gdzie kruszał przez jakiś czas. Czasem dzika zabijało się na miejscu, tam gdzie osaczyły go psy.
Doyle chciał zawsze załatwić to jak najszybciej. Bywało, że
Ray miał inny pogląd na tę sprawę.

– Hej, Doyle, mam dla ciebie niespodziankę! – zawołał
Ray, wychodząc z domu. Podszedł do swojego wozu, sięgnął
do skrzyni i wyciągnął z niej dwie dwumetrowe dzidy. Każda
miała drewniane drzewce, a na końcu czterdziestocentyme-
trowe stalowe ostrze.

Doyle omal się nie wzdrygnął na ten widok.

– Co tam masz, Ray?

Wiedział doskonale, do czego służą te dzidy. Pomyślał tylko, że się przekona, co Ray powie na ten temat.

– A jak myślisz? Włócznie na dzika, stary. Zrobimy to jak
za dawnych czasów. Żadnego walenia z broni palnej, która
odstrasza każdego człowieka i zwierzę w promieniu kilometra. Prawdziwi mężczyźni załatwiają to inaczej.

Ray uśmiechał się szeroko. Trzymał obie dzidy, drzewca
opierały się o ziemię, ostrza sterczały w niebo. Przesunął
spojrzeniem po pierwszej, potem po drugiej. Rzucił jedną
z nich w stronę Doyle'a tak niedbale, jakby to była miotła.

Doyle wyciągnął rękę, chcąc ją złapać, ale miał niewygodną pozycję. Koniec drzewca uderzył o ziemię, a ostry stalowy czubek runął w dół, ocierając się o kubrak Hammera.

– Do diabła, Ray!

Pies umknął w bok. Potem stał i patrzył złym wzrokiem na Raya.

– Nic mu nie będzie. Ma kamizelkę. Wielka mi rzecz. Weź tę cholerną dzidę i bierzmy się do roboty.

– Z pieprzonymi dzidami, Ray?

– Ciesz się, że to nie noże.

• • •

Gdy tylko oddalili się trochę od domu, Doyle puścił wolno Dixie i Mylo. Pognały przed siebie, pędząc zygzakiem w las, a Doyle i Ray podążyli ich śladem, każdy ze swoim psem na smyczy. Ray prowadził Otisa, dużego buldoga, a Doyle Hammera. Żaden z czworonogów nie przepadał za Rayem, ale Doyle doszedł do wniosku, że po tej historii z dzidą Hammer lubi jego brata jeszcze mniej.

Doyle nie miał nic przeciwko polowaniu na dzika. Do diabła, wydawało mu się nawet, że to lubi. Tak naprawdę podobało mu się to, że łazi po lesie ze swoimi psami. Mięso na stole też było niezłe. Kiedy popatrzył na Raya, dostrzegł coś zupełnie innego niż u siebie. Wchodząc do lasu, jego brat miał zazwyczaj ściągniętą twarz, która Doyle'owi przypominała sosnowy sęk. Czoło między oczami marszczyło się groźnie, usta zaciskały, wargi zdawały się znikać. U Raya wszystko sprowadzało się do zabijania.

Kiedy znaleźli się na prerii, zauważyli węża, który prześlizgiwał się przez trawę, tuż przed Doyle'em; jego łuski odbijały blask słońca niczym paciorki. Hammer zapiszczał, chcąc się rzucić na gada, ale Doyle go przytrzymał, a potem przystanął i patrzył, jak wąż odpełza w swoją stronę. Obok stanął Ray z Otisem. Doyle dostrzegł kątem oka, że jego brat ujmuje mocno drzewce i bierze nim zamach jak toporem;

ostrze spadło ze świstem na węża i przecięło równo na pół. Doyle stał i patrzył na wijące się spazmatycznie dwa kawałki, ciemne i połyskujące na tle żółtej trawy. Nie mógł się oprzeć wrażeniu, że zwierzę jest zaskoczone nagłą utratą możliwości poruszania się, która nigdy wcześniej go nie zawiodła. Ray ryknął śmiechem. Schylił się i oparł dłonie na kolanach. Jakby nigdy przedtem nie widział niczego równie zabawnego. Doyle tylko się na niego gapił. Zbyt wściekły, by cokolwiek powiedzieć, ruszył w ślad za psami, obok węża, który wciąż się wił, zraszając ziemię krwią.

– Daj spokój, Doyle! – zawołał za nim Ray. – Przyznaj, że było to cholernie śmieszne!

Doyle pozwolił zaciągnąć się Hammerowi na mokradła, zadowolony, że choć na chwilę może się uwolnić od obecności brata. Wiedział, że jak będzie trzeba, to Ray go dogoni. Byłoby dobrze, gdybym nie musiał oglądać tego pojebańca przez cały dzień, pomyślał.

W tym momencie psy tropiące rozpętały piekło, ich wściekłe ujadanie rozbrzmiewało w cyprysowym lesie. Hammer pociągnął mocniej, wyczuwając, co się święci, i Doyle musiał kłusować za nim, ściskając w jednym ręku smycz, a w drugim dzidę. Wyobrażał sobie, jak wygląda, biegnąc między drzewami z cholerną włócznią w dłoni. Jak pieprzony idiota, ot co.

Hammer prowadził go najprostszą drogą do miejsca, w którym dwa pozostałe psy ujadały jak szalone. Doyle przedzierał się przez palmiczki, brnął przez strumienie, nie myśląc w tej chwili o aligatorach czy żółwiach; chciał tylko dopaść zwierza. W końcu dostrzegł między drzewami jakiś ruch. Dwa psy osaczały wielkiego dzika, który się obracał, starając się za wszelką cenę mieć przeciwników przed sobą. Chrząkał i wypatrywał okazji, by ciąć któregoś kłami.

Hammer ciągnął smycz i Doyle musiał rzucić dzidę na ziemię, by utrzymać psa obiema rękami. Zastanawiał się, czy nie puścić Hammera, ale pomyślał, że lepiej zaczekać, aż pojawi się Ray z Otisem.

Stał w miejscu i patrzył na psy i dzika. Mylo i Dixie tańczyły poza zasięgiem kłów, rzucając się chwilami do przodu, by capnąć zwierzę od tyłu. Oczy dzika, osadzone w masywnym łbie, wydawały się małe, a jednak można było dostrzec, że płoną pierwotną nienawiścią. Zdarzało się wcześniej, że bestie szarżowały na Doyle'a; nasłuchał się przerażających opowieści o myśliwych, którzy godzinami siedzieli na drzewie, nie mogąc się uwolnić od rozjuszonego zwierzęcia, albo gorzej, obrywali kłami i wykrwawiali się w lesie na śmierć. Tata zawsze mu mówił, że nie ma nic bardziej wrednego od wielkiego starego dzika, i że te wszystkie samcze soki płynące latami przez jego cielsko doprowadzają drania do zawziętości, która miesza mu we łbie.

Mylo zbliżył się w tym momencie za bardzo, a dzik obrócił się błyskawicznie i ciął wściekle kłami, trafiając psa w zad i rozrywając mu skórę. Mylo zaskowyczał, po łapie spłynęła mu krew.

– Do diabła, Ray! – rzucił Doyle i spojrzał za siebie, by sprawdzić, czy nie widać brata gdzieś w pobliżu.

Przeraźliwy kwik dzika, jak kobiecy krzyk, znów przyciągnął jego wzrok do zwierząt. Nagle, jak za dotknięciem czarodziejskiej różdżki, przy łbie szalejącego zwierza, szarpiąc go za ucho, pojawił się duży biały pies. Otis. Co, do cholery? Ray musiał nadejść z innej strony. Co on, u licha, wyprawiał, puszczając Otisa samego? Doyle odpiął smycz Hammerowi, który skoczył do przodu, by dorwać się do drugiego ucha.

Doyle rozejrzał się za Rayem i zobaczył brata stojącego sztywno pod ogromnym cyprysem. Ray nie patrzył jednak na psy. Patrzył wprost na Doyle'a.

– Ray?! Co jest, kurwa?! – krzyknął Doyle.

Ray nie odpowiedział, tylko ruszył w stronę miejsca, gdzie psy przygważdżały teraz łeb dzika do ziemi; dopiero gdy zbliżył się na kilkadziesiąt centymetrów, oderwał spojrzenie od Doyle'a. Skierował wzrok na dzika, wokół którego wciąż kręciły się wściekle psy; Mylo był zbyt podniecony, by zważać na rozcięte biodro i krew, która spływała z rany i zlepiała sierść w sfilcowane grudki. Ray uniósł dzidę i uderzył nią z całej siły tuż za łopatką dzika, wbijając ją w jego klatkę piersiową. Kwiki się wzmogły. Ray wyszarpnął dzidę. Znowu dźgnął zwierza. Jeszcze raz. Jeszcze raz.

Dwa psy gończe, wyczuwając teraz krew, podnieciły się jeszcze bardziej i podeszły bliżej, chcąc lizać rany dzika i tarzać się w jego krwi zraszającej ziemię. Mylo w swym zapamiętaniu uderzył od tyłu w nogę Raya, który gwałtownie ugiął kolano, a potem odwrócił się błyskawicznie i kopnął psa z całej siły w brzuch; czworonóg poszybował w górę i spadł na trawę z głuchym tąpnięciem. Próbował się odczołgać, ale Ray był szybszy. Dźgnął psa w kark i po chwili Mylo zwiotczał.

– Niech cię diabli, Ray! – Doyle zbliżył się i spojrzał na leżącego psa. Na pomoc było za późno, Mylo już tylko podrygiwał. – Dlaczego to zrobiłeś?!

Ray popatrzył na brata, a Doyle odniósł wrażenie, że dostrzega w jego twarzy coś, co wcześniej malowało się w ślepiach dzika.

– Co jest, braciszku? Smutno ci, bo straciłeś ukochanego pieska?

– Nie odpowiedziałeś na moje pytanie, Ray.

Doyle czuł w piersi przyspieszony, płytki oddech.

– Chyba obaj wiemy, co mnie tak wkurzyło. Widziałem, co zrobiłeś, Doyle.

Ray ujął pewniej drzewce dzidy i zrobił krok w stronę Doyle'a.

Doyle się cofnął; teraz oddzielało go od brata cielsko dzika.

– O czym ty gadasz, Ray? Jesteś chyba niespełna rozumu. Nie zrobiłem nic, co mogłoby cię wkurzyć.

– Jasne, że nie, Doyle. Zawsze był z ciebie dobry chłopak. Nigdy byś nikogo nie wkurzył. Nawet tej szumowiny, swojego wielkiego brata, który siedział w pierdlu.

– Zgadza się, Ray. Daj spokój. Zaprowadzimy psy z powrotem do domu, ściągniemy tu terenówkę i zabierzemy dzika. Urządzimy sobie wieczorem grilla.

Doyle żałował, że odłożył dzidę, kiedy zajmował się Hammerem.

Ray mówił dalej, jakby nie słyszał ani słowa z tego, co powiedział Doyle.

– Nie, nawet by ci do głowy nie przyszło, żeby gapić się na żonę swojego biednego brata.

Nadal podążał w ślad za Doyle'em, starając się okrążyć leżącego dzika. Twarz miał z pozoru spokojną, ale jego oczy płonęły dzikim blaskiem.

– Ray, odpuść sobie. Nie węszę za twoją żoną, jeśli o to ci chodzi. To się stało przypadkiem. Szukałem wtedy ciebie. Psy szczekały, nie wiedziałem, co się dzieje.

Doyle potknął się o Otisa, który wciąż szarpał ucho dzika, i rozłożył się jak długi na ziemi; zdołał się podnieść na nogi i znów się poślizgnął na trawie mokrej od krwi. Ray stanął nad nim.

– Widziałem, co zrobiłeś z naszym małym ogródkiem.

Doyle patrzył na brata.

– Każda roślina wyrwana z ziemi i podeptana. Może dla ciebie to niewiele znaczy, bracie, ale dla mnie cholernie dużo. Muszę się martwić o dzieciaka. Potrzebuję forsy, którą przynosi to zielsko. Ty masz wszystko, czego ci trzeba. Jak się nie chciałeś w to bawić, to trzeba było tak powiedzieć. Uwolniłbym cię od tego. Ale teraz w tym siedzisz po uszy, jak mi się wydaje – oświadczył Ray i splunął na ziemię, tuż obok dłoni Doyle'a.

– Pieprz się, Ray. Ten towar rośnie na mojej ziemi. Nie zamierzam wylądować w więzieniu z powodu kilku dolców.

Doyle czuł, jak po czole spływają mu kropelki potu. Zapiekły go oczy, ale starał się nie mrugać.

– Jasne. Twoja ziemia. Zapomniałem. – Ray wyciągnął rękę, jakby chciał pomóc bratu podnieść się z ziemi, ale w drugiej wciąż trzymał dzidę. – Śmiało, Doyle. Jesteśmy rodziną.

Doyle nie ujął dłoni Raya, tylko się dźwignął na nogi. Ray stał cały czas w miejscu, z wyciągniętą ręką niczym posąg, chcąc się upewnić, że jego gest został zauważony. Doyle był świadomy, że psy za plecami brata skowyczą, obwąchując martwego dzika i martwego psa.

– To chyba prawda, co powiadają. Że człowiek nie wybiera sobie rodziny.

Ray zaatakował go dzidą. Doyle odskoczył do tyłu, ale był za wolny. Nie mógł uwierzyć, że to się w ogóle dzieje. W każdym razie nie z jego udziałem. Ostry czubek zagłębił się w jego brzuchu. Poczuł, jak krew spływa mu na pasek spodni. Kiedy Ray znów się zamachnął, chwycił drzewce, tuż za ostrzem, i nie puszczał.

Ray wciąż parł do przodu, postękując i mrużąc oczy, i Doyle znowu runął na ziemię. Próbował złapać oddech, ale bezskutecznie. Drzewce ślizgało mu się w spoconych dłoniach, stalowy czubek zbliżał się coraz bardziej do jego twarzy.

Ray zaczął krzyczeć. Puścił dzidę. Doyle przetoczył się w bok i zobaczył, jak Hammer szarpie ścięgno podkolanowe jego brata, wstrząsając gwałtownie łbem, ale nie wydając żadnego dźwięku. Darł się tylko Ray, który próbował uderzyć psa pięścią, ale trafiał jedynie w kubrak z kevlaru, nie wyrządzając zwierzęciu najmniejszej szkody.

Doyle zauważył, że wciąż ściska w dłoni dzidę Raya. Dźwignął się na kolana, potem na nogi; upadek pozbawił go tchu w piersiach, w głowie szumiało od adrenaliny. Spojrzał Rayowi w oczy. Wciąż malowała się w nich wściekłość. Przypominały płonące punkciki osadzone w ludzkiej czaszce. Popatrzył na Hammera, pies wciąż szarpał, zarzucając łbem i całym ciałem, na pysku miał krew Raya. Dixie i Otis warczały, ale trzymały się z daleka.

Doyle ruszył z dzidą i wbił ją głęboko w żebra Raya. Puścił drzewce, które sterczało teraz z ciała jego brata. Ray przestał walczyć z Hammerem. Osunął się do tyłu, padając na psa, który wciąż zwieszał mu się u nogi. Hammer rozwarł wreszcie szczęki i chwycił Raya za bark, jak dzika, i przygwoździł do ziemi. Doyle usiadł obok brata i pociągnął psa za obrożę, żeby go uspokoić. Pierś Raya unosiła się gwałtownie wraz z oddechem. W krtani bulgotała krew. Oczy miał szeroko otwarte; wpatrywał się w cyprysy i niebo.

– Niech to diabli, Ray – powiedział Doyle.

Potem głaskał długo włosy swojego brata – kiedy Ray już umarł, kiedy psy napełniły sobie brzuchy mięsem dzika i ułożyły się do drzemki, kiedy słońce przebyło dostatecznie długą drogę, by rzucić cienie na twarz martwego człowieka – i patrzył, jak ziemia pod cyprysami wchłania resztki złej krwi.

Notki o autorach

Gary Alexander napisał dotąd dziewięć powieści, między innymi *Disappeared* ukazała się we wrześniu 2010 roku. Jest także autorem ponad stu pięćdziesięciu opowiadań, przeznaczonych w większości dla magazynów specjalizujących się w literaturze kryminalnej. Za starych dobrych czasów (pięć, dziesięć lat temu), kiedy gazety płaciły za relacje z podróży, sprzedawał swoje artykuły sześciu poważnym dziennikom, między innymi „Chicago Tribune" i „Dallas Morning News". Mieszka w Kent w stanie Waszyngton z żoną Shari i prowadzi warsztaty kreatywnego pisania w Kent Senior Activities Center. Można się z nim kontaktować na stronie www.garyralexander.com.

● Odwiedziliśmy Campeche w Meksyku w roku 1997. Jest to wspaniałe miasto – historia kolonialna, mili ludzie i niewielu zagranicznych turystów, których odstraszają kiepskie plaże. Sprzedałem relację z podróży „New Orleans Times-Picayune"; sprawiło mi to mnóstwo radości, podobnie jak odpis podatkowy, do którego uprawniła mnie ta wyprawa. Cieszę się, że mogłem uwiecznić w swoim opowiadaniu to wspaniałe miejsce.

R.A. Allen wydawał swoje utwory w „Barcelona Review" (64), „SinisterCity", „PANK", „Sniplits", „Calliope" i innych periodykach, poezję zaś w „Boston Literary Magazine", „The Recusant" (Wielka Brytania), „Word Riot", „Pear Noir!" i innych. Nominowany przez LITnIMAGE do nagrody Dzanc Books' Best of the Web 2010. Mieszka w Memphis. Więcej informacji można uzyskać na stronie www.nyqpoets.net/poet/raallen.

● Opowiadanie to skupia się na wzajemnych relacjach dwóch zawodowych przestępców, którzy się przyjaźnią od czasów ubogiego dzieciństwa w rejonie Stanów Zjednoczonych znanym z malowniczych plaż – celu wypraw turystycznych. Jako trzydziestokilkuletni mężczyźni muszą się zmierzyć z decyzjami, które niełatwo podjąć byłym skazańcom. Jeden z nich pragnie podążać uczciwą drogą, drugi zamierza kroczyć dalej ścieżką przestępstwa, tyle że skuteczniej. Uciekając skradzionym wozem przed brutalną konfrontacją, stają się przypadkowo świadkami wstrząsającego przestępstwa, które ma miejsce na jednej z tych malowniczych plaż. Starałem się napisać opowiadanie o tym, co fascynuje mnie każdego dnia: o relacjach międzyludzkich, motywacjach kierujących człowiekiem i roli przypadku w naszym życiu.

Doug Allyn, laureat licznych nagród literackich, wydawał swoje książki w języku angielskim, niemieckim, francuskim i japońskim; ponad dwadzieścia jego opowiadań zostało przeniesionych na ekran kinowy lub telewizyjny. Jest autorem ośmiu powieści i ponad dwustu opowiadań. Jego pierwsze opowiadanie zdobyło Robert L. Fish Award for Best First from Mystery Writers of America i spotkało się z entuzjastycznym przyjęciem krytyki literackiej. Jest także laureatem niezwykle pożądanej Edgar Allan Poe Award (otrzymał też sześć nominacji), trzykrotnie Derringer Award za nowele, a także Ellery Queen Readers' Award dziewięciokrotnie (rzecz bez precedensu), nie wyłączając tego roku.

Doug Allen studiował kreatywne pisanie i psychologię kryminalną na Uniwersytecie Michigan, dorabiając jako gitarzysta w grupie rockowej Devil's Triangle i recenzent książek we „Flint Journal".

● *Wcześniejsza Gwiazdka* porusza moje dwa ulubione tematy: piękno stanu Michigan i niepokój kryjący się pod powierzchnią codzienności.

Mary Stewart Atwell mieszka w Springfield w stanie Missouri. Jej opowiadania ukazywały się w *Best New American Voices 2004*, „Epoch" i „Alaska Quarterly Review"; niedawno ukończyła swoją pierwszą powieść.

• Włączenie do tej antologii mojego opowiadania *Maynard* wydaje się jak najbardziej celowe, ponieważ sama historia i główna bohaterka wciąż stanowią dla mnie tajemnicę, i to pod wieloma względami. Obudziłam się pewnego ranka, mając przed oczami obraz nowo narodzonego dziecka, które płynie rzeką na taniej plastikowej tratwie, i choć nieczęsto czerpię materiał do swojej twórczości ze snów, postanowiłam się tym razem przekonać, dokąd mnie ta historia zaprowadzi. Właśnie ten obraz zapoczątkował opowieść, ale wraz z upływem czasu przekonałam się, że najważniejszy stał się głos narratorki. Martwiłam się swego czasu, że wszyscy moi bohaterowie przemawiający w pierwszej osobie za bardzo mnie przypominają, z pewną więc ekscytacją wsłuchiwałam się w ten nowy głos – naiwny, śmiały, zdolny powiedzieć niemal wszystko.

Właśnie dlatego, że pozwoliłam opowiadaniu podążyć własną drogą i zaufałam temu dziwnemu i pewnemu siebie głosowi, zdołałam ukończyć opowiadanie w wyznaczonym terminie. W tamtym czasie, wraz z grupą przyjaciół z Uniwersytetu Wirginii, uczestniczyłam w warsztatach pisarskich. Upłynęło kilka lat od chwili, gdy brałam zawodowo udział w podobnych zajęciach, byłam więc, i wciąż jestem, niezwykle wdzięczna za dyscyplinę i poczucie braterstwa, które zapewniła mi ta nieformalna grupa. Chciałabym podziękować tym przyjaciołom, znakomitym pisarzom i krytykom. Są to Will Boast, Erin Brown, Drew Johnson i Emma Rathbone. Dziękuję także Ronaldowi Spatzowi za opublikowanie mojego opowiadania w „Alaska Quarterly Review".

Matt Bell jest autorem zbioru *How They Were Found*, opublikowanego w październiku 2010 przez wydawnictwo Keyhole Press. Jest także redaktorem magazynu literackiego „The Collagist"; adres strony internetowej: www.mdbell.com.

● Jeśli chodzi o *Połów*, pragnąłem napisać opowiadanie detektywistyczne na wspak, takie, w którym osoba odgrywająca rolę detektywa nie potrafi sprostać swojemu zadaniu: Punter nie jest w stanie rozwiązać zagadki „przestępstwa", głównie z powodu ograniczeń natury umysłowej, ale i społecznej. Próbuje postępować tak, jak według niego powinien postępować prawdziwy detektyw, ale ponieważ nie potrafi przeanalizować tego, czego doświadcza, nie może powiązać z sobą kilku śladów, które zdołał odkryć, po części dlatego, że tak długo pozostawał w izolacji od społeczeństwa. Nie ma rodziny, przyjaciół, a ze wszystkimi innymi, którzy byli kiedyś obecni w jego życiu – terapeuci, koledzy z pracy – stracił kontakt. To, co rzeczywiście się stało z dziewczyną, która utonęła, mógłby zrozumieć tylko wtedy, gdyby rozumiał otaczających go ludzi, a ponieważ jest to niemożliwe, opowiadanie mówi o tym, co bohater, pozbawiony owej szansy zrozumienia, postanawia zrobić. Zawsze uważałem, że to, co się dzieje z Punterem pod koniec opowiadania, choć wydaje się to mroczne, jest dla niego w gruncie rzeczy czymś pozytywnym. W moim przekonaniu jest to finał pełen nadziei, nawet jeśli ktoś patrzący z boku mógłby odnieść wrażenie, że życie bohatera stanie się znacznie gorsze, niż było dotychczas (i nawet jeśli on sam sprowadził nieszczęście na innych ludzi). Patrząc na to wszystko wyłącznie z punktu widzenia Puntera, należy stwierdzić, że ujawnienie jego strasznej historii jest w tym przypadku zwycięstwem, bez względu na koszty. Ten rodzaj trudnego zwycięstwa niezwykle mnie interesuje – nawet jeśli możemy liczyć tylko na to, że nasze wysiłki dadzą wynik negatywny, mimo wszystko musimy próbować, prawda?

Jay Brandon jest autorem piętnastu powieści, między innymi *Deadbolt* (1985), która została wyróżniona Editor's Choice Award, i *Milagro Lane* (2009). Bohaterem jego pięciu książek jest prokurator okręgowy Chris Sinclair i psychiatra dziecięcy Anne Greenwald; ostatnia powieść z tego cyklu to *Running with the Dead* („znakomita pozycja w serii, która jest coraz lepsza" – „Kirkus"). Jego powieść *Fade the Heat* była nominowana do Edgar Award i została wydana w kilkunastu krajach. Jay uzyskał stopień magistra na wydziale pisarstwa Uniwersytetu Johnsa Hopkinsa i jest praktykującym prawnikiem w San Antonio.

• Moja jedyna niebeletrystyczna książka dotyczy praktyki prawniczej w San Antonio. Zbierając do niej materiały, natrafiłem na informacje o incydencie z roku 1842, kiedy to pewien meksykański generał wkroczył na czele swoich oddziałów do San Antonio (Teksas nie znajdował się wówczas w stanie wojny z Meksykiem), udał się wprost do gmachu sądu i uwięził niemal wszystkich prawników z miasta. Cóż to musiały być za czasy, skoro wróg sądził, że może zadać przeciwnikowi ostateczny cios, pozbawiając go prawników. Uwolniono ich ostatecznie, lecz niektórzy przesiedzieli w niewoli blisko dwa lata. Byłem zafascynowany zarówno wizją miasta pozbawionego obecności prawników, jak i piętnem, jakie musiało odcisnąć na nich uwięzienie. Pomijając ten historyczny fakt, opowiadanie jest całkowicie wytworem fikcji literackiej.

Pragnę wspomnieć jeszcze o dwóch rzeczach: po pierwsze, *Ława przysięgłych* jest napisana nieco archaicznym stylem, charakterystycznym dla danego okresu. I po drugie, tak, do tego ataku dokonanego na naszej ziemi i zapamiętanego na długo przez mieszkańców miasta, doszło jedenastego września. Nikt by tego nie wymyślił. Życie jest naprawdę zaskakujące.

Phyllis Cohen mieszkała na Manhattanie. Po trzydziestu pięciu latach pracy w szkolnictwie nowojorskim przeszła na emeryturę i rozpoczęła skromną karierę pisarską, skupiając się głównie na kwestiach naukowych; potem zajęła się literaturą piękną. O swojej twórczości powiedziała: *Jeśli chodzi o moje opowiadania, uprawiam różne gatunki: kryminał, science fiction, romans – ale wszystkie mają wspólny mianownik. Jest nim ludzki charakter*. Phyllis Cohen umarła 26 stycznia 2009 roku (Ta krótka notka biograficzna i poniższy tekst wyszły spod pióra jej męża, Herberta Cohena).

• Kiedy Phyllis po raz pierwszy usłyszała, że wydawca poszukuje opowiadań do antologii *Mystery Writers of America*, wygrzebała *Sprawiedliwość w każdym calu* i przysięgła, że to jej ostatnia próba opublikowania czegokolwiek, nim da sobie całkowicie spokój. Wcześniej udało jej się sprzedać tylko jedno opowiadanie, przed mniej więcej dwudziestu laty. Ilekroć coś wysyłała, odsyłano jej to z powrotem. Często otrzymywała list od wydawcy, w którym chwalił ją za styl, ale prosił jednocześnie, by usunęła zbyt dobitnie wyrażoną opinię natury politycznej albo zmieniła ten lub inny fragment. Darła zwykle list, oświadczając drwiąco: „Nie zamierzam operować własnych dzieci!".

Sprawiedliwość w każdym calu przedstawiała jednak inną trudność – przekraczała o tysiąc pięćset dopuszczalną liczbę słów, jeśli chodzi o opowiadania zawarte w antologii. Redakcja tekstu trwała około miesiąca. Phyllis nazywała ją literacką liposukcją. Kiedy się wreszcie z tym uporała, wydrukowała ostateczną wersję, wzięła kartki i rzuciła mi ze słowami: „Przeczytaj to gówno!". Potem zaczęła patrzeć przez okno, siląc się na nonszalancję, ale zauważyłem, że zerka na mnie ukradkiem. Dziesięć minut później podniosłem wzrok znad tekstu. „Dzieciaku! To, co uważasz za gówno, jest dziesięć razy lepsze od pierwotnej wersji". Nie uwierzyła mi, dopóki nie otrzymała listownego potwierdzenia, że opowiadanie znajdzie się w antologii.

W maju 2008 roku stwierdzono u niej nieuleczalny nowotwór. Pierwsze słowa, jakie wypowiedziała po diagnozie, brzmiały: „Cholera, wiedziałam, że nigdy nie zobaczę tego przeklętego opowiadania w druku!". Niestety, tak się stało. Otrzymałem wstępny egzemplarz 27 stycznia, dzień po śmierci Phyllis.

John Dufresne jest autorem dwóch zbiorów opowiadań, dwóch książek o technice pisarskiej i czterech powieści, z których najnowsza to *Requiem, Mass*. Jego opowiadanie *The Timing of Unfelt Smiles* ukazało się w *The Best American Mystery Stories 2007*. Uczy kreatywnego pisania na Florida International University w Miami.

● Moim zamiarem było napisanie historii rozgrywającej się w południowym Bostonie. Dorastałem w irlandzkiej dzielnicy, uczęszczałem przez dwanaście lat do irlandzkiej szkoły katolickiej, bardzo przypominającej tę z opowiadania. Chciałem zostać księdzem. Pragnąłem napisać o grzechu i złu w kontekście świętego miejsca. Wydawało się, że punktem wyjścia powinna być epidemia molestowania dzieci przez księży. Kiedy zacząłem pisać, nie wiedziałem, czy grzech został popełniony, czy też chodzi o fałszywe oskarżenie. Albo jedno i drugie. Przypomniałem sobie procesy związane z molestowaniem seksualnym i byłem świadomy syndromu fałszywej pamięci. Zacząłem więc pisać to opowiadanie podczas pierwszego tygodnia semestru jesiennego. Napisałem pięć albo sześć stron i przerwałem w chwili, gdy doszedłem do miejsca, kiedy to we śnie ojca Mulcahy'ego Jezus nie przestaje go łaskotać. Nie spodziewałem się, że tak będzie. Zaniosłem kartki do szkoły i przeczytałem tekst studentom. Powiedziałem im, że chętnie wysłucham wszelkich uwag. Zaczęli przesyłać mi e-maile z pytaniami i sugestiami. Co dwa tygodnie czytałem studentom kolejną partię tekstu. Kiedy, zupełnie niespodziewanie, znalazłem się na samym początku opowiadania w głowie pani Walsh, zrozumiałem, że mogę wniknąć w umysł każdej postaci. Może nawet w umysł Jezusa. Gdy na plebanii pojawił się przedstawiciel urzędu kardynalskiego, wiedziałem, że będzie mowa o grzechu i zbrodni. Obiecałem studentom, że uporam się z tekstem do końca semestru. Przesłałem im kopie wraz z ocenami semestralnymi.

Lyndsay Faye pracowała wiele lat w teatrze muzycznym (śpiewa sopranem i jest członkinią Actors' Equity Association), zanim zakład mięsny, w którym była zatrudniona na dzienną zmianę, został zrównany z ziemią przez buldożery, a ona uzyskała szansę ukończenia swojej pierwszej powieści: *Dust and Shadow: An Account of the Ripper Killings by Dr. John H. Watson.* Jej ostatnie opowiadanie ukazało się w magazynie „The Strand", w edycji 2009. Lyndsay jest wielbicielką kuchni, Sherlocka Holmesa i literatury historycznej. Mieszka na Manhattanie z mężem (Gabriel) i kotem (Grendel). Adres: www.lyndsayfaye.com.

• Kiedy poproszono mnie o napisanie opowiadania do antologii *Sherlock Holmes in America*, zgodziłam się z wielką radością i postanowiłam umieścić akcję w scenerii okolic zatoki San

Francisco, gdzie się urodziłam. Nie wiedziałam jednocześnie, jak mam przenieść Watsona i Holmesa z Londynu do Ameryki. To długa podróż, a ja nie chciałam uciszać głosu Watsona w trakcie samotnego pobytu Holmesa w Ameryce. I wtedy sobie przypomniałam, że podczas pisania niedokończonej sztuki *Angels of Darkness* Conan Doyle wspominał o tym, że doktor Watson praktykował za młodu w San Francisco. To rozwiązało w dużym stopniu mój problem. Stanęłam przed trudnym wyzwaniem, jakim byłaby historia opowiadana przez Watsona, rozwiązana zaś przez Holmesa siedzącego w fotelu jak detektyw Dupin Poego. Nie było w tym wypadku mowy o śledztwie i jakimkolwiek bezpośrednim zagrożeniu. Sam jednak Conan Doyle posłużył się kiedyś takim schematem – Holmes opowiada przy kominku w domu przy Baker Street o dawnej sprawie. Zyskałam na pewności siebie i wprowadziłam do opowiadania dwie innowacje: Watson jest w tym wypadku narratorem, sprawa zaś zostaje rozwiązana w czasie rzeczywistym przez Holmesa.

Gar Anthony Haywood jest autorem wielokrotnie nagradzanych jedenastu powieści kryminalnych – w tym sześciu z Aaronem Gunnerem, dwóch z Joem i Dottie Loudermilkami i trzech osobnych thrillerów. Pierwsza książka z serii o Gunnerze, *Fear of the Dark*, zdobyła Private Eye Writers of America's Shamus Award za najlepszy debiut 1989 roku, a pierwsze opowiadanie z tym bohaterem, *And Pray Nobody Sees You*, zdobyła wyżej wspomnianą nagrodę, a także World Mystery Convention's Anthony Award za najlepsze opowiadanie 1995 roku. Haywood pisze dla takich gazet jak „New York Times" i „Los Angeles Times", jest autorem kilku seriali telewizyjnych, jak *New York Undercover, The District*; współpracował także przy *Movie of the Week* dla telewizji ABC. Jego ostatnia powieść to kryminał *Cemetery Road*.

• Jestem wielkim fanem Lakersów, a Earvin „Magic" Johnson pozostaje moim ulubionym graczem wszech czasów – wielką gwiazdą, najpierw w koszykówce, potem w biznesie, nie sądzę jednak, by w jego duszy kryło się coś złowieszczego. Dorastał jednak w East Lansing w Michigan, można więc podejrzewać, że ten jego rozbrajający uśmiech to nie wszystko.

Moje opowiadanie zrodziło się z ciekawości, która każe się zastanawiać nad tym, co kryje się w człowieku. Jak pokazał to dobitnie skandal z Tigerem Woodsem (pisałem akurat to opowiadanie), nie znamy tak naprawdę ludzi, którzy osiągnęli status celebryty. Widzimy na dobrą sprawę tylko to, co sami są skłonni ujawnić. Mężczyźni i kobiety kryjący się w ich skórach – prawdziwi ludzie za fasadą publicznego wizerunku – pozostają niewidoczni. I jak śmiem domniemywać, niektórzy z nich to zabójcy, których nikt nie chciałby spotkać na swojej drodze.

Jon Land jest autorem dwudziestu ośmiu książek, z których siedemnaście trafiło na listy bestsellerów. Magazyn „RT Reviews" uhonorował go w 2009 roku specjalną nagrodą za „pionierskie osiągnięcia w gatunku". Powieść *The Seven Sins* uznana została przez „Library Journal" za jeden z pięciu najlepszych thrillerów 2008 roku i przeniesiona na ekran przez Moritza Bormana (*Terminator: ocalenie*). Bohaterką ostatniego cyklu powieściowego Jona – *Strong Enough to Die* (2009) i *Strong Justice* (2010) – jest Caitlin Strong, funkcjonariuszka policji stanowej w Teksasie. Prawa do sfilmowania *Strong Enough to Die* zakupiła wytwórnia Hand Picked Films; reżyserować ma Carl Franklin (*Devil In a Blue Dress, Out of Time, One False Move*), a autorem scenariusza będzie sam Jon.

Jon w 1979 roku ukończył z wyróżnieniem Uniwersytet Browna. Pełni funkcję wiceprzewodniczącego stowarzyszenia International Thriller Writers i mieszka w Providence w stanie Rhode Island.

● *Zabijanie czasu* dało mi okazję napisania historii, która nawiązuje do gatunku *noir*. Zawsze chciałem opowiedzieć coś z punktu widzenia mrocznego bohatera, a niespodziewany pomysł, by zawodowy zabójca ukrywał się pod postacią nauczyciela gimnazjum, od razu do mnie przemówił. Największą satysfakcję sprawiło mi obserwowanie, jak Fallon wciela się w swoją rolę i jak zmaga się z dylematem moralnym, kiedy terroryści biorą w szkole zakładników. Inspirowała mnie w tym wypadku prawdziwa tragedia, która rozegrała się kilka lat temu w Czeczenii. Wspaniałe w fikcji literackiej jest to, że można odtworzyć rzeczywistą historię i nadać jej dowolne zakończenie.

Dennis Lehane jest autorem ośmiu powieści, między innymi *Miasta niepokoju, Rzeki tajemnic, Gdzie jesteś, Amando?* i *Wyspy skazańców*. Obecnie pracuje dla 20th Century Fox nad filmową adaptacją *Animal Rescue* (Pies). Mieszka z żoną i córką w Bostonie i na Florydzie.

● Opowiadanie *Pies*, podobnie jak liczne z moich utworów, ma swe źródło w obsesyjnym temacie samotności. Każdego dnia stykamy się z ludźmi wracającymi do pustych mieszkań i paraliżującej izolacji, od której nie można uciec. Jest to niezwykle bolesne i chciałem o tym napisać. Zacząłem od Boba, to z kolei doprowadziło mnie do Nadii, a nawet kuzyna Marva – troje ludzi zagubionych w swej samotności. A potem pojawił się ten pies…

Lynda Leidiger publikowała opowiadania w licznych magazynach, między innymi „Playboyu" i „Prairie Schooner". Jest stypendystką NEA i jako pierwsza kobieta otrzymała International Imitation Hemingway Award. Mieszka w Iowa.

● Napisałam *Powiedzcie mi* wkrótce po tym, jak moja szwagierka padła ofiarą przypadkowej strzelaniny, której sprawcami byli dwaj nastoletni chłopcy z Wisconsin. Prawdziwa historia przyjęła obrót bardziej niespodziewany i zadziwiający niż wszystko, co mogłabym wymyślić. Choć straciła wzrok i stała się niepełnosprawna, nie tylko wybaczyła tym chłopcom – obecnie mężczyznom – ale odwiedza ich też w więzieniu. Objeżdża szkoły i zakłady poprawcze w całym kraju i mówi swoim cichym, łamiącym się głosem o konsekwencjach przemocy. Zmienia ludzkie życie. To, że ją znam, jest prawdziwym darem. Chciałabym zadedykować to opowiadanie Jackie Millar.

Phillip Margolin w trakcie dwudziestopięcioletniej kariery adwokackiej występował przed Sądem Najwyższym Stanów

Zjednoczonych i reprezentował około trzydziestu ludzi oskarżonych o morderstwo, w tym dwunastu, którym groziła kara śmierci. Wszystkie z jego czternastu powieści trafiły na listę bestsellerów „New York Timesa". *Heartstone*, jego pierwsza powieść, była nominowana do Edgar Award. *Z polecenia prezydenta* zdobyła Spotted Owl Award for the Best Mystery In the Pacific Northwest. *The Last Innocent Man* i *Nie zapomnisz mnie* zostały zekranizowane.

● Nigdy nie wyrzucaj niczego, co napisałeś. Nie wiesz, kiedy się to może przydać. Mniej więcej rok temu przeglądałem papiery w stalowej szafce w pralni, kiedy natrafiłem na teczkę z opowiadaniami, które kiedyś zacząłem pisać, ale ich nie dokończyłem. By dać wam pojęcie o tym, jak były stare, wspomnę, że *Dom na Sosnowym Zboczu* był pisany jeszcze na maszynie. Przez te wszystkie lata zapomniałem na śmierć o tym opowiadaniu. Fragment liczył tylko stronę, ale wydał mi się dość interesujący. Zaniosłem go do gabinetu i przez kilka następnych dni pracowałem nad nim, a teraz opowiadanie znalazło się w tej antologii. Gdy tylko skończę pisać tę notkę, znów zajrzę do starej szafki. Kto wie?

Chris Muessig i jego żona Susanne porzucili kilka lat temu Long Island i przenieśli się do Cary w Karolinie Północnej. W ciągu dnia Chris zajmuje się pracą redaktorską na uniwersytecie stanowym, a w wolnych chwilach pisze, żeby wypełnić pustkę, którą pozostawiła po sobie trójka dzieci. *Uprzedzenie* było jego pierwszym opublikowanym utworem, wybranym przez Janet Hutchings do Ellery Queen's Department of First Stories. Tak niespodziewana zachęta, po grzecznych, ale zdecydowanych odmowach publikacji wcześniejszych utworów, zaowocowała sprzedażą jeszcze dwóch opowiadań; tematem jednego z nich jest kolejne spotkanie Creegana z duchem lat osiemdziesiątych.

● *Uprzedzenie* dojrzewało przez co najmniej dwadzieścia lat. Jest owocem przemyśleń na temat niepokojących zjawisk: serii bezsensownych i niewyjaśnionych zabójstw, których ofiarami padali pracownicy stacji benzynowych na Long Island, wybuchów anarchii na świecie i wszechobecnego wykorzystywania przemocy jako środka ekspresji. Oczywiście wszystko to nie odnosi się wyłącznie wczesnych lat osiemdziesiątych. Jak dochodzi do wniosku Frank, każde pokolenie ma swoją wojnę.

Albert Tucher stworzył postać prostytutki Diany Andrews, która występuje gościnnie w opowiadaniu *Zasady rodem z Bismarck*. Trzydzieści opowiadań, których jest bohaterką, ukazało się w „Lynx Eye", „Thuglit", „Out of the Gutter", „Beat to a Pulp", a także w innych publikacjach, w internecie i różnych antologiach. Albert napisał także kilka niepublikowanych powieści z Dianą Andrews w roli głównej.

• Na pomysł napisania tego opowiadania wpadłem w 2003 roku, kiedy po raz pierwszy poddałem się zabiegowi kolonoskopii. Okazało się, że nie mogę po takim badaniu wracać do domu sam. Odwiózł mnie pewien przyjaciel, ale przyszło mi do głowy, że nie wszyscy pacjenci mają takie szczęście. Mężczyźni zatrudniają prostytutki do wielu rzeczy, często niemających związku z seksem. Dlaczego jakiś klient nie miałby zapłacić mojej bohaterce, by udawała jego dziewczynę i pełniła obowiązki kierowcy?

Stały się dwie rzeczy. To, co w zamierzeniu miało być komedią, przerodziło się szybko w coś mrocznego, a ja uświadomiłem sobie, że życiorys Diany Andrews nie pasuje do wydarzeń opisanych w tej historii. Stworzyłem więc postać przyjaciółki Diany, innej prostytutki, Mary Alice Mercier alias Crystal. Od tej pory występuje w moich powieściach i opowiadaniach.

Kurt Vonnegut jest jednym z najwybitniejszych pisarzy dwudziestego wieku. Znany ze swej niezwykłej umiejętności łączenia satyry, czarnej komedii i science fiction, stworzył takie dzieła jak *Rzeźnia numer pięć*, *Kocia kołyska* i *Śniadanie mistrzów*. Jego pierwsze opowiadanie, *Raport w sprawie efektu Barnhouse'a*, ukazało się 11 lutego 1950 roku. *Pianola*, pierwsza powieść, została opublikowana rok później. Jego dorobek obejmuje czternaście powieści i liczne zbiory esejów i opowiadań. Asteroidę 25399 Vonnegut nazwano na jego cześć. Kurt Vonnegut zmarł na Manhattanie 11 kwietnia 2007 roku.

Joseph Wallace publikował opowiadania w „Ellery Queen's Mystery Magazine", a także w antologiach: *Baltimore Noir, Hard Boiled Brooklyn, Bronx Noir*, jak również w *The Prosecution Rests*, gdzie po raz pierwszy ukazał się *Zestaw na zamówienie*. Jego debiutancka powieść, *Diamond Ruby* (początkowo opowiadanie w „Ellery Queen's Mystery Magazine") ukazała się w maju 2010 roku. Akcja rozgrywa się w Nowym Jorku w latach dwudziestych, a tematem książki jest pełne niebezpieczeństw życie kilkunastoletniej dziewczyny, która potrafi rzucić piłką baseballową dalej niż którykolwiek zawodowy gracz.

• Kilka lat temu napisałem thriller, który wzbudził pewne zainteresowanie, ale nie przysporzył mi czytelników. Jedną z drugoplanowych postaci była Żenia, rosyjska dziewczyna, która przyjechała do Stanów Zjednoczonych w przerażających okolicznościach. Uważam, że gdybym uczynił z niej główną postać tej historii, książka byłaby znacznie lepsza. Nauczony doświadczeniem postanowiłem zrobić z niej bohaterkę *Zestawu na zamówienie*. W kilku innych opowiadaniach i w powieści *Diamond Ruby* także pisałem o kilkunastoletnich dziewczynach, których siła, upór i odporność psychiczna są często niedoceniane przez złoczyńców, jak i czytelników. Uwielbiam opisywać chwile, kiedy ta prawda się ujawnia.

Mike Wiecek jest autorem *Exit Strategy*, która, rekomendowana przez International Thriller Writers, kandydowała do Thriller Award. Jego opowiadania zdobyły szerokie uznanie, czego wyrazem jest między innymi Shamus Award. W młodzieńczych latach Mike spędził kilka lat w Japonii i podróżował po Azji. Mieszka teraz niedaleko Bostonu z żoną i dwójką dzieci. Więcej informacji na jego temat można uzyskać pod adresem www. mwiecek.com.

• Nigdy nie byłem w Ćittagong, ale kilka lat temu czytałem esej na temat pracowników fizycznych zajmujących się demontażem statków. Zwróciłem uwagę na jedno zdjęcie: długi szereg mężczyzn na plaży, dźwigających na swych barkach stalowe liny, które ginęły gdzieś we mgle. Ich twarze, skrzywione wysiłkiem i bólem, kontrastowały uderzająco z zardzewiałym kolosem, który rozbierali na kawałki. Pomyślałem sobie wtedy: mam opowiadanie.

Choć nędza niszczy tych, którzy ją cierpią, nawet slumsy odznaczają się pewną godnością. Ich mieszkańcy mają marzenia i plany i czerpią dumę ze swoich osiągnięć, bez względu na to, jak skromne mogą się wydawać. Trudno w to uwierzyć, ale nadbrzeżne złomowiska w Bangladeszu, gdzie demontuje się statki, stały się zbyt kosztowne. Branża ta przenosi się do tańszych, nędzniejszych i mniej bezpiecznych krajów: Sri Lanki, Birmy, Wietnamu. Logika globalizacji jest nieubłagana, ale mam nadzieję, że zapamiętamy Mohita i jego towarzyszy, którzy wykonują tę ciężką pracę.

Ryan Zimmerman uczęszczał na Uniwersytet Florydy, gdzie zamierzał się specjalizować w ekologii, dopóki sobie nie uświadomił, ile będzie miał zajęć z matematyki. Ostatecznie uzyskał trzy dyplomy na Uniwersytecie Południowej Florydy (gdzie nie uczył się matematyki), ostatnio w dziedzinie pisarstwa. Ryan mieszka w Tampie ze swoją żoną, córką i psem.

● Wydaje mi się, że inspiracją do tego opowiadania był program myśliwski w telewizji, w którym pokazano dwóch facetów polujących na dziki jedynie z psami i nożami. Muszę przyznać, że poczułem obrzydzenie, ale też byłem zafascynowany. Nie mam nic przeciwko myśliwym, ale kiedy próbowałem sobie wyobrazić kogoś, kto znajduje przyjemność w zadźganiu zwierzęcia na śmierć, przyszła mi do głowy postać Raya, socjopaty z leśnej głuszy, jednego z bohaterów *Krwi i ziemi*. Dałem mu do towarzystwa miłego młodszego brata i umieściłem obu w szybkowarze, jakim jest parne lato na Florydzie, a rezultatem było to opowiadanie.